KB266568

지금실 사람들

지은이 김용희

이화여대 국어국문학과 졸업
한신대 국문과 명예교수
≪현대소설에 나타난 길의 상징성≫ (정음사, 1986)
≪근대소설의 도시공간≫ (한신대 출판부, 2005)
≪한국 전후소설의 양상≫ (한신대 출판부, 2013)
장편소설 ≪길≫ (이화여대 100주년 기념 현상응모 당선작, 문학사상사, 1988)
소설집, ≪흘러간 노래≫(박이정, 2020)
수필집 ≪내 삶의 파일들을 정리하고 싶다≫(박이정, 2020)

지금실 사람들

초판 인쇄 2026년 3월 20일
초판 발행 2026년 3월 30일

지은이 김용희
펴낸이 박찬익
편집 정봉선
책임편집 권효진
펴낸곳 ㈜박이정 **주소** 경기도 하남시 조정대로45 미사센텀비즈 8층 F827호
전화 031) 792-1195 **팩스** 02) 928-4683
홈페이지 www.pijbook.com **이메일** pijbook@naver.com
등록 2014년 8월 22일 제2020-000029호

ISBN 979-11-7497-028-2 (03810)

책값 20,000 원

지금실 사람들

김 용 희 지음

박이정

우리가 살았던 시간과 공간

흘러간 시간들이 언제라고 평화스러운 때는 없었겠지만 우리가 살아온 지난 팔십 년은 변화 많은 시기였다. 그래도 우리는 3살 때 한국전쟁이 났으니 부모 품속에서 전쟁의 무서움은 모른 채 지났을 것이다. 운이 좋았던 세대라는 생각에는 동의한다. 한국전쟁 이후로 더 이상 우리가 살고 있는 이 나라에서 전쟁은 일어나지 않았지만 세계 곳곳에서 터지고 있는 크고 작은 전쟁들이 우리를 압박하며 불안하게 한다. 동 시간대에 전달되는 세계 소식들로 인해서 무관하게 지낼 수만은 없기 때문이다. 노년에 다가온 AI라 는 것이 하는 짓이 어디까지가 진짜이고, 어디까지가 가짜인지, 많은 경우에 그것이 하는 행위가 인간인지 아닌지도 혼돈스럽지만 다행히 은퇴한 다음에 닥친 것이니 섣불리 접근하지 않는다면 큰 낭패를 볼 일은 없지 않을까 하는 생각으로 도피한다.

지금까지 우리가 살아왔던 긴 시간과 공간, 주변의 인물들이 우리 자신을 형성해 왔을 것이다. 어렸을 때나 젊었을 때는 자신이 살아온 시간에 대해서 별 생각 없이 살아왔던 듯하다. 팔십 년 쯤 살다 보면 얼마나 살아왔나? 앞으로 얼마나 살아갈 수 있나 하는 생각들을 자주 하게 된다. 체력이 딸려 서 노동을 하지 못하고, 앉아있거나 누워있는 시간이 많아지고, 생각하는 시간이 늘어나면서 그렇게 되는 것이 아닌가 싶기도 하다. 머리와 몸을 동시에 부지런히 작동시키는 것에 한계를 느끼기 시작한지 오래 된 듯하다. 그런 한계를 느낄 때마다 영원히 살지 않아도 되는 존재라는 것이 다행스럽기도 하다. 주변의 많은 선배들을 보며, 통계도 보며, 앞에 남은 시간을 가늠한다. 물론 예측할 수 없는 변수도 염두에 두며 남은 시간과 타협한다.

결코 짧지 않은 시간 동안 살아온 공간을 추적해 보는 것은 극히 당연한 것일지도 모른다. 우리 부모님을 따라 내 본적이 되었던 정읍군 산외면 지금실, 국민학교 4학년까지 살았던 전주, 내 인생의 반 이상을 살아온 현재의 집 등. 다행스럽게도 아이들이 초등학교 저학년이었을 때부터 강북에 있는 주택에서 살다 보니 40년이 넘는 세월을 한 집에서 살 수 있었다. 우리의 성격이 이런 오래된 동네에서 살게 한 것인지 반대로 오래된 주택가에서 살다 보니 이런 성격이 된 것인지 잘 모를 정도이다. 그만큼 사람과 주거 공간이 혼연일체가 되는 것인가 하는 생각도 든다.

아주 오래 전 우리 부모님을 따라 본적으로 정해진 지금실 집은 조부, 증조부, 등이 출생하고 그 위 선대로 이어지는 우리의 원형적인 공간임을 확인시켜 주었다. 1894년 동학혁명이 발발한 그해에 그 집에서 태어나신 조부, 그보다 48년 전에 태어나신 증조부를 포함하여 시간의 축을 따라 올라가면 우리 집안 족보에 올라 있는 몇 대의 조상들이 그 공간과 연결되었다. 공간의 이동 없이 살아낼 수 있었던 시대였기 때문에 가능했을 것이다. 우리에게 지금실이 원형적 공간이듯이 우리 자식들이 어렸을 때부터 살고 있는 이 집이 새로운 원형적인 공간이 되기를 바라는 것은 꿈일까 하는 생각을 잠시 해본다.

20세기 말 1894년에 우리 집안의 원형적 공간인 지금실에서, 증조부님과 바로 이웃하여 가까운 친족이며 동학혁명의 지도자 중의 한 분이셨던 김개남 장군이 사셨던 것은 그 시대를 읽을 수 있고, 우리 조상을 이해하는 또 다른 근거이다. 시간의 축을 따라 올라가서 만난 증조부의 시간에 수평적으로는 김개남 장군이 있었다. 역사적인 선택을 해야 하는 그 시간에 전혀 다른 선택을 하신 두 분을 보며 근대로 변화하는 시대를 인식할 수 있었다.

그럼에도 내가 살아온 80년의 시간 동안 나를 지배해 온 많은 부분은 내 부모와 형제였음을 확인하게 된다. 인생을 정리할 때가 다가오니 더 그런 생각이 드는 것이 아닌가 한다. 그러면서도 우리가 이 세상에 남기고 가는 자식들이 우리가 추구했던 가치와 유사한 가치관을 가지고 살아가기를 바라는 것이 아닌가 하는 생각에 스스로 놀란다. 우리 시대에나 가능한 생각일 듯 해서 그렇고, 자식을 포함하여 타인에게 규범적인 것을 강요하는 것이 가능할 수 있나 하는 생각이 들어서 그렇다. 그나마 긴 시간을 살아오면서 어떠한 충격도 받아들일 수 있는 듯 해서 다행이다.

본인에게는 의미가 있을지 모르지만 살아온 세월만큼 부끄럽고 누추한 이야기를 써본 것은 어떤 형태이든 개인 개인이 살아오며 형성한 가느다란 줄이 합해져서 굵은 역사의 빗줄이 될 수 있다면 그나마 의미가 있지 않을까 하는 생각에서 용기를 냈다.

2026. 3.
김용희

차례

지금실 사람들

호남선 기차

내 원적은 전라북도 정읍군 산외면 동곡리 614번지 지금실이다. 아주 오래 전 70년도 더 전부터 꼭 외워야 하는 주소였다. 학교를 다니기 시작하면서 국민학교 중학교 때부터 수없이 써야 했던 서류에, 입학원서에 취직하기 위한 지원 서류 첫째 줄에 원적을 꼭 외워서 써야 했다. 그때는 새 학기만 되면 왜 그리 종이에 쓰라는 것이 많았는지. 암기력이 제일 좋을 때였으니 몇 음절도 안 되는 주소를 외우는 것은 문제도 아니었다. 지금실이라는 마을 이름을 어디에 써야 할지 몰라서 난감했으나 빈 공간이 없을 때는 쓰지 않기도 했다. 어른이 되어가면서도 오랫동안 그곳은 시골로 아주 깊은 시골로 기억했고, 별로 사람들에게 일부러 알려주고 싶지 않은 주소였다. 그러나 자고 있을 때 누가 깨워 물어봐도 언제든지 한 자도 틀리지 않고 대답할 수 있는 주소이다.

얼마 전까지만 해도 호남지방에 대한 편견이 얼마나 심했는지 그곳에서 사는 사람들이 심하게 홀대받고 살아왔던 시간이 길었다. 이 작은 나라에서 왜 그렇게까지 심하게 그 지역을 배타적으로 대했는지. 하기는 뭐 지금이라고 그런 감정이 완전히 사라진 것도 아니지만. 나이가 들어가면서도 지역 간 갈등이 그렇게 큰 나라도 없을 것이라는 생각을 오랫동안 해왔다. 조선조 오백 년의 역사가 서울을 중심으로 한 사고의 틀을 만든 것에서 시작하는 듯도 했다.

부모님들이 서울로 진입해서 살아온 세월이 충분히 길다고 생각하며 살아왔는데 이제는 호남에 대한 트라우마에서 강남과 강북으로 분할된 현실을 받아들여야 하는 모양이다. 조선 시대의 사대문 안에 있는 경복궁, 덕수궁, 창덕궁 등이 과거의 유물로 치부되는 동안 한 번도 강북을 떠나지 않고 살아가는 우리 가족은 또다시 변방에 살아가는구나 하는 생각을 하게 된다. 강남과 강북의 분할도 서울과 지방의 분할 못지않게 견고하다는 생각이다. 금세기 들어서 부터는 특별히 초등학교부터 강남에 살았던 아이들은 성장한 뒤에까지 같이 어울리고 유대감을 느끼며 지낸다는 말을 들었다. 강남이 고향이 되는 모양이다.

　며칠 전에는 티브이 채널을 돌리다 보니 전남 장흥에서 서울에 수학여행을 왔다는 초등학교 육 학년 학생들이 진행자와 대화를 하는데 전혀 사투리를 쓰지 않고 외모나 옷차림에서도 서울 아이들과 전혀 구별이 되지 않았다. 체격도 크고, 잘 생긴 남학생의 핸드폰에는 소가 새끼를 품고 있는 사진이 떠있어서 진행자가 재미있어 했다. 소 80마리를 기르고 있다고 자랑스럽게 말하는 것이 보기 좋았다. 다른 여학생은 장흥의 자랑할 만한 곳으로 동학혁명기념관이 있음을 알려주었다. 초등학교 졸업 기념으로 서울에 수학여행을 왔지만 특별히 서울에 대해 놀라워하지도 않고, 주눅 들어 보이지도 않았다. 역시 보기 좋았다. 현재보다 두 세대 전 우리가 학교에 다닐 때와 많이 달랐다. 두 세대 전의 우리 생활은 그때부터 두 세대 전과 훨씬 유사할 것이라는 생각이 든다. 현재는 텔레비전은 말할 것도 없고 인터넷망이 전국적으로 거의 균일하게 보급되어 지역 간 편차가 거의 없어진 듯하다. 보통 사람들만이 아니라 세계적으로 유명하고 인정을 받는다는 K-POP의 아이돌 그룹에서 노래 부르고 활약하는 어린 청소년들이 경상도, 전라도의 시골 출신이 많은 것을 보고도 놀라웠다. 심지어 동남아에서 온 가수들도 섞여 있었다. 출생지가 서울이 아니라는 이유로 주눅 들었던 어린 시절이 생각나서 새삼스러웠던 듯하다.

이 나라에서 지난 칠십여 년의 시간 동안 일어난 변화야 인류 역사상 그 어떤 시대보다 엄청날 테니 말할 것도 없지만 그래도 국민학교 교육이라는 것이 의무교육으로 일반화되어 가는 과정이었을 때이니 어느 정도는 보편적인 목표와 가치를 가지기 시작하는 때였다. 텔레비전은 없었어도 라디오나 신문으로 표준어를 강조했기 때문에 나는 표준어를 쓴다고 생각했을 것이다. 국립국어원에서 규정하는 표준어는 "교양 있는 사람들이 두루 쓰는 현대 서울말로 정함을 원칙으로 한다." 라고 되어 있다. 나이가 좀 들어서도 현재, 서울, 중류층이 사용하는 것으로 규정했을 때도 중류층을 말하는 것인지, 중산층을 말하는 것인지 생각해야 했다. 중산층? 우리 부부가 40대였던 20세기 후반에는 30평대의 아파트를 소유한 4인 가정? 소형차를 소유한? 한 달 수입이 3~4 백만원? 이런 식으로 막연하게 생각했다. 국민학교에 다닐 때도 중산층이니, 중류층이라는 말에 거부감이 있었던 것을 보면 우리는 그 부류에서 제외된다는 생각을 했던 것으로 보인다.

국민학교 4학년이 되자마자 서울로 진입한 나는 조심스럽지만 정확하게 표준어로 말하고 있다고 생각했는데 듣는 아이들이 이상하게 킥킥거리며 웃어대었다. 문제는 내 말의 어느 부분이 이상한 것인지 전혀 알 수 없다는 것이었다. 답답했다. 뭘 고쳐야 할지 모르겠는데 이상한 모양이었다. 나중에 고등학교에 입학했을 때 나처럼 호남 쪽에서 올라 온 어떤 아이가 영어를 읽을 때 무엇이 이상한가를 곧 알 수 있었다. 억양이 많이 이상했다. 촌스러웠다. 그 친구는 고등학생이 되어선지 몸까지 꼬며 불편하게 영어책을 읽었다. 그 친구를 보고 과거의 내가 어떻게 친구들에게 비쳤을지 생각하고 부끄러웠으나 그때는 호남지방과는 전혀 관계가 없는 것처럼 앙큼하게 모른 척하고 지냈다. 아주 어린 시절에 그런 일을 겪은 것을 다행으로 생각했다.

어른이 되어서 아주 어렸을 때 영남지역에서 올라온 친구가 자기 말투에 반 아이들이 킥킥댔다는 말을 했을 때 놀라웠다. 나는 호남지역의 말투만 이상하게 들리는 줄 알았다. 다른 지역 아이들의 말투에 대해서는 신경 쓸 여유가 없었다.

호남의 도서 지역에서 고등학교 때부터 서울로 올라와 유학을 한 어느 남자 교수는 고등학교 3년 동안을 생각하며 진저리를 쳤다. 생각하고 싶지도 않다며 머리를 흔들었다. 남자 고등학생도 열 살도 안 된 여자 아이가 겪었던 묘한 따돌림을 고스란히 당했던 모양이었다. 이제 와서 생각하면 그런 따돌림이 나쁘지만은 않았다는 생각이 든다. 독립적으로 되기도 하고, 생각보다 도전적으로 되기도 하고 타인들과 분할하는 경계를 그으면서 차이를 인식하기도 하고, 뭐 좀 빨리 어른의 세계에 진입한다고 할까? 남북이 분단된 지 오랜 세월이 흐르지 않아서이었을 테지만 북쪽 말씨를 쓰는 사람도 많았고, 경상도, 충청도 등 각 지역에서 온 사람들이 모인 곳이 서울이었지만 호남 지역에 대한 편견만이 유달리 심했던 것으로 기억되는 것은 자기 문제였기 때문일 것이다.

고등학생 때이었는지 장항에서 군산까지 배를 타고 간 적이 있었는데 장항 매표소에서 표를 파는 젊은 여자가 문장의 어미를 너무 느리게 한없이 뽑아서 나를 놀리는 줄 알았던 기억이 난다. 참 작은 나라에서 지역에 따라 표현이 달라지는 것은 놀라운 일이었다. 호남 지역을 하와이라고 부르기도 했던 것으로 기억한다. 무슨 뜻이었는지는 잘 기억이 나지 않지만 좋은 의미는 아니었다. 오래 전부터 미국 사람들은 은퇴한 뒤 하와이에서 노년을 보내는 것을 꿈으로 가지고 있던데 전라도를 하와이라고 한 것은 개화기 때 제일 처음 하와이로 이민 간 동포들을 같이 무시하는 것이었을까? 전라도를 하와이라고 부르며 폄하한 세월도 꽤 길었다.

어떤 친구가 자기 집안도 자기 남편의 집안도 오백 년 이상을 서울에서 살아왔다고 해서 놀랍고 부러웠다. 어떻게 그 오랜 세월을 양가가 서울에서 살아왔을까? 남편이 막내아들이어서 친구가 결혼할 때 벌써 연로하셨던 친구의 시어머니는 같은 서울 출신이라는 이유로 막내며느리와 같이 사시겠다고 하셨다. 그 친구도 별로 거부감을 표시하지 않고 시어머니의 결정을 받아들여서 백세가 넘어 돌아가실 때까지 시어머니와 며느리는 같이 사셨다. 그 점잖음과 어른을 공경함이 서울 사람들의 미덕이라면 승복할 수밖에 없다는 생각을 한 적도 있다. 그 친구의 열 살 위의 언니가 함경도에서 내려온 남자와 결혼을 한다고 했을 때 어머니가 심하게 반대를 하셨다고 했다. 근본을 모르는 남자와 결혼을 시키실 수 없다는 것이었는데 그 어머니의 생각으로는 함경도, 평안도는 조선조 이전부터 유배지였던 것으로 생각하신 것이 아니었을까? 나중에 형부가 되신 함경도에서 내려오신 남자분의 부친은 20세기 초에 일본에서 신교육을 받으신 뒤 만주 신경 전매청에서 근무하셨고, 음악, 럭비 등 다양한 분야에서 재능을 발휘하셨다. 만주 신경을 배경으로 쓰여진 유진오의 소설에서 신경은 서울보다 훨씬 발전된 식민지 도시로서 철도를 중심으로 급변하는 모습으로 그려진다. 신경은 식민지 종주국 일본이 그들이 발전해 나갈 발판으로 삼기 위해 근대화에 역점을 두고 변화시켰던 곳이다. 근본 없는 함경도 출신 형붓감의 모친도 일본에서 대학 교육을 받으시고 전문적인 업종에서 직장생활을 하셨다. 나름 20세기 초에 서울 명문 여고를 졸업하신 친구 어머니의 생각이 그러셨으니 그 시절 보통 사람들의 지역에 대한 감정은 더 심할 것으로 보였다.

서울 밖은 모두 근본 없는 사람들이 살 것이라는 막연한 생각은 어디에서 기인했을까? 조선조 오백 년 시간이 만들고 굳어진 것일까? 선교사나 신부님, 수녀님, 평화봉사단 단원들이 한국에 들어와 선교나 봉사를 했던 1970

년대에도 외국인들에게 한국어를 가르치는 책자에는 서울, 경기도, 충청도, 경상도, 전라도, 평안도, 함경도, 제주도까지 각 지역에 사는 사람들의 성격을 상세히 전달하는 부분이 있었다. 한국처럼 작은 나라에서 지역에 따라 세세하게 사람들의 성향을 얘기하는 것이었다. 이태조와 정도전의 문답에서 시작된 것으로 보이는 각 도에 사는 사람들의 기질에 대한 단편적인 생각은 이중환의 택리지(擇里志)에 세밀하게 언급되었다. 그 이후에도 선비들에 따라 변형된 해석도 자주 등장한다. 조선조에서 특별한 사유로 언급되었을지도 모르는 단편적인 이야기들이 몇 백 년이 지난 후에 외국인들에게 한국인들의 금과옥조(金科玉條)인 듯 알려준다는 것이 무슨 의미가 있을까 하는 생각을 했지만 사실 그런 편견들은 그때에도 조금 희석되었을 뿐이지 그대로 존재했다.

고등학교에 다닐 때 말을 많이 더듬거리며, 정확하게 발음하지 못했던 재일교포 친구가 있었는데 아무도 그 친구를 이상하게 대하지는 않았다. 당시에도 일본이라는 곳은 모두에게 미국처럼 선망의 대상이 되는 공간이었다. 반 학생들은 그 친구의 말을 잘 알아들을 수 없었어도 모두 우호적으로 대했다. 다른 친구 하나는 아버지가 필리핀 외교관으로 있다가 왔다는데 영어를 너무 예쁘고 세련되게 읽어서 기억에 남는다. 그 친구의 모든 행동은 자신만만하고 점잖게 보였는데 필리핀에서 국제학교에 다녔다고 했던 것으로 기억된다. 그 친구의 심성이 착해서 그랬는지 영어를 자연스럽게 할 수 있어서 그랬는지 모르지만 모두 우호적으로 대했던 기억이 난다. 1960년대 필리핀은 막사이사이 대통령이 서거한 뒤였지만 우리나라와의 관계는 우호적이었고, 그 후로도 건설, 토목 등의 분야에서 한국의 기술자들이 파견되어 많은 공사를 했었다.

나는 국민학교 4학년 때 서울로 전학을 온 뒤 한동안 학교에서는 몇 마디 말 속에도 불쑥불쑥 튀어나오는 사투리나 독특한 억양 등으로 내 고향이 어디인가를 숨길 수 없었고, 수업 시간에 책을 소리 내어 낭독하는 것만으로도 고향이 어디인가를 들켜버리곤 했다. 다른 아이들은 운동화나 예쁜 꽃신을 신고 다닐 때 검은색 고무신을 신고 학교에 가야 했고 그것이 특별히 이상하다는 생각도 못하고 학교에 다니는 무신경한 아이였다. 어처구니없는 것은 그 모든 촌스러운 행위와 힐끗거림은 자신이 인식하지 못하는 사이에 일어났다. 국민학교 3학년까지 내가 살았던 전주에서는 모두 나처럼 똑같이 말하고 그렇게 입고 다녀서 조금도 이상하지 않았기 때문이었다. 남자애들은 무명 보자기에 몇 권의 책과 공책을 싸서 어깨와 허리에 어긋나게 묶은 뒤 손을 호호 불고 다녔던 기억이 난다. 나보다 10년 정도나 아래인 남자 교수들이 자기들도 그런 행장으로 학교를 다녔다는 얘기를 했을 때는 놀라울 뿐이었다. 그 때도 그렇게 경제적으로 어려웠다니? 그 분들이 전주보다는 조금 더 시골에서 살았기 때문이었을까?

그나마 전주는 전라북도 도청소재지라는 말을 자주 들었는데 그런 덕도 조금은 보았을 것이다. 자신의 모습보다는 타인에 관심이 많을 때였는지 내가 어디에 책을 싸 갖고 다녔는지는 별로 기억이 나지 않는다. 아마 내 바로 위의 오빠에게 사준 란도셀이라는 일본제 가죽 가방을 나에게 메고 다니라고 하셨을 듯하다. 개구쟁이 남자애가 3년이나 매고 다녔을 헌 가방을 나라고 좋아했을 것 같지는 않다. 그래서 기억이 없었을 것이다. 중소도시보다 조금 더 들어간 농어촌 같은 곳에서 어린 학생들이 보자기에 책을 싸서 어깨와 허리에 두르고 학교에 다니기 50년도 더 전에 만주국의 수도 신경에서는 유치원이 있었다고 했다. 그때 그 곳에서 직장에 다니던 젊은 엄마는 프랑스 여자들이 썼던 멋진 그물이 이마를 가리는 모자를 쓰고 학부형으로 유치원에 오셨다고 했다. 만주 모더니즘이라는 말을 실감하는 분위기였던 듯하다. 함경도 출신 근본 없는 집안의 어머니로 알았던 그 분은 모던 걸이었던 것으로 보인다.

만주는 식민지 시대 이 나라 농민들이 먹고살게 없어서 간 곳만이 아니고 식민지 종주국 일본이 정책적으로 지식인, 문화 예술인을 흡수했던 곳이다. 얼마 전에 타계한 세계적인 지휘자 오자와 세이지도 만주 동북 지역에서 출생했고, 럭비를 했다는 기록이 있다. 의사였던 오자와 세이지의 부친이 만주국 협화회 창설자 중 한 사람이었다고 한다. 신경에서는 청소년 남자 아이들이 럭비라는 서구적인 운동을 어린 나이에 접하고 서양음악에도 쉽게 접했던 것으로 보인다. 현재 90세에 가까운 분들 중에 서양음악을 하시는 몇 분이 만주 출신이신 것을 보면 만주에서 일찍 시작된 근대화 또는 서양 방식의 교육이 영향을 미친 것으로 보인다. 19세기 말부터 도쿄, 오사카, 상해, 홍콩 등과 함께 신경은 식민지 종주국 일본이 정책적으로 만들어 가는 근대 도시를 지향했다. 아직 서울은 근대 도시로서의 면모와는 거리가 있었고, 한국전쟁이 끝나고 우리가 서울로 올 때까지도 서울과 시골이 대단 한 차이가 나지는 않았지만 서울에서 우리 형제들은 모두 이질적인 존재들 이었다.

내가 전라도 사투리를 쓰는 우스운 아이라는 낙인에서 해방되는 데는 한 학기쯤 걸렸던 듯하다. 다음 학년부터는 저 남쪽에서 올라온 전학생이라 는 꼬리표를 뗄 수 있었다. 한 반이 80명도 넘었으니 선생님도, 아이들도 특별한 경우가 아니라면 많은 인원 속에서 표나지 않게 파묻혀서 지낼 수 있었다. 다행히 새 학년이 되어 1년을 같이 지내야 하는 담임 선생님이 내가 가진 가난이나 촌스러움을 따뜻한 마음으로 감싸주시거나, 아니 모른 척 해주시기만 해도 학교생활은 별 고통 없이 지낼 수 있었던 듯하다. 내 경험으로는 일기장에 좀 특별한 표현을 한 두 줄 쓰거나, 산수의 암산을 빠른 시간 내에 하는 것 등으로 담임 선생님이 쳐놓은 그물망에서 벗어날 수 있었다. 그 후에 대학을 가고 어른이 된 다음에도 왜 호남지방에 대한 편견들을 그렇게 심하게 가지는가에 대한 의구심은 오랫동안 나를 따라다녔고 전주, 특별히 지금실이 고향이라는 얘기는 노출시키고 싶지 않은 낙인 같은 것이었다.

한국전쟁 후 상경한 대부분의 가정이 그랬듯이 우리 부모도 서울로 온 뒤 장사를 하며 자식들을 길렀다. 당시에는 시장 주변 어디서든지 뭔가를 파는 것이 생계를 해결하는 제일 빠른 방법이었다. 생계를 위한 경제 행위가 농업에서 상업으로 바뀐 것이다. 우리 부모는 결혼 후 지금실에서 3-4키로 떨어진 신촌 평사리라는 곳으로 한번 이사를 하고, 그 곳에서 다섯 번째 자식인 나를 낳을 때까지 사신 뒤 곧 전라북도 도청 소재지였던 전주로 이사를 하셨다. 아버지의 집안은 누대에 걸쳐 도강 김가 집성촌인 지금실에 사셨고, 어머니의 본가는 완주군 구이면으로 누대에 걸쳐 구이면 마르개에 사시다가 15살이 되어 지금실로 혼인을 해서 오셨다. 어머니가 1916년, 아버지가 1917년 생으로 한 살 차이인 우리 부모는 나이 서른 즈음에 1947년생인 나를 포함하여 다섯 명의 자식을 두었다. 그 후로 전주에서 2명의 동생을 더 낳으셔서 우리 형제는 일곱 명이었다.

지금실에서 조금 떨어진 신촌 평사리는 전주를 포함한 인근 지역에서 오는 버스가 다니는 신작로가 있는 마을이었다. 지금실이 차가 전혀 드나들 수 없는 논과 밭만이 있는 농촌이라면 신촌은 하루에 몇 번이지만 버스가 다니는 길이었다. 소가 끄는 우마차도 다니는 것을 가끔 보았던 기억이 나는데 쌀이나 곡식들을 군산이나 전주 같은 곳으로 실어 나르지 않았을까 생각된다. 언제든지 길은 필요에 의해서 만들어졌을 테니까.

1970년대 초에 결혼을 한 우리 부부가 경기도 양주군 진접면의 시댁에 명절 때나 제사, 어른들의 생신 등에 찾아뵐 때마다 비포장도로를 덜컹거리며 버스로 가는 일이 여간 힘들지 않았다. 아이가 생긴 후에는 더 심했다. 그때에는 전국 주요 도로가 아스팔트로 포장을 했는데 왜 서울에서 아주 가까운 경기도인데 포장이 안됐는지 답답했다. 남편은 그 쪽은 군부대가 여기저기 있는 군사 도로라서 포장을 하지 못한다고 했다. 언제 전시 상황으로 바뀔지 모른다는 말인 듯했다. 하기는 몇 달 전에도 그 길로 가다 보니 반대편 찻길로 탱크 몇 십대가 줄지어서 가고 있었다. 잠시 신기한 듯 구경을 했지만 곧 불안해졌다. 우리나라에서 유럽 어느 나라엔지 전쟁 무기를 판다고도 하던데 팔기만 해도 되는 것일까 하는 두려움이 생겼다. 경동시장 옆에 있는 시외버스 터미널에서 아이들과 함께 벌벌 떨며 버스를 기다리고, 멀미를 하며 시댁에 드나드는 것이 너무 힘들어서 부모님도, 제사도 우리 집으로 모셔 오고 말았다. 힘든 세월의 시작이었다. 시댁으로 가는 비포장도로가 우리 생활을 빨리 바꾸었다.

신촌 평사리에서 내려 조부모가 계시는 지금실까지는 사람 두셋이 걸어 다니는 길이고, 기껏해야 말이나 가마 정도가 옹색하게 다닐 수 있는 좁은 길이었다. 좁을 뿐만 아니라 많은 사람들이 이용하지 않아서인지 여기저기에 크고 날카로운 돌들이 박혀 있어 걷기에 여간 힘들지 않았다. 얇은 고무신이나 운동화를 신은 발바닥이 날카로운 돌에 찔릴 때에는 정신이 번쩍 들곤 했다. 지금실에 사람이 많이 살지 않아서였을 것이다. 버스 한 대 정도가 다니던 신촌 길은 아스팔트가 안 되어 먼지가 풀풀 날렸지만 길 양쪽으로 포프라가 쭉 심어진 신작로 였다. 식민지 시대에 만들어진 도로였다.

윗지금실 조부의 집에서 바로 몇 집 아래에 동학혁명의 지도자 중의 한 분이었던 김개남 장군이 태어나고 살았다는 것은 내 나이 칠십이 넘어 안 사실이었다. 우리의 본이 도강(강진)김가라는 것은 어렸을 때부터 알았으나 어른들이 본이 어디냐고 물었을 때 대답을 해주어도 많은 사람들이 잘 알지 못 하기 때문에 구체적으로 설명하지도 않았고 더 이상 알려고도 하지 않았다. 조상에 대해 조금씩 관심을 가진 것은 은퇴한 뒤에 코로나 시대에 접어들며 이런저런 문서들을 뒤적거리다 알게 된 정도이었다. 조상에 대한 관심과 정보가 그 정도이었듯 지금실이라는 공간은 커가면서 방학 때에 잠깐씩 머물렀던 기억이 전부였다.

지금실이 아니고 다른 시골이어도 별 차이 없을 것이지만 나에게 1950년대 후반의 한국 시골이란 그런 풍경으로 고정되어 있다. 지금실 할아버지 댁은 신촌 버스 정거장에서 내린 뒤 좁은 길을 걸어가다 보면 한쪽으로는 깨끗한 시냇물이 예쁘게 흐르고 다른 한쪽으로는 논이나 밭이 이어져 있었다. 여름방학에는 미지근한 논물에 퍼런 감을 며칠씩 묻어두었다가 꺼내서 먹기도 했다. 한 살 위인 사촌오빠가 해주는 그것은 떫은 감을 우려먹는 방법이었지만 먹을 만한 간식거리가 없을 때라 몇 개든지 잘 먹었다. 겨울에는 집 뒤로 가을걷이가 끝난 밭에 눈이 무릎이 넘게 쌓였고 토끼몰이를 했던 기억이 난다. 공부는 별로 재미있어 하지 않던 사촌오빠는 지금실 시절 촌에서 할 수 있는 모든 잡기로 우리를 즐겁게 해주었다. 그러다가도 나보다 세 살 위인 작은오빠한테 한 대 얻어맞은 뒤에는 "봉남이 아들 놈!" 하고 소리치며 논둑을 따라 도망쳤다. 우리 아버지의 아명을 부르는 것으로 큰 욕을 한 것이다.

지금실 할아버지 댁은 사립문을 밀고 집 안으로 들어서면 마당 한쪽으로 높이 쌓아 올린 장작 사이를 다람쥐가 날쌔게 들락거렸다. 빨리 움직이는 모든 것들을 향해서 다람쥐 같다는 표현은 맞는 말이었다. 중학생이 되어 양복에 먼지가 앉지 않도록 덮어놓는 옷 덮개에도 두 마리의 다람쥐가 도토리를 까먹는 모습을 수를 놓았던 기억이 난다. 수예 시간은 1주일에 한 시간 정도이었지만 고통스러운 시간이었다. 한 학기가 다 지나서 완성품을 제출해야 할 때에는 고운 때가 수예품 여기저기에 묻어 있어서 나도 갖고 싶지 않았다. 중학교 2학년 학생에게 수예 시간은 감당하기 어려운 일이었지만, 그래도 수예를 담당하는 선생님은 성품이 조용하시고 따뜻한 분이셔서 형편없는 바느질 솜씨도 웃으면서 받아주셨다.

어린 시절 방학을 이용해서 몇 번 드나들었던 지금실에 대한 기억이 이렇듯 소략한 것은 몇 가구 되지 않는 전체 마을에서 조부님 댁에서 별로 벗어나본 적이 없었기 때문이었을 것이다. 해소로 언제나 목이 그렁그렁하셨던 할아버지는 내가 신문을 큰소리로 읽어드리는 것을 좋아하셨다. 당시 신문이 한자가 섞이고 세로로 조판이 되었지만 읽어드리는데 별로 문제가 없었다. 신문에 나오는 한자라고 해야 천자 정도 내에서 사용되었고, 중학교에 들어가기 전부터 수업 시간에 한자를 조금씩 배웠고, 중학교에서는 한문 시간이 특별히 있었다. 중학교 3년을 같은 학교에서 공부한 친구도 교과과정에 한문이 있었던 것을 기억하며 고마워했다. 중학교를 졸업한 뒤에 대학에서 전공 공부를 시작하면서 그때 한문을 가르쳤던 선생님들이 당신들의 전공 분야에서 중요한 업적들을 남기신 분들임을 알게 되었다. 한 분은 위당 정인보선생님 따님이신 정양완 선생님이셨다. 선생님이 빽빽할 울(鬱) 자를 칠판 하나 가득 쓰셨던 기억이 난다. 선생님이 들려주셨던 개화기 때의 인물들에 대한 이야기는 당신 부친과 관계되는 인물에 대한 이야기이었으며 바로 한국 근대사였다. 불교 학자이신 박성배 선생님은 젊은 나이에 부임하셔서인지 몹시 수줍어 하셨던 기억이 난다. 나이가 들어 방송을 통해 그 분의 불경 강의를 몇 번인가 들었을 때도 좋았다.

중 고등학교에 다닐 때 선생님들, 특별히 예술 담당 선생님들이 훗날

이 나라 예술계에서 크게 활동하셨던 것은 당시 예술가들이 중 고등학교에 근무하는 방법이 아니고는 안정적으로 창작활동을 하시기 어려웠기 때문이었을 것이다. 내가 다닌 학교만이 아니라 다른 학교들도 마찬가지였다. 학교를 졸업한 뒤 나이가 들어 그때 선생님들의 공연이나 전시회 등엘 다니는 것도 좋은 추억이었다. 훗날 경복궁 근처 화랑에서 전시회를 하시는 최덕휴 선생님을 찾아뵙고 그림도 한 점 받아올 수 있었다. 우리와 함께 학교를 떠난 최선생님은 곧 대학으로 가셨다. 케네디라는 별명을 가지셨던 윤형근 선생님 한테도 배웠다. 그렇게 멋있던 선생님의 회고전에는 동창들과 같이 가보았다. 단색화를 추구하는 선생님 스타일의 근원을 엿볼 수 있어서 좋았다. 동양화 기본을 가르쳐주시던 안상철 선생님도 계셨다. 사군자를 신문지 위에서 열심히 연습하게 하신 뒤 화선지에 그려내게 하셨다. 매화, 난초, 대나무까지만 배우고 국화는 배우지 못했다. 사군자의 초입에서 기웃거리다 왔건만 옛 그림을 보면 대단한 감식안이 있는 평자처럼 깊이깊이 보게 된다. 장흥을 지나 기산저수지 앞에 안 선생님 미술관이 있다. 안 선생님이 돌아가신 뒤 사모님 되시는 나희균 화백이 건축을 하시는 아드님과 같이 미술관을 만드셨다고 했다. 안선생님이 전통적인 동양화가 아닌 서양의 조형적인 형식까지 가미된 모던한 작품 활동을 하신 것을 보고 놀라웠다.

‘산노을’이라는 가곡을 작곡하신 박판길 선생님도 음악을 가르쳐주셨다. 빨간 스웨터 안에 다양한 색깔의 셔츠를 즐겨 입으시는 멋쟁이셨다. 당신이 결혼하실 때는 춘향가의 ‘사랑가’를 부르셨다고 해서 기억에 남았다. 국립오페라단 공연에서 안형일 선생과 더블캐스트로 출연하시던 테너 김금환 선생님의 노래는 한 소절만 들어도 황홀했다. 한국 예술계를 이끄셨던 대단한 선생님들 옆에서 조금씩 그분들의 예술을 느낄 수 있었던 시간은 행운이었다. 고등학교 2학년 체육 시간에 한 학기 배운 탁구를 인연으로 정년퇴직한 후 지금까지 일주일에 두세 번이나 주민 센터를 드나들며 탁구를 할 수 있는 것도 감사할 일이다. 겨울에는 미아리 어느 넓은 논에 물을 채운 뒤 얼린 스케이트장에서 스케이트를 연습했다. 학교 수업이 아니었다면 그 비싼 스케이트를 살 엄두도 못 냈을 것이다. 얼음판에서 몇 번이나 넘어졌지만 모르는 남학생이 손을 잡고 가르쳐주어서 그나마 점수를 받을 수 있었다. 그래도 스케이트장 한쪽 구석에서 팔던 어묵을 먹었던 기억이 오랫동안 남았다.

할아버지가 이제 막 고등학교에 입학한 손녀가 한자가 섞인 신문을 읽어 드리는 것을 좋아하셨던 것은 전주든 서울이든 완전 시골인 지금실보다 개화되고 경쟁 상대들이 많은 속에서 시험을 봐서 상급학교에 진학하는 손녀가 대견해 보여서 그랬을 수도 있었을 것이다. 무엇보다 음력 2월 21일로 할아버지와 내가 생일이 한 날이라는 것도 약간의 특별 대접을 받을 수 있는 요인이었을까? 말하기 좋아하시는 어른들은 할아버지와 내가 똑같이 머리가 커서 예뻐하신다는 얘기를 하셨던 듯도 하다. 여자에게 머리가 큰 것이 외모에는 말할 것도 없고 생활에 조금도 도움이 안 되는 것이었지만 그랬다. 집안 제일 어른이신 할아버지가 해주시는 한마디 칭찬이 어린 나이에 힘이 되었던 것으로 기억된다. 스물여덟 명이나 되는 손주들 속에 한 명일 뿐인 나는 할아버지의 작은 관심으로 자신감이 생겼을 것이다.

그때 할아버지의 연세보다 몇 살이나 많은 지금의 나는 두 명의 손주 얼굴을 보기가 아주 힘들다. 손주가 중학생이 된 뒤에는 더 심해졌다. 초등학교 때는 반복적으로, 기계적으로 학교와 학원을 드나들어서 아이들을 보기가 어렵더니 이제는 손주가 빠져 있는 게임과 또 다른 생활로 할머니가 끼어들 틈이 없다. 얼마 전부터는 아들 내외가 태어날 때부터 손주들의 사진을 찍어서 핸드폰에 올려준 것을 들여다보며 생각에 잠긴다. 그것도 부모와 자식, 가족이라는 것으로 묶여진 핸드폰의 요금체계가 베풀어 준 선물 같은 것인지도 모른다. 우리가 가족임을 최 우선적으로 명시해 주는 것은 핸드폰과 같은 전자기기임을 확인하면 씁쓸해진다. 그것도 이 시대에 적합한 방법일 것이다. 분명한 것은 서류로만, 영상으로만 존재할 뿐이지 실체를 만날 수도 없고 만질 수도 없다. 그래도 보고 싶은 마음이 있다는 것은 살아있다는 것인 듯해서 가슴이 뜨거워진다.

열다섯 살 즈음의 나는 부모님 집에서 보던 신문을 지금실 산골에 와서도 볼 수 있었던 것이 좋았던 듯하다. 지금실은 읽을 것이라고는 신문밖에 없었던 곳이었으니 며칠 치씩 묶어서 배달되는 신문들이 그나마 반가웠다. 할아버지의 사랑방 시렁 위에는 누런 장판지 같은 종이로 묶은 한적들이 줄줄이 쌓여 있었지만 그런 한문 서적은 그때에는 이미 읽는 책이 아니라 보는 책이었다. 할아버지도 연로하셨지만 인쇄된 책들이 많이 보급되기 시작했기 때문이다. 조간, 석간으로 찍어내는 신문이 쪽수가 많지는 않았지만 뉴스 전달과 연재 소설 등의 게재를 비롯하여 문화, 사회 비평에 대한 모든 역할을 해냈다. 그중에도 신문 하단에 실린 영화 광고는 중요한 볼거리였다. 배우들의 전면 사진과 자극적인 제목들은 자라나는 사춘기 학생들을 자극하기에 충분했다. 중고등학교 학생들에게는 약간씩 자극적인 영화를 상영하는 극장 이상으로 관심을 끄는 곳은 없었다. 어른들의 옷으로 변장을 하고 몰래 극장엘 다녀왔다는 친구들 얘기도 들렸지만 그렇게 비싼 입장료를 내고 가야 하는 개봉관에는 가본 적이 없었다. 나는 동네에서 두 편씩 동시 상영하는 씨구려 극장에나 가볼 수 있을 뿐이었다. 중고등 학생들에게 극장 정도가 우범지역이었으니 그때 어른들은 지금처럼 자식들 때문에 불안하지 않아도 되었을 것이다.

당시 신문 기사는 1천 자에서 2천 자 정도의 한자를 섞어서 쓰고 훈은 달아주지 않았지만, 중고등학교에 다닌 학생들이라면 웬만큼 읽어낼 수 있었다. 신문 문화면에는 현대소설이 그 이면에는 역사소설이 연재되었으며 이어서 라디오나 티브이가 일반 가정에 보급되어 연속극이 대단한 인기를 끌기 시작했지만 그럼에도 신문 연재 소설은 오랫동안 지속되었다. 라디오나 티브이의 연속극을 통속적이라고 생각하는 경향이 지배적이었고, 신문이나 문학잡지 또는 사상계와 같은 종합잡지를 비롯한 활자 문화에 대한 선호는 당연한 듯이 받아들였다. 신문 연재 소설의 줄거리 전개에 대한 궁금증으로 신문이 배달되기를 기다리듯이 라디오 연속극에 대한 관심도 대단했다. 기독교방송에서 '파란 라이트를 켜라'라는 수사 드라마가 있었는데 긴장하며 그 시간을 기다렸던 기억이 난다. 라디오 드라마가 어떻게 청취자의 관심을 끌 수 있었는지 신기하다. 효과음향에 많이 신경을 썼을 것이라는 생각이다. 그래서 그런지 김 벌래 라는 독특한 이름을 가진 분이 효과음향을 책임지는 드라마가 많았다.

우리는 라디오에서 한운사와 조남사의 수많은 작품을 숨죽이며 들었던 세대였으며 이어서 김수현의 티브이 드라마로 연결되었다. 어떤 남자 교수님 말씀으로는 1950년대 후반에 야구 경기를 보러 서울운동장에 갔을 때 함성 소리가 요란하게 야구 경기가 진행되는 중에 당신이 앉은 주변으로 조용해져서 둘러보니 어떤 관중이 트랜지스터라디오의 볼륨을 한껏 줄인 뒤 연속극을 켜놓고 듣고 있었고 주변의 많은 사람들이 숨을 죽이고 같이 듣고 있더라고 했다. 조남사의 '청실홍실'이라는 연속극이었다고 했다. 그때 활동했던 성우들의 모습은 전혀 모르지만 목소리는 지금도 기억한다.

20세기 초, 신문이 발행되기 시작하면서 신문사에서는 신문의 판매 부수를 늘리기 위한 방편으로, 작가들은 장편소설을 쓸 기회를 얻는 방안으로 시작되었던 장편소설 글쓰기는 오랫동안 이어졌다. 방학을 이용하여 시골에

가 있는 며칠 동안 읽을거리는 신문이 전부였고, 연재 소설이나 사회면, 문화면의 기사를 읽는 재미 못지않게 영화 광고 등을 통해 배우들의 사진을 보는 맛도 좋았다. "슬픔은 강물처럼" "과거를 묻지 마세요" "구름은 흘러도" "자유부인"등의 영화 스틸 컷을 몇 번씩이나 보고 또 보았다. 지금도 분명하게 생각나는 것은 사랑하는 청춘 남녀의 격정적인 모습이었다. 볼 것이 많지 않아서 그랬겠지만 그 정도 볼거리에도 별 궁핍함을 모르고 지낼 수 있었다. 〈선데이 서울〉같은 선정적인 화보를 많이 실은 주간지도 오랫동안 출판되었다. 눈에 보이는 세상 이상을 상상할 수 없었던 시절이었으니까 그랬을지도 모른다. 할아버지에게 신문을 좀 읽어드리고, 그 때마다 듣게 되는 과한 칭찬을 좋아했지만 그보다 편강이나 꿀, 곶감 등 할아버지만 드실 수 있는 특별한 것들을 먹을 수 있어서 좋았을 듯하다.

늦게 얻은 아들

나의 조부님(金煥轍)은 1894년 음력 2월에 지금실에서 나보다 꼭 53년 전에 태어나셨다. 음력이지만 생일도 같으셨으니 분명히 53년의 시차가 있으셨다. 내가 태어난 1947년에 53세의 조부는 한 명의 사위와 4명의 며느리를 보셨고, 그 연세에 10명이나 되는 손주가 있으셨다. 조부님은 지금실 산골에서 첫째 따님이신 고모를 시작으로 장손이신 우리 부친으로부터 셋째 아드님까지는 서당 공부를 시키신 게 전부였다. 넷째 아드님은 서울에 있는 대학교엘 보내셨지만 한국전쟁이 끝나자마자 정치적 혼란 상황에서 서북청년단의 습격에 잃으셨고, 다섯째 아드님도 대학을 보내셨던 것을 보면 해방 즈음하여 개화의 물결이 그 산골에 까지 밀려왔던 것을 짐작할 수 있다. 서울에서 사셨던 나의 시아버지는 우리 조부보다 6년 늦게 태어나셨고, 나의 부친보다 16년이나 연상이셨지만 이미 서울에서 고등교육을 받으시고 교사 생활을 하셨다. 동년배의 친구 부친들도 동경제대, 경성제대 등에서 공부를 하신 분들이 많았던 것을 보면 지금실 고등 교육의 기회는 서울을 비롯한 대도시보다 20년 이상 뒤진 것으로 보인다.

20세기 초 한국 성인 남녀가 형성한 가정의 모습은 우리 조부모가 만들었던 가족의 형태와 유사했던 것으로 보인다. 50대 초반의 부부가 자식 다섯을 모두 출가시키고 손주를 열 명이나 둘 수 있었던 것은 특별한 예는 아니었다. 14~15세에 결혼을 하고 20세 정도에 자식을 낳기 시작했으니 가능한 일이기는 했을 것이다. 1960년대 후반쯤, 화보 중심의 라이프 잡지에서

36세의 흑인 여성이 만든 딸과, 손녀, 증손녀로 이어지는 모계 4대의 생활을 사진으로 보며 놀랐던 기억이 난다. 뉴욕 할렘의 생활이라며 보여주었던 그 사진이 아직도 충격적으로 남아있는 것을 보면 지난 세기에 보여준 사회적인 변화는 그 시대를 살아온 우리도 감당하기 힘들었던 듯하다. 20세기 초에 5백 년 이상을 서울에서 태어나고 살았던 친구 부모들도 3∼4년 정도 늦게 결혼을 하셨지만, 비슷한 나이에 자식들을 낳고 생활하셨던 것으로 보인다.

서울이 신식 교육을 받을 기회가 지금실과는 비교할 수 없을 정도로 빠르고 많았던 것으로 보였지만, 서울이라고 해서 대부분의 젊은이가 신교육의 혜택을 받지는 않았던 것으로 보인다. 몇 년 전에 돌아가셨던 아랫집에 사시던 할머니는 평생을 머리에 가위를 대본 적이 없이 쪽을 찌고 사셨다고 하셨다. 조상 대대로 삼청동 옆 팔판동에 사셨다고 하셨는데 학교는커녕 결혼하기 전에는 대문 밖에도 나가기가 어려웠다고 했다. 그 동네에서 정승이 여덟 명이 나와서 팔판동이라고 했다는 야사도 있는데, 서울에서 양반가의 자손들은 그랬나 하는 생각을 하게 했다. 머리에 가위를 한 번도 안 댔다는 얘기는 우리 어머니에게서도 들어왔다. 어렸을 때는 쪽을 찌고 다니는 어머니가 부끄러워 학교에는 오시지 않기를 바랄 정도였다. 거기에 어머니의 부모님 네 분의 상을 당했을 때는 한 분이 돌아가실 때마다 1년 내내 흰 치마저고리를 입고 다니셨다. 경제적인 여유가 없어서였을 지도 몰랐다. 부모상을 당한 죄인이라는 표시로 언제나 똑같은 흰옷을 입고 다니는 것이었겠지만 어린 나에게는 그저 지루할 뿐이었다. 가위를 한 번도 대지 않았다는 어머니의 머리는 부모님 네 분의 상복 입기가 다 끝난 어느 날쯤 딸들의 부추김으로 잘려지고 뽀글뽀글한 파마머리로 바뀌었다.

　조부가 태어나신 1894년의 지금실이 동학혁명과 관계가 깊었던 것을 알기 시작한 것은 그리 오래되지 않았다. 아니 바로 몇 년 전이었다. 내가 중고등학교에 다닐 때까지 방학이 되면 한두 번씩 찾아갔던 지금실 조부의 집에서 몇 집 아래에 있는 집이 김개남 장군의 생가였다는 사실을 전혀 몰랐다. 동학혁명에 대해 책에서 전달하는 사실 이상으로 알지 못했고 알려고도 하지 않았다. 흘러간 역사적 사실로 스쳐 지나갔던 것일까? 왜 그랬을지 생각해 보지만 시절이 그랬고 특별히 우리가 살아온 그 세월이 그랬다. 개인적인 성향이 지나간 과거에 대한 관심이 없었을지도 모른다는 생각이 들기도 한다. 우리는 보통 자신이 살아온 시간과 자신에게 영향을 미치는 관계에 있는 사람에 대해서만 생각을 하면서 살아가는 것일지도 모른다. 부모, 형제, 자식 정도가 관심 있게 살아가는 범주에 속하지 않을까.

　중고등학생 때까지는 사회의 변화, 공동으로 추구해야 하는 가치 등에 대해, 생각할 수 없었다. 중학교에 입학했을 때 4·19 혁명이 발발했지만, 그 근간이 동학혁명이라는 생각도 해 볼 수 없었다. 중학교에 입학하자마자 담임 선생님으로부터 학교에서 연락할 때까지는 학교에 오지 않아도 된다는 사실이 너무 좋았고, 대통령 가족이 사는 경무대라고 하는 곳에서 권총으로 한 젊은 대학생이 부모와 형제를 죽인 뒤 자살을 했다는 뉴스가 충격적이었다. 총으로 사람을 죽이고 죽을 수 있다는 것이 많이 놀라웠다. 사람이 죽는 것이 어떤 상태가 되는 것인지 잘 몰랐기 때문이었다. 지금이라고 구체적으로 아는 것은 아니지만 그랬다. 파출소가 불타고, 대학생들이 트럭 위에서 큰 소리로 노래를 부르며 우리가 살던 미아리고개를 넘어가는 것을 보았다. 우리 세대가 처음 겪은 역사적 사건 4·19는 그 정도였다. 신문도 라디오도 제대로 보고 들을 수 없었고, 뉴스를 판별할 수 있는 능력도 없었다. 그리고 일 년 뒤 무서운 군인들이 전국을 점령했을 때는 라디오에서 나오는 모든 소리가 무서웠다. 아나운서가 혁명 공약이라는 똑같은 내용을 반복해서 읽었고, 마이크 옆에서 다시 읽을 것을 명하는 위협적인 목소리를 들었다. 중학교 2학년생이었던 나 혼자만 그 위협적인 목소리를 듣지는 않았을 것이다.

서울로 이사를 오기 전 전주 전동성당 앞 대로에서 고등학교 학생이던 큰오빠가 각반을 차고 행군하는 것을 본 뒤로 처음으로 대학생들이 집단적인 행위를 하는 모습을 보았다. 전주에서 행군하던 남자 고등학생들은 학도호국단이라고 했다. 각반을 찬 모습이 너무나 단호해 보여서 좀 무섭기까지 했으나 줄을 맞춰서 행군하는 모습은 멋있기까지 했다. 어깨에 총 비슷한 것을 메고 갔는지는 잘 기억이 나지 않았다. 남자 고등학생들이 큰길을 가득 채우고 줄을 맞춰 가는 모습이 오래도록 잊혀 지지 않았다. 많은 사람들이 집단으로 움직이는 것은 무서울 법도 했지만 축제처럼 느껴지기도 했다. 한국전쟁 때는 언니 등에 업혀 전주 인근에 있는 구이면 외가에 며칠 가 있었던 것이 전부였던 나는 중학교에 입학하자마자 4·19혁명을 알리는 함성과 함께 달리는 트럭 위에서 깃발을 흔드는 청년들을 바라보았을 때는 가슴이 뛰었다. 그리고 일 년 뒤 군복을 입은 채 짙은 선글라스를 끼고 허리에 두 손을 얹고 서 있었던 남자들의 사진은 공포의 대상이었다. 그 사진 이후로 검은 선글라스는 멋이라기보다 무서움이었다.

내 조부가 태어난 1894년에 동학혁명이 일어났고 그해 5월 증조부는 48세 늦은 나이에 어렵게 얻은 아들이 백일이 되기 전에 출타하여 서울로 가시는 길에, 지금실에서 멀지 않은 원평에서 살해되어 피를 흘리고 돌아가셨다고 한다. 원평 노상에서 증조부가 살해되신 것을 누군가 가족에게 기별하여 증조부의 주검을 모셔다가 장례를 지냈다고 한다. 증조부의 옷이 피범벅이 되어 살해당하신 것이 분명했지만 어떻게 된 것인지 사태의 전말을 알아내지 못했던 것으로 보인다. 우리에게 원평은 중학생인 작은언니와 작은오빠가 겨울날 눈이 내린 고갯길을 자루에 든 쌀을 들고 넘었다는 잊을 수 없는 곳이었다. 1957년 즈음하여 집안 살림이 거덜나고 부모님이 서울공대에 입학한 큰오빠와 큰언니 어린 동생 둘을 데리고 서울로 이주하신 뒤 전주에 남겨진 삼 남매가 지금실 할아버지 댁에서 주신 쌀을 가지고 넘었던 곳이라고 했다. 전주에는 중학교 1학년인 작은오빠와 중학교 3학년인 작은언니, 국민학교 4학년인 내가 남겨져 있었다. 동생 둘을 책임지고 전주에 남겨진 작은언니로부터 원평재와 쌀자루 얘기를 너무 많이 들어서 춥고 배고픈 길이라는 생각이 머리에 박혀 있었다.

나는 한 학기, 작은언니와 작은오빠는 1년 정도이었지만 동생 둘을 데리고 학교에 다니며 생활을 책임졌던 작은언니의 고통은 말할 수 없었을 것이다. 풍로에 작은 나무 조각을 때서 밥을 해서 먹기도 했다. 전주에 계시던 큰오빠의 친구 한 분이 가끔 셈베 과자를 사 오시는 것이 제일 큰 기쁨이었다. 셈베 과자와 함께 초포 이모님 댁 앞으로 흐르던 큰 하천에서 잡은 미꾸라지로 끓인 추어탕의 맛은 오랫동안 잊을 수 없었다. 깨끗한 자갈이 깔린 하천 주변에서 큰 솥에 끓인 추어탕에 대한 추억이 오랫동안 남았다. 서울로 올라온 뒤로는 몇 번이나 작은오빠가 우리를 데리고 계곡이며, 산으로 가서 가재도 잡고, 생선 통조림을 넣은 찌개도 보글보글 끓여서 먹여주었다. 오빠는 군인들이 이동할 때 사용하던 항고(행거)에 밥을 잘했다. 밥이 끝날 때까지 뚜껑을 한 번도 열어보지 않고 밥을 했지만 아주 맛이 있었다. 결혼을 한 뒤에는 아이들과 함께 경기도 계곡에서 가재를 잡고 물놀이도 했다. 몇 번 되지 않는 그런 날들이 아이들에게는 좋은 추억인 모양이다. 반복해서 얘기하는 것을 보면.

지금실 같은 산골에서 근대교육을 받은 경험도 전혀 없는 40대 초반의 남자 김개남이 1894년에 동학농민혁명이라는 엄청난 일을 할 수 있었던 근거는 무엇이었을까? 김개남에 대해 관심이 있는 연구자들은 그가 한학을 공부했고 병서를 읽었으며, 다산 정약용의 ≪경세유표≫ 정도를 읽었을 것으로 추정한다. 다산이 강진에 귀양(1801~1818)을 가서 지낸 세월이 꽤 길었으나 개남장군이 활동하던 시기에는 다산은 이미 강진을 떠나고 죽은 뒤였다.

갑오년 그해에 김개남 장군은 42세였고 48세인 우리 증조부의 5촌 당숙이었다. 증조부는 위로 딸 셋을 낳고 종손으로서 당시 습속으로는 절실하게 원했을 아들을 낳은 뒤 먼 길 출타를 하신 것으로 알려졌으나, 주위에는 독자이셨던 그 분의 죽음에 대해 밝혀낼 인물이 없었던 것으로 보인다. 도강 김가 집성촌인 지금실 산골에서 같은 연배인 우리 증조부와 김개남 장군 두 분이 가까웠을 것이라는 짐작을 할 수 있었지만 혁명이 격렬하게 진행되고 있는 와중에 개인의 살해에 대해 조사할 여건이 안 되었던 것으로 보인다. 증조부의 죽음에 대해서는 1940년에 돌아가신 증조모가 생전에 자손들에게 전하신 말씀을 통해서 짐작할 수 있을 뿐이었다.

우리 부친(金震)의 조부 김익술(金益述)은 윗 지금실(上知琴洞)에서 누대에 걸쳐 거주한 한학자로서 서울 왕래가 잦았다고 하며, 1894년 5월, 48세의 나이에 서울 출입을 하러 나가신 뒤 집에서 가까운 원평재에서 살해당했다고 한다. 우리 부친의 증조부는 1894년 갑오년에 68세였으며, 81세까지 생존하셨다. 나의 조부(金焕轍)는 1894년에 출생하셨으니 동학혁명에 가담을 하였거나 가담 가능성이 있었던 분은 당시 48세이셨던 부친의 조부일 것이다. 우리 조부의 집은 같은 도강 김가인 김개남 장군의 집과는 서너 집 사이에 있었다. 김개남 장군의 아들이 백술(伯述)로 익술(益述)이라는 합자를 쓰는 나의 증조부와는 같은 항렬로 김개남과 증조부는 5촌 당숙질

간이다. 나의 증조부가 종손으로서 연로하신 부친이 생존해 계신 상황에서 딸 셋을 낳은 뒤 48세에 늦게 아들을 보았으니 그 감격은 말할 수 없었을 것이다. 늦게 낳은 아들이 백일도 되기 전에 증조부는 출타 중에 집에서 시오리 안팎의 가까운 곳인 원평재에서 피살을 당하셨지만 어떤 이유로 그리 되셨는지는 밝혀낼 수가 없었다.

갑오년 5월에 객사하신 나의 증조부와 김개남 장군이 40대의 장년으로 6살 차이이었으니 서로 교류가 있었을 것이나, 두 분에 대해 전해지는 이야기는 없다. 오히려 당시 33세의 나이로 백일도 안 된 아들을 잘 기르시고, 연노하신 시아버지를 잘 봉양하신 증조할머니(盧玉淑)에 대한 얘기만 오래도록 전해졌다. 33세 청상의 몸으로 70이 다 된 시아버지를 모시고 백일도 안 된 갓난아기를 포함한 자식들을 안고 살아가셔야 했으니 그 어려움이 지난했을 것이다. 79세에 돌아가신 나의 증조할머니는 효자 아드님의 효성스런 태도와 함께 손주들의 기억 속에는 자애로운 할머니로 오래도록 남았다.

우리 부친을 포함한 숙부들이 기억하는 개남 장군 집과의 관계는 자정이 다 되어 지내는 종가의 제사 음식을 전달해야 하는 일 정도이었던 것으로 보인다. 70년도 전 내가 국민학교를 다닐 때부터 꼭 써내야 했던 원적란의 전라북도 정읍군 산외면 동곡리 614번지 윗 지금실은 아랫 지금실과의 사이에 작은 사당 같은 것이 있어서 어린 아이들에게는 밤에는 무서운 곳이었다. 우리 부친의 형제분들이 기억하는 1920~30년대의 지금실 형편은 1950년대 내가 보았던 그곳보다는 훨씬 더 낙후되었을 것이다. 아버지의 형제분들인 손자들에게는 그들이 어렸을 때부터 성인이 되어서까지 살아계셨던 할머니가 중요하고 의미가 있었지, 갑오년 48세에 돌아가셨던 할아버지에 대한 기억은 전혀 없었다. 더구나 같은 마을에 사셨다고는 해도 한 번도 상면한

적이 없이 오래 전에 돌아가신 김개남 장군에 대해서는 알 수가 없었던 것으로 보인다.

1914년 고모를 시작으로 3살 터울로 태어나기 시작한 아버지의 형제들에게도 윗대의 어른들이 동학혁명이 일어났을 때 지금실에 살던 친척들이 어떻게 행동했는지에 대해 전달해 줄 상황은 아니었던 것으로 보인다. 나라는 식민지 상황으로 접어들었고 서슬 퍼런 관군의 처벌이 작은 마을을 오랫동안 뒤따랐을 것이다. 그 엄혹한 세월을 어린 자식들과 함께 살아낸 할머니에 대한 존경과 추모의 염만이 손주들의 일생을 지배했던 것으로 보인다. 왜 서울로 가는 길에서 48세에 돌아가셨는지도 모르는 증조할아버지의 죽음에 대한 이유는 밝혀지지 못한 채 파묻히고 말았다. 이렇듯 교통도 원활하지 못했던 상황에서 서울 왕래가 잦았다는 48세의 한학자였던 증조부의 삶에 대해 우리가 아는 바는 별로 없다. 외람되지만 기껏해야 서당에서 동네 아이들에게 천자문이나 동몽선습, 명심보감 정도의 기초 한문을 가르치셨을 분들에게 한학자라고 명명하는 것은 상당히 부풀려진 것이 아닐까 싶기도 하다.

증조부도 집안 어른으로서 서당 훈장 노릇을 하며 농사를 짓고 생활에 도움이 되는 정도의 쌀이나 돈을 받았을지도 모른다. 내가 어렸을 때 지금실에 갔을 때는 할아버지가 나의 손위 사촌 오라버니에게 서당에서 배운 천자문을 담뱃대로 한 자 한 자 짚어가며 물어보시던 기억이 난다. 물론 아랫지금실에서 조금 떨어진 신촌 평사리에 있는 국민학교에 다니던 사촌오빠가 서당에 다니던 것은 과외 공부 수준의 공부였다. 그때에도 한문을 좀 아는 외지에서 온 어른에게 동네 아이들을 모아 기초 한문을 가르쳤던 것으로 기억한다. 외지에서 왔지만 상당 기간 동네에서 머무르는 훈장에게 어느 집에서도 공짜 밥을 제공하기는 어려웠던 것으로 느껴졌다. 동네에 들른 지나가는 성인 남자가 숙식을 원했을 때 글줄이나 읽고 쓸 수 있다면 집안 어른의 집 행랑채에 기거하며 아이들에게 한문이나 좀 가르치고, 힘깨나 쓸 수 있으면 머슴 일을 했던 것으로 기억된다. 그때에도 공부에는 별 흥미를 느끼지 못하던 사촌오빠는 천자문을 줄줄이 외웠지만 할아버지가 중간에 있는 글자를 하나하나 짚고 물어보셨을 때는 전혀 대답하지 못했다. 암기력이 제일 뛰어났던 시기에 줄줄이 외우는 것은 쉬웠지만 개별 글자에 대한 이해는 전혀 못했던 것으로 기억된다. 내가 시골 서당 훈장에 대한 존경심을 가지지 못하는 것은 어렸을 때 보았던 사촌의 한문 습득력이 보잘것없음에서 기인할지도 모른다. 어렸을 때도 다만 기계적으로 천자문을 외우게 하는 것이 무슨 의미가 있을까 싶었다. 이렇듯 이 나라에 신학문이 도입되었을 때는 말할 것도 없고 새로운 교육제도에서 학교 교육이 진행되는 와중에도 지금실에서는 서당 훈장이 존재했다. 며칠 전에는 70세가 넘은 내가 사는 동네 어른이 유튜브로 한문을 배우신다고 하셨다. 3천 자를 배우셨는데 높은 점수를 받으셨다고 자랑하셨다. 초등학교에 다니는 손주들 앞에서 부끄럽지 않아서 다행이었다고 하셨다. 박수 쳐 드릴 만했다. 그 나이가 되실 때까지 자식들 기르느라고 책을 가까이할 기회가 없었던 분이 노년에 문자 세계에 가까워지셨다는 것이 좋았다.

지금실은 외부와의 교섭이 이루어지기 힘든 깊은 산골이었다. 1916년과 1917년에 출생하셔서 열다섯 살이 되지도 않으셔서 혼인을 하신 우리 부모는 지금실에서 20리도 안 되는 신촌 평사리로 이사하신 뒤 다섯 번째 자식인 나까지 낳으신 뒤 1948년에 전주로 이주하셨다. 전주에서는 동생 둘을 더 낳고 10년쯤 사시다가 서울로 이사하셨다. 20세기 초 이 나라 남쪽 지역에서 살던 사람들이 서울을 향해 이주하는 전형적인 단계였다. 그 과정에서 생업은 농업에서 상업으로 바뀌었다. 부모님이 지금실 근처에서 농사를 짓는 동안은 자식들도 어렸고 별 걱정 없이 지내셨던 듯하다. 부모님은 30세 즈음하여 자식들을 교육시켜야 한다는 일념으로 정읍에서 전주로 진출하셨다. 전주에서부터 시작된 상업은 규모가 커지면서 부침이 심했고, 10년쯤 되었을 때는 전주를 떠날 수밖에 없으셨다. 부모님은 당신들이 가진 모든 것을 정리하여 빚을 청산하고 전주를 떠나셨다. 소위 말하는 빚잔치를 하고 홀가분하게 전주를 떠나셨으나 그 뒤에 닥친 고생은 우리 가족 모두의 몫이었다.

그 후로 우리 형제들은 월급쟁이가 생활하는 데는 좋겠다는 생각을 많이 했다. 그렇다고 해서 월급쟁이가 되기 위한 어떤 노력도 해본 적은 없었다. 훗날 시아버님이 초등학교 교장선생님이셨던 남편 집안의 궁핍함에 대해 얘기를 들었을 때는 놀라울 뿐이었다. 서울 변방에 살았던 남편의 집안은 우선 인근에 농지가 많지 않아서 곡식을 구하기가 어려웠다는 얘기가 실감이 났다. 감자, 고구마, 옥수수 같은 구황작물로 생계를 해결해야 하는 경우가 비일비재했다고 한다. 훗날 선생님들이 특히 초등학교 선생님들이 사친회비 독촉을 왜 그렇게 심하게 했는지 모르겠다고 했을 때 그때는 학생들로부터 사친회비를 받아서 교사들의 월급을 주어야 했다는 말을 들었을 때는 깜짝 놀라기도 했지만 곧 이해할 수 있었다.

고용원 100명 정도의 중소기업을 운영하는 40대 초반의 조카가 안쓰럽게 느껴지는 것은 달마다 직원들에게 어떻게 월급을 줄지 걱정되어서이다. 내 걱정에 대해 같은 자리에 있던 조카들은 입을 모아 말했다. '그 나이에 대표님 소리를 듣는데요.' '대표님은 언제나 갑이예요. 우리는 을이고요.' 보는 시각이 달랐다. 우리 세대는 끼니를 걱정하는 궁핍함이 무의식 속에 흐르고 있지 않았나 하는 생각이다. 내 가족의 끼니를 놓치지 않는 것만이 아니라 회사를 운영하는 사람이라면 그 가족의 끼니를 챙겨야 한다는 생각을 하는 것이다. 조카가 운영한다는 회사에서 구체적으로 무엇을 하는지도 잘 모르면서 직원들에게 월급을 제대로 지불해야 할 텐데 하는 걱정을 하는 70대 할머니에 비해 40대의 조카들은 갑과 을로 분할되는 세계에서 자기들은 끝까지 을이라는 생각과, 젊은 나이에 대표님 소리를 듣는 것이 그렇게 중요했다는 것이 신기했다. 하기는 아주 오래 전 미국 대사관의 참사관이었던 분은 자기 인생에서 제일 화려했던 때는 군대에서 소대장으로 근무할 때였다고 했다. 소대원이 몇 명이었는지는 모르겠지만 3-40명 남짓일 텐데 그 인원을 지휘 통솔하는 것이 그렇게 흐뭇한 기억으로 남아있는가 해서 재미있었다.

증조부의 사망 후 증조모는 혼기에 놓인 딸들을 혼인시키고 막 태어난 갓난애기를 길러 혼인을 시키며 일제 식민지지배가 끝나갈 무렵 일흔 아홉 살에 돌아가셨다. 집안 어른들로부터 조상에 대한 얘기는 별로 들은 바가 없었지만 증조모인 노옥숙 할머니에 대해서는 가끔 이야기를 들을 수 있었다. 장손으로서 집안의 대소사를 책임지고 계셨던 나의 부친과 큰 형을 찾아 드나드셨던 작은아버지들을 통해 들었던 것으로 기억된다. 증조모는 당신의 귀한 손주들인 우리 고모 한 분을 비롯하여 부친의 형제분들을 끝없는 자애로움으로 사랑하셨던 것으로 보인다. 당시 습속으로서는 여자가 결혼을 하여 대를 끊기지 않고 이어가도록 아들을 낳는 것이 지상 과제이셨을 테니 위로 따님을 셋이나 둔 상황에서 증조부는 48세에, 증조모는 33세에 실로 늦은 나이에 만득의 자식을 낳았으니 그 감격이야 표현할 수 없었을 것이다. 그렇듯 귀하게 얻은 외아들이 백일도 되지 않아서 장년의 남편이 객사를 하셨으니 그 애통함이 어느 정도였을지 짐작할 뿐이다.

증조모는 이미 과년한 딸들이 셋이나 있는 늦은 나이에 아들을 낳으신 후 68세의 연로하신 시아버지까지 모시고 적지 않은 농토의 농사까지 지으며, 여자 혼자의 몸으로 자손들을 출가시키고, 홀어머니 손에 자란 아들이 아들딸을 다섯씩이나 낳고 그 자식들이 30명에 가까운 손자 손녀를 두었으니 외아들을 출산하자마자 비명횡사하신 남편과 조상에 대한 의무를 다했다고 생각하셨을까? 조모의 사랑을 듬뿍 받고 자란 손자 중에 한 분이 특별히 그 할머니의 송덕비를 지금실 본가 앞에 크게 세워놓았지만 과하다는 생각은 여전하다. 후손들에게 험난한 세월을 힘들게 살아내신 할머니에 대한 그리움과 추모의 마음이야 백번 이해한다고 해도 그 행적을 돌에 새기는 것은 부끄러웠다.

증조모께서는 일제 때 친일 단체인 대동사문회에서 수여한 상을 받으신 일이 있었던 모양이나 식민지 백성들을 회유하는 방책으로 무엇을 못했겠는가? 세월이 많이 흘러 몇 번 그 송덕비를 볼 때마다 마치 내 부끄러운 모습을 보이는 듯해서 낯이 뜨거웠다. 증조할머니의 생활력과 살아내신 세월은 직계 자손들에게는 길이길이 추앙할 만한 일이었겠으나 대문 밖으로 그 행적을 알리는 것은 낯 뜨거운 일이었다. 한 대를 걸러 증손자들은 그 비석을 세운 숙부에 대해 언짢은 생각들을 가지고 있었으나 어쩔 수 없었다. 비석을 엎어놓고 댓돌로 쓸 수도 없었고, 글자 하나하나를 망치나 돌로 마모시킬 수도 없었다. 그저 비바람에 자연히 마모되기만을 바랄 뿐이다. 우린 죽으면 돌에는 어떤 글자도 새겨놓지 말자는 반면교사로 삼자는 다짐이나 할 수밖에 없었다.

갑오년 거사가 끝나고도 몇 십 년 뒤 부친과 그 형제분들이 자랄 때도 증조할머니가 아랫집에 살았던 김개남 장군의 집에 자주 음식을 가져다주시는 것을 보았다고 손주들은 기억하지만, 그 정도야 대역 죄인으로 난가가 된 종친의 집에 보내는 최소한의 배려였을 것이다. 부친의 얼굴도 모르고 자랐던 나의 조부가 어려서부터 효자였다는 얘기는 많이 들었지만 당시 상황에서 불효를 하기가 더 어려웠을 것으로 보인다. 1년 정도의 시간을 끌었던 거사가 끝나고 김개남이 효수된 뒤 자손들이 어떤 생활을 했는지는 이웃들에게 전해질 만큼 뚜렷하게 알려진 바는 없으나 미미하게 볼품없이 살아갈 수밖에 없었던 것은 분명한 것으로 보인다.

지금실이 오래된 도강 김가 집성촌이었음에도 지금실에 같이 살았던 종친들도 갑오년에 무슨 일이 일어났던가에 대해서는 대부분 함구했던 것으로 전해진다. 가까운 친척으로 바로 한 마을에 살았던 이웃들이 형언할 수 없는 방법으로 처참하게 죽어갔는데 그 참혹한 죽음에 대해 어떻게 입에 올리겠는가? 다만 가슴 속에서, 머릿속에서, 뚫고 올라오는 분노를 꾹꾹 누르기도 힘들었을 것이다. 1987년 광주사태 이후에도 광주 사람들은 그 이야기를 입에 올리고 싶어 하지 않는다고 했다. 피를 보는 것도 무서운데 피를 흘리며 죽어간 부모, 동기간, 친구에 대한 이야기를 어떻게 입에 담을 수 있었겠는가? 1930년쯤에는 구전으로 전해지는 동학에 관한 책이 한 권 정도 있었던 것으로 보이며, 밤에 호롱불 밑에서 한 사람이 그 책을 낭독하면 옆에 있던 할머니들이 그 이야기를 들으며 낙루했다는 얘기를 듣는 정도였다. 이름 없는 민중들이 주축이 되어 일어난 혁명에 대한 기록을 찾아본다는 것은 얼토당토않은 일일지도 모른다. 이렇듯 혁명에 대한 기록을 찾아보기 어려웠음에도 김개남이 동학혁명의 다른 지도자들과 특별히 다른 부분은 나라 내부의 모순을 해결해야 된다는 신념이 다른 지도자들에 비해 특별히 강했던 것으로 보인다는 점이다. 김개남은 개인적인 문제에 대한 원한을 갚는다거나 하는 문제가 아니라 체제 자체에 대한 모순을 제거해야 한다는 의식이 투철했던 것으로 보인다. 훗날 동학 혁명의 발단은 고부군수 조병갑이 사리사욕을 채우기 위한 방편으로 거둔 세금을 재징수하는 문제 등으로 백성들의 원성이 자자했던 것에서 시작되었다는 것은 공공연하게 전해지는 이야기였다. 고부군수에 대한 전봉준 부친의 저항은 고부군 백성들의 고통을 열거하는 탄원서에 이름을 제일 먼저 쓰고 군수에게 제출한 일이었다. 군수는 전봉준 부친이 백성을 선동했다 하여 곤장으로 때려 추방하였고, 결국 장독(杖毒)으로 옥중에서 사망하였다 하니, 지배 계층에 대한 개인적인 원한으로 말하면 전봉준이 김개남에 비해 비교할 수 없을 정도로 강했을 것으로 보이나 전봉준의 저항 방식은 오히려 온건했던 것으로 보인다. 전봉준은 원칙적이고 민주적인 방식에 의한 대화로 문제 해결을 해보려고 했던 것으로 보인다.

김개남이 많은 혁명군을 조직하고 호남 지역 전체를 아우르는 저항 세력을 유지시키는 것은 개인적인 문제와는 거리가 있는 것으로 보인다. 시대 상황은 전형적인 농업사회를 벗어나지 못했고, 곡창지대인 전라도는 53개 각 주, 군, 현이 생산하는 곡물로 거의 전 국민의 식량을 공급했을 것이며, 타지역에 비해 넉넉한 식량이 긴 기간 혁명이 진행되는 힘으로 작용할 수 있었을 것으로 짐작된다. 엄청난 숫자의 혁명군이 1년 정도의 시간을 버틸 수 있었던 것도 그들이 거주하는 공간, 즉 호남지역에서 혁명군의 식량을 조달할 수 있었기 때문이었을 것으로 짐작해 본다.

한국전쟁의 와중에도 호남지역의 주민들은 식량이 없어서 궁핍했던 경험은 다른 지역에 비해 심하지 않았던 것으로 보인다. 날아오는 총알을 피하면서라도 곡식을 심을 수 있는 땅이 있었다는 것이 큰 힘이 되었던 것으로 보인다. 우리 부모와 친척들도 전쟁이 끝난 뒤에도 밥그릇은 곧 채울 수 있었던 것으로 기억했다. 어렸을 때부터 서울과 경기도의 경계를 옮겨다니며 살았던 남편의 가족은 감자와 고구마, 옥수수로 끼니를 때웠던 날들이 많았음을 자주 얘기했다. 호남 지역은 그에 비하면 밭보다 논이 많아서였는지 배를 곯아본 일은 별로 없었던 것으로 기억했다. 우리에게는 감자.

고구마, 옥수수 등은 구황작물이기 보다는 별식으로 기억된다.

　아직 봉건시대인 상황에서 관리들의 폭정에 대해 집단적으로 저항하는 행위는 쉽지 않았을 것이나 그 많은 숫자의 혁명군을 이끌고 투쟁하고 저항할 수 있었던 것은 무엇보다 신념이 있었기 때문에 가능했을 것이다. 그 일을 이루어 내겠다는 신념이 없었다면 불가능했던 일을 그렇게까지 끌고 나갈 수 있었던 근거가 어디에서 시작되는 것인지 쉽게 설명하기 어렵다. 김개남은 남쪽으로 새 세상을 열겠다는 개명한 이름(金開南)처럼 왕이 있는 북쪽이 아닌 자신이 잘 아는 지역, 특히 당시 호남의 모든 분야에서 중심 역할을 하는 남원에서 둥지를 틀고 본격적으로 활동을 하려는 시작을 한다. 혁명이 진행되는 동안 농민군을 이끌고 움직이는 김개남의 행동에서는 혁명을 장기전으로 끌고 가려는 의도가 분명히 보인다. 김개남 혁명군의 계획 속에는 남쪽 바다 건너에서 침략의 기회만을 엿보는 일본군에 대한 방어까지 의도하고 있음을 엿볼 수 있다. 무엇보다 정부에 대한 저항이라는 목숨을 걸고 하는 위험한 일에서 엿볼 수 있는 그의 태도는 승리하겠다는 강한 신념이 있을 뿐이다.

　개남 장군은 바로 같은 이웃이었던 우리 증조부의 5촌 당숙이지만 여섯 살 차이의 동년배로서 두 분이 교류와 공감이 깊어 보이지는 않는다. 동학혁명 이후로 증조부보다 40년 가까운 세월을 더 살아오셨던 증조모의 전하는 말씀으로는 두 분이 가깝게 지내셨다는 얘기를 하셨다고 전해지지만 개남 장군에게 우리 증조부가 거사를 의논할 상대는 아니었던 것으로 보인다. 두 분이 가깝게 지내셨다는 것은 작은 동네에서 사셨던 동년배의 가까운 친척으로서 별 다툼 없이 지내셨다는 정도였을 지도 모른다. 동학혁명이 지속되었던 1894년 그 해에 48세의 우리 증조부는 딸 셋을 낳고 늦은 나이에 원하던 아들을 보신 뒤 당신 대에서 종손으로서 손이 끊이지 않았다는 안도감에 사로잡힌 것이 아닐까 하는 생각을 하게 된다.

김개남 장군은 1853년 (哲宗 4 년) 당시 태인 산외면 동곡리 지금실 (현 정읍군 산내면 : 산외면)에서 김대현의 셋째아들로 토반인 도강 (道康) 김가의 중농 가정에서 태어나, 어려서부터 병서를 많이 탐독하였고, 현실개혁의 의지가 충만한 인물이었다고 전해진다. 김개남 당대에 그의 집안은 벼슬살이는 못했으나 인근에서는 글깨나 읽는 선비 집안으로서의 대접을 받으며 살았다. 도강 김가 선조 중에 1500년 조선조 중종 대에 출생한 김약묵(金若默)이 형조, 예조의 좌랑으로 52세가 되어서는 한산군수가 되었을 때 검소하고 근면한 관리로 표창을 받고, 이듬해 다시 선정을 베풀었다 하여 표창을 받았다고 하는 기록이 있다. 김인후(金麟厚)가 지은 김약묵에 대한 묘지명이 하서전집(河西全集)에 실려 있다. 김약묵은 태인현 고현내(현 전라북도 정읍시 칠보면 무성리) 무성서원(武城書院)에 배향되었다. 우리 증조부와 김개남의 조상들은 지금실 인근 무성서원(武城書院)에 모신 1500년대에 생존했던 김약묵(金若默)을 비롯한 상당한 숫자의 인물들이 관직에 있었거나 학문을 했던 선비들이 있었던 것을 본다면, 세월이 흘렀어도 의식 없는 시골 농민으로만 보기는 어렵다. 김개남은 어릴 적에는 김영주(永疇), 동학에 입도하여 활동을 벌이는 30대 후반에는 신분의 노출을 막기 위하여 김기범(箕範)으로 바꾸었고, 본격적인 동학 혁명운동에 뛰어들어서는 '남조선을 열다' 즉 이상사회를 건설한다는 의지의 표현으로 개남(開南)으로 고쳤다. 김개남이 혁명군을 모집하기 위해 전라도 남쪽 호남 지역을 돌면서 분명히 인근에 있는 무성서원을 들렀을 것이며, 선조 김약묵의 행적 등에 대해서도 접할 기회가 있었을 것이다. 지금실에서도 가까운 무성서원에 배향된 선조들의 행적은 당시에도 지방 관리들이 어떻게 행동해야 하는지에 대한 중요한 선례로서 귀감이 되었을 것이고, 당시 지방 관료들의 포악한 행동에 대해 분노하는 것은 사회 현실에 대한 그의 비판적인 의식을 일깨우는 계기이었을 것이다.

김개남은 전봉준, 손화중과 더불어 1894년 농민전쟁의 3대 지도자 중 한 사람으로 전봉준을 혁명적 의지와 실천력, 지도력을 갖춘 유비에, 손화중을 최대 지파세력을 갖고 있으면서도 한발 물러날 줄 아는 인덕과 지혜를 갖춘 관우에 비유한다면 김개남은 더없이 용맹스러우면서도 때로는 전봉준과 노선을 달리할 만큼 급진적이고 저항적이어서 장비에 비유되는 강경파 인물로 알려져 있다고 했으나 이는 삼국지를 축약해서 이해했던 당시 대중, 민중들의 표피적인 평가로 보인다. 당시 김개남은 전략적인 측면에서도 그렇고, 투쟁하는 과정에서도 과학적이고 객관적인 평가와 실천이 상당했던 것으로 보인다. 혁명을 진행하는 과정에서 절대적으로 추진력이 있었던 것으로 보이며, 조직적일 뿐만 아니라 실천력 또한 대단했음을 알 수 있다.

김개남은 오척 단구(五尺短軀)에 전봉준보다는 약간 체세(體細)하나 이마가 넓고 양쪽 눈은 흑백이 분명하고 호협심이 강하였다 한다. 교우에는 청탁과 귀천을 가리지 않았으며 유소년 시 서당 공부할 때 재지(才智)가 출중함에 향리에서 경탄하였다 한다. 가문의 형질(兄姪) 등은 도덕 위주의 서책을 가까이 하는바, 김개남은 사기, 위인전, 육도삼략(六韜三略), 삼국지 등을 많이 읽으므로 가문의 형질(兄姪) 등으로부터 병서 같은 것을 삼가라는 주의도 많이 받았다. 특히 교류에 청탁귀천(淸濁貴賤)을 가리지 않으므로 가문 근친들의 불평이 자자하였다. 체소성대(體小聲大)하였으며, 실내에서 좌담할 때는 누누부절(漏漏不絶)하였으나 실외 군중 앞에서의 연설은 수만 인파의 성성(聲聲) 박수가 천지를 진동하였고, 김개남의 일성(一聲)에 복종 않는 자 없었으니 향리에서 칭하길 타고난 영웅이라 하였다. 상두산(象頭山) 정기를 타고났다. 평사낙안(平沙落雁) 집터는 지금실이다. 구만 장병을 통솔할 인재가 지금실에서 태어났다 등등 말도 많았다. 평사낙안은 사람의 집터

중에서 인물이 난다고도 하고 전쟁이 났을 때 피난처라고도 하는 일종의 지리서에서 나온 듯하다. 외지에서 지금실을 평사낙안이라 하여 이사 오는 사람들도 있었다고 한다. 전해지는 내용과 운율은 영웅소설의 전형으로 보이나 내용은 많은 부분이 사실에 근거한 것으로 보인다.

갑오 농민군은 지방 수령의 협조를 얻어내고 농민 세력에 반대하는 양반, 부호 세력의 반발에 대비하여 접(接)을 만들고 조직을 강화했다. 증강되는 농민군의 구성은 주로 소농민이었고 신분적으로는 천민들이 많이 끼어들었다. 도내에서는 농민군의 집강소를 중심으로 민정이 실시되었던 것을 보면, 혁명군의 지도자들은 상당한 통치 능력을 지니고 있었던 것으로 보인다. 대장들은 금구, 김제, 태인, 장성, 담양, 순창, 옥과, 남원, 창평, 순천, 운봉을 다니며 집강소 설치를 독려했고, 잘 순응하지 않은 나주목은 최경선에게, 남원에는 김개남에게 각각 3천 군을 주어 정벌토록 했다. 김개남은 6월 남원으로 내려가 집강소를 설치하고 대 접주가 되어 우도(右道)의 금산, 무주, 진안을 비롯하여 용담, 장수, 곡성, 순천, 담양, 고흥 등지를 모두 장악했다. 실제 동학농민군은 수령들을 잡아다 곤장을 때리고 양반들을 잡아다 족치기도 하고 또 군기고에서 무기를 꺼내 들고 다니며 부잣집을 털기도 하는 등 양반을 가혹하게 징치했다. 특히 김개남이 담당하는 남원과 보성의 집강소가 가장 극렬했으며, 동학 혁명군의 부자와 양반들을 향한 징치에서 그들의 대립 세력이 명확해졌다.

혁명군 대장 중에서 김개남의 성정은 온건파인 전봉준과 대립됨으로 해서 특별히 두드러져 보인다. 전봉준은 온건하고 동학의 종교적인 가르침에 좀 더 경도되었던 것으로 보인다. 접주들의 회의에서 전봉준은 조정에서 요청한 청나라의 구원병과 일본군의 입경설 등 국가의 위급한 상황에서 조정에서는 폐정개혁(弊政改革)을 한다하니 혁명군의 개혁안을 제출, 시행을 약속받고 타협할 것을 주장한다. 혁명의 최상위 비판 대상인 조정이 처한 문제점을 배려하자는 전봉준의 생각은 온후하고, 조선 왕조의 신민으로서 온당한 태도이지만, 김개남은 왕이 왕의 역할을 제대로 못하고 있기 때문에 탐관오리들이 횡행하게 되었고, 왕이 인재 등용을 제대로 못하고 국가가 위험에 처해서 민란이 일어난 것이라고 판단하기 때문에 무능한 왕을 보호하기 위해서 혁명을 접을 생각이 없었다. 현명한 군왕이었다면 국민이 편안했을 것이며, 미워하는 사람도 공이 있으면 상을 내리고, 사랑하는 사람이라도 죄가 있으면 벌을 주었다면 탐관오리는 있을 수 없었다고 주장한다.

김개남이 주장하는 왕이 왕 노릇을 못하기 때문이라는 것에서 봉건왕조 체제에 대한 비판을 엿볼 수 있다. 왕이 모든 것을 결정하는 체제에서 오는 불합리함에 대한 저항은 벌써 민중의 뜻이 반영되는 사회를 꿈꾸는 것으로 보인다. 민중의 뜻이 지배하는 근대적 의미의 민주사회 모습을 한 번도 경험해 보지 못한 상황에서 김개남은 독자적으로 그런 사회를 꿈꾼 것이다. 이웃 나라들의 사례를 정확하게 인식했는지는 모르겠으나 이 나라에서 왕을 바꿀 수도 있다는 생각을 한 것으로 보인다. 동학 혁명군의 세력을 이용하여 역성혁명을 시도하는 지배 계급이 있었던 것으로 보이지만, 김개남은 그들의 제안에 동조하지는 않았다. 김개남은 소위 말하는 양반을 비롯한 지배계급의 허구를 믿지 않았던 것으로 보인다. 철저한 불신이었다. 혁명군 진압 세력이 동학 혁명군과 정부 간의 원한을 수포로 하고 서정(庶政)에 협력할 것을 다짐하는 것은 어느 시대에나 새로이 시작하겠다는 정부의 다짐과 다를 바가 없다.

혁명군은 탐관오리, 횡포한 부호, 불량한 유림 양반을 징벌할 것 등과, 백정, 장인, 기생, 노비, 승려, 무당, 점쟁이, 배우 등의 대우 개선 등과 강제적으로 백정의 머리에 쓰게 했던 평량립(平京笠, 패랭이)을 쓰지 말게 할 것, 노비문서 소각, 청춘과부의 재혼을 허할 것, 사유 없는 잡세 금지, 그 밖에도 토지는 평균으로 분작시킬 것 등을 제시했다. 5월 15일 전봉준은 혁명군의 집강소(執綱所) 설치안과 함께 위와 같은 요구사항을 전라 관찰사 김학진(金學鎭)과의 회담에서 확약을 받아냈다. 혁명군은 전라도의 53개 주에 집강소를 설치하게 하여 폐정개혁(弊政改革)을 착수하는 의지를 보인다. 집강소는 혁명군의 자치기관으로서 민중을 대표하여 행정관청을 감시하는 역할이었다. 형식적으로는 혁명군은 충분히 소기의 목적을 달성할 수 있는 것으로 보인다. 고부군수 조병갑은 혁직(革職)되고 형(刑)을 받았으며, 전(前) 전라관찰사 김문현(金文鉉)도 제주도로 유배되었다. 나주, 남원, 운봉의 관리들이 혁명군의 집강소 설치를 거부하여 최경선은 나주에, 김봉득은 운봉에, 김개남은 남원에 각기 대원을 인솔하여 출진키로 했다. 나주 목사의 심한 반발로 최경선이 고전했으나 전봉준이 직접 나주 목사를 만나 일본의 침략으로 국가의 존망이 위태로운 상황에서 조선인들끼리의 합심을 강조하여 나주 목사의 항복을 받아내고 그날로 집강소를 설치하였다.

백마장군 김개남

　김개남은 백마를 타고 철통같이 혁명군에 저항하는 남원 관군을 항복시켰다. 순식간에 접전이 끝나고, 남원 부사는 생포되었다. 김개남은 남원 부사가 농민, 향유(鄕儒)등에 자행해 왔던 재산 약탈 등에 대한 죄목을 상세히 기록하여 남원골 각처에 게시할 것을 명하였다. 김개남은 남원읍 주민 대회를 소집하여 보국안민(輔國安民)의 취지와 국내외 정세 상황, 폐정개혁안 및 집강소 설치 등에 관하여 자세하게 설명했다. 김개남은 혁명군이 보국안민을 원하는 것은 조선 방방곡곡의 모든 백성의 한결같은 염원이며, 한 가정에서 가장의 역할이 중요하듯이 한 나라의 군주가 현명하여, 현철한 인재를 등용하였다면 탐관오리가 있을 수 없음을 강조했다. 모든 화복(禍福)은 군주에 있고, 전국에 있는 모든 백성이라면 빈부귀천을 가리지 말고 공평무사한 시험을 거쳐 인재 등용에 힘써야 할 것이며, 처족, 외족 등의 족벌 정치는 몰아내야 함을 강조한다. 상당히 급진적이지만 진취적인 사고임에 분명하다.

　조정에서는 이러한 혁명군을 타도하기 위해 청나라에 구원병을 요청하였으니 수치스러운 처사였음에 분명하다. 김개남은 혁명군 참모회의 중 북진을 주장하던 자신의 의견이 관철되지 않자, 국가의 앞날에 대한 충정어린 연설로 군중들의 눈시울을 붉게 했다. 김개남은 그로부터 혁명군의 성원으로 남원 100일 정치에 들어갔다. 김개남은 대소 관리를 굴복시키고 무기를 몰수하고 수인을 석방하고, 창고를 열어 빈민에 분배하는 등 집강소 설치

후 서민들을 위한 정치를 하였다. 일방으로는 동학 교리를 확장하며, 폐정 개혁안을 실행하는 것이 쉬운 일은 아니었다. 세인의 동학 혁명군에 대한 비평도 있을 수밖에 없었던 것은 빈부귀천의 분별을 없애야 한다든지, 적서(嫡庶)의 분별을 없애야 한다든지 하는 혁신적인 주장을 받아들이기에는 대다수 민중이 아직 전통적인 사고에서 벗어나지 못하기 때문이었을 것이다. 일반 민중들에게는 혁명군들의 개혁안이 정부를 부정하는 과격한 주장으로만 보였을 것이다. 그럼에도 민중의 세력이 날로 증가하여 경상도 일원과 충청도 등 전국으로 혁명이 확산되어 간다면 불원간 조선 전국에 일대 변화가 있을 것이라는 사실은 의심할 여지가 없었다. 혁명군의 투쟁 과정을 부정적으로 전달한 대신들의 보고에 고종황제는 무기를 버리고 본업에 돌아가지 않으면 먼저 참수하고 후에 보고해도 된다는 명을 내린다. 훗날 김개남이 그렇게 참수당한 데에는 이러한 왕명이 있었기 때문에 가능한 일이었을 것이다.

왕명에 따라 관에서는 죽산, 서산 부사에게 삼남 대토벌의 임무를 담당시켰다. 일방으로는 조정에서 청나라에 구원병을 청하고 일본군의 출동을 청하였다는 풍설이 자자하게 되었을 때 그 어처구니없는 사실이 혁명군에게는 절망적으로 보였을 것이다. 그럼에도 백마대장 김개남의 위의(威義)에 청나라 장군(尹得勝)도 저절로 머리를 숙였다고 했다. 김개남이 위험한 상황에서도 이렇듯 당당할 수 있었음은 죽음을 두려워하지 않았기 때문일 것이다. 이어서 일본 공사도 고종을 알현하고 조선의 사태가 위급함을 안 자국 천황의 명으로 조선에 있는 일본 상안을 보호하고 도울 일이 있으면 돕기 위해서 고종황제를 알현하러 왔음을 고한다. 이런 와중에 형조참의 이남규는 일본의 조선 내정간섭을 규탄하는 상소를 올린다. 혁명군의 문제는 지방 관리들의 횡포가 문제이고 이를 처벌하지 않음이 실정이라고 주장한다. 조정에서 녹을 받는 대신으로서 당연한 간언일 것이며, 조선에서 일본인의 퇴각을 강조하는 충정어린 대신의 생각이다. 많은 대신들이 지방 관리들의 탐욕을 탓하지만 결국 혁명군의 행위에 대해서는 민란으로 치부한다. 그러면서도 대신들의 처신은 백성을 중히 여겨, 구휼(救恤)하려고 노력하고, 비리 지방 관리들을 처벌한 것으로 보인다. 왜곡된 부분이 많겠지만 조정에서는 갑오 농민혁명으로 탐관오리들의 부정과 착복으로 인한 조선의 혼란스러운 상황에 대한 인식을 하게 되었고, 이를 극복해 보려는 노력을 하게 되었음은 다행이라 하겠다.

다시 9월경에는 청군의 세력이 궤멸되고 일본군만이 조선 정부군과 합해서 혁명군을 제압하려 했다. 정부군은 집강소의 존재를 인정했고, 김개남 등이 정부 관리들과 집강소 직원과의 융화에 힘썼던 것 등은 당시 상황에서 최선의 방책이었을 것이다. 김개남은 민도는 높고, 민심 또한 순량한 곳이 아닌 남원에서 공사를 분명히 하고 관기를 바로잡고, 양민 보호에 전력을 다 하였다. 남원은 역사적으로 임진왜란부터 중요 요충지였고, 훗날 한국전쟁 때도 중요 사령부 주둔지였던 곳이다. 김개남은 이러한 곳에서 명석한 판단력과 청렴결백한 처세로 전라도 주, 군, 현을 통치할 수 있었다. 김개남은 남원이라는 험지에서 자신의 능력을 잘 보여주고 명망이 있는 지도자로서의 위상을 확고히 한 듯하다.

혁명이 진행되는 동안 동학의 종교적 이념이나 가르침보다는 사회 정치운동에 관심이 많은 김개남의 북진 주장이 전봉준에게도 흔쾌히 받아들여진 것은 아니었으나 그는 자신의 판단이 옳았음을 확신했다. 김개남은 과거 역사를 통해서 보아도 일본은 조선에 해로운 존재임을 확신했고 수백 년 전부터 일본은 원수라며 이 땅에서 축출하고 친일 정권을 타도해야 한다는 생각을 가지고 있었다. 김개남은 일군과의 한판 항전에 결기가 대단했다.

삼례 집회에서부터 대다수 집강소 접주들의 찬성과 김개남의 유일한 의논 대상인 전봉준도 그의 추진력에 동조해 주어 출전하게 되었지만 결과는 유감스럽게도 패전으로 끝나고 말았다. 조정으로부터 패전한 동학 혁명군에 대한 탄압은 극심했고, 혁명군의 이름을 빌어 득세하려는 도배들이 많아지는 등 나라는 혼란스러웠다. 그러한 와중에도 민중은 혁명군의 주장과 활동을 통해 새 세상이 열릴 것이라는 가능성을 보았을 것으로 보인다. 오랫동안 닫힌 사회에서 살던 사람들이 임병 양란 이후에 신분의 이동이나 변화, 외국의 문물 또는 생활 습속 등이 조금씩 알려지면서 세상의 변화를 감지했을 것이다.

혁명군이 관군과 일본군 등에 참살당한 경우는 헤아릴 수 없이 많았다고 한다. 가장 참혹한 행위를 당한 곳은 호남이었고 피해자의 수는 3~40만이었다. 동학 혁명군의 재산은 모두 관리들의 소유가 되었고, 가옥 소진, 부녀자의 강탈, 능욕 등은 필설로 표현할 수가 없었다. 관군이 외세 일본군과 합세해 혁명군을 내란으로 치부하여 정리했다는 것은 수치스러운 일이며, 이것은 계속되는 침략의 빌미를 마련해 주는 계기가 되었을 것이다. 외세의 힘을 빌려 국내에서 일어난 혁명을 진압시키려 한 부분에서 왕실은 정당성을 상실한 것으로 보이며, 혁명군의 세력을 국내 관군의 힘만으로는 제압이 될 수 없었다는 것은 시사하는 바가 크다. 전라도 땅 궁벽진 산골에서 시작된 민중들의 봉기를 왕이 있는 중앙 관군의 힘으로 제압하지 못했다는 것에서 혁명군의 능력도, 관군의 능력도 가늠하기 어렵지 않은 것으로 보인다.

그럼에도 외세와 합세한 관군에게 폭도로 불린 혁명군의 피해는 충청, 경상도에서도 극심했으며 태인, 정읍, 고창 등 전라도의 어느 지역도 무사했던 곳은 없었던 것으로 보인다. 이때 각 지역에서 희생된 것으로 알려진 숫자가 확인된 것이라면 참화의 정도는 말할 것도 없고, 우리 역사에서

이는 외적의 침입이 아니고 국가 권력에 의해 희생된 최대의 숫자가 아닐까 싶다. 그런 위험 속에서도 혁명군이 목숨을 걸고 관군에 저항하였다는 것은 여러 이유가 있었을 것이다. 설득력과 진정성이 있는 혁명 지도자의 태도로 인한 것일 수도 있었고, 시대적인 모순이 극도에 달해 이를 극복해 보려는 민중들의 의욕이 충만했기 때문이기도 할 것이다. 정부가 혁명군과의 투쟁 과정에서 외세에 의존해 혁명군을 제압하려는 태도는 민중들의 분노를 샀을 것이며 당시의 치열했던 투쟁은 그들의 명분을 강화하는 계기가 되었을 것이다. 이 때 조정에서 혁명군을 진압하기 위하여 일본에 청원하고 그들이 재판권까지 장악했음은 국권을 포기했던 것이 아니었던가 싶다.

대원군이 혁명군과 결탁 운위할 때에도 김개남은 친필신표(親筆信標)를 요구한 것으로 되어 있으나 실행하지는 않았다. 실행 여부를 떠나서 김개남 이 당대의 정치적 실력가였던 대원군을 맞상대할 정도였다는 것은 대등한 위치에서 대화가 가능했음을 보여주는 실례로는 보인다. 궁중 대사에 결재 를 할 정도의 대원군이었으니 권력의 막강함은 대단했을 것이다. 김동인 같은 근대문학 최대의 작가가 〈운현궁의 봄〉〈젊은 그들〉 같은 작품을 통해 대원군을 그려보려 했던 것을 보면, 어지러운 시대에 영웅형 인물로서 그가 지닌 매력은 특별했던 것으로 보인다. 우리 근세사에서 그가 어떤 역할을 했는지는 역사를 하는 분들이 평가하겠지만, 동학 혁명군을 어떤 식으로 생각하고 정치적으로 이용하려 했는지 등을 생각하면 씁쓸하다. 자 신의 세상이 돌아오기를 기다리며 난초를 그린 세월이 길었던지 그의 난초 그림은 많이 돌아다닌다. 옛 분들의 그림, 글씨 등을 전시하는 곳에서도 쉽게 볼 수 있지만, 개인이 소장한 경우도 많은 듯하다. 누대에 걸쳐 서울에 서 사셨다는 분 댁에도 아주 큰 대원군의 난초 그림이 있다고 했다. 아버지 의 말씀으로는 한국전쟁이 끝난 뒤 전주에서도 쌀 한 말 값에 대원군의 난초 그림이 거래되었다고 하셨다. 전쟁으로 식량이 떨어졌을 때이니 그랬겠지만, 대원군이 생전에 난초를 그려댔던 것은 자신의 세상이 오기를 기다린 시간이 길었고, 돈이 많이 필요했던 것이 아닌가 하는 생각을 해본다.

개남 장군의 지휘력과 탁월한 군사적 능력은 역사적 사실로써 분석하고, 평가할 수 있겠지만, 여타 지역에 비해 유난히 궁벽진 전라도 산골 마을에서 많은 인원을 동원하고 투쟁을 시작할 수 있었던 것은 믿기 힘든 일이었다. 어떤 조직도 없이 모래알처럼 흩어져 있는 혁명군들을 규합하고 같이 행동할 수 있었던 것은 일차적으로 각자의 소망이 절실해서였을 것이겠지만, 지도자가 이를 아우를 수 있는 능력과 실천력이 탁월했기 때문이었음은 말할 것도 없다. 근대화 과정에서 민중의 시대를 염원하는 외침이 세계 곳곳에서 일어나고 있었지만, 결코 외부의 영향 특히 외국의 영향을 받아서 그들의 뜻을 실현하려는 움직임을 가질 수 있었을 것이라는 생각은 상상할 수 없다. 외부의 영향은 결코 받을 수 없는 깊은 산골에서 그 분들이 행동할 수 있었던 근거는 1894년에 태어나신 우리 할아버지 대까지 내려와 그 방 선반에 오랫동안 쌓였던 한적(漢籍)이 전부였을 것으로 보인다. 강진에 유배되었던 다산 정약용을 비롯한 실학자들의 글을 읽었을 가능성은 짐작해 볼 수 있다. 우리 집안이 도강 김가이면서, 강진 김가이었으니 강진과의 인연은 생각해 볼 수 있지 않을까 하는 부분과 당시 개혁적인 실학의 사고가 의식적인 인물들에게 영향을 끼쳤을 것임이 분명하다.

19세기 초부터 정약용을 비롯한 실학자들은 시대의 변화 양상이나 속도 등을 이 나라 남쪽에서 귀양살이를 하는 과정에서 분명하게 인식했을 것이며, 봉건적 모순을 극복해야 하는 필요성 등에 대해 저술 활동을 통해 언급했다. 특별히 한양에서 멀리 떨어진 강진에서 귀양살이를 한 다산의 경우 개혁의 대상으로서 집권 세력을 생각한 듯하며, 민중을 어떻게 통치하고 보호해야 할 것인가에 대해 지식인으로서 소명 의식을 가졌던 것으로 보인다. 시대의 모순을 해결하기 위한 방편을 강구했던 실학자들이 사회의 문제점을 밝혀내는 것에 앞장섰다면 시간이 흐르면서 그들의 의식이 민중들에게 스며들고 확산되며 전봉준, 김개남을 비롯한 혁명군들이 행동으로 나서는 근거가 되었던 것으로 짐작해 볼 수 있을 것이다.

19세기 초부터 이론적인 실학자들은 시대의 문제점을 지적하고, 이를 해결하기 위해 생각하고, 저술 활동을 했을 것이다. 반면 혁명군은 세상을 살아가기 위해 특별히 가진 것이 없었기 때문에 우선 자생적으로 꿈틀거리는 힘을 표출하여 일어설 수 있었던 것으로 보인다. 그들은 혁명 행위로 처벌받았을 때 빼앗겨야 할 아무 것도 가진 것이 없었기 때문에 그들이 가진 유일한 것 생명을 걸어야 했다. 혁명군은 그들이 가진 유일한 것, 목숨을 걸고 싸웠다. 혁명군이 1년에 가까운 시간을 이동하며 저항할 수 있었던 힘은 그들이 목표하는 바를 꼭 이루어 내어야겠다고 생각했기 때문이었을 것이다. 이념적이고 종교적인 동학으로 연결되었던 전봉준보다 모순된 사회체제의 변혁에 모든 관심이 있었던 김개남에게 혁명의 성공은 더 절실했던 것으로 보인다. 김개남이 남원을 중심으로 한 상징성이 있는 공간에서 승리하고자 전력투구했던 것은 남원의 승리가 전국으로 확산될 수 있다고 판단했던 것으로 보았기 때문이다. 김개남은 개혁주의자였고 정치적 안목과 식견 등이 상당했던 것으로 보이며, 지도자로서 판단력이 뛰어났던 것으로 보인다.

김개남은 특별히 그 시대에 체제 전환이 절실했던 집단이 원하는 방향으로 혁명을 끌고 간 것이다. 동학혁명군은 농민과 천민 위주로 형성되었으며, 특별히 김개남은 지배계층을 제외한 다양한 계층의 요구 사항이 무엇인지를 간파하고 있었던 것으로 보인다. 혁명군의 지도자로서 사회 구성에 대한 이해가 철저했다는 것은 행동의 방향이 분명했음을 의미한다. 그는 또한 가슴이 뜨거운 사람이었던 것으로 보인다. 현실에서 살아내기 힘든 사람들을 위한 투쟁에서 죽음까지 불사했던 것에서 짐작해 볼 수 있다. 당시 상황에서 죽음을 염두에 두지 않고 투쟁을 시작할 수 없었을 것이다. 김개남 장군이 생활했던 지금실은 중농 정도의 마을로 오랫동안 경제적인 어려움은 없었던 것으로 보였으며, 그들이 죽창을 들고 일어난 것은 먹을 것이 해결되지 않아서라기보다는 지배계층의 폭정에 대한 분노에서 기인하는 것으로 판단되기 때문이다. 이러한 의식이 형성되는 과정은 생계를 위한 농업을 하는 일방, 전국을 돌아다니며 봉건 체제의 모순에 대한 인식, 이해, 극복 방법 등에 대해 다양한 계층과 심정을 토로하는 과정에서 사회변혁 운동에 행동이 필요하다고 판단했을 것으로 보인다.

개남장군과 마찬가지로 우리 증조부도 20대 나이가 되어서부터 조선 팔도를 돌아다니며 사람을 만나고 세상의 흐름에 대해 파악하고 다녔던 것으로 전해진다. 그분들은 먼 거리 이동을 위해 말을 타거나 걸어 다녔던 것으로 보인다. 두 분의 행동을 통해 젊은이들이 외부와 연결되고 싶어 하는 욕망은 지금실이라는 그 산골에서도 예외는 아니었던 것으로 짐작된다. 김개남 장군은 전봉준을 포함하여 혁명에 뜻을 같이했던 사람들을 전국을 돌아다니며 만나고 이야기를 나누었다고 전해진다. 19세기 이 나라에서는 궁벽진 산골에서도 남자들은 외지로 나가 무엇인가를 알아보려 하고 집단적인 행동까지 도모했음을 알 수 있다. 조선 후기 두 번의 큰 전쟁이 나라 전체의 질서를 무너뜨렸고 혼란스러운 상황이 젊은이들의 관심을 밖으로 끌지 않았나 싶다. 혁명군의 지도자들이 사회 변혁에 대한 욕망을 가지기 시작했던 것은 외지를 드나들며 많은 사람들과의 대화를 통해 집단행동의 가능성을 확인했을 것이다.

　혁명군 지도자들이 외부와 통할 수 있는 가능성을 보여주었던 것은 신화처럼 전해오는 백마를 타고 혁명군을 이끌었다는 김개남의 이야기에서도 느껴진다. 전봉준이 김개남에게 백마를 탈 것을 강권했고, 개남 장군이 백마를 탄 상당한 이유는 혁명군 지도자로서 백마에서 오는 위용을 필요로 했던 것으로 보인다. 김개남을 평가할 때 상대방을 꿰뚫어 보는 안광이 지도자로서 손색은 없었다고 하지만 장수로서 외견상 상대방을 압도하고, 작은 체구를 당당하게 보여줄 백마의 필요성이 컸을 것이다. 육사(李陸史)의 시에 나오듯이 백마를 타고 오는 초인의 모습은 못될지라도 백마가 작은 체구를 감싸 줄 위용은 충분했을 것이다.

　김개남이 죽음을 무릅쓰고 혁명을 진행시켰음은 몇 번의 투쟁 기회에서 확인할 수 있다. 김개남은 모든 전투에서 전략을 완벽하게 짰을 뿐만 아니라 목숨을 걸고 죽음을 불사하며 임했던 것으로 보인다. 당당함과 치밀함, 위험한 상황에서도 물러서지 않고 전력투구하는 모습 등에서 영웅으로서 가져야 할 자질을 충분히 확인해 볼 수 있다. 여러 정황이나 전해 오는 이야기로 보았을 때 김개남포(包)는 남접 중에서도 가장 강한 힘을 가진 최정예 부대로 알려져 있다.

　김개남 장군의 조직이 철저한 반봉건 항쟁에 나섰던 이유는 그의 성격이나 사상적인 면에서 오는 혁명적 열정에서 찾을 수 있을 것으로 보인다. 그는 다산 정약용의 ≪경세유표≫를 읽을 정도로 실학의 사상적 흐름을 수용했으며, 봉건 체제의 구조적 모순 등에 대해 제대로 파악한 것으로 보인다. 또한 일본 제국주의의 침탈을 보며, 인간 평등과 민족의 자주성 회복이 절실함을 인지한 것으로 보인다. 김개남은 혁명을 성공으로 이끌기 위해 사회적 상황을 분명하게 인식하고 그에 맞게 대처한 것으로 보이며, 이는 혁명군의 구성원들을 보면 좀 더 명확해진다.

김개남포는 소두목들이 무당, 화전민, 산포수, 지리산에 은거했던 범법자, 떠돌이 중, 도붓장수, 땡추들, 백정, 고리장이 등이 주축을 이루었다고 한다. 김개남포의 구성원들을 보면 김개남이 당시 사회 구조에서 지배 계층에 원한이 많은 인물들이 누구인지 정확하게 파악한 것으로 볼 수 있다. 그는 혁명을 성공시키기 위해서 혁명이 꼭 필요한 집단이 누구인지 정확하게 알았다. 김개남 본인은 정읍의 향반 출신이지만 사회 변화 속에서 그 위상이 별 의미가 없다는 것을 정확하게 인식한 것으로 보이고, 스스로 현실을 읽을 수 있는 지식인의 역할을 해야겠다는 생각을 한 것으로 보인다. 혁명군의 구성원에 대해 정확한 판단을 하고 자신의 역할에 대한 방향성을 확실히 한 것으로 보인다. 그 위에 그의 활동 공간인 남원이 가지는 사회경제적인 강력한 힘이 김개남포의 활동에 반영된 점이다. 남원은 물산이 풍부한 교역 도시이며 국방상으로 중요한 요새 도시, 양반과 기층 생산 계급 간의 활발한 변동이 있었던 활기 넘치고 풍성한 공간이었다. 역사적 격변기에 새로운 세력이 성장할 수 있는 물질적 토대가 이루어지는 곳이라는 인식이다. 또한 남원은 과거 의병 활동이 집중적으로 전개되었던 지리산 인근이었으며 이후 항일 운동과 연계해 보았을 때 지리산이 갖는 지리적, 역사적 의미를 간파하고 있었던 것으로 판단할 수 있다.

이후 계속되는 혁명군의 활동에서 김개남은 급진 강경 입장을 취한 반면, 전봉준은 현실을 복합적으로 인식하며, 온건한 입장을 취하게 된다. 8월 25일 김개남이 좌도의 농민군 7만여 명을 남원에 집결시켜 대회를 열자 이 소식을 들은 전봉준은 달려가 "지금 시세를 보니 왜국과 청나라가 싸워 이기는 편은 어느 편이든 반드시 우리 쪽으로 돌려 공격을 할 것이다. 우리가 붙이가 비록 많으나 오합지졸이어서 쉽게 흩어져 끝내 이 때문에 뜻을 얻지 못할 것이다. 그러니 귀화를 핑계대어 고을에 흩어져 있다가 서서히 그 추이를 살피는 것만 같지 못할 것이다”며 집회의 계획을 보류할 것을 권고하였고, 손화중도 역시 “우리들이 일을 일으킨 지 반년이 되어 비록 한 도가 호응했다지만 명망 있는 사족들이 따르지 않고, 재산가들이 따르지 않고, 글 잘하는 선비가 따르지 않는다. 함께 접장이라 부르는 자들은 어리석은 천인으로 화를 즐기고 도둑질을 좋아하는 무리들 뿐이다. 인심의 향배를 시험해 보니 일이 반드시 이루어지지 않을 듯하다. 사방으로 흩어져서 목숨이나 온전히 도모하는 것이 좋을 것이다”고 말했다. 전봉준이나 손화중의 말을 통해 혁명의 상황을 짐작할 수 있을 뿐만 아니라 혁명군들의 구성이 어떠했는가를 확인할 수 있다. 혁명에 참여한 하층민들은 간절히 혁명의 성공을 기대하는 집단이었지만 대부분 오합지졸로 목표하는 바를 이루기에는 한계가 있었음을 알 수 있다.

같은 상황에서 김개남은 “이 큰 무리가 한번 흩어지면 다시 합하기가 어렵다”며 두 사람의 제의를 거절하고 결연한 의지를 보였다. 전주 입성 후에 서울 공격을 주장하는 김개남과는 달리 전봉준은 청·일군의 개입 가능성, 농사철 등의 이유를 대며 전주에 머물 것을 주장한다. 이때부터 전봉준과 김개남은 견해 차이가 확연하게 나타나는 것으로 보인다. 농민군은 청·일 양국 군의 상륙에 대처하기 위하여 서울 진격을 미루고 5월 7일 양국 군의 철수와 폐정 개혁안 수용에 합의하여 정부와 전주화약을 맺게 된다. 전주화약이 체결된 이후, 집강소 설치와 더불어 호남지방의 통제력은 농민 혁명군의 손에 있게 된다. 결국 혁명군 지도자 세 사람은 결정적인 순간에 서로 대처 방식을 달리하면서 9월 말 제2차 농민 봉기까지 각기 개별적인 활동을 벌였다.

혁명군 지도자 세 사람의 대화를 통해 각기 현실을 인식하는 양상이 달랐음을 확인할 수 있다. 그들의 대화에서 현실 파악에 신중한 전봉준 이나 손화중의 경우는 과거 신분제에 대한 절대적 관습에서 벗어나지 못하고 있음을 확인할 수 있다. 김개남을 제외한 지도층이 농민군 참여자들에 대한 절대적 애정과 신뢰를 갖지 못하고 있는 것도 사족, 재산가, 선비들에 대한 의존에서 벗어나지 못하고 있기 때문으로 보인다. 전봉준이나 손화중을 비롯한 혁명 지도자들이 전통적인 사고에서 완전히 벗어나기는 쉽지 않았을 것으로 보인다. 혁명을 시작했지만 지도자 개개인이 사회 변화에 대한 확신을 동등하게 갖는 것은 어려웠을 것이다. 전봉준이나 손화중에 비해 김개남이 변화에 대해 확신을 갖는 것은 사회 변화의 방향성을 믿기 때문이며, 무엇보다 죽음을 두려워하지 않았기 때문일 것이다. 누구든지 죽음을 두려워 할 것이지만 그의 소신은 죽음보다 상위에 있었던 것으로 보인다.

현실에 대한 혁명 지도자들의 다른 인식은 그 시대의 다양한 가능성들을 얘기한 것이기도 하다. 같은 목표를 향한다고 하지만 지도자들의 의식이 상당히 달랐고, 결국 추진력이 있고 실천적인 인물은 김개남이었음을 알 수 있다. 많은 사람들이 어떤 일을 도모하든지 서로 생각이 다른 것은 있을 수 있는 일이다. 동일한 목표를 향해 각자 선한 행위를 한다 해도 방법이 다른 것에 대해 탓할 수는 없을 것이다. 다만 거사가 끝난 후에 각자의 선택을 평가해 볼 수 있을 뿐이다. 김개남의 선택과 추진력에서 훗날 판단해 볼 수 있는 것은 그가 죽음을 두려워하지 않았던 것이 아닌가 하는 생각이다. 어느 누가 죽음을 두려워하지 않을까마는 혁명을 시작할 때부터 그는 죽음을 염두에 두었던 것으로 보이며 혁명의 현장에서 전력투구했던 것도 바로 그 이유 때문이었을 것이다.

동학혁명이 난 뒤로 몇 십 년의 세월이 흐른 뒤 지금실은 변함없이 평온한 산골 마을이었다. 그런 작은 공간에서 시작되어 수만 명의 혁명군과 관군이 부딪치고 피를 흘렸을 것으로는 믿기 어려웠다. 지금실은 한국전쟁 때도 완주군 구이면의 외가하고는 달리 큰 전투 없이 지나간 것으로 보인다. 완주가 전주에서 가까워 정읍에 비해 인구밀도가 높았고 근대식 교육을 받기 시작한 젊은이들이 지금실에 비해 많았기 때문이었을 것이다. 김개남이 지금실과 같은 산골에서 출생했음에도 나라 전체를 향한 엄청난 저항을 할 수 있었던 것은 무엇보다 그의 개인적인 성향이었던 것으로 보인다.

20세기에 접어들면서 서서히 지금실에서 아버지 형제들도 아래로 내려가면서 넷째, 다섯째 삼촌들이 대학교육을 받기 시작했다. 외가에서는 지금실보다 몇 년 전부터 외삼촌 세 분 중에 두 분이 모두 대학 교육을 받으셨고, 학교 선생님으로 근무하셨다. 지금실에서는 넷째 삼촌이 서울에서 대학을 다니시다가 서북청년단에 의해 돌아가셨고, 외가에서는 외삼촌 두 분이 선생으로 근무를 시작하신 지 오래 되지 않아 전쟁이 나고 두 분이 모두 좌익으로 몰려 돌아가셨다니, 놀라운 이념 전쟁의 실상을 보여주는 것이었다. 학교 안에서는 학생들이 낫을 들고 선생을 향해 이쪽인지 저쪽인지를 선택하라고 했다니 무서운 세월이었다. 외가에서는 큰 외삼촌을 제외하고 아래 두 분 외삼촌이 전쟁이 발발하고 곧 돌아가셨다. 외삼촌들은 육이오 때 돌아가셔서 나는 얼굴도 기억하지 못한다. 막내 외삼촌과 결혼을 약속하셨던 여자 분도 눈물 바람으로 몇 년을 외갓집에 드나드시다 새로운 분을 만나 혼인을 하셨다고 들었다. 우리가 어른이 된 뒤에 안 일이지만 친구 언니 중에서도 한국전쟁 전 혼인하고 곧 혼자되어 평생을 지내신 분들이 계신다.

완주군 구이면은 어머니의 친정으로 전주에서는 걸어 다닐 수 있는 거리였다. 나도 한국전쟁 중에 여덟 살 위의 큰언니의 등에 업혀 피난이랍시고 갔던 곳이다. 전동 성당 앞에 있는 집은 방까지 폭탄이 떨어지고, 아이들은 많고 하니 두세 명씩 분산시켜 놓으려는 어른들의 생각에서였을 것이다. 큰오빠와 작은언니, 작은오빠는 지금실에 가서 지냈다고 했다. 구이면 마르개에 도착하기 전에 꽤 넓은 시냇물이 있었다. 돌로 된 징검다리가 있을 때도 있었지만 비가 많이 오면 치마를 한없이 걷어 올리고 시냇물을 건너야 했다. 어른이 되어서도 그 시냇물은 황순원의 단편소설 '소나기'에 나오는 시냇물로 연결되었다. 그때 외할머니 댁의 방 하나에는 푸줏간처럼 갈고리에 꿰인 고기들이 많이 매달려 있었다. 외삼촌 혼인을 위한 준비였다고 했지만 혼인은 이루어지지 못했다.

전주천은 강물에 가까울 정도로 물이 깊었고 전주천 위로는 그때에도 차들이 다닐 수 있는 다리가 있었다. 조금 더 올라가면 한벽당(寒碧堂)이 있었다. 전주천을 그렇게 무서울 정도로 큰 규모로 생각했던 것은 장맛비가 내린 후 급한 물살에 휩쓸려 갈 뻔한 기억 때문이었을 지도 모른다. 전쟁이 끝난 뒤에는 천변을 따라서 천막이 끝없이 쳐있었고, 그 곳에서 임시로 기거했던 피난민들에게 어른들이 커다란 드럼통에 음식을 끓여서 주던 모습을 오랫동안 보았다. 전주천 변에 세워졌던 많은 천막들은 지프차에 탄 미군들, 상아빛 의족을 한 상이군인들과 함께 내가 전주를 떠나기 전의 일로 기억되는 풍경이다. 내가 아는 전주는 전동 성당을 중심으로 전주 시장과 경기전과 오목대, 시장 옆에 있던 예수병원 정도였다. 어렸을 때이기도 했지만 야산 같은 오목대에서 보이는 전주 풍경은 한옥의 기와지붕들이 물결처럼 펼쳐진 조용한 곳이었다. 오목대 바로 전에 철길이 있어서 철길에 귀를 대고 기차 오는 소리를 듣는 것이 우리들의 유일한 놀이였다.

전동성당 앞 2층집

　전동 성당 앞에 있었던 2층 집을 떠나 오목대 밑에 새로 지은 한옥에서도 일 년 정도 살았다. 으리으리하고 규모가 큰 한옥이었지만 우리 집 살림은 저물어 가고 있었다. 두 집이나 세를 주고 살았던 것은 전세든 월세든 모자라는 집값을 충당하기 위한 방편이셨을 것이다. 전주를 떠나기 전 마지막으로 고풍스러운 한옥의 행랑채 같은 곳에서도 살았다. 그 시간은 우리 가족이 가진 모든 것을 털어서 서울로 가기 위한 준비를 하는 과정이었을 것이다. 우리가 살아온 시간을 생각할 수 있는 것은 그 시간에 거주했던 공간, 집으로 연결되었다. 집은 우리의 의식을 지배했다. 전주 전동 성당 앞의 2층 집은 나무 계단을 올라가면 다다미방이 있었다. 나무로 만든 긴 책상 위에는 잉크를 엎지른 흔적이 오랫동안 남아 있었다. 고등학교에 다니던 큰오빠와 친구들이 공부하던 방이었다. 그때는 고등학교에 다니던 남학생들의 손가락은 흐릿한 잉크자국이 언제나 남아 있었다. 잉크병에서 펜으로 잉크를 찍어서 글씨를 썼기 때문이었다. 2층 다다미방에서는 언제나 유리창 문으로 전동 성당을 바라보았던 기억이 난다.

　한국 전쟁이 끝나고 국민학교 2학년 때쯤 전동 성당 앞의 2층집에서 떠난 뒤에는 점점 살림이 옹색해졌고, 주거 공간도 눈에 뜨이게 줄어들었지만 나는 내가 사용하는 공간이 좁았다는 생각을 해본 적이 없었다. 그저 주어지는 대로 언니들과 동생과 함께 한 이불 속에서 살았다. 까만색과 빨간색 무명을 배합해서 이불의 겉을 만들고 흰색 무명에 풀을 먹여 다듬이질을 해서 두꺼운 솜을 감싸서 만든 이불을 겨우내 덮었던 것으로 기억한다. 서울에 와서 부친이 시청의 고위직 공무원이라고 했던 친구 집 이부자리가 우리와 똑같은 모양이어서 편안하고 동질감을 느꼈던 생각이 난다. 서울이나 지방이나 똑같은 형태의 침구를 사용한다는 것이 편안했다.

부모가 만들어 주시는 환경에서 살아가는 것에 조금도 불만이 없었던 것은 그 시절을 잘 기억하지 못해서일까? 우리가 살아가는 환경을 변화시킬 수 있다는 가능성이나 기대 같은 것이 없었던 듯하다. 그렇다고 특별히 결핍으로 해서 우울했던 시간은 없었던 듯하다. 부모에게 태블릿 피시라는 것을 사달라고 간절히 원하는 손주를 본 다음에 할머니는 지나간 시간을 더 자주 되돌아보게 된다. 아들과 며느리는 결코 사줄 수 없다며 완강하게 대립하던데 어떻게 결론이 날지 모르겠다. 이런 경우에 할머니와 할아버지는 손주의 훈육에 결코 끼어들지 않는다. 조부모들이 자식들의 교육에 혼선을 주면 결코 안 되기 때문이다. 그것은 자식들의 요구이고 우리도 그것이 옳다는 생각이다.

오목대 밑에 새로 지은 한옥에 살 때에는 세를 들어 사는 사람들과 얇은 판자로 부엌 사이의 경계를 지어놓은 틈새로 그들의 생활을 엿보면서 어른들의 세계에 진입했다. 연애소설이나 하다못해 만화 같은 것도 쉽게 접할 수 없던 때였지만 아슬아슬한 경계에 있는 어른들의 세계에 대한 호기심은 끊임없이 솟구쳤다. 옆방은 남편이 세무서를 다니는 집이었는데 유성기를 틀고 몇 명의 어른들이 사교춤을 추는 날이 많았다. 정비석의 《자유부인》이 신문에 연재되고 영화로 만들어지는 때였다. 춤을 추러 온 대부분 여자들은 색과 무늬가 고운 한복들을 입고 왔었다. 그때는 학교 여선생님들도 발목이 보이는 한복 통치마를 입고 다녔다.

문간방에 살던 젊은 여자는 극장에서 새로 해 입은 비로드 치마에 누군가가 나쁜 약을 뿌려 옷을 못 쓰게 되었다고 했던 기억도 난다. 어둠 속에서 벌어진 범죄 행위였지만 그래서 생기는 이익이 무엇인가 갸우뚱했다. 그런 행위가 발전해서 모르는 사람들을 향해 무차별 난사가 이루어지는 것인가? 그래도 제일 기억에 남는 장면은 자주 사교춤을 추던 세무서 직원의 남동생이 형과 형수가 자기 어머니를 제대로 모시지 않고 춤바람이 났다며 우물가에 있던 사기요강을 시멘트 바닥에 힘껏 내리쳐서 깨트린 때였다. 사기 파편들이 요란한 소리를 내며 마당에 흩어졌다. 마당에 감나무가 세 그루나 있었고 감꽃으로 목걸이를 만들었던 기억이 있다. 토끼풀로 반지나 팔찌를 만들기도 했다. 떫은맛이 나는 감을 장롱 서랍 속에 넣어두었다가 며칠 후에 꺼냈을 때는 좀약 냄새가 나서 버렸다. 홍시를 만들어서 먹으려고 했지만 할 수 없었다. 빈 항아리 속 같은 곳에 넣어두었어야 할 것을 좀 더 빨리 먹고 싶은 마음에 그랬을 것이다.

국민학교 3학년까지 내가 기억하는 것들은 힐끔힐끔 곁눈질로 훔쳐본 어른들의 세계였던 듯하다. 다만 몰래몰래 어른들의 세계를 훔쳐보는 것으로 호기심을 충족시킬 수 있었던 시절은 얼마나 편했을까 하는 생각을 해본다. 먹고 싶고, 입고 싶고, 갖고 싶은 것이 많은데 소유할 수 없다면 힘이 많이 들 것임은 분명하다. 그래도 서울로 올라와 학교에 다닐 때 맨 뒤에 앉았던 친구가 옆의 아이들 시험지를 보고 컨닝을 해서 좋은 점수를 받을 수 있었다고 했을 때는 많이 놀랐었다. 6학년 때는 거의 매일 시험을 보았고, 시험지를 뒤로 넘겨 뒤에 앉은 친구가 채점을 했다. 맨 앞에 앉은 나는 맨 뒤에 앉은 친구의 시험지를 채점해야 했다. 언제나 키가 작아서 맨 앞에 앉았던 나는 시험을 볼 때 옆을 본다는 것은 생각하기 힘들었다.

전주를 떠나기 전 우리가 살았던 공간에서 있었던 하찮은 기억들이 시간과 연결되어 흘러갔다. 기억들이 보석이 되어 실에 꿰어져 목걸이도 되고 팔찌도 되었다. 오목대 밑의 새로 지은 한옥에서 밀려나 서울로 가기 전 일 년 정도 살았던 집은 교동에 있는 규모가 아주 큰 한옥의 행랑채였다. 본채에는 시골에서 올라와 하숙을 하는 남녀 고등학생들이 있었다. 교동 집은 우리 가족들이 이제 전주 생활에서 밀려나 서울로 가야 하는 상황을 암시하는 공간이었다. 국민학교 3학년 시절의 반쯤을 교동 한옥에서 보낸 나는 탱자나무로 긴 울타리를 친 저쪽 편에 있는 문화연필 공장에 관심이 있었다. 그 뒤로 문화연필 공장이 어떻게 되었는지는 잘 모르지만 나에게 전주 교동 집은 탱자나무 울타리와 문화연필 공장으로 연결되었다.

교동 집에 살 때 학교에서 집으로 돌아오는 길에는 사람을 뚫어지게 바라 보는 미친 여자가 길에 서 있었다. 교동은 오목대 바로 밑이기도 하고, 전동처럼 중심가가 아니어서 비교적 한적했다. 초점 없는 눈으로 말없이 지나다니는 사람을 바라보는 젊은 여자가 있을 때는 동네를 어슬렁거리고 돌아다니는 굶주린 개를 피하듯 아무렇지도 않은 척 천천히 걸어서 집으로 돌아왔다. 전족을 한 중국 할머니들도 가끔 보았다. 미친 여자도, 굶주린 개도, 상이군인도 모두 무서웠지만 전족을 한 중국 할머니들은 무섭지 않았 다. 그 발로 뛰어오지 못할 듯해서 무섭지 않았을까? 전주에 사는 동안 거리에 자동차는 없었지만 살아있는 많은 것들이 무서웠다. 서울에 왔을 때는 문둥병 환자들이 무서웠다. 중학교에 들어가고 곧 군인들이 정치를 시작하고 한꺼번에 문둥병 환자들은 없어졌지만 군인들은 더 무서웠다.

우리 집안이 전주를 떠나기 한 갑자(甲子) 쯤 전에 호남 지역을 시작으로 횃불을 높이 들고 지배 권력에 저항했던 민중들의 외침은 사라지고 예측할 수 없는 사납고 두려운 눈길만이 오랫동안 길거리를 지배했다. 1956년 겨울 이 막바지로 접어드는 어느 날 큰오빠가 서울공대에 합격했다는 연락이 왔고 오빠는 너무 좋아서 손을 들고 펄쩍 뛰어 종이로 바른 천정이 뚫어지기도 했다. 지루한 현실에서 탈출할 수 있는 유일한 길이었다고 생각해서였을 것이다. 고등학교 졸업생 큰오빠의 환호하는 모습을 영화의 정지 화면처럼 오랫동안 우리 머릿속에 남겨두고 부모를 포함한 우리 가족 여섯 명은 서울로 떠났다. 나를 포함한 3명, 작은언니, 작은오빠, 나를 전주 오목대 밑에 작은 방을 얻어서 남겨두고 여섯 명만 떠났다. 어른이 된 뒤에 나는 3번, 4번, 5번이라는 숫자를 사용했다. 1번, 2번인 오빠, 언니와 부모가 돌봐야 하는 6번, 7번인 어린 동생들은 서울로 갔다. 중학교 1학년인 작은 오빠와 국민 학교 3학년을 끝낸 나를 책임지고, 전주에 남았던 중학교 3학년 작은언니의 분노는 지금 팔십이 넘은 나이에도 불쑥불쑥 튀어나온다. 어려서 그랬나? 책임을 지지 않아도 되어서 그랬나? 나는 별로 그런 분노가 남아 있지 않아서 다행이었다. 오목대 밑의 작은 방에 살 때에는 골목 입구에 무척 큰 살구나무가 있던 집이 있었다. 노랗게 익은 살구가 먹고 싶었지만 먹지 못했다. 지금 사는 우리 집 마당에도 살구나무가 한 그루 있는데 비바람이 한번 불면 마당에 살구가 수북히 떨어지는데, 전주 오목대 밑 노송동 집에서는 떨어진 살구를 본 적이 없었다. 내가 보기 전에 다른 사람들이 주워갔을 것이다.

한국 전쟁이 친가인 지금실과 외가인 구이면 마르개를 쑥대밭으로 만들었지만, 곧 어른들은 다시 땅을 파고, 농사를 지으며, 한숨 쉬며, 눈물 흘리며 살아가셨다. 약주를 좋아하시던 외할아버지는 부뚜막, 대두병에 담아놓은 약주를 하루 종일 들락거리시며 비우셨다. 나중에 결혼을 하고나니 시아버님이 똑같은 방법으로 부엌을 드나들며 부뚜막에 있는 술병을 비우셨다. 두 분이 체구가 비슷하게 작으셨는데 한 분은 말씀이 많으셨고, 한 분은 조용하셨다. 두 분 다 옛날에 석유병으로 쓰던 대두 병에 술을 담아놓고 마시셨는데, 집에서 담근 막걸리나 가양주도 가끔 드셨지만, 작은 체구의 어른 두 분이 마시는 양이 엄청나서 소주로 대체했던 것으로 기억한다. 술이 아니라 거의 식사 대신이었던 듯했다.

전라도 땅 완주군 구이면 마르개에서 사시던 외조부와 그리고 오십 년도 더 지나 경기도 양주군 진접면 장현에 사시던 시아버님의 살아가시던 모습은 별 차이가 없었다. 그보다 한 세대 후에 태어난 내가 별 저항 없이 외할아버지도, 시아버지도 받아들이며 살 수 있었던 것은 그 시대의 변화 속도가 느렸기 때문일 것이다. 내 자식과 손주 세대의 현격한 변화 때문에 선뜩선뜩 당황하고 놀라는 것과는 거리가 있다.

외할아버지는 외할머니가 두방리에서 시집을 오셔서이었는지 두방양반이라고 부르는 소리를 몇 번 들은 듯했다. 시아버님은 내가 결혼할 때부터 돌아가실 때까지 교장선생님이라고 불렀다. 어머니가 마르개에서 지금실로 시집을 오셔서 어머니의 택호는 마르개댁이었다. 나보다 세 살 위인 작은오빠는 전주에 있는 교대부속국민학교 입학시험에서 어머니의 이름이 뭐냐고 질문을 받았을 때 '마르개댁이요' 하고 택호로 대답을 했다고 해서 두고두고 이야깃거리가 되었다. 그에 비해 나는 색맹인지 알아보기 위해 여러 색깔의 점 위에 차이가 나는 색깔로 표시한 사자의 형상이 보였는데, 무슨 동물이냐고 선생님이 물었을 때 사자처럼 쉬운 것을 물어보지는 않을 것이라면서 여러 생각을 하다 결국은 대답을 못하고 말았다.

시아버님은 자손이 늦으셨는데 경기도 광릉 근처 시골 학교의 교장선생님으로 운동장에서 조회를 하실 때에 갓 돌이 지난 어릴 적 남편이 사택 마당에서부터 운동장을 지나 교단 위에서 훈화를 하시는 아버님에게 다가가 양복 바짓가랑이를 붙잡고 흔들 때까지 부엌에 계시던 어머님은 모르셨다고 한다. 정겹다고 해야 하나? 촌스럽다고 해야 하나? 남편의 집안과 우리 집안은 살아온 지역이 다르고 삶의 양식이 참으로 다르기 때문에 여러 가지가 달랐지만 양쪽 집안이 같은 것이 하나 있었다. 양쪽 집안이 자식이 똑같이 일곱씩이어서 우리 부부는 없는 살림에 많은 형제 속에서 부대끼며 살아가는 것에 익숙했다.

우리 가족이 신촌 평사리에서 전주로 이사한 뒤 아버지는 어머니의 막내 여동생인 이모를 마르개에서 전주 성당 앞에 있는 우리 집에 데려다가 여학교를 다니게 하셨다. 이모는 성당 옆에 있는 성심여고에 다니셨다. 이모 말씀으로는 하얀 줄이 쳐진 세일러복의 교복이 예뻤다는 말씀을 하시면서, 그렇다고 지금 학생들에게도 똑같은 교복을 입게 하는 것은 이해할 수 없다고 하셨다. 작년 이맘때 전주를 방문한 73세부터 88세까지의 우리 형제들이 95세의 이모님과 97세의 외숙모님을 만나 지난 시간을 이야기할 기회가 있었다.

이모가 여학교에 가겠다고 했을 때 외조부는 다 큰 처녀가 장딴지를 내놓고 다닐 수 없다며 절대로 안 된다고 하시는 것을 몇 살 위의 오빠가 두세 달 동안 영어를 집중적으로 가르쳐주며 시험을 보게 했다고 하셨다. 성심고녀에 합격한 후에는 우리 부모가 성당 앞에 사셔서 외조부모 몰래 학교를 다닐 수 있었다고 했다. 이모는 3년을 성심고녀에 다니다가 전쟁이 나서 학교를 그만두셨는데, 좌익과 우익의 싸움 속에 외가의 아들 둘이 총살을 당했다. 이모는 어린 시절 영어를 가르쳐 주어서 성심여학교에 합격할 수 있게 해준 작은 외삼촌에 대한 고마움으로 스물두 살에 혼자되신 외숙모를 평생 챙기신다고 했다. 봄이 되면 벚꽃놀이, 가을이면 단풍놀이, 학교에서 집이 먼 외사촌 오빠에게 당신 집에서 학교에 다니게 하는 일 등일 것이다. 내가 일곱 살 때 전주 성당에서 하는 서양식 결혼식에서 본 웨딩드레스에 빠졌듯이 이모님은 성심여학교에 다닐 때 입으셨던 세일러복에 대한 환상을 지니고 사셨던 듯했다.

우리 외조부인 두방 양반의 막내딸인 이모보다 열세 살이 위인 우리 어머니가 학교엘 다니실 수 없었던 것은 너무나 당연했던 것으로 보인다. 외조부는 맏딸인 우리 어머니 때에는 장딴지가 아니라 발목도 내보일 수 없다고 하셨을 듯하다. 그러지 않아도 우리는 버선목과 꼬리치마로 가리워진 어머니의 발목을 별로 본 기억이 없다. 그럼에도 일곱 자식을 젖을 먹여 키우느라 가슴은 수시로 열어놓으셨다. 학교에 다닐 때는 출산을 하신 여선생님들이 아이에게 젖을 먹이러 집에 다녀오시는 것도 눈치로 알았다. 나도 강의 도중에 젖이 불어서 겉옷까지 배었던 날도 있었다. 힘든 날이었지만 그러려니 하고 지냈다. 분노라는 것을 모르고 살았던 듯하다.

쓸데없는 독립심이었나? 내 개인적인 문제는 내 스스로 해결해야 하는 것으로 알았던 듯하다. 개인의 문제를 공론화해서 처리해 보려는 생각은 해보지 못했다. 한국 엄마들의 가슴이 노출된 사진은 외국인들의 카메라에 수없이 담겨서 시대를 드러내는 풍속적 모습으로 작용해왔다. 이 나라 사람들은 노동과 육아에 지쳐서 축 늘어진 엄마들의 가슴이 성적인 기제로 작용한다고는 생각하지 않았지만, 외국인들 특히 서양인들은 다른 듯하다. 신윤복의 풍속화에 나오는 양반들과 어울리는 기생들의 가슴이 슬쩍슬쩍 보이는 모습은 당시 세태를 반영하는 화가의 의도된 표현이겠지만, 일반 여성들에게는 신체의 어느 부위도 노출을 허락하지는 않았던 것으로 알고 있다. 전쟁통에 물밀듯이 들어온 외래 사조 속에서 그들의 기준으로 보았을 때 우리 어머니들의 노출된 가슴은 낯설었을 것이고, 우리 세대로 넘어오면서부터는 당연히 수치스러운 신체의 일부분이었다. 일찍이 젊은 나이에 미국 유학을 다녀온 어느 여교수님은 가슴이 커서 언제나 어깨를 구부리고 다녔는데 미국에 가보니 어마어마하게 가슴이 큰 미국 여자들이 모두 당당하게 가슴을 내밀고 다녀서 교수님도 그렇게 하시기로 했다고 하셨다. 여자가 가슴이 큰 게 죄도 아닌데 주눅 든 모습으로 다니는 것에 화가 날 수도 있고, 무엇보다 신체 건강상 좋지 않을 것이다.

이 나라에서 결혼해서 아이를 기르는 여자들에게 가슴은 수유의 기능이 가장 우선적으로 생각되었던 것으로 보인다. 여성의 가슴이 성적인 자극에 민감한 곳으로 생각하기 이전에 결혼하고 출산을 하면서 수유의 기능 이상을 생각해 보지 않은 것은 아닐까? 20세기 초까지도 여성의 결혼 연령이 10대 초 중반 정도이었으니 가슴이 성적인 신체 부위로 인식이 안 되었을까? 브래지어 대신에 면으로 된 통치마 말기로 가슴을 압박해서 표시가 나지 않게 했던 시간도 꽤 길었다. 그저 종아리나 장딴지를 감싸고 남에게 보이지 않는 것이 양갓집 규수가 해야 할 일이었을 것이다. 젖가슴은 자식들의 수유를 위해서 필요한 기능적인 의미가 우선이었기 때문에 노출되는 것에 문제가 없었을 수도 있다. 그래도 외간 남자나 어른들 앞에서는 돌아앉아서 수유를 했던 것을 보면 전혀 무방비로 행동하지는 않았던 듯하다. 어른들 앞에서 돌아앉아 수유를 했던 행위는 성적인 수치심이 아니라 어른에 대한 예의로 그랬던 것으로 보인다. 우리 부모 세대까지는 어떤 관계보다 윗사람과 아랫사람의 위계질서가 중요했을 것이다.

신체의 일부를 타인에게 보일 수 있을지도 모른다는 외조부의 핑계로 어머니는 학교에 다녀본 적이 없으셨다. 살아가시면서 어머니는 아버지의 도움과 이런저런 방법으로 한글과 아라비아 숫자를 배우셨지만 연필로 쓸 때는 몹시 곤혹스러워 하셨다. 읽기는 잘 하셔서 성경과 박완서, 최인호의 소설들은 96세의 연세로 돌아가실 때까지 좋은 소일거리셨다. 엄마가 돌아가실 때까지 핸드폰은 보급되지 않았고, 자식들이 모두 집 전화를 사용했을 때라서 전화번호도 30개 정도는 다 외우셔서 문제없이 돌리셨지만, 지역번호가 따로 있는 번호는 하나도 외우지 못하시고 돌아가셨다. 어머니가 학교엘 다니지 못하셔서서 불편하셨던 것은 없으셨던 것으로 보이지만 자식들은 학기 초가 되면 조금씩 답답했다. 원적이 어디냐고 물어볼 때만큼 부모님의 학력을 물어보는 것도 난감했다. 왜 그렇게 개인의 사생활에 대해 쉽게 물어보았는지 모르겠다.

이모가 우리 집에서 학교를 다닐 수 있었던 것은 우리가 전주에 와서 살기 시작했기 때문에 할 수 있는 일이었고, 그 후로도 사촌 형제인 지금실 작은아버지의 아들들이 서울 우리집에서 학교를 다니기도 했다. 그때는 그런 일이 다반사였다. 그때는 대가족제도의 개념이 지배적이었고 4촌 정도는 보살펴야 하는 가족으로 생각했다. 그래도 내가 결혼했을 때 전세방에서 중학교 2학년, 고등학교 2학년의 시동생 둘을 데리고 있어야 하는 상황은 너무 고통스러웠다. 그 시절을 생각하면 옛날 어른들 시집살이 푸념하듯이 넋두리가 나오겠지만 이제는 너무 오래전 일이라 기억하기도 어렵다. 나는 월요일부터 금요일까지 일주일 내내 일찍 나가야 하는 강사 신분이었고, 세탁기도, 냉장고도 없었다. 둘째 아이가 돌이 될 때까지 기저귀와 남자 중고등 학생 교복을 빨아야 하는 엄청난 노동에서 벗어나고 싶은 욕망에 우리나라에서 처음 나온 세탁기를 샀다. 그러나 외국 유명 회사와 기술 제휴를 해서 만들었다는 세탁기는 나를 철저히 배반했다. 하기는 셋방살이 하는 재래식 부엌에 설치한 세탁기에 수압도 적절하지 않았고, 연탄불로 물을 끓여 매번 온수를 따로 부어주는 방법을 세탁기가 좋아하지 않았는지 고장이 나버리고 말았다. 세탁기의 시중을 드느니 수도꼭지 옆에 구부리고 앉아 빨래를 하는 게 능률적이라고 생각했다.

작년에 만난 은퇴한 인문학 남자 교수 한 분은 충청도 고향에 혼자 내려가 텃밭에 농사도 조금 짓고, 학생이 없어져 폐교가 된 초등학교 건물에 문학관 을 열고 노년을 행복하게 지내시는 듯했다. 그 교수님도 부모님은 오래 전에 모두 돌아가셨고, 형제들도 모두 떠났지만, 어렸을 때 지냈던 익숙한 산천에서 강의나 논문 쓰기 등의 부담 없이 자유롭게 지내실 수 있다면 행복하지 않을 리가 없을 것이다. 교수 노릇과 농삿일이 유사한 점이 많아서 그런지 은퇴한 교수들이 땅과 친하게 지내며 푸성귀 등을 가꾸는 경우를 자주 보게 된다. 꽤 긴 이야기를 나누다 일어나기 전 은퇴 교수가 진지하게 전한 말씀은 냉장고와 세탁기가 이렇게 좋은 줄 알았으면 절대 결혼하지 않았다고 단호하게 말씀하셨다. 은퇴한 뒤 고향에서 그분이 누리는 행복의 많은 부분이 냉장고와 세탁기의 혜택이었음을 알 수 있었다. 그분이나 나나 비슷한 세대인 우리가 감사하는 것은 과중한 노동에서 해방시켜 준 그 물건 이었다. 학교에서 돌아온 뒤 마당 한구석에 있는 수도에서 아이 기저귀를 빨았던 기억만이 남아 있는 내 젊은 날이 쉽게 잊혀 지지 않는 것도 과중한 노동 때문이었을 것이다. 그래도 그렇지 지난 몇십 년간 그 물건들에 대한 감사를 보내며, 그나마 사회생활을 할 수 있었다고 생각하는 것은 여자들이 어야 맞지, 노년에 접어든 남자 교수가 두 가지의 물건이 그렇게 좋은 줄 알았다면 결혼을 하지 않았을 거라는 말은 뭔가 타당한 것 같다가도 생뚱맞 기까지 했다. 노년에 혼자 만끽하는 여유로운 농촌 생활에서 오는 즐거움을 그렇게 표현하셨을 것이다. 그렇듯 세탁기와 냉장고에 감사의 염을 가지시 고 흐뭇해하시던 교수님도 지난 가을 돌아가셨다. 그래도 두 가지의 물건으 로 노년에 편안한 생활을 하셨을 거라는 생각이 위로가 될 듯했다.

많이 늦은 나이에 아들이 태어나고 곧 서울로 가는 길에 피범벅이 되어 돌아가셨다는 것에서 증조부의 서울행이 동학혁명의 임무를 완수하는 것과 관계가 있었을까 하는 생각을 해보았지만 가능성은 희박해 보인다. 내가 그나마 생전에 접하신 분은 혁명이 일어난 그 해에 태어나신 조부님이시지 만 그 분에게서도 한 번도 그 일에 대해 들어본 적은 없다. 갑오년 2월에 우리 조부는 태어나자마자 부친이 돌아가셨으니 동학혁명에 대해 확인할 길은 전혀 없는 것으로 보인다. 그렇다고 동학혁명을 철저히 민중의 반란으로 치부했을 관에서 기록을 남겼을 리도 없었다. 증조부는 서울로 올라가는 길에 정읍 지금실에서 가까운 원평 금구 근처에서 돌아가셨다지만 무슨 일로 먼 길 출타를 하셨는지도 확인하기 어렵다. 김개남과 가까운 친척이라는 말에 관원들의 단칼에 찔리셨다지만 그것도 돌아가신 뒤 떠도는 이야기이었을 뿐이다.

개남장군과 우리 증조부가 그 거사에 대해 논의가 있었을 것이라든가 하는 기미는 보이지 않는다. 다만 우리 증조부는 그 엄청난 사건이 시작되고 있었던 시기에 죽음과는 전혀 거리가 먼 그토록 원하던 만득자를 낳고 기쁨과 의욕이 충만했을 사십 대 후반의 나이에 끔찍한 방법으로 살해당했다는 것이 놀라울 뿐이다. 증조모의 경우에도 인생의 절정의 순간에 들어야 했던 비보는 혼자 감당하기에는 너무나 엄청난 것이었을 것이다. 당시 백일이나 되었을까 한 아들과 그 아들이 후에 장성하여 혼인하고 낳은 자식들이 모친과 조모에 대한 효도를 최우선으로 하고 살았던 것은 너무나 당연할 것이다.

증조부는 젊은 나이에도 버슬길을 알아보려고 서울 출입을 자주 하셨다니 그분의 성향이 어떠셨는지는 짐작이 간다. 증조부는 종손으로서 집안을 이끌어 가시는 것에 힘을 기울였던 것으로 보이며, 개남장군의 집안은 종속적인 과거의 신분을 유지하는 것에는 별로 연연하지 않으셨던 것으로 보인다. 봉건 사회가 끝나가는 시기에 접어들면서 모든 사회적 모순이 노골화되고 있는 상황에서 시골 향반 정도의 신분은 위로든지 아래로든지 어느 쪽으로 이동해도 별로 충격적인 것으로는 느껴지지 않는다. 다만 한 분은 신분 상승이라는 개인적인 욕망을 달성하기 위해 서울을 향해서 이동하려다 객사하셨고, 한 분은 이 나라의 남쪽을 평정해서 새 나라를 만들겠다는 원대한 꿈을 가지고 수많은 군사를 이끌고 남쪽으로 내려가서 싸우다 체포되어 처형당했다. 혁명이 성공하지 못했으니 처형당하는 것은 백번 감수해야 했겠지만, 개남장군이 합당한 절차에 의해 국가의 이름으로 처형당하지 못하고 그의 행위가 잔학하여 일을 저지를지도 모른다는 이유로 지방 관리에 의해 비공개로 죽임을 당했다.

친구의 밀고로 지방 하급 관리가 중앙 정부의 허락 없이 처단해도 괜찮을 만큼 그의 행적이 하찮은 것이었을까? 김개남이 관원에게 붙잡혀 호송되는 과정에서 밀고한 친구를 바라보는 그의 눈길은 그가 어떤 인물이었는지를 알려주는 부분이기도 하다. 개남장군은 밀고라는 가장 비열한 방법으로 친구를 죽음으로 몰아넣는 밀고자의 행위를 연민의 대상도 될 수 없는 것으로 보았던 듯하다. 포상에 눈이 어두워서 그랬을 것으로 전해지는 지인의 밀고 행위는 죽음을 예상하고 활동했던 개남장군으로서는 극히 하찮게 보였을 것이다. 그렇게 엄청난 일을 계획하고 추진했던 김개남 장군이 죽음을 의식하지 않을 수는 결코 없었을 것이다. 관원에게 체포당하여 끌려가는 과정에서 보이는 그의 의연함은 죽음이 무섭지 않아서라기보다는 그가 추진해 왔던 일이 죽을 수밖에 없음을 예감하고 해왔던 일이었기 때문으로 보인다. 갑오년에 그가 해 왔던 행적은 죽음을 예감한 사람만이 할 수 있는 당당하고 거칠 것이 없었던 일이었기 때문이다. 그의 행위는 삶과 죽음의 경계에서 어느 쪽으로도 떨어질 수 있다는 가능성이 공존했다. 갑오년 1년 동안 혁명군이 가는 길은 그만큼 위험했다. 혁명을 같이 하기로 뜻을 같이 모은 지도자 전봉준, 손화중 등에 비해 특별히 과격한 방향으로 행동하는 길을 선택한 김개남에게는 죽음이 삶보다 언제나 가깝게 있었다.

전체 혁명군 내부적으로 북접은 해월 최시형(海月 崔時亨)의 동학교도의 교리를 내세우며 호전적인 남접을 토벌하자는 의견이 강했으며, 이 과정에서 김개남은 자신이 가장 의지하고 유일한 대화상대로 생각했던 전봉준과도 의견이 달라졌다. 결말은 두 사람이 다 관군에 체포되는 것으로 끝이 났지만, 혁명지도자로서 김개남의 의식과 행동은 봉건사회에서 근대로 나아가는 과정에서 어느 누구보다 과격하지만 탁월했다. 김개남을 비롯한 농민군은 괭이, 쇠스랑, 낫, 몽둥이 등의 철제 농기구와 크고 작은 죽창을 징발하였으며, 관의 군기고를 열어 총, 창, 화약 등을 확보했던 것에서 당시 전투 방법 등에 대해 잘 알고 있었음을 알 수 있다. 또한 이 모든 행위에서 혁명의 성공을 위한 그의 강한 투쟁 의지를 엿볼 수 있다.

어느 경우에도 혁명이 실패했을 때는 그 가치를 인정받을 수 없겠지만, 동학혁명은 일 년 정도의 지속 기간이나, 가담한 인물들의 면면이나 그 숫자에 있어서 혁명이 진행되는 동안에는 그 시대를 변화시킬 수 있는 가능성을 충분히 보여주었다. 당시 사회가 곧 붕괴될 듯이 문제를 끌어안고 있기도 했지만 혁명에 참여한 인물들의 투지와 응집력이 대단했기 때문이기도 하다. 갑오년 10월 7일, 삼례에서 북진할 것을 논의하는 접주들의 모임에서 김개남은 동원 가능한 숫자를 30.000명으로 얘기했다. 여타 접주들도 3천명에서 5천 명 정도로 전체적으로 동원된 숫자도 엄청났다. 전봉준이 타고난 온유한 성격과 동학의 사상적인 영향과, 시대적인 상황을 감안하여 무력 사용을 자제하려 했음에 비해 김개남은 급진적이고 저돌적으로 행동했던 것은 분명해 보인다. 당시에도 남성들에게 소설 ≪삼국지≫에 대한 인기가 대단했던 것으로 보이며, 전봉준을 유비에, 손화중을 관우에, 김개남을 장비에 비유하기도 했으나, 이는 각 인물의 극히 제한적인 일부만을 투사했을 때 그리 볼 수 있을 것이다. 김개남은 정치적 판단력과 전투 능력 등에서 보았을 때 오히려 제갈량에 가까운 인물로 보인다. 김개남은 어렵게 조직된 혁명군의 전투력을 헛되지 않게 해야 한다는 지도자로서의 의식이 제일 우선이었던 것으로 보인다. 농경사회에서 봄부터 가을까지 농사를 지어야 하는 농민을 혁명군에 동원하는 것이 결코 쉬운 일이 아니라는 것을 잘 알기 때문이었다. 그는 어렵게 동원된 농민군이 소득 없이 해산되지 않게 하려는 의지가 누구보다 강했다.

김개남이 또한 그의 혁명군에 백정, 노비 등 천민을 집중적으로 가담시킨 것은 그들이 어느 집단보다 투쟁 목표가 확실하다는 것을 분명히 인식했기 때문일 것이다. 조선조 후기로 넘어가면서 반상의 구별이 엄격하게 지켜졌다고 보기는 어렵지만 누대에 걸쳐 내려온 귀속신분(歸屬身分)에서 오는 권위 의식을 유지하고 싶어 하는 집단이 주류를 이루었을 것임에는 분명하다. 한편 백정을 비롯한 천민들은 자신의 노력으로 얻을 수 있는 경제적인 소득을 이용하여 억눌렸던 신분에서 해방될 수 있는 가능성을 보았을 것이며, 그런 천민 집단을 다수 혁명군으로 수용한 김개남은 그들의 잠재적 욕망을 활용하고자 하는 바람이 컸을 것이다. 당시 천민 집단에는 백정이나 광대 외에도 손으로 무엇인가를 만들어 팔아서 생활을 하는 사람들도 상당했을 것으로 보인다. 큰 규모의 상업은 아니더라도 소규모의 영세 상공인들의 숫자가 상당했을 것이다. 사회 여기저기에서는 농업경제에서 상업경제로 변화되는 조짐도 있었을 것이며, 소규모 상공인들의 입장에서는 그러한 가능성을 실현시킬 수 있는 길이 혁명의 성공이라고 믿었을 것이다. 그런 상황에서 어느 정도의 기득권을 가진 지배계층들이 사회의 변화를 추구하기보다는 유지하고 싶어 했을 것이며, 그들의 의무보다는 권리를 강조했을 것임은 분명하다.

20세기 초로 들어오면서부터 상업 인구가 많이 늘어나고 있음에도 상업에 대한 인식은 변화된 것이 없었던 듯하다. 내가 어렸을 때 본 어른들은 정육점에서 고기를 살 때에도 주인에게 반말을 하는 것은 당연했다. 시장에 있는 정육점에서 고기를 잘라주는 칼은 상상도 할 수 없을 만큼 크고 모양도 특별했던 기억이다. 하물며 도살장에서 소, 돼지를 잡는 사람들에 대한 편견은 말할 수 없었을 것이다. 노비들은 노비 문서를 태우거나 전쟁 발발 기회를 이용해 멀리 외지에 나가 신분을 위장하는 등 온갖 방법으로 불합리한 현실에서 도피하려는 움직임이 있었다. 김개남이 노비와 백정 등을 자신이 이끄는 혁명군에 대대적으로 가담시켰던 것은 당시 사회에서 뚜렷한 투쟁의식을 가진 집단이 누구라는 것을 정확하게 파악했기 때문으로 보인다.

김개남은 혁명을 성공시켜야겠다는 목표가 뚜렷했고, 그러기 위해서는 어떤 방법으로 일을 추진해야 하는가를 분명히 인식했다는 점에서 정치적인 식견이 있어 보인다. 김개남의 연설에 많은 사람들이 공감하고 지도자로서 따랐던 것에서 정치가다운 자질이 분명했던 것을 엿볼 수 있다. 김개남 장군은 국가와 사회가 나아가야 할 올바른 방향과 근대사회로 나아가기 위한 시대정신을 인식했다고 보겠다. 김개남이 이러한 시대정신을 갖게 된 것은 일찍이 강진에 유배되어 왔던 다산 정약용을 비롯한 실학자들과 그들이 쓴 책들을 읽은 것이 사회 변혁의 필요성을 실감한 근간이었을 것으로 추측해 볼 수 있다. 김개남도 도강 김가를 강진 김가라고도 해 온 것에서 강진에 대한 인연은 낯설지 않았을 것이다.

김개남은 어렸을 때부터 지금실에 사는 도강 김가 친족들과 서당을 다니며 기본 한적을 읽은 것이 인간으로서의 도리를 배우는 기회이었을 것이며 기본적인 병서와 《삼국지》 정도를 읽은 것이 군사 지도자로서의 역량을 발휘하는 근거가 되었을 것이다. 그런 정도의 지식으로 많은 군사를 지휘하고 사회의 나아갈 방향을 접주들이 모인 연설에서 강하게 피력할 수 있었던 것은 오랫동안 그의 의식을 지배해 온 식견으로 보인다.

40대 장년의 투혼

　나라는 말할 것도 없고 세계가 혼란스러운 세기말에 42세 장년의 남자 김개남은 민중을 위한 혁명을 계속 추진한다면 목숨이 위태로울 수도 있다는 상황을 인식했을 것이다. 김개남이 죽을 수도 있는 그 일에 뛰어든 것은 무엇보다 그 일을 꼭 해야 한다는 당위성이 그의 의식을 지배했기 때문일 것이다. 그가 가졌던 분명한 세계관은 지방 관리들의 부당한 세금 징수 등을 비롯한 탐관오리들의 비행만이 아니라 몇 백 년을 계속되어온 봉건사회의 누적된 사회 모순의 혁파에 있었던 것으로 보인다. 그 시대 노비와 백정을 비롯한 천민들의 문제는 조선조가 근대사회로 진입하기 위해 우선적으로 극복해야 할 과제였지만 왕실에서 몇 번의 노비문서를 태우는 것으로는 해결될 수 없었다. 전봉준의 부친이 군수와의 불화로 곤장을 맞다가 장독(杖毒)으로 죽는 일이 있었지만 김개남은 관청이나 관리들과는 개인적인 악연이 있거나 하는 일은 없었다.

　전봉준도 단지 부친의 억울한 죽음으로 혁명을 주도한 것은 결코 아니었지만 김개남은 특별히 개인적인 원한 같은 것으로 혁명을 주도한 것은 아니다. 김개남은 이를 삼례 혁명군들이 모인 연설에서 분명하게 밝히고 모든 거사를 같이 하자고 약조했던 전봉준과도 작별을 고하고 남접 동학군이 가장 중요한 곳이라고 생각했던 남원으로 향했다. 김개남은 6월 하순부터 10월 상순까지 100여 일 동안 관군을 제거하고 남원을 중심으로 선정을 실시하며 양병에 전념했다고 한다. 질서가 잡힌 사회라면 일개 농민군의 책임자가 그렇게 긴 시간을 통치하는 것은 불가능했을 것이나 그것이 가능했던 것은 국가 상황이 극도로 혼란스러웠고, 그 위에 김개남의 정치적인 감각이 탁월했기 때문이었음을 알 수 있다. 김개남은 무엇보다 사회 변혁을 추구하는 것이 일차적인 목표이었음이 분명하다. 전봉준이 혁명의 과업을 수행하는 과정에서 시종일관 점잖게 행동했던 것으로 알려져 있는 것은 그의 타고난 성품과 종교적인 영향이 우선일 것으로 보인다. 한편으로는 관에서 부친에 가한 심한 태형으로 사망하게 된 일로 해서 무의식 속에 공포가 잠재해 있지 않았나 하는 생각도 하게 된다.

혁명의 외중에 열사들이 자신들의 뜻을 사회 전체에 알리기 위한 방편으로 분신(焚身)이나 투신(投身)같은 행위로 목숨을 희생하는 경우가 가끔 있다. 그 무섭고 엄청난 행위 뒤에 있는 강한 의지는 공동선을 실현하기 위한 강한 신념이다. 국가라는 절대 권력을 향한 대립 구도에서 혁명군들의 패배는 자명한 것일 수밖에 없고, 그들은 억울함과 분노를 표현하는 극단적인 방법으로 죽음을 선택하는 경우가 있을 것이다. 동학 혁명군이 그들의 뜻을 실현하는 방편으로 죽음을 선택하지는 않았지만, 그들의 행위가 죽음을 각오하지 않으면 해낼 수 없는 일이었음에는 분명하다. 그 시절 동학 혁명군의 행위는 훗날 많은 지사, 열사가 택하는 죽음처럼 숭고한 가치를 위해 목숨을 바치는 경우와 비견될 것이다.

자신들이 부당하다고 생각하는 문제에 대해 이의를 제기하고 수정을 요구하였다고 하여 태형을 가하여 죽음에 이르게 하는 것은 아무리 봉건사회라고 하여도 받아들이기 어려운 것이지만 관원들은 그렇게 했다. 관에서 몽둥이로 전봉준 부친의 몸에 타격을 가하여 죽음에 이르게 한 치욕적인 행위는 자식으로서만 참기 어려운 것이 아니라 대다수 민중의 입장에서도 분노가 극도에 달할 수밖에 없는 행위이다. 전봉준 부친의 장살은 고부

농민 전체에게도 몹시 억울한 사건이었지만 가난하고 고단한 농민들은 속수무책이었다. 김개남이 농민들의 분노를 표출하는 방법으로 혁명을 추동했으나 시작 단계에서 전봉준은 자신의 개인적인 문제를 위안하는 수준으로 생각하고, 손화중은 동학의 교리를 내세워 적극성이 없었다고 한다. 김개남은 전봉준, 손화중, 최경선 등을 수차례 지금실 본인의 집으로 유치하여 세태 여론을 규찰하는 한편 지역 농민들을 심방, 선동하였다. 농민 혁명은 이러한 과정을 겪으며, 어려운 4인의 회합이 결실을 맺었던 것으로 보인다.

전봉준, 손화중은 수천 명의 군중이 집합 대기 중이었으므로, 김개남, 최경선이 인솔한 정예 장정 300명과 합류, 부대를 편성하고, 마항시장(馬項市場) 인근의 민가에서 괭이, 쇠스랑, 낫, 몽둥이 등의 철제 농구를 징발하였으며, 대나무를 파는 죽전에서 대소 죽창을 다량 입수하여 5월 4일 하오에 수천 군중을 인솔하고 고부 군청을 습격했다. 동학군 대장들은 보국안민의 기치를 내세우고 혁명의 목표는 민중을 도탄에서 구하기 위함이라는 격문을 작성하여 사방에 반포, 선전하였다고 한다. 격문(檄文)에서 혁명의 목표는 민중을 구제하고 국가를 반석에 두기 위함이며, 내적으로는 포악한 관리들을 참수하고, 외적으로는 횡포한 강적의 무리들을 구축(驅逐)하는 데 있음을 분명히 했다.

'양반과 부호 앞에서 고통받는 민중들과 방백 수령(方伯首領) 밑에서 곤욕을 받는 소리(小吏)들은 우리와 원한을 공유하는 자들이다. 주저하지 말고 즉시 일어서라.'고 부추겼다. 혁명군이 농민들을 선동하는 격문은 누구를 향한 투쟁인지 분명히 밝히고 있으며, 자신들과 같은 입장에 있는 집단이 누구인지를 명시하고 있다. 혁명군은 양반과 부호를 향한 반발과 말단 관리들을 향한 일체감을 명시하였다. 혁명이 진행되는 동안 수차례에 걸쳐 지방 관청을 습격하여 수장을 응징할 때에도 말단 관리들에게는 혁명군과 동조의식을 느끼도록 했다. 말단 관리들은 관청에서 근무한다고 해도 수장의 명에 따라 일을 하는 고용인일 뿐이라는 것으로 각인시켰다. 이렇듯 사회구조를 지배계급과 피지배계급으로 분할하는 것은 누가 혁명의 주적인가를 명확히 하려는 것이었다. 혁명군은 봉건사회의 질서뿐만 아니라 근대사회와 유사한 관공서의 조직 속에서도 주종관계에 대한 인식을 분명히 하였다. 이는 농민을 비롯한 민중들을 핍박하는 계층에 대한 분명한 인식이기도 하고 그들의 투쟁 대상이 누구인가를 명시하는 것이기도 했다.

전라 감영에서는 관찰사의 명에 의해 장교 수십 명을 혁명군의 진중에 잠입시키고 동정을 정찰하라 명했다. 혁명군에 체포된 장교들을 전봉준은 포박을 풀게 하고 "너희들은 전라 감영의 장교들이 아닌가? 우리 진중(陣中)에 잠입하여 정찰 임무를 하고 있음을 다 안다. 나는 절대로 위해를 가하지 않는다. 너희들도 불행한 자들이다. 먹고 살기 위해 노예 생활을 하는데 무슨 죄가 있겠는가? 전원을 방면할 것이니 '진인간(眞人間)'이 되라." 하였다. 전봉준이 말하는 진인간은 동학사상에서 연유하는 것이며, 김개남도 관군의 관원을 대할 때의 자세는 매번 같았다. 이는 동학 혁명군의 인간관을 보여주는 것이며 동학의 종교적인 사상을 의미하는 것이기도 하다. 유길준의 ≪서유견문≫에서 언급되는 문명 개화와 같은 의미가 서로 혼용되어 식자 계층에 퍼져나가지 않았을까 생각된다.

전라도의 주, 군, 현(州·郡·縣)에서 운집한 동학 혁명군의 기세는 날로 증가하여 신미산 일대는 인산인해였다. 김개남의 구령에 따라 기립하면 백산(白山)과 같고, 좌측(坐則)은 청록(靑綠)의 죽산과 같았다. 일어서면 백의(白衣)이므로 백색 산에 비유하여 백산(白山)이고, 앉으면 푸른 죽창(竹槍)만이 서 있는 것으로 보이므로 죽산과 같다는 말이다. 백산은 현재 부안군 백산면이다. 조정에서 사태를 수습하라는 명을 받고 내려온 관리 이용태는 고부 사건은 조병갑의 실정이 아니고 동학도들의 책동이라는 것으로 보고했다.

중앙에서 내려온 관리의 동학에 대한 해석과 판단은 상당한 근거가 있는 부분이었다. 전국적인 규모로 일어난 혁명의 요인이 태형으로 인한 단순한 한 사람의 죽음에서 기인한 것이라고만은 말할 수는 없을 것이다. 중앙에서 내려온 관리들이 혁명군을 난동자로 몰기 위한 방편으로 동학을 이유로 댄 것은 당시 상황에서 정부에서 동학을 어떻게 바라보았는지 알 수 있는 부분이다. 상부에서 내려온 관리들은 부임 초부터 혁명군들을 난동자로 취급하고 엄벌에 처한다 하며, 고부 군민 및 동학도들의 재물 수탈에만 열심이어서 백성들의 원성이 재연되었다. 관리들은 지방의 수탈 상황을 알려고도 하지 않았으며 관습적으로 이어온 악행을 반복할 뿐이었다. 조선 왕조 말기의 혼란한 상황은 외세의 침입에 대해서도 아랑곳하지 않고 진행되었다. 나라가 얼마나 혼란스러운 상황이었는지는 동학혁명이 발발할 수밖에 없었음을 명시하는 것이다. 상황이 달라졌을 뿐이지 동학혁명 이후에 이 나라에서 몇 번씩 일어난 혁명에서도 유사한 사태가 반복되었음을 알 수 있다. 관에서는 모든 혁명은 불순분자들이 일으킨 혼돈스러운 상황으로 치부할 뿐이었다.

만석보 건으로 부친이 곤장을 맞고 장독으로 죽은 일이 전봉준에게는 오히려 당시의 실세라고 생각했던 대원군 같은 인물에게 가까이 다가가게 만든 것이었을지도 모른다는 생각을 하게 된다. 부친의 치욕스럽고 원한에 찬 죽음을 체험한 당사자로서 대원군에게 가까이 다가가 정치적인 방법으로 부친의 한을 풀어드리고 싶었을지도 모른다. 그 방법이 혁명을 하는 것보다 손쉬울 수 있다는 생각을 할 수도 있었을 것이다. 개인적인 원한을 해결하기 위한 방편으로 당시 정치권의 실력자에게 다가가는 것은 정치적인 방법이 효력이 있을 것이라는 일반적인 생각을 암시하는 부분이다. 전봉준은 인근에 있는 모든 사람들이 다 아는 개인적인 원한을 해결하기 위해 혁명이라는 방법을 이용하는 것으로 보일지도 모르는 것에 대한 두려움이 있지 않았을까 하는 생각도 든다.

혁명 발발에 대한 다양한 추측을 해 볼 수 있지만, 전봉준의 개인적인 원한이 혁명의 기제가 되었음은 부정할 수 없을 것이다. 그럼에도 평민의 신분으로 관에 저항하면 가차 없이 처단되는 상황에서 전봉준이 혁명의 와중에 더 이상의 적극적인 행동을 주저하는 이유는 이해가 가능해 보인다. 전봉준이 잠시라도 대원군의 식객 노릇을 하며 중앙 정치 참여에 대한 일말의 가능성을 엿보았을지도 모를 일이지만, 김개남에게서는 중앙정치에 대한 관심은 보이지 않는다. 오히려 그가 개명한 이름 김개남(金開南)에서 암시하듯이 나라의 남쪽, 자신의 집이 있는 정읍에서 남쪽을 향하여 새로운 세계를 열어보려는 꿈이 더 강해 보인다. 그는 이름으로 자신의 신념을 표현한 듯하다. 부모에게서 받은 이름 영주(永疇)에서 개남(開男)으로, 다시 개남(開南)으로 바꿔보는 것으로 글자 한자에 자신의 신념을 담아보려는 의지를 엿볼 수 있다.

나의 부친은 청년 시절에 당신 항렬을 의미하는 한 글자 기(基)를 떼어버리고 외자 이름으로 평생을 지내셨다. 무슨 반항인지, 객기인지 한동안 궁금했다. 아버지의 다른 형제들은 모두 항렬자를 쓰셨는데 장손이고 종손인 당신만이 중요한 한 글자를 떼어버리시고 외자 이름으로 지내셨다. 어렸을 때는 그 외자 이름이 멋있어 보여서 좋아했다. 아들 셋의 이름은 돌처럼 단단한 기둥을 가진 나라를 만들라는 뜻으로 석, 주, 국을 넣으셔서 이름을 지으셨다고 하시더니 내 이름에서는 마지막 글자를 여자 이름에 많이 쓰는 희(姬)를 쓰셨다가 아무래도 다소곳한 성격은 아닌 듯하다는 생각이 드셔서 희(熙)로 바꾸셨다고 하셨다. 일제 말기에 태어난 작은언니는 돌림자에 자(子)를 써야 했지만 해방이 되자마자 '자'를 빼버리고 숙(淑)으로 바꾸셨다. 당신 아내인 우리 엄마의 이름도 혼인 신고를 할 때 원하는 이름으로 바꾸셨다니 이 정도이면 횡포가 이만저만이 아닌 듯하다. 20세기 초반에 태어나셔서 팔십 년 조금 넘는 시간을 살아오셨던 아버지 대에서는 기껏해야 자신의 의지로 표현할 수 있는 것이 이름 한 자 정도를 바꾸는 것이었을지 모른다.

전봉준에 비해 김개남의 경우는 관(官)과 특별히 개인적인 원한을 지거나 핍박을 받아본 경험은 없는 것으로 보인다. 곡창지대인 전라도는 기본적으로 중농 정도만 된다면 생계 걱정은 하지 않아도 되었던 것으로 보인다. 김개남의 집안은 40마지기 이상의 농지를 가지고 있었던 것으로 확인되며 같은 동네에 살았던 김개남의 당질인 우리 증조부 집에서는 조금 더 많은 토지를 소유했고, 오랫동안 생계 걱정 없이, 추수가 끝나면 조금씩 농토를 불렸던 것으로 전해진다. 정읍을 중심으로 호남지역에서 먹을 것이 없어서 간도로 이주를 하거나 한 경우는 많지 않았던 것으로 보인다. 기본적으로 전국 쌀 생산의 40%가 넘는 양이 호남지역에서 생산되었고, 목포와 인근 지역의 면화 생산 등으로 기본적인 생활 문제가 해결되었던 것으로 보인다. 누대에 걸쳐 호남의 한 지역에서 살며 자신들의 토지에서 농업을 생업으로 하고 살아왔던 사람들의 경우는 유사할 것이다.

지금실 조부의 집에서는 여름에는 동네 여자들이 마당 가득히 쌓인 삼베, 모시 껍질을 벗기는 작업을 하는 것을 보았다. 김개남이 젊은 날 지금실에 머물렀던 최시형에게 모시옷을 여러 벌 해서 바쳤다는 이야기가 전해지는 것은 동학에 대한 그의 생각을 알 수 있는 부분이기도 하고, 지금실의 생활 습속을 짐작할 수 있는 부분이기도 하다. 지금실 할아버지 댁에서는 목화도 심으셔서 방학 때는 다래도 따서 먹었던 기억이 있다. 무명과 이불솜이 필요했으니 목화를 심는 것은 필수였을 것이다. 국민학교 때는 무명으로 만든 흰색 윗도리를 교복처럼 입었었다. 어느 정도 먹고 입는 것이 해결되는 상황에서 김개남이 혁명을 하겠다는 결심을 하게 되는 것은 개인적인 불만이 있기보다는 사회 전체의 변화를 꿈꾸었기 때문으로 판단된다. 김개남의 혁명 의지는 어렸을 때부터 개별적으로 특별히 형성된 것으로 보인다. 같은 마을 지금실에서 비슷한 연배의 당숙과 당질이 선택하는 길이 전혀 다른 것에서도 이는 명확하게 드러난다. 한쪽은 농민과 천민 신분을 중심으로 혁명군을 조직하여 무기를 들고 투쟁을 하는 길을 선택했다면 한쪽에서는 빈번하게 서울을 출입하며 벼슬길을 물색하고 다니셨다. 선택한 길은 각각 달랐지만 두 분은 같은 해에 예사롭지 않게 돌아가셨다. 한 분은 서울로 가는 길에 객사했고, 한 분은 나라에서 위험 인물로 평가되어 비명에 가셨다. 갑오년 1894년에 무엇인가 각자의 방식으로 뜻을 이루어 보려고 했던 지금실 40대의 두 남자는 돌아오지 못할 길로 갔다.

정읍군 지금실은 넓은 호남 만경평야의 나지막한 상두산 바로 밑, 방죽(沼) 아래에 있는 마을이다. 지금도 지금실 조부님 집 앞으로는 큰 저수지가 있어 농수로 사용하는 것으로 안다. 어렸을 때부터 상두산의 위치는 잘 몰랐지만 어른들이 얘기하는 것은 많이 들었다. 호남의 넓은 평야에 낮게 솟은 상두산은 전주, 진안, 논산, 장수, 순창, 남원 등 충남에서 전남 북의 중요 지역으로 연결되는 뿌리이다. 이 나라 백성들에게 공급하는 쌀을 생산하는 호남평야의 시작이었다. 호남지역이 곡창지대로서 이 나라 식량 공급의 많은 부분을 차지했지만 한동안 호남미는 밥맛이 없는 쌀로 알려졌다. 1970년대에 다수확 품종인 통일벼를 그쪽에 집중적으로 심게 했던 것으로 안다. 식량 자급자족이 어려울 때 정부 차원에서 품종개량을 집중적으로 했고, 다양한 방법으로 추진되었던 쌀 증산 과정에서 다수확 품종인 호남미는 맛없는 쌀의 대명사가 되었다. 경기미는 값도 좀 비쌌지만 맛도 월등했다. 윤기가 나고 맛도 찰지고 좋은 아키바레라는 일본 품종이 들어왔으며 경기미라는 이름으로 불렸다. 통일벼는 넓은 토지에 많은 수확을 위한 시험 재배라는 면에서는 이해 가능한 것이었으나 호남미는 맛이 없는 쌀이라는 인식이 오래도록 박혔다. 그냥 통일벼라고 불렀으면 좋지 않았을까? 요즈음에야 쌀을 1킬로 또는 4킬로씩 작게 포장해서 판매하고, 어떤 경우에는 생산자의 이름까지 버젓이 박혀서 나오니 이제 호남미, 경기미 하는 말은 없어졌지만 자랄 때는 그 말도 별로 듣고 싶지 않았다. 정부 당국에서는 호남 사람들을 위해 그 정도의 세심한 배려를 한다는 것은 상상도 할 수 없는 일이었다.

어머니는 어린 시절부터 쌀 생산지인 농촌에서 살아오셔서 그랬는지 남쪽으로 여행을 하실 때는 당신은 농사를 그만둔 지 오래되었건만 '모내기를 했다', '나락을 팰 때가 되었다', '추수가 끝났다' 등 모든 시간은 논농사와 연관 지어 말씀하셨다. 당신 인생에서 농사를 지으신 세월이 그렇게 길지는 않으셨지만 태어날 때부터 농촌에서 사셨고, 다섯 명의 자식을 낳을 때까지 사셨던 곳이니 그럴 것이다. 어머니에게 모든 농촌은 고향이고 특별히 호남 평야가 주는 풍요로움은 오랫동안 안정감과 편안함으로 연결되는 것으로 보였다.

신촌 평사리에서 사실 때에도 서쪽으로 멀지 않은 곳에 부안 같은 곳이 있어 바다에서 건진 것들을 조금씩 사들여 밥상을 풍요롭게는 못해도 비린 내는 끊이지 않았던 것으로 말씀하셨다. 나는 전주시장에서 산 갈치를 새끼 줄로 묶어서 들고 오다 엄지손가락이 물려서 오랫동안 흉터가 남아 있었다. 지금 생각해 보면 생선이 꽤 오랫동안 살아 있었다기 보다는 어린아이가 부주의해서 날카로운 갈치 이빨에 상처가 났을지도 모른다. 나이 들어 지금실에 드나들 때도 보면 함석 함지에 소금 간을 한 생선들을 머리에 이고 팔러 다니는 아낙들이 보였다. 함석으로 부엌이나 마당에서 사용하는 생활 용품을 만들거나 지붕이나 울타리 등 주택에 사용했던 시절이었다. 가벼워서 그랬을 것이다. 놋그릇, 옹기그릇 다음으로 나온 것이 함석 그릇이었다. 내가 어렸을 때 지금실에서는 작은어머니가 길 아래 시냇가 옆 옹달샘에서 옹기로 만든 물동이에 물을 바가지로 떠서 이고 오셨고, 설거지도 옹기 자배기에 물을 담아서 하셨다. 옹기그릇 이후에 함석은 물통이나 설겆이 그릇으로 한동안 사용했다. 서울에 올라왔을 때 물을 지게의 양쪽에 매달고 운반하는 집이 있었다. 우리 집에서는 지게를 질 수 있는 사람이 없어서 그렇게는 하지 못했다.

얼마나 힘드셨을까? 모든 어머니들의 식생활에 대한 지극한 정성은 자존심의 표현으로 보일 정도였다. 자식들이 많으니 아무렇게나 많은 양의 음식을 만들어서 배부르게 먹여야겠다는 것으로는 보이지 않았다. 참으로 다양한 조리법으로 여러 음식을 만들어서 먹이셨던 것으로 기억된다. 어렸을 때였음에도 추운 날은 방에 있는 풍로에서 여러 가지 음식을 만들어서 제비새끼에게 먹이듯이 주기도 하셨다. 학교도 가기 전 어렸을 때 어떻게 석쇠에 구운 돼지고기 고추장 불고기 맛을 알았을까? 나도 대부분의 딸자식들이 그렇듯이 그때 어머니가 냈던 입맛을 흉내 내며 평생을 살아가는 것 같다. 서울과 경기도 인근에서 사셨던 시어머님의 음식도 특별하고 기억나는 것이 많지만 신혼 때 빨간 치마에 초록 저고리를 입은 새댁이 아궁이에 불을 때며 먹었던 도토리묵의 맛을 잊지 못한다. 어머님이 광릉 뒷산에서 주운 도토리를 가루를 내고, 물에 불려 떫은맛을 우려내서 끓인 도토리묵이었다. 얼마나 맛있는지 부엌에서 불을 때며 큰 양푼에 남은 것을 숟가락을 찾아 싹싹 긁어먹었다. 지금도 큰 절 옆에 가면 산채정식을 파는 곳에서 한 접시

씩 시켜서 먹지만 그때 맛은 아니다.

경기도 광릉 근처에서 어린 시절을 보낸 남편에게 어린 시절은 옥수수와 감자, 고구마 등으로 기억된다고 한다. 경기도와 서울 경계의 여러 지역을 돌아다니며 초등학교 교장선생님을 하셨던 시아버지의 봉급은 많은 자식들을 키우기에는 형편없이 부족했을 것이다. 시어머님의 삯바느질, 텃밭 농사 등 모든 노동이 음식을 먹기 위해 행해졌던 것으로 보인다. 어머님이 얼마나 가사 노동으로 힘드셨을지는 짐작만 할 뿐이다. 김장 때가 되면 어머님이 텃밭에 심은 무, 배추를 뽑아서 완성된 김치를 항아리에 넣기까지는 보름이 걸린다며, 머리를 흔들던 시동생도 있었다. 유난히 노동을 싫어하던 시동생은 심부름을 했던 시간이 길었던 것으로만 기억하는 듯했다. 퇴직 후 농사를 조금 짓는 나도 올해는 밭에서 뽑은 무, 배추가 김치가 되어서 김치냉장고 속으로 들어가기까지 24시간이 걸렸음을 자랑스러워하고 있었다. 마늘도 생강도 미리 준비해 두었다고는 해도 자신의 일 처리 능력에 스스로 자랑스러워하고 있음은 분명했다.

급작스럽게 영하 5도로 내려가는 강추위에 배추 겉껍질이 몇 겹이나 얼어서 칼질로 모두 잘라버리면서도 아깝다는 생각은 하나도 안 들고 일이 줄어드는 것에 감사하는 나는 좋은 농부와는 아직 거리가 멀다. 그래도 노년에 농사를 지어본 뒤로는 인생의 가장 중요한 부분을 체득한 듯 흐뭇해 한다. 결혼을 하고 자식을 낳아 기른 것 못지않게 인간으로서 본분을 다한 듯 느끼는 것은 그 일이 자연의 순리에 따라 행해지는 일이라고 생각해서일까? 농사는 하늘과 땅의 도움으로 생산을 하는 것이다. 상추, 감자, 등을 다 거둔 그 땅에 배추 모종을 심고, 무씨를 뿌려야 한다. 고추, 가지, 오이, 호박은 여름내 따먹다가 가을이면 말려서 저장한다. 토란 등은 새로 심은 김장 배추, 무우와 함께 11월 말쯤 수확한다. 농사는 숭고하지만 고된 노동임에 분명하다. 팔십 언저리에 있는 노부부에게는 부정할 수 없는 사실이다.

어머님은 교장선생님 댁이라고 많은 선생님과 이웃들이 세배를 오면 모두 만둣국을 끓여서 먹이셨다고 했다. 설마다 22킬로그램짜리 밀가루 한 포대를 다 반죽해서 만두를 빚었다고 하셨다. 며느리인 우리 세대에서는 세배를 오는 남편 제자들에게 먹일 만둣국을 40~50그릇씩은 끓여야 설날이 끝났다. 그래도 이틀 정도만 부산스러우면 끝났던 듯하다. 스무 명이 조금 넘는 남편 형제들과 아이들이 모두 참례하는 설 명절은 떡국 그릇 수로, 추석은 송편을 빚고 찌는 시간으로 남았다. 나는 어려웠던 많은 일들을 시간으로 기억한다. 시간강사 생활을 오래 해서 그런가? 지금은 생각만 해도 힘든 그런 시간도 그리워진다. 시간이 용서해 주는 모든 허물은 끝도 없다. 남편과 함께 그런 시골 학교에서 같이 초등학교를 다녔던 할머니 할아버지들은 이제는 전철의 경로석에 마주 앉아 어렸을 때 이름을 부르며 깔깔거린다고 한다. 나이 들어서도 그런 자리를 유난히 불편해 하는 남편이 민망하지만 자리를 박차고 일어날 수도 없을 것이라는 생각에 웃음이 나온다.

부친이 초등학교 교장선생님이셨던 어떤 선배도 피난을 가는 길에 잠시 쉬었다 일어나서 동생을 업고 가야했건만 동생은 내버려 두고 옆에 있는 쌀자루를 꼭 안고 뛰어갔다고 했다. 물론 무의식중에 저지른 행동이었지만 어린 나이에도 쌀이 중요하다고 생각해서였을 것이다. 서울, 경기도 인근에서 있었던 이런 일은 교직만이 아닐 것이다. 전쟁 후 모든 월급쟁이의 월급 봉투는 빈약했지만, 호남지역에서 농사를 지으며 살았던 우리 부모들은 자식들을 굶기거나 배를 곯리지는 않았던 것으로 기억한다. 우리 아버지는 밭에서 나오는 가지, 고추, 오이, 호박 같은 푸성귀는 너무 많이 먹어서 농사를 안 짓게 된 뒤로는 절대로 먹고 싶지 않다고 몇 번인가 말씀하셨다.

농사를 조금 지어보니 그 말씀이 무슨 뜻인지 알 것 같았다. 땅에서 나오는 그 어떤 것도 함부로 버릴 수 없었을 농부의 마음이기도 하셨겠지만, 부엌에서 음식을 만들어야 하는 어머니는 땅에서 나오는 어느 것 하나 버리지 못하고 가족들에게 익혀서 먹게 하셨을 것이다.

밭에 심은 모든 채소들은 아침, 저녁, 정성으로 들여다보고, 웬만큼 날씨가 받쳐 준다면 그 소득은 대단하다. 이 나이가 되어 밭에서 끊임없이 나오는 온갖 채소들을 갈무리하면서, 냉장고도 없이 우리 어머니들은 밭에서 나오는 그 모든 것을 어떻게 하셨을까 생각한다. 도시에서 사는 나는 우리 밭에서 나오는 못생긴 채소들을 기쁜 마음으로 소비해 주는 이웃들에 감사하며 지낸다. 밭농사보다 특별히 논농사는 호남지역이 타 지역에 비해 상대적으로 광활했던 농지에서 나온 소출로 가족들의 생계를 걱정하지 않아도 되었던 것이 동학 농민혁명을 이끌고 갈 수 있는 힘이 아니었을까? 역설적이지만 혁명이 진행되는 동안 혁명군이 먹을 수 있는 식량을 조달할 수 있었기 때문에 혁명을 추진할 용기가 있지 않았을까? 김개남의 후손들은 수많은 군사가 몇 번이나 집에 들려 어마어마한 양의 밥과 반찬을 해야 했다는 얘기를 전했다. 혁명이 진행되는 동안 혁명군이 밥을 먹을 수 있는 곳은 어디라도 갔을 것이다. 그래도 김개남은 혁명에서 먹을 것을 요구했던 것은 아니고 개혁을 주장했다.

우리 가곡 '고향' '망향' 등 많은 작품을 작곡한 채동선선생도 1901년에 보성군 벌교읍에서 태어나 이십대 초반에 일본 유학과 독일 유학을 다녀온 뒤 작곡 활동을 했다. 채동선의 집안은 만석꾼의 부농이었다고 하니 특별한 경우에 속할 수 있겠지만, 전북 고창 인촌 김성수 집안의 재산도 농업이 기반이었을 것이다. 호남지역만이 아니라 영남에도 알려진 부자들이 많았다. 19세기에 우리가 아는 부자들은 토지에서 시작된 것에서 알 수 있으며,

농지를 많이 소유한 사람들이 경제적인 부를 누릴 수 있었을 것이다. 농업 경제의 기반은 광작의 땅을 소유한 남쪽 지역에서 가능했을 것이다.

19세기 중반 서울 한가운데 북촌 명문가에서 태어나 자란 유길준(1856-1914)이 집안의 절대적인 후원으로 미국 유학을 다녀와서 ≪서유견문≫을 쓴 것이 1889년이었으니, 채동선의 경우처럼 20세기 초에 저 남쪽 땅끝에서 유럽으로 유학을 갈 수 있었다는 것은 놀라운 일이다. 그것도 인문학이나 과학 등 실용 학문이 아닌 서양 음악을 공부하러 갔다 왔으니 더 놀랍다. 오빠 채동선보다 10년 늦게 태어난 성악가 채선엽도 성악을 공부하여 미국에서 한국인 최초로 음반을 냈다. 20세기 초 전라도 땅 남쪽 끝 보성 벌교에서 태어나고 살았던 남매가 외국에서 신교육을 받고 이 나라 음악사에 큰 역할을 할 수 있었던 것은 무슨 힘이었을까?

서쪽 바닷가를 따라 내륙보다 일찍 전파되었을지도 모르는 기독교, 선교사들의 영향이 있었을지도 모르고, 지리적으로 가까운 일본에 쉽게 드나들며 우리보다 조금 빨리 근대화된 일본을 보며 자극을 받고 용기를 냈을지도 모르지만, 뭐니뭐니 해도 그 시대에 자식 둘에게 서양음악을 가르칠 수 있었던 것은 집안의 경제력이 뒷받침되었기 때문임은 말할 것도 없다. 당시 채씨 집안은 만석꾼의 집안이었다니 그 유복함은 모두 벼농사를 지을 수 있는 넓은 땅이 있었기 때문에 가능했을 것이다. 무학이었던 채동선의 부친이 당대에 그 많은 재산을 형성할 수 있었다는 게 매우 놀랍지만, 채동선선생의 동생인 채선엽선생의 회고에 의하면 그의 부친은 진취적인 분이었던 것으로 보인다. 아들에게 독일에서 서양음악을 가르쳐 성공했다고 생각한 부친은 따님에게도 음악을 가르치셨다고 한다. 조상으로부터 물려받은 것이 아니고, 당대에 만석꾼의 대지주가 될 수 있었던 과정은 잘 모르지만 자식들에게 서구 근대 교육을 그것도 서구예술을 교육시켰던 용단은 대단해 보인다.

　채동선의 집안만큼은 아니어도 호남 지방에서 먹을 것들이 풍족했던 것은 농사지을 수 있는 땅이 있었기 때문이다. 자기 소유의 땅이 없는 소작인들도 다수 있었을 것이고, 자작농이라고 해도 홍수나 가뭄 등으로 흉년이 드는 경우도 있었을 테지만, 같은 지역에서 오랫동안 농사를 지었던 사람들은 비축해 둔 농산물 등을 사용하며 살아갔던 것으로 보인다. 지금실에서 오래 사셨던 부모들이 흉년으로 배를 곯았다는 얘기를 들었던 적은 없었고, 혼인을 하여 분가를 하신 후에도 농산물 품평회나 농업 경진대회 비슷한 곳에서 다른 농부보다 월등히 큰 농산물을 수확하여 상을 받은 기억들을 얘기하시던 기억이 있다.

　호남 지역에서 농사를 짓던 부모 세대가 땅에서 나오는 것으로 배를 주리지 않아도 되었던 것에 비해, 도시에서 월급쟁이 노릇을 하며 상대적으로 안정된 생활을 했다고 생각했던 분들이 밥을 만드는 쌀을 그렇듯 하늘처럼 생각하며 구할 수 없어서 애를 태웠다는 것이 믿기지 않았다. 서울 변두리에서는 됫박으로 쌀을 사다 먹는 경우가 허다했다. 인구는 점점 도시를 중심으로 몰려들고 경기도 인근에 농지는 극히 제한되어서 그랬을 것이다. 근대화를 지향하며 사회가 변화하는 상황에서도 아직 농경사회의 생활양식이 지배적으로 유지되고 있음을 알 수 있었다. 호남지역이 상대적으로 농지가 좀 많아서 농사를 지으면 식량이 해결된다고는 해도 태평성대를 누렸다고 볼 수는 없을 것이다. 추수가 끝날 때쯤 되면 서울에 사는 양반들이나 넓은 토지를 소유한 지주들이 지방으로 내려가서 소작인들로부터 수확한 농산물을 거두어 가는 것이 관례처럼 되었기 때문이다. 농지를 가지고 있으며 농사를 짓던 경우에 그나마 배를 곯지 않고 살 수 있었던 것은, 밥을 먹는 것이나, 끼니를 굶지 않고 사는 것이 가장 기본이던 시절이었기 때문일 것이다. 교육을 받고, 의식주에서 호사를 하는 것 등은 또 다른 문제일 것이다.

 농지가 없는 백성들이 쌀을 구하기 어려웠던 것은 상업을 하는 사람들의 경우에도 유사했던 것으로 보인다. 아직 나라 전체가 농업 중심의 경제에서 벗어나지 못했기 때문이었을 것이다. 우리가 어렸을 때도 농업 인구가 국가 전체의 70-80%나 되었으니, 도시 중심의 사회로 전환하면서 겨우 얻은 직장에서 박봉의 월급으로 살아가고, 물물교환 형태를 겨우 벗어난 소규모 상업을 해서 살아갔던 많은 사람들이 얼마나 힘든 삶을 살았는가는 짐작해 볼 수 있을 뿐이다. 19세기 말에서 20세기 중반 정도까지 우리 생활이 그랬을 것이다. 그 사이에 기나긴 식민지 시대와 혹독한 한국전쟁을 겪었으니 참혹한 시절이었을 것이다. 그 시절 한국 리얼리즘 소설에서 그려지는 한국 사회의 모습은 전혀 과장이 없는 현실이었을 것이다.

 정읍 인근의 상두산이나 회문산은 식민지 시대에는 젊은이들이 징용을 피하러 숨어들었고, 한국전쟁 와중에는 좌익들의 은둔지로 이용되었던 것으로 보인다. 깊은 산이 없던 평야 지대에서 집에서 의복이나 음식물들을 운반하기 쉽고, 장정들이 숨어들 때 외부에서 표시가 나지 않는 산들이 상두산과 회문산이었던 것으로 보인다. 금산사, 대원사, 내소사 등의 큰 사찰이 지금실에서 멀지 않았고, 중종 연간 활동했던 도강 김씨의 선조 김약묵(金若黙)의 묘지명(墓地銘)이 배향되어 있는 무성서원(武城書院)이 지금실에서 10리 거리에 있다. 형조, 예조의 좌랑 등을 지낸 김약묵이 한산군수로 있을 때 검소하고 근면한 관리로 표창을 받고 이듬해 다시 선정을 베풀었다 하여 조정으로부터 표창을 받았다는 기록이 있다. 김약묵은 학행이 있었으며 사후 김인후(金麟厚)가 지은 묘지명이 무성서원에 배향되었다. 무성서원은 신라 말엽부터 조선조 말엽까지 전국 학자들의 발자취가 끊이지 아니했던 곳이기도 하다. 우리 증조부나 김개남 장군이나 자신의 집에서 가까운 곳에 있는 무성서원에 배향된 선조의 묘지명 등을 보며 자라면서 조상에 대한 자긍심이 있었을 것이다.

얼마 전 덕수궁에 새로 지은 돈덕전(惇德殿) 자료관에 가보니 무성서원을 새로 지은 건축 자료가 있었다. 100년 전에 지어졌던 덕수궁 돈덕전을 서울시에서 새로 지었듯이, 정읍시에서 무성서원을 기존의 건물 그대로 복원한 것이었으며, 세밀하게 축소된 도면을 한 권의 책으로 완성한 것이었다. 우선 건축학적으로 의미가 중요한 것으로 보이며 자세한 설계 과정과 세측(細測) 등이 한 권의 책으로 기록되어 있어 놀라웠다. 앞으로 제대로 된 한옥을 짓는데 중요한 자료가 될 것으로 보였다. 몇 년 전에 덕수궁 옆에 있는 성공회 대성당을 보수해야 할 때 백여 년 전에 지어진 그 건물의 설계도가 영국 왕립도서관에 보관되어 있어서 모두 환호했던 기억이 있다. 이 나라의 중요한 근대식 건물인 성공회대성당이 지어질 때의 설계도가 보존되어 대성당이 원형대로 복원될 수 있었듯이, 무성서원의 복원과 도면의 출간으로 해서 한옥이 건축되는 과정이 현대적인 도면으로 보존될 수 있는 것은 중요하다.

김개남이 천부적으로 타고난 영웅 기질은 지금실 산골 선비로서 만족할 수는 없었을 것으로 보인다. 증조부 때의 우리 집안이나 김개남 장군의 집안이나 호남평야의 중농 가정에서 식생활의 걱정은 없이 살아왔으며, 도강 김가의 집성촌인 지금실에서 어른들은 서당 훈장을 계속 모시며 집안의 아들들에게 한적(漢籍) 강의를 해온 것으로 전해진다. 지금실에 살았던 도강 김가 자손들은 유소년 시절부터 정치, 경제, 병사(兵事), 선인(先人)들의 위업을 학습하고 체득하였다고 한다. 김개남의 경우는 열댓 살 이전, 결혼하기 전은 또래 소년들과 서당 훈장을 통해 학습하는 시기였다면, 청년 시절에는 전라도의 주, 군, 현(州, 郡, 縣) 산천을 두루 살피면서 각 지역의 인심 등을 파악했던 것으로 보인다. 김개남은 30세 즈음부터는 지금실 집을 돌보지 않고 주로 전주를 무대로 각 군, 현을 두루 다니면서 가문이나 빈부 귀천을 가리지 않고 외부인들과 교류하였다 한다. 이때 벌써 전주 감영에서 근무하는 관리들의 성분 분석을 하고 있을 정도였다. 지금실 종형질(從兄姪) 등의 손위 가족들도 그때 가서야 김개남이 기남아(奇男兒)라는 칭송이 있었다 한다.

김개남은 전봉준과는 30세 전에 교류하였으며, 지금실로 돌아와서는 종형질 등에게 전주 감영의 관리들 중에서 누구를 자신의 편으로 끌어들여야 하는지에 대해 얘기해 온 것으로 전해진다. 그중 가장 중요한 인물이 김시풍(金始豊)이었으며, 김시풍은 전라 감영(監營)의 정삼품관(正三品官)인 영장(營將)을 지낸 바 있다. 그는 의협심이 강한 정의로운 인물이었으며 무용(武勇)과 지식이 풍부하고 처세함에 있어서 관민(官民) 할 것 없이 전주의 거물, 전주의 호걸이란 세평이었다. 김시풍을 추종하는 사람들은, 빈천과 부귀를 논할 것 없이 전주의 인물이라고 호평하였다 한다.

훗날 김개남은 김시풍의 도움으로 전주성 함락이 용이하였다고 전해진다. 이러한 사실은 갑오년 4월 11일 양호(兩湖) 초토사(招土使) 홍계훈(洪啓薰)이 전주에 도착 즉시 전주 감영영장(監營營將) 임태두, 전 영장(營將) 김시풍 등을 동학도라는 이유로, 또는 관을 속이고 동학도와 내통하여, 반란에 협조하였다는 죄명으로 사형, 효수(梟首)하였다는 사실에서도 드러난다. 전라감영 수교(首校)인 정석희(鄭錫禧)도 역시 동학도와 내통했다는 이유로 다음날 금구시장에서 효수당하였다. 동학이 시작된 지 몇 달 되지 않았지만 동학군들은 가명을 쓰고 다녔으며, 체포되었을 경우 처형의 수위는 무척 높았다. 무서운 시절이었다.

19세기가 끝나갈 즈음하여 지금실이라는 산골 마을에서 사십대의 남자가 자유롭게 이동했던 공간은 전주, 남원을 비롯한 호남 지역 정도이었던 듯하다. 김개남은 전주에서 관민 구별 없이 만난 사람들을 통해 혁명을 꿈꾸고 인맥을 통해 거사를 다짐한 것으로 보인다. 같은 마을에 살던 동년배의 종친들과는 동지적인 교감이 이루어졌던 것 같지는 않다. 김개남 장군이 같은 40대 나이에 당숙질 간인 우리 증조부와도 깊이 교감하지 못한 듯해서 얼마나 외로웠을까 하는 생각이 들었지만, 두 분은 세계관이 달랐음이 분명하고 결국은 인생에서 모든 행동의 결정은 본인 스스로 하는 것으로 판단된다. 혁명을 하겠다는 결정도 본인 스스로 하는 것이겠지만 그런 생각에 이르는 과정도 김개남 개인 스스로 해낸 것으로 보인다.

김개남 본인의 노력으로, 책을 통해, 또는 그가 접할 수 있었던 선구적인 인물들을 통해, 어렵게 접한 이웃 나라들의 움직임을 통해서 그 엄청난 과업을 시작했을 것이다. 무엇보다 혁명 동지들과의 교감 속에서 자신이 가야 할 길을 정했을 것임은 분명하다. 그럼에도 힘들고 포기하고 싶은 순간이 많았을 텐데 끝까지 소신을 굽히지 않고 혁명의 성공을 위해서 완주한 것은 존경스럽다. 그의 행동을 추적해 보면 중도에서 혁명을 포기하려는 생각은 전혀 보이지 않는다. 포기할 기회가 여러 번 보였지만 그는 전혀 주저하는 빛이 없었다. 혁명을 시작할 때부터 죽음을 예견할 수 있었겠지만 그의 행동 어디에서도 죽음에 대한 공포는 느껴지지 않았다. 두려움이 없었을까? 죽음을 피할 수 없는 것으로 판단했을 것이며, 그렇다면 죽음을 정면으로 대결할 수밖에 없다고 보았을 것이다. 혁명을 수행하는 과정에 죽음이 끼어들 틈이 없었을 것이다.

1894년 이전에 김개남이 몇 번의 서울 출입이 있었던 것으로 보인다. 같은 시대 이웃에 살았던 우리 증조부도 서울 출입이 빈번했다고 후손들은 전한다. 교통수단은 무엇을 이용했는지 불분명하나 말을 타거나 도보로 움직였을 것이다. 내가 국민학교 4학년 때 전주에서 서울까지 기차를 타고 갔던 그 길을 우리 증조부와 김개남은 정읍에서 북쪽을 향해 걷거나 말을 타고 보름 정도 걸려서 서울에 도착했을 것이다.

1957년 9월이었다. 내가 처음으로 기차를 타고 서울로 온 것은. 우리 증조부와 김개남 장군이 말을 타거나 걸어서 보름쯤 걸려서 갔던 그 길을 나는 10시간쯤 걸려서 간 듯했다. 서울행 기차는 국민학교 4학년에 올라가서 한 학기가 지난 어린아이이니 반 표를 샀으면 앉아서 갈 수도 있었을 텐데 표를 사지 못해서 처음부터 끝까지 기차 통로에 서서 가야 했다. 서울에 있는 대학교에 입학한 큰오빠의 친구들이 서울로 가는 길에 표도 사지 않고 공짜로 따라서 탄 기차였다. 역무원들이 기차표 검사를 했지만 기차 통로에 서서 가는 작은 아이였기 때문인지 문제 삼지 않았던 것 같다. 전주에서 서울은 참 멀었다. 몇 시간을 서서 가는 것이 힘들었다는 생각보다는 앉아있는 사람들이 술을 마시며 안주로 먹는 땅콩과 오징어 냄새를 참기가 힘들었다. 엄마가 그리운 것보다 먹을 것이 그리웠다. 정서적인 결핍보다 육체적인 배고픔이 가장 먼저, 오랫동안 남아 있음을 확인했다. 큰오빠가 서울역에 나오셨고, 오빠는 전차를 타고 산비탈의 무허가 집으로 나를 데리고 가셨다. 천천히 움직이는 전차 밖으로 보이는 풍경이 신기했다. 엄마가 구워준 고등어를 허겁지겁 먹었을 나를 엄마는 눈물 바람을 하며 바라보셨다. 먹지 못해서 눈이 퀭하니 들어갔다며 가슴 아파하셨지만 곧 제 자리를 찾은 내 몸은 나이가 들어서도 변함없이 유지되었다.

서울의 마지막 초가집

　우리 가족은 길음동의 다 쓰러져가는 초가집에서 몇 년인가를 살다가 그 집을 허물고 그 자리에 블록집을 지었다. 그때는 길음동 동사무소에서 서라벌고등학교까지 연결되던 비탈길 일대를 돈암동 산9번지라고 묶어서 불렀는데 우편배달부들은 용케도 편지를 꼭꼭 맞게 제 집으로 전달해 주었다. 미아리고개 언덕에 위치한 그 곳을 돈암동이라고 부르는 것에 원남동에 사는 고등학교 동창이 한동안 웃던 모습을 지금도 기억한다. 미아리고개가 어떻게 돈암동이라는 품위 있는 동 이름을 붙일 수 있느냐는 것이었다. 그 웃음은 고등학교에 다니는 여학생이 웃기에는 상당히 세속적인 비웃음이었다. 맹랑한 아이들이었다. 아주 하찮은 것일 수 있는 여학생의 웃음소리와 웃던 모습이 아직도 기억에서 사라지지 않는다. 초등학교 5학년에 강남에 있는 학교로 전학을 간 우리 손주가 며칠 만에 듣고 온 얘기는 자기네 동네는 강남에서 제일 변두리라는 것이었다.

　그 때에는 유일한 통신 수단이 편지였기 때문에 어렸을 때도 우편배달부들이 대단해 보였다. 학교에서는 새 학기가 되면 텔레비전, 전화 등 집에 있는 비품들을 조사했지만 우리 집엔 거의 가진 것이 없었다. 다른 것은 없어도 괜찮았지만 텔레비전은 부러웠다. 설이나 추석에 길음동 개천 건너 편에 있는 방앗간에 가면 작은 텔레비전에서 외국 영화들을 더빙하여 보여 주었다. '월튼네 사람들' '초원의 집' '페이톤 플레이스' 등이 나오던 시절이었다. 작은 흑백텔레비전 화면에 나오는 외국 배우들이 모두 한국어로 말하는 줄 알았다. 어쩌면 그렇게 외국 배우들이 자연스러운 억양으로 한국말 문장을 정확하게 발음하는지 신기했다. 배우들의 움직임보다 입술을 뚫어지게 바라보았던 기억이 난다. 확인을 해보고 싶었다. 몇 년 후에 집에서 중고 텔레비전을 하나 산 뒤에도 한동안은 외국 배우들이 한국말로 말을 하는 줄 알았다. 그래도 돌아가실 때까지 텔레비전 속에 사람이 있는 줄 아셨던 할머니에 비하면 훨씬 깨었다고 할까?

그 집에서 홍콩에 있다는 로버트 왕이라는 남학생에게서 펜팔로 항공 엽서를 받았던 기억이 난다. 항공 엽서는 푸른 바다에 떠 있는 큰 배가 멋있었지만 로버트와 왕이 무슨 연관이 있는지는 한참 후에야 알았다. 로버트 왕은 홍콩에 사는 화교였을 것이다. 동사무소에서 파월 장병에게 보내라는 위문편지의 답장도 그 집에서 받았다. 대학생이 된 뒤에 동 직원에게서 그런 부탁을 받았을 것이다. 작은 트랜지스터 라디오에서 화폐개혁이라는 뉴스가 나온 뒤 아버지와 오빠가 심각한 얼굴로 이야기를 나누던 모습이 생각난다. 삼일절, 광복절 행사를 중계할 때 남자 아나운서의 목소리는 몹시 흥분되어 청취자의 누선을 자극시켰지만 화폐개혁 뉴스는 조용히 건조하게 전달됐다.

서울에서 제일 마지막 남은 초가집이었을 그 집은 한동안 전기가 들어오지 않아서 촛불과 램프 불을 밝히고 지냈다. 촛불과 램프 불이 오래도록 기억에 남는 것은 불 하나에 의지해서 일을 하시는 아버지 옆에서 공부를 해야 했던 시간이 길게 느껴졌기 때문일 것이다. 촛불도 램프불도 불편했을 텐데 그저 아버지 옆에서 공부했던 시간이 좋은 추억으로만 남아 있다. 그런 것을 보면 경제적인 궁핍함이나 결핍이 자라는 과정에서 크게 문제 되지 않는다는 것을 확인하게 된다. 자라나는 과정이 풍요롭지 못했음에도 살아오는 과정에서 그것이 문제 되지 않았던 것은 참 고마운 일이었다.

오히려 자존심에 상처를 입었을 때 그 기억이 오랫동안 힘들게 했던 듯하다.

전주에서 올라온 뒤 처음 담임 선생님이셨던 여자 선생님이 나에게 보이셨던 표정과 행동이 오랫동안 쉽게 잊혀지지 않았다. 한 반에 80명도 넘는 학생들로 오전반 오후반으로 나누어지는 2부제 수업을 할 때 젊은 여자 선생님에게는 저 멀리 호남에서 올라온 학생 한 명이 그다지 반갑지 않았음이 역력했다. 그 뒤에 어떤 선생님도 그런 태도로 나를 대하지는 않으셨던 듯하다. 일 년도 아니고 한 학기만 다니면 다음 학년으로 올라가는데 왜 그렇게 눈에 뜨이게 냉정하게 대하셨을까? 평균적인 교사로서 낯선 학교에 전학을 온 어린 학생을 배려해 줘야 한다는 생각을 왜 조금도 못하셨을까? 개인적인 인연이지만 나중에 결혼을 한 뒤 시댁 친척들에게 인사를 할 때 놀랍게도 그분을 뵙게 되었고, 어머님은 그분을 친척이라며 소개를 하셨다. 그 분이 나를 몰라봤음은 당연하지만, 나는 옛 기억이 새삼스러워 목례를 한 외에는 더 이상 얘기를 할 수 없었다.

오래 된 집을 헐고 새로 집을 지으려고 초가지붕을 벗겼을 때 짚 사이에 숨어 있다가 툭툭 떨어지는 하얀 굼벵이들이 지금도 생각난다. 그것들은 뭘 먹고 그렇게 살이 통통했을까? 중고등학교에 다닐 때는 비가 올 때마다 묵은 짚을 타고 흘러내리던 갈색 낙숫물이 흰 교복에 묻을까봐 잽싸게 뛰어 들어가거나 나와야 했다. 새로 집을 지어 기와를 올린 후에는 그러지 않아도 되었다. 그 오래된 초가집의 추레함은 김개남 장군이나 우리 증조부가 살았을 지금실의 집과도 유사했을 것이다. 내가 중고등학교 다닐 때의 돈암동 산9번지의 초가집은 그보다 오십 년도 더 전의 지금실 집보다 더 추레했을 것이다. 돈암동 근처에는 논도 없었고 그때 우리 부모는 농사도 짓지 않았기 때문에 농가에서 가을마다 추수가 끝난 뒤 새 짚으로 이엉을 얹는 작업을 돈암동 초가집에서는 몇 년 동안 할 수 없었으니 오래 전 지금실 집보다 더 초라했을 것이다. 지금실에서도 내가 중학교에 다닐 때 쯤 새로 집을 지으셨던 것은 이전 집이 형편없이 낡아서 그러셨을 것이다. 지금실에서는 새로 집을 지은 뒤에는 뒷마당에 우물을 파서 작은어머니가 더 이상 집 밖에 있는 옹달샘에서 물동이에 물을 길어오지 않아도 되었다.

몇 해 동안 이엉을 얹지 못한 1960년대의 돈암동 초가집 지붕은 잿빛으로 변하며 주저앉았다. 서울에 마지막 남은 초가집이었을 것이다. 초가집을 허물고 블록집을 지을 때 나는 고등학생이었지만 모래며 흙을 머리에 이어 날랐던 기억이 난다. 당연히 그래야 하는 것이라고 생각했다. 물론 가끔 집을 짓는 기술자들이 한두 명씩 와서 도와주었겠지만 나에게는 모래나 흙을 퍼 날랐던 기억밖에 남아있지 않다. 개미나 두꺼비가 집을 짓듯이 우리도 그렇게 했다. 우리 가족이 모두 달려들어서 지은 그 집에서 나는 결혼을 할 때까지 살았다. 남편의 친구들이 골목에서 외장치며 함을 들고 왔고 밤늦도록 술을 마셨다. 그리고 결혼식을 한 지 50년도 더 지났다.

요즈음 지은 지 10년이 조금 넘은 집의 마당 한쪽에 깔았던 나무로 된 데크를 걷어내니 땅 위로 담쟁이 넝쿨이 무섭게 뻗어 있었다. 식물의 생명력이 놀랍다. 앙코르와트의 사원을 칭칭 감고 올라가는 남국의 거대한 식물이 연상되었다. 봄여름의 싱싱한 푸른 잎과 가을이 다 지날 때까지 곱게 물든 단풍잎을 보는 것이 좋아서 단풍잎을 내버려 두었더니 집 전체를 뒤덮을 듯이 퍼져 있었다. 담쟁이 넝쿨의 줄기를 잘라내고 뿌리를 뽑아내는 그 일도 해내기가 매우 힘들다. 나는 이제 그 옛날 돈암동의 초가집처럼 삭았다. 10년도 더 전에 철근과 노출 콘크리트로 지은 새 집은 튼튼했지만 그 속에 사는 우리 부부는 늙었다. 앞으로 남은 세월은 이렇게 힘이 빠져가며 늙어갈 것이다.

내가 국민학교에 입학한 1954년의 두 세대 전 1894년 지금실 초가집에서 살았던 우리 증조부나 김개남 장군은 40대의 장년이었다. 우리 증조부는 벼슬길을 찾아 서울을 출입하시다가 길에서 돌아가셨고, 김개남 장군은 같은 해에 혁명이 실패한 후 체포되어 처형당했다. 그 작은 마을에서 같은 해에 장년의 두 남자가 험하게 죽었다. 들려오는 얘기로는 먼 길을 떠나는 나그네인 증조부를 향해 누군가가 김개남의 친척이라는 얘기를 했다고 하나 분명치 않은 사실이다. 국민학교에 입학했을 때 '나비야 나비야' 나 '산토끼 토끼야'를 율동과 함께 배웠지만 우리는 '새야 새야 파랑새야 녹두밭에 앉지 마라. 녹두꽃이 떨어지면 청포 장수 울고 간다'라는 노래를 친숙하게 불렀다. 오랫동안 구전되어온 그 노래를 부르는 것으로 그 시절을 기억했을까? 청승맞기까지 한 그 노래를 부르는 것을 즐겼던 것은 무엇이었을까? 어른들이 한숨 쉬듯 습관적으로 부르시던 것이 우리 귀에 익었던 때문이 아니었을까 싶다. 전주를 떠난 뒤에는 우리 가족들도 그 노래를 입에 올리지 않았던 것으로 기억한다. 정신없이 바빠 돌아갔던 서울 생활에서는 한숨을 쉬고 노래를 흥얼거릴 여유가 없었을 것이다.

전봉준은 전주 화약(和約)을 맺기 전 중앙에서 내려 온 홍계훈에게 대원군을 복귀시키라는 탄원서를 보낼 정도로 중앙 정치에 개입하려 했던 것으로 보인다. 김개남은 전봉준에 비하면 현실 정치에 개입하기보다는 이상사회를 꿈꾸는 혁명가였던 것으로 보인다. 김개남은 노비문서를 소각할 것을 주장하고, 천민의 대우를 개선하고, 백정이 쓰는 패랭이를 없앨 것 등에서 신분에 대한 문제를 강하게 제기했다. 순조 즉위 초부터 백성에게 귀천이 없어야 함을 강조하고 노비라고 해서 구분하면 임금으로서 어찌 사랑하는 동포로 여기겠냐며 왕실과 관청의 노비문서를 돈화문 밖에서 불태우게 했으니, 이는 동학혁명 30년 전에 실시된 일이다. 나라에서 노비문서를 소각하고, 제도를 폐지한다고 해도 국민 개개인이 이를 실현한다고 믿기도 어렵고, 지방 관청에서 자행되는 포악한 행위나 불량한 양반들의 횡포 등 봉건사회의 잔재 때문에 대다수 민중들의 불만은 팽배했을 것이다.

　1930년 14살에 혼인을 한 우리 어머니는 시집올 때 교전비를 데리고 왔다고 했으나, 노비의 개념은 아니었을 것이다. 어른들의 약속으로 어린 나이에 이루어진 혼사에서 사돈댁에 가서 새신부가 실수할 것을 두려워해서 딸려 보낸 피붙이 같은 것이 아니었을지 모르겠다. 그러다가는 세월이 좀 흘러 자식을 낳고 농사일에, 집안일을 감당하기 힘들어지면서 소위 말하는 식모라는 개념으로 바뀌지 않았을까 싶다. 농촌에서 남자들에게 과중한 농사일을 도와주는 머슴도 유사하지 않았을까 생각된다.

　문서로 노비임을 못 박는 단계는 서서히 붕괴되어 갈 수밖에 없는 상황이었겠지만 김개남이 동학혁명에서 최하층인 노비와 백정 등 천대받는 천민의 문제를 혁명으로 해결해야 할 과제로 내세웠다는 것은 무엇보다 사회를 정확하게 읽어내는 능력이 있음을 보여주는 것으로 보인다. 농업 인구가 90% 정도인 상황에서 혁명군을 농민군이라고 했지만 이는 나라 전체의 국민을 상대로 하는 개념이었을 것이다. 혁명군이 양반과 대립되는 계층으로 노비와 백정 등 당시에 제일 천대받는 계층을 향한 분명한 지원을 약속하는 것은 혁명의 목적이 어디에 있는가를 명백히 밝히는 것이며, 또한 그들의 힘이 없을 때는 혁명이 성공할 수 없음을 알고 있는 것이기도 하다. 김개남이 당시 모든 면에서 중요한 지역이었던 남원을 근거지로 활동하면서 제한된 공간이었지만 자신이 *꿈꾸는* 이상사회를 구현해 보려고 했던 것은 지극히 현실적인 혁명가의 자세로 보인다.

　이에 비해 신앙으로서의 동학과 농민 혁명군과의 관계는 쉽게 단정 짓기는 어려워 보인다. 동학의 교주 최시형의 입장에서는 청일전쟁의 와중에 일본을 향한 전봉준의 기병을 탐탁하지 않게 여겨 왔다고 하는 것을 보면 종교적인 개념으로서의 동학과 혁명군과는 어쩔 수 없이 거리가 있었던 것으로 보인다. 이런 상황에서 남접의 지도자인 김개남의 행동은 조선 정부를 부정하고 새 나라를 세우려는 것이 아닌가 하는 의심을 살 만했던 것으로 보인다. 무엇보다 김개남의 생각과 행동은 무척 현실적이고 강한 추진력을 동반한다. 일차적으로 그는 왕과 왕실이 있는 북쪽을 향해 가는 것에 한계를 느꼈던 것으로 보인다. 자신이 동원할 수 있는 농민군으로는 자신이 익숙하게 움직일 수 있는 정읍 남쪽의 제한된 공간에서 원하는 바를 이루어 낼 수 있는 가능성이 있다고 본 듯하다. 남쪽을 열겠다는 의미로 개남(開南)이라고 이름을 개명한 것부터 그의 생각을 유추해 볼 수 있다.

김개남의 꿈은 상당히 현실적이고, 실현 가능성이 있는 쪽으로 집중되었다. 그는 혁명을 성공시킬 수 있는 방법만을 생각했던 것으로 보인다. 일본과 청나라, 러시아까지 합해져서 조선은 점점 독자적으로 생존할 수 있는 상황이 아니었다. 김개남은 국가적으로 어디에서도 희망을 찾아볼 수 없는 상황에서 농민이 주류를 이루는 백성이 살아 있음을 보여주어야 한다고 생각했을 것이다. 낮은 신분으로 설움을 받고 관의 학정에 시달렸을 혁명군들을 그 시간 동안 끌고 갈 수 있었던 것은 김개남의 탁월한 지휘 능력을 보여주는 것이다. 혁명이 실패하게 된 세부적인 이유는 간단히 말할 수 없지만, 성공하든 실패하든 1년 정도의 시간 동안 투쟁을 지속할 수 있었던 것은 김개남을 포함한 혁명군 지도자들에 대한 절대적인 지지와 성원이 있었기 때문이다.

김개남은 혁명을 꼭 성공시켜야 한다는 신념이 있었으며, 그 사회에서 어떤 인물들에게 혁명이 꼭 필요한가를 잘 알았고, 싸움에서 이길 수 있는 전술 능력까지 겸비했다. 김개남이 남쪽을 자신의 활동 범위로 한정하려고 했던 것은 전봉준, 손화중 등 지도자급을 제외해도 많은 두령들이 투쟁 방향이나 방법에 의견일치를 보기가 어려웠기 때문이었던 것으로도 보인다. 아무리 혼돈의 시대라 해도 일개 시골 향반의 남자가 중앙 정부의 일에 관계할 수 있는 범주를 벗어났다고 생각했을까? 개남국왕이라는 호칭을 내걸고 남쪽을 평정해 보겠다는 그의 생각은 동학교도와 교주들에게도 의심스러웠을 것이다. 의심을 받을 수도 있는 그의 생각은 정치적인 지향이라기보다는 신념으로 보인다. 남원을 중심으로 한 제한적인 지역에서였지만 혁명의 궁극적인 목적은 보국안민(輔國安民)에 있음을 알 수 있다. 보국안민은 그가 꿈꾸는 이상사회이다.

　김개남은 갑오년 10월 삼례의 접주들이 모인 연설에서 가정 살림이든 나라 살림이든 가장이나 군주가 현명하였다면 가족과 국민의 생계를 걱정하지 않아도 될 것임을 강하게 주장했다. 김개남 혁명군이 주장하는 바는 가정이 확대되어 국가를 이루는 것과 대비시켜 청국이나 일본을 유인하여 동학 혁명군을 제압하려는 정부에 대한 비판으로 보인다. 혁명군이 일어서면 백산(白山面)같고 앉으면(坐則) 청록(靑綠)의 죽산(竹山)과 같았다는 것에서 보듯이 흰옷을 입은 농민들이 죽창을 들고 저항하는 모습에서 결기를 느낄 수 있다. 일 년 농사가 끝나고 하늘에 대한 감사의 축제로 농악을 할 때를 제외하고는 집단으로 모일 일이 없었을 농민들이 일 년 가까운 시간 동안 집단으로 움직이며 투쟁할 수 있었던 것은 그만큼 그들의 욕구가 절박하기도 했겠지만 지도자의 통솔 능력이 대단하고 그의 말이 설득력이 있었기 때문일 것이다. 농민들이 집단으로 투쟁을 하는 행위는 익숙하지 않은 일이다. 농삿일이 품앗이를 해주는 일은 있어도 집단으로 하지는 않는다. 각자의 토지에서 개별적으로 농사를 지어서 수확을 하고 소비를 하는 형태이기 때문이다.

우리 어머니가 교전비를 데리고 시집을 가셨다는 그 나이에 우리 형제들은 국민학교를 졸업하고 중학교에 가야 했다. 내가 학교에 다닐 때는 국민학교가 의무교육은 아니었기 때문에 우리는 끊임없이 담임 선생님의 월사금 독촉을 받아야 했다. 국민학교 의무교육은 1959년에 시작되었으니 전주 중앙국민학교에서 시작되어 서울 돈암국민학교에서 끝난 국민학교 6년 내내 나는 월사금 독촉에 시달렸을 텐데, 서울에서는 전주에서처럼 그런 기억이 별로 없다. 전주에서는 서울로 전학을 가기 전 밀린 월사금을 정산을 하고 떠나야 했기 때문이 아니었을까 하는 생각이 들기도 한다. 그 시절 국민학교 교사 생활을 하셨던 분의 말씀으로는 학생들이 낸 월사금으로 교사들의 봉급을 주어야 했기 때문에 월사금 독촉이 교사들의 중요한 업무라고 했다.

아버지가 지금실에서 신촌 평사리로, 신촌에서 다시 전주로, 전주에서 다시 서울로 이동했던 것은 이 나라가 조금씩 속도를 내며 근대화되어 가는 공간을 따라가는 과정이었을 것이다. 우리 사회는 농업에서 상업으로 다시 수출 산업으로 변화하였고, 부모님은 일곱 명이나 되는 자식들을 끌고 그 속에서 살아남기 위해 이사를 다니셨다. 어머니 아버지에게 중요한 것은 자식들의 교육이었다. 우리 부모는 교육을 받으면 모든 것이 해결될 것이라고 믿으셨던 것 같다. 당신들이 신교육을 받지 못한 것이 한스러우셨는지 모르겠다. 신촌 평사리에서 전주로 이사를 하셨을 때도 국민학교에 다니는 자식 셋을 끌고 전주 사범 부속 국민학교 교장선생님을 만나 전학생으로 받아 줄 것을 강요했다. 한 학년에 두 클래스씩 소수의 학생만 받아서 가르치는 특수학교급인 곳에 농사만 짓는 시골에서 올라온 아이들 셋을 받으라니 교장도 난감했을 것이다. 정식 입학생도 시험을 보고 뽑는 학교에 농사를 짓는 산골에서 올라온 아이들을 세 명씩이나 전학생으로 받으라는 것은 누가 봐도 무리한 요구였다.

전주에서 부친은 미곡 도매업을 하면서 상업에 꽤 능력을 발휘하셨던 것으로 보였다. 진안, 장수, 고부, 남원 등 대규모 농사를 짓는 사람들과 연결하며 미곡 도매업을 하셨다고 한다. 아버지가 쌀을 구매하기 위해 다니셨던 호남의 농업지역은 김개남 장군이 혁명군을 이끌고 다녔던 곳과 중첩되었을 것이다. 호남 지역은 쌀농사로 먹고 사는 곳이니 우리 부친이 처음 해보시는 상업의 아이템으로 미곡을 선택하셨던 것은 잘한 일이었을 것이다. 쌀은 당신이 제일 잘 아는 부분이었을 테니 자신 있게 도전하셨을지도 모른다. 가끔은 전주 전동성당에서 수녀님들이 쌀을 사러 아버지를 찾아오기도 했다. 수녀원에서 가져가는 쌀의 양은 상당했다. 수녀원에서 밥을 먹어야 하는 사람들이 많았던 모양이었다. 아버지가 수녀님들을 극진하게 대접하는 것을 보았을 때는 기분이 묘했다. 아버지 장사 고객으로서 수녀님들에게 극진하셨나? 결코 천주교와 같은 신앙생활을 할 수 없으셨던 부친이 성직자에게 보이는 맹목적인 존중이었나? 아버지는 치매가 시작되시기 전에 성당엘 몇 번 다니시기는 하셨지만 곧 포기하시고 말았다. 그런 인연이었는지 모르지만 돌아가실 때는 어머니와 언니들의 도움으로 병자성사를 받고 돌아가셨다.

흥정과 타협이 장기인 상업을 하는 솜씨로 자식 셋을 다 전주 사범 부속학교에 전학시키셨으니 전학 사건은 부친의 승리였다. 그 시절 부모들의 교육열은 좋은 학교에 자식들을 들여 밀면 그곳에서 모든 것이 해결될 줄 알았던 것으로 보인다. 어른이 되어 들어보니 그 시절 우리 부친과 유사한 사고를 지닌 아버지들이 많았던 모양이다. 아버지들은 나이 어린 자식들이 그 험악한 곳에서 어떻게 투쟁하며 살아가는가에 대해서는 별 관심이 없으셨다. 학교라는 곳에서 학생들은 개인이기도 했지만 한 반 전체가 집단으로 움직이는 공포의 대상들이기도 했다. 신식 교육을 받은 경험이 없는 부모 세대는 학교라는 곳에서 신식 교육이 행해지는 동안 벌어지는 일들을 잘 모르지 않았나 싶다. 라디오부터 시작해서 전화는 말할 것도 없고 모든 문화적인 기구가 아무것도 없어서 그런 물품이 없는 학생은 손을 들라는 담임선생의 질문에 처음부터 끝까지 손을 들고 있었던 아이는 자기뿐이었다고 분노했던 동료도 있었다. 호구조사를 비롯하여 그런 비인간적인 조사를 공개적으로 하는 경우가 비일비재했다. 내가 서울에서 국민학교에 다닐 때는 고향이 어디인가를 묻는 조사도 수시로 했다. 물론 현재 살고 있는 주소가 어디인가를 묻는 조사도 수시로 이루어졌다. 그 학교 관할 구역에서 살지 않는 아이들이 위장 전입해서 학교에 다니는 것을 막기 위한 것이었다.

경찰들이 간첩을 잡기 위해 자주 하는 질문 중에는 모르는 사람이 집을 방문한 적이 있느냐, 트랜지스터 라디오로 이상한 방송을 듣는 것을 보았느냐 등 어린아이들을 상대로 수시로 물어보는 질문이 많았다. 순진한 아이들을 상대로 질문하면 숨기지 못하고 대답할 것이라는 생각이었을 것이다. 돈암동 초가집 아랫방에 세 들어 살던 한 가족의 남편은 한 번도 밖으로 나오지 않고 살다가 이사를 갔다. 육이오 때 인민군이었다고도 하고 경찰이었다고도 했는데 사는 동안 전혀 밖으로 나오지 않고 방에서만 지내다가 갔다. 이사를 갈 때도 아저씨는 하루 전 밤중에 나가셨기 때문에 우리는 끝까지 그분을 볼 수가 없었다. 더운 여름에도 문고리를 헌 넥타이 끈으로 묶어서 120도 정도 열어놓았기 때문에 한 번도 방 안을 볼 수가 없었지만 하루에도 몇 번이나 하얀 손을 뻗어서 소변 통으로 사용하는 깡통을 들여갔다가 조금 후에는 내어놓았다. 그 아저씨가 나라에서 금하는 트랜지스터 라디오의 단파 방송을 들을 것만 같았다. 그렇게 의심스러운 사람이 많다고 느꼈던 것은 많은 것들이 의심스럽고, 조심해야 할 것들이 많았기 때문이었을 것이다. 요즈음 보이스 피싱의 함정에 빠지지 않기 위해 노력하는 것보다 훨씬 고도의 기술이 필요했던 듯하다. 불조심과 함께 간첩 잡기에 대한 표어와 포스터는 언제나 방학 숙제로 해야 했다. 포스터를 그리기 위해서는 붉은색과 검은색의 크레용이 많이 필요했다.

한국전쟁이 끝나고 나서 한참 후에도 남과 북은 서로의 정보가 끝없이 필요했던 때였을 것이다. 트랜지스터 라디오에서 나오는 난수표 같은 숫자가 끊임없이 나오는 것을 숨어서 듣는 사람들이 있다고 했다. 비밀리에 활동하는 간첩들이었을 것이다. 초등학교부터 중고등학교까지 불조심과 함께 간첩을 신고해야 하는 것은 국민의 본분이었던 시절이다. 밤늦은 시간에 라디오의 채널을 돌리다 알 수 없는 숫자를 또박또박 읽는 사람의 목소리가 나올 때는 이유 없이 무서웠다. 내가 숨어 지내는 사람으로 오해를 받을까봐 그랬을 것이다. 누군가에게 쫓기는 사람이 느끼는 공포는 상상하기 어려울 것이다. 모든 사람을 공포로 몰아넣는 사회 분위기였다. 군중 속에 섞여 있는 범인을 잡는 행위는 많은 사람들을 두려움에 휩싸이게 했다. 죄가 있건 없건 공포스러운 분위기를 조성했다. '자유의 벗' '자유세계' 라는 얇은 잡지가 우리 주변에 돌아다녔다. 읽을 만한 것이 만만치 않았던 시절에 좋은 소일거리였지만 공산주의를 배격하고, 민주주의를 찬양하는 홍보물임을 쉽게 알 수 있었다.

누군가가 감시하는 사회는 얼마나 무서운가? 우리 세대는 대중 속에 파묻혀 지내는 것에 익숙하지만 부모들은 그 속에서 튀기를 원하셨던 듯하다. 전쟁 후에 태어난 베이비붐 세대까지 합해지면서 우리는 대중 속에 파묻혀 지내면서 편안함을 느꼈다. 그래도 넓지도 않은 대학 캠퍼스에서 만 명에 가까운 학생들이 같이 움직이는 것은 힘이 들었다. 내가 다닌 학교에서는 일주일에 세 번씩이나 4천 명에 가까운 학생들을 한꺼번에 대강당에 몰아넣고 예배를 보았다. 의자 뒤에 부착된 숫자로 출석 여부를 확인했다. 매번 조교들이 빠른 동작으로 빈 좌석을 체크하고 나갔다. 4학년이 되어서는 1학년에 새로 입학한 동생에게 몇 번인가 내 좌석에 앉아 달라고 부탁하기도 했다. 나는 인문대였고, 동생은 사범대이어서 대리 출석이 가능했다. 채플에 출석하는 것이 다음 학기에 진급하는 필수 요건이었으니. 그래도 신에게 가까이 가는 시간을 동생에게 부탁하다니— 익명성이 주는 해방감이었나? 훗날 신학대학이 모태가 된 대학에서 근무하는 동안 채플에 참석해야 할 기회가 자주 있었는데, 목사님들의 설교가 마음을 편안하게 해주는 경우가 많았다. 월급을 주니까 채플도 좋으냐고 동생이 농담을 했지만 나이 들어가며 느끼는 신앙 체험은 젊었을 때와는 다를 것이다.

그 방에서 사는 동안 한 번도 밖으로 나오지 않으셨던 그 아저씨 가족이 떠난 뒤에, 방의 벽면에는 수많은 빈대 핏자국이 벽지의 무늬처럼 여기저기 그어져 있었다. 섬찍할 정도로 많은 빈대의 흔적은 아저씨가 만들었을까? 빈대 핏자국을 깨끗하게 도배한 뒤 새로 이사한 가족은 몹시 화려했다. 양장을 배운다고 했던 큰딸과 결혼할 것이라는 육군 장교 아저씨가 월남에서 가져온 거대한 나무 상자 속에서는 텔레비전, 냉장고 등을 포함해서 어마어마한 미제 물건들이 쏟아져 나왔다. 며칠 후에는 서너살 쯤 된 아이를 데리고 온 어떤 부인이 국군 장교를 찾고 격렬한 싸움이 있었지만 그 가족이 이사를 가는 것으로 끝이 났다.

돈암동 그 집에서 큰언니는 성당에 다니기 시작했다. 언니의 미사포는 풀을 빳빳하게 먹인 옥양목이었다. 살갗을 찌를 듯이 빳빳했던 미사포는 언니 신앙의 상징처럼 보였다. 그 시절, 성당은 우리가 무엇인가를 원할 때마다 주는 곳이라는 생각을 하게 만들었다. 큰언니가 성당엘 다닐 때는 옥수수 가루와 쇼트닝이라는 하얀 기름 덩어리가 들어있는 통을 받아왔는데 썩 괜찮았던 생각이 난다. 김치찌개를 만들 때 쇼트닝을 한 숟가락 넣으면 김치가 부드러워져서 맛이 있었다. 옥수수가루도 반죽을 해서 프라이팬에 부쳐 먹으면 고소했다. 지금 먹어도 맛이 있을 텐데 지금은 구할 수도 없다. 성당은 영혼을 위로하는 것만이 아니고 위장도 위로했다.

중학교에 입학하고 조금 지났을 때 담임 선생님이 종례 시간에 학교에서 연락하기 전에는 학교에 오지 않아도 된다고 했다. 몹시 키가 큰 영작문을 가르치던 담임 선생님이셨다. 시간이 많이 지난 뒤에 그게 4·19혁명이란 걸 알았지만 어른들은 아무도 설명을 해주지 않아서 그때는 몰랐다. 그 후로는 인자하게 생기신 할아버지 대통령이 넓은 잔디밭에서 우리 또래의 예쁘고 잘생긴 어린아이들을 주변에 앉히거나 세우고 찍은 사진들로 만들어 진 달력은 더 이상 볼 수가 없었다. 그 아이들은 해방둥이라고 불렀다. 그때는 달력이 집안 장식의 중요한 부분을 차지했다. 연말이면 예쁜 여자 배우들이 웃는 얼굴로 찍은 달력을 받으면 수없이 넘기며 보고 또 보았다. 개성적인 얼굴이 아니라 인형처럼 예쁜 얼굴들이었다. 달이 바뀔 때마다 예쁜 표정으로 웃고 있던 여배우들은 지금은 모두 늙거나 이 세상에 없을지 도 모른다.

담임 선생님이 종례 시간에 특별한 설명을 안 하시기도 하셨지만 나는 학교 밖에서 일어나는 놀라운 일들을 매일매일 직접 목격하면서도 무슨 일인지는 전혀 몰랐다. 파출소가 불에 탔고, 태극기와 또 다른 깃발을 든 청년들이 트럭을 타고 노래를 부르며 미아리고개 쪽으로 향했다. 대학생으 로 보이는 젊은이들이 어깨동무를 하고 혜화동 쪽으로 노래 부르며 행진해 갔다. 교복을 입은 고등학생들도 큰 소리로 무엇인가를 외치며 행진해 나갔 다. 전차 종점이 있었던 돈암동은 미아리고개를 넘어 북으로 가는 길이었고 그들은 북쪽 학생들을 만나러 가는 것이라고 했다. 미아리고개에서 멀지 않은 곳에 있는 돈암동, 혜화동, 명륜동, 동숭동의 길거리에서 대학생들을 많이 볼 수 있었다. 많은 사람들이 죽기도 하고 부상을 당하기도 했다니 무서웠을 텐데 그런 느낌은 잘 몰랐다. 그저 무엇인가를 구경하기 바빴다. 파출소에서 활활 타오르는 불을 입을 반쯤 벌리고 보고 있었다. 무섭기도 했지만 소방차도 오지 않아서 불이 저절로 다 꺼질 때까지 서서 바라보았다. 길에서 일어나는 그 모든 행위들이 왜 일어나는지 몰랐기 때문이었을 것이다. 4·19혁명이었다. 중학교 일 학년은 아무 것도 모르는 때라는 것을 알려주는 역사적 사건이었다. 결혼하고 몇 년쯤 지나 작은 집으로 이사했을 때 앞집에서 페인트칠을 한 뒤 인부가 담배를 피우려고 그은 성냥이 바닥에 떨어져서 집이 완전히 타는 것을 보았다. 집이 완전히 타는 데는 5분 정도도 안 걸렸던 듯 했다.

그보다 두 세대 전에 남쪽 우리 고향 정읍에서 시작된 동학 혁명은 어땠을까? 1960년 4월에 일어난 혁명처럼 1894년 남쪽 흰옷 입은 농민들이 쇠스랑과, 곡괭이, 청죽 창을 깎아 들고 감영으로 관찰사를 징치하러 습격할 때의 모습은 보기에는 장엄했을 것이다. 비록 곧 흰옷이 피로 범벅이 되어 붉게 물들어도 세상이 바뀌어야 한다는 그들의 정신과 함성은 드높았을 것이다. 내정 개혁에서, 일본과의 항쟁이라는 반외세까지 합해져서 거병은 이루어졌고, 신앙과 윤리, 도덕을 내세우는 최시형이 거느리는 동학교도들의 원론까지 그들의 신념을 강고히 했을 것이다. 혁명군에게는 명분보다는 실리가 중요했을 것이다. 동학 혁명군의 목표는 그들의 현실 상황을 타개하는 것이었다. 혁명을 성공시키기 위해 특히 김개남군은 백정, 노비, 무당 등 당시 현실 사회에서 인간 대접을 못 받는 계층의 인물들을 혁명군에 가입시켜 그들의 분노를 표출하는 기회를 마련해 준 셈이다. 같은 혁명군이지만 김개남 혁명군이 당대 사회에서 신분적으로 소외된 사람들을 중심으로 조직한 이유는 혁명의 성공을 위한 그의 방안이었다. 사회에서 천대받는 그들의 분노를 해결하는 길이 시대의 과제임을 명백히 한 것이다. 관군에 대항해서 실패해도 잃을 것이 없는 낮은 신분의 사람들을 혁명군에 동원했던 것은 역으로 그들이 계속 승리할 수 있는 중요한 요인이었을 것이다.

다른 접주들과의 대립되는 주장 속에서도 임진왜란의 과거 역사까지 거론하며 연설을 하고 만장일치의 호응을 얻는 것에서 김개남의 역사 인식과 정치적 감각을 짐작할 수 있다. 그는 연설에서 국내 문제로는 신분 때문에 소외된 사람들을 위해 나라가 어떻게 해야 하는가를 제시했으며, 나라 밖의 문제로는 일본의 침략에서 이 나라의 상황을 이해하고 막아내야 한다는 의지가 확실했음을 알 수 있다. 정치적 감각이 있는 혁명 지도자가 군중이 모인 곳에서 군중의 성향과 관심사 등을 파악하고 그들이 원하는 방향과 해결 방법을 제시할 수 있다면 충분히 대중을 자기편으로 끌어들일 수 있을 것이다. 김개남이 정치적인 야망을 가지고 있었는지 아닌지는 불분명하지만 대중을 선동하고 자신이 옳다고 생각하는 방향으로 끌고 가려는 강한 의지는 분명한 근대 정치의 시작이다.

근대 정치에서 시대 상황을 감지하고 대처할 수 있는 능력은 민중을 이끌고 사회 변화를 추구하는 지도자의 입장에서 절대적으로 필요한 부분일 것이다. 그런 의미에서 김개남은 현실 인식과 추진력을 겸비한 인물로서 근대적인 정치가가 구비해야 하는 요소를 갖춘 것으로 보인다. 전봉준도 김개남의 현실 파악 능력과 정치적인 식견이 있음을 높이 샀던 것으로 보인다. 전봉준이 김개남에게 그들이 가지고 있었던 백마를 타도록 강하게 권유했다는 기록을 보면 많은 사람들에게 그의 위용을 보여주고 싶은 마음이 있었던 것으로 파악된다. 전봉준과 김개남이 혁명 이전부터 지금실에서 여러 차례 모여 거사를 의논하는 과정에서부터 쌓은 동지애를 통해 혁명 성취에 대한 강한 의지를 서로 알았기 때문일 것이다. 투쟁에 임하는 대장에게 백마는 위용을 보여주는 것만이 아닌 상징적인 의미를 지닐 것이다. 김개남이 연설을 통해 근대 정치 지도자의 면모를 구비한 것과 더불어 백마를 타고 수천 명의 혁명군을 이끌고 지휘할 수 있는 전투력까지 갖춘 것은 그가 혁명을 성공시킬 수 있는 인물임을 드러낼 수 있는 부분이다.

기록에 의하면 김개남은 국가의 앞날을 걱정하는 폐정 개혁안(弊政改革案) 12개 조문 및 집강소(執綱所) 설치 건 등에 대하여 남원읍에서 주민대회를 소집하여 수만 군중 앞에서 연설하였다고 한다. 연설 말미에 접어들면서 국가의 앞날에 대한 충정어린 호소를 하는 대목에선 듣는 군중으로 하여금 눈시울을 붉히게 하였다고도 한다. 그는 체구는 작았지만 정치가들에게 요구되는 대중적인 연설에 강했던 것으로 보인다. 당시 많은 사람들에게 읽혔을 《삼국지》 같은 소설에서 영웅형 인물의 면모가 잘 드러났을 것이다. 소설의 시대로 접어드는 와중에 그들이 접할 수 있었던 군담소설이나 신소설 등은 다른 어떤 경전보다 많은 영향을 끼쳤을 것이다. 소설 속의 살아 움직이는 인물들이 당대를 살아가는 젊은이들에게 자극이 되었을 것임은 분명하다. 소설을 떠나 현실에서는 아직 근대사회로 접어드는 어떤 징후도 드러나지 않는 상황에서, 대중적인 연설로 군중들을 설득하려는 시도를 했다는 것은 근대적인 정치 감각을 가졌던 것으로 이해해도 될 듯하다.

텔레비전 등을 통해 정치가들이 토론으로 정견 발표 등을 하기 전에는 보라매공원 같은 광장에서 마이크와 스피커 등을 통해 유세를 했던 것을 기억한다. 당시에는 몇십 만 명의 유권자들이 유세장에 모였다는 것으로 후보의 인기와 당선 가능성을 예측하기도 했다. 후보들은 대중적인 관심사와 분위기, 날씨 등 수많은 요소들을 참작하여 연설을 해야 했을 것이다. 마이크를 통해 나오는 후보의 목소리는 육성으로 대중 연설을 할 때와는 달랐을 것이다. 김개남은 당시 완전한 육성으로 연설을 했을 것이며, 만 명이 넘는 혁명군을 포함한 대중들에게 혁명의 당위성을 설명하고 설득하는 작업은 만만치 않았을 것이다. 김개남이 대중 앞에서 하는 연설은 정치적인 선동일 수도 있을 것이나 전폭적인 지지를 받았다고 전해진다.

우리에게 정치가들의 연설은 백범 김구 선생의 당당하고 지사적인 면모와 오랜 해외 생활을 해온 이승만 대통령의 재미 교포 같은 독특한 억양과 연설 스타일로 그분들의 정치적 성향까지 가늠할 수 있었다. 아주 오래 전 연극 배우 권성덕 선생이 흰 무명 두루마기를 입고 지사적인 면모의 정치가로 나오셔서 연설을 하셨던 텔레비전 장면이 잊히지 않는다. 해방된 나라에서 정치적인 연설로 표현되는 그 분들의 소신과 주장은 듣는 사람들의 가슴을 뜨겁게 했다. 보라매공원인가에서 몇 분의 대통령이 어마어마한 군중을 모아 유세를 하고, 대통령이 되기도 했다.

당신이 사시던 동네 뒷산 부엉이바위에서 떨어져 돌아가신 그 분도 우리 집 앞 길가에서 유세를 하실 때 잠시 보고 들었다. 그분은 4차선 도로 옆에서 몇 사람을 모아놓고 유세를 했고, 나는 건너편 골목에서 잠시 바라보다 집으로 들어왔다. 돌아가신 뒤에는 많이 미안했다. 그 분의 외침을 들어주는 것도 못했다는 미안함이었다. 청중이 없는 연설이 얼마나 힘들었을까? 옹색한 빈터에서 몇 명 되지 않은 관중을 향해 자신의 진심을 전달하는 것이 얼마나 힘이 들었을까?

정치가들이 연설로 대중을 설득할 때 무엇보다 진정성이 느껴져야 하는 것은 당연할 것이다. 내가 살아오는 동안 보았던 몇 분의 모습을 뒤돌아보면 역시 정치가는 배우와 상당히 유사한 직업임을 실감하게 된다. 근대사회로 들어오면서 정치가에게는 정치적인 소신을 설득력 있게 많은 대중에게 연설로 표현할 수 있는 것이 큰 강점으로 등장하는데, 김개남은 그 부분에서 탁월했던 것으로 보인다. 많은 대중들 앞에서 자신을 진솔하게 노출시키며 생각을 전개시켜 나가기는 쉽지 않은 일이다. 현대 사회에서 행해지는 정치적인 승리를 위한 연설보다 김개남이 대중들의 반응을 읽으며 혁명의 당위성을 설명하고 설득해야 하는 과제는 비교할 수 없을 만큼 어려웠을 것이다. 김개남이 군중 앞에서 연설로 대중을 설득하고 그의 의견에 호응하게 하는 능력을 지녔던 것은 그가 현실의 문제가 무엇인지 정확히 파악하는 인물이었기 때문일 것이다. 전봉준이 주도하고 실천하려고 했던 신분의 문제, 남녀평등의 문제들은 최제우, 최시형의 동학에서도 강조했던 바이며, 이의 실현을 김개남을 통해 이루고 싶었던 것이 아닐까 하는 생각도 하게 된다. 사회적으로 노비나 백정 등 천민의 문제가 중요한 극복의 대상으로 대두한 상황에서 강한 의욕과 힘을 지닌 김개남에게 백마를 타게 하는 등 날개를 달아줌으로써 혁명의 목적 달성을 적극 지원했던 것으로 보인다.

조선조 후기 두 번씩이나 외국과의 전쟁을 치르는 과정에서 강요된 유교적 질서는 흔들릴 수밖에 없었을 것이고 혁명을 주도했던 사람들은 이 나라가 새로운 사회로 변화되어야 한다는 것을 분명하게 인식했을 것이다. 김개남이 남원을 거점으로 활동하려 했던 것은 왕이 있는 북쪽보다 자신에게 익숙하고, 침략을 일삼는 왜구를 막는다는 명분까지 있는 남쪽 지역을 중심으로 자신들의 뜻을 펼치고 싶었기 때문이었을 것이다. 본인의 역량이 미칠 수 있는 지역에서 세습적인 신분으로 인해 고통받고 불만을 강하게 가진 사람들을 통해 자신이 옳다고 생각하는 방향으로 혁명을 진행시키려고 했던 것으로 보인다. 이런 상황에서 외세를 등에 업고 추격해 오는 관군과 일 년 정도의 긴 시간을 투쟁할 수 있었던 것은 강한 정신력과 신념이었을 것이다. 동학의 입장에서는 김개남 혁명군이 동학의 창시자인 최제우가 오랫동안 머물며 집필활동을 했던 남원에 가게 하는 것도 종교 교단으로서의 지리적 의미 또한 중요하다고 보여진다. 혁명군의 지도자로서 김개남의 투지는 강했으며, 현실에서 중도적인 노선은 혁명 성공의 가능성이 없었음을 확인한 것으로 보인다. 힘을 가지고 행동하는 것만이 승리할 수 있음을 확인한 것이다.

빈약한 조명

1920년대에 접어들면서 농촌 사랑방에서는 호롱불에 의지해 남자들은 새끼를 꼬거나 여자들은 안방에서 바느질을 할 수 있었던 것으로 보인다. 호롱불은 사기로 된 그 작은 등잔에 석유를 채우고 불을 밝혔다. 당시 잡지들을 보면 한 귀퉁이에 여자들이 등잔불 아래에서 바느질을 하는 그림과 '솔표 석유'를 광고하는 문자가 떠있다. 내 경험으로는 호롱불로는 결코 책을 보고 공책에 글씨를 쓰는 것은 불가능했던 것으로 기억한다. 흰색 사기로 된 작은 조명기구는 심지를 조금만 올려도 그을음이 심하게 올라왔다. 호롱불은 아주 가까운 거리에 있는 물건의 형체를 구별할 수 있는 정도의 밝기였다. 밤에 밖에 있는 변소 출입을 해야 하는 경우에는 관솔에 불을 붙여서 나가야 했다. 그래서 외양간 옆에는 부엌에서 나오는 재를 쌓아놓고 어린애들은 그곳을 사용하게도 했다. 이 시대 영국에서도 캠핑카에서 생활하는 사람들이 화장실이 구비되지 못한 경우 그와 유사한 방법으로 생리적인 배설 문제를 해결하고 있었다. 영국을 비롯한 유럽에서도 경제적인 극빈층이 주거비 등을 감당하지 못해 캠핑카에서 생활하는 경우가 상당한 듯하다. 영국만이 그렇지는 않을 것이다. 이런저런 이유로 세계 곳곳에서 비문명적인 주거 형태가 공존할 것이다.

유리로 된 호야가 바람에 너울대는 불꽃을 막아주는 램프 불 정도가 되어야 책을 읽고 공부를 할 수 있었다. 지금실에서 조금 떨어진 신촌 평사리에서 우리 부모는 1930~1940년대 중반까지 농사를 지으며 사셨다. 아버지는 겨울밤에는 사랑방에서 동네 젊은 남자분들이 새끼를 꼬거나, 가마니를 짜는 작업을 하는 동안 소설책을 소리 내어 읽으시는 역할을 했다고 하셨다. 홍명희의 임꺽정이나 이광수, 김동인, 이기영, 채만식, 심훈의 소설을 읽으셨다고 했다. 호롱불의 밝기는 불에서 가장 가까운 위치에 앉은 사람이 옛날 신문이나 잡지의 활자를 분간할 수 있는 정도였다. 호롱불, 촛불, 램프 불까지 전구가 나오기 전에 사용했던 모든 조명의 밝기는 참으로 빈약했다. 우리가 서울에 올라와 살았던 돈암동 산9번지의 초가집에서 벽에 걸어놓고 석유를 채워 사용하던 램프는 둥근 호야가 끼워 있어서 분위기는 괜찮았다. 그래도 어두웠다. 저녁밥을 먹은 뒤 아버지가 일을 하시는 옆에서 숙제를 해야 할 때는 주로 촛불을 켰다. 나중에 어른이 되어 촛불을 낭만적인 조명 기구로 묘사하는 문학작품을 볼 때마다 쓴 웃음이 나왔다. 어렸을 때 경험으로는 옆에 있는 종이에 불이 붙을까 염려되어서도 그랬을 것이지만 언제나 옆에서 일하시는 아버지의 존재가 어려웠다. 식사 후에 밀려오는 졸음을 참기 어려웠던 순간들이 많았다.

신촌 평사리는 지금실 할아버지 댁에서 걸어서 30분 정도이면 닿을 수 있는 거리였지만 일찍 혼자되신 조모님과 부모님에게서 떨어져 나온 부친의 생활은 꽤 분방했던 것으로 보인다. 아버지는 동네 아주머니들에게 한글을 가르치는 야학을 해서 꽤 재미를 보셨던 모양이고, 촌극을 해서 당신이 출연까지 하셨다니 우리가 보아온 부친의 모습에서는 좀 거리가 있었지만 재미있었다. 나라에서는 식민지 시대에 농촌운동 등을 강화하여 젊은이들의 관심을 다른 곳으로 돌렸던 것으로 보인다. 부친은 신촌 평사리에서 살면서도 서울을 향한 촉각은 계속 곤두세우고 있었던 듯하다. 그 시절 서울을 향한 부친의 촉각은 문학작품 특히 소설을 통한 것으로 보인다. 부친은 ≪흙≫과 같은 작품으로 농촌 계몽을 주장했던 춘원 이광수에게 독후감과 함께 당신의 상황을 써서 보냈고, 춘원은 엽서 한 장에 용기를 가지고 분투하라는 상투적인 답신을 보내주었다고 한다. 아버지는 펜글씨의 필체가 좋았는데 동네 분들의 편지 대필을 많이 하셨다고도 했다. 아버지가 대필하셨다는 편지의 대부분은 "춘원 서간문"을 기본으로 조금씩 변형시키신 것이었을 것이다. 내가 1983년에 여섯 달 동안 말레이시아에 가서 일을 해야 했을 때 아버지가 보내주셨던 편지가 기억이 난다. 다른 자식들이 외국에 나가서 일을 할 때와는 다른 기분이라는 내용이셨다. 딸이라서 그랬을까? "인생의 황혼에서…"운운하시던 편지가 아직도 잊혀지지 않는 것은 당신의 내면을 표현하셔서 그랬을 지도 모른다.

긴 타원형의 예쁜 나무로 된 편지꽂이에 오랫동안 춘원의 엽서가 꽂혀 있었다. 세 칸으로 나누어진 편지꽂이에 다른 곳에서 온 편지들이 가득 차면 다 뽑아서 정리를 하셨지만 그 엽서 한 장은 몇 년 동안 굳건히 자리를 지켰다. 1940년대 초에 태어난 언니들까지 그 엽서를 기억했으니 정말 오랜 시간을 그 자리에 있었던 듯하다. 갈색 비단으로 만든 엄마의 핸드백과 함께 그 시절 예쁜 것들은 일본에서 만든 것들이었다. 아버지가 일본엘 다녀오신 일이 없으니 모두 박래품(舶來品)으로 이 나라에 들여와서 유통되었던 것들이다. 아버지는 증조부나 조부와는 달리 서울 출입을 자주 하지는 못하셨던 것으로 보인다. 젊은 나이에 자식들이 늘어나며 생활반경을 그렇게 넓히며 살아갈 수가 없으셨을 것이다. 그래도 한국전쟁이 끝난 후에는 몇 번 서울 나들이를 하셨던 모양이었다. 서울에서 부친이 관심 있게 보신 것은 이화여대 학생들의 모습이었던 듯했다. 몇 번이나 젊은 이화여대 학생들의 모습을 말씀하셨는데 아주 특별한 풍경으로 보셨던 듯했다.

김개남 장군은 남원에서 이용헌(李龍憲)부사의 부정한 재산을 빈민들에게 분배할 것을 부하들에게 명하였고, 그 후로 주민들의 성원에 힘입어 남원

100일 정치에 들어갔다고 한다. 김개남 장군은 지방 고급 관리들이 부정한 방법으로 축재했던 부정한 재산을 몰수하여 빈민들에게 분배했다. 이는 과거에 의적들이 했던 방법이며, 김개남을 비롯한 동학 혁명군이 했던 이런 방법이 합법적이라고 할 수는 없겠지만 공개적으로 실시되었다는 것이다. 농민 혁명군, 특별히 김개남 혁명군이 했던 이런 행위는 바로 대다수 빈민인 민중들을 위한 일이라고 판단한 것이다. 부의 공평한 분배는 갑오년의 가난한 빈민들이 아니어도 대다수 민중에게는 꼭 필요한 욕망이었을 것이다. 혁명군 지도자가 이러한 민중들의 욕망을 해소해 주고, 설득력 있는 연설로 민중들을 향해서 설명했을 때 그 공감의 강도는 대단했을 것이다.

김개남의 연설이 선동으로 들릴 수도 있었지만, 중요한 사실은 혁명군을 통해 그 시대 상황에서 문제가 되는 부분을 분명하게 제시했다는 것이다. 관리들이 흉년임에도 농민들에게서 부당한 세금을 징수하고 개인적으로 착복한 일이 백성의 원성을 샀고, 이를 계기로 경제적인 빈곤의 문제를 해결해야 한다는 생각이 혁명군에게 강했다. 동학혁명을 통해 빈곤이 개인의 문제가 아니라 집단의 문제로 인식하려는 근대의식이 생겼다는 것은 의미 있는 일이다. 혁명군의 지도자 김개남은 시대가 가지고 있는 이러한 모순을 제시하고 해결의 선봉에 설 것임을 다짐했다. 민중을 향한 설득이든, 선동이든 혁명 지도자가 민중을 향해 제시하는 내용은 혁명의 방향을 의미한다. 당시 혁명 지도자에게 요구되는 능력은 바로 민중들에게 근대사회의 방향을 제시하는 것이며, 실천 가능성에 대한 확신을 주는 것이다.

1960년 4·19 때에도 민중들의 불만 표출의 방법은 달랐지만 진행 방법은 같았다. 중학교에 갓 입학한 아이의 시선으로는 아무것도 판단할 수 없었을 뿐이다. 나는 학교엘 가지 않아도 된다는 사실 이상의 의미를 찾을 수가 없었다. 그럼에도 그때 같은 나이의 동창생이 희생되었고, 대학을 졸업한 뒤 막 중학교에 교사로 부임한 젊은 교사는 교문 밖으로 나가려는 학생들이 다칠까봐 단속하는 과정에서 왼팔에 총상을 세 군데나 맞아서 수술을 몇 번이나 해야 했다고 한다. 그때 고등학교 학생이었던 남편의 동창 한 명이 희생당하여 나이 든 동창들은 그날이 되면 몇 명씩 4·19 묘지에 모여 추모하고 참배를 한다. 한 사람 주변에 이렇게 많은 사람들이 4·19혁명과 관련이 있었고 희생을 당했다.

돈암국민학교를 같이 다녔던 한성여중생 진영숙은 허리까지 내려오는 긴 머리에 가운데 가르마를 타고 단정하게 땋아서 묶고 다녔기 때문에 분명하게 기억한다. 한 번도 같은 반을 해본 적도 없지만 단정하고 야무져 보이는 외모로 분명하게 기억되는 그 아이는 유서까지 쓰고 나가서 시위대에 합류하다 죽었다니 이런 일이 다 있나 하는 생각에 말 그대로 망연자실이다. 홀어머니와 단 둘이 살던 진영숙은 어머니에게 뵙지 못하고 떠난다는 말을 편지로 남기고 집을 나섰다. 그 아이는 그 나이에 죽는 것이 무엇인지 알았을까? 중학교 학생이 그런 행동을 해야 한다고 생각할 만큼 현실을 이해했을까? 그 아이의 사진이 크게 실린 잡지를 보았을 때에도 막연하게 시위대에 휩쓸려서 사고로 그렇게 되었을 것이라고 생각했다. 홀어머니에게 유서를 써놓고 나갔다는 기사를 읽은 후에 받은 충격은 지금실의 김개남 장군에게서 받은 놀라움 만큼 오랫동안 가라앉지 않았다. 어린 여학생이 집단의 응집된 힘으로 사회를 변화시키겠다는 뜻을 가질 수 있었다는 것은 얼마나 놀라운 일인가! 내가 믿을 수 있는 것은 나밖에 없다는 생각에서 벗어나지 못하는 것이 우리 세대의 사고이다.

동학혁명군은 어떻게 집단으로 항거하여 그들의 목표를 달성하려고 생각했을까? 근대사회의 조직에서 일하는 사람들도 아니고 모두 개별적으로 농사를 지어 먹고 사는 사람들이 동일한 목표를 향해 다 같이 모이고, 투쟁하겠다는 의지를 가졌다는 것이 놀랍다. 김개남이 설득력 있는 연설로 신분의 문제를 포함하여 핍박받는 민중들의 고통을 해결하겠다는 강한 의지를 보이고, 행동하는 것은 상층과 하층의 모든 사람들에게 충격이었을 것이다.

혁명군이 강한 의지를 가지고 있어도 투쟁할 수 있는 능력이 없었다면 뜻을 펼치기는 어려웠을 것이다. 그들이 가진 것이 죽창과 삽과 괭이 따위의 농기구에 불과했음에도 일 년을 버텨낼 수 있었던 것은 지도부의 투지와 지휘 능력 때문이었을 것이다. 농민을 중심으로 이루어진 그들의 투쟁은 당대를 살았던 사람들에게만이 아니라 훗날 역사의 변혁을 의도했던 사람들에게도 귀감이 되었다. 동학혁명이 비록 실패로 돌아갔어도 1919년 서슬 퍼런 일제의 총칼 앞에서 삼일운동은 일어났고 많은 사람들이 희생당했다. 조용히 숨죽이고 살았던 보통 사람들이 태극기를 들고 군중들이 모인 큰길로 나선다는 것이 얼마나 두려웠을까? 죽음을 무릅쓰는 일이었을 것이다. 이렇듯 동학운동은 뒤에 오는 항쟁의 귀감이 되었을 것이다. 우리 부모는 김개남에 대해서는 아무것도 전해주지 못했지만, 삼일운동 때 태극기를 들고 큰길가로 나가셨던 어른들의 애기는 몇 번이나 하셨다. 비록 어린아이의 눈으로 마을 어귀에 나서서 태극기를 흔들고 소리치는 어른들을 보는 것이 전부였겠지만, 아버지는 그 이야기를 하실 때는 흥분을 감추지 않으셨다. 동학 혁명군의 함성이 태극기를 흔들었던 분들의 뇌리에 남아 있었는지도 모른다. 비록 어린아이의 시선이지만 역사의 현장에 있었다는 것은 다른 것으로 보였다.

미화된 부분도 있겠지만 김개남이 100일 간의 남원 정치에서 혁명군은 말할 것도 없고, 관·민 모두에게 호평이었다는 것을 보면, 그가 혁명을 시작할 때 내세웠던 약속을 지키려고 투쟁하고 노력했음을 알 수 있다. 김개남은 무엇보다 대다수 혁명군을 형성한 민중들을 위한 정치에 초점을 맞추려고 노력했던 것으로 보이며, 이를 보면 그에게는 근대사회에서 요구되는 정치적인 식견이 있었음은 분명해 보인다. 그는 지도자가 백성을 위해서는 어떻게 해야 하는가를 알았으며, 그것이 바로 관·민 모두에게 인정을 받고 호응을 얻는 길이라고 믿었을 것이다. 남원에서 김개남은 혁명만을 한 것이 아니고 바로 직접 백성을 다스리는 정치를 시작한 것이다. 김개남이 정치적 감각과 처세 능력이 대단했음은 앞으로 펼쳐질 근대사회가 어떤 형태로 전개되어야 할지를 인식한 것에서 시작된다. 당시 남원은 경상도, 전라도의 교통 및 전략상의 요충지로서 민도는 높지만, 민심 또한 순량한 곳이 아니었다고 한다.

김개남에게 수운선생(水雲先生) 최제우나 해월선생(海月先生) 최시형의 종교적인 가치가 얼마나 영향을 미쳤는지는 알 수가 없으나 동학 혁명의 핵심적인 부분인 남녀평등이나, 신분적 평등 문제 등 근대사회로 넘어가면서 극복해야 하는 문제들에 대해 공감하고 준수했던 것으로 보인다. 종교적인 가치 측면에서 동학에 경도되었던 전봉준에 비해 김개남이 동학에서 받아들인 것은 사회적인 변화 부분이었던 것으로 보인다. 지배 권력의 횡포로 핍박을 받는 사람들, 소외된 사람들에 대해 그의 촉각은 뻗어 있었던 것으로 보인다. 현실에서 불만을 가진 사람들의 문제를 해결하겠다는 그의 뜻에 많은 사람들이 동조했을 것으로 보인다.

4·19 혁명 당시 총부리 앞에서 학생의 신분으로 절대 권력인 국가에 저항할 수 있었던 것은 의기인가? 패기인가? 학생들을 비롯한 지식인 집단은 위정자들의 누적된 부정, 부패, 불의가 참을 수 없었던 것이다. 그 수위가 너무 높아서 학생들까지 교문을 박차고 뛰쳐나오게 만들었다. 중고등 학생에서 대학생들에게 까지 이어졌던 저항감과 분노는 파출소가 활활 불타고, 트럭 위에 올라탄 학생들의 뜨거운 함성과 함께 고조되었다. 한국전쟁도

어렸을 때 부모님의 품속에서 보냈을 뿐인 우리 세대는 어른이 되어 대학생들의 함성과 타오르는 불길을 생각만 해도 전율한다. 우리 주변에 4·19 희생자들은 의외로 많았으며, 정신적인 외상으로 평생을 괴로워하는 사람들도 많았다. 1950년 남북이 서로 총을 겨누고 싸운 지 10년도 지나지 않아 자국민을 향해 총을 든 사람들이 있고 무방비로 총알을 맞아야 하는 사람들이 있다는 것은 받아들이기 어려운 현실이었다. 자신들을 향해 총을 겨누는 군·경이 무수히 길거리에 깔려 있음에도 교문 밖으로 소리치고 나와 저항하는 학생들의 뿌리는 갑오년 농민 혁명 때 죽창을 들고나온 혁명군들과 유사했을 것이다. 강의실이나, 도서관에서 공부나 하고, 모른 척하면 되었을 것을 왜 그들은 교문 밖으로 뛰쳐나왔을까? 19세기 말 전라도 땅에서 농민들이 느끼기 시작했던 분노와 1960년 4·19 때 학생들을 비롯한 지식인들이 느꼈을 부당함의 근원은 같은 것이리라.

김개남은 전봉준의 만류로 북진 주장이 좌절되었지만, 시간이 흐른 뒤 자신이 현실에 대한 투시력이 있었음을 확인하고 쾌재를 불렀다. 이렇듯 현실에 대한 상황 판단과 행동에서 유일한 대화 상대였던 전봉준과 분명하게 달랐음에도 혁명이 진행되는 동안 두 사람이 불화하지 않은 것은 그들의 인품과 관계를 알아볼 수 있는 부분이다. 두 사람은 서로를 분신처럼 여기며 자신이 처한 상황이나 사회적인 관계 때문에 할 수 없는 일을 상대가 해주기를 바랐던 것으로도 보인다. 특히 전봉준의 입장에서 자신이 할 수 없는 일을 김개남과 또 다른 접주들이 실현할 수 있도록 지원했던 것은 아닐까 하는 생각을 해본다. 동학혁명이 진행되는 과정에서 지도부가 서로 갈등을 빚지 않은 것으로 보이는 것은 다행스러운 일이다. 접주들은 각자 나름대로 본인들이 처한 상황에서 자신들의 방법으로 혁명을 추진할 수밖에 없음을 알았던 것으로 보인다.

　나라는 외세의 침략으로 어수선했고, 집권층은 부패할 대로 부패해서 어디에서도 희망을 찾아볼 수가 없었다. 이런 상황에서 특별히 김개남이 이끄는 혁명군에 많은 지지가 따랐던 것은 혼란스러운 나라 상황에서 강경한 입장을 취하고 실천하는 김개남 혁명군이 유일한 희망이었기 때문일 것이다. 시간이 흐름에 따라 남원에서 시작된 김개남이 이끄는 혁명군의 치적은 날로 높아져 서울까지 진격하고 싶었으나 전봉준은 반대했다. 전봉준은 고부를 함락하고 조병갑을 축출한 것으로 만족하였으나 김개남 본인은 만석보의 직간접적인 피해자가 아님을 밝히며 자기의 목표가 개인적인 원한 갚기에 있지 않음을 분명히 한다. 김개남은 동학혁명의 발단이 전봉준의 부친 전창혁이 억울하게 고부군수 조병갑에게 태형으로 죽은 사건에서 발단이 되었음을 인정했다. 그럼에도 김개남은 혁명군을 이끌고 실현하려는 자신의 뜻은 한 개인의 원한이나 문제를 해결하려는 것이 아님을 강조했다. 자신의 뜻은 사회 전체의 구조에 문제가 있음을 지적하는 것이고 그로 인해 희생당하는 집단의 문제를 해결하고자 하는 것임을 명백히 했다.

　전봉준과 김개남은 서로 역사를 보는 시각이 달랐음을 알 수 있다. 무엇보다 김개남은 근대의식을 가진 인물임이 분명했다. 전봉준은 개인적인 원한을 풀려고 혁명을 시작한 것이라고 볼 수는 없지만, 김개남처럼 체제를 바꾸어야 한다고까지는 생각하지 않은 것으로 보인다. 전봉준이 대원군 같은 인물과 교류하고 타협해 보려고 했던 것들을 보면 기존의 체제에서 약간의 수정을 원하는 것이 아니었을까 생각을 해본다. 혁명에 대한 그들의 자세가 달랐음을 짐작케 하는 부분이다.

　김개남은 호남 지역 깊숙이 들어온 천주교의 전파와 강진 같은 곳에 유배를 왔던 정약용 등 실학자들의 사상을 통해 새로운 세계가 열리고 있음을 감지했을 것이다. 무엇보다 그가 내세우는 새로운 세계에 대한 구상이 개인적인 소망에 머무르지 않았다는 것은 중요하다. 그는 사회 변혁에 대한 강한 집념이 있었고, 그 연장선상에서 혁명군 모두에게 강한 동기를 부여할 수 있었으며, 백성들도 호응할 수 있었던 것이 아닌가 한다.

김개남은 동학 교주들의 주장을 완고한 파벌 집단의 종교 의식으로 생각하기도 했다. 그는 혁명가이었지, 영혼을 구제하고, 종교적인 의식에 지배되는 종교인으로 보기는 어려웠다. 동학에서 주장하는 근대적인 사회의식이 그의 행동을 정당화할 수 있는 근거는 될 수 있었겠지만 동학이라는 종교에 심취한 것으로 보기는 어렵다.

김개남이 혁명 초기 단계에서 남북 혼합 주력부대를 편성하여 하루라도 빨리 서울 점령을 목표로 추진할 것을 주장했으나 전봉준은 보국안민(輔國安民)의 정신과 동학 교리를 내세워 반대한다. 전봉준이 일본군만 축출하면 된다며 서울 점령을 반대하는 것에서 두 사람의 생각이 달랐음을 알 수 있다. 김개남에게는 부패하고 무능하여 망국의 길로 가고 있다고 판단되는 조정에 대한 반감이 우선적으로 지배했다. 또한 김개남은 전봉준이 장살(杖殺)을 당한 부친에 대한 분노를 망각한 태도를 이해할 수 없어 했다. 전봉준이 부친의 죽음으로 인한 원한을 망각할 수는 없었겠지만, 김개남의 관의 불합리한 처사에 대한 분노의 강도가 전봉준에 비해 상대적으로 높았다고 볼 수 있다. 김개남은 특히 지도자인 왕의 무능에 대하여 분노하는 연설을 했다. 김개남은 봉건사회의 체제를 바꿔야 한다는 생각까지는 하지 못했더라도 나라 안의 부패하고 혼란스러운 상황을 바로잡아야 한다는 생각은 확고했다. 김개남은 외세 침략에 대한 일차적 원인은 왕을 비롯한 지배 권력의 무능 때문이라는 생각이 강했다.

김개남은 갑오년 6월 하순부터 10월 상순까지 백여 일에 가까운 시간 동안 남원에서 민중에겐 선정을 실시하고 양병(養兵)에 전념하여 그 숫자가

10만을 상회했다고 한다. 김개남은 명실공히 전라도 혁명군의 최고 실력자라 할 수 있게 되었다. 김개남이 혁명군에 모든 힘을 기울인 결과는 충분한 소득이 있었다. 그때 전라관찰사를 포함한 수령(守令), 서리(胥吏)들은 공명무실(空名無實)할 뿐 위신을 지킬 수 없었다. 11월 20일이 되어서는 전봉준의 혁명군 부대는 경일혼성군단(京日混成軍團)에 상처를 입고 수천의 군사를 잃고 말았다.

전술적으로도 전봉준은 능력이 탁월했던 인물로는 보이지 않으나, 그의 인품과 동학 지도자들과의 교분이 뒷받침되어 혁명군 지도자로서 존경을 받았던 것으로 보인다. 전봉준은 동학 지도자들과 교류하고, 종교적인 가치 등을 중요시 여기며 동학혁명군에서 상징적인 존재로서 자리매김한 것이 아닐까 생각된다. 이에 반해 김개남은 갑오년 11월이 끝날 무렵에도 백마대장이라 불리며 투쟁했던 것을 보면 관에 의해 모든 것이 종료된 상황에서도 끝까지 전의를 상실하지 않았던 것으로 보이지만, 신무기로 훈련된 경관군(京官軍)과 일본군의 연합작전에 더 이상 버티지 못하고 무너지고 말았다. 이는 농민군이 가진 한계일 수밖에 없다. 김개남은 순창의 매형과 친구 임병찬이 있는 곳으로 가서 피신하려 했으나 친구의 밀고로 수포로 돌아갔다. 김개남은 무장 관군 수십 명에게 체포당하고 곧 전주에서 처형되었다. 성공하지 못한 혁명에서 예견된 결말이었을 것이다.

김개남은 그의 혁명이 성공하리라고 믿었을까? 훈련되지 않은 많은 인원을 이끌고 일으켰던 국가에 대한 반역 행위가 성공하리라는 것은 너무나 안이했던 사고가 아니었나 생각된다. 아무리 혁명에 대한 의지가 확고했어도, 혁명의 성공은 지금실 산골에서 낳고, 살아온 사십 대 초반의 중년 남자가 꾸었던 꿈으로는 너무 엄청났다. 갑오년에서 두 세대쯤 세월이 흐른 후에 내가 몇 번 드나들던 지금실도 완전히 산골 마을이었는데, 혁명이 났을 때는 어떠했을지 짐작이 간다. 나의 증조부와 김개남 장군이 어렸을 때부터 한마을에서 같이 살아온 당숙 질 간이지만 세계를 바라보는 시선은 전혀 달랐던 것처럼, 혁명을 같이 주도하고 이끌었던 전봉준과 김개남의 생각도 분명히 달랐던 것으로 보인다. 오랜 세월 동안 유사한 환경에서 살아왔던 당숙 질 간의 생각은 분명히 달랐다. 혁명이라는 높은 뜻을 실현하자고 의기투합했던 전봉준과 김개남의 생각도 일치했다고 보기는 어렵다. 그만큼 세계는 근대사회로 변모하면서 개별적인 사고가 중요한 부분을 차지하는 것을 알 수 있다. 공동선을 향해서 개인이 희생하는 사회는 벗어나는 것으로 보인다.

혁명이 진행되는 동안 김개남 장군이 몇 만 명에 가까운 혁명군을 이끌고 일 년이나마 버틸 수 있었던 것은 그의 탁월한 지도력 덕분이었을 것이다. 혁명군의 대다수가 최하층 신분을 벗어나려는 강한 욕망이 있었겠으나, 기본적으로 농사를 지어야 생계를 해결할 수 있었음에도 그들이 생업을 전폐하고 전력투구했던 데에는 여러 가지 이유가 있었을 것이다. 그들의 상당수는 조상으로부터 물려받은 신분적 제약이 한이 되었을 것이고, 그 상황에서 탈출하고 싶은 욕망이 그렇듯 열성적으로 투쟁하는 요인이 되었을 것이다. 또한 과거에는 볼 수 없었던 김개남 장군과 같은 지도자의 탁월한 정치적 역량이 대중에게 설득력이 있었던 것으로도 보인다. 전봉준은 김개남에 대해 혁명군 지도자로서 같이 보냈던 지나간 시간을 생각하며 후회한다고 한 바 있다. 전봉준은 김개남이 고금에 없는 명장이자, 대정치가요 의기남아(義氣男兒)였다고 했다. 본인은 또한 벽촌(僻村) 훈장에 불과했음을 자인하고 김개남의 전략(戰略), 정략(政略), 민심수검법(民心收斂法)에 대하여 늦게서야 깨달았음을 고백했다. 김개남에 대한 전봉준의 고백과 평가가 과할 수는 있지만, 기본적으로는 그의 전투 능력과 지휘력을 인정하고 있음은 분명해 보인다. 전봉준과 김개남은 서로 성격이 달랐던 것으로 판단되지만, 서로 상대방을 신뢰하고 의지했음도 분명해 보인다. 그럼에도 현상금을 탐낸 밀고자의 고발에 의해 혁명이 실패로 돌아가고 두 사람이 곧 처형당한 것은 예고된 수순이었을 것이다. 전봉준은 같은 동지인 손화중, 최경선 등과 함께 한성으로 압송되어 재판이 있은 다음 날 처형당했지만, 김개남은 전라 감사 이도재에 의해 전주에서 즉시 처형당했다. 관군은 한성까지 김개남을 압송할 자신이 없었던 것이다. 한성까지 압송하는 과정에서 김개남이 무력으로 저항할 것이라는 두려움이 컸기 때문인 것으로 전해진다.

대학원에 다니면서부터 인근에 있는 대학 한국어학당이라는 곳에서 외국인들에게 한국어를 가르치는 일을 해왔다. 대학의 은사님께서 등록금을 벌어보라며 추천해 주셨던 일이었다. 모교에서 박사 과정을 이수하는 동안 강의를 듣는 한편, 교양 과목의 강의도 해야 했지만, 그 대학이 모교에서 가까운 곳에 위치하고 고정적으로 보수를 받을 수 있다는 말에 쉽게 시작했다. 대부분의 강사들이 나처럼 대학원에 다니면서 공부를 하고 있었고, 양쪽 대학이 유사한 분위기이어서 별 거부감 없이 오랫동안 그 일을 계속했다. 무엇보다 중요했던 이유는 생계에 도움이 되었기 때문이다. 아이를 기르면서 정신없이 두 학교를 뛰어다니다 보니 이십 년 가까운 세월을 보내고 말았다. 한국어학당이라는 이름이 붙은 그 기관은 신촌에 있는 유서 깊은 기독교 대학의 부속 기관이었고, 특별히 미국에서 오는 학생들의 학사일정에 맞추느라고 10주를 한 학기로 해서 강의를 했다. 봄 · 여름 · 가을 · 겨울의 4학기로 이루어진 강의는 일년내내 계속해서 진행되었다. 소속 강사들은 특별한 이유가 없는 한 10년 이상 강의를 지속하던 터였다. 그러던 어느날 갑자기 책임자가 시간 강사들은 3년만 시간을 보장해 준다는 통보를 해왔다. 3년이 끝난 다음부터는 모든 강사들에게 강의를 줄 수 없으니 그만두라는 것이었다. 일부 강사는 새롭게 계약을 하고 3년간 강의를 할 수 있다고 했다. 3년 후에 학교 당국에서 특별한 결격 사유가 없다고 판단하면 재계약을 할 수도 있다는 것이었다.

1980년대 후반의 노동법을 적용하여 강사들에게 자동적인 재계약이 불가능함을 고시한 것이었다. 시간 강사는 3년만 강의를 보장하고 다음에는 학교 측의 재량에 따라 강의를 줄 수도 있고 안 줄 수도 있었다. 하루아침에 내려진 학교 측의 결정에 강사들은 망연자실했다. 십 년 이상 이십 년 가까운 세월 동안 일을 해오던 곳에서 일방적 해직 통보를 받은 것이다. 나를 제외한 대부분의 강사들에게는 그곳이 그들이 공부하고 졸업한 모교였고, 책임자는 그들의 은사였다. 오랫동안 별 변화 없이 한 곳에서 가르치기만 했던 시간강사들에게는 아무런 대책도 없는 청천벽력 같은 일이었다. 외국인에게 한국어를 가르친다는 기관의 성격상 삼십 년 이상이나 같은 학과의 교수들이 돌아가면서 학감이라는 보직을 도맡아 오던 터였는데, 학교 측에서는 강사 물갈이를 위해 학감을 타 학과의 교수로 바꾸어 내려보냈다. 학교 측에서는 대부분이 강사들의 은사이신 같은 학과의 교수와 얼굴을 붉히고 투쟁을 할 수 없을 것이라고 판단했는지도 몰랐다.

1980년대 후반이었으니 나라 전체적으로 각 대학의 시간 강사 고용에 대한 원칙이 필요했을 것이다. 해마다 무수히 쏟아져 나오는 학위 취득자들의 해결 문제는 대학마다 안고 있는 고민거리였다. 특히 인문학 분야는 다른 전공에 비해 교수 요원으로의 취업이 만만치 않았다. 한국어를 모르는 외국인 또는 교포들에게 한국어를 가르치는 그 기관은 대학에서 인문학을 전공한 사람들이 쉽게 접근할 수 있는 곳이었다. 사실 문학보다는 어학 전공자들에게 더 적합한 일이었지만 문학 전공자도 충분히 할 수 있는 일이었고, 전공을 살려 기관과 학생들에게 도움이 되는 일로 확대시킬 수도 있었다.

내가 근무했던 그 기관이 우리나라에서 최초로 만들어진 한국어학당으로서의 위상이 대단할 수 있었던 것은 19세기 말 세워진 기독교 교단의 대학 덕택이었다. 갑오 동학혁명이 발발하기 10년 전 세워진 유서 깊은 그 대학은 창립 이후 계속해서 한국에 오는 선교사들을 교육해야 했고, 국가의 위상이 높아지며 외교관과 해외 유학생들의 숫자가 늘어나자 강사들도 더 많이 필요하게 되었다. 유서 깊은 대학이 자랑스럽기는 하지만, 대부분의 강사들에게 근무지로서 실질적인 여건이 더 중요했다. 무엇보다 대부분 강사들의 입장에서는 자신들이 대학원 수업을 받아야 하는 강의실이 같은 대학 캠퍼스 안에 있다는 점이 중요했고, 나 같은 경우에도 강의와 대학원 수업을 들어야 하는 모교의 바로 인근에 근무지가 있어서 감사하며 다닐 수 있었다. 일주일에 서너 번 두 대학을 이동하기 위해 대중교통을 이용해야 하는 상황에서 거리가 가깝다는 것은 매우 좋은 조건이기도 했다.

강사들의 입장에서는 대부분의 학생들이 영어권의 나라에서 왔기 때문에, 학생들을 접하는 과정에서 영어에 대한 공포를 줄일 수 있다는 것도 강점이기는 했다. 어떤 교수의 말로는 신촌에 있는 그 대학들은 영어를 사용하는 기독교에 뿌리를 둔 대학이라서 그 동네는 개들도 영어로 짖는다고 농담을 할 정도였다. 그때나 지금이나 영어에 대한 과중한 부담에서 자유스러워질 수 있는 길이라면 웬만한 불이익은 참는다는 마음도 있었을 것이다. 대부분의 강사들이 대학원의 등록금을 벌거나, 아이 낳고 집안 살림에 경제적으로 도움이 되는 길이라면 선택해야 하는 일이었다.

그러나 아무리 강의를 하러 다녀야 하는 모교가 가까운 곳에 있었다고는 해도 한 시간 정도 안에 이쪽 학교에서, 저쪽 학교로 뛰어가야 하는 일은 쉽지 않은 일이었다. 그 당시 빈번했던 시위와 이를 제압하는 경찰들 사이를 헤집고 다녀야 하는 일은 언제나 고통스러웠다. 어느 하루 최루 가스에 눈물, 콧물을 흘리지 않은 날이 있었는지. 시위로 버스가 막혀버리는 날에는 그냥 책을 안고 뛰는 일에 이골이 났었다. 그때는 왜 요즈음처럼 운동화를 신고 다니지도 못했는지, 왜 등에 메는 백팩이라는 것도 없었는지— 날마다 무거운 책가방을 들고 뛰는 것이 일이었다. 하지만 일상처럼 일어나던 그 많은 시위가 나에게 특별한 사안으로 다가왔던 경우는 별로 없었던 것 같다. 그저 교통을 차단시키는 현상으로 받아들였던 것으로 기억한다. 제시간에 강의실에 도착하지 못해 결강을 하게 되면 보강을 해야 하기 때문에 그런 불상사가 일어나지 않게 하는 것만이 목표였을까? 큰길을 향해 넓게 열린 그 대학의 광장은 주변에 있는 대학의 학생들을 동원하기 쉬워 민주화의 성지라고까지 했지만 나는 언제나 눈물 흘리며 달리기에 다리가 팍팍했던 기억으로만 남아 있다.

내가 아슬아슬하게 대학의 전임 자리를 얻어 그 기관을 떠난 후 곧 그 곳에 남아있던 후배들이 변호사를 선임하여 재판을 시작했다. 그 기관과 관련이 있었던 동료들은 변호사 비용을 후원하는 것으로 후배들을 응원했다. 이제 막 사무실을 개업한 신참내기 변호사는 외국의 사례들까지 찾아내며 열심히 노력했고 후배들은 결국 재판에서 이겼다. 10년 이상이나 거의 빠짐없이 일 년에 40주를 일했다면 그것은 정규직으로 봐야 한다는 결론이었다. 처음 고용할 때는 시간강사라고 했지만 오랫동안 규칙적인 노동을 했고, 암묵적으로 다음 학기에도 강의를 할 것이라는 것을 예상하고 그 시간에 다른 일을 하지 않고 살아왔다면 정규직으로 볼 수 있다는 판결이었다.

모든 싸움이 그렇겠지만 싸움을 시작했으면 이겨야 한다고 생각하는 것은 자신들이 옳다고 생각해서 싸움을 시작했기 때문일 것이다. 어떤 강사는 학기가 시작되기 며칠 전은 마치 요릿집에 새로운 손님이 들었을 때 수청들 기회를 기다리는 기생이 이런 기분일 것이라며 냉소적이었지만, 예외 없이 모두 시간 배당을 기다렸고 강의를 할 수 있었다. 본인들이 정당하다고 생각하는 사안에 대해서 상대방이 동의하지 않을 때 재판까지 갈 것이다. 특히 개인의 문제가 아니고 집단의 문제가 되면 용기가 생기기도 하는 모양이었다. 재판에서 개인의 억울한 문제를 판사가 해결해 줄 것이라는 생각은 꿈도 꾸지 말라는 얘기를 어려서부터 들었지만, 변호사의 숫자가 많이 늘어나면서부터는 그렇지도 않은 모양이어서 다행이었다. 후배들의 신분이 재판에서 이긴 뒤에도 크게 달라지지는 않았지만 학교가 틀렸다는 것을 확인한 재판이었고 그것으로 만족해야 했다. 역시 칼자루는 학교 당국이 쥐고 있었고, 학교는 그 이후에 시간 강사를 임용하는 과정에서도 여러 가지 세부적인 사항을 제시하고 계약을 했던 것으로 전해 들었다.

그 기관을 떠나 내가 23년간 근무하고 정년퇴임을 한 대학도 기독교 재단에서 설립한 학교였다. 1970년대에 신학대학에서 출발해서 종합화한 대학들이 많이 있었다. 20세기 초 한국 근대화에 기독교가 상당한 영향을 미치고 교육에도 큰 역할을 하였다. 기독교의 세력이 점점 확대됨에 따라 우리나라에 설립된 기독교 재단의 대학 숫자는 엄청나다. 얼마 전에도 아들이 사제 서품을 받은 친구에게서 축복과 슬픔이 교차 되는 문자를 받았지만, 천주교의 사제가 아니어도 개신교에서 목회자의 길을 선택한 사람들도 특별한 신앙적인 체험을 하거나 소명 의식을 가진 분들이 대부분이니 일반인들과는 사고 체계가 상당히 다른 듯하다. 특별히 내가 근무했던 대학의 신학부 교수들은 한국 사회가 민주화되는 과정에서 주도적으로 민중들을 이끌었던 분들이지만 학내 문제에 대해서는 종종 비민주적인 방향으로 가는 듯하여 당혹스러울 때가 많았다.

학교에서는 신임 교수들을 채용할 때 당연히 세례 증명서를 요구했다. 학교 측은 기독교 학교이니 세례받은 기독교인에게만 자격을 제한하는 것을 당연한 것으로 받아들였다. 그러나 일반인들이 교회를 다니는 것은 몰라도 세례를 받을 정도의 강한 믿음을 가지기는 쉽지 않다. 부모를 따라 유아세례를 받는 경우도 있겠지만 일반 가정에서는 쉽지 않은 일이다. 특별히 그 학교가 소속된 교단의 교회에서 받은 세례 증명을 가져오라는 것은 무리한 요구였다. 일반 교수를 채용하는 과정에서도 그렇듯이 총장의 자격도 당연히 같은 교단의 목사라야만 했다. 학교가 종합화 될 때에 신학부가 대학의 모체가 되기는 했으나 작은 단과대학으로서 신학대학이었을 때에 비해 종합화된 뒤에는 학교가 비교할 수 없을 만큼 커졌음에도 불구하고 총장은 목사라야만 되고, 모든 교수는 세례 증명서를 제출해야 임용될 수 있었다.

일반 학부의 교수들을 임용하는 데에도 동일 교단의 세례 교인이라는 틀 안에서만 교수 요원으로 임용될 수 있다는 규정을 아무렇지도 않게 내세우는 원로 목사님들의 사고는 좀 놀라웠다. 종합화 된 뒤 채용하는 교수요원들은 신학과는 거리가 먼 전공자가 대부분이었음에도 자신들이 그어놓은 테두리 밖에 있는 사람들에 대해서는 전혀 고려하지 않는 사고가 너무나 단단해서 감히 뚫고 들어갈 엄두조차 낼 수가 없었다. 기독교 교단의 그러한 경직된 사고가 모든 대학교에서 똑같이 통용되는 것은 아닌 모양이었다. 유사한 다른 기독교 교단의 경우는 총장은 물론 성직자이어야 하지만 교수 요원은 세례를 받지 않아도 괜찮다고 한다. 같은 학교에서 교수 요원으로 생활하다가 학교 분위기나 성직자, 또는 다른 세례 교인 등에 감화되어 세례 교인이 된다면 더 좋겠지만 신임 교원에게 세례 증명을 요구하지는 않는다고 한다. 상당히 진취적이라고 생각했지만, 총장만은 반드시 성직자이어야 한다는 데에서는 역시 절벽에 부딪친 듯했다. 조금씩 시간이 흐르면서 내가 근무했던 대학에서도 다른 교파의 세례 증명도, 카톨릭 신자들도 받아들인 경우는 있었지만, 구차한 변명과 학교에 임용된 뒤 예배에 참석하라는 요청을 들어야 했다.

사회가 급속도로 변화하면서 대학의 총장은 전문 경영인에 가깝다는 생각을 해왔기 때문에, 신학부가 모태가 되어서 시작된 학교이니 성직자가 총장이 되어야 한다는 생각은 좀 답답해 보였다. 학교 밖에 있는 사람들은 전혀 의식하지 못하는 문제일 수도 있었다. 신앙을 취직하기 위해 갖는다는 것을 어떻게 봐야 할지 모르겠다. 취직이라는 절박한 문제가 있는 분들이 대부분이니 어쩔 수 없지만, 세례 증명을 요구하는 학교 측에 대해서는 여전히 이해하기가 어려웠다. 학교 당국에서는 신앙이라는 장애물이 없이 넓은 범주에서 교수 요원을 뽑는 것이 기독교인이라는 제한된 범주에서 사람을 뽑는 것보다 훨씬 유리할 텐데 그렇게 생각하지 않았다. 취직을 위해서이지만 신앙을 장애물로 생각할 지도 모른다는 것은 얼마나 불손한 태도인가?

고등학교에 다닐 때쯤 기독교방송인가에서는 항상 같은 시간에 군 복무를 하는 젊은 군인들을 향해 좋은 말씀을 해주시던 어른이 계셨다. 날마다 무슨 말씀인가를 전하셨던 그 분의 목소리는 언제나 한결같았고 내용도 한결같았던 것으로 기억한다. 그분의 평화스럽고 따뜻한 목소리를 감상했던 시간은 참 길었지만 세상은 그렇게 조용하게 흘러가지 않았다. 전쟁도 아니었지만 여기저기에서 총소리를 들어야 했고 학교 주변에서는 탱크도 보았다. 그 세월을 살아가던 많은 사람들은 무서워하고, 분노하고, 울부짖었지만 그 분은 여전한 목소리로 유사한 말씀을 하셨던 것으로 기억한다. 100세가 넘은 연세가 되어 지금도 많은 사람들을 향해 말씀을 해주시는 그분은 우리가 살아온 세월 내내 전파를 통해 말씀을 전하셨다. 놀라운 분이시다. 인정한다. 그 연세까지 살아계시는 것으로 충분히 인정받으실 만하고 유사한 말씀을 그 오랜 세월 동안 마이크 앞에서— 아니 이젠 카메라 앞에서 하실 수 있는 것은 대단한 내공이시다.

　기나긴 시간 동안 숭고한 뜻으로 진행시켰던 동학 농민혁명은 개개인의 사적인 욕망 앞에서 파편처럼 부서지고 말았다. 국가에서 현상금이 붙은 혁명군의 지도자들은 국가의 반역자일 수밖에 없었다. 김개남이 태어나고 활동했던 정읍군 산외면 동곡리는 그렇게 큰 나라의 죄인을 숨겨주기에는 너무 작고 조용한 곳이었다. 전체 인구가 몇 백 명도 되지 않았을 작은 고을에서 관군을 피할 수 있는 곳은 어디에도 없었을 것이다. 밀고라는 행위가 어떤 의미를 가질까를 생각해 본다. 혁명은 근대를 향한 움직임임이 분명한데 밀고는 어떤 의미일까? 동학혁명이 전근대 봉건사회에서 왕권을 향한 반역이라고 생각해서 밀고를 했을까? 근대사회를 지향하는 혁명을 찬성하지 않아서 밀고를 했을까? 무엇으로 위장을 해도 밀고는 다만 포상금을 원하는 비열한 행동일 뿐이다. 밀고 후에 받게 되는 거액의 상금이 그들을 유혹했을 것이다. 수치심을 제거할 만큼 많은 액수의 포상금은 인간에게 남아있는 최소한의 양심도 무시한다. 사회는 상업시대로 변화하고 있지만 인간의 목숨을 돈을 걸고 잡으려고 하는 행위는 비인간적이다. 상전들에게서 멀리 달아나서 살아가려는 노비들을 잡을 때도 포상금을 걸고 잡으려고 하였을 것이다. 오랫동안 변화 많은 세상을 살아오신 100세가 넘으신 그 선생님께 밀고라는 행위에 대해 여쭤보고 싶다. 침묵하고 외면하기만 하는 행위는 무엇인가도 물어보고 싶다.

　지금실에서 평생을 사셨던 우리 할머니는 새벽마다 장독대에 나가 정화수를 떠놓고 비셨는데 그 신앙도 세례 증명 못지않게 절실했을 것이다.

개남장군의 모친도, 부인도, 새벽마다 찬물로 세수하고 쪽머리 훑어 올리고 정화수 한 대접 떠 놓고 비셨을 것이다. 어머니와 아내가 자식과 식구들을 위해 정화수 한 그릇 떠 놓고 새벽마다 비는 것이 전부였던 지금실 산골에서 김개남은 어마어마한 변혁을 꿈꿨다. 정읍에서도 한참을 들어가야 하는 지금실 산골에서 살면서 시대가 바뀌고 있다는 것을 인식한 40대 초반의 남자가 가졌던 현실 인식은 어디에서 기인하는 것인지 여전히 놀랍다. 김개남이 사회와 세계가 변화하고 있음을 인식할 수 있었던 근거는 무엇이었을까? 지금실 넓은 논밭 사이로 몇 채씩 띄엄띄엄 있던 집 사이로 난 길은 서너 명이 나란히 걸어가기도 어려운 길이었는데, 어떻게 밖으로 연결되어 사람들을 만나고 혁명군을 동원할 수 있었을까?

동학혁명이 일어난 해에 태어나신 우리 조부님은 도강 김가 금파공파의 종손으로서 특출한 외모와 한학 실력으로 충분히 공인받는 인물이었지만 스무 살에 낳으신 첫째 따님은 말할 것도 없고 스물세 살에 낳으신 나의 부친에게도 서당 공부를 시키신 것이 전부였는데 같은 마을에서 그보다 반세기 전 19세기 중반에 태어난 김개남 장군이 가진 급진적인 사고는 어디에서 기인하는 것인지 놀라울 뿐이다. 김개남 장군도 어렸을 때 서당에서 배운 한문 실력으로 기본적인 한서를 좀 읽었을 것이다. 내가 어렸을 때도 지금실에 가보면 이곳저곳을 돌아다니며 서당 훈장 노릇을 하는 분들이 있었는데 그런 분들이 외부의 소식이나 서적 등을 전달해 주었을 수도 있을 것이라는 생각을 해본다. 전봉준도 젊은 시절 지금실에 서당 훈장을 하러 왔다는 기록이 있다.

김개남은 최제우가 1860년부터 1863년까지 남원 은적암(隱寂庵)에서 쓴 동학의 경전인 국문가사 ≪용담유사≫(龍覃遺詞)를 1893년에 최시형에 의해 간행되었을 때 볼 수 있었을 것으로 추측된다. 김개남이 종교로서 동학을 따르고 신봉했을 것이라고는 믿기 어려우나 인간의 가치에 대한 부분에서 동학에 공감하고 추종했을 것으로는 보인다. 동학혁명에서 특별히 김개남이 적서 차별이나 노비, 무당, 종과 같은 천민 신분에 대한 차별을 극복하고 남녀의 차별을 없애는 것에 앞장섰던 행위는 동학 교리와 깊은 연관이 있어 보인다. 평등사상을 기반으로 한 근대적인 사상은 전봉준에서 시작된 것이든, 김개남 개인이 독자적으로 깨우친 바이든 동학의 정신과 연계가 됨은 분명해 보인다.

갑오년 동학혁명이 일어나던 당시 지금실은 너무 산골이어서 외부와 소통할 수 있는 채널이 많지 않았던 것으로 보인다. 그렇다고 해도 우리 조부는 당신이 태어나던 해에 일어났던 그 엄청난 사건과 당신 부친의 사망에 대해 왜 관심이 없으셨는지 궁금하다. 20세기 초 신문명을 접할 수 있는 모든 채널이 차단된 곳에서 열심히 농사를 지으면 생계를 걱정하지 않아도 되는 생활에 만족하셨던 것일까? 당신이 태어난 그 해에 그 마을에서 시작되어 남녘 땅 전체를 휩쓸고 지나간 말발굽 소리와 피비린내 나는 투쟁 이야기가 전해오지 않았을까? 우리가 어렸을 때도 녹두꽃 노래는 어른 아이 할 것 없이 고샅에서 흥얼거렸지만 개남장군에 대해서는 어렸을 때부터 들어본 적이 없었다. 우리 세대에서는 말할 것도 없고 우리 부모 세대에서도 김개남 장군에 대한 얘기는 들은 바가 없었던 듯하다. 세월이 꽤 흘렀음에도 왜 동학혁명에 대한 얘기들은 입 밖에 내기를 두려워했을까? 숨죽인 듯 조용히 지내는 것은 두려움 때문이었을까?

우리 집안에서도 손 위 오빠들은 명절이 되어 지금실에 갔을 때는 나이 들고 늙어가는 김개남 장군 집 후손들에게 세배하고, 조부님댁 제사를 지낸 다음에는 늦은 밤에라도 음식을 가져다 드리는 것이 일상이었지만 그 이상의 일은 전혀 기억에 없었다고 한다. 우리 증조부가 당질이고, 개남장군이 당숙이었으니 비슷한 연배라도 항렬로 따지면 우리 형제들이 절을 하는 것은 당연했을 것이다. 우리 조부는 태어나자마자 당신 부친이 동학 혁명이 일어난 해에 서울로 가시는 중에 길에서 비명에 돌아가신 뒤로 자라면서는, 젊은 나이에 홀로 되신 모친에게 효도하고, 결혼하신 뒤에는 한 분의 따님을 좋은 집안의 자제와 혼인시키고, 다섯 분의 아드님들을 경제적으로 여유가 있는 반가의 여식들과 혼인시키는 것만이 중요했던 모양이었다. 당신 일생의 과업은 그것뿐이었던 모양이다. 이십팔 명의 손주 중에 한 명인 내가 그분의 삶에 대해 알 수 있는 부분은 그것밖에 없다. 그것도 결과를 통해 알 수 있을 뿐이다.

조부는 지금실에서는 존재 자체로 막강한 힘을 가지셨었고, 전주에서는 유명 한의원이나 유지들과 어울리시며 소일하셨던 것을 뵌 적이 있다. 전주에서 국민학교에 다닐 때 살구 씨를 모아서 백반을 바꾸러 한의원에 가면 주인과 장기를 두는 할아버지를 자주 볼 수 있었다. 할아버지 옆에는 개화인들이 입는 양풍의 망토를 두르고 스틱을 휘두르며 다니는 어른들도 있었다. 유당이라는 호를 쓰는 분도 있었지만 훗날 생각해 보니 그 분들은 그 지역 사람들이 가진 문화 애호 취미를 향유하는 수준이었던 것으로 보인다.

연세가 더 많이 드셔서는 지금실 집에 방물장수 같은 아주머니가 드나드시는 것을 보았다. 그 아주머니는 할머니나 작은엄마와 같은 여자들을 제쳐 두고 할아버지 방으로 들어가셔서 무슨 얘기인가를 꽤 오랫동안 나누시다가 가셨다. 그럴 때는 우리 할머니는 방문 앞에 앉아서 그 방에서 나오는 소리를 귀 기울여 들으시곤 했다. 어린 내가 보아도 그 방에서 나오는 소리를 엿듣고 있다는 것을 알 수 있었다. 동학혁명이 나던 갑오년에 태어나셔서 1960년대 말 칠십을 조금 넘기신 나이까지 사셨던 조부의 삶은 지극히 평범하셨다. 내가 조부의 삶에서 아쉬워하는 것은 험난한 시기를 살아오신 조부님이 무엇인가 의식을 가지고 행동하신 부분이 있었을까 하는 생각 때문이 아닌지 모르겠다. 이 나이가 되어보니 보통 사람의 한평생은 그러한 평범한 시간들이 이어지는 것이 아닌가 하는 생각이다.

조부가 성장하면서 살아내셨던 시간은 식민지 상황이었다. 한 분 따님은 정읍 농고를 졸업한 사위를 보셨는데 왜 아들들은 신교육을 시키 실 생각을 못하셨을까? 정읍 농고를 나온 고모부는 칠보 면장을 시작으로 이런저런 공직에 계시다가 민의원 선거에 나오셔서 길거리 벽보에 사진이 붙어있었던 것을 본 적이 있었지만 당선되지는 못했던 것으로 기억한다. 백구두를 신고 맥고모자를 쓰고 신작로를 휘젓고 다니시던 그 분도 오래 전에 돌아가셨다. 고모부가 무슨 생각을 하고 사셨는지는 모른다. 열심히 공부했지만 평양에 서 내려온 어떤 학생을 이길 수는 없어서 결국 2등으로 학교를 졸업하셨다 는 정도를 들어서 알 뿐이다.

식민지 시대에 수력발전소가 있었던 칠보는 정읍에서 근대화를 향한 전 기 공급을 해보려는 첨단의 공간이었지만 제대로 작동이 되기 시작한 것은 많은 세월이 흐른 뒤였다. 칠보에서 바로 가까운 정읍은 1960년대에도 전기 가 들어오지 않았다. 내가 고등학교에 다닐 때 지금실에 갔을 때도 호롱불을 켜놓고 밥을 먹었다. 20세기 초 지금실에서 사시던 조부는 신교육이 필요하 다는 것은 아셨지만 실천은 못하셨다. 우리 조부도 신교육에 대한 뜻이 강하게 있으셨다면 못할 일도 아니었을 텐데 윗 자식들은 신교육을 못 시키 셨다. 신교육이 꼭 필요한 것이라기보다는 무엇인가 새로운 일을 시작한다 는 것이 그렇게 어려운 일임을 알려주는 것으로 보인다.

순창에서 병원을 운영하던 처남의 도움으로 약방을 하던 순창 숙부 가족 은 1961년 박정희 정권이 들어서면서 면허 없는 의료행위가 불가능해진 뒤에 약방을 포기하고 서울로 올라오셨다. 총기 있고 대인관계도 원만하셨던 순창 숙부의 약방은 규모가 무척 컸고, 운영도 잘 하셨다고 한다. 약사 면허증이 있는 정식 약국과 매약만을 할 수 있는 약방으로 분리되었던 시기에 오랫동안 약방을 운영하셨다. 순창 숙부댁은 동생들의 희생으로 큰아들을 의대에 보낼 수 있었다. 그 숙부에게 의대는 의사 면허를 따기 위한 필수 코스였다. 그 숙부의 희망대로 의사가 된 큰 아들이 동생들을 책임지는 일은 없었지만 부친과 숙부들은 자식 중에 하나라도 의사나 판검사를 만들기 위해 모든 노력을 기울였다. 아들이나 딸이 아니면 다음 대의 손주라도 그 꿈을 실현시켰다. 무서운 집념들이었다. 그 병은 어떤 약으로도 고칠 수 없는 중병이었다. 지금은 세계가 그렇다니 할 말은 없지만-.

40년 전인가 독일 여성과 교육에 대해 얘기를 나눈 적이 있었는데 그때도 그런 이야기를 했다. 고등학교를 졸업하고 기능공이 되어 평생 버는 수입과 의사 면허를 받을 수 있는 30대 중반부터 시작하여 평생 동안 버는 수입이 거의 비슷하다고 말한 독일 여성의 말이 지금도 잊혀 지지 않는 것은 그만큼 그때 나에게도 의사들의 고소득 문제가 불합리하게 생각되었기 때문이었을 것이다. 나에게 의사는 특별한 직업이어서 특별한 사명감을 가진 사람들만이 할 수 있는 일이라고 생각해 왔다. 사람의 몸속에 있는 내장 기관은 말할 것도 없고 팔, 다리 등 신체의 모든 부분을 치료하는 그 엄청난 일을 수능 점수 좀 잘 받을 수 있는 것으로 합격 여부를 결정짓는 것이 무리라는 생각은 지금도 변함이 없다. 현재는 몇십 년 전보다 더 확고하게 많은 사람들이 의사에 대한 신념이 있는 것 같다. 그럼에도 의사는 명예와 더불어 금전까지 확보하는 특별한 직업으로 생각하는 것이 제일 우선인 듯하다. 의사로서 가져야 하는 사명감은 의사가 되고 싶은 여러 이유 중에 하나로도 끼어들 틈이 없는 것으로 보인다.

한 달쯤 전부터 발가락에 작은 티눈이 생겼는데 시내 피부과의원에서 치료하기 어려우니 종합병원으로 가야 한다고 했다. 지인들 말이 돈도 별로 되지 않는 그런 치료를 피부과의원에서는 잘 하지 않는다고 했다. 요즘은 얼굴 미용 시술 등이 피부과의 주된 업무임을 확인하는 기회였다. 종합병원에서는 국부 마취를 한 뒤에 조직 검사를 위해 티눈 부분을 조금 잘라내고 두 바늘을 꿰맸다. 모든 조직 검사는 암과 연관시키는 나는 일주일 내내 벌벌 떨다가 대수롭지 않은 티눈이라는 말에 만세를 부르고 나왔다. 의사에게서 들은 치료 방법은 피부를 부드럽게 한다는 천 원짜리 연고를 티눈 부분에 이 주일 동안 바른 뒤 냉동요법이라나 하는 과정을 반복하겠다고 했다. 작은 티눈 때문에 종합병원을 가야하는 것도 짜증스러웠고, 그렇게 오랜 시간을 병원에 들락날락해야 한다는 것도 마땅치 않았다. 다행인 것은 티눈은 왼쪽 발가락에 생겼고 치료 중인 발가락 하나를 붕대로 감싼 뒤 오른쪽 발만을 사용해서 운전을 했지만 찜찜했다. 이 시대에 운전이 살아가는 방법이었지만 전에는 왼쪽 발의 신발만 벗고 있어도 불안했는데 붕대로 칭칭 동여매고 있어도 괜찮을까? 운전 중에 왼쪽 발은 전혀 사용하지 않아도 괜찮았나? 운전 중에 왼쪽 발이 필요할 지도 모르는 비상사태는 어떤 것인가? 택시라도 타고 가는 것이 안심이 될 정도였지만 그렇게 하지 않았다. 노인 운전도 부족해서 장애인 운전까지 하다니- 냉동요법이라는 것도 특별한 효력이 있는 것도 아니어서 두 번째 간 날은 의사에게 더 이상 병원에 드나들지 않겠다고 했다. 의사도 그러라고 했다.

결혼 초에 정형외과 의사가 된 순창 숙부의 큰아들이 개업을 한 곳이 내가 살던 동네 근처였다. 내 아들이 다섯 살쯤 되었을 때였으니 벌써 40년도 더 전이었다. 어린애의 엉덩이에 메추리알만한 것이 잡혀서 찾아 갔는데 사촌오빠는 머리를 갸우뚱거리면서 뭔지 모르겠다고 했다. 그때는 종합병원에 가서 검사를 해보고 원인을 알아내는 것이 일반화되지 않았었다. 전공이 정형외과라서 그랬는지 아이를 부분 마취시키고 수술을 했다. 상당히 많은 양의 고름이 나왔다. 나중에 생각해 보니 아이가 피부 알레르기가 있어서 피부과에서 몇 차례 주사를 맞은 적이 있는데 일회용 주사기가 아니고 사용한 주사기를 소독해서 또 사용하는 과정에서 생긴 문제였다. 당시에 동일한 주사기를 반복해서 사용하는 사례는 뉴스에도 몇 번이나 크게 보도되었고 우리 아이가 다녔던 병원도 같은 주사기를 여러 차례 사용한 곳이었다. 의사 선생님이 꽤 유명해서 알려진 병원이었음에도 그랬다.

남편이 일반 외과 개업의였던 친구는 하루 일이 끝나고 집으로 돌아와서는 방문을 잠그고 남편과 같이 돈을 센다고 했다. 그때는 환자들이 카드를 사용하지 않고 현금을 내야 했기 때문에 모두 그랬다. 하루 일과가 끝나고 돈을 세는 일을 별로 즐거워하지 않던 친구 부부는 캐나다로 이민을 갔다. 막내 동생이 피부과 의사였던 우리 자매들은 동생 병원에 새로운 미용시술 기기가 들어올 때마다 얼굴과 몸을 내밀고 시술 대상이 되어주었다. 동생 병원이 잘 되기를 바라서 요청이 있을 때는 그 일을 해주었지만 내 체질에 맞는 일은 아니었다. 나에게 의사는 어려운 일이고 힘든 일일 뿐이다.

이 시대에는 모든 가치가 돈에서 비롯된다. 돈이 아니고 가치 있는 것이 무엇인지 찾아내려면 오랫동안 생각해야 한다. 기본적으로 돈을 확보해 놓은 뒤에 그 위에서 무엇인가 구축하려고 생각한다. 이 시대에 돈을 외면하고 다른 진정한 가치를 향해 가는 사람은 별로 없다. 어렵게 교수가 된 선후배들이 똑같이 하는 얘기가 있다. 자신이 졸업한 모교보다 자신에게 월급을 준 학교에 진정한 고마움을 느낀다고. 대학에 기부금을 몇 푼 내더라도 모교보다는 자신이 근무했던 대학에 내고 싶어 한다. 교수라는 직업이 가지는 가치 운운하며 너무 세속적이 아닌가 할 수 있지만 절대 그렇지 않다.

그나마 품위를 잃지 않고 연구실에 앉아 자신들이 생각하는 가치를 실현할 수 있도록 생계를 책임져 준 근무하는 대학에 대해 어떻게 고마움이 없을 수 있겠나? 우리가 살아가는 현대 사회가 그렇다. 우리가 만들어 놓은 사회가 그런 모습이다.

진정한 대학은 인문대학이라는 생각으로 교수 노릇을 해왔는데 이제 인문대학은 존재 의미가 없다는 시대가 되었다. 인문대의 모든 학과들이 실용적인 학문임을 내세우는 다양한 학과명을 만들어서 바로 몇 년 전에 졸업한 졸업생들은 자신의 학과가 없어졌다는 사실도 모르게 되었다. 대학이 취업에만 영향을 미치는 시대에 대학의 구조 자체가 혁신적으로 바뀌지 않으면 안 될 것이다. 자식을 부모들이 원하는 특정 대학에 입학시키는 것이 어려우니 출산도 결혼도 기피하는 비정상적인 나라가 되고 말았다. 이 나라는 인구 문제를 더 이상 방치할 수 없는 상황에 도달한 듯하다.

많은 학생들이 의과대학을 그렇게 많이 가고 싶어 하고 학부모들은 그렇게 보내고 싶어 한다니 우선 어떤 예산을 끌어서라도 그 욕구를 충족시켜주면 어떨까 하는 생각을 해본다. 의사의 수준이 좀 떨어지는 문제는 그다음에 또 방법을 찾아보면 어떨까? 말도 안 되는 소리일 수 있지만, 말도 안 되는 상황임을 인정해야 할 것이다. 의과대학의 문제는 보건사회부만이 아니고 교육부, 대학 당국, 의료 행정을 비롯하여 국가 전체에 연관되는 문제이다. 정부와 전국의 의사들이 대립하고 있다. 정부에서 어느 날 갑자기 의대 정원을 2 천명이나 늘리겠다고 하고 의대 교수들과 학생들이 완강하게 반대하며 대립한 지 상당한 시간이 흘렀다. 의과대학 학생들의 격한 시위로 법정 수업일수가 모자라는 시점에 도달했지만 해결 기미는 보이지 않는다.

병원 의사들의 진료 수준과 환자들의 만족도는 나라마다 다를 것이다. 지난 몇 년 사이에 미국에서 오랜 기간 거주한 분들이 일 년의 반 정도를 한국에 와서 지내는 것을 보게 된다. 내가 아는 분들은 특별히 남자 분들이어서 젊은 날 같이 어울렸던 친구들과 오랜만에 어울리려는 생각인가 했지만 그러기에는 매년 일정 기간을 방문하는 것이 특이했다. 미국에 사는 친구의 말로는 미국 병원에서는 국가에서 해주는 건강 진료가 아주 간단한 혈액 검사 정도가 전부이기 때문에 평소 자신의 건강이 의심스러운 경우, 제대로 검사를 하고 치료를 받으려는 사람들이 그렇듯 장기간 한국에 나와서 머무를 것이라고 했다. 모두 같은 이유라고 말할 수는 없겠지만 미국에서는 의료비용이 엄청나게 들고 모든 사람이 평등하게 혜택을 받지 못함은 분명해 보인다. 미국을 비롯한 다른 많은 나라들도 의료문제를 끌어안고 있는 듯하다. 얼마 전부터는 전국 도처의 의과대학 교수들이 나와서 현 상황에 대해서 분노하고 흥분하는 모습을 보고 이는 결코 쉽게 해결될 수 있는 문제가 아님을 확인하게 되었을 뿐이었다.

의과대학의 문제는 대학의 일반학부에서 살아남기 위해 해왔던 통폐합의 작업과는 전혀 다른 문제였다. 거대 종합대학의 한 학부로 의과대학이 존재하지만 교육체계나 운영 방식은 아주 특수한 기관이다. 의과대학이 있고, 없고는 대학을 평가하는 중요 기준이 된다. 의과대학이 없는 대학은 기본적으로 전국 대학 서열에서 10위 밖으로 물러날 수밖에 없다. 의과대학은 종합대학의 한 학부에 머무르지 않는다. 의과대학은 일반 학부의 운영체계와는 전혀 다르다. 독립적으로 운영되어도 별로 문제가 되지 않을 것이다. 그렇게 거대한 조직을 정부에서는 아주 빠른 시간에 구조 조정을 하려는 것으로 보인다. 벌써 나라에서는 절대 일어날 수 없는 일이 일어나고 있고 명년의 신입생을 선발하는 과정이 진행되고 있다.

지방의 군소대학에서는 일반 학부를 인접 학과와 통폐합을 하는 방법 등을 통해 학교 운영을 유지해왔지만 이제는 대학에 진학하려는 절대 인원이 부족해서 많은 학교가 문을 닫아야 할 상황이다. 십여 년 전까지 내가 근무하던 대학에서 학교 인근에 있는 유치원 아이들이 한 주일에 한 번 정도 놀러 와서 무슨 체험학습 같은 것을 한다며 캠퍼스 안에서 돌아다녔는데 그 아이들로 해서 학교 전체가 생기가 있어 보였다. 내 어설픈 생각으로 사회복지학과, 재활학과, 사회 체육학과 등이 있는 우리 학교에서 한쪽으로 유치원과 노인요양시설을 만들어서 같이 운영하면 좋겠다는 생각을 했지만 동료 교수들은 별 반응을 보이지 않았다. 곧 닥칠 대학 미달 상황을 대비해서 무엇인가 방법을 찾아야 할 것임은 분명하다. 우선은 취업을 위해서 입국한 많은 숫자의 외국인 학생들이 부족한 부분을 메꿔주는 것으로도 보인다. 이 나라에서 살아가기 위해 필요한 언어도 완전히 습득하지 못한 상황에서 그런 학생들에게 전문적인 지식을 교육하는 것이 무리임을 알지만 방법을 찾아가는 과정일 것이다.

130년도 더 전에 눈에 보이는 것이라곤 띄엄띄엄 있는 초가집과 논과 밭뿐인 그런 땅에서 흰옷을 입고, 죽창과 괭이를 들고 숭고한 뜻을 이루려고 일어섰던 우리 고향 선열들에 비해, 그들의 후손이 추구하는 세계는 너무 볼품없이 느껴진다. 빠르고, 편하고, 재미있고, 풍요로운 것들에 익숙해진 삶을 유지시키기 위해 찾아낸 방법들이 현재의 우리 사회를 만들었다. 외형적으로 화려하고 편한 것을 추구해서 만든 사회가 현재의 우리 사회이다. 10년도 더 전에 대학 정년을 조금 남겨두고 인문대를 어떻게 살릴 것인가에 대해 교수들이 모여 여러 차례 회의를 했다. 교수들은 인문대가 소멸할 것 같은 위기에 처해졌다고 판단했고 그 상황에서 우리는 오히려 더 강화된 인문학 교육이 필요하다고 결론을 내릴 수밖에 없었다. 전통적인 인문학 교육이 아니라 이 시대에 요구되는 인문학 교육을 심도 있게 추진해 보자는 것이었으나 이쪽저쪽에서 비판이 심해져서 무산되고 말았다.

인문학부가 느끼는 위기감은 신학부도 예외일 수는 없었을 것이다. 오랜 전통 속에서 교단의 위상은 확고하다고 해도 이 시대에 목회자의 길을 가겠다는 학생들이 계속 이어지지는 않을 것이다. 그런 이유인지 지난 몇 년 동안 우리 대학 신학부를 졸업하고 목회 활동을 하고 있는 목사님들이 꾸준히 신학부로 장학금을 기부하고 있는 것을 볼 수 있었다. 대학 측은 신학부 학생 전원에게 전액 장학금을 줄 것을 목표로 모금 운동을 벌이고 있는 것으로 보였다. 결국은 전액 장학금으로 학생들을 유도하고 대학을 존속시키는 것으로 해석될 수 있었다. 육십 년 전 우리가 대학에 다닐 때도 미국이나 유럽의 유서 깊은 성당이나 교회의 신자들은 몇 명의 노인들뿐이고, 그런 성당이나 교회는 관광객들만이 감탄하며 성지순례의 용도로 변화하는 것을 보아야 했다. 그 후로도 유럽을 비롯한 유서 깊은 캐토릭 국가들의 관광이 성당 순례에서 벗어나기는 어려워 보인다.

외국에서는 오래 전부터 대단한 기업가나 재단에서 명문 대학에 엄청난 기부금을 희사하는 것으로 알려져 있지만 현재 우리나라의 상황은 이와는 많이 다르다. 특별한 일개 대학의 신학부에 제한되는 문제이지만 선배들의 전액 장학금이 학교가 제대로 존속하기 어려운 난관을 극복하는 방안으로 찾아낸 길인 듯해서 씁쓸하다. 현재 목회 활동을 하시는 분들의 연배에서 느끼셨던 사명감과 신앙심을 이어받을 후배들이 계속 이어지기를 바랄 뿐이다. 엄청난 세상의 변화 속에서 이 시대에 우리가 어디에 위치해 있는지를 끊임없이 반문하고 나아갈 길을 찾아봐야 할 것이다. 임시방편의 땜질로 교육의 문제를 해결하기에는 한계에 도달한 것으로 보인다. 대학도 오래된 성당이나 교회처럼 정신은 희미해지고 건물만이 남는 시간이 다가오는 듯해서 불안하다.

146

김개남 장군의 후손들은 피를 튀기는 이 시대 경쟁의 대열 속에 끼지도 못하고 궁핍한 생활을 하는 것으로 안다. 선조들이 흰옷을 피로 붉게 물들이며 원했던 세계는 이런 것과는 다른 것이었을 텐데. 동학혁명군들이 의도했던 평등한 사회는 이 시대를 지배하는 단단한 힘에 의해 더 기대하기 어렵게 되었다. 선조들이 갑오년에 주장했던 그 숭고한 가치는 돈과는 거리가 있었던 것으로 보이는데. 하기는 동학의 지도자들이 체포당한 것도 현상금 때문이었으니 당시에도 돈 문제는 삶을 지배하였을 것이다. 긴 시간 동안 숭고한 뜻으로 진행시켰던 혁명은 비열한 개인의 사적인 이익을 충족시키는 데에 이용되면서 종결되고 말았다.

국가의 현상금이 붙은 혁명군의 지도자들은 국가의 반역자일 수밖에 없었다. 풍전등화처럼 위태롭고, 어디에서도 정당성을 찾아보기 어려우며, 개인의 이익만을 추구하며 살아가는 인간들이 득세하는 상황에서 밀고는 자행되었다. 다만 포상만을 바라고 행해지는 밀고는 인간으로서 존엄성을 포기한 행위임에 분명하다. 그것도 오래된 지인을 밀고하는 수치스러운 행위로 포상을 받으려고 했다. 밀고는 어느 시대의 도덕으로도 용서받을 수 없는 행위이다. 전통적인 가치로도, 새로운 시대의 윤리 도덕으로도 허용될 수 없다. 이념적으로 동조할 수가 없고, 자신이 살아가는 과정에서 형성된 신념이 다르다고 해도 밀고는 정당화될 수 없는 것이다. 그럼에도 김개남의 경우에는 오랫동안 지인이었던 사람이 다만 포상금에 탐이 나서 밀고를 했다는 것은 인간적인 모멸감까지 합해져서 감당하기 어려웠을 것이다.

그들이 태어나고 활동했던 정읍은 그렇게 큰 나라의 죄인을 숨겨주기에는 너무 작고 조용한 곳이었다. 누구도 숨을 수가 없는 곳이었다. 김개남 장군은 지인의 밀고가 없었어도 곧 잡힐 수밖에 없었다. 그럼에도 김개남이 밀고로 잡혀 죽어갈 때 친구라고 생각했던 인간에 대한 배신의 감정도 그가 감수해야 하는 부분이었을 것이다. 스스로 해왔던 투쟁의 의미를 생각하기에도 힘들었을 텐데, 배신이라는 사적인 감정까지 받아들이기는 더 힘들었을 것이다.

갑오년 동학혁명이 시작되었던 그때부터 100년이 안 되어 나라를 향해 저항과 시위를 해온 젊은이들은 사람이 많은 도시 속으로 숨어들었고, 많은 사람들이 그들을 숨겨주었다. 젊은이들은 끊임없이 추격당하는 절박한 상황에서도 지인이나 동지가 밀고를 해서 수사기관에 체포되었다는 얘기는 별로 들어본 것 같지 않다. 현대 사회의 도덕적 기준이 그런 것일지도 모른다. 무엇보다 현대인의 가치관이나 도덕적 기준에서 밀고는 용서될 수 없는 행위일 것이다. 시대를 불문하고 밀고라는 행위가 정당화될 수는 없으나 전봉준이나 김개남이 활동했던 시대의 가치관에서는 절대 왕권에 대한 충성이라는 봉건적 사고로 변명할 수도 있을 것이다.

현대 사회에서의 밀고는 수평적 질서가 중요시되는 상황에서 배반, 배신의 의미 이상은 아니다. 그럼에도 반정부 시위 등에서 드러났던 밀고 행위는 총과 칼을 앞세운 무시무시한 협박이 얼마나 잔인했었나를 알려준다. 그 이전에 이데올로기라는 올가미를 씌워 간첩을 색출하던 시간도 꽤 길었지만, 분단국가라는 비극적인 상황으로 변명해 볼 수 있을 것이다. 19세기 말 국가와 사회의 변혁을 꿈꾸었던 시대의 영웅들이 밀고라는 비열한 행위를 통해 수없이 제거당했다. 봉건사회의 막바지에 호남 지방 농촌에서 자생적으로 태어나 큰 꿈을 실현하려던 인물들이 밀고라는 비인간적인 행위로 체포되고 처형당했다. 인간이 자신의 생명을 걸고 시도한 최고의 행위가 밀고라는 저급한 행위를 통해 제지당하고 죽임을 당했다. 일 년이라는 긴 시간 동안 삼십 만 명에 가까운 농민들이 행했던 혁명은 밀고 당한 지도자들이 처형됨으로 해서 끝이 났다.

동학혁명군이 전주 성내에서 관군에 제출한 폐정개혁안(弊政改革案)을 보면 근대적인 의미에서 모두 진전된 사고임이 명백하다. 동학군이 관군을 향해 서정(庶政)에 합력할 것을 요구하는 것에서도 봉건 체제에 대한 불만을 동학 혁명을 통해 극복하겠다는 의지가 강했음을 알 수 있다. 당시 신소설 등에서 많이 다루었던 주제들이 혁명군의 개혁안으로 나열된 것과 일치하는 것에서 혁명군의 목적이 시대를 반영하는 것임을 알 수 있다. 동학군이 관군에 제출한 폐정개혁안에는 청춘과부의 재혼을 허할 것이나, 횡포한 부호들을 엄벌에 처할 것 등, 현실에서 직면하고 있는 문제점을 구체적으로 나열했다. 이는 혁명군이 현실에 대한 정확한 인식을 하고 있었음을 볼 수 있는 부분이다. 무엇보다 백정, 장인(匠人), 기생, 노비, 승려, 무자(巫子), 점복(占卜), 배우의 처우를 개선하고, 백정들을 일반인과 차별하기 위해 머리에 쓰게 했던 평량립 〔패랭이〕 을 쓰지 못하게 하자는 것 등은 모두 근대화 과정에서 천민들이 직접적으로 당면했던 문제들이었다.

혁명군이 노비문서 소각을 요구한 것 등은 조선조 후기 두 번의 전쟁을 치르며 주거 이동이 과거에 비해 상대적으로 빈번하게 이루어지는 과정에서 드러난 문제였을 것이다. 노비들은 주거지를 이동하는 과정에서 노비의 신분을 버리고 양민으로 살아갈 수 있는 기회를 만들었을 것이다. 조선조 후기부터 서서히 싹텄던 평등을 향한 모든 요구는 특권계급들이 민중들에게 보여주었던 가당치 않은 행위들에 대한 저항이다. 전쟁이 났을 때 민중을 배려하고, 책임지는 일보다는 도망가기에 바쁘고, 자신들이 가진 것을 지키기 바빴던 기득권층에 대한 반발은 엄청났으며, 그러한 내용이 혁명군이 제시한 개혁안의 핵심이라 할 수 있다.

동학혁명에서는 민중의 대다수를 차지하는 농민들이 사회 각 분야에서 요구되는 변화를 인식하고 표현하는데 앞장섰다. 민중이 집단행동을 할 수 있었다는 것은 근대사회로 가는 신호임을 암시하는 것이다. 오래 계속된 철저한 봉건사회에서 소외되었던 사람들이 자신의 뜻을 표출하고, 그 실현을 위해 집단으로 행동하려는 용기를 가지고 움직였음은 놀라운 일이다. 19세기 이 나라는 만민 평등이라는 숭고한 가치를 개인적으로 표출하는 것은 가능했을지라도 평등한 가치의 실현을 위해 집단 행동을 한다는 것은 불가능한 시대였음이 분명하다. 현대적인 의미에서 개인이 파편화되는 것과는 다르지만, 그 시대에 전체 인구의 대다수인 농민들이 집단 행동을 하는 것은 미처 훈련되지 않은 일이었기 때문에 매우 어려웠을 것이다. 집단이 그들의 목표를 향해 투쟁하기 어려웠던 것은 19세기 말이라는 시대가 갖는 한계성에서 기인한다.

전봉준은 당시 정치적인 힘을 가지고 있는 대원군 같은 인물이 도와주겠다는 제안을 반신반의하면서도 그들과 협력 연대하여 활동하려 했다. 김개남은 대원군의 손자 이준용을 통하여 전 승지 이건영을 만났다고도 한다. 대원군 같은 인물이 아무 힘이 없는 지방 농민군 지도자들인 전봉준, 김개남에게 어떤 형태로 미끼를 던졌는지는 모르지만, 그들은 잠시라도 권력자의 힘에 미혹당하였을 것임은 분명하다. 어떤 과정을 통해서 대원군이 동학혁명군 지도자들에게 손을 뻗었는지는 불분명하지만, 혁명군 지도자들은 자신들의 목표를 달성하는 데에 도움이 된다고 판단하여 적극 호응하였을 것이다. 전봉준은 이를 부정하였으나 김개남은 대원군의 지시에 의한 것임을 자백하였다고 한다. 누구의 말이 사실인지는 확인키 어려우나 대원군의 위치와 상황에서 추측 가능한 부분으로 보인다.

소설의 시대

　대원군에 대한 풍문 같은 얘기는 호남 지역에서도 많이 돌아다녔던 듯하다. 김동인의 소설 ≪운현궁의 봄≫에 나오는 대원군에 대한 일화 등을 아버지로부터 자주 들었던 기억이 난다. 1930년대부터 신문에 연재되었던 장편소설들에 대한 인기는 대단했던 것으로 보이며 특히 남성 독자들에게는 거의 동시대의 인물을 다루는 역사소설이 특별한 관심의 대상이었던 것으로 보인다. 다른 독자들도 그랬겠지만, 내 부친이 어렸을 때부터 우리에게 전해 주셨던 영웅들의 일화는 역사소설 속에 들어있는 것들이 태반이었다. 부친은 소설 안에서 작가가 표현한 것들은 모두 사실이라고 생각하신 듯했다. 실존 인물에 대해 사실이 아닌 것을 그렇게 자신 있게 쓸 수 없다고 생각했을 것이다. 당시 독자들이 소설이라는 문학 양식에 아직 익숙하지 않아서 그랬겠지만, 대중적인 문화 취향으로 장편소설을 읽을 수 있는 좋은 기회이었음에는 분명하다.

　신문에 연재된 이기영 같은 작가의 일반 장편소설에 대해서는 그대로 소설로 인정하고 보셨지만, 역사소설에 대해서는 실제 역사로 생각하는 부분이 많았던 듯하다. 하기는 이광수의 ≪흙≫이나 심훈의 ≪상록수≫ 같은 작품에서도 실존 인물의 기록이라는 생각을 더 많이 하셨던 것으로 기억한다. 김개남이 ≪삼국지≫를 읽었을 때에도 그런 느낌이었을 것이다. 19세기 말에 진수의 정사 ≪삼국지≫를 읽었다고 보기는 어렵고 나관중의 ≪삼국지연의≫가 딱지본 소설이나 필사본 등의 형태로 돌아다니지 않았을까 짐작된다. 내가 어렸을 때도 아랫 지금실에서 조금 내려가면 용머리 장터가 있었는데 장바닥에서 많은 딱지본 소설들을 늘어놓고 파는 것을 보았던 기억이 난다. 여자들이 머리에 꽂는 핀이며, 빗, 리본 등 잡화가 주류를 이루었지만, 여름날에는 언제나 파리 떼가 날아다니는 소금에 절인 생선들이 있었다. 그렇게 자잘한 물건들을 파는 옆에는 남자들이 담배를 뻑뻑 피워대면서 진지한 표정으로 소 값을 흥정하기도 했다. 겨울에는 크고 작은 소들이 입에서 허연 김을 뿜어대며 모여 있었다. 남자들은 모두 소와는 떨어져 있었고 돈 얘기만 하는 듯 했다. 이미 소의 상태에 대해서는 잘 알기 때문에 더 이상 볼 필요가 없었나? 장날마다 소는 보았지만 돼지는 보지 못한 듯 하다. 김개남은 용머리장터 장바닥에서 구했을지도 모르는 《삼국지》 같은 이야기를 통해 자신의 영웅적 뜻을 키워갔을지도 모른다. 어떤 작품이든 완역된 상태로 제대로 된 작품은 읽을 수 없었을 것이다. 부분 부분이 누락되고 축약된 형태로 돌아다녔을 것이다. 종이도 잉크도 부족했을 테니 당연했을 것이다.

50년도 더 전에 내가 결혼했을 때 시어머니의 반짇고리에는 천수경을 손수 갱지에 연필로 써서 실로 꽁꽁 묶은 게 있었다. 내용을 하나도 모르는 범어로 된 경전의 필사는 당신의 신앙심을 고양시키기 위한 행위였을 것이다. 그보다 두 세대 반쯤 전에 전라도 땅 정읍에서 김개남을 비롯한 인물들이 혁명을 해보겠다고 했을 때도 《삼국지》같은 딱지본 이야기책이 영향을 주었을 것이다. 활자를 통해 무엇인가를 전달받고 그 뜻을 새긴다는 점에서는 유사하지 않은가 하는 생각을 해본다. 필사를 통한 어머님의 신앙 행위는 비록 의미를 모른다고 해도 성스러운 삶의 자세를 스스로 실천하시려는 것으로 보였다. 김개남 장군이나, 우리 어머님이나 소박한 단계의 인쇄물이나 문자 행위를 통해 그분들의 뜻을 펼쳐갔을 것으로 보인다. 수많은 문자로 된 책들이 넘쳐나는 이 시대에는 책의 장정을 포함한 모든 외형의 현란함이 오히려 필자들이 말하고자 하는 핵심이 흐려지는 것이 아닌가 하는 생각도 든다.

전라관찰사 김문현은 신식 무기 등으로 완비한 정예부대 1,000여 명으로 동학 혁명군 토벌 작전을 위하여 전주를 향해 출발시켰다. 관군은 전주 주변을 행군하고 다니면서 주민의 재물을 약탈하고 부녀자 강간, 약탈 등의 흉포한 행위를 자행했으며 김개남이 있던 백산(신미산) 동학혁명군 진지에 대포와 서양 총을 발사하여 천지가 진동했다. 훈련도 안 되고 무기는 고부 군청에서 획득한 구식 소총과 죽창에 의존하는 오합지졸인 농민 혁명군은 관군이 출동했다는 정보를 입수하고 '보국안민'의 대장기와 허수아비만을 세위놓았다. 관군은 혁명군의 반격이 전무하여 신미산을 무혈점령한 후에야 혁명군에게 속은 것을 알았다. 혁명군은 관군이 습격하기 전 두 방면으로 대장기를 휘날리며 퇴각하였다고 한다. 저항 세력이 없는 것으로 판단한 관군이 오히려 좌우 야산에 매복한 혁명군의 협공을 받았다. 관군은 독 안에 든 쥐가 되었으며 1,000여 대군이 전멸되었다. 혁명군은 전사자가 없었고, 관군은 대포, 양총, 탄약, 의약품 등 전주에서 지참한 것들을 모두 혁명군에게 넘겨준 꼴이 되었다. 황토현 작전은 김개남의 계책이었다고 한다. 전봉준이 도덕군자의 풍으로 많은 사람들에게서 존경을 받는 것에 비해 김개남은 정치, 군사 면에 있어서 능력이 우월하였다 한다.

전봉준과 김개남은 상호 의견이 달랐어도 서로 화합하였던 것으로 보인다. 두 사람은 계축생(癸丑生) 같은 나이이었지만 김개남은 전봉준이 생월이 앞선다는 것으로 극진하게 모셨다고 한다. 전봉준은 김개남의 전투적인 능력이 탁월한 것을 인정했으며, 김개남 또한 전봉준의 인품과 지휘 능력을 추종하였다. 김개남은 혁명군 진지에 잠입하여 정탐을 한 말단 관리들의 행동이 자신들의 의지로 한 것이 아니며, 먹고 살기 위해 하는 노예 생활이라고 한다. 김개남은 그들에게 추후로는 스스로 회개하여 진인간(眞人間)이 되라고 한다. 이처럼 전봉준의 도덕 군자적인 언행은 많은 부분 김개남에게도 통했을 것으로 보이지만, 혁명군의 실전에서는 김개남의 전략대로 움직이고 있음을 알 수 있다. 전라도의 신미산 일대에서 혁명군이 김개남의 구령에 따라 기립하면 백산과 같고, 앉으면 청록의 죽산과 같았다고 한다. 혁명군이 일어서면 모두 흰 옷 입은 백산이고, 앉으면 푸른 죽창만이 보이는 청산이다. 제대로 된 무기 하나 없고, 관군의 습격을 막아 줄 군복 하나 제대로 갖추지 못한 농민군의 모습이다. 하지만 그들의 행동에는 혁명을 성공시키겠다는 뜨거운 마음이 가득했을 것이다.

1923년생으로 동학에 대해 관심을 가지셨던 순창 숙부는 전봉준 장군의 큰 따님과 같은 마을 지금실에서 오랫동안 같이 살았다고 하셨다. 숙부가 전봉준 장군의 따님과 같이 지금실 한 마을에서 사셨을 때는 숙부는 혼인 전 어린 나이셨고, 전장군의 따님은 혁명 전 가족이 고부에 살 때 지금실로 시집을 왔다고 하니 두 분의 나이 차이가 꽤 되었을 것이다. 전봉준 장군은 혁명 전, 따님이 결혼해서 살고 있는 지금실에 드나들며 개남장군과 일을 도모했을 것으로 보인다. 순창 숙부는 어렸을 때부터 동학혁명에 대한 얘기를 많이 들었다고 하셨다. 같은 형제분이셨던 우리 아버지나 다른 숙부들은 전혀 들어보지 못한 동학에 관한 이야기를 우리 조부의 셋째 아드님이신 순창 숙부는 많이 들었다고 하신 것을 보면 그 숙부의 성향이 그러했던 것으로 보인다. 순창 숙부가 결혼하기 전 지게를 부수고 머나먼 만주 땅으로 탈출하셨던 것을 보면, 반항적인 성격과 현실 변화에 대한 열망이 내면에서 꿈틀거렸을 것으로 짐작된다.

어떤 시대이든 청년들이 답답한 현실에서 탈출하려는 욕망은 당연한 것으로 보이며, 장자인 나의 부친이 종손으로서 수직적 질서를 지키는 일에 얽매여 있었다면, 순창 숙부의 반항은 조상에 대한 의무에서 비교적 자유로울 수 있는 자손이 가질 수 있는 욕망의 자연스러운 표현이었을 것이다. 노년에 낙향하여 지금실에 계실 때 순창 숙부는 당신이 어렸을 때부터 들어서 알고 있는 혁명 이야기와, 족보 등을 뒤져서 우리 증조부와 김개남 장군을 비롯한 조상들의 생몰연대 등을 조사하여 기록해 두셨다. 그러한 기록을 기반으로 김개남 장군의 친족으로서 당신이 알고 있는 것을 간혹 젊은 연구자들이 방문했을 때 전해준 것으로 안다. 혁명에 대해서는 당신의 부친인 우리 조부도 전혀 체험하지 못한 사실이지만, 숙부가 자라면서 주변 친척들을 통해 들어서 알고 있는 이야기의 파편들을 전달하는 정도였을 것으로 보인다. 그나마 순창 숙부가 자식들을 다 키우고 연세 드셔서 지금실로 낙향하신 뒤 나의 부친이나 다른 숙부에게서는 전혀 들어본 일이 없는 전봉준이나 김개남의 얘기를 소략하나마 기록으로 남기셨던 것은 시대적 분위기가 동학에 의미를 부여하고 연구자들이 동학에 대해 관심을 가지기 시작한 이후였다. 숙부는 당신이 알고 있는 부분을 연구자들에게 전달하고 싶은 마음이 크셨을 것이다. 부친의 형제분들 중 유달리 총기 있으시던 숙부의 기억은 분명할 것이지만 직접 목격하고 체험한 것이 아니고 전해 들은 이야기에 한계가 있음은 분명하다.

부친과 숙부 세대의 동학혁명에 대한 생각은 다음 세대인 우리와는 조금 다를 것이다. 그분들의 세대에서는 그나마 당대를 살았던 분들이 생존하여 후손들에게 당신들이 목격한 바를 조금씩 전달한 듯하다. 특별히 그런 소식에 관심이 있었을 순창 숙부가 동학혁명에 대해 다른 형제들에 비해 관심을 가졌을 것으로는 보인다. 혁명의 현장을 직접 체험한 세대들은 그다음 세대에게 자신들이 본 것을 전하고 싶었을 것이지만, 우리 부모님 세대에서도 그런 분들은 이미 모두 세상을 떠나셨다. 그러다가 한 세대, 두 세대, 세월이 흐르는 동안 혁명에 대한 흥분과 감동은 희석되었을 것이다. 갑오년에 태어나신 조부가 전혀 그 현장을 보지 못하셨기 때문에 부친의 형제들은 특별히 그 이야기를 전해 받을 수 없었는지도 모르겠다. 그런 채로 부친과 숙부의 세대는 결혼하고 자식들을 기르며, 동학과는 거리가 멀어졌을 것이다. 혁명에 대해서는 갑오년 1년 동안 기록이 충분히 보전되지 못한 상황에서 결과를 따라가며 추적해 볼 수 있는 측면이 강한 것은 어쩔 수 없는 일이다. 다만 내 부친과 조부로 이어지는 도강 김가 금파공파의 집성촌이었던 지금실에서 가까운 종친으로 태어나고 살아온 인물인 김개남이 동학 농민혁명에서 어떤 역할을 했는지 살펴볼 수 있으면 하는 생각에서 지금실 주변을 더듬어보고 있는 것이다.

다행스러운 것은 전봉준과 김개남이 주어진 여건과 능력도 다르고 전략이 달랐음에도 불구하고 혁명의 성공이라는 큰 목표를 향해서 각자의 위치에서 서로를 인정하고 혁명을 추진시킨 것으로 보인다는 점이다. 혁명 진행 과정에서 두 지도자는 결코 개인의 능력을 앞세우거나 공을 인정받고 싶어하지는 않았던 것으로 추정된다. 전쟁에 참가한 관군들이 양민의 재물을 약탈하고 부녀자들을 겁탈하는 행위들은 어떤 전쟁의 현장에서도 일어났고, 이러한 혼란스러운 양상은 전쟁이 지속될수록 사회 문란의 한 양상으로 드러나기 마련이다. 혁명군 지도자들이 농민군에게 특별히 이러한 악행을 하지 못하도록 강조했던 이유는 농민군은 대부분 인근 지역에서 온 일반 주민이었고, 만일 누구라도 그런 부도덕한 행위로 백성들의 원성을 사게 되면 혁명군의 목표를 달성할 수 없다는 것을 잘 알기 때문이었을 것이다. 관군들의 흉포한 행위는 사건의 전말을 확인할 수도 없는 상황에서 동학혁명에 대한 비판적인 시각으로 연결될 수도 있었을 것이다.

관군들로부터 쟁취한 신무기로 중무장한 동학혁명군이 부안읍을 점령하였을 때 군수 이하 이속(吏屬)들은 전부 도주하였고, 백성들은 고기, 밥, 술로 혁명군을 환영하였다고 한다. 혁명군은 부안 군청 무기를 전부 획득하고 빈민들을 전부 구제할 수 있었다. 고부의 농민 혁명군이 황토현 접전에서 관군을 전멸시키고 대승하였다는 소문은 전국 각지로 전파되었다. 탐관오리들의 실정이 백성들의 함성과 연결되어 퍼져나갔으며, 전라 관찰사는 대경실색하여 조정에 보고하였다. 갑오년 3월 하순에 조정에서는 충청도 청주 병사(兵使)인 홍계훈(洪啟薰)을 양호(兩湖) 초토사(招討使)로 임명하였다. 조정에서는 인천항에 정박 중인 청나라의 군함을 사용할 것을 원세개로부터 허락받아 군산항에 상륙하였다.

나라 안에서 일어난 의병들의 저항을 외세를 빌려 막는 수치스러운 일이 일어나던 때였다. 경군 1.000여 명은 신식 서양 총, 수 십 문의 대포를 선두에 세우고 의기양양하게 행군하고 들어왔다. 관군은 수일 후 고부 신미산에 도착, 동학 혁명군 진지에 대포를 발포하였으나, 동학혁명군은 이미 남방으로 퇴각한 뒤였고, 혁명군과 홍계훈 관군의 거리는 수십 리를 떨어져 있었다. 관군 측으로서는 매우 부끄러운 일이었으나 사실이었다. 전봉준은 신격화 된 총 대장이었고, 김개남은 통솔력과 병법에 우월한 작전상의 총 지휘권을 가지고 황토현 전투부터 장악하였다. 김개남은 주력 전투 요원은 사방으로 분산하여 전주 근처에 집결할 것과 남하 도중 합세한 군중 1.000여 명은 거짓 대장기 깃발을 앞세워 관군을 유인하면서 남하할 것을 명령했다.

조정에서 내려온 관료들은 동학도의 책동으로 고부 사건이 발생하였다며 폭정을 계속하고 혁명군의 노력은 허사가 되었다. 기대해 볼만한 것이 없었다. 죽창이나 쇠스랑 같은 농기구를 든 농민들이 얻을 수 있는 것은 아무것도 없었다. 신식 무기로 완비한 정예부대 관군이 주민의 재물 약탈, 부녀자 강간 등 포악한 행위를 하며 습격했으나 저항조차 할 수 없었다. 관군은 신미산(白山) 동학 혁명군을 향하여 대포와 양총을 난사하였다. 혁명군은 훈련도 안 되고, 고부 군청에서 획득한 구식 소총과 죽창뿐이었으나 그들이 미리 입수한 정보로 관군을 퇴각시킬 수 있었다. 혁명군의 패배는 뻔한 일로 보였으나 모든 전투에서 혁명군의 의지는 확고했다. 황토재 접전에서 지역의 지리를 잘 아는 혁명군들은 매복하였다가 관군을 협공하였다. 이 접전에서 전봉준은 도덕군자의 풍으로 행동했음에 비해, 김개남은 정치 군사 면에서 우월한 모습을 보였다.

부안에서는 신무기로 중무장한 동학 혁명군을 고기와 술로 환영하였다. 황토현에서 관군이 완전 패하고 혁명군이 대승했다는 소문이 경향 각지로 전파되었다. 이어서 관군이 장성 황룡강 전투에서도 대패하자, 관찰사 김문현은 대경실색하고 대책에 부심하며 조정에 상세한 보고를 했다. 조정에서는 홍계훈을 양호(兩湖) 초토사로 임명하였다. 홍계훈은 인천항에 정박 중인 청나라의 군함 평원호를 사용할 것을 허락받은 뒤 인천항을 출발, 다음 날 군산항에 상륙하였다. 혁명군은 이미 퇴각한 후였으나 관군은 진격하였다. 김개남은 작전상의 지휘권을 장악한 뒤 주력 전투 요원을 사방으로 분산하여 관군을 유인하면서 남하할 것을 명령했다. 혁명군은 가는 곳마다 날마다 숫자가 증가하여 수만 명에 이르렀다. 전봉준을 위시하여 대장들은 김개남을 선견지명이 있는 사람이라고 하는데 이의가 없었다. 황토현 접전 후 전술에 있어서는 김개남의 독주였으며, 김개남은 전봉준을 신격화했다. 이것도 그의 계책이었다. 조직의 위상을 분명히 하여 혁명군이 누구를 중심으로 어떻게 행동해야 하는지에 대해 명확히 했던 것이다. 전봉준과 김개남은 서로 상대방의 존재를 부각시킴으로써 혁명군 조직을 공고히 했다고 보겠다. 전봉준이 김개남에게 백마를 타게 함으로써 장군으로서의 위상을 높여주는 것이나 김개남이 전봉준을 신격화하는 것 등은 서로의 존재를 확인해주는 것으로서 혁명군을 끌고 나가는데 상승작용을 했다고 보겠다.

김개남은 지금실에서 1853년 음력 9월 15일에 출생하였다. 노년에 낙향하여 지금실 본가에 기거하셨던 순창 숙부(金炵基)가 전하는 바에 의하면, 김개남은 의협심이 강하고 교우관계에서 청탁과 귀천을 가리지 않았으며, 어린 시절, 서당 공부를 할 때 재능과 지혜가 출중하여 향리에서 경탄하였다고 한다. 숙부가 낙향하셨을 때는 동학혁명이 일어나고 백년 가까운 세월이 지난 후였으니 모두 전해 들은 이야기일 것이다. 집안의 다른 형제, 조카 등이 도덕 위주의 서책을 가까이 하는 데에 비해 김개남은 사기, 위인전, 육도삼략(六韜三略), 삼국지 등을 다독했다고 전해진다. 체소성대(體小聲大) 하여 군중 앞에서 연설을 할 때는 수만 인파의 박수가 천지를 진동하였다고도 했다. 김개남의 일성(一聲)에 복종하지 않는 사람이 없어 향리에서 영웅이라 했다고 한다. "상두산(象頭山) 정기를 타고 났다" "평사낙안(平沙落雁) 집터는 지금실이다" "구만장병(九萬將兵)을 통솔할 인재가 지금실에서 태어났다" 등등의 말이 많았다고 한다.

김개남의 출생에 대한 이야기는 전형적인 영웅 탄생의 구조로 보인다. 숙부가 지금실에 낙향하셨을 때는 역사를 보는 시각이 민중을 중심으로 바라보기 시작했고, 동학혁명에 대한 역사적 평가가 제대로 이루어지기 시작하는 때였다. 전봉준, 김개남에 대한 긍정적 평가도 이때부터 비롯되었으며, 같은 시기에 동학 연구자들이 숙부를 찾아 지금실 집을 드나들었던 것으로 보인다. 김개남 장군과 가장 가까웠다고 볼 수 있는 순창 숙부의 경우에도 본인이 체험한 것이 아니고 세월이 많이 흐른 후에 친인척 등을 통해 전해 들은 이야기라는 한계는 있을 수밖에 없다. 그럼에도 순창 숙부가 김개남 장군의 직계 후손에 비해 객관적으로 역사를 보려는 안목이 있었음은 부인할 수 없을 것이다. 우선 직계 후손이 아니고 그동안 아랫사람들에게 보여주셨던 순창 숙부의 세상을 보는 태도와 시각에서 그렇게 판단해도 될 것이라는 생각이다.

우리 부친이 전하는 바로는 1920년대에 지금실에서 가까운 신촌 평사리에 전남 광주에서 이사를 오신 가족이 그곳이 평사낙안의, 인물이 나는 집터이고, 전쟁이 났을 때 피난처로 좋다는 말을 듣고 이사를 왔다고 하는 말을 들었다고 하셨다. 지금실은 논산에서 기점을 이룬 만경평야(萬頃平野) 150여리를 남향하여 우뚝 솟은 상두산 바로 밑에 있는 마을이다. 상두산은 동으로 무악산과 인접하였고, 무악산은 진안, 장수, 임실, 순창, 남원, 운봉, 지리산에 연결되는 산맥의 연속이다. 남으로는 순창, 담양, 고창, 장성, 영광까지 산악으로 연속하고, 서북은 논산에서 정읍, 장성, 갈재까지 근 3백리에 다다르는 호남평야(湖南平野)이다. 이 모든 지명은 혁명군이 움직였던 공간이기도 하고 그로부터 4~50년 후에는 우리 부친이 미곡상을 크게 하셨을 때 쌀을 수매하러 다니셨던 곳이었다.

호남평야의 남으로는 칠보산, 동남으로는 회문산(回文山), 서남으로는 내장산, 멀리 추월산 등등 청명한 날 상두산 상봉에서 바라본 동서남북의 광경은 실로 장관이며, 석양에 군산, 부안 앞바다의 낙조는 볼만하다고 순창 숙부는 기억하셨다. 순창 숙부는 일제 강점기에도 징용을 피하려 도망 다니시면서 상두산에 오랫동안 숨어 지내셨다고 한다. 지금실은 금산사, 내장사, 내소사 등 유명 사찰이 가까운 곳에 있었고, 특히 도강 김가 선조 중에 한 분이신 김약묵(金若默)의 사당이 있는 무성서원(武城書院)이 10리 거리에 있으니, 도강 김가 후손들이 자리 잡고 살기에는 더없이 좋은 곳이었을 것이다. 무성서원은 당시에도 전국의 학자들이 수시로 드나드는 알려진 곳

160

이었다.

김개남은 청년 시절부터 전주를 드나들며 많은 사람들과 교류하였으나 특히 전주 감영의 장교 김시풍(金始豊)과는 격의 없는 교류를 하였다고 한다. 김개남은 5척(尺) 단구(短軀)에 몸집도 작았으나 그의 정치에 관한 식견이 풍부함에 감동하여 김시풍이 극히 존대하였다. 김시풍은 전라 감영의 역대 관속들과 접촉이 많았고 많은 사람들이 그의 설법에 감동하고 숭배 안 하는 자가 없었다. 그러한 김시풍을 관에서는 동학 혁명군과 내통했다는 죄목으로 금구시장에서 효수(梟首)하였다. 이로 말미암아 전주 감영은 물론이고 일반 민중, 향유들까지 인심은 흉흉했다. 전주는 진공 상태였다. 김개남은 전주를 함락시킨 후 효수당한 김시풍의 유족을 찾았으나 행방을 알 수 없었다. 김개남은 전주성 무혈 함락은 김시풍의 은공이 컸다고 말하며 눈물을 닦았다고 한다.

철종, 고종 조 무렵 나라가 극도로 어수선할 때에 고관 대신부터 말단 관리까지 탐욕스러움이 극에 달하자, 천부적인 영웅 기질을 타고난 김개남이 시대 상황에 분노하고 행동하지 않을 수 없었다. 김개남이 전라도 산골 향반으로서 서당에서 한적을 좀 읽었을 뿐인 평범한 인물이었던 것으로 보이지만, 시대 상황 등이 산골 선비로서 처세하고 살아가기에는 만족할 수 없었을 것이다. 김개남은 유소년 시절부터 정치, 경제, 병사, 선인들의 위업에 많이 관심을 가졌다 한다. 전라도의 각지를 두루 살피고 다니며 각처의 인심 등을 자세히 알아보고 다녔음은 물론이었다.

그는 나이가 30세 즈음 부터는 지금실 집을 돌보지 않고 주로 전주를 무대로 돌아다니면서 가문이나 빈부귀천을 가리지 않고 다양한 사람들과 교류하였다 한다. 전라 감영의 김시풍(金始豊)과 정석희(鄭錫禧)같은 인물은 관·민간에 호평이 자자하고 정의를 존중하는 용감한 장군이자 호걸이었다.

김시풍은 경향 정세가 흉흉함은 탐관오리들의 폭정에 근거한 것임을 분명히 인지했으며, 김개남의 제의라면 자기 의견과 어긋남을 발견하지 못했다고 한다. 김시풍과 김개남 사이에는 격의 없는 교류가 이루어져, 두 사람은 상대방의 의견에 적극 찬동하고 서로 존중했다고 한다.

김개남은 젊었을 때부터 김시풍 하나만 포섭하면 전라 감영은 내 것이라는 말을 종형질(從兄姪) 등에게 종종 했다고 한다. 김시풍은 정삼품 관인 전라 감영(監營) 영장을 지낸 바 있으며, 의협심이 강하고, 정의로운 자였으며, 무용(武勇)과 지식이 풍부하고 관민 할 것 없이 전주의 거물, 호걸이란 세평이 있었고, 빈부귀천을 가리지 않고, 모두 호평했던 전주의 인물이었다고 한다. 김시풍이 어떤 계층의 인물이었든 그와 원만한 관계를 유지하며 혁명군의 목적을 설명하고 협조를 구하여 일의 추진 방향에 도움이 되게 할 수 있었던 것은 김개남의 정치적 능력으로 판단할 수 있는 부분이다.

김시풍은 곧 중앙에서 내려온 초토사(招討使)에 의해 관을 속이고 동학도와 협조하였다는 죄명으로 효수(梟首)당하였으나 혁명군을 이끄는 김개남의 입장에서는 신분 고하를 막론하고 설득할 수 있는 능력을 발휘한 것으로 볼 수 있다. 김개남과 김시풍은 서로 처한 상황이 다른 사람들이지만 그들은 서로 시국에 대한 논의를 할 수 있었고 서로를 설득할 수 있었던 것으로 보인다. 두 사람은 사회가 어떻게 변화해야 하는지에 대해 같은 인식을 가졌었지만, 그러한 생각은 관(官)측으로는 효수로 처벌해야 하는 중대 범죄, 국가를 향한 반역죄였다. 김개남은 나라에서 녹을 받는 관리에게 반역죄를 저지르도록 설득한 것이다. 김개남이 동학혁명에서 주장한 바는 반역죄였지만 새로운 국가로 전환되기 위해서 필요한 것임을 강조했다. 전라 감영의 무관이 동학도와 내통하고 효수형으로 처형되는 엄혹한 상황에서 김개남은 그 대상들을 탐색하고 설득하고 포섭했다.

전봉준의 부친 전창혁이 옥중에서 장살(杖殺)당하였을 때 김개남은 전봉준, 손화중, 최경선 등을 지금실로 몇 차례 유치하여 사태를 논의한 뒤, 고부 농민들을 선동하였고, 전주, 태인, 정읍 등의 각 지방을 찾아다니며, 이후의 세태 여론을 살폈다. 전봉준의 부친 장살이라는 비극적인 사건을 계기로 하여 동학혁명으로 발전시키는 역할은 김개남의 주도하에 이루어졌던 것으로 보인다. 그는 전봉준 일개인의 비극적 상황을 혁명으로 발전시켰다. 김개남은 군중을 설득하고 선동하는 일에 개인의 비극적 상황을 강조했으며, 혁명을 성공시키기 위해서는 모든 방법을 동원했다. 괭이, 쇠스랑, 낫, 몽둥이 등 철제 도구와, 대나무 밭에서 죽창을 입수하여 고부 군청을 습격한 것은 5월 4일 하오였다. 혁명군은 보국안민(輔國安民)의 깃발을 앞세우고, 격문을 작성하여 곳곳에 혁명의 목적을 알렸다.

전봉준(全琫準)은 대장, 손화중(孫化中), 김개남(金開南)은 총관령(總管領)이었으며, 격문의 내용은 민중, 창생(蒼生)을 도탄에서 구제하고 국가를 반석 위에 두기 위함이라고 했다. 내적으로는 포학한 관리들의 참수, 외적으로는 횡포(橫暴)한 강적의 무리들을 몰아내는데 있다고 했다. 양반과 부호(富豪) 앞에서 고통받는 민중들과 방백수령(方伯首領) 밑에서 곤욕을 받는 소리(小吏)들은 우리와 원한을 공유하는 자이다. 추호도 주저하지 말고 즉시 일어서라. 실기한다면 후회하리라 등의 주장이나, 말단 관리를 민중 편에 서게 한 것에서 그의 시대에 대한 인식과 혁명을 누구와 함께 할 것인가를 분명히 하고 있음을 알 수 있다.

김개남에 대해 알려진 이야기에 의하면 그는 정치적인 연설로 군중들을 감동시키는 일에 능하고, 싸움에서는 군사적인 작전계획에 치밀하고 정확했던 것으로 보인다. 무엇보다 김개남이 제일 중요하게 생각했던 것은 혁명의 성공으로 보인다. 모든 싸움은 승리를 목표로 하는 것이지만 봉건시대 말기에 국가를 부정하고 시작하는 싸움에서 승리가 아니면 죽음이라는 것을 생각하지 않을 수 없었기 때문에 그는 혁명군 대장으로서 목숨을 걸고 시작한 투쟁에서 최선을 다할 수밖에 없었다.

김개남이 전봉준과 다른 점은 동학의 종교적 가르침 등에 대해서는 관심이 많지 않았던 것으로 보인다. 전봉준이 종교적인 동학 모임에 자주 참예하고 동학의 가르침 등에 관심을 많이 표현한 것에 비해 김개남은 달랐다. 김개남은 나라와 관에 대한 민중의 불만을 정확하게 파악했으며 민중의 힘을 잘 사용하여 혁명을 성공시켜야겠다는 판단을 확고히 한 것으로 생각된다. 민중의 불만을 혁명에 원용하고 민중을 위해서 혁명을 해야겠다는 생각에 집중한 것이다. 민중을 위하는 마음과 그들의 분노를 혁명에 원용하는 것은 서로 상호보완적인 행위이며 또한 상승효과를 가질 수 있는 중요한 기제이다.

김개남은 조정을 비롯한 관에서 일하는 양반들의 존경할 수 없는 파렴치한 행위들이 민중 이반으로 나타났으며, 이러한 민중의 분노를 해결할 수 있는 방법은 혁명의 승리 밖에 없다고 생각했을 것이다. 또한 그는 자신이 취한 방법에 대해 회의하는 인물로 보이지는 않는다. 혁명을 시작하기 전, 한번 결정한 방향으로 끝까지 진행시킨 것으로 보인다. 혁명 지도자는 종교인이나 철학적인 사유체계 내에서 갈등하는 인물이 아니다. 수많은 대원들을 이끌고 삶과 죽음을 넘나드는 투쟁 현장에서 지도자가 갈팡질팡할 수는 없을 것이다.

김개남이 황토현 접전이라는 큰 전투에서 관군에게 크게 승리한 후에 그의 뒤를 따르는 사람들이 날로 증가하여 건장하고 유능한 인물들이 수만 명에 이르렀다. 김개남의 인기는 날로 더해갔으며 손화중, 김덕명 등 중진들도 김개남을 인정하는 것에 이의가 없었다. 혁명이 심화되어 전투의 성패가 중요한 시점에서 전투 능력이 다른 대장들에 비해 탁월했음은 그의 변별성을 확연하게 부각시키는 부분이다. 혁명군이라는 큰 집단에서 전투력과 함께 정치적인 감각이 뛰어났음도 그가 갖춘 중요한 능력으로 보인다. 내외부에 혁명군의 위상을 각인시키는 방법으로 혁명군의 조직 안에서 전봉준을 신격화했던 것은 김개남의 계책이었다. 신앙으로서의 동학의 가치와 민중을 설득할 수 있는 요소들, 그의 인품, 정치적인 폭 등 전봉준이 지닌 모든 부분들이 혁명을 성공으로 이끄는데 중요하다고 보았을 것이다. 결코 개인의 이익이나 명예욕 등을 전봉준 앞에서 내세우지 않았던 것은 그를 큰 사람으로 보게 하는 중요한 부분이다. 김개남은 개인을 내세우기보다는 혁명의 성공을 중요하게 생각했다.

김개남은 전주 서문시장의 장날인 4월 27일에 힘있고 용감한 혁명군 1,000여 명을 장꾼으로 가장하여 시내로 잠입시켰다. 정오경 용머리고개 방면에서 한 발의 포성을 신호로 1,000여 발의 총성이 천지를 진동하였다. 시장은 순간적으로 대혼란을 일으켰고, 전주성 서문, 남문에는 동학 혁명군이 조수처럼 북, 징, 꽹과리 등을 치며 쳐들어왔다. 전주성에 있던 각처에서 온 전주 감영의 병정들은 타살 혹은 생포되거나 도주할 수밖에 없었다. 성 내외는 인산인해였다. 전주성이 평정된 뒤 전봉준이 대군을 이끌고 서문으로 들어와 전주성은 무혈 점령, 또는 무혈 함락하였다는 설이 있다. 전봉준은 백성들을 위무하기 위하여 조속한 명령을 내렸다.

내가 어렸을 때도 용머리장터 얘기를 자주 들은 것을 보면 그 곳은 우리 부모님 세대까지도 전주 인근에서 그 역할이 컸던 것으로 보인다. 지금실에 있던 용머리장터는 전주 서문시장 옆의 용머리고개와는 다를 것이다. 지금실의 장터는 그 정도의 숫자가 운집하기에는 턱없이 좁았던 것으로 기억한다. 용머리고개, 또는 용머리 장터는 그 즈음 전국 도처에 있었던 같은 이름의 공간이 아니었을까 하는 생각도 든다. 용이라는 상서로운 동물을 여기저기에 사용했을 듯하다. 전주는 작은 도시이지만, 19세기 말에는 농지가 아닌 시장을 중심으로 한 상업적인 공간과 관청이 공존했던 곳이다. 대원군이 전봉준에게 특사를 통해 왕이 대궐 문을 열어 놓을 테니 입경하라고 했다고 하나 신뢰하기 어려운 말이고, 김개남은 그런 이야기에 동요하지 않았던 것으로 보인다. 혁명군 본부의 김개남은 전주성에서 관군에게 승리한 뒤 혁명 군중에게 고한 선언문을 통해 모든 백성에게 자신들의 뜻을 다시 명백히 했던 것으로 보인다. 대궐에서 혁명군에게 어떤 제안을 했든 김개남 혁명군은 자신들의 길을 가겠다고 다짐한 것으로 여겨진다.

> "我等은 輔國安民을 主張하는 것이다. 百姓을 爲하고 國家를 爲하여 努力하고 있는 것이다. 決코 他意는 없으니 同胞들은 安心하기 바란다. 비록 官吏라 할지라도 罪가 없는 者는 勿論이고 萬若 罪가 있다 하여도 悔改하여 我等의 義擧에 參加하는 者는 特히 許諾할 것이다. 不然則은 斬首한다."

1895년에 유길준이 미국 유학 중에 보고 배운 것을 국한문 혼용체로 쓴 ≪서유견문≫에 비해, 이 혁명군의 선언문은 한글이 훨씬 많이 혼합되고 구어체로 표현되었음을 알 수 있다. ≪서유견문≫이 관념적이고 논리적인 내용을 전달해야 하는 글이었음에 비해, 이 글은 일반 대중을 설득하고 주장을 하는 글이라 평이함을 우선으로 했을 것이나, 평이한 표현 속에서 진정성을 느낄 수 있음은 분명하고, 혁명군의 의지도 분명히 드러나 보인다.

김개남은 혁명군이 모두 동학에 입도할 것을 허락했으며, 그의 혁명군에 대한 생각에서 정치적 감각이 드러나 있음을 알 수 있다. 그럼에도 김개남은 혁명군과 지도자들의 단결을 위해 동학에 입도할 것을 허락하는 것으로 보이지, 동학을 종교적 목적으로 입도하도록 했을 것으로는 보이지 않는다.

전봉준, 김개남 등 지도자들이 혁명군들이 동학에 입도해도 좋다고 판단했던 것은 혁명의 성공을 위해서는 그들의 욕망을 해결해 주는 것이 우선이라고 판단했던 것으로 생각되며, 이를 보면 혁명의 성공을 위해 어떤 힘이라도 보태고 싶은 지도층의 의도를 짐작할 수 있다.

전주성 함락이 교전 없이 무혈 성공했던 것은, 김개남의 중요한 공적이었다. 김개남이 관청의 관리들에게도 혁명군에 가담하기를 권유했을 뿐만 아니라 동학에 입도할 것을 제안했던 것은 신앙으로서의 동학을 내세워 혁명을 합리화시켰던 것이 아닌가 하는 생각을 하게 된다. 동학의 '인내천(人乃天)' 사상이 혁명군의 뜻을 실현시키는 근간이라고 보기 때문이다. 혁명군의 투쟁이 심화되면서 혁명군은 말할 것도 없고 관청의 관리들까지 포섭하여 혁명군에 가담시키기 위한 방안으로 종교로서의 동학을 내세운 것으로도 여겨진다. 동학이 민간에 확산되며 새로운 희망이 있는 민간신앙으로 자리매김했을 것으로 보인다. 김개남이 신앙으로서 동학에 대한 확신이 있었던 부분은 잘 드러나지 않지만, 동학이 민간에 널리 유포되었던 것은 분명해 보이며, 혁명군을 포섭하는 방편으로 동학을 적극적으로 활용했던 것으로는 보인다.

1894년 갑오년 4월 11일에 양호초토사(兩湖招討使) 홍계훈은 김시풍 이하 여러 명을 동학교도 또는 동학 혁명군과의 내통 죄목으로 문외 시장에서 효수했다. 다음 날에는 전라감영 수교(首校) 정석희 또한 금구시장에 끌고 가서 동학혁명군과의 내통 죄로 효수했다. 당시 많은 사람이 모이는 장터는 죄수들을 효수하는 장소였다. 지금도 전주 남부시장은 천변을 끼고 대단히 크게 자리 잡고 있으며 인근 농촌에서 올라오는 농산물의 집합지 역할을 한다. 효수라는 야만적인 처형 방법은 많은 사람을 겁주기 위한 위협 행위였음이 분명하다. 지방의 소도시에서, 특별히 며칠 만에 한 번씩 많은 사람이 모이는 장터에서 효수라는 잔인한 방법으로 처형을 하다니? 이는 누구를 처형하겠다는 목적보다는 많은 사람들에게 그 장면을 보여주는 것으로 공포심을 불러일으키기 위한 것이라는 생각이 타당할 것이다.

중인환시리에 인간에게 가장 중요한 부위인 머리를 자름으로써 극도의 모욕감과 공포를 유발시키는 것은 동서양을 막론하고 자행되었던 처형 방법이었다. 동학 혁명군이 아니고 혁명군에 동조했던 관리에게 내리는 무서운 형벌은 공포 분위기를 조성하기 위한 것으로 밖에는 보이지 않는다. 이때 전라 관찰사 김문현은 황룡강 접전의 관군 대패, 동학 혁명군의 육박, 소문 등으로 불안 초조하여 판관 민영승 1인만을 대동하고 변장 도주하였으니 사실상 전주는 진공 상태였다. 김개남은 전주 함락 후, 바로 동학 혁명군에 협조하였다 하여 효수당한 김 시풍과 정 석희에 대한 미안함과 고마움을 표현하러 두 사람의 유족을 찾았으나 행방불명이었다고 한다. 훗날 김개남은 전주성 무혈 함락은 김시풍의 은공이었다며 눈물을 흘렸다 한다. 관군 대장 홍계훈은 전주성으로 귀환하는 도중 전주성이 미리 함락된 것을 알고 어쩔 수 없이 완산 7봉에 진을 치고 동학 혁명군과 접전하였다. 이때 양군의 사상자 수가 많았으며 경기전(慶基殿)과 진영을 비롯한 서문 밖 시장 부근의 수천 민가가 전부 소각되었다.

경기전과 완산 주변은 우리도 어렸을 때 돌아다니며 늘 놀던 곳이다. 나는 경기전 옆에 있던 중앙국민학교에 4학년 1학기까지 다녔다. 중앙국민학교는 지금은 경기전 뒤쪽으로 이전하였지만 1946년에 세워졌다. 경기전 바로 앞에 현재 한옥마을이라 부르는 교동이 있고 그 옆으로 철길이 있고, 작은 동산과 같은 오목대가 있었다. 거기까지는 어린 시절 내가 걸어서 다니며 놀던 곳이니 전주시 중앙통이라는 곳은 얼마 되지 않는 짧은 길이었다. 우리 집이 있던 전주 성당 앞에서 오른쪽으로는 남문시장이 있었다.

오목대도 작은 동산이고 그 아래로 철길이 지나갔기 때문에 오목대는 '사랑손님과 어머니'에서 옥이 엄마와 옥이가 기차를 타고 떠나는 사랑손님을 바라보는 공간을 연상시켰다. 그래도 전쟁 때마다 군인들이 총을 메고 행군했던 길도 그 길이었고, 큰오빠가 고등학생이었을 때 다른 학생들과 함께 각반을 차고 총 비슷한 것을 어깨에 메고 행군했던 길도 그 길이었다. 미군 장병들이 지프차를 타고 껌을 씹으며 시시덕거리며 지나갔던 길도 그 길이었다. 그 길에서 동학혁명군이 관군과 대결하여 승리했지만 김개남의 머리는 얼마 지나지 않아 많은 사람이 다니는 가까운 곳에서 효수당하여 높은 곳에 걸렸다.

전주에서 제일 넓었던 그 길을 군사들이 쫓고 쫓기며 피 흘렸던 시간을 생각해 본다. 그들이 흘린 피가 이 나라를 어떻게 변화시켰을까? 전주의 가장 큰 대로에서 그 후에도 시대의 변화를 반영하며 많은 사람들이 지나갔다. 내가 중앙국민학교 3학년 때였는지 오목대 쪽에서 벌거벗은 성인 남자가 창을 들고 걸어왔다. 벌거벗은 남자는 언제나 경기전 앞의 한자리를 차지하고 동냥을 하는 봉사 할머니 앞을 그냥 지나쳐서 걸어갔지만 어른들은 아무도 그 남자를 제지하거나 특별히 구경을 하거나 하지도 않았던 듯하다. 벌거벗은 남자는 그저 아무 일 없는 듯이 그 길을 지나갔다. 훗날 효수당한 김개남의 목이 남문 장터에 걸려있었다고 했을 때 벌거벗고 창을 들고 걸어가던 그 남자가 생각났다. 벌거벗은 채로 걸어가던 남자도 무슨 형벌인가를 받고 그렇게 걸어갔을지도 모르지만 그 때는 그런 시절은 아니었을 것이다. 아니 어린 나는 잘 모르는 그런 세계가 있었을지도 모르겠다.

내 바로 아래 여동생이 다섯 살 쯤 되었을 때 잃어버려 일주일 만에 찾은 뒤 아버지가 여동생을 자전거에 태우고 환하게 웃으시며 경찰서 사람들에게 자랑하며 돌아오시던 길도 그 길이었다. 그렇게 환하게 웃으시던 아버지의 모습은 정지된 화면처럼 내 머리 속에 남아 있다. 그때 벌써 우리 집은 몰락하고 있었지만 아버지는 세상을 얻으신 듯 희색이 만면하셨다. 일주일 내내 한숨과 눈물로 지내시던 아버지의 어디에서 그런 웃음이 나왔는지 우리 모두 놀랄 정도였다. 나이 들어가면서도 동생은 시험을 잘못 보거나 성적이 만족스럽지 않을 때에도 아버지에게 미안해서 분발했다고 했다. 동생은 어렸을 때의 그 기억이 있어서 그런 것은 아니고 그저 본성처럼 우리 속에는 부모님이 있었다. 여동생이 기억하는 아버지는 대학교 등록금의 마지막 끝자리까지 세어서 봉투에 담아주셨다고 했다. 아버지는 분명히 바로 위의 자매인 나에게도 그러셨을 텐데 나는 그런 기억이 없다. 5살짜리 어린 동생은 고등학생이던 오빠가 점심을 먹으러 집에 왔었는데 식사 후 다시 오빠가 학교에 돌아갈 때 쫄쫄 따라나섰다가 집을 잃어버린 것이다. 다섯 살쯤 되었던 여동생이 오빠를 따라나섰을 것이라는 생각은 아무도 못했고, 오빠도 뒤에 어린 동생이 따라올 것이라는 생각은 꿈에도 못했다고 했다. 어차피 인생이 모두 그렇게 자기 갈 길을 가는 것이 아닐까 하는 생각이 든다.

그 후로도 몇 십 년이 지난 후에 우리는 가끔 그때 너를 찾지 못했더라면 부모님의 한숨과 눈물에 우리 모두 너무 힘들었을 거라는 얘기를 하면 동생은 그 많은 형제 중에 한 명쯤 잃어버린다고 그렇게 큰 문제가 생겼을까 하고 어깃장을 놓았다. 어쩌면 그 시골에 살았다면 부녀회장 쯤 하면서 동네를 휘젓고 다녔을 거라는 농담도 잘했다. 오빠를 따라 줄래줄래 따라가던 동생은 어느 순간 오빠를 잃어버렸고 이십 리 쯤 되는 초포라는 곳까지 걸어갔다고 했다. 자식이 일곱인 것과는 관계없이 동생을 찾을 때까지 부모님과 형제들은 정신이 없었다. 말도 제대로 못하는 어린 여자애를 잃었지만 일주일 만에 찾을 정도로 전주 주변 20리 반경은 한적한 곳이었다. 전주도 그렇게 한적한 곳이었으니 전주에서 좀 떨어진 정읍을 비롯한 농촌은 말할 것도 없었을 것이다. 전주 중앙국민학교에서 기억에 남는 것은 꽃밭이었다. 반마다 할당된 자그마한 꽃밭이 있어서 담임 선생님의 지도 아래 그것을 가꾸었던 기억이 난다. 특별히 풀을 뽑거나 꽃을 심은 기억은 없지만 꽃밭에 피었던 도라지꽃이며, 홍초, 달리아꽃 등이 생각난다. 서울 돈암국민학교로 전학을 왔을 때는 80명 정원도 넘쳐서 4학년까지는 오전반 오후반으로 나누어서 학교를 다녀야 했다.

동학혁명 당시 완주, 김제 등 관군이 농민군에 포위되었던 지역은 전주에서 가까운 곳이었다. 어머니의 친정이었던 구이면 마르개는 전동성당 앞에 살 때에는 우마차를 타고 간 적도 있었다. 십 키로가 좀 넘는 정도였을 것이다. 외가에 가는 동안에 꽤 넓은 시내가 있었는데 비가 많이 올 때는 징검다리로 건넜다. 황순원의 '소나기'라는 작품의 시냇가는 꼭 그런 곳 일 거라고 생각했다. 내 기억 속에 남아있는 어렸을 때 풍경들은 모두 소설 속의 장면들과 연관되었다. 자동적으로 그랬다. 티브이도 영화도 쉽게 접하지 못하면서 어린 시절을 보낸 우리 세대의 연상 작용은 대부분 문학 작품들로 이어졌다. 달콤하고 부드러운 청소년들의 세계를 다룬 소설들을 좋아하는 시기가 있었다. 신지식의 '감이 익을 무렵'은 중학교 때, 강신재의 "젊은 느티나무"는 고등학교 때 몇 번씩 읽었던 소설이었다.

구이면 외갓집을 조금 가다 보면 한여름에는 소담스러운 연꽃이 당실하게 떠오르는 연 방죽이 있었다. 정자 옆에 있는 연 방죽이 크지는 않았지만 외가에서 만든 것이라고 했다. 논을 만들지 않고 연꽃이 피어나는 연 방죽을 만드셨던 것을 보면 외가 어른들은 쌀보다는 풍류를 생각하셨던 듯하다. 나이 들어 전주 덕진공원의 큰 연꽃 방죽을 볼 때, 연꽃은 비오는 날 지우산을 쓰고 볼 때 운치가 있다는 말씀을 하셨던 이모부가 생각났다. 전주 인근에 사시는 문인들과 시 동호회 같은 것을 하시던 이모부의 감성은 이 나라 선비들에서 연유한 것인지 일본식 정서의 잔재인지 궁금했다. 나로서는 비오는 날 우산 쓴 남자는 화투 12월의 비 광으로 연상되니 일본식이 우선인가?

　요즈음은 지방 도시 여러 곳에 여름이면 연꽃이 무더기로 피어나는 공원을 많이 만들어서 관광객을 끌어 모으는 방법인가 생각했더니, 연근을 팔기 위해서 일부러 조성한 연꽃 단지라는 말을 듣고 세월의 변화를 실감했다. 대단한 식물이다. 여름에는 우아한 꽃을 피우고 시원스런 잎을 지탱해주는 연꽃이 진흙 밭 속에서 뿌리를 깊이 뻗으며 연근을 키워 내다니. 연꽃과 비슷한 토란도 잎이 크다. 땅 속에서 자라는 토란도 잎이 연잎만큼 커서 볼품이 있다. 하와이처럼 따뜻하고 습기가 많은 곳에서는 원주민들이 오래 전부터 논처럼 물이 많이 괸 곳에서 토란을 키워 먹었다. 우리가 연근을 기르는 것과 유사한 방법이다. 일본 사람들도 겨울에 토란을 많이 먹는다. 조금씩 관심을 갖다 보면 세계가 유사한 식품을 오랫동안 먹어온 듯 하다.

　완주군 구이면은 전주와 가까워서 그랬는지 지금실보다는 개화가 빨리 되었던 듯하다. 외가에서는 외삼촌 두 분이 모두 근대교육을 받아서 학교 선생들을 했다. 곧 한국전쟁이 나서 좌익으로 몰려 두 분이 목숨을 잃었지만. 그래서 그랬을까? 외할아버지는 언제나 부뚜막에 커다란 대두 병에 소주를 담아놓고 들락거리시며 마시셨다. 대추씨라는 별호가 어색하지 않을 만큼 자그마한 체구의 외조부는 술을 그렇게 많이 드셨지만 자식을 둘이나 앞세운 티를 내지는 않으셨던 것으로 기억한다. 그 대신 외할머니는 크고 작은 한숨과 수심이 얼굴을 떠나지 않으셨지만 당신의 마음을 표출하는 일은 별로 없으셨던 듯하다. 응어리 진 슬픔이 진해서 70이 조금 넘은 나이에 돌아가셨는지는 모르겠다.

동학혁명이 격렬해지자 조정에서는 관(官)과 민(民)이 서로 싸우는 것보다는 강화를 체결함이 좋겠다는 결론을 보았고 전라 관찰사에 김 학진, 특명전권안무사(特命全權按撫使)에 엄세영을 임명하여 두 사람은 서울을 출발하여 전주로 향하게 했다. 조정에서는 동학 혁명군에게 제반 폐정 개혁안을 제출하도록 하고 금후 이를 실시할 것을 약속했다. 겸하여 관군의 퇴로를 열어줄 것을 혁명군에게 요청했다. 5월 1·2·3일 간 치열하든 혁명군과 관군의 전투는 4일부터 관군이 퇴각함으로써 5월 6일로 중지되었다. 관의 부패함은 호남지역뿐 아니라 조정에서도 예외는 아니어서 고종과 민비 등이 허랑방탕한 생활로 저축미가 동이 나는 등 극도의 부패 상황으로 민심이 떠난 것은 당연한 것으로 보인다. 나라가 부패한 상황에서 민란이 일어날 수밖에 없었고 조정에서는 민란을 가라앉히기 위해 협상을 할 수밖에 없었다. 결국은 중국과 일본이 국내 문제로 야기된 민·관의 충돌을 진정시킨다는 명분을 내걸고 출병하는 일이 발생하게 된 것이다.

19세기 말 세계 각국이 민중들의 권리를 찾기 위한 변화로 격렬하게 움직이는 시대적 상황 속에서 이 나라만이 왕과 왕비가 허랑방탕한 생활을 하고 있었을 것으로는 믿기 어렵다. 갑자기 외국에서 들어온 전기며, 신문물들이 국민들에게 극도로 사치스럽게 보일 수 있었을 것이다. 시아버지와 며느리 사이인 대원군과 민비의 복잡한 관계 속에서 임금 고종의 정치적 능력이 탁월했다면 그 시대 이 나라가 괜찮은 꼴이 되었을까? 시대적인 변화를 예감하지 못하고 과거의 통치 방식을 고수했던 위정자들이 답답하게 느껴지지만 나라의 운이 그랬던 것임을 인정할 수밖에 없다.

동학혁명은 민중 속에서 꿈틀거리던 지식인 집단이 시대의 변화를 감지하고 들고 일어나 선도하고, 위정자들의 무능함에 지친 민중들의 분노가 폭발한 것이라는 생각이 지워지지 않는다. 누구보다 답답한 나라의 현실에 분노를 강하게 느끼고 혁명군에 앞장서서 활동한 김개남 장군이 조상 누대에 걸쳐 살아왔고, 내가 어렸을 때 다녔던 그 고향 땅에서 꿈을 키우고 활동했다는 사실이 놀라울 뿐이다. 김개남을 비롯한 혁명군의 입장에서는 부패하고 무능한 왕조였지만 그렇다고는 하더라도 일개 지방 혁명군이 국가 책임자들의 협상 대상까지 되었으니 충분히 자신들의 뜻을 나라에 알렸다고는 보겠다.

동학혁명군 내부에서 전략과 전투에 대한 의견이 조금씩 갈린 것은 동학의 종교적 가르침과 지도자들의 개인적인 성향으로 보인다. 혁명 초기에 온건한 전봉준 손화중 등에 비해 현실에 대해 강하게 비판적인 김개남, 김덕명 등은 휴전을 반대하고 서울로 북상할 것을 주장했다. 전봉준은 자신들의 목표가 탐관오리를 일소하고, 외침을 방지하는 보국안민에 있음을 강조했다. 전봉준은 조정에서 청나라와 일본에 구원병을 요청하고 외국군이 이미 충청도 아산에 상륙한 사실들을 상기시키며, 조정의 개혁안 제출을 약속받고 상호 강화할 것을 주장했다. 전봉준은 혁명군의 최고 대장으로서 온건하고 국권을 수호하는 원칙론을 내세웠던 것으로 보인다. 짓밟히는 민중들의 분노를 우선적으로 해소하기 보다는 국가의 안위를 먼저 생각했던 것이다.

전봉준이 조정의 의견을 받아들이고 타협점을 받아들이기로 하는 것에 비해 김개남은 원론적인 면에서 본인의 주장을 굽히지 않았다. 전봉준이 나라의 안위를 우선적으로 생각하는 것은 민중의 분노보다 위태로운 국가를 지키고 싶은 마음이 우선하기 때문이다. 김개남은 나라가 위급한 상황이어도 혁명을 시작했을 때의 자세가 흔들리지 않음을 알 수 있다. 전봉준이 대외적으로 위급한 상황에서 조정의 입장을 먼저 생각했음에 비해 김개남에게는 혁명을 시작했을 때의 목표를 달성함이 최우선이었다. 혁명이 진행되는 외중에도 김개남의 결심이 완강했던 것에서 조정을 바라보는 그의 시각이 어떠한가를 알 수 있다. 절대 권력인 왕실이 제시한 타협안을 결코 받아들이지 않았던 것에서 조정에 대한 불신이 극심했음을 알 수 있다. 혁명을 시작할 때 요구했던 민중의 권리부여 문제가 해결되지 않는다면 혁명군은 외세 침입에도 전력투구하여 투쟁하지 않을 것임을 암시했던 것이다. 김개남은 봉건 왕조에서 권력을 행사하는 인물들에 대해서 신뢰하지 않았음은 물론, 절대 권력자체를 강하게 부정했다.

민중들의 외침

김개남은 봉건 왕조의 체제 자체를 부정하고 오백 년을 이어 온 봉건 왕정에 대한 신뢰도 없었다. 이는 그가 불순한 사고를 가지고 있었다기보다는 조선 왕조의 체제에서는 모순되는 현실에 대한 개혁 의지를 개선할 가능성이 전혀 없음을 확신했기 때문이다. 김개남의 생각은 "군(君)이 불초(不肖)하면 즉(則) 국위(國危)하고 민란(民亂)하며 군왕이 현명한 성상(聖上)이었다면 즉 국안이민치(國安而民治)하는 것이니 화복(禍福)이 재군(在君)이요, 천시(天時)에 있는 것이 아니다. 증자(憎者)라도 유공(有功) 필상(必賞)하고, 소애자(所愛者)라도 유죄필벌(有罪必罰)하였다면 탐관오리는 있을 수 없다." 이는 고종황제의 현명치 못함을 지적한 것이며 자신의 북진론에 대한 당위성을 주장한 것이다. 그의 주장은 완강했다. 당시 모였던 접주들은 김개남의 주장에 대부분 찬성하였으며, 이의를 제기하며 반대하는 사람은 없었다고 한다.

전봉준과 김개남의 각기 다른 주장은 수일 동안 지속되었다. 혁명군 강경파의 주장은 왕이 왕 노릇을 못하기 때문에 왕이 있는 대궐로 올라가야 한다는 것이다. 이는 완전한 체제에 대한 부정이다. 이 나라에 갑오년 이전은 물론이고 이후에도 그렇게 강한 변혁을 주장했던 경우는 없었다. 김개남의 주장에서 타협을 하거나 협상을 해보려는 유연함은 전혀 찾아볼 수 없었다. 그렇게 오랜 세월을 유지해 온 봉건 왕조를 민중의 힘으로 전도하겠다는 것은 역사에서 어떤 경우에도 나타난 적이 없다. 그렇다면 김개남은 어떻게

19세기 말의 이 나라에서 절대적인 권력의 전복이 가능할 것으로 보았을까?

그 무렵 대원군의 특사를 자칭하는 3인이 김개남을 찾아왔고, 만나서 이야기를 나누어 보았으나 대원군의 친필서신은 없었다고 한다. 김개남은 사건이 중대하므로 전봉준에게 대동하여 안내케 하였다. 김개남은 전봉준과 이견이 종종 있기는 했지만, 전봉준의 성품이 온후하고 자상하며 많은 사람의 의견을 존중하는 점을 존경했다. 전봉준과 김개남은 상호 이견의 차이를 동화하는 묘책에 일치했다고 한다. 그때 여론이 전봉준은 사람을 볼 줄 알고 김개남은 앞을 볼 줄 안다고 했다. 전쟁에 임하는 지도자에게 보내는 이러한 찬사는 두 사람 다 혁명군의 대장으로서 일 년 정도의 긴 시간 동안 자신들의 뜻을 펼쳐나갈 수 있는 원동력이 되었던 것으로 보인다. 전봉준과 김개남 두 사람은 외부의 적을 향해서는 일치된 의견을 가지고 있었으며 내분은 전혀 없었던 것으로 보인다. 방법론에서 약간의 차이는 있을 때라도 한 방향을 향해서 갈 수 있었다는 것은 그들이 원하는 바가 그만큼 간절했다고 볼 수 있으며 서로 성숙된 사고를 가지고 있기 때문이라고 보겠다.

전봉준은 대원군의 특사 3인을 접한 후 김개남에게 신임할 수 없는 자들이라고 했다. 특사들의 말인즉 전주에서 주저하지 말고 급거 북진 입경하라는 것이었다. 좋은 기회를 놓치지 말라는 것이었다. 이 말은 후일 수십 년을 두고 전래했다. 서울서 왕이 대궐 문을 열어놓고 빨리 들어오라는 제안을 전봉준, 김개남이 거부했음을 애석해 하는 것이었다. 민중은 전봉준, 김개남의 총명함과 보국안민의 거룩한 정신도 천운에는 어찌할 도리가 없었다고 생각했다. 특사들의 말이 사실인지 아닌지 진위 여부는 확인할 길이 없으나 김개남이 대궐을 향해서 북진하는 선택을 하지 않았음은 분명하다. 그 때에는 대원군이 힘이 없어서 쇠락해 가는 상황이기도 했지만,

김개남은 어떤 형식이든 공인되지 않은 세력의 힘을 빌려 자신들의 목적을 달성하려는 생각은 없었던 것으로 보인다. 이는 김개남이 궁극적으로는 체제의 전환을 의도했던 인물이었음을 확인하는 것으로 보인다. 김개남은 왕실의 인물들과 협상을 하고 협조를 해서 기존의 체제를 변형하려는 것이 아니라 새로운 세상을 꿈꾸고 있었음을 알 수 있다. 혁명군이 조정의 위정자들과 협상을 할 수도 있을지 모른다는 생각은 무산되었지만 전주 관군들과는 화약(和約)을 했다. 1894년 5월 9일에 혁명군의 강온 양파는 북진을 중지하고 관군과 화약하기로 결론지었다. 혁명군은 전주 성내에서 철병할 것을 관군에 통보하고 폐정 개혁안(弊政 改革案) 12조목을 동시에 제출하였다. 혁명군의 개혁안은 다음과 같다.

一 . 동학도인(東學道人)과 정부 간의 다년(多年) 유한(遺恨)은 수포로 하고 서정에 합력할 것.

二 . 탐관오리는 그 죄상을 명확히 하여 일일이 엄벌할 것.

三 . 횡포(橫暴)한 부호(富豪)들은 엄벌에 처할 것.

四 . 불량한 유림(儒林)은 엄징(嚴懲)할 것.

五 . 칠반천인(七般賤人) 백정, 장인(匠人), 기생, 노비, 승려, 무자(巫子), 점복(占卜), 배우(俳優)의 대우를 개선하고, 백정에게 두상에 필히 쓰도록 되어 있는 평양립(平涼笠)을 쓰지 말게 할 것.

六 . 노비문서를 소각할 것.

七 . 청춘과부의 재혼을 허할 것.

八 . 사유 없는 잡세(雜稅)는 일체 실시하지 말 것.

九 . 관리의 채용에는 지방 벌(閥)을 타파하고 인재를 등용할 것.

十 . 왜인(倭人)과 간통하는 자는 엄벌에 처할 것.

十一.공사(公私)의 채무는 전부 과거의 것은 일체 받지 말 것.

十二. 토지는 평균으로 분작(分作)시킬 것.

혁명군이 관군에 제출한 폐정 개혁안(弊政改革案)은 근대적인 의미에서 모두 혁신적인 사고임이 명백하다. 혁명군의 나라 체제에 대한 불만과 이를 극복하겠다는 의지는 당시 신소설 등에서 많이 다루었던 주제들과 중첩된다. 청춘과부의 재혼을 허할 것이나, 횡포한 부호들을 엄벌에 처할 것 등을 비롯하여, 민중들이 직면하고 있는 문제점 등을 구체적으로 나열하는 것에서 혁명군의 지도층이 현실에 대해 정확한 인식을 하고 있었음을 알 수 있다. 무엇보다 백정, 장인(匠人), 기생, 노비, 승려, 무자(巫子), 점복(占卜), 배우의 대우를 개선하고, 백정들을 일반인과 차별화하기 위해 머리에 쓰게 했던 패랭이(平凉笠)를 쓰지 못하게 하자는 것 등은 근대화 과정에서 하층 계급들이 모두 당면하고, 조정에 요구한 문제들이었다.

무당은 우리가 어렸을 때에도 일반 주택가에 깊이 들어와 있었다. 일반인들은 일상생활에서 발생하는 이러저러한 이유로 굿을 의뢰하는 날이 자주 있었고, 동네 사람들은 현란한 무복을 입고 신들린 듯이 춤을 추며, 작두를 타는 무당들을 보는 것이 큰 재미였다. 물론 떡이며 술, 과일 등을 나누어 받았던 기억도 있다. 굿을 의뢰한 사람들의 절실한 소원과는 관계없이 일반인들에게는 구경하고 먹는 재미가 우선했다. 그 와중에도 교회에 다니는 분들은 그 음식을 먹지 않았다. 우리가 돈암동에 살 때 동네 무당의 딸은 오래된 기독교 학교에 다녔다. 어린 생각에도 무당의 딸이 기독교 학교에 다니는 것이 어렵겠다는 생각을 했지만 별 탈 없이 학교를 잘 다녔다. 동네에서는 가족 중에 깊은 병에 걸린 사람이 있을 때 굿을 하는 경우를 몇 번이나 보았다.

아이를 다섯이나 낳고, 공동 우물가에 살던 아주머니도 넋을 잃고 앉아 있는 날이 많더니 큰 굿을 했다. 굿을 한 후에 초점이 흐린 눈이 좀 돌아오는가 싶었지만 여전히 기운은 없어 보였다. 아주머니가 우물가에서 큰 자배기에 물에 불린 녹두 껍질을 벗기던 기억이 나는데, 녹두를 껍질이 하나도 없이 깨끗하게 하는 게 놀라웠다. 그러한 완벽주의가 정신을 어지럽혔나? 나이 들어 빈대떡이라도 부쳐보려고 녹두 껍질을 벗겨낼 때마다 그 아주머니가 생각나곤 했다.

60여 년 전 서울에서도 그랬으니 130년 전 갑오년에 지방에서는 무속이 생활화되었을 것이다. 특별히 해안가나, 광산촌 등 절대자에게 무엇인가 빌어야 할 일이 많은 사람들일수록 굿이 더 많이 필요했을 것이다. 노비문서 소각을 요구하는 사람이 많아지고, 과거에 비해 주거 이동이 상대적으로 빈번하게 이루어지는 상황도 한몫 했을 것이다. 조선조 후기부터 서서히 싹텄던 평등을 향한 민중들의 이러한 요구는 특권계급들이 보여주었던 가당치 않은 행위들에 대한 저항이었을 것이다. 전쟁이 났을 때 민중들을 배려하고 책임지는 일보다는 도망치기에 바쁘고, 자신들이 가진 것을 지키기에 바빴던 기득권층에 대한 반발은 혁명군이 제시한 개혁안의 전부이다. 혁명군의 요구 사항은 근대 사회를 시작하기 위한 참인도주의의 모습이다.

1894년 5월 11일 정오 혁명군은 전주 함락 점령 후 만 14일 만에 북문을 통하여 철병하였고, 5월 3일에 임명된 전라 관찰사 김학진, 안무사 엄세영은 삼례에 머물러 있다가 처음으로 전주에 도착하였다. 1894년 5월 15일 전봉준은 전라 관찰사 김학진과의 회담에서 혁명군이 제시한 12개 조항을 수정 없이 조약 체결하였고, 전봉준은 혁명군 간부회의에서 채택된 전라도 53개 주(州), 군(郡), 현(懸)에 대하여 혁명군의 집강소(執綱所) 설치안을 제시, 김학진으로부터 직접 확약 받았다. 이것을 후일 전주화약(全州和約), 전주강화조약(全州講和條約)이라 한다. 혁명군 대표 전봉준이 조정에서 내려온 관찰사와 대등한 관계에서 그들의 요구조건을 관철시킨 것은 중요한 정치적 행위이다. 1항에서 12항까지 혁명군이 주장했던 바는 그 실천 여부를 떠나서 당시의 중요한 행정 지침이 되는 것이다.

그때까지 일어난 혁명군의 행위를 지방에서 일어난 민란으로 치부하여 관군을 동원하여 진압할 수 있었다면 조용히 끝날 수 있었겠지만 나라에는 이를 제어할 힘이 없었다. 외세의 침략 때문이 아니라 나라가 부패, 무능했기 때문이다. 혁명군의 구성원인 대다수 농민과 노비를 비롯한 천민 등 하층민들이 관군에 비해 수적으로 우세했음은 물론이고, 시골 향반으로서 기본적인 문자 해독 능력이 있었던 혁명군의 지도층이 당시 사회 현상에 대해 인식하고 해석하는 능력이 정확했음을 알 수 있다. 나아가 중인 계층이 문자 해독 능력과 사회 현상에 대해 지적으로 정확한 판단 능력을 가지고 있었으며, 그런 집단이 정치적 사회적 역할을 할 수 있는 시대가 되었음을 보여주는 것이다. 역관이 중국이나 일본을 드나들며 시대의 변화를 인식했듯, 의술이나, 상업 등 다른 분야에서도 봉건시대의 질서가 서서히 막을 내리고 있음을 보여주었다. 신소설 등에서 등장했던 개화의 물결이 동학 혁명군에게 직접적으로 반영되고, 나아가 새로운 질서의 실현을 요구했던 것으로 보인다. 이 모든 것을 이루어 낼 수 있는 실력을 갖춘 인물들이 동학의 지도층이었으며, 그 중 중요한 인물인 김개남은 관군과의 전투에서 어떻게 싸우면 이길 수 있는가 하는 전술적인 능력까지 갖추었던 것으로 판단된다.

그 시대 남성들이 중국 소설인 《삼국지》와 같은 책을 많이 읽었으며, 혁명 당시부터 세인들은 전봉준을 유비에 비유하고, 손화중을 관운장에, 김개남을 장비에 비유했다지만, 《삼국지》에 등장하는 모든 인물을 대상으로 했을 때는 김개남은 오히려 군사적 지휘 능력과 지략을 겸비한 제갈량에 가까운 인물로 보인다. 대장으로서 동학 혁명군에 대한 김개남의 충정과 혁명에 대한 실천 의지는 눈물겨울 정도이다. 김개남은 주변 여건에 조금도 흔들리지 않고 자신이 목표했던 바를 이루려는 의지가 강했다.

혁명군이 전라 관찰사 등과 협의하여 설치하기로 한 집강소는, 전라도 내의 53개 주(州) 즉 지방 행정 단위인 부(府), 주(州), 군(郡), 현(縣) 전체 에 대하여 혁명군의 관리소를 설치하는 것이며, 그 업무는 민간의 서정을 처리하는 것으로 되어 있다. 그 임원은 각 읍마다 집강 1인에 약 천 명의 혁명군을 배치하여 대소 관리들과 협조하여 폐정 개혁에 착수하는 형식을 취한 것이다. 폐정개혁안(弊政改革案)은 앞에서 얘기한 12개 조항이다. 집 강소는 1894년 5월 15일 전주화약(全州和約) 이전부터 지방 관리가 도망가 고 없는 지역에 이미 설립되어 있는 혁명군 측의 자치 기관으로, 전주화약 이후에는 전라도 내에서는 빠진 곳이 없이 전 지역에 설치했다. 집강소로 하여금 민중을 대표하여 기존의 행정관청을 감시 내지 독려하는 형식을 취한 것이다. 즉 혁명군의 집강이 실권을 장악하고, 관의 행정관청은 집강 소의 지휘 하에 있는 형식이다. 지방 관리가 도망하여 비었을 때는 집강소 가 집행 기관 역할을 했다. 집강소가 기존 행정관청의 역할을 충분히 하는 것으로, 지역 주민들이 혁명군을 지지하고 있음을 알 수 있으며, 이는 혁명 군 지도자의 정치적 능력을 시험하는 기회이기도 했다.

1894년 5월 16일 양호(兩湖) 초토사(招討使) 홍계훈은 일부 막료 및 총제 (總制) 영대(營隊)인 4대(隊) 진남영대(鎮南營隊) 1대(隊)를 전주 무남영(武南 營)에 잠시 주둔케 하고, 왕 직속의 경병(京兵)인 장위영(壯衛營) 병정 5대 (隊) 진남영대 1대(隊)를 인솔하고 전주를 출발, 공주를 거쳐 5월 23일 경성 에 돌아갔다. 전 전라 관찰사 김문현은 5월 3일 김학진 임명과 동시 혁직되 어 제주도로 유배되어 형을 받았으며, 전 고부군수 조병갑(趙秉甲)도 혁직되고 형을 받았다. 조정에서는 표면적으로나마 동학혁명의 원인들을 제거하려 하였음을 알 수 있다. 혁명의 목표가 다만 몇몇 지방 관리들의 문제였다면 여기에서 끝날 수도 있었을 것이다.

1894년 5월 말경 전라도의 각 읍에는 집강소가 설치되었으나 나주, 남원, 운봉의 관리들은 이에 불복하였다. 나주 목사, 남원 부사, 운봉 현감이 그들이다. 전주 혁명군 대도소(大都所)에서 수차에 걸쳐 격문을 발송하였으나 그들은 일관하여 거부하였다. 혁명군 대도소에서는 정벌론(征伐論)이 일어나 최경선은 나주, 김개남은 남원, 김봉득은 운봉으로 각기 대원을 인솔하여 출진키로 하였다. 최경선은 3,000 병력을 인솔, 나주성에 도착하였다. 나주 목사는 읍성 내의 백성을 모집하여 성을 견고하게 방위하였으므로 근접할 수가 없었다. 나주성의 지세가 서북은 급준(急峻)한 태령(泰嶺), 동남은 대하이므로, 성 중의 방위만 잘하면 외부에서 공격할 수 없는 요새지였다. 최경선 혁명 군대는 연일 접전을 시도하였으나 관군이 일체 응전하지 않았으므로 자못 초조감으로 소일하였다. 나주성은 전라도에서 최대 도시이고 인심 또한 강포한 곳이었으므로 민중의 고통이 심하며 동학을 기피하고 혐오함도 타읍보다 월등히 심하였다. 혁명군의 입장에서는 당시 나주 감옥에 갇힌 죄수만 해도 수백 명이었으니 나주성을 포기할 수는 없었다. 최경선은 진퇴양난이었으나 해결책이 없었다.

이 상황을 전해 들은 전봉준 대장이 직접 목사를 만나 같은 조선인임을 내세우며 합의를 요구했다. 전봉준은 관군이든 혁명군이든 일본군을 향해서 하나로 결합하지 않으면 안 된다는 것을 역설했다. 전봉준이 내세운 명분은 일본이 독수(毒手)로 침략을 꾀하고 있으며 국정은 나날이 기울어지고 있다는 것이다. 나주 목사를 향하여 국가의 존망이 눈앞에 와있음을 역설하고 항복을 요구한 것이다. 목사는 전봉준의 말에 항복하였다. 전봉준의 주장은 외세의 침략을 막기 위해서는 혁명군과 관군이 힘을 합해야 한다는 것이었으나 결론은 집강소를 설치해야 한다는 것이었다. 전봉준은 천하 대세를 설명하고 홍계훈과 강화를 체결하며, 각 읍에 집강소에 대해 설명한 뒤 그날로 집강소를 설치하였다. 이는 전봉준이 대장으로서 지방 관리를 설득, 회유할 수 있는 능력이 충분했음을 보여주는 부분이다. 관리이든 혁명군이든 일본군을 대항해서는 하나임을 설득한 것이다. 외세에 저항하기 위해 관군과 혁명군이 하나가 되어야 한다는 것은 혁명군에게는 훌륭한 명분이었다.

김개남은 백마를 타고 3,000여 명의 군사를 이끌고 남원으로 향했다. 남주송(南周松)을 선봉대장으로, 김중화(金重華)를 중견 대장으로 하여 남원 읍성에 진군하였다. 남원 부사 김용헌은 관민을 총동원하여 방위 전략을 견고히 하고 혁명군에 응전하였다. 그때 김개남은 혁명군의 선봉 남주송을 제치고 관군 진중으로 비호같이 백마를 몰았다. '김개남의 이름을 못 들었느냐?'는 호령 소리는 남원 진중을 진동시켰다. 관군 병사들은 무기를 땅에 버리고 엎드렸고, 부사 김용헌은 도주하다 혁명군에 생포되었다. 접전은 순식간이었다. 김개남은 남원 부사 김용헌을 포박케 하고 관군에게 부사 명령에 불복하여 옥에 갇힌 죄 없는 자들을 풀어주라는 영을 내렸다. 김개남은 남원 부사 집무실에 좌정하고 남원 부사의 죄상을 심문하였다. 그 죄가 끝이 없으므로 참수하여 관청 입구에 걸어 만민이 볼 수 있게 하였다. 김개남은 김용헌의 부사 직 당시 농민과 시골 유림 등에 대한 재산 약탈, 다양한 명목과 방법으로 착취한 것과 폭정에 대한 상세한 기록을 남원 고을 각처에 게시할 것을 명하였다. 김개남이 남원읍 주민 대회를 소집하자 빈부귀천을 막론하고 수만 군중이 모여들었으며, 그 앞에서 보국 안민의 취지와 국내외 정세 상황, 폐정 개혁안 및 집강소 설치 등에 관하여 자세하게 설명하였다.

김개남이 남원에서 부사를 비롯한 관의 벼슬아치들에게 짧은 시간에 내린 처벌 수위는 그의 단호함을 보여준 것이며, 향후 그의 행동 방향을 알 수 있는 사례였다. 이는 혁명군의 기구인 집강소의 위상을 보여주는 것으로 남원 부사의 목을 참수하여 만민이 볼 수 있게 했던 것은 그의 사생결단의 의지를 보여준 것이라 할 수 있다. 김개남이 관군의 진중으로 백마를 비호같이 몰아 접전을 벌인 결과 순식간에 결판이 나고 말았다. 김개남이 속전속결로 부사를 비롯한 관군 소탕으로 끝을 내는 것은 혁명의 방향에 대한 확고한 신념을 말하는 것이며, 앞으로 전개시킬 혁명의 방향을 암시했던 것으로 보인다. 김개남은 자신이 책임진 구역인 남원에서 완전한 자신의 방법으로 혁명을 완수했다. 김개남에게 주어진 혁명군의 숫자가 더 많고, 점령 지역이 더 넓게 확산될 수 있었다면 혁명의 성공은 들판의 불길처럼 타올라 갔을 것이라는 생각을 해본다.

김개남은 남원 감옥 안에 갇혔던 억울한 민간인들을 석방하고 남원 부사의 폭정에 대한 기록을 상세히 작성하여 남원고을 각처에 게시하는 것으로 대다수 민중의 전폭적인 지지를 유도했다. 무엇보다 김개남은 남원 부사를 참수하여 효수한 행위에 대하여 남원 군민들에게 당위성을 주장했던 것으로 보인다. 혁명군의 의지와 당위성에 대한 설명으로 보이는 김개남의 행동은 확고해 보인다. 그는 혁명에 대한 뜻이 분명해 보여서 결코 자신의 행동에 회의적인 생각을 할 가능성은 없어 보인다. 그가 짧은 시간에 민중들에게 보여 준 행동은 혁명군의 신념을 보여주는 것이며, 스스로를 확인하는 과정이었다.

김개남에게 동학 혁명은 남원 부사의 목숨을 처단하듯이 자신도 죽을 수 있다는 각오가 없었다면 결코 행할 수 없었던 일이었다. 그도 분명 행동하기 전에 무서웠을 것이나 자신이 스스로 해내야 한다는 당위성이 무엇보다 우선했을 것이다. 남원 부사를 비롯한 저항하는 관군들을 처단할 때에는 자신도 그들의 칼에 죽을 수 있다는 불안이 있었을 것이나, 목숨을 걸고 하는 투쟁 정신은 숭고했다. 김개남에게 남원에서 며칠 사이에 벌어졌던 일은 동학혁명에 대한 모든 방향을 암시하는 것이며, 그의 신념을 보여주는 것이다.

김개남 혁명군의 행동은 과거에 누적되었던 모든 비리를 철저히 처단하겠다는 의지가 강하게 드러난다. 혁명군들은 대장의 행동에서 그를 믿고 따른다면 그런 세상을 실현할 수 있겠다는 강한 의지를 곳곳에서 보았을 것이다. 민중을 향해서 하는 김개남의 연설은 군주의 정치적 능력이 없음을 한탄하고, 외척들이 득세하는 것에 대해 강하게 비판하여, 혼란스러운 나라 상황에 대한 원칙론을 말하는 것이다. 이는 김개남 개인이나 혁명군만 느끼는 정치적 문제의 지적이 아니라 전 국민이 답답하게 느끼고 분노하는 바를 노출시키고 그 문제를 해결하는 것이 혁명군의 소임임을 강조하는 것이다. 김개남은 일반 민중이 이해하기 쉬운 연설로 청중과 지도부가 동류의식을 일으키는 효과를 유도했다. 당시 이러한 문제를 해결하겠다는 혁명군, 특히 김개남의 연설에 동요되지 않는 사람이 없었다고 한다. 그는 민중이 원하는 바를 확인시켜 주는 방법으로 그들을 선동했다.

조정에서는 나라를 지키고, 백성을 보호한다는 명분 아래, 혁명군을 타도하기 위하여 갑오년, 4월 말경 청나라에 구원병을 요청하였고, 청나라는 이를 받아들여 같은 해 5월 6〜7일, 이틀에 걸쳐 청군 6,000여 명을 보내어 아산만 밖 아산 읍에 진을 치게 했다. 이때 정부는 외아문독변(外衙門督辨)인 조병준(趙秉俊)에 명하여 원세개(遠世凱)를 통하여 갑오년 4월 30일, 청국 정부에 출병을 청원케 했다. 청국 북양대신 이홍장(李鴻章)은 곧 이를 응낙하고 북양 해군 제독 정여창(丁汝昌)에 명하여 군함 제원, 양위(濟遠, 揚威)를 인천에 파견하여 산해관(山海關)에 직접 예속된 제독 섭지초(葉志超)로 하여금 관할부대를 인솔하고 즉시 출정하기를 명했다. 섭(葉)은 곧 무의군 총령(武毅軍總領) 산서(山西), 태원진(太原鎭) 총병(總兵)인 섭사성(攝士成)을 출발케 하니, 섭(攝)은 갑오년 5월 10일 당점(溏沽)으로부터 도남호(圖南號)에 승선하여 인천을 경유, 5월 6~7일 일찍이 아산만 밖에 도착, 다음 날 아침에 전군이 상륙하여 아산 읍에 머무르고, 후에 섭지초가 도착하기를 기다려 남하하여, 전주로 갈 준비를 하고 있었다.

한편 일본군은 갑오년 5월 6일 선발대가 서울에 입경하였다. 이러한 상황 속에서 동학 혁명군은 전주 점령 체재 중 관군 대장 홍계훈의 휴전협정 제의에 대하여 혁명군 참모 회의를 열었다. 이때 김개남은 강화 협의를 반대하고 북진할 것을 주장했으나, 중의에 따라 북진을 중지하고 화전으로 결론하였으며, 폐정개혁안 12개 조문 및 집강소 설치건 등에 관하여 설명하였다. 김개남은 연설 말미에 접어들면서 국가의 앞날에 대한 충정어린 대목에선 듣는 군중으로 하여금 눈시울을 붉히게 하였다. 김개남은 그날부터 열화와 같은 청원에 따라 남원에서 100일 정치에 들어가게 되었다. 김개남은 조정에서 명을 받고 내려온 홍계훈의 제안에 대해서 반박하며 투쟁할 것을 주장하였으나 받아들여지지 않았다. 김개남은 정부의 휴전협정에 대해 저항하고 답답함을 토로했지만 본인의 힘으로는 어쩔 수 없음을 확인했다. 힘이 없는 나라의 답답한 상황과 왕을 비롯한 위정자들에 대한 비판적인 그의 연설은 군중들을 감동시킨 것으로 보인다. 그의 투쟁하는 태도를 보았을 때 나라의 위급한 상황에 답답해하는 감성적인 면이 있는가 하면, 남원 부사를 비롯한 부패 관리들을 처단하는 과정에서는 냉정하고 단호한 면이 있었음을 엿볼 수 있다.

궁극적으로 김개남은 안으로는 부정부패한 관리들을 처단함과 동시에 침략 세력으로 의심되는 외국에 대해서는 전쟁을 불사하겠다는 자세였다. 그의 태도에서는 우선 나라의 정책 방향을 수정하고자 하는 욕망이 강했음을 알 수 있다. 그는 정치적인 식견과 투쟁 의식이 분명했으나 실천할 만한 지위와 힘이 없었다. 많은 군사를 지휘하고 싸울 수 있는 전투 능력은 있었으나 일개 향반으로서 그를 따르는 농민들 수천 명이 있을 뿐이었다. 세계 정세 속에서 이 나라가 처한 위기 상황을 인식했으나 그는 나라를 대표하는 인물이 아니었다. 다만 호남지역 남원 땅에서 잠시 자신의 뜻을 펼쳐볼 수 있었을 뿐이었다. 모든 여건이 김개남 편이었고 능력도 있었으나 그는 명령하고 싸울 수 있는 공인된 권한이 없었다. 위정자들의 입장에서는 한낱 민란을 일으킨 군도의 수괴 정도로 인식될 뿐이었다.

김개남이 소원하는 바는 자신이 할 수 있는 지휘 권한을 사용하여 국내외적으로 나라가 처한 불운한 상황을 타개하는 것이었다. 그럼에도 국가로부터 어떠한 권한도 부여받지 못한 상황에서 그가 하려는 행동은 국가에 반역일 뿐이었다. 그럼에도 김개남이 전라도 중요 지역인 남원을 점령하고 뜻을 펼치는 과정에서 주변의 많은 인물들이 기량을 표출할 수 있었던 것으로 보인다. 17세의 청년 장군 김봉득은 재지(才智)가 비범하고 특히 마상검술은 세인을 경탄케 했다고 한다. 혁명군이 운봉재(峙) 진군 중 돌연 산정에서 한 아름 되는 돌덩이가 폭우처럼 굴러 내려와 혁명군의 부상자가 속출하기를 두 차례나 있었으나 3차전 때는 김봉득 장군이 병사 수십 명만 인솔하고 관군에 발견되지 못하게 잠행하여 전쟁을 성공시켰다. 북, 꽹과리, 등등의 소리로 운봉 읍내를 진동시킬 때 관군은 김개남을 천강선인(天降仙人)이라 하였다고 한다.

혁명군의 싸움 과정에서 장군들의 영웅적인 행동 등은 소설 《삼국지》

나 당시 딱지본 소설 등으로 남성 독자들에게 널리 읽혔을 군담 소설류에 등장하는 영웅담과 흡사하다. 김개남 주변에 있었던 소 영웅들의 무용담은 사실 확인 여부를 떠나서 후세 사람들에게 구전으로 전달되는 방법은 영웅 소설의 양식과 동일하다. 소년 장수 김봉득은 대소 관리를 굴복시키고, 관군의 무기를 몰수하고, 죄수들을 석방하고, 창고를 열어 빈민에 분배하며 집강소를 설치하는 등 김개남이 했던 방식으로 서정(庶政)을 처리하였다. 이로써 전라도는 53개 집강소가 전부 설치되어 민간의 서정을 집행하게 되었다. 그럼에도 동학 혁명군의 입장에서도 12개 조항의 폐정 개혁안을 실행하는 것이 결코 쉬운 일은 아니었다. 한편으로는 관리의 장부검열을 하면서, 다른 한편으로는 백성들의 소장(訴狀)을 처리하고, 또한 동학교리(東學敎理)를 확장하는 한편, 관청에 비치되고, 민가에 잔존하는 무기를 수집하고 집강소의 호위군을 편성하여 만일의 사태에 대비했다.

이때 전라도에서는 성인에서 청소년에 이르기까지 거의 대부분이 동학에 입도하여 접(接)을 조직하게 됐다. 호남 지역을 중심으로 동학에 입도한 숫자가 상당했던 것으로 보이며, '사람이 곧 한울(人乃天)'이라는 동학의 핵심적인 사상은 양반사회의 해체를 원하는 동시에 농민 대중이 중심이 된 혁명군 사상을 전달하기 위해서도 필요했던 것으로 보인다. 적서 차별이나 신분 문제 등 혁명군이 근본적으로 내세우는 사회 변화를 실현하기 위해서는, 정신적인 가치로서의 동학의 주장이 뒷받침됨이 중요했다. 김개남이 동학의 교리에 얼마나 동조하고 추종했는지는 잘 모르겠으나 폐정 개혁안의 근간은 동학의 교리와 상통함을 알 수 있다.

짧은 시간에 지역에 주둔하게 된 혁명군들로 인한 정세의 급변은 정의로운 방향으로 사회를 변형시키겠다는 높은 뜻을 가지고 시작된 일이었지만 역시 순탄할 수만은 없었다. 불법과 부도덕한 행위도 많았다. 불합리한 모든 문제들이 순순히 말로 해결될 수만은 없는 노릇이고 기존의 모든 것들을 바꿔야 한다는 혁명군의 주장에 모든 주민들이 찬성할 수만은 없었다. 혁명이 성공적으로 진행되는 것처럼 보였어도 세인의 동학혁명군에 대한 비판도 많을 수밖에 없었다. 동학 혁명군에는 빈부귀천의 구별이 없고 적서, 노주(嫡庶, 奴主)의 분별도 없으며 내외 존비(內外尊卑)의 구별도 없다는 말은 모두에게 알려진 바였지만 이는 또한 반대 측에서 부정적으로 바라본다면 동학군은 국가의 역적, 유도(儒道)의 난적(亂賊), 부자의 강적, 양반의 구적(仇敵), 또는 동학 혁명군의 안중에는 정부도 없다 등등으로 해석되고 비난을 받을 만했다.

똑같은 행위이지만 한쪽에서는 긍정적으로 평가받고, 다른 한쪽에서는 부정적으로 비난받을 수밖에 없었다. 모든 혁명은 현실에 불만을 가진 집단이 일으키는 것일 테니 현실에 안주하며 불만 없이 생활하는 사람들에게는 혁명을 일으키는 사람들이 부정적으로 보이는 것은 당연할 것이다. 혁명이 자신들이 소속한 집단을 이롭게 하려는 것이라고 해도, 사회 변화에 대한 필요성을 인식한 사람들이 아니라면 혁명에 대해 부정적일 수밖에 없을 것이다. 동학 혁명군에 대해 지지를 하는가 비난을 하는가는 당시 상황에서 기득권 계층인가 아닌가에 따라 크게 달랐을 것이다. 혁명군이 집강소를 중심으로 업무를 집행하는 과정에서부터 반대하는 세력은 있었던 것으로 보인다. 동학혁명군이 주장하는 바가 명확하고 시대적으로도 대다수 민중의 요구가 분출하기에 적합한 시기였음에도 비판적인 세력뿐만 아니라 불안정한 국가적 상황 등 여러 이유로 혁명은 성공하지 못했다.

민중은 오랜 세월 지속된 봉건시대의 구태의연한 억압에서 견딜 수가 없었고, 시대는 전봉준, 김개남과 같은 영웅들을 요구했던 시기였다. 모든 사회적 여건이 변화에 대한 욕망으로 충만한 시기임을 김개남은 확신했던 것으로 보인다. 혁명 지도자들은 대다수 민중의 뜻을 어느 정도 감지한 상황에서 혁명의 불을 붙이고 싶어했던 것이다. 그 시간이 아니라면 안 된다고 생각했을지도 모른다. 19세기 말 갑오년은 오랜 시간 동안 세상의 변화를 꿈꿔왔던 전봉준, 김개남과 같은 사십 대 초반의 남자들이 바로 '그 시간'이라고 생각했던 시간이었을 것이다.

같은 시간 마흔 여덟 살의 우리 증조부는 김개남 장군과 같은 동네에서 어렸을 때부터 같이 살아왔지만 벼슬길을 찾아 서울로 향했다. 김개남 장군은 갑오년의 기회를 놓친다면 결코 민중의 시대를 도래케 하는 자신의 뜻을 펼칠 수 없을 것이라고 확신했을 것이며, 우리 증조부는 변화를 꿈꾸기에는 너무 빠르다고 생각했을지도 모른다. 더구나 우리 증조부는 늦은 나이에 어렵게 얻은 아들과 집안을 지켜내는 것이 당신이 이 세상에 나온 최대의 과제라고 생각했을 것이다. 만득자를 지키기 위해 봉건의 끄나풀을 잡으러 왕실이 있는 북쪽을 향해서 떠나다가 참변을 당하신 것이다. 인생의 중요한 시기인 사십대 초반과 사십대 후반의 두 남자는 전혀 다른 결정을 내렸지만 죽음을 맞이한 결과는 같았다. 두 분은 같은 해에 똑같이 처참하게 죽고 말았으니―

1년을 끌던 싸움에서 관군에게 패배한 김개남은 정읍 산내면 매부의 집에 숨어 지낸 지 며칠 만에 친지의 밀고로 관군에게 체포되어, 전라 관찰사에 의해 처형되었는데 그때의 나이 42세였다. 그의 시신은 남원 일대에서 그에게 핍박받은 양반 토호들에게 짓밟혔고 그의 수급은 12월 25일 서울로 이송되어 서소문 밖에서 3일간 효시(梟示)되었다가 다시 전주로 내려보내 효시토록 했다. 중국 삼국시대 오나라 여몽의 칼에 베어진 뒤 후환이 두려워 조조에게 보내진 관운장의 목도 아닌데 김개남의 목은 전주에서 서울을 오르내리며 중인 환시리에 효시되었단 말인가? 조조나 유비에게 두렵고 귀한 존재였던 관운장과 달리 김개남의 경우는 나라에 반역한 대역 죄인으로 치부될 수밖에 없었던 까닭으로 그의 머리는 많은 사람들이 외면하는 끔찍한 형태로 걸려 있었을 것이다. 이러한 처사로 관이 의도했던 바는 많은 사람들에게 기존 질서에 저항하면 어떤 결과에 도달하는가를 보여주기 위한 행위이었을 것이다.

1894년 이 나라에서 모든 지배 세력이 두려워했던 작은 남자 김개남은 죽음을 예감하고, 고향 땅 매형의 집에 잠시 숨어 있다가 관군에 체포되었다. 오백 년 긴 세월 동안 누적된 불의와 부정에 저항하며 일 년간이나 지속되었던 투쟁은 온당치 못한 하찮은 칼날에 의해 베어져 사라졌다. 그가 죽게 되었을 때 아무도 도와주지 못한 채 혼자 죽음에 임했듯이, 놀라운 기세로 나라 전체에 문제 제기를 한 영웅적인 행위 역시 그의 개별적인 판단이었다. 어떤 시대가 되어도 모든 인간 행동의 판단과 실천은 개인 각자의 몫이다. 19세기 말 전북 정읍 작은 마을 지금실에서 살던 개남 장군이 주변 산천과 몇 명 안 되는 친척, 선각자 지식인, 이웃들에게서 받은 영향으로 엄청난 사회 개혁 의지와 추진력을 발휘할 수 있었겠지만 모든 결정과 행동은 그 스스로 한 것이다. 처음부터 같이 행동을 도모하자고 결의한 전봉준도 혁명이 성공할 가능성이 없다고 판단되자 여러 차례 제지했지만 김개남은 듣지 않고 소신대로 추진했다. 매번 그의 모든 결정과 행동은 죽음을 무릅쓸 수밖에 없는 일이었음에도 그는 중단하지 않았다. 순간마다 모든 결정은 그의 몫이었고 그의 판단이었던 것으로 보인다. 김개남은 혁명으로 소작 농민, 노비, 천민 등의 급박한 문제를 해결해야 된다고 생각했고, 그러한 시대가 되었음을 인식했던 것이다.

조선조 초기부터 이 나라를 지배해 왔던 봉건 의식과 사회 구조적인 모순을 혁파해야 한다는 생각이 나라 안팎에서 꿈틀거렸음이 분명하지만 뜻을 가진 사람들이 섣불리 행동할 수 없었던 것은 농민집단이라는 것이 조직과는 거리가 멀었기 때문이기도 했을 것이다. 조직이 있었다면 조금은 더 쉽게 의견을 수합하고 집단행동이 가능했을 수도 있었을 것이다. 김개남이 특별히 천민 집단을 유독 많이 끌어들인 것은 그런 이유가 아니었을까 생각해 본다. 차라리 백정들이 농민들보다 그런 조직을 가질 수 있었을 것이다. 무속인도 그들 나름대로 양민들과는 달리 특별한 집단을 형성하며 살았던 것으로 보이며, 백정이나 무속인, 갓바치 등의 생활양식은 특별했고, 많은 일에서 제한적일 수밖에 없었던 것이다. 이러한 특수 집단들에게는 누구보다 혁명이 필요했을 것이며, 혁명은 오랫동안 소외된 계층을 양지로 끌어내는 과정이기도 했다.

한편 국정을 담당했던 세력들은 이어지는 외세 침입과 내부적인 복잡한 이해관계로 섣불리 혁명에 개입할 수가 없었을 것이다. 무엇보다 가진 자들은 기득권을 포기하고 싶은 마음이 없었을 것이다. 김개남이 중농 정도의 집안에서 그가 가진 것에 연연하지 않았다는 것은 그의 꿈이 더 높은 곳에 있었음을 말해준다. 새로운 세상을 향한 그의 꿈이 그 일에 전력투구할 수 있는 원동력이었을 것으로 판단된다. 그가 읽은 몇 권의 책과, 그가 만나고 같이 뜻을 펼쳤던 동지들이 그의 진취적인 생각을 결정짓는데 큰 영향을 미쳤을 수도 있지만 결국 그에게 가장 큰 영향을 끼친 것은 그의 생각 자체였다. 정읍군 산외면 지금실 작은 마을에서 태어난 큰 사람 김개남은 그렇게 혼자 결정하고, 추진하고, 행동하다 죽었다.

근대적 의미의 조직은 생각해 볼 수도 없었던 상황 속에서 어떻게 그 많은 숫자의 혁명군을 동원할 수 있었을까? 그는 분노에 가득 찬 민심을 읽고 인간으로 대우받고 싶어 하는 소외된 사람들을 혁명군으로 만들었다. 그는 세상의 변화를 읽을 줄 알았고 인간을 사랑하는 휴머니스트였던 것으로 보인다. 김개남은 혁명을 통해 그들의 세상이 오기를 고대했겠지만 누구를 지배하고 싶어 했다고 보기는 어렵다. 사람을 지배하고 싶은 사람은 기득권을 가진 사람들 쪽으로 다가갔을 것이다. 영웅소설의 인물들처럼 기개를 펼치던 김개남은 봉건세력과의 타협을 철저히 거부하고 판결문 한 장 남기지 않은 채 갔다. 삼국시대의 관운장도 아닌데 머리와 몸이 분리되어 중인환시 리에 효시되다니. 전라도 땅 첩첩 산골에 살았던 작고 큰 남자에게 이 나라 제일 사람 많은 곳을 실컷 보게 해주었음일까?

동학 혁명은 전통적인 조선왕조의 일원으로서 또는 이를 신봉하며 살아왔던 사대부, 양반 등이 할 수 없는 일을, 글을 좀 읽고 현실에 대한 판단을 할 수 있는 지식인 향반 출신이 할 수 있는 일이었을 것이다. 시대적 변화가 필요하고 나라가 위기에 직면했음을 직감한 상황에서는 앞장서서 지식인으로서의 역할을 할 수 있는 향반 계층인 김개남 같은 인물이 적합했을 것이다. 그들은 나라의 녹을 먹고 살아가는 벼슬아치가 아니었기 때문에 혁명이 실패한다 해도 잃어버릴 것이 없었다. 그나마 지주 계급은 아니어도 농사를 지으면 가족이 먹고 살 만큼 농지가 있었다는 것이 그로 하여금 혁명을 주도할 수 있게 했을 것이다. 혁명군 지도자급 중에서 특별히 김개남이 급진적이고 적극적으로 행동할 수 있었던 것은 혁명 대장으로서 그가 지닌 특별한 조건과 면모였다.

교수 임용 제한을 사십 세로 못 박았을 때 내가 맞은 마흔한 살의 봄날은 처참했다. 마당 여기저기에서 피어나기 시작하는 선명한 색깔의 꽃들에 가슴이 먹먹했다. '어찌하나' 탄식이 절로 나왔다. 사형선고를 받은 듯했다. 보따리 장사를 몇 살까지 할 수 있나? 육아와 남편의 학위 문제 등이 겹쳐 석사학위를 받은 후 8년 만에 박사 과정엘 들어갔으니, 당시 취업에 꼭 필요한 박사학위가 늦어지기는 했지만 난감한 것은 어쩔 수 없었다. 대학

사회의 변화까지 편승하여 다음 학기에 구제, 아니 구원을 받아서 취업이
되었다. 그 후에도 나는 인생에서 사십 대가 어떤 시점인지를 자주 생각하는
듯했다. 인생에서 어느 때도 중요하지 않은 시점은 없겠지만 그때까지 지속
했던 삶의 양식을 변화시키거나, 지속하거나 마지막 선택을 해야 하는 시기
라고 보았기 때문일까? 몇 살까지 살지도 모르는데 일생의 중간이라고 생각
해서 그런 것은 아니었다.

　허겁지겁 달려온 시간의 정점에서 어떤 결정이든 해야 했지만 내 혼자
힘으로 되는 것만이 아니라는 것이 답답했다. 마주하고 있는 세상과의 대결
에서 밀리는 기분은 절망적이었다. 내 증조부는 그 연세가 될 때까지 세상과
타협하려고 하셨던 것이 아닐까 생각한다. 김개남 장군이 작은 몸으로 강하
게 투쟁했던 것에 비해 증조부와 증손녀는 힘겹게 마른 나뭇가지를 헤치며
살아남으려고 노력한 듯하다. 그렇다고 해서 우리가 선택한 삶이 보잘것없
다고 할 수 있을까 하고 생각을 해본다. 보잘것 없지는 않았을지 몰라도
자랑스럽지도 않았다. 증조부는 어떠셨는지 몰라도 증손녀인 나는 내 앞에
펼쳐진 세상을 뚜벅뚜벅 걸어왔을 뿐이다. 물에 빠지지 않으려고 시냇물에
놓인 징검다리를 하나씩 조심스럽게 디디면서 걷다 보니 이제 시냇물이
끝난 것 같은 기분이랄까? 시냇물 저쪽 세계에 대한 생각을 해 본 적이
없었던 듯하다. 내 삶은 무엇이었을까? 거대한 역사의 변화를 꿈꾸며 자신
의 목숨을 걸고 투쟁했던 인물 김개남을 생각하며 부끄러운 것은 어쩔 수
없다.

　한 개인의 삶에서도 지난했던 시간으로 기억되는 그 나이에 지금실 작은
마을에서 살아온 인물 김개남이 자신이 꿈꿨던 세계를 향해 움직였을 때의
마음이 어땠을는지는 짐작하기조차 어렵다. 우리 증조부의 서울 나들이는
개인의 영달을 위해 마지막 꺼져가는 불길을 살려보려는 것이었을까? 사십

대 초반 증손녀인 내가 간절하게 원했던 바는 개인적인 소망이었을 뿐이다. 그 개인적인 소망을 이루려고 새벽부터 밤늦은 시간까지 이 대학, 저 대학을 옮겨 다니며 강의를 하고 논문을 썼다. 데모하는 학생들을 저지하기 위해 수시로 쏘아대는 최루 가스로 눈물과 콧물이 범벅이 되었지만 강의 시간에 늦지 않으려고 맹렬하게 뛰는 날이 허다했다. 김개남 장군이 높이 치켜들었던 횃불은 너무나 강렬해서 이 나라 남쪽 땅 전체를 비출 것으로 보였지만 영원히 타오르지는 못했다. 민중의 힘이 합해진 횃불이었지만 계속 타오를 수는 없었다. 횃불이 사그라들고 관원에게 체포되는 순간에도 그는 의연했던 것으로 전해진다. 같은 상황에서 꺼져가는 불길을 살려보려고 벼슬길을 찾아 구차하게 기웃거리셨을 증조부의 서울행은 석연치 않았다. 중년을 지나 노년을 향하시는 연세에 곁불을 쬐시려고 하신 듯해서 답답했다. 그러나 그 분의 행적은 개인의 영달도 아니었고, 종손으로서 후손을 보존해야 한다는 일념이었을 것이다.

　동학혁명군이 그들의 뜻을 분출시키기에 최적의 시기라고 판단한 순간 사십 대 초반의 김개남 장군이 선택한 방법과 강도는 유교적 질서에 순종하며 살아가는 사람들에게는 불만스러울 수 있었을 것이다. 반면 어느 사회든지 체제의 변화를 쉽게 수용하는 경우는 흔치 않을 것이다. 왕실과 멀리 떨어져 있고 실학자들의 유배지로나 쓰이던 땅, 일본의 침략에 쉽게 노출되어 있는 호남지역이 가지고 있는 특수성이 오히려 혁명을 가속화시킬 수 있었을 것이라는 생각도 해본다. 모든 여건이 혁명을 요구하고 수행하기에 더없이 적합했음에도 혁명을 마땅치 않게 여기는 세력은 존재했고, 혁명의 진행을 방해하는 많은 숫자의 반대 세력이 있었다. 그럼에도 전라도 동학혁명군의 세력은 확대되어 동으로는 경상도 일원, 북으로는 충청도, 강원도, 경기도, 황해도, 평안도까지 스며들었던 것을 보면 이 나라 전국에 일대 변화가 있다는 것은 의심할 여지가 없을 것이다. 동학 혁명은 빠른 속도로 전국으로 파급되어 갈 것으로 감지되었다. 혁명의 시작은 호남을 중심으로 이루어졌지만 급속도로 전국으로 확산되는 조짐을 보였던 것은 혁명군이 인식하고 있는 문제들이 지역적인 문제로 국한되는 것이 아니었음을 의미한다. 나라 전체에서 대부분의 국민이 사회 변화를 간절히 원했지만 나라를 다스리는 사람들만이 국민 불만의 심각성을 알지 못하고 대처할 능력도 전혀 없었다. 오랜 세월 누적된 관료들의 인습적인 사고는 주변 열강들의 침략을 방어할 어떤 대책도 세울 수가 없었던 것으로 보인다. 갑오년 정월 이후 고부읍 황토현, 장성의 황룡강, 전주성에 이르는 전투에서 관군은 속전 속패 하고, 동학 혁명군은 연승했으며 결국 서울 점령이 임박하였음은 기정 사실이었다. 전주성 함락 급보에 접한 정부에서는 각 대신들을 긴급 소집하고 동학 혁명군을 토벌할 것을 고종황제에게 제의했다. 황제는 다음과 같이 하명하였다.

"민란이 일어난 원인은 오리(汚吏)의 탐학으로 고통을 참다못한 것이니 그 정은 애석한 일이다. 그러므로 국가에서는 토벌만이 가능할 것이 아니라 위무(慰撫)에 전력을 다하라."

"이들은 도처에서 반란을 부르고, 요언(妖言)을 확대하여 민중을 현혹하며, 병기를 도취(盜取)하여 성읍을 공략하는 등의 반역심이 심대하다니 이들은 양민으로 간주할 수 없습니다."

고 대신들이 보고하자 황제는 다음과 같이 명했다.

"지금 장병의 출진을 명한다. 비도(匪徒)가 무기를 버리고 귀순하여 각기 본업에 돌아간다면 처형을 면제할 것이며 만약 군중의 세력에 의지하여 복종하지 않을 때는 한 사람도 남김없이 전멸하라."

하였다. 고종 황제는 이어서

"근일 소란이 많다. 왕명에 반항하면서 의병을 자칭하는 자가 있는바
이것은 그대로 둘 수 없다. 이러한 비상시국에 당하여 흉악 행위자들은
장부를 위조하거나 비적(匪賊)과 내통한다는 보고도 있으니 자못 심통
함을 느낀다. 차후로는 이러한 악당들이 혹은 왕의 밀지를 휴대하였다
칭하고 민중을 소동하고 지방 관리를 협박하는 일이 있을 때에는 포박하
여 선참후보(先斬後報)한다는 자세에 임하라."

하였다.

백 년이 훨씬 지난 시간에도 파업을 하는 노동자들에게 최고 통치자로부
터 유사한 지시가 내려졌던 것을 보면 권력을 가진 분들의 민중을 향한
겁박은 뿌리가 있는 것으로 보인다. 지도자가 민중을 대하는 태도는 조금도
변함이 없고 권력을 가진 사람과 가지지 못한 사람은 분할되어 넘을 수
없는 두꺼운 층을 마련했다. 왕과 조정의 관리들이 나라 전체의 문제점을
파악하고 대처할 능력을 갖지 못한 것이다. 이렇듯 세계의 변화를 감지하지
못하고 내부에 침몰하고 있었던 이유는 여러 가지 있었겠지만 결국은 나라
의 운이 다한 것으로 볼 수밖에 없다. 조선조 후기 큰 전쟁을 두 번씩이나
겪고 세계가 근대화를 향해 급속도로 변화함에도 불구하고 왕을 비롯한
지배 세력들이 이를 자각하지 못한 것은 큰 불찰일 것이다. 위태위태한
국가 상황에서 조정 내의 사적인 권력 다툼으로 왕과 대신들은 국가가 가야
할 방향에 대해서는 생각하지 않고 허송세월을 보내고 있었다. 언제나 왕과
조정 대신들은 나름 국가를 생각했겠으나 그 방향이 올곧지 못했음은 분명

하다. 왕은 드디어 의병을 폭도로, 비적(匪賊)으로 단정했다. 왕이 동학 혁명군을 폭도로 보기 시작한 것은 그들을 타도의 대상으로 보았음을 의미하며, 절대 권력자인 왕의 이러한 생각은 혁명군의 험난한 미래를 예고한 것이다.

왕명에 따라 죽산(竹山)부사 이두황(李斗璜)과 서산부사 성하영(成夏泳)은 1,000여명의 부대를 인솔하여 충청, 전라, 경상, 삼남 대토벌의 임무를 담당하였고, 일방으로는 청나라에 구원병을 청하였다. 김개남의 남원읍 군중 연설문에서도 보았듯이 청국에 청병하고, 일본과 연락하여 일본군의 출격을 청하였다는 풍설이 어지럽게 돌아다녔다. 고종의 이런 행위는 혁명군에게 절망적으로 보였을 것이다. 고종이 어떤 인물인지 확실하게 노출되지 않았던 시간이 지나, 혁명군에 대한 인식과 대응을 어떻게 할까 하는 것에서 분명하게 노선을 결정한 것으로 보이자, 김개남은 절대 권력자인 황제의 자질 문제 등을 내세우며 혁명군에게 왜 혁명이 필요한가를 설명했다. 한 집안에서 가장이 제 역할을 해야 하듯이 국가에서는 왕이 제 역할을 해야 함을 강조하며, 그렇지 못한 이 나라 상황을 개선하기 위해 혁명의 당위성을 주장했다. 김개남의 체제에 대한 비판은 혁명을 시작할 때부터 있었다. 그의 정치적인 연설에서 절대 권력자인 왕에 대한 신랄한 비판은 그의 세계관을 확실하게 표현한 것으로 보인다.

고종의 무능한 통치력으로 인해 청국은 대장 섭지초(葉志超) 섭사성(攝士成)의 휘하에 6,000여 명의 육군 부대와 5척의 해군 함정을 충청도 아산만에 주둔시켰다. 이에 일본은 수일 전 조선 정부에서 청국에 원병을 청했음을 알았다. 일본 공사 오토리 게이스케 (大鳥圭介)는 일본 육군 부대를 인솔 입경하여 고종 황제에게 민란을 진압하고, 조선을 보호하겠다고 하였다. 내란 무마라는 빌미로 청국과 일본의 군대가 조선에 주둔하는 어처구니없는 일이 벌어졌다. 청나라와 일본이 고종을 압박하는 상황에서 혁명군의 입장에서는 내란이라는 빌미를 제공한 상황으로 몰릴 수도 있었다. 나라는 최악의 상황으로 몰렸으며 온건한 태도로 혁명군의 뜻을 왕실과 국민에게 전달할 수 있는 상황이 아니었다.

5월 초에 아산만에 상륙한 청국 초관 윤득승(尹得勝), 천총(千摠) 언옥춘(鄢玉春)은 일개 소대만을 인솔하고 전주에 도착하여 동학 혁명군의 정황을 정탐한 결과 김개남 대장이 실권을 장악하고 있음을 알게 되었다. 이들은 김개남을 만나 청나라와 일본군의 진주 사실을 말했다. 5월 11일은 전주 성내에서 동학 혁명군이 철병하는 날이기도 하였다. 김개남은 전주 입성할 때부터 전봉준의 권유로 백마를 탔고, 그때부터 군민 간에 김개남을 백마대장이라 칭하였다. 청국 윤득승, 언옥춘도 김개남을 백마대장이라 칭하였으며, 백마대장의 위의에 머리를 저절로 숙였다고 한다. 김개남의 외모는 극히 체소하였으나 언행에서 오는 당당함이 모든 사람들을 압도했던 것으로 보인다. 김개남 장군은 키가 5척이 겨우 넘었던 것으로 전해지니 작은 체구였음은 분명하다. 전봉준 장군도 작은 체구였지만 선두에 서서 지휘해야 하는 김개남 장군의 위용을 돋보이게 보이기 위해 백마를 타게 한 듯하다.

일본 공사는 일본 육군 일 부대를 인솔 입경하여 고종황제를 알현하고 "지금 조선 남방에서는 불순한 세력이 함부로 날 뛰고(益動跳梁) 있어, 정부에서는 서쪽의 청국에 구원병을 요청하였다는 것인바, 우리 일본 정부에서는 이러한 사태를 매우 중대한 것으로 생각하고 있습니다. 우리 국왕(明治天皇) 폐하는 신(臣)에게 명하여 "군대를 인솔하여 조선에 가서 우리(日本) 상민(商民)을 보호하고, 만약 귀국(朝鮮)에서 우리나라(日本)에 구할 것이 있다면 작은 힘(一臂之力)이라도 빌려주라"하여서 달려 왔다.'고 진술하고, 또 부강자치지책 (富强自治之策) 등의 내정 개혁안 등에 대해서 여러 말을 하였

200

다. 일본 공사는 조선에 와서 상업을 하는 일본인들의 보호를 위해 일본 국왕의 명에 의해 이 나라에 왔음을 밝힌 것이다. 이는 매우 교묘한 외교적 언술이었다.

이때 형조참의 이남규는 일본의 조선 내정간섭을 규탄하는 상소를 올렸다. 이남규의 상소문에는 재정이 문란한 것은 지방관들이 사복을 채우고 수탈하는 것이 원인임을 지적하며, 왕이 민중의 원한을 사는 관리들에게 엄중히 죄를 묻지 않고 있음을 간했다.

"지금 일본인이 대병을 인솔 입도(入都)하였습니다. 신은 그 의도가 하처에 재하며 출병 명분이 하처에 재하는지 전혀 알 수 없습니다. 만약 인국(隣國)의 곤란함을 구조한다면 우리는 원병을 청구한 바 없습니다. 만약 자국의 상민(商民)을 보호하기 위함이라면 아국에서 그 안전을 보장하고 있습니다. 구조 불청(不請)하였음에도 구조를 자칭하는 것은 의심할 만합니다. 갑신정변 때 흉도가 도망한 것을 일본은 숨기어 이를 보호하였습니다. 이것으로 볼 때 이미 춘추의 서약은 파멸된 것입니다. 지금 구원을 명목으로 삼고 있으나 말할 것조차 없이 이미 실기(失機) 되었고 무엇이고 구조할 일은 없습니다. 보호를 명분으로 삼고 있으나 방비(防備)할 것이 없지 않습니까? 외교를 담당한 관리는 이치를 명백히 하고 성의를 다한다면 저들의 일본을 퇴각시키지 못할 것 없습니다. 만약 이유를 설명하여도 부동한다면 이것은 이미 적인 것입니다. 적과 교린을 체결하고 내적으로는 의혹을 내포하고 외적으로는 예의가 두터운 것 같이 한다는 것은 종말에 가서 무사할 수 없는 것입니다." 라고 하였다.

이 무렵 부사과(副司果) (五營에 속하는 군사직) 이설(李偰)도 아래와 같은 상소를 제출하였다.

"동학도와 민중의 반란이 지금 창궐(猖獗)을 극(極)하고 있는 원인은 무엇 때문입니까? 신이 시골에 있으면서 직접 목격한 바에 의하면, 최근의 지방관들은 전부가 자기 사복(私腹) 채우는 데만 전념하며 심해지면 민중의 재난이 되어 있습니다."

중요한 직책인 전운사(轉運使)가 국가의 곡물을 훔쳐 먹고 (盜食), 공공연하게 수뢰(賄賂)를 행하고 횡포한 행위로 말미암아 민원이 산적되어 반란을 발단시킨 자의 이름을 거론한다. 이설은 균전의 명명으로 사리를 도모하고, 국가의 징세 대상지를 감축시켜 황전에 세를 부과한 인물도 거론한다. 반란은 고부에서 시작되었고 반란의 주창자는 전 군수 조병갑이었음을 밝히고, 그 자와 유사한 행위를 한 인물들을 거론하였다. 세력으로 재물을 탈취하고 포학함으로 화(禍)를 다시 일으켜 반란을 확대 촉진시킨 이용태, 강한 욕심으로 인하여 반란의 원인을 만들어 낸 위에 임무의 중차대함을 생각지 않고 임지를 도망한 전 전라관찰사 김문현(金文鉉) 등을 나열하였다. 양곡을 배에 싣고 도주한 전 영광군수 민 영수(閔永壽)는 그 죄가 현저함에도 면죄되었다. 토목공사의 징발은 장기화되고 국왕의 유학(儒學) 학습은 장구히 이행하지 못하였고 재정에 규율이 없으며 사치 풍속은 우심(尤甚)하고, 민중의 재산은 멋대로 수탈하고 각양각색의 잡세는 증설하게 되어 있으므로 만약 지금 이러한 상황을 구하려면

"第一로서 백성을 애석하게 생각한다는 소칙을 발표하여 회오(悔悟)한다는
    뜻을 표시할 것.
第二로서 지급(至急)히 민중을 구휼하는 시책을 강구하여 도산(逃散)을 방지
    할 것.
第三으로는 관기를 엄격히 하여 악사 (惡事)는 징치(懲治)할 것.
第四로서 천하의 충간(忠諫)을 구하고 세론(世論)에 귀를 기울일 것.

第五로서 원병을 의뢰하지 말고 자국력으로 군비(軍備)를 완전하게 하는 것
이 필요하다 생각합니다.”

이외에도 다른 유학자들의 상소문이 줄을 이었다. 조정의 관리들이 올린
상소문은 결국 지방 관리들의 학정으로 인해 혁명이 발발할 수밖에 없음을
명시한 것이었으나 모든 상소문이 혁명은 ‘반란’ ‘민란’으로 표기하였다. 정
부의 입장에서는 반란 민란으로 치부할 수밖에 없었을 것이다. 그럼에도 황
제가 관리들의 상소를 즐거이 받아들였음은 다행스러운 일이었으며, 이는
다수의 상소에 의하여 공론이 비등하고 있음을 알았기 때문이었다. 황제는
적어도 민원을 산 궁극의 책임을 구한다면 자기에게 책임이 있다는 것을
알아야 했다. 고종황제로부터 전(前) 호남 전운사(轉運使) 조필영(趙必永)과
균전사(均田使) 김창석(金昌錫)은 유형에 처하라는 명령이 하달되었다. 고종
황제는 대신들의 상소를 통해 지방 관료들의 비리가 심하여 백성들의 원성
이 자자함을 알게 되자 비리 관료들을 처벌했던 것으로 보인다. 그럼에도
나라의 상황은 지방 관리 몇 명을 유형에 처하는 것으로 해결될 문제가
아니었다. 혁명군은 칼을 뽑았고, 나라 곳곳의 환부는 심하게 곪아서 관리
몇 명을 유형에 처하는 어설픈 처방으로는 쉽게 진정될 수가 없었다. 그럼에
도 조정의 대신들은 황제에게 동학혁명이 지방 관리들의 부정, 부패로 일어
난 소요 정도의 민란으로 전달했기 때문이다.

1894년 5월11일 조정에서는 청 · 일 양국에 철병 (撤兵)을 요구했다.
청 · 일 양국이 혁명군 진압 명목으로 조선을 군사적으로 제압하고, 내정
간섭을 할 일과, 청일전쟁이 일어날 것을 우려했기 때문이었다. 그러나
청 · 일 양국은 철병하지 않았으며, 6월 21일 일본군은 왕궁을 점령하여
민씨 정권을 타도하고 개화파의 잔당에 의한 친일 정권을 출현시켰다. 이른

바 갑오개혁을 실행하는 이때부터 고종황제는 대원군에게 결재 서류를 돌렸고 대원군은 이를 실행하였다. 이러한 왕실의 내분은 결코 혁명군의 문제를 해결해 줄 수 있는 상황과는 점점 멀어져갔다. 왕실에는 혁명군이 정부에서 시정해 주기를 요구했던 건의 사항을 들여다보고 개선해 볼 수 있는 책임자가 없었던 것으로 보인다. 국가가 존폐위기에 처한 상황에서 일부 계층의 불만을 해결해 줄 만큼 한가하지 않다고 생각했을 것이다. 그러나 역설적이게도 당시 상황에서는 민중들인 혁명군만이 나라 내부의 문제를 제시할 수 있었다. 혁명군의 요구 사항은 바로 누대에 걸쳐 이 땅에서 살면서 누적되어온 뼈아픈 그들의 문제이기 때문일 것이다. 시대적 변화를 예견하고 국제 정세를 정확하게 파악한 현명한 위정자들이었다면, 혁명군과 타협하여 그들의 요구사항을 들어주고 나라의 힘을 강화할 수도 있었을 것이다. 조정에서는 허락 없이 이 나라에 들어와 세력을 강화하고 질서를 교란하는 행위를 자행하는 외세를 저지시킬 수 있는 방법이라면 어떠한 방법이라도 써야 했을 것이다. 관군과 혁명군이 합세하여 외부 침입자들에 저항할 수 있는 기회였지만 그러지 못했다. 결과적으로 혁명군에게는 혁명을 일으키기 전보다 더 암울한 상황 속으로 빠지게 되었다.

6월 23일에는 일본 육군 2,000여 명이 청국군을 기습 공격하여 소사, 성환 지구에서 청국군 5,000여 명이 전사하고 생존자는 500여 명뿐이었다. 성환 패잔병 500여 명은 청일전쟁이 일어나는 빌미가 되었으며, 청국군은 대패하였고 일본군은 대승하였다. 6월 29일 일본 정부는 청국에 선전포고를 하였다. 일본군은 계획적인 전쟁이었으므로 전비가 완전하였다. 청일전쟁은 북으로 이전하였으며, 1894년 8월 평양 접전으로 청군은 전멸하고, 일본군 승리로 끝났다. 그제서야 비로소 조정에서는 탐관오리들의 부정과 착복으로 인한 조선의 혼란스러운 상황에 대한 인식을 하게 되었으나,

조정에서는 대처할 능력이 없었다.

　나라에서는 혁명군과 힘을 합하여 이 땅에 침입한 외세를 몰아내는 것이 합당할 것으로 보였으나, 1894년 9월경, 조정에서는 동학혁명 토벌 준비를 완료하고 경군(京軍), 일본군, 청국군이 힘을 합하여 공격했다. 나라에서는 농민 혁명군을 무마시키기 위해 조정에서 불러들인 청·일 양국 군대가 삼남 지방의 혁명군 토벌에 임한다는 이야기가 파다하였다. 그러나 8월 평양에서 열린 청·일 회담으로 청군 세력은 완전 궤멸되었고, 일본군만이 친일 정부를 통하여 조선 정부 지배를 강화하기 위하여 정부군과 합동으로 동학군의 배후 농민 및 혁명군을 제압할 것을 의도했다. 그러므로 삼자는 아니고 청군을 제외한 2자 1속(二者一束)인 것이다. 일본군이 조선 정부 지배를 강화하기 위하여 농민 및 동학 혁명군을 제압하려고 했다는 것은 기가 막힌 일이지만 현실이었다. 이것은 일본군의 조선 지배 욕구가 얼마나 강했는지 이 나라 조정이 얼마나 무능했는지 알아볼 수 있는 대목이었다.

　결과적으로는 외세의 힘을 빌려 자국민을 소탕하는 형국이었다. 세계 어느 나라 역사에도 없는 수치스러운 일이 자행되었다. 소란스러운 와중에 전라도 내 각 읍 집강소에서는 재차 거병 안을 낼 수 없게 되었다. 시간이 지나면서 혁명군 측에서도 남접과 북접 간의 대립이 이어지고 기운이 소진되어 갔다. 왕실에서 멀리 떨어진 호남 땅 작은 곳에서 시작된 외침이 왕에게까지 상달되었을 때 동학군들은 희망을 가지고 기다렸을까? 희망을 가지지는 못했어도 국가가 다른 나라의 힘을 빌려 자신들을 공격할 줄은 몰랐을 것이다. 자신들이 받들고 모셔야 한다고 믿었던 임금이 외국의 힘을 빌려 공격하다니? 부모와 왕은 똑같이 모셔야 한다고 배워왔던 그들은 왕의 배신을 어떻게 받아들였을까? 혁명군이 확인한 것은 치욕스런 현실이었지만 민중이 주인이 되는 평등한 세상으로 바뀌어야 한다는 것을 절감하는 시간이기도 했다.

　지도자 중 한 사람인 김개남은 특히 그 치욕스러운 상황에 대해 분노했던 것으로 보인다. 이러한 분노의 감정은 김개남이 자신을 밀고한 친구를 능멸하는 시선으로 바라보았다는 것에서도 짐작해 볼 수 있다. 죽음 앞에서도 결코 용서할 수 없는 친구의 밀고처럼, 아무리 나라가 위기에 처했어도 외세의 힘을 빌려 자국민을 처단하려는 황제의 행위는 몹시 치욕스러웠을 것이다. 사람이 아무리 위급한 상황이라고 해도 결코 용납하기 어려운 것이 수치스러움일 것이다. 평범한 친구의 밀고 행위나, 지엄한 제왕의 구걸 행위나 수치스러운 행위임에는 차이가 없을 듯하다.

　어렸을 때 서울에서 사셨던 우리 어머님이 순종의 장례 행렬을 보셨던 기억을 말씀하실 때 봉건시대의 제왕이 어떤 존재인지 느낄 수 있었다. 장례 행렬을 보러 나온 사람들이 모두 땅에 엎드려 소리 내어 울면서 장례 행렬이 지나기를 기다렸다고 하셨다. 그 지엄하신 존재가 그보다도 한 세대 전에 농민 혁명군들의 행위를 처벌한다는 명분을 내걸고 이 나라를 침략하려고 들어와 있는 외국의 군대와 합세하였다. 한 세대 후에는 서울에서는 제왕의 죽음에 많은 백성들이 상복을 입고 길에 엎드려 곡을 했다. 식민지 상황이라는 슬픔까지 합해져서 그렇게 엎드려 곡을 했을까? 하기는 그 후에도 몇 명의 대통령이 돌아가셨을 때 운구 행렬을 바라보며 눈물을 훔치는 사람들을 많이 보았다. 누구의 죽음이든 죽음은 슬픈 것인가?

　인간의 보편적 성정 중에 타인에게 보이고 싶지 않은 것이 수치스러운 상황일 것이다. 부모가 부모 노릇을 못하는 것도 수치스럽겠지만, 왕이 왕 노릇을 못하는 것은 국민 모두에게 부끄러운 일이다. 더구나 왕이 외세와 결합하여 나라 내부의 혁명군을 처벌하려 하다니? 이미 나라 안에서 왕의 위상은 흔들렸고, 임금은 그것을 인정해야 했다. 위엄을 잃은 제왕은 어떤 형태의 국가 책임자로서도 실격이었다. 백성으로서 존엄성이 무너지는 왕을 바라보아야 하는 것은 서글펐을 것이다. 김개남이 밀고자에게서 느꼈을 수치심이나, 왕에게서 느꼈을 부끄러움은 일맥상통하는 것으로 보인다. 동학혁명군의 지도자가 중요하게 생각하는 새로운 인간의 모습은 당당함이었음에 분명하다.

내 개인적으로도 어렸을 때부터 제일 힘들었던 감정이 수치심이었던 듯하다. 인간의 본성에서 수오지심(羞惡之心)은 아주 어렸을 때부터 작동되는 것으로 느껴진다. 수오지심은 인간 본성의 시작이기 때문이다. 호남지역 출신, 특별히 지금실 도강 김가들이 가진 특별한 성정 중에 하나인가? 김개남의 언행 중에 유독 공감하는 부분이 밀고자에 대한 눈길과 언행이 남는다. 김개남이 혁명군들 앞에서 하는 연설에서도 공감하는 것은 그의 말이 자의식을 지닌 근대인의 사고에 연결되기 때문인 듯 하다. 어렸을 때부터 우리가 많이 들었던 말 중에 '비위가 없다'는 말이 있었다. 다른 사람에게 무엇을 부탁하지 못하거나 아쉬운 말을 못한다는 정도였던 듯하다. 그 깊이가 확대, 심화된 것이 수치심, 수오지심으로 연결될 수 있는 것이 아닌가 생각한다.

김개남이 진정으로 원했던 것은 새로운 세상을 이루는 것이었겠지만 구차한 방법으로 새 세상을 원하지는 않았던 것으로 보인다. 그가 원했던 것은 당당하게 투쟁해서 얻어내는 새로운 세상이었다. 그가 했던 연설에서 강조하는 바는 봉건사회에서 부당하게 받았던 모든 처우가 개혁되기를 요구한 것이다. 김개남 혁명군은 농민군을 동원해서 관군과 일본군을 향해 투쟁하면서 평화적으로 원하는 바를 이룰 수 있을 것이라고 생각지는 않았던 것으로 보인다. 절대 권력을 향해 강한 무력투쟁을 하면서 살아남기를 기대하지는 못했을 것이고, 늘 죽음은 그의 곁에 있었을 것이다.

조정의 명에 의해 행동하는 관군은 혁명군을 체포하면 조금도 주저하지 않고 처형했다. 관군이 정비되지 못하고 해이한 상태에서 혁명군의 습격을 받았을 때를 제외하고는 관군은 언제든지 혁명군을 처형할 수 있었다. 혁명군은 절대 권력인 조정을 향해 반기를 들면서 죽음을 생각하지 않을 수 없었을 것이다. 김개남은 처음부터 죽음을 무릅쓰고 혁명을 시작한 것으로 보인다. 다만 당당하게 죽는 방법을 생각했을 그가 한 때 친구였던 자의 밀고로 포승줄에 묶여가는 상황을 받아들이기는 어려웠을 것이다. 죽을 수도 있다는 가능성을 염두에 두고 투쟁에 나섰어도 굴욕적인 방법으로 죽고 싶지는 않았을 것이다. 무엇보다 포상금을 기대하고 밀고를 한 자가 한때 자신의 친구였다는 사실이 그를 부끄럽게 하였을 것이다.

김개남은 한때는 동지라고 믿었던 인물의 밀고로 관원에게 잡혀가는 과정에서 인간에 대한 배신, 밀고 행위 등에 대해 좌절하는 모습을 보였다. 밀고자에 대한 모멸감은 인간의 행위에 대한 절망감에서 기인한다. 인간의 가치와 존엄성을 고양시키기 위해 그가 행동했던 바를 무화시켜 버리는 밀고자의 가장 저급한 행위는 절망감을 느끼기에 충분했을 것이다. 그가 추구했던 숭고한 가치는 밀고라는 행위 앞에서 바닥으로 떨어졌다. 밀고를 종용했던 나라의 권력이 문제였겠지만 김개남은 포상을 기대했던 밀고자의 행위에 의해, 실추된 인간의 존엄성에 좌절했을 것이다. 혁명을 일으키지 않았으면 한때 친구였던 사람으로부터 밀고를 당하는 일은 없었을 것이다. 그들이 목숨 걸고 했던 혁명은 정의로운 일이었으나, 그들은 그로 인해 경험하지 않아도 되는 극단의 상황에 내몰리게 되었다.

김개남은 죽을 수밖에 없는 것이라면 차라리 효수되어 장대에 높이 매달리는 것이 명예스러웠을 것이다. 자신의 행동에 대한 확신이 있었기 때문에 국가 권력에 의해 처형당하는 것에 수치심을 느끼지는 않았을 것이다. 김개남이 분노한 것은 밀고라는 행위가 가지는 인간 내면의 치욕스러움에서 기인하는 것으로 보인다. 사십대 초반의 남자가 자신의 최선을 다 한 뒤 그 결과에 대해 한스러워 했을 리는 없다. 국가와 봉건사회의 거대한 조작을 향한 투쟁에서 승리를 장담하지는 못했을 것이고, 죽을 수도 있다는 것을 예감하며 투쟁했을 것이다. 이런 점이 그의 모든 행동이 숭고하게 보이는 이유이다.

혁명에 임하는 김개남의 지도력과 추진력도 놀랍지만 많은 숫자의 농민 혁명군이 투쟁에 가담한 것은 더욱 놀랍다. 소작인이든 자작농이든 대부분이 농업에 종사하거나 노동을 하지 않는다면 생계가 불확실한 사람들이었을 텐데 그렇게 많은 숫자가 혁명군에 가담했다는 것은 지도자의 설득력도 우선했을 것이고, 세상의 변화가 와야 한다는 민중들의 소망이 컸기 때문이었을 것이다. 혁명에 참여한 사람들은 개별적으로 행동하기보다는 집단으로 자신들의 의사를 표현함이 효과적일 거라는 확신이 있었을 것이다. 혁명군이 활동하기 시작할 때 많은 동조자가 참가한 것은 혁명이 자신들의 의견을 표출하고 꿈을 이룰 수 있는 절대적인 기회라고 생각했기 때문일 것이다.

변화에 대한 욕구는 극에 달했지만 뜻을 펼쳐볼 수가 없었던 사람들에게 혁명군에 동참하는 것은 절호의 기회라고 판단했을 것이다. 죽음에 대한 공포는 있었겠지만 희망을 가질 수 있다는 것은 용기를 낼 수 있는 중요한 기제였을 것이다. 동학혁명은 희망이 거의 없이 살아왔던 사람들이 살아갈 수 있는 꿈이었다. 혁명군에 동조자가 그토록 많았던 것은 봉건시대 막바지에 나라 전체가 혼란스러운 상황에서 민중들의 관심이 혁명군이 내세운 목표와 일치되었기 때문이었을 것이다. 동학이 민중들의 저변에 종교적, 정치적 이념으로서 깔리고, 유배당한 선비들은 이 나라 땅끝 여기저기 흩어져 지내며, 그들의 주장을 문자로, 언어로 전달했을 것이다. 그들이 문자를 해독하는 능력을 가진 젊은이들에게 전했을 사회 변화의 가능성은 혁명군들의 의식을 자극했을 것이다. 혁명군 지도자들이 사회 변혁에 대한 욕망을 가지기 시작했던 것은 외지를 드나들며 많은 사람들과의 대화를 통해서 가능성을 확인했을 것이다.

김개남이 신앙으로서의 동학에 심취했는지 아닌지는 정확치는 않으나, 민중 저변에 신앙으로서의 동학이 요구되었음은 분명해 보인다. 당시에는 동학뿐만이 아니라 동학에 참여했던 차천자의 보천교도 많은 숫자의 신도가 있었다고 한다. 강증산의 증산교와도 서로 교류가 있었던 것으로 보이는 보천교는 20세기 초까지도 전북 정읍지역을 중심으로 민중들 사이에서 많이 확산되었던 것으로 보인다. 1894년에 태어나신 우리 조부도 정감록에 상당히 심취해 있으셨다는 얘기가 전해지는 것을 보면 동학의 영향이 어떤 형태로든 민간에 남아 있었던 것으로 보인다. 그런 연유였는지 모르지만 1917년에 지금실에서 출생하여 열다섯 살 전에 혼인을 하신 나의 부친은 차천자의 따님과 결혼 얘기가 있었고 그 집에 한번 간 적이 있었는데 번쩍거리는 비단 이불이 천정 높이만큼 쌓여 있었다는 말씀을 하셨던 적이 있다. 비단 이불과 종교 지도자와의 관계가 어떤 것이었는지는 잘 모르겠으나 집 전체가 대궐처럼 화려했다고 전하셨다. 어렸을 때라 그 이야기에 별 흥미를 느끼지 못했지만 차천자의 보천교가 교세가 대단했음은 짐작할 수 있었다. 당시 민중들은 보천교의 종교적 가르침과 교리에 심취했다기보다는 동학에 집중되었던 교세가 증산교나 보천교 등으로도 확산되지 않았나 싶다. 이렇듯 자생적인 종교의 출현은 혼란스러운 시기에 시대적 욕구로 보이기도 한다.

동학 혁명 이후에는 어떤 방법으로든 민중의 욕망을 집단으로 분출해야 할 만큼 사회 여건이 들끓고 있었음은 분명하다. 민중들에게는 마음의 위로를 줄 수 있는 자생적인 종교의 출현이 요구되었듯이 정치, 사회적 변화를 위해서는 혁명이 필요하다고 생각했을 것이다. 물론 그들과 같은 공간에서 같은 시대를 살아가셨던 우리 증조부는 전혀 다른 선택을 하셨던 것을 보면 그 시대를 살았던 모든 청장년의 남자들이 동학에 가담하지는 않았음은 분명하다. 지금실 그 작은 마을에서도 비슷한 연배의 남자들이 같은 생각으로 규합하지 못했음을 보면, 결국 모든 개인 행위는 개별적인 판단이 우선하는 시대로 접어들고 있었음을 알 수 있다.

서로 다른 선택

특별히 우리 증조부와 김개남 장군 두 분은 행동하는 것도 개별적이었지만 의식이 형성되는 과정도 개별적이었음을 알 수 있다. 48세의 나이에 대를 이을 아들을 낳은 후에 서울을 향해 집을 떠났다가 곧 객사를 하신 우리 증조부도, 자신의 소신을 달성하기 위해 엄청난 병력을 이끌고 남부 지역에서 치열하게 투쟁했던 42세의 장년 김개남도 모두 비참하게 같은 해에 비참한 생을 마쳤다. 어떤 이유로 누구의 칼에 살해당했는지도 모르는 우리 증조부의 삶은 김개남과 무슨 관계였을까? 5촌 당숙질 간이라는 혈연관계가 전부이었을까? 전혀 반대의 길을 선택했던 두 사람은 서로 상대를 설득하려고 노력하지는 않았을까? 동년배로서 서로 이야기를 나눌 사람들도 별로 없는 산골에서 어렸을 때부터 아래윗집에 살아가다가 왜 그들은 서로 반대의 길로 갔을까? 홀로 북쪽으로 올라가려던 분은 편안하게 안정된 길을 택했을 것이고, 수많은 동지들을 이끌고 남쪽으로 내려간 분은 죽음을 각오하고 투쟁하는 선택을 했다. 이는 누구의 강요에 의해서 각자의 길을 간 것이 아니라 모두 자신들이 선택한 길을 간 것이다.

인생의 중요한 시점에서 두 분의 서로 다른 선택은 각자 자신이 가야 할 길을 스스로 선택하는 전형적인 근대 사회적 인물임을 보여주는 사례로 보여진다. 선택도 자신이 하고, 책임도 자신이 지는 시대가 되었다. 이제 더 이상 태어날 때부터 숙명적으로 물려받은 신분으로 그들의 삶이 결정되는 것은 받아들일 수 없는 시대로 가고 있었다. 김개남 장군은 본인의 신분 문제로 인해 불이익을 당해서 혁명을 주도했던 것이 아니지만, 타고난 신분으로 인해서 억울하게 살아야 하는 사람들의 분노를 결집하여 세상을 바꾸고 싶어한 것으로 보인다. 시대가 변화해야 할 때가 되었다고 본 것이다. 같은 해에 죽은 두 남자는 가까운 종친으로서 태어나면서부터 같은 마을에서 살아왔고, 충분히 교감할 요소가 있었겠지만 이에 대해 전해지는 바는 없다. 갑오년에 태어난 내 조부는 48세의 증조부가 낳으신 만득의 자손이시다. 조부는 갑오년 음력 이월 스무하룻날 태어나셨고, 나는 53년 후 같은 날 출생했다. 갑오년에 돌아가신 증조부의 제사가 5월 초인 걸로 알고 있는데 그 분은 태어난 지 백일도 안 된 아이를 아내에게 맡기고 먼 길 출타를 하신 것이다. 그 때 나의 증조부는 68세의 부친이 생존해 계셨고, 늦은 나이에 아들을 낳았으니 부모에게 뿐만 아니라 집안의 대를 잇는 종손으로서의 본분은 다 한 것으로 아셨던 듯하다.

나의 증조부가 젊었을 때부터 벼슬길을 향해서 서울을 드나드셨던 것은 당시에도 궁벽진 땅 정읍 지금실에 사는 장년의 남자가 가질 수 있는 지극히 평범한 생각이었을 것이다. 증조부에 대해서는 땡뗴기나 좀 가지고 식솔들의 배는 곯리지 않아도 되었던, 한학을 하는 시골 향반의 생각이 엿보여서 좀 심드렁해진다. 집을 나서 몇 걸음만 내려가면 만날 수 있는 여섯 살 아래의 당숙과는 전혀 교감이 없었을까? 두 분이 같은 해에 전혀 다른 죽음을 맞이했다는 것은 여러 생각을 하게 만든다. 새로운 세상을 꿈꾸며 치열하게 투쟁했던 분도, 일신의 영달을 위해 벼슬길을 찾아 서울로 떠나셨던 분도 같은 결말을 보셨음은 좀 아이러니하다. 혼돈의 시대였음을 알려주는 증거로 보이기도 한다.

지금실에서 외부와 통할 수 있는 길은 내 증조부가 출타하실 때나, 김개남이 혁명군을 이끌고 말을 타고 다닐 때나 모든 사람이 내왕하던 그 길이었을 것이다. 지금실에서 외부와 소통하던 방법은 1900년대 초부터 시작된 우편 엽서 등이 통용되기 전까지는 인편으로 전해졌을 것이다. 혁명군 지도자들은 말을 타든, 걸어서 다니든 사람이 직접 내왕하며 혁명에 대해 의견을 교환하고 투지를 불태웠을 것이다.

1950년대가 되어서도 지금실 할아버지 댁으로 올라가는 골목길은 수없이 돌부리가 박혀있어서 바닥이 얇은 신발을 신고서는 걷기가 난감했었다. 어렸을 때 기억으로 할아버지는 가끔 나막신을 신고 다니시기도 했다. 무척 힘들어 보이셨지만 넘어지지 않고 천천히 잘 다니셨다. 그래도 짚신을 신으신 것은 본 기억이 없다. 고무신이 나와서 돌아다닐 때라 그랬을 것이다. 그때는 찢어진 고무신을 꿰매 신는 할머니들도 계셨다. 할아버지의 머리는 언제부터 그러셨는지 모르지만 언제나 짧게 깎으셨다. 개화의 물결이 흘러들어왔을 때부터 남자들은 머리를 깎았을 것이다.

국민학교 저학년이었던 내가 지금실에서 보았던 특별한 풍경은 족두리를 쓰고 당의를 입은 신부가 가마를 타고 시집을 가는 장면이었다. 신랑은 사모관대를 하고 말을 타고 있었다. 신붓집에 신랑이 말을 타고 오는 것이었는데 1960년대 한국 영화에서 종종 보았던 그런 장면이었다. 신랑의 사모관대와 신부의 원삼 족두리 등은 동네에서 이 사람 저 사람이 몇 번이나 사용했는지 낡고 색이 바랬었다. 그때 신랑, 신부가 입었던 예복은 국민학교 졸업식 앨범 사진을 찍기 위해 사진관에서 구비해 놓은 가운 같았다. 그때 사진관에서는 학생들의 변변치 못한 옷들을 감추려고, 하얀 칼라가 달린 가운을 준비해 두었다. 모든 졸업생들은 그 가운을 입고 사진을 찍은 뒤 벗어놓고 나왔다. 그래도 지금실 구식 결혼식에서 신랑이 타고 온 말은 늠름했다. 신랑을 올려다봐야 하기 때문에 그렇게 보였을 것이다. 아래 지금실과 위 지금실을 연결하는 그 좁은 길로 말을 타고 온 신랑이 기억에 남아 있다.

그 무렵 전주 전동성당에서는 신부가 서양식 드레스를, 신랑은 양복을 입고 서양식 혼례를 했다. 그때는 신식과 구식의 혼례 양식이 공존했던 것으로 보인다. 신식이든 구식이든 어린 아이들에게 결혼식 구경은 재미있는 볼거리였다. 지금실에서는 20세기 중반에도 신랑이 말을 타고 이동을 했으니, 19세기 말에는 도보와 말타기 이동이 병행되었을 것이다. 그래도 지금실 계곡을 따라 난 길은 말이 걸어가기에는 무척 옹색해 보였다.

웬만큼 말타기에 능숙한 사람이 아니라면 쉽지 않았을 그 좁은 골목에서 말을 타고 싸워야 하는 혁명군이 그것도 대장이 나올 수 있었을까? 자료를 뒤져보면 김개남 장군이 백마를 타고 이동했다는 이야기가 몇 번 나오지만, 그 정도로 말을 타는 것이 쉽지 않았기 때문에 특별히 언급되지 않았나 하는 생각이다. 김개남 장군이 백마를 탔다고 하지만 다만 이동 수단으로 사용하지 않았을까 하는 생각도 든다. 말 위에서 싸웠을 것으로는 상상하기 힘들다. 관군이라면 말이 준비되어 있었겠지만 혁명군에게 말은 어려웠을 것이다. 우리에게 말이나 소는 달구지를 매달아서 짐을 싣고 끌고 가는 것으로만 알았다. 어렸을 때 헌병이 칼을 차고 제복을 입고 말을 타고 가는 것을 몇 번 본 적이 있을 뿐이다. 전주 시내에서 제일 넓은 길을 말 몇 마리가 달리지도 않고 천천히 걸어갈 뿐이었는데 길이 너무 좁고, 말이 너무 크다는 생각에 두려웠다. 말이 움직일 때마다 말발굽에 밟힐 것 같은 공포가 지금도 생생하다. 말을 탄 헌병들이 무서워 보였던 것은 칼을 차고 제복을 입은 모습이라서 그렇기도 했겠지만, 말 위에 탄 사람이 너무 높은 곳에 있어서 무서워 보였던 듯 하다. 말 아래에서 말을 탄 사람들을 바라보는 것은 위압감을 주기에 충분했다. 전봉준이 김개남에게 백마를 타게 했던 것은 관군이나 혁명군에게 그의 위용을 보여주기 위해서 그랬을 것이다.

지금실이나 완주군 구이면으로 버스가 다니기 전에는 소달구지를 타고 외가에 갔던 기억이 있다. 소달구지를 타지 못하면 걸어가야 했다. 1950년 대에 나온 '마부'라는 영화는 말에 달구지를 매달고 짐을 실어 나르는 것으로 생계를 이어가는 사람들의 이야기였다. 서울 변두리에서 많은 자식과 살아 가는 김승호, 황정순 부부의 생활은 그 시대 도시 빈민의 모습이었다. 서울 에서도 변두리에서는 마차가 차도와 인도의 구별도 없고 아스팔트 포장이 되어 있지 않은 도로 위를 다니면서 물건을 날라주었다. 그러고도 몇 십년이 지나서 몽고에서 나온 영화에서 똑같은 풍경을 보았다. 넓은 초원에서 잘 자랐을 몽고의 검은 말은 비록 마차를 끌었지만 기상이 있었다. 자동차가 나오기 이전 운송수단으로서 주요한 역할을 했던 말은 우리가 부릴 수 있는 만만한 상대가 아니라 주인의 위용을 돋보이게 하고 신분을 과시하는 동물 로 보였다. 이 시대의 고급 외제 자동차와 같은 것이었을까?

1970년대 초반 결혼 후 연년생의 딸과 아들을 데리고 설과 추석, 제사가 있는 날에는 경기도 양주군 진접면에 있는 시댁에 다녀야 했다. 마장동 시외버스 터미널 바닥은 인근에 경동시장 등이 있어서 그랬는지 언제나 질척거렸다. 추석 때는 날씨가 별로 춥지 않아서 고생스러웠던 기억은 별로 없었지만, 설날이나 겨울 제사가 있을 때는 언제나 매서운 추위로 길에서 오들오들 떨어야 했다. 한 사람은 짐 보따리를 들고, 다른 한 사람은 아이가 추워할까봐 끌어안고 전전긍긍했던 시간들은 아무리 젊은 날이라도 뒤돌아 보고 싶지 않다. 만원 버스 안에서는 두 아이를 남편과 각각 하나씩 무릎에 앉히고 가야 했다. 그런 시간을 그래도 젊은 날이니 좋았다고 말할 수는 결코 없다.

젊은 날은 대부분 궁핍했지만 그런 기억이 돈과 연결되어서 힘들지는 않았던 것 같다. 그럼에도 추웠던 날들은 많이 고통스러웠고 지워지지 않는다. 경제적인 궁핍은 지속적이었지만 추웠던 시간들은 순간순간이 얼음처럼 온몸에 박히듯이 고통스러워서 그랬을까? 어떤 선생님은 한 손에는 막 돌 지난 아이의 손을 잡고, 또 한 손으로는 수박 한 덩이를 들고 친정집에 가는 젊은 부부의 모습이 그렇게 아름다울 수가 없다고 말씀하셨다. 수박이 나오는 시절이었으니 춥지 않아서 그렇게 보였을까? 그래도 수박 한 덩이가 얼마나 무거운데.

우리 시대에 가난한 신혼부부가 친정집에 갈 때 들고 갔던 수박 한 덩어리도, 계란 한 판도, 설탕 3 킬로도 이 시대 젊은이들에게는 생뚱맞다. 그 정도의 물건을 들고 친정 부모를 찾아뵐 수 있을 때는 그래도 편안했던 듯하다. 살아오는 동안 돈의 단위가 높아지고 다양해진 소비 형태에 이제는 멀미가 날 지경이다. 나이가 들어가면서 수용할 수 있는 용량은 한계에 도달했고, 모든 분야에서 팽창된 물질적 욕망을 감당하기 어렵다.

그때는 경부고속도로도 호남고속도로도 만들어졌을 때였지만 경기도 광릉 시댁으로 가는 길은 아스팔트가 되어 있지 않았다. 남편의 말은 시댁으로 가는 길은 군사 도로라서 그렇다고 했다. 시댁으로 가는 길은 이래저래 그저 고생스러웠다. 얼마나 고생스러웠으면 우리 집으로 제사를 모시고 왔을까? 살아있는 사람이 이동하는 것보다 혼백이 다니시는 것이 훨씬 쉽겠다는 생각을 했다.

나이 마흔이 넘어 수원 근처에 있는 대학에 출퇴근하기 위해 운전을 배웠고 차를 사야 했다. 얼마나 운전을 무서워했는지 면허시험에 떨어질 때마다 인지를 새로 붙여야 했는데 너무 많이 떨어져서 더 이상 인지를 부칠 데가 없을 때가 되어서야 면허증을 받을 수 있었다. 집에서 학교까지 60킬로미터가 조금 넘었는데 운전 연수를 시켜주시는 연세가 지긋하신 남자분에게 학교에서 집까지만 다닐 수 있으면 된다고 부탁했더니, 그 구간을 능숙하게 다닐 수 있다면 운전은 다 배우는 것이라고 했던 기억이 난다. 붓글씨를 배울 때 한 일(一)자를 계속해서 쓰다 보면 붓글씨의 기본을 다 배운다고 하듯이 나도 학교와 집을 일주일에 몇 번씩 다니며 운전을 익혔다. 주변을 지나가던 수많은 운전기사들이 빵빵거릴 때마다 나를 향한 비난인가 하고 겁을 먹었던 시간도 길었다.

운전을 좀 할 수 있게 되었을 때 운전을 해서 시댁까지 갔다 온 다음에 겨우 18킬로미터의 거리를 그렇게 힘들게 다녔구나 하는 생각에 허망해졌다. 이제는 어느덧 70대 고령 운전자가 사고를 냈다는 기사가 나올 때마다 불안에 떨어야 하는 80대를 바라보는 나이가 되었다. 이 나이에도 배짱 좋게 운전을 해도 되나 하는 생각을 하지만, 그래도 일주일에 한두 번씩은 농사를 지으러 다녀야 하니 하면서 핑계를 댄다. 지금 사용하는 차가 5만 킬로밖에 타지 않았으니 조금 더 타도 된다는 변명까지 하면서, 며칠 후에는 치매 검사 결과를 들고 면허시험장을 찾아가려고 한다. 이런 생각을 할 때마다 궁색해지고 비굴해지는 듯해서 기분이 나쁘다.

지금실이 아무리 산골이고 외지로 나가는 것이 힘이 들었어도 20세기 초 우리 부모님 형제분들의 혼사는 먼 길을 왕래하며 이루어졌던 것으로 보인다. 물론 영남이나 서울까지 확산되지는 않았지만, 김제, 순창, 칠보, 원평, 곡성 정도는 서로 도보로 왕래하며 혼인을 했던 것으로 보인다. 조부에게 큰 며느리인 우리 어머니는 완주군 구이면이 본가이다. 지금실에서 구이면은 상당한 거리인데 바깥사돈 사이인 할아버지와 외할아버지가 자식들을 혼인시키기 전에 교분이 있으셨다고 한다. 그 시절 할아버지가 제사나 명절 음식을 마련하기 위해 머슴을 대동하고 서해안 바닷가 부안까지 가져서 큰 생선을 사 오시곤 했다는 걸 보면, 교통이 결코 좋지않은 산골에서 생활반경이 꽤 넓었던 것으로 보인다. 사람들은 어느 시대에나 그 시대에 맞춰 살아가는 방식을 찾아냈을 것이다. 종손 집안으로 시집을 와서 오랫동안 서울에서 살아가는 손녀딸인 나는 명절 때마다 부안 생선가게에 택배로 생선을 주문한다.

우리 부모는 1930년대 초반 어린 나이에 혼인을 한 뒤 지금실에서 10리 정도 떨어진 신촌 평사리로 제금을 나셨다. 신촌 평사리는 50년대 중반에 방학이 되어 지금실 할아버지 댁에 몇 번 가보았을 때에는 포플라 나무가 한길을 따라 쭉 심어져 있는 신작로가 있었다. 식민지 시대의 전형적인 모습이었다. 인근에 있는 지금실 같은 산골 마을로 가기 위해서는 신촌 평사리 큰길에서 버스를 내려서 이동해야 했다. 우리 부모님은 1947년에 다섯 번째 자식인 나를 낳자마자 신촌 평사리에서 전주로 이사하셨다. 내가 국민학교 저학년에 다닐 때에는 전주에서 출발하는 버스를 타고 신촌에서 내려 지금실까지 걸어갔다. 버스에서 내려 조부님 댁까지는 3킬로는 족히 되는 거리였지만 좁은 농로를 따라 걷는 것이 상쾌하고 풍경이 예뻤다는 기억만 있다. 전주에서부터 포장도 되지 않고 먼지 풀풀 날리는 신작로를 심하게 흔들리는 버스를 타고 오는 동안 심한 멀미에 시달려서 시골길이 더 상쾌하게 느껴졌을 것이다.

버스에서 내려 걸어가는 길에 맑은 시냇물 사이사이에 놓인 큰 돌에 달라붙은 다슬기를 땄던 기억이 잊히지 않는다. 할아버지 댁의 추억이라고는 다슬기, 산딸기, 감 등의 먹을 것과 뒷마루 소금항아리에 넣어둔 달걀, 추운 날 부엌 밥상 위에서 미끄럼을 타며 움직이던 반찬 그릇들이 떠오른다. 내가 다녔던 할아버지 댁은 새로 지은 집이었어도 부엌에는 바람이 들어오는 곳이 많았다. 손주와 겸상을 하시는 할아버지의 상부터, 작은아버지를 비롯한 남자들의 상, 할머니와 여자들의 상, 끼니마다 서너 개는 되는 상에 간장, 고추장 종지까지 합해서 몇 개의 반찬 그릇들이 있었고, 아무리 아궁이에 불길이 남아 있어도 밥그릇, 국그릇처럼 온기가 있는 그릇이 아니라면, 반찬 그릇들은 그릇 밑의 물기가 얼어서 상 위에서 스케이트를 타곤 했다. 지금실에 대한 기억 중 제삿날 아궁이 앞에서 삼발이 위에 기름 냄비를 엎어놓고 산자를 튀기던 작은엄마나, 넓은 안반 위에서 인절미를 만드는 풍경 등만이 남아 있는 것을 보면 역시 먹을 것이 기억에 오래 남는 모양이다.

지금실에서는 설날 떡국은 먹었지만 만둣국을 먹은 기억은 없다. 만둣국은 냉면과 함께 북쪽 지방에서 먹던 음식이고 그 때에는 호남지역만이 아니고 경상도에서도 만두는 먹지 않았다고 했다. 국민학교에 다닐 때 한집에서 같이 살던 북쪽에서 내려오신 분들이 한 그릇에 커다란 만두를 달랑 2개만 담은 만둣국을 가져왔던 기억이 난다. 만두가 얼마나 큰지 3개도 결코 담을 수 없었다. 그 때 지금실에서는 할아버지가 계시는 사랑방 앞에 커다란 땅굴을 파고 감을 한 층 씩 펼친 뒤에 추수가 끝난 뒤 나온 짚을 덮고 또 감을 쌓고 그러기를 여러 번 해서 감을 저장했다. 겨우내 감은 지푸라기 밑에서 홍시로 익어갔지만 터지는 것이 반 이상이었다. 터지고 지푸라기가 여기저기 묻은 홍시는 어린아이의 입맛에는 그저 그랬다. 그때 전주에서는 벌써 눈깔사탕 같은 먹을 것들이 나오기 시작했다

할아버지 댁에서는 엄청난 양의 감을 곶감으로 깎으셨으면 좋았겠지만 일손이 부족했을 것이다. 그래도 농삿일에서 제외된 할아버지가 감을 깎는 것은 자주 보았다. 할아버지는 새끼손가락의 손톱은 언제나 길게 기르셨다. 귀를 후비는 용도로 기르신 듯했다. 손톱이나 발톱을 깎는 일은 허리에 차고 다니시는 상아로 장식된 장도칼로 하셨다. 어머니가 연세가 많아지셨을 때는 딸들만 보시면 손톱과 발톱을 깎아 달라고 하셨다. 어머니가 눈이 침침해져서 그러셨을 텐데 이제 내가 그런 나이가 된 듯하다. 스무 개의

손톱과 발톱을 깎는 일도 쉽지 않은 나이가 되었다. 할아버지 방 한구석에 중간 크기 정도의 무쇠로 된 칼은 얼마나 곶감을 깎으셨는지 칼날이 움푹 들어갈 정도였다. 수없이 숫돌에 갈아가면서 그 작업을 해 오셔서 그랬을 것이다. 고등학교 다닐 때 아침마다 외워야 했던 경구중에 '쇠공이 갈아서 바늘 만들자'라는 구절을 읽을 때마다 할아버지가 쓰시던 닳아진 칼이 생각 났다. 석기시대 철기시대의 삶의 양식이 그랬을까? 이 집에 시집을 왔을 때 예쁘장한 돌절구가 하나 있었는데 온 가족이 망치와 끌로 조금씩 파서 만들었다고 해서 놀랐던 기억이 있다. 보기에도 예쁜 돌절구는 내가 결혼한 뒤로는 절구로서의 기능을 발휘해 본 적은 없었지만 수련도 키워보고 금붕 어도 넣고 키워본 적이 있었다. 실용적인 모든 것들이 미적인 용도로 변모되 었다. 머슴 밥그릇으로 사용되었던 커다란 사발도 거실 한구석 작은 소반 위에 놓여있지만 밥그릇으로서의 기능을 상실한 지는 오래 되었다.

지금실 집에서는 해마다 추수가 끝난 뒤 나온 짚으로 새로 지붕을 이은 뒤에는 볏짚으로 마당에 커다란 노적까리를 만들고 그 안에 쌀을 보관하곤 했다. 마당 한쪽으로는 도끼질을 잘한 장작이 차곡차곡 쌓여 있었다. 노적까 리 안에 어마어마한 쌀을 보관했던 때문인지 그 언저리에는 몇 년을 쓸 말린 장작을 쌓아놓은 사이로 다람쥐들이 왔다 갔다 했다. 꺼먼 쥐는 밤에만 다니는지 잘 보이지 않았다. 그래도 어느 날인가 지금실에 사시며 농사를 지으시던 둘째 숙부님은 잽싸게 도망가는 쥐 한 마리를 옆에 있는 지게막대 기로 잡으셨다. 명중시키신 것이다. 지금실에서는 부엌 한 귀퉁이에도 구덩 이를 파서 김장하고 남은 무, 배추 등을 저장했다. 가을에 논과 밭에서 수확한 모든 것을 집안 어느 구석엔가 따뜻하게 보관해서 겨울이 다 지날 때까지 먹어야 했다. 음력 설이 되어 무를 꺼냈을 때에는 노란 움이 예쁘게 자랐고, 가느다란 명주실 같은 실타래가 무를 감쌌다. 김장독도 물론 땅에 묻고 봄까지 김치를 드셨다. 광릉에 있는 시부모님 댁도 아궁이 옆에 찬방이 있었고, 그 밑으로 1미터 정도 땅을 파서 김장 김치 등을 보관하셨다. 아궁이에서 하루에 두세 번 불을 때고, 지하라서 그랬는지 훈훈했다.

나도 주택에서 살면서 김치 독을 땅에 묻고 설이 되어 뚜껑을 열어보았더니 김치가 푹 익었던 경험이 있다. 항아리 주변에 시멘트가 있어서 그렇다고 했다. 담 바로 옆에 묻어서 그런 모양이었다. 옛사람들의 생활방식을 흉내 내보는 것이 쉽지 않았다. 곧 김치냉장고라는 것이 나와서 김칫독을 땅에 묻는 수고는 하지 않아도 되었다.

지금실에서는 큰 아들인 우리 아버지가 결혼해서 나가신 뒤 아버지 바로 아래 동생 되시는 숙부와 숙모가 농사를 지으며 할아버지와 할머니를 모시고 사셨다. 옛날 분답지 않게 키가 크셨던 작은어머니는 옹기로 만든 물동이에 물을 길어다 부엌살림을 하셨다. 집 앞으로 흐르는 시냇물은 할아버지 집에서 오십 미터는 족히 되었고, 작은어머니는 그 한쪽 귀퉁이에 있는 샘물을 길어다 음식을 하셨다. 날카로운 돌부리 사이로 얇은 고무신을 신고 위태롭게 걸으며 물을 길어 나르셨던 숙모를 생각하면 너무 죄송하지만 그때는 잘 몰랐다. 숙모님인들 방학 때마다 할아버지 댁이라고 찾아오는 다 큰 조카들이 반갑기만 하셨을까? 그래도 뜨거운 땡볕에 열무 뽑으러 가시면서 산딸기 있는 곳을 가르쳐주시던 작은어머니가 그리워진다.

지금실 조부님 댁에서는 오십년대 중반 쯤 오래 된 초가집을 허물고 새로 집을 지으셨는데, 그때 마당 뒤로 우물을 하나 파셨다. 집 입구에는 커다란 모과나무가 있었다. 겨우내 할아버지 방에는 모과 몇 개가 굴러다녔고 햇살이 쏟아지는 문창호지와 모과 향기가 사랑방의 그윽한 정취를 느끼게 해주었다. 세월이 흐른 뒤에도 어렸을 때 지금실 할아버지 댁에서 본 다람쥐가 두고두고 기억에 남았다. 중학생이 되어 수예 시간에 양복 덮개를 만들

때 두 마리의 다람쥐가 도토리를 까먹는 모습을 수를 놓았던 기억이 난다. 다람쥐는 할아버지 댁 뒤에 있는 눈밭에서 뛰어다니던 토끼와 함께 내가 보았던 사랑스러운 동물이었다. 개, 소, 돼지, 닭과 같은 집에서 기르는 가축들을 제외하고는 동물원에 가야 볼 수 있는 동물들은 어렸을 때는 본 적이 없었다. 우리가 겨울방학에 지금실에 갔을 때 우리를 데리고 눈밭에서 토끼를 잡으러 다닌 사촌 오라버니도 이제는 출입이 자유롭지 못하다는 얘기를 들었다. 그래도 지금실에서 보았던 다슬기, 다람쥐, 토끼, 산딸기 등이 내 평생 보았던 예쁜 것으로 나를 따라다녔다.

사자, 호랑이, 낙타, 기린 같은 큰 동물들을 본 것은 서울로 와서 창경원에 소풍을 갔을 때였다. 크고, 사나운 동물들에 대한 관심은 나이 들어서도 별로 없었고 다람쥐나 토끼는 언제 보아도 귀여웠다. 중학교 수예시간에 내가 수를 놓은 다람쥐는 볼품이 없었지만 수예 선생님은 칭찬을 해주셨던 기억이 난다. 어렸을 때부터 특별히 바느질에 재능이 있는 아이들도 있었겠지만 대부분은 그저 그랬을 것이다. 그래도 칭찬을 해주신 선생님 덕분에 아직도 바늘을 들고 양말을 꿰매고, 떨어진 단추도 달고 하며 살아가는지 모른다. 아들아이가 초등학교 5학년일 때 여름방학 숙제로 집에서 쓰다 남는 옷감으로 가방을 만들어 오라는 것이 있어서 내가 적당히 만들어서 보낸 적이 있었다. 특별히 잘 만들려고 애를 쓰지는 않았지만 그럭저럭 흉내를 내서 보냈는데 중년의 남자 선생님이 "진짜로 네가 만들었구나!" 하시면서 마구 칭찬을 하셨다고 했다. 아들도 엄마도 그 말씀을 칭찬으로 들어야 할지, 비웃음으로 들어야 할지 잠시 난감했지만 곧 언제나 그랬듯이 예의 뻔뻔함으로 "엄마가 이런 사람이야! 초등학교 5학년 수준을 정확히 알아낸다니까 …"하며 끝을 냈다. 얼마 전에는 초등학교를 졸업하는 손녀가 헌 바지로 등에 메고 다니는 백 팩을 만들어서 깜짝 놀랐다. 유튜브를 통해 만드는 법을 보며 만들었다는데 할머니 솜씨하고는 비교가 안 되었다.

지금실 할아버지 댁 외양간 처마 밑에 쌓아놓은 두꺼운 오동나무 판들은 할아버지, 할머니의 관을 만들 것이라고 했다. 해소기가 있으셨지만 연세가 그리 많지도 않으셨는데 당연한 듯이 관을 짤 나무를 준비해 놓고 계셨다. 죽음을 당연한 것으로 받아들이고 관을 짤 나무를 준비해 놓은 것은 훗날 생각해 보아도 나쁘지 않게 보였다. 삶과 죽음이 공존하는 것이라고 생각하면 삶의 자세가 달라질 것이라는 생각이다. 어렸을 때는 잘못 생각하면 허무주의에 빠지는 순간도 있겠지만 모두 겪어야 하는 과정일 것이다. 죽음은 누구나 가는 길이니 같이 살아가는 것은 좀 더 성숙해질 수 있는 길이 아닐까 생각하게 된다.

지금실에서는 집안 어른의 관을 짤 나무는 오래 전부터 준비해 놓았지만 외부에서 온 부고장은 집 안에 들이지 않고 언제나 집 밖 대문 한 귀퉁이에 꽂아 놓으셨다. 외부에서 오는 부고장을 집안에 들여놓기를 꺼리셨지만 그래도 삶과 죽음은 집 안에서 오랫동안 공존했다. 조부모님 세대의 지금실 만큼은 아니어도 남편 집안도 얼마나 오랫동안 기일에 지내는 제사나 가을에 지내는 시제며, 명절에 지내는 차례까지, 세상을 떠난 분들과 함께 지내시는지. 어렸을 때 제일 무서웠던 것은 어르신들이 돌아가신 뒤 하얀 광목으로 만들어 놓은 상청이었다. 그 안에 돌아가신 분이 계신다는 생각이 들어서 그랬을 것이다.

할머니와 작은엄마는 초 사흗날, 보름날, 수시로 떡을 하거나 또는 팥죽을 쑤어서 정화수와 함께 장독대에, 어떤 때는 대청마루에 올려놓고 손바닥을 싹싹 비비며 뭘 그렇게 비셨는지 모른다. 모두 저쪽 세계에 가신 분들에게 하는 부탁이 아닐까 생각했다. 결혼 후 그 많은 제사와 명절 음식 만들기에 지친 며느리에게 어머님은 "모두 살아있는 자손들에게 먹이려는 것이다.

죽은 혼들이 뭘 먹을 수 있겠니?" 하셨다. 이런저런 변명과 핑계도 바쁜 생활에 힘든 후손들이 제사를 지내게 해보려는 어른들의 헛된 말씀이라 생각했다. 이제 50세를 바라보는 아들은 봉분이 있는 산소에서 벌초를 하는 집은 우리 집 빼고는 자기 주변에는 없다고 툴툴대기도 한다. 근거 없는 말은 아니지만 몇 대에 걸친 조상의 산소를 정리하는 일이 쉽지는 않다. 조상에 대해 전혀 생각이 없는 후손들에게 봄가을로 손봐야 하는 조상의 산소를 남기고 떠난다는 것이 편치는 않다.

신촌 평사리로 일찌감치 제금나서 사셨던 우리 어머니도 때가 되면 팥이 들어가는 음식을 많이 하셨다. 자식은 많고 모든 음식을 사서 먹일 수는 없으니 그렇게 많은 양을 해서 보관할 수밖에 없었을 듯하다. 밤, 대추에 팥이 듬뿍 들어간 찰밥도 한 시루 찌는 것은 기본이고, 붉은 수수도 팥과 함께 쪄서 큰 자배기에 담아 시원한 곳에 보관하셨다. 자식들이 많아서 그러셨겠지만 돈암동 집에서도 이웃들과 나누는 것은 기본이었다. 엄마는 냉장고도 없이 그 많은 음식을 어떻게 보관해 가며 먹이셨을까? 지금실 작은엄마는 떡 하나만 하려 해도 절굿공이로 방아를 찧어서 체에다 쳐서 만들어야 하는 그 지난한 공정을 어떻게 하셨는지.

육칠십 년 전까지도 지금실에서는 쌀을 불려 가루를 내고 시루에 쪄 떡을 만드는 모든 과정을 집 안에서 해냈다. 내가 국민학교 다닐 때 서울에서는 방앗간에서 쌀이며, 고추 등을 쉽게 가루로 만들고 있었다. 같은 시기였지만 전주에서는 방앗간에서 재래식 절굿공이가 자동으로 올라갔다 내려갔다 하며 가루를 만드는 작업을 하던 기억이 난다. 수동으로 하는 방법을 조금씩 벗어나는 그 모든 과정이 신기하고 재미있었다. 지난 몇 십 년 동안 나도 이사를 할 때는 팥이 들어간 시루떡을 해서 이웃집에 돌렸고, 붉은 팥을 방구석 여기저기에 뿌렸다가 거두기도 했다. 자식을 기르며 살아가야 하는

험난한 세상에서 붉은 팥이 액운을 쫓아낸다는 관습적인 소박한 믿음을
무시할 수 없었다.

　지금실 같은 산골에서 누대에 걸쳐 살아온 조상들 중에 우리 증조부의
5촌 당숙인 김개남 장군이 꿈꾸던 세상은 어떤 모습이었을까? 떡방아를
자동으로 찧고 싶거나, 집 안에서 물을 길어서 부엌살림을 하는 세상은
아니었을 것이다. 그들이 꿈꾸는 세상은 평등한 세상이었다. 농사를 지으며
서당에서 예로부터 전해져 오던 책을 몇 권 읽었을 뿐인 40대 초반의 남자가
여기저기 흩어져 있는 민중들을 규합하여 절대 권력에 저항했다. 김개남이
언제나 전국을 돌아다니며 사람들을 만나고 다녔다고는 해도 혁명은 어떤
조직도 없는 일개 향반이 도모하기에는 극히 어려운 일이었음은 분명하다.
지금실에서 시작되어 전주까지 가는 동안에도 이어지는 것은 논이나, 밭이
나, 산뿐이다. 지방 관청에서는 왜 농업으로 생계를 유지하며 사는 사람들이
대부분인 농촌에서 그들을 견뎌내기 힘든 상황으로 몰고 갔을까?
　호남평야가 있는 전라도 땅이 아니어도 온 나라의 백성들은 땅에서 나오
는 것으로 먹고 살아갈 수밖에 없는 농민들이었을 텐데 그들에게 왜 능력에
부치는 것을 요구했을까? 농민들이 자신들의 능력으로 할 수 없는 불가능한
것을 지속적으로 강요받았을 때 그들이 할 수 있는 것은 생명을 건 투쟁밖에
없었다. 전체 인구의 태반이 농업으로 살아가는 상황에서 그들을 핍박하는
것은 사회의 근간을 흔드는 일이었다. 사회적 혼란은 전라도만의 문제는
아니었겠지만, 그러한 상황에 대한 인식은 전라도 땅 지금실에서 태어난
김개남과 뜻을 같이 한 전봉준 같은 인물을 통해서 이루어질 수 있었다.
김개남은 정읍 지금실에서 누대에 걸쳐 살아왔고, 전봉준은 지금실을 드나
들며 김개남을 만나 혁명을 도모했고, 자신의 딸이 지금실에 시집을 와서
살아온 연고가 있었다. 동학 혁명은 생업이 농업인 대부분의 사람들이 생업

226

을 전폐하고 매달릴 만큼 사회적 변화에 대한 욕망이 컸던 것이며, 지도자들은 이들의 분노를 행동으로 옮기기 시작했다. 전봉준, 김개남 같은 40대 초반의 농촌 남자들에게 동학은 정신적인 가치로서의 영향은 있었다 해도 사회 변혁을 꿈꾸기에는 한계가 있었을 것은 분명해 보인다.

전봉준과 김개남을 비롯한 혁명군이 의도했던 것은 엄청난 사회 변혁이었지만 주동 인물들이 일 년도 안 되는 시점에서 처형당하고 말았다. 하지만 그들의 의도가 완전히 실패했다고 볼 수는 없을 것이다. 근대화가 봉건 질서를 부정하고 민중이 주가 되는 사회를 꿈꾸듯이, 혁명군은 1년이라는 시간 동안 그들이 민중의 소망을 이루겠다는 주장을 관철시키려고 투쟁했음에 의미가 있을 것이다. 김개남은 전봉준의 경우처럼 가족이 지방 관리들로부터 핍박을 받는 상황이 아니었음에도 조직적으로 투쟁할 수 있는 인물들을 수합하고 행동했던 것은 시대정신을 분명히 인식하지 않았으면 불가능했을 것이다. 김개남이 자신이 살았던 지금실 집 밖에 나가서 듣고 본 모든 얘기들이 그가 엄청난 행동을 하게 하는 근거였을 것이다.

같은 시간 지금실이라는 한 공간에서 살아온 우리 증조부가 빈번히 서울 출입을 하면서 벼슬을 해보려고 했던 것에서도 알 수 있듯이 같은 환경 속에서도 성향에 따라 극단적으로 시대에 대한 인식이 달랐음을 알 수 있다. 두 분은 아주 가까운 친족으로 40대의 장년이 될 때까지 유사한 환경에서 살아왔지만 전혀 다른 생각을 했음을 알 수 있다. 한동네에서 어려서부터 같이 살아왔던 동년배의 가까운 친척이 전혀 다른 길을 선택했던 것은, 그 선택이 강요에 의한 것이 아니라 각자의 판단에 의한 것임을 보여주는 면이기도 하다. 김개남과 우리 증조부 두 분은 어렸을 때부터 같은 서당에서, 같은 훈장으로부터, 같은 한문 서적으로 공부를 했을 것이다. 어렸을 때부터 동일한 환경에서 자란 장년의 두 남자가 선택한 대립적인 길이 많은 생각을 하게 한다. 같은 서당 훈장에게서 들었을 똑같은 이야기가 두 남자에게 각각 전혀 다르게 나타났다. 김개남 장군은 한마을에 사는 우리 증조부와 뜻을 나누지 않고, 외부에서 들어온 전봉준, 손화중 등과 의기투합했다.

지금실은 마을이 너무 작아서 서당 훈장을 몇 사람 씩이나 부를 수 있는 곳이 아니었고, 서당 훈장의 수준도 겨우 고전 한문을 한자 한자 훈과 뜻만을 알려주는 정도였을 것으로 짐작된다. 갑오개혁 때 과거제도가 폐지되기도 했지만, 소년 시절에 두 분이 서당에서 과거 준비를 할 만큼 공부를 했을 것으로는 보이지 않기 때문이다. 그로부터 한 세대가 지나 우리 조부 시대에도 변화는 별로 없었던 것으로 보인다. 내가 아는 우리 조부가 삽이나 괭이를 들고 논이나 밭에서 농삿일을 하는 것은 한 번도 뵌 적이 없지만 그렇다고 벼슬을 하려고 글공부를 많이 하셨던 것으로 보이지도 않는다. 우리 조부가 사셨던 때는 신학문이 들어오는 시기였지만 장녀인 고모와 장남인 우리 부친을 비롯한 두 아들에게는 서당 교육을 시키신 것이 전부였고, 셋째인 순창숙부는 소학교를 보내셨고, 끝으로 두 아들에게만 대학 교육을 시키셨다. 그나마 넷째와 막내 아드님께 대학 교육을 시키신 것은 우리 부친을 비롯한 세 분 형님들이 강하게 주장하셨던 것으로 들었다.

조부께서 남편 없이 홀몸으로 아들을 기르신 당신의 모친에게 효도를 다 한 것은 집안에서는 잘 알려진 바이지만, 자식 교육에 무엇을 역점을 두고 가르치셨는지 잘 드러나지 않는다. 우리 조부가 대단한 효자라는 것은 널리 알려진 바이고 위엄과 존재감이 출중하셨던 것도 알지만 친일 단체인 대동사문회 같은 곳에서 증조모가 표창장을 받으셨던 것 등을 보면 식민지 상황에서 특별한 역사의식이 있으셨던 것으로는 보이지 않는다. 식민지 상황에서 일제는 백성들을 위무하는 수단으로 이런저런 이름으로 포상을 했을 것이고, 아드님인 우리 조부가 이를 거부할 정도로 눈에 뜨이는 행동을 하지는 않았을 것으로 보인다. 식민지 상황이 지속되는 과정에서 평범한 사람들의 삶의 양상이 그렇지 않았을까 생각하게 된다.

도강 김가의 조상 중에 조선조 초 개국공신으로 활동했던 김회련같은 인물이 있었고 16세기에는 김약묵(金若黙)같은 인물이 검소 근면하고 학행이 있어 사후(死後)에 정읍 무성서원에 배향되었다고는 하나, 조부와 가까운 선대에서는 뚜렷한 업적이 있는 인물이 얼마나 계신지는 족보를 살펴보지 않아서 잘 알지 못한다. 이는 너무 무책임한 말인가? 그럴지도 모르지만 앞으로도 족보를 찾아볼 것 같지는 않다. 이것도 너무 무책임한 말인가? 내가 관심을 가지는 부분은 내가 살아온 시기에 직접적인 영향을 주었던 가까운 세대의 어른들의 행적을 더듬어 보고, 이와 우리 다음 세대의 연결을 해보고자 하는 정도이다. 근대사의 엄청난 소용돌이 속에서 전라도 시골 땅 정읍 지금실에서 사셨던 우리 직계 조상들의 삶을 더듬어 보는 것으로 우리가 아는 역사 속에서 우리 조상들이 어떻게 생존해 왔는지 알아보려는 것이다. 이 글이 지난 백 년 남짓한 시간에서 표본 조사의 형식을 띨 수도 있는 작은 공간인 정읍, 지금실에서 살았던 우리 선조들의 삶이 우리 후손들과 어떻게 연결되었는지 살펴보고 존재를 점검할 수 있는 기회가 된다면 감사할 일이다. 지금실이라는 특별한 지역에서 시작된 지난 칠십 여년의 내 기억과 경험이 대단한 의미를 지닌다고는 볼 수 없지만 그것이 우리 사회의 한 세태를 보여준다면 의미가 있지 않을까 하고 자위해 본다.

이렇듯 아득한 과거 조상에 대한 생각을 더듬어 보다니 나이가 들었음에 분명하다. 이런 작업을 하는 것이 대단한 뜻이 있어서 그런 것이라기보다는 지극히 평범한 한 가족, 한 개인이 살았던 시간과 공간을 연결시켜 표본 조사를 해보려는 의도 정도일 것으로 변명하고 싶다. 1966년인가 경제기획원 통계국에서 인구 조사를 할 때 동원되었던 경험을 되살려 보려는 것일 수도 있다. 대학 시험을 몇 달 남겨두고 내가 경제기획원 통계국에 시험을 봐서 들어간 것은 다만 등록금을 벌어보겠다는 생각에서였다. 대학 공부를 부모님 돈으로 하는 것은 부끄럽다는 생각이 있었던 듯하다. 경제기획원 통계국에서는 제한된 대형 컴퓨터기를 계속 사용해야 해서 2교대로 일을 할 수 있다는 말이 솔깃해서 시험을 보았다. 대학 입시를 위해 공부한 실력으로 쉽게 말단 공무원이 되었다. 2교대로 일을 한다니 적당히 시간표를 잘 짜면 직장과, 학교를 병행할 수 있을 것이라는 생각이었지만, 개강을 하고 나니 곧 불가능한 일임을 알게 되었다. 생각하면 너무 무모했지만 그 때는 그렇게 부딪치며 살았던 듯하다. 입학시험을 보기 전 가을부터 시작했던 일은 내가 대학에 입학하고 4월 초순에 학교와 인구조사 일을 병행할 수 없어서 그만두어야 했다. 필수 교양과목과 전공과목 등 이수해야 하는 과목이 많아서 돈을 벌어서 대학을 다닐 수 있을 것이라는 헛된 생각은 접어야 했다.

통계국에서 내가 한 일은 인구 조사 과정에서 조사원이 각 가정을 방문하여 커다란 설문지에 기록해 온 성별, 고향, 학력 등 인적 사항들을 작은 카드에 키펀치로 표시하는 오퍼레이터 작업이었다. 초기 단계의 컴퓨터로 기기 앞에 앉아서 설문지를 보며 숫자로 변형시킨 인적 사항을 찍는 작업이었다. 손가락으로 숫자화 된 인적 사항을 찍을 때마다 책상 밑으로는 아주 작은 숫자들이 통 속에 모였다. 가까운 우리 조상에서 시작된 사람들의 이야기가 그 옛날 해보았던 인구 조사의 작은 카드 한 장에 담긴 개인의 인적 사항에 연결된다는 생각이 들기도 한다. 엽서보다 조금 큰 종이 한 장에 표시될 수 있는 수많은 분들의 삶이 폐기 처분되지 않기를 바라는 마음에서 누추한 가족사를 더듬어 보는 것인지도 모른다.

어설프게 조상들에 대해 추적을 하다 보니 할아버지는 말할 것도 없고 아버지한테서도 들어본 적이 없는 조상에 대한 자료가 여기저기에 흩어져 있음을 알게 되었다. 이 나이가 되도록 현재의 삶에 급급해 과거의 조상이 어떤 삶을 살았는지에 대해 별 관심이 없었기 때문일 것이다. 남편이 가지고 있는 자료 중에서 "보물 공신록권"(寶物 功臣錄券)을 펼쳐보니 조선조 개국 후에 태조 이성계가 우리 조상 김회련(金懷鍊)에게 개국원종공신(開國原從功臣)을 내렸다는 기록이 보여서 새삼스러웠다. 김회련은 여기저기 목사로 근무하다 한성판윤으로 공직 생활을 마감한 것으로 보인다. 어수선한 시국에 왕자의 난으로 김회련의 시신도 찾지 못하고 부인이 어린 아들 한 명과 여종 한 명을 데리고 남쪽으로 내려가다가 정읍에서 살기 시작했다는 기록을 찾을 수 있었다. 이 분이 복권(復權)이 된 것도 구한말이 되어서였다니 김개남 장군이 동학혁명을 시작할 때 이 책의 존재를 알았는지도 궁금하다. 왕으로부터 하사받은 956센치 길이에, 폭 31센치의 기록물은 정읍시 박물관에 국보로 보존되어 있다고 한다. 지나간 시간을 되돌아보다 발견하게 된 이야기이다. 남편이 가지고 있었던 인쇄물은 1967년 역사학자 김상기(金庠基)선생이 문화재위원장으로 해설을 덧붙인 '보물 공신녹권'(寶物 功臣錄券)의 복사본이다.

우리 증조부나 김개남 장군이나 향반이라고는 하지만 대대로 농사를 지어온 중인 정도가 아니었을까 싶다. 두 분은 똑같은 신분에서 한 분은 신분 상승을 해보려는 방편으로 왕과 조정이 있는 북쪽으로, 한 분은 스스로 세상을 바꿔보겠다는 생각으로 수많은 농민군을 이끌고 남쪽으로 향했다. 두 분은 가는 방향이 다른 만큼 생각하는 방향도 완전히 달랐던 것으로 보인다. 김개남 장군의 혁신적인 성향에 비해 우리 증조부는 체제에 순응하며 현실을 살아낸 인물의 전형이었던 것으로 보인다. 결국 같은 시대, 같은 상황에서 살아가는 장년의 두 남자는 그 시대의 삶의 양식에서 양 극단을 보여준다고 할 수 있다. 그 작은 땅에서 사십 년이 넘게 같이 살아왔던 두 남자가 왜 전혀 다른 선택을 했는지 자못 궁금하다. 두 분은 서로 같은 서당에서 같은 훈장 아래에서 공부하고 대화는 했을지 몰라도 전혀 다른 생각을 하며 살아온 것으로 보인다. 우리 증조부가 독자로서 김개남 장군보다 여섯 살 연상이셨는데, 그 세월이 보수적인 사고에 매여 있으시게 하였을까? 김개남 장군은 위로 형님이 계셨으니 집안을 존속시켜야 한다는 부담에서는 자유스러울 수 있었을까? 선택은 각자의 몫이었다. 두 분의 선택에는 서로 영향을 주고받지는 않은 것으로 보인다. 개인의 성향이고 의식이다. 우리 증조부도 갑오년 5월에 돌아가셨고, 김개남 장군은 그 해 말에 효수당하였고, 한 분 남으신 형님이 동생이 효수된 뒤 자결하셨으니 한 해에 양가 집안은 풍비박산되었다.

혁명군 지도자 중에서도 김개남 장군은 목표한 바를 꼭 달성시키려는 면에서 특별했던 것으로 보인다. 김개남은 어렸을 때부터 같이 살아왔던 우리 증조부보다 1890년 지금실로 가솔을 이끌고 온 전봉준과 의기투합했다. 지금실에서 전봉준은 서당 훈장 노릇을 하며 서너 마지기의 작은 땅에서 나온 소출로 생계를 꾸려가며 김개남과 교류가 있었다고 한다. 전봉준과 김개남은 혁명 이전 4〜5년 정도 같이 지낸 것으로 보이며, 그 기간 동안 두 사람은 서로 혁명 의지를 충분히 확인했을 것이다. 4〜5년의 시간이라면 서로 혁명에 대한 상대방의 생각을 인식하기에는 충분했을 것이다.

정읍이라는 궁벽진 땅에서 운명처럼 만난 장년의 두 남자가 보낸 그 시간은 역사적인 시간이었음에 분명하다. 김개남이 사회 변화를 절실하게 갈망했던 근거는 현실 비판적인 특별한 성향에, 전봉준이라는 외부의 자극이 크게 작용했을 것으로 보인다. 김개남은 어느 정도 조상으로부터 물려받아

소유한 농토가 넉넉하여 의식주 걱정을 하지 않아도 되는 생활을 유지해 왔던 것으로 보인다. 사회로부터 불이익을 당하는 신분적인 문제가 없었음에도, 전봉준처럼 혁명의 필요성을 생각하고 있었던 것은 무엇보다 그의 의식 밑바닥에 개혁에 대한 불씨가 싹트고 있었기 때문이었을 것이다. 이런 때에 전봉준을 만난 것이다.

전봉준이 지금실에서 김개남과 만날 수 있었던 것은 동학혁명을 위한 절호의 기회였음이 분명하다. 전봉준은 장살(杖殺)로 인한 부친의 사망이 아니라도 경제적으로 어려웠던 상황이 현실에 대한 불만으로 연결된 것으로 보인다. 전북 고창 출생이었던 전봉준이 전북 지역의 몇 군데를 옮겨 다니며 서당 훈장 등으로 생계를 유지했던 것에서 궁핍했던 생활을 짐작케 한다. 전봉준은 김개남보다 몇 달 연하이며, 농사를 지을 수 있는 농지도 별로 소유하지 못한 상황에서 경제적 궁핍과, 부친의 장살로 인한 봉건 세력에 대한 분노 등이 누적되었음을 짐작할 수 있다. 전봉준은 가족을 이끌고 몇 군데인가 이사를 다니다 고부에서 큰 딸을 낳았다. 그 딸이 지금실로 시집을 와서 고부댁이라는 택호를 지니고 살았고, 그 후 혁명이 실패한 후 여동생과 남동생도 지금실로 와서 고부댁과 함께 살았다고 한다.

김개남은 정읍을 벗어난 타지에서 만난 비판적인 인물들을 통해서 혁명 의지를 확인했고, 지금실에서는 동년배인 전봉준을 통해서 더욱 구체적으로 실천 의지를 다짐했을 것으로 보인다. 이들을 중심으로 한 동학혁명 주도 세력의 확고한 뜻은 오백 년 가까이 이어온 봉건 체제를 부정했다는 것이다. 동학혁명군은 역성혁명(易姓革命)을 시도하는 차원이 아니라 봉건왕조를 부정했던 것으로 보인다. 이는 정치, 사회적인 부분에서 근대적 사고를 가지지 않았다면 결코 생각할 수 없는 범주이다. 혁명 지도자 중에서 특히 김개남이 일개인의 문제 해결보다 당시 사회적 모순에 대한 극복 의지를 강하게 가졌던 것은 놀라운 현실 인식이었다. 동학혁명의 지도자들이 의도하고 목표했던 시대적인 많은 변화는 결국 근대사회를 지향하는 것이긴 했지만, 그들이 왕조 중심의 봉건사회를 부정하고 완전한 의미의 근대사회로 가는 것이 목표였는지는 확신할 수 없다. 다만 철저하게 당시 왕을 비롯한 조정의 인물들에 대한 실망과 지방 관리들의 횡포를 더 이상 견딜 수 없다는 것에 대해서는 확신했던 것으로 보인다.

김개남은 전형적인 시골 향반으로서 가족이 농사를 좀 지어서 먹고 살아가는 데는 큰 걱정이 없었지만 정치나 사회에 대한 대단한 식견이 형성될 만한 여건이 안 되었을 텐데 어떻게 그런 생각이 가능했을지 궁금하지만, 아무런 기록이나 전언이 남아 있지 않는 상황에서 이 문제는 추정을 해볼 수밖에는 없다. 김개남에게 최시형의 동학이 어느 정도 영향을 주었는지 가늠하기는 어렵지만 동학은 그가 태어나고 활동했던 호남지역에서 상당한 정도로 민중들에게 보급되었던 것으로 보인다. 1873년 3월 임실에서 최시형이 35일간 설법과 포교를 할 때 21세의 김개남이 서당 훈장으로 그곳에 거주하고 있었다고 하는 것으로 보아서, 김개남은 그의 설법을 직간접적으로 접했을 것으로 추정된다. 20대 초반에 시작된 동학과의 인연이 김개남의 정신적 가치를 형성하는 데에 영향을 주었을 것임은 분명하다.

최시형을 중심으로 한 동학의 설법 장소에 김개남이 드나들었던 것은 훗날 자신이 꿈꾸었던 일을 시작하기 위해서는 어디엔가 기댈 곳이 필요했기 때문이다. 물론 동학의 설법이 본인의 생각과 일치하고 추종하고 싶은 의사가 있었음은 분명했을 것이나 종교적인 실천이 그의 목표는 아니었을 것으로 보인다. 그는 이론가이기보다는 실천하고 행동하는 사람이었다. 그의 원대한 생각을 실행하기 위해 동학은 이론적으로, 도움이 되고 필요했을 것이며, 또한 동학 교주의 설법 현장은 집단의 움직임을 접할 수 있는 기회였을 것이다. 김개남 장군이 혁명의 당위성을 설명할 당시 그의 주장의 근간에는 민중들에게 파급된 동학 사상을 기반으로 해서 발전된 것으로 보인다.

1890년대 초반 김개남이 지금실을 방문한 최시형에게 여름옷 다섯 벌을 지어 올렸다는 것으로 보아서 동학 지도자들에 대한 그의 신뢰와 존경은 확실했을 것으로 보인다. 김개남은 혁명이 시작되기 5년 전쯤 최시형의 설법을 듣고 동학의 접주가 되어 활동했던 것 같다. 그는 혁명을 진행시키는 과정에서, 자신의 행동에 대한 확신으로 의지할 정신적 지주가 필요했을 것이며, 인생에서 가장 중요한 시기인 20대 초반부터 추종했던 동학의 주장과 설법들이 그의 행위에 중요한 근간이 되었던 것으로 보인다.

내가 열 살도 안 되었을 때 여름 방학을 맞아 지금실에 가보면 열 명 남짓한 아낙네들이 넓은 마당에서 삼 껍질을 벗기는 날이 며칠이고 계속되었다. 아낙들은 어른 키보다 훨씬 더 큰 삼 다발을 마당 한가득 쌓아놓고 껍질을 벗겼다. 어마어마한 작업이었지만 나는 먹을 것과는 관련이 없어서 별 관심을 보이지 않았던 듯하다. 그때는 나무에서 저절로 떨어진 덜 익은 감을 햇빛에 뜨거워진 논두렁 진흙 속에 묻어두었다가 먹는 것이 우리의 간식거리였다. 꽤 괜찮은 맛이었는데 그 이후로는 먹어본 일이 없다. 지금은 우리 집 마당에 있는 감나무에서 여름이면 덜 자란 감이 마당에 떨어진 것을 보아도 입에 대고 싶은 마음이 없는데 그때는 맛있게 먹었던 기억이 있다.

지금실 할아버지 댁 뒷간 옆에 있는 꽤 넓은 밭을 모시밭이라고 했는데 거기에서 자란 것을 베어다 껍질을 벗기고 삶고 하는 여러 공정을 거쳐 모시 베를 만들고 옷을 지었을 것이다. 거칠게 짠 삼베는 일할 때 입는 노동복으로, 고운 모시는 어른들의 외출복으로 만들었는데 그 바느질도 쉽지 않아 보였다. 빨아서 풀을 먹이고 밟아서 다림질하는 푸새 과정도 쉽지는 않은데 김개남이 모시옷을 다섯 벌을 만들어서 최시형에게 올렸다니 대단한 존경의 표시로 보인다. 구이면 마르개에 가면 외할머니가 무릎에서 침을 발라가며 모시를 계속 이어서 둥구미에 차곡차곡 원을 그려가며 쌓았던 것도 기억난다. 그 실로 베틀에 앉아서 옷감을 짜서 옷을 만들었을 것이다. 베틀에서 옷감을 짜는 것까지는 그 후로도 몇 년 정도는 지금실이나 마르개에 가면 볼 수 있었던 풍경이었다. 그 후로는 베틀 자체가 사라졌을 것이다. 지금실에서 삼 껍질을 말린 다음에 뒷간 한구석에 매달아 놓은 망태기에 담아놓고 휴지 대신 사용하라는 것은 질색이었다. 삼 껍질보다 좀 괜찮은 화장실 휴지는 신문지를 손바닥보다 좀 큰 크기로 잘라서 썼다. 지금실 뒷간을 화장실이라고 하면 웃음이 나온다. 그곳은 밤에는 무서워서 갈 수 없고, 낮에는 더러운 것이 다 보여서 갈 수 없는 뒷간이었다.

　이렇듯 어려운 공정을 거쳐 만들어지는 모시 옷감을 우리 어머님은 오십여 년 전 내가 결혼할 때 함에 넣어주셨다. 참, 시절 따라 혼수 양식도 변화해서 1970년대 초반 우리가 결혼할 때는 시댁에서 모시에 비로드 같은 것들을 신부에게 보내는 함에 넣어 보냈던 것으로 기억한다. 꿈도 야무졌지. 어머님이 보내주신 모시 한 통에 관계 없이 내 꿈은 은퇴 후에 수치마에 모시 적삼을 입겠다는 것이었다. 자그마한 체구의 노인들이 그렇게 입고 예쁜 양산을 쓰고 다니시는 것이 좋아 보였다. 친정엄마가 그랬고, 모교의 영문학과 교수님이 그렇게 입고 걸어 다니는 것이 좋게 보였다. 오십 년 전에 어머님에게서 받은 그 모시는 아직도 그냥 장농 바닥에 있는데, 내 몸은　단아한 체구와는 거리가 멀고, 발목까지 부실해서 꼬리치마를 입고 발을 잘못 디녀 넘어지기라도 하면 큰일일 것이라는 불안감에 꿈도 꾸지 못한다. 십 년도 더 입었지만 아직도 헤어지지도 않는 청바지 몇 벌로 사철을 지낸다. 뻔뻔하다는 생각은 하지만 불편함을 못 느끼고 있다. 3년씩이나 계속되었던 코로나 사태로 공식적인 모임 같은 것들이 없어서인가 하는 생각도 해보지만, 무엇보다 그런 정도의 전통적인 한복을 제대로 입어낼 소양이 없음을 인정한다. 겨울에는 누비저고리에 비로드나 유똥 치마를 입어보겠다는 꿈도 있었다.

의복으로 흉내 내고 싶은 유사한 분위기에 대한 꿈은 비슷한 연배의 사람들이라면 대부분 같은가 하는 생각을 요즘 하게 된다. 우리 세대의 가수가 티브이에 하얀 수 옷감으로 블라우스를 입고 나왔는데 좋았다. 가까운 후배도 핸드폰에 흰색 면 블라우스를 입고 찍은 사진을 올렸던데 우리가 흰 교복을 입던 세대라서 그런가? 그 분위기에 대한 향수가 있다. 아니, 그보다 어머니 세대에서 마지막으로 입으셨던 그 옷에 대한 그리움인가? 무슨 일이 있어도 한번은 입어보고 말 거야. 하하— 조금 전에는 며칠 전 이태리로 출장을 간 며느리가 엄청나게 화려한 궁전이었던 미술관 모임에서 한복을 입고 찍은 사진을 보내왔다. 그 한복이 어디에서 본 듯도 해서 물어보니 결혼할 때 해주신 것이라고 해서 놀랐다. 15년 전 결혼식 때 해준 예복을 아직도 입다니? 하기는 뭐 경복궁 주변을 돌아다니는 외국에서 온 젊은 관광객들이 입은 개량 한복에 비하면 혼수라고 해서 제대로 된 바느질 고수가 만든 것이기는 하지만, 15년이나 된 한복을 꺼내서 입을 생각을 하다니 놀랍기는 했다.

젊었을 때 미국대사관에서 하는 모임이라고 해서 소매며, 깃이며, 넓은 치맛단에 매화가 수북하게 수놓아진 한복을 입고 참가해서 땀을 뻘뻘 흘렸던 생각이 난다. 그 모임의 코디네이터 역할을 했던 선배 교수가 아무래도 한복을 입는 것이 좋겠다고 해서 별생각 없이 입고 갔지만 참으로 힘들었던 시간이었다. 뒤에 생각해 보니 별로 우호적인 관계가 아니었던 선배가 나를 골탕 먹이려는 것이 아니었나 하는 생각까지 들었다. 대학교 3학년 때인지 학교에서 주는 상을 받게 되었을 때도 붉은 색 실크 원피스를 맞춰 입고 가서 시상식이 끝날 때까지 진땀을 흘렸던 기억이 난다. 나에게 어울리지 않는 것이라 감당하기 힘들었던 것이다. 그래도 나를 위한 시상식이니 뭐 좀 과해도 봐주겠지 하는 생각으로 넘기고 잊어버렸다. 이 나이에도 청바지에 티셔츠를 아무렇게나 입고 다니는 무신경한 할머니가 당할 수밖에 없는 부끄러운 기억들이다. 오십 년 이상 장롱 서랍 속에 있는 모시도, 안동포도 곧 처분을 해야 할 것이다. 물려받을 사람이 없으니 내가 할 수밖에 없을 것이다. 내 주변에 있는 친구들도 모두 장롱에 있는 혼수로 받은 옷감들을 걱정한다. 우리 세대는 대부분 구식이라 물건을, 그것도 혼수로 받았던 물건을 버리지는 못하고 끌어안고 있다.

어떤 이유로든 김개남은 동학에 입교하여 평등사상에 심취하고, 그 정신적인 가치에 대한 확신이 혁명으로 발전되었던 것으로 보인다. 혁명군의 행위 기반이 되는 동학의 사상들이 접주들의 신앙심과 일치된다고 확신하기는 어렵겠지만 혁명의 근간이 되었음은 부정할 수 없을 것 같다. 지도자들은 자신들이 추진하는 혁명의 방향이 옳다고 생각했지만 반대 세력을 설득하기 위해서는 혁명의 당위성에 대한 확신이 필요했을 것이다. 오랫동안 동학혁명은 역사에서도 동학란으로 불릴 수밖에 없었지만 혁명 지도자들에게는 동학혁명이 다만 민란으로 치부되어서는 안 된다는 생각이 확고했을 것이다. 자신들의 행동이 정당함을 입증할 수 있는 근거로서 믿을 만한 정신적 가치의 도움이 필요했을 것이다. 혁명 지도자들은 자신들의 요구를 실천하는 방안으로 집단의 응집력이 절대적으로 필요하고, 그 과정에서 무력을 사용할 수밖에 없음을 인식하고 실천했다. 김개남 장군을 포함한 지도자들이 결코 군사훈련을 받은 적도 없었을 많은 대원들을 훈련시켜 관군과 대결시켰음은 그들의 의지가 얼마나 강했던가를 증명하는 일이다. 관군에게 배급된 규격화된 무기가 아니라 죽창으로 지배층을 향해 공격한다는 것은 얼마나 무서운 일이었을까? 그럼에도 자신들을 공격하는 외국 군대를 향해 칼과 창을 겨눌 때는 무자비한 관군과 하나가 되었다.

1894년 경 곡창지대인 호남 지역에서는 특별히 세금 문제로 관폐가 심했다. 농민들은 농사를 지어 그럭저럭 생계를 이어가며 살아갈 수 있었으나, 부당한 조세 징수로 관에 대한 분노가 누적되었다. 호남지역이 조세 문제로 관과 갈등을 빚을 수밖에 없었던 것은 다른 지역에 비해 넓은 토지에서 나오는 곡식의 수확량이 많았기 때문이었다. 민중들을 분노하게 했던 것은 관리들이었다. 전봉준의 부친이 억울한 조세 징수에 항거하나 관에서 매를 맞고 장살을 당하는 등 개인적인 원한 관계가 누적되었지만, 그런 사례는 한두 집에 그치지 않았을 것이다. 전봉준 개인으로는 장살로 인한 치욕적인 부친의 죽음이 문제였던 것으로 보이지만, 혁명군이 그렇게 짧은 시간에 많은 농민군을 끌어 모을 수 있었던 것은 부당한 세금 징수 등을 포함하여 관에 불만을 가진 집단이 그만큼 많았음을 의미한다. 조선조 후기에는 잦은 외세 침입으로 나라의 근간이었던 유교적 질서가 흔들릴 수밖에 없었고, 전봉준, 김개남을 포함한 혁명군 지도자들도 유생에게 요구되는 형식적인 덕목들에 염증을 느꼈을 것이다.

우리 집안은 1894년 동학이 발발한 그해에 돌아가신 증조부 윗대에서 김개남의 집안과 나누어졌으며 우리 집은 둘째 집으로 큰오빠가 7대 종손이고, 개남장군의 집안은 셋째 집이었다. 첫째 집은 지금실에서 멀지 않은 송정리에서 살았다고 한다. 세 집이 각각 일가를 형성하며 종손이 되면서 조상의 사당을 모시고 기제사를 지내야 하는 등의 의무가 우선했을 것이고, 그러한 환경이 좀 더 전통을 고수하는 방향으로 유도됐을 것이다. 19세기 말에서 20세기로 넘어오는 시기에는 농업을 생업으로 하지 않는 집들은 주거 이동이 이전에 비해 상대적으로 쉽게 이루어졌을 것으로 보인다. 노비들도 오랫동안 상전들에게 매여 있던 지역에서 전혀 연고 없는 곳으로 이주하여 새롭게 생활을 시작하는 경우가 비일비재했다. 노비 또는 천민이라 하여 전통적인 가치관에 따라 종속적 관계와 의무를 강요한다면 이를 부당하게 생각하는 사람들이 많을 수밖에 없었을 것이다. 사회적 여건이 이런저런 이유로 크게 변화하고 있었음에도 양반 또는 관리들이 이를 인식하지 못했다는 것이 동학농민혁명의 발단이었을 것이다.

국민 대부분이 농민이 주를 이루는 상황에서 그들이 혁명군에 가담했을 때 농사에 차질이 생기는 것은 당연했다. 호남 지역에서 한 해 농사를 그르쳤을 때 당장 전체 국민이 생계를 유지하는 데는 문제가 생길 수밖에 없었다. 또한 관에서 농민들의 존재 자체를 부정하는 일이 반복됨으로써 혁명의 필요성을 일깨우기는 하였으나, 농민들이 응집력이 있는 존재가 되기에는 한계가 있을 수밖에 없었다. 김개남군은 그런 한계 속에서도 중앙에서 내려보낸 홍계훈 등과 전주 화약을 체결하여, 혁명군의 자율적인 조직인 집강소를 통해 농민 통치라는 개혁을 담당했다. 정부에서 실질적 반 봉건 운동인 집강소를 설치하도록 용인했음은 우선 농민 혁명군의 존재를 인정한 것이다.

정부는 백성들에게서 시작된 사회 변화 욕구에 대해 어느 정도 타협하였음을 알 수 있다. 자신들이 지역을 분할하여 스스로 통치하겠다는 혁명군들의 요구를 봉건 군주가 받아들인 것은 군주이기를 포기한 것이다. 외세의 압박이 극심한 상황에서 정부 당국에 농민군을 제어할 관군이 없었음은 분명하지만, 무엇보다 무기조차 구비하지 못하고, 왕의 통치 능력이 전무했던 것이 가장 큰 문제였을 듯하다. 그 시기에 김개남 장군은 남원을 중심으로 전라좌도 일대를 돌면서 열렬한 반 봉건 운동을 벌였다. 특히 그는 백정, 노비부대를 인솔하여 양반의 비리를 바로잡고 천민의 권위를 일으켜 세우는 일에 모든 힘을 기울였다. 김개남 장군이 백정과 노비부대를 인솔했다 함은 혁명군의 과업 중에서도 급선무가 무엇이었나를 알려주는 것이다. 백정과 노비를 비롯한 천민들의 신분 문제는 혁명에서 해결해야 할 제일 급박한 문제였기 때문이다. 오랜 세월 동안 좋지 않은 관습으로 핍박받았던 민중들의 문제를 해결함은 혁명군의 첫 번째 과제였음이 분명하다.

조선 왕조는 나라가 세워지면서부터 건국이념으로 자리 잡은 유교적 이념이 세월이 흐르며 악습으로 변질되어 핍박받고 억울한 사람들을 양산했다. 김개남이 그렇듯 소외받은 사람들을 혁명 부대의 선봉에 서게 했음은 무엇보다 사회를 읽을 줄 아는 능력이 있었음을 의미한다. 혁명군의 선봉에 가장 혁명을 필요로 여기는 집단을 앞세웠음은 그들의 울분이 힘을 발할 수 있음을 알기 때문이다. 개남장군은 어렸을 때부터 병서를 많이 읽었다고 전하는데, 이는 그에게 전투 능력만이 아니라 군사들의 심리를 파악할 수 있는 능력이 있었음을 의미한다. 결국 모든 싸움은 인간이 하는 것이니 인간을 읽을 수 있다는 것은 지도자로서의 가장 큰 힘이다. 동학혁명에서 최우선으로 생각하는 평등사상은 수운선생에서 해월선생으로 이어지는 동학의 가르침이 근본이 되었다.

19세기 말을 즈음하여 동학의 가르침은 민중 사이에서 빠른 속도로 전파되었다. 농민 혁명군의 목표가 동학에서 강조하는 평등주의와 인도주의를 실천하는 일에 두었던 것은 혁명과 종교적 이념을 동시에 달성하기 위한 방법으로도 보인다. 전봉준, 김개남의 혁명군이 추구하고 실천했던 일련의 행동적 근간은 수운선생, 해월선생으로 이어지는 동학사상에 근거했음이 분명하다. 혁명군 지도자들에게 많은 사람의 마음을 흔들 수 있는 사상적인 밑받침이 없었다면, 기존의 세상 질서를 전복하려는 자신들의 크나큰 행위를 진척시킬 수가 없었을 것이다. 최제우의 ≪용담유사≫ 같은 책을 통해서민 부녀자들을 위한 교리 등이 알려졌을 것이고, 그러한 동학의 가르침은 사람의 생명을 죽일 수도 있는 자신들의 행동이 정당함을 확신시켜주는 근본이었다. 자신들의 행위에 대한 합리화가 없었다면 어떻게 그 무서운 행위를 지속, 확장할 수 있었겠는가?

1917년에 지금실에서 태어나 1930년에 혼인을 하신 나의 부친도 정읍을 중심으로 활동했던 차천자의 딸과 혼인 말이 있었다는 얘기를 하셨다. 다른 말씀은 기억에 남아있지 않지만, 대궐 같은 차천자의 집에 들어갔을 때 방 안에는 비단이불이 천정에까지 닿을 정도로 가득했다고 하셨다. 내가 대학교에 다닐 때까지 언제나 이불은 검은색과 붉은색으로 물을 들인 무명으로 껍데기를 하고 흰색 무명에 풀을 먹인 홑청을 다듬이질한 후에 갈아 끼워가며 사용했으니, 부친에게는 천정까지 닿을 정도로 쌓아놓은 비단이불이 특별히 눈에 뜨이셨을 것이다. 식민지라는 힘든 상황에서 민중 속으로 파고들어 정신적인 위로를 주려는 신흥종교와, 엄청난 비단이불이나 화려한 교당 건립 등은 민중들에게 정신적 지주가 간절하게 필요했음을 암시하는 것으로도 보인다.

동학혁명 이후에도 민중 종교의 형태를 띤 증산교, 보천교 등이 일어난 것으로 보인다. 보천교의 교주 차천자(차경석)는 동학에 참여하기도 했던 인물로 정읍에 살면서 식민지 상황에서 신흥종교를 시작했던 것으로 보인다. 동학이 시작되면서 많은 사람들이 그 가르침에 의지하고 새로운 세계에 대한 희망을 가졌으며, 비슷한 시기에 차천자, 강증산 등의 새로운 인물들의 신흥종교도 민중들 사이에서 확산되었다. 동학에서 표방하는 새로운 세계관이 사회적 혼란을 극복하고 민중들에게 희망을 주기 위한 혁명으로 확산되었다면, 증산교의 강증산, 보천교의 차천자 등은 동학혁명 발발 한 세대 남짓 되는 짧은 시간에 민중 속으로 확산해 보려는 신흥 종교의 형식을 띤 것으로 보인다.

조정에서 혁명군에게 집강소를 허락한 것은 혁명군을 인정한 것으로 볼 수 있으며 이는 거역할 수 없는 시대정신에 대한 타협이었을 것이다. 김개남 등이 시대의 흐름을 타고 정부 관리들과 집강소 혁명군의 융화에 힘썼던 것 등은 현실 인식을 제대로 한 것이었다. 김개남은 남원읍 민중의 열화와 같은 청원으로 1894년 6월 말부터 남원에 머무르며(滯留) 100일 간의 남원 정치를 하는 동안 혁명군은 물론이요 관민 간에 호평이 대단했다.

김개남은 남원에서 백일 간 정치를 하는 동안에 자신의 정치적 역량을 충분히 발휘했던 것으로 보인다. 관군에게는 혁명 초기에 군사적 지휘 능력을 발휘하여 조정에서 집강소 설치를 받아낸 것으로 충분한 역량을 보였다면, 집강소에서는 100일 간 혁명군 통치를 통해 정치적 역량을 보였다. 김개남 군은 관군에 대항해서 원하는 바를 얻었기 때문에 한시적이지만 그들이 원하는 세상을 만들어 가는 정치를 할 수 있었다. 그는 관군에게도 혁명군에게도 충분히 지도자로서 공정했고, 성가를 인정받을 만큼 처신도 잘했던 것으로 보인다.

전봉준은 남원 지역이 차지하는 중요성을 인지하고 있었으며, 자신과 다른 지도자들이 성취하기 어려운 부분을 김개남을 통해 이루려고 했던 것으로도 보인다. 남원은 경상도, 전라도의 교통 및 전략상 요충지로서, 1592년 임진왜란 때는 명나라 제독이 주둔했던 문무 겸비한 정부의 도임지이었다. 민도는 높고 민심 또한 순량한 곳이 아니었다는 말은 남원이 어느 지역보다 외부와의 접촉이 빈번하여, 일찍부터 전통적인 농경사회를 벗어났음을 이른다. 다른 지역에 비해 남원이 농업 중심 사회에서 상공업 중심의 사회로 빠르게 변화하면서 주민들이 혁명군의 주장을 쉽게 이해했을 것으로 보이기는 하지만, 혁명군을 자신들의 사회에 쳐들어온 무단 침입자로 볼 수도 있었을 것이다. 이렇듯 당시 상황에서 중요하고 선진적인 지역이었던 남원에서 김개남이 군사적으로나 정치적으로 역량을 발휘할 수 있었음은 그의 통치 능력이 탁월했음을 뜻한다.

남원에서 김개남이 보여준 통치 능력은 정읍 지금실같은 산골에서 생장한 사람으로서는 쉽지 않았던 일임이 분명하다. 그럼에도 김개남은 어느 지역보다 특별히 혁명군이 역량을 발휘해야 할 중요한 지역인 남원에서 공사를 분명히 하고, 관의 기강을 바로잡고, 양민 보호에 전력을 다하였다. 김개남이 남원을 통치하기 시작해서 끝나기까지 3개월이라는 시간이, 그의 역량을 제대로 보여 줄 만큼 충분한 시간은 아니었지만 지역 주민의 지원은 열렬했던 것으로 보인다. 이는 김개남이 통치력도 탁월했지만 왕실을 향한 주민들의 분노가 그만큼 깊었기 때문이었을 것이다.

1894년 9월경 조정에선 동학 혁명 토벌 준비를 완료하고 경군(京軍), 일본군, 청국군의 3자가 하나가 되어 삼남 지방의 혁명군 토벌에 임한다는 소문이 파다했다. 그러나 8월 평양에서의 청일 회담으로 청군 세력은 완전 궤멸되었으므로 일본군만이 친일 정부를 통하여 조선 정부 지배를 강화하기 위해 배후의 농민 및 동학 혁명군을 조선 정부군과 합동으로 제압하려 했다. 청군을 제외한 정부군과 일본군의 이자 일속(二者一束)이었다. 일본군은 9월경에는 조선 정부 지배를 강화하기 위하여 일차적으로 동학 농민 혁명군을 제압하려 했다. 그리하여 중국과 일본이 출병 명분으로 내걸었던 동학혁명은 철저하게 민란으로 규정되고 완벽하게 진압됐다. 그들은 부패한 정권을 향해 개혁을 촉구하는 혁명군을 민란을 주도하는 반군으로 치부했다. 반군은 어느 사회에서든지 대역 죄인으로 취급될 수밖에 없다. 희망을

244

가지고 새로운 사회를 꿈꾸며 시작했던 동학농민혁명군은 정부로부터 반군으로 치부되며 타도의 대상이 되었다.

왕실에서는 밤이면 전등을 켜고 광대를 불러들이는 등 허랑방탕한 생활로 인해 국고를 탕진하여, 저축미가 동이 나는 것으로 알려졌고, 이에 분노한 혁명군은, 농민들을 혁명에 참여하도록 유도하였다. 왕실 사람들의 분방한 행동은 민중혁명으로 연결되었고, 이는 외세를 불러들이는 빌미를 제공했다. 일본이 우리나라의 국내 문제인 동학혁명을 침략의 발판으로 사용한 것은 가당치 않은 내정 간섭이었으나 스러져 가는 나라의 비극적인 운명을 막을 길은 없었다. 무너져 가는 국가의 위기 상황에서 제국주의 세력들의 침략을 막을 길은 없었고, 이는 봉건 지배 질서가 와해되어감을 암시하는 것이었다. 봉건 질서가 붕괴하는 시기가 도래했음은 분명하지만 새로운 체제를 정립할 수 있는 준비가 되어 있지 못함은 나라의 비극이었다. 농민혁명군이 내세우는 모든 주장은 새로운 체제를 위한 발전적인 제안이었지만, 왕을 중심으로 한 조정에서는 이를 받아들일 능력이 있는 인물이 없었다. 조정에서는 일본의 집요한 협박과 강압에 못 이겨 친일 행각을 하는 관료들의 주장을 따라갈 수밖에 없었다. 이런 상황에서 김개남의 정치적인 발언들은 이미 봉건사회의 붕괴를 암시하는 것이었지만 기존 질서가 존재하는 상황에서는 위험한 주장일 수밖에 없었다. 조정에서 일본과 힘을 합하여 혁명군을 제거 대상으로 생각한 이상 어떤 희망도 가질 수 없었다. 짧은 시간 동안 보여주었던 혁명군의 움직임은 횃불처럼 타올랐다가 꺼지고 말았다.

혁명군들의 숫자도 많아지고 활동 지역도 넓어지면서 남 북접이 나누어지는 것처럼 보였으나 특별히 김개남이 어느 쪽을 구분하여 지지했던 것으로는 보이지 않는다. 지역에 따라 편의상 남접, 북접 등의 이름이 붙여졌던 정도로 보인다. 동학 혁명군은 수운선생, 해월선생을 중심으로 하는 종교 교단으로서의 가르침을 기본으로 삼았던 것으로 보이나, 김개남 장군이 강하게 추구했던 바는 사상이 용해된 정치적 혁명으로 판단된다. 동학 농민혁명은 동학 정신에 근거한 민중운동을 실천하는 방안이었다.

≪용담유사≫는 동학 교주 최제우가 서민, 부녀자들의 교리 대중화를 위해 한글 가사체로 읊은 것을 2대 교주 최시형이 1881년에 출간한 책이었는데, 이 책에서 밝힌 사상과 정신은, 혁명군 지도자들이 자신 있게 행동할 수 있는 근거가 되었다. 20세기에 들어서도 부녀자들은 필사 형식으로 자신들이 믿는 종교의 경전을 옮기고, 필사하여 암송하였다. 독실한 불자이셨던 내 시어머니는 반짇고리에 서투른 글씨로 천수경을 써서 묶으신 뒤 시간만 있으시면 언제나 외우시곤 했다. 그것은 한글로 손수 쓰신 것이지만 범어였다. 그저 좋은 말씀이려니 하고 옮겨 적으신 것으로 보였다, 19세기 말 언문 가사체로 쓴 ≪용담유사≫의 출간은 종교적 경전의 보급에 혁신적인 역할을 했을 것이다. 아녀자들이 언문만 깨우친다면 읽고 이해할 수 있었을 경전의 내용은 한문으로 쓴 어떤 경전보다 귀에 쏙쏙 들어왔을 것이다.

동학의 가르침이 민중이 이해하기 쉬운 형태로 전해졌다고 해도, 혁명군은 혁명보다 종교적 세계에 심취했던 것으로는 보이지 않는다. 동학의 종교적 가르침과는 별개로 김개남은 왕이 있는 북쪽까지 진출하고자 하는 생각은 없어 보였다. 조정을 향한 정면 대결은 불가능하다고 생각했을 것으로 보인다. 사실상 동학농민군의 구성원은 대부분 일반 농민이었고, 농민군 중에 동학교도는 비교적 적었던 것으로 전해진다. 혁명군은 탐관오리 제거와 조세 수탈 시정을 주장했으며, 균전사(均田使)폐지를 촉구하였다. 반면 전봉준은 전주 화약을 맺기 전 중앙에서 내려온 홍계훈에게 대원군을 복귀시키라는 탄원서를 보낼 정도로 중앙정치에 개입하는 모습을 보였다. 그가 정치적인 상황에 관심이 많았던 인물이었음에 비해 김개남은 이상사회를 꿈꾸는 혁명가였던 것으로 보인다.

김개남이 현실 정치에 대한 관심이 없었던 것은 그쪽 세계와 접촉이 없었을 뿐만 아니라 신뢰하지 않았기 때문이기도 할 것이다. 김개남은 혁명의 성공만이 자신이 할 수 있는 최선이라고 생각했을 것이다. 혁명군이 먼저 제시했든, 관군이 타협안으로 제시했든 전주 화약에는 불량한 양반의 죄를 조사하여 벌을 줄 것과, 노비문서를 소각할 것이나, 천민의 대우를 개선하고 특히 백정이 쓰는 패랭이를 없앨 것 등 신분에 대한 문제가 제일 강하게 제시되어 있다. 김개남 농민군은 농민이 주류를 이룬다고 하였지만 사회의 최하층인 노비와 백정을 포함한 천민의 신분 문제를 혁명군이 해결해야 할 절실한 과제로 내세웠다. 김개남 혁명군 속에는 천민들이 어떤 계층보다 대원으로 다수 참여한 것으로 보인다. 김개남은 양반과 대립되는 계층으로 노비와 백정 등 당시 제일 천대받던 계층에 대한 배려와 지원 의지를 분명히 하고 있다. 신분적으로 소외된 계층을 향한 절대적인 지지는 혁명의 목적이 어디에 있는가를 명백히 밝히는 것이며, 그들의 도움이 없을 때는 혁명이 성공할 수 없음을 암시하는 것이기도 하다.

청일전쟁이 일본에게 유리하게 진전되면서 침략행위를 강화하는 일본을 향해 혁명군은 다시 봉기했다. 남접의 지도자인 김개남 등은 북접이 왕실을 부정하고 새 나라를 세우려는 것이 아닌가 하는 의심을 하기도 했으며, 이러한 그의 생각과 행동은 그가 집중적으로 활동했던 남원 지역의 지리적 특성상 타당성이 있어 보인다. 그 과정에서 김개남 혁명군은 왕과 왕실이 있는 북쪽을 향해 가는 것에 한계를 알았던 것으로 보인다. 반면 자신이 익숙하게 내왕했고, 가늠할 수 있는 남쪽을 향해 움직이면 자신이 지휘 가능한 혁명군의 힘으로 소기의 목적을 달성할 수 있다고 보았을지도 모른다. 남쪽을 열겠다는 의미로 이름을 개남(開南)으로 개명한 것과 남쪽인 남원을 중심으로 활동했던 것 등에서 그의 생각을 추측해 볼 수 있다. 당시 조선은 일본과 청나라의 관계까지 합해져서 더 이상 독자적으로 생존할 수 있는 상황이 아니었다. 국내외 상황까지 고려했을 때 자신이 해볼 수 있는 능력과 방향은 남원을 중심으로 한 호남지역이라고 보았을 듯하다.

개남국왕(開南國王)이라는 호칭을 내걸고 남쪽을 평정해 보겠다는 김개남의 생각은 동학 교주인 최시형에게도 의심스러웠을 것이다. 최시형은 동학 교도인 전봉준도 정치적인 야심으로 혁명군을 조직하고 활동을 하는 것이 아닌가 하는 생각을 했던 것으로 보았다. 전봉준이든 김개남이든 혁명이 주장하는 바가 일치하겠지만, 특히 김개남은 동학혁명군의 뜻이 보국안민(輔國安民)에 있음을 강조했다. 김개남은 연설에서 가정 살림이든, 나라 살림이든 가장이나 군주가 현명하다면 가족과 국민의 생계를 결코 걱정하지 않아도 될 것임을 강하게 주장했다. 이러한 주장은 가정이 확대되어 국가를 이루는 것과 대비시켜, 청국이나 일본을 유인하여 동학 혁명군을 제압하려는 정부에 대한 비판으로 보인다.

사람이 곧 하늘이다

동학 혁명군의 정신적 가치가 동학에서 내세우는 바를 근간으로 하지만, 종교적 가치를 실현하기 위해서 혁명을 하는 것은 아니었다. 동학 교주 최시형이 김개남이나 전봉준이 정치적 야심으로 혁명을 하는 것이 아닌가 하는 의구심을 가졌던 것으로 보이지만, 김개남은 말할 것도 없고 전봉준도 정치적인 야심이 우선했을 것으로는 보이지 않는다. 정치적인 야심이 우선했다면 당시 체제를 유지하던 집단 가까이에서 행동했을 것이다. 전봉준이나 김개남은 혁명이 성공해도 전근대적인 봉건주의를 붕괴시키고 근대적인 민주주의 양식이 실현되는 사회가 될 것이라고는 믿지 못했을 것으로 보인다.

김개남은 미흡하지만 당시 체제를 유지시키는 상황에서 요구 사항이 시정되기를 바랐던 것이다. 김개남은 남원 이남의 전라도 지역을 잘 다스려 봄으로써 혁명의 성공을 보여주고 싶었을 것으로 보인다. 동학 교주들과 혁명군이 얼마나 같은 뜻으로 움직였는지 모르나 그들이 봉기하여 타도하려는 대상이 같은 것임은 분명했다. 동학 교주 최시형 등은 화전론(和戰論) 등 온건한 노선을 채택한 데 반해, 혁명군은 현실 상황의 급박함을 인식하여 동일 대상을 향하여 무력으로 봉기했다. 외세의 침략에 대해서는 관군이든 혁명군이든 힘을 결집시켰다. 동학 혁명군의 행동 방향은 내정 개혁에서 시작하여 일본과의 항쟁이라는 반외세가 거병의 주요 목표였다. 관군의 입장에서는 최시형이 거느리는 북접의 10만 대군보다 혁명군의 군사를 방어

하는 일이 더 중요하다고 판단할 정도였으니 얼마나 필사적으로 대결하고 응전했는지 짐작이 간다. 혁명군의 입장에서는 신앙이나 윤리 도덕보다 자신들의 급박한 현실을 개선하는 것이 훨씬 더 중요했다. 명분보다 실리가 더 중요했다.

신앙을 우선시하는 최시형이 거느리는 군사들의 목표보다 혁명군의 목표가 급박할 수밖에 없었음은 당연하다. 동학 혁명군의 목표는 바로 그들의 현실 상황을 타개하는 것이었다. 김개남을 비롯한 지도자는 백정, 노비, 무당 등 현실 사회에서 인간 대접을 받지 못하는 계층의 인물들을 혁명군에 가입시켜 그들의 분노를 표출시킬 기회를 마련해준 셈이다. 신앙으로서의 동학과 관련이 있었던 전봉준 군의 색깔에 비해, 김개남이 특별히 사회에서 신분적으로 소외된 사람들을 중심으로 혁명군을 조직했다는 것은 그의 현실 분석과 투쟁 방향을 의미한다. 현실에서 소외된 사람들의 분노를 해결하는 길이 시대적 과제임을 명백히 한 것이다. 사회에서 소외된 계층을 위해서 그들의 힘을 혁명군에 동원시키는 방법은, 혁명군 지도부와 대원들 서로가 그들의 목적을 달성하기 위해서 협업하는 것일 수 있다.

평등을 실천하려는 동학의 가르침은 경전을 읽는 민중들에게 새로운 세계를 열어주었을 것이다. 그들이 간절히 원하는 바를 종교의 가르침으로, 민중들이 사용하는 언어로 전달되었을 때 깊이 공감하였을 것임은 말할 것도 없다. 1960년대 후반쯤이었을 텐데 성탄절 미사를 보고 싶어서 명동성당에 가보았더니 분위기가 경건한 데다 사제가 입은 전례복도 멋있어 보여 먼저 분위기에 압도되었다. 그럼에도 미사가 시작되자 곧 사제의 언어가 라틴어인 것에 놀랐던 기억이 있다. 성당의 웅장하고 성스러운 분위기에 압도되어 미사를 감상하고 나왔지만, 신자들에게 의미 전달보다는 분위기를 우선적으로 느끼게 하는 것은 좀 그랬다. 신자들 입장에서는 예식의 의미이든, 성직자의 말씀이든 정확하게 우리말로 전달한다면 눈과 귀가 시원해질 것 같은 생각이 들었다. 요즈음도 외국에서 오신 카톨릭 신부님들이 강론을 하시는 경우가 많은데, 발음이 부정확하거나 억양이 자연스럽지 않아 답답해하는 신자들이 꽤 있다. 외국 신부님들이 지닌 특별한 종교적 배경이나 표현 방식이 감동을 주는 경우도 많지만, 다른 나라의 언어 차이를 이해하고 공감하기까지는 상당한 시간이 걸릴 것이다. 경건한 분위기만으로 신앙을 갖도록 하는 것은 한계가 있을 것이다.

이십여 년 전에 성공회의 공도문(公禱文)을 다음 세대인 젊은이와 어린이들이 쉽게 이해할 수 있는 언어로 바꾸는 작업에 잠시 참여했다. 언어 표현이 빠른 속도로 변화하는 중에 적어도 한 세대 이상 거부감 없이 사용해야 하는 공도문을 만드는 작업은 지난했지만 조금이라도 도움이 되는 일을 하고 싶다는 생각에 참여했다. 개화기 초에 성경의 번역 작업이 한글 보급에 지대한 공헌을 했던 것은 인정하지만 신도들이 예배 때마다 사용해야 하는 공도문을 개정하는 작업이 쉽지 않은 일이었음은 말할 것도 없다. 이런 것을 생각한다면 ≪용담유사≫의 말씀과 전달 방식이 얼마나 선진적인 사고에 기반했던 것인지 놀라울 뿐이다.

19세기 중반 민중들은 혁명이 필요한 시대임을 인식했으며 봉건 군주제를 부정하는 민중들의 신념을 뒷받침해 주는 것이 수운, 해월의 가르침이었을 것이다. 동학이 혁명과 함께 민중 사이에 확산되면서 강증산도 민중 사이에서 그들의 종교적 신념 등을 설파하며 교세를 확장했다. 동학의 접주였던 차경석(차천자) 같은 인물도 보천교라는 신흥 종교를 세워 정읍을 중심으로 상당한 파급력을 가졌었다. 시대가 혼란스럽고 민중의 삶이 고달플 때 신흥 종교가 발생하는 경우가 많겠지만 특별히 호남지방에서 동학에 연이어 증산교, 보천교 등이 시작되었던 것은 지역적 특성과 연관이 있는 듯하다. 동학 혁명군이 외세의 침략으로 소기의 목적을 달성할 수 없게 되자 이를 대체할 만한 또 다른 신흥 종교가 태동하게 된 것이 아닐까 한다. 신흥 종교는 동학을 통해 이루고자 했던 그들의 꿈을 대체할 만한 새로운 대상을 찾아냈던 것으로도 보인다. 짐작컨대 호남 지역은 전봉준, 김개남 등이 농민 혁명군을 이끌고 투쟁하도록 이끄는 요인들이 만연했던 것으로 보이며, 이러한 요소들이 민중들을 자극했던 것이 아닐까 싶다.

호남지방을 중심으로 특히 민중들의 분노와 욕구가 들끓었던 이유는 무엇이었을까? 조정을 비롯해 지방 관청까지 부패가 만연했지만, 평야 지대인 이유로 쌀 소출이 많았던 호남 지역이 가진 특수성이 큰 역할을 했을 것이다. 시대가 점점 농경사회에서 상업, 유통 중심으로 변화하는 선례를 호남지역을 통해서 보여준 것은 아닐까 하는 생각도 해본다. 경제적인 변화가 요구되는 시기에는 쌀이 쉽게 현금화 할 수 있는 물품이었을 것이다. 호남이 타지역에 비해 쌀이 많이 생산되었던 것은 혁명에 요구되는 재화의 근간이 어느 정도 확보될 수 있었다는 것이기도 하다. 호남 전체 인구의 대부분을 차지하는 농민들은 군산, 목포 등 서해안의 항구에서 쌀을 중심으로 일본과 유통을 했다. 일본으로 쌀이 반출되었던 것은 대체로 부당한 착취로 이루어진 일이었겠지만, 수요와 공급의 새로운 양상을 보여주기에는 충분했을 것이다. 사회의 모든 여건은 변화를 꿈꾸고 있었지만 변화를 인식치 못하는 조정과 관에서는 부패에 찌든 상태에서 민중들을 핍박하는 행위를 반복했다. 이러한 관의 구태의연한 행위의 반복이 혁명을 유발하는 요인이었음은 분명하다. 또한 동학에서 비롯된 평등사상의 분위기 등이 민중을 자극하는 기폭제의 역할을 했을 것이다.

혁명을 향한 여건이 무르익어 가던 호남 지역에서 대장 전봉준과 함께 김개남을 중심으로 사회 정치운동을 추구하는 인물들의 추진력이 강하게 힘을 발휘했다. 호남 지역의 여건은 모든 불만이 분출되기만을 기다리는 용광로 같은 상황이었지만 김개남처럼 군사력을 사용하겠다는 강한 의지와 능력이 있는 인물들이 없었다면 동학 농민 혁명은 불가능했을 것이다. 호남의 핵심지역이었던 정읍, 남원 등지에서 오랫동안 혁명군의 집강소가 유지될 수 있었던 것은 김개남의 의지와 전투력이 작용했기 때문이다. 같은 시기에 혁명을 시작한 다른 지역의 혁명군들은 머뭇거리는 사이에 관군에게 당하는 경우가 많았는데, 김개남은 혁명 승리에 대한 강한 의지가 있었고, 전투에 대한 기본을 알고 있었기 때문에 승리할 수 있었다고 본다.

이런 상황에서 동학의 2대 교주 해월 최시형 등이 김개남이 군사력을 사용하는 것에 대해 부정론이 있었음은 당연한 것으로 보인다. 동학 발단 시기 부터 수운 최제우선생의 입장에서는 철학적이고 종교적인 현실 인식이 중요했지만, 그 세계에 도달하기 위해서 군사적인 방법을 사용하여 전쟁을 하도록 강요할 수는 없었을 것이다. 봉건사회의 폐습이 한계에 도달한 어수선한 사회 현실에서 수운선생의 동학 이론은 훌륭한 것이었지만, 이론이 실현되기 위해서는 사회가 피를 흘리지 않으면 불가능했다.

혁명군은 피를 흘리며 투쟁했지만 대다수 농민의 힘만으로는 몇백 년을 이어온 봉건시대의 완강한 체제를 흔든다는 것은 불가능했다. 민중들의 뜻이 화약론(和約論)으로 결론이 날 수밖에 없었던 것은 시대적 한계를 말해주는 것이다. 시대의 전환을 꿈꾸며 동학혁명에 참여했던 많은 사람들이 혁명을 진행할 것인지 국가와 타협을 하고 끝을 낼 것인지 결정을 해야 할 시점에서 화약론으로 결론이 났음은 시대를 읽은 그들의 판단이었다. 혁명군의 지도자 대부분이 적당한 선에서 정부와 타협하고 혁명을 중도에서 포기하자고 했음에도 김개남이 강하게 혁명을 추진하는 쪽으로 방향을 잡은 것은, 백성이 나라의 중심이 되는 사회를 꿈꾸었던 그의 소망이 그만큼 강렬했기 때문일 것이다. 혁명의 성공을 향한 김개남의 강한 추진력은 민중의 시대를 실현하려던 그의 의지에서 비롯된 것이다. 다른 모든 동지가 혁명을 포기해도 그는 홀로 혁명의 길을 선택함으로써 죽음을 불사했을지도 모른다. 전체 혁명군이 남접, 북접, 중도파 등으로 나누어졌던 것처럼 보이나, 실상은 김개남을 제외한 대부분의 접주들은 해월 최시형, 수장 격인 손병희 등이 주장하는 원만하고 온건한 방향으로 유도됐던 것으로 보인다. 다른 접주들은 자신의 목숨이 위험한 것만이 아니라 혁명군 부하들의 목숨이 위태롭다는 생각이 앞섰을 것이며, 이는 더 이상 혁명을 진행시키기 어렵다는 판단으로 연결되었을 것이다.

19세기 말 전라도 땅 지금실 산골에서 태어나고 살아왔던 사십 대 초반의 남자가 생각하는 혁명, 삶과 죽음은 어떤 형태이었을지 생각해 본다. 이십 대 청년이 지배 권력에 대한 불같은 분노와 혈기로 나선 것이 아니고, 사십 대의 장년으로 오랜 심사숙고 끝에 동지들을 규합하고 다수의 혁명군을 동원하여 선두에 서서 이끌고 나가기 시작할 때부터 삶과 죽음의 문제는 그를 따라다녔을 것이다. 관군이든 일본군이든 적군을 향해 칼과 창을 들고 전진해 나가면서 죽음을 생각하지 않을 수 없었을 것이다. 신념과 각오가 아무리 대단해도 목숨을 걸고 하는 일이란 매 순간 비장할 수밖에 없었을 것이다. 본인이 스스로 결정한 행위에 대한 책임은 얼마나 무거웠을까?

김개남은 20대 초반에 임실에 거주할 때 최시형의 설법을 듣고 동학에 입도한 것으로 전해진다. 이를 보면 그는 혁명에 가담하기 전에 자신의 행동에 대해 충분히 성찰했던 것으로 보인다. 김개남은 혈기 왕성한 20대 초반부터 꿈꾸었던 사회 변혁을 40대가 되어서야 실현하려 일어섰다. 젊은 날부터 오랫동안 준비해 온 일이었지만 단독으로 할 수 있는 일이 아니었다. 수많은 혁명군을 이끌고 전혀 경험해 보지 못한 무력을 사용해야 했고,

승리하지 못했을 때는 죽을 수밖에 없는 위험한 도전이었다. 그렇게 오랫동안 준비했음에도 쉽사리 행동치 못했던 것은 목숨을 걸어야 하는 일이었고, 절대 권력인 국가를 상대로 하는 일이었기 때문일 것이다.

김개남은 혁명군을 방어하려는 관군의 무기가 어떤 것인지는 충분히 알고 있었을 것이다. 관군의 합법적이고 당당한 행위에 대한 혁명군의 항거는 그들 나름대로 충분한 명분이 있었으나 불법임에는 분명했다. 정부로부터 불법이라고 지탄받는 행위를 그렇듯 선봉에 서서 지휘하는 그가 죽음을 생각지 않을 수는 없었을 것이다. 더구나 5월에 접어들어 자신을 제외한 다른 동지들이 화약론을 제기하면서 원만하고 온건한 방향으로 혁명을 진정시키려고 하는 때에도 김개남만은 중도 파기하려는 생각을 하지 않고 초지일관 혁명을 진행시키겠다는 다짐을 했다. 동지들도 포기하려는 혁명을, 계속해서 진행시키겠다는 김개남의 독자적인 결단은 한없이 외로운 선택이었다. 혁명이 성공하기 어려울 것이라고 판단하여 대부분이 포기하는 길을 김개남이 단독으로 가겠다고 했지만, 그만큼 죽음에 대한 공포도 컸을 것이다.

1894년 9월 하순부터 백마대장(白馬大將) 김개남은 남원에 웅거(雄據)하면서 전라도 각 주. 군. 현의 집강소 관리와 내방하는 협객들의 면접 등등으로 바쁜 나날을 보냈다. 김개남은 5월부터 몇 달 동안 있었던 사실들을 되돌아보며 자신의 주장이 옳았음을 재삼 확인했다. 불안스럽게 시작한 독자적인 노선이었지만 그는 좋은 기회를 놓치지 않아야 된다는 확신을 가졌다. 김개남은 죽음에 대한 공포가 있었을 것이나 몇 달 동안 이루어 낸 자신의 혁명 성과에서 자신감을 가지게 됐다.

그러나 그는 거사가 진행되는 동안 동료들이 서로 다른 판단을 하고 다른 선택을 하는 상황을 보고 매우 불안했을 것임이 분명하다. 또한 동학의 종교적인 입장에서는 폭력적으로 보이는 김개남의 행위가 부담스러웠을 수가 있었을 것이다. 전봉준 등의 화약론이 나오고 몇 달이 지난 후 김개남은 소기의 목적을 달성하자 안심을 하고 또한 자신감을 얻은 것으로도 판단된다. 동학의 종교적이고 윤리적인 판단이나, 가르침을 거부하고 독자적인 길을 가야 하는 김개남이 자신의 외로운 선택에 대한 불안감에서 약간은 벗어났던 것으로 보인다. 그럼에도 많은 동지들이 피를 흘릴 수밖에 없는 자신의 선택에 대해 인간적인 고민을 할 수밖에 없었음을 알 수 있다. 자신의 생과 사의 문제뿐만 아니라, 자신이 이끌고 싸우는 혁명군 전체의 생사에 대해 책임 의식을 가질 수밖에 없었을 것이다. 또한 자신들이 진행시킨 일이 이미 포기하고, 항복하기에는 너무나 진전되었다는 판단을 할 수도 있었을 것이다. 그럼에도 마지막 단계에서는 현상금이 걸린 상태로 수배령이 내려졌기 때문에 그는 관군에게 잡히지 않으려고 피신해야 했다.

김개남은 전봉준과 그 외의 동지들이 전주에서 북진 건에 대해 자신의 계획에 반대했음을 상기했다. 그는 몇 달 후 자신의 행동에 대해 심판을 받는 입장이 되었으나 자신이 사태를 바로 본 것이라는 확신이 있었다. 일본이 이 나라의 왕궁을 제압하고, 대신들은 친일 정권을 세웠고, 청국군은 축출됐다. 그런 상황에서 김개남은 왜놈은 수백 년 전부터 원수이니, 친일 정권을 타도하고 왜놈을 축출하여야 한다며 분노했다. 만약 전봉준 이하 동지들이 반대하면 그는 단독 행동한다는 각오를 분명히 했다. 김개남은 동지들에게 전봉준의 중의(衆議) 존중론은 내가 존경하는 바이나 이 나라를 그대로 두고 볼 수 없다는 자신의 생각을 전달했다. 자신의 판단을 믿고 독자적인 행동을 할 수밖에 없었지만, 그는 전봉준 대장의 아래에 있는 지휘관으로서 대장을 따르지 못하는 것에 대해 동지들의 이해를 바라는 한편, 내적 고민을 하고 있음을 알 수 있다. 다수의 의견에 따르는 것을 존중한다는 생각은 동학 혁명군의 민주적인 사고가 어느 정도였는지를 짐작할 수 있게 해주는 부분이다.

　전봉준을 비롯한 혁명군 지도자들이 서로 갈등하지 않고 같이 갈 수 있었음은 의견이 서로 달랐음에도 중의를 존중하고, 민주적인 방법으로 일을 추진했기 때문이다. 혁명군 지도자들은 모두 원대한 목표를 가지고 시작한 혁명이었음에도 혁명군 전체가 나아갈 길에 대한 생각이 다르기 때문에 내부적으로 분열되는 모습을 보임이 수치스러웠을 지도 모른다. 혁명군 지도자들 모두 대내적으로는 왕을 비롯한 조정에 대한 생각과, 대외적으로는 일본에 대한 생각이 다르지 않았을 터이지만 그에 대처하는 방안이 다름은 어쩔 수 없었다. 김개남의 생각이 과격한 것이라고 판단한 동학 지도자들은 그의 혁명 추진 방향에 부담스러워했던 것으로 보인다. 그럼에도 언제나 김개남의 유일한 의논 대상은 전봉준이었으며 김개남은 확고부동한 그의 생각을 실토한 적이 수십 차례였지만 그때마다 전봉준은 중론을 앞세웠다. 수일 후 전봉준이 남원에 다시 왔을 때 김개남은 작전을 연기할 수 없다며 작전 계획을 제시하였고,　전봉준도 그때에는 이를 쾌락하였다. 전봉준이 김개남의 작전 계획을 수락하는 것으로 남원을 중심으로 한 혁명군의 투쟁은 다시 시작되었으나 독자적인 투쟁을 할 수밖에 없었다.

　1894년 10월 7일에 김개남은 부하 30명을 대동하고 남원을 출발 삼례에 도착하였으며, 다음 날 전봉준, 오지영 등과 3일에 걸쳐 회의했으나 역시 화전론(和戰論)과 주전론(主戰論)이 대립했다. 김개남은 청·일 정부군의 병력, 청패 일승(淸敗日勝), 조정의 친일 정권 수립 등등과 임진란까지 거론하며 정치적 상황을 설명했다. 김개남의 이어진 연설은 수천 군중을 사로잡았고 찬성하는 박수 소리는 천지를 진동시켰다고 한다. 김개남의 추진력에 혁명군을 포함한 민중들의 호응이 대단했던 것으로 보인다. 이 연설을 통해 김개남이 대중을 선동하는 정치적인 능력이 있었음을 짐작해 볼 수 있다.

세계 정세가 혼란스러운 상황에서 김개남은 국가의 전체 판세를 읽을 수 있는 능력이 뛰어나고 대중을 설득하고 선동할 수 있는 능력이 탁월했던 것으로 보인다. 당시 정치적인 연설이 얼마나 일반화되었는지 확신할 수는 없으나 적어도 주변에서 그를 그렇게 인식했을 것으로는 보인다. 민중은 변화를 간절히 원했고, 그 변화의 시대를 이끌고 갈 신념이 확실한 지도자가 필요했을 것이며, 나아가 불안한 외적 요소에 흔들리지 않는 김개남 같은 인물이 필요했을 것으로 보인다. 강한 지도자인 김개남과 이를 필요로 하는 민중이 남원에서 의기투합하여 만들어 낸 몇 달간의 혁명군 시대는 이렇게 만들어진 것으로 보인다.

근대사회로 들어오면서 지도자들이 대중과 소통할 수 있는 방법으로서 자신의 정치적인 소산을 설득력 있게 많은 대중에게 연설로 표현할 수 있는 것이 큰 강점이었다. 김개남은 이러한 점에서 탁월했던 것으로 보인다. 민중을 위한 정치에서 정치가들이 민중과 소통을 하는 좋은 방법은 대중적인 연설로 생각된다. 이승만 대통령을 비롯하여 우리 현대사에서 통치자였던 분들을 우리가 기억하는 것은 그분들의 연설일 것이다. 그럼에도 오랜 시간이 흐른 뒤 이제 남는 것은 내용이 아니라 목소리와 제스처로 기억될 뿐이다. 그분들이 하신 말씀의 내용은 문자 속에, 역사에 응축되어 있을 것이다. 그 자리에 서는 과정에서 자신을 표출한 것으로 평가할 수 있을 것이다. 현실 정치에서 혁명군의 지도자가 진정성 있는 목소리로 민중들을 향해서 연설했을 때 그 감동의 강도가 높았을 것임은 분명하다.

김개남은 남원 통치에서 지방 고급 관리들이 부정한 방법으로 축재했던 부정한 재산을 몰수하여 빈민들에게 분배했다고 한다. 이는 과거에 의적들이 했던 방법으로, 동학 혁명군이 했던 이 방법이 정당하다고 할 수는 없겠지만 공개적으로 실시되었다는 것이며, 이는 바로 대다수 빈민인 민중들이 절대적으로 필요한 것이 무엇인지 알기 때문에 가능한 일이다. 부의 공평한 분배는 갑오년의 가난한 빈민들의 시대가 아니라도 대다수 민중에게는 꼭 필요한 욕망이었을 것이다. 전라도 동학 혁명군 세력이 일반 민중의 절대적 지지로 확산되어 경상도, 충청도 등 인근 지역으로 빠른 속도로 퍼져나갔다고는 해도, 혁명군을 비판적으로 바라보는 세력 또한 대단했음은 부정할 수 없었을 것이다. 혁명이라는 행위가 현실에서 문제가 있다고 여겨지는 집단에서 주도적으로 실행했던 것이니 당시 상황에서는 절대적인 것이었겠지만, 이전에는 쉽게 볼 수 없었던 표현 방법이었기 때문에 전체 국민의 찬동을 얻는다는 것은 쉽지 않았을 것이다.

무엇보다 중요한 사실은 혁명을 통해 그 시대 국가적 상황에서 무엇이 문제인가를 만천하에 제시했다는 것이다. 김개남이 이끄는 동학 혁명군이 남원을 중심으로 실시한 통치에서 일차적으로 경제적인 빈곤 문제를 해결하려는 강한 의지를 보였다는 것은 근대 사회에 대한 인식을 분명히 했던 것으로 보인다. 혁명의 의견 결정 과정에서 중론에 따름을 원칙으로 하는 것이 근대 민주주의의 근본을 실현시키려는 것이었다면, 민중들의 경제적인 빈곤을 해소시켜야 한다는 의지 또한 근대사회에 대한 인식을 분명히 했던 것으로 볼 수 있다. 독립적인 인간으로 서기 위해서는 우선 경제적인 요건이 충족되어야 함을 의미한다. 백성 스스로가 그 문제를 해결할 수 없다 해도 같은 뜻을 가진 사람들이 동지 의식을 가지고 모일 수 있다는 것이 큰 의지가 되었을 것이다. 대다수 민중들은 혁명군 지도자를 따르면 자신들의 문제가 해결되리라는 희망을 가졌을 것이다.

김개남이 설득력 있는 연설로 신분 문제를 포함하여 핍박받는 민중들의 문제를 해결하려는 강한 의지를 보이고 행동했던 것은 상하층의 모든 사람들에게 충격적이었을 것으로 보인다. 지도자를 포함한 혁명군이 강한 의지를 가지고 있어도 힘이 없었다면 뜻을 펼치기는 어려웠을 것이다. 김개남이 가진 힘은 죽음도 불사하겠다는 강한 의지와, 투쟁 능력과 의지에 대한 자신감일 수도 있다. 그들이 가진 것이 죽창과 삽과 괭이 따위의 농기구에 지나지 않았을지라도 투지와 지휘 능력으로 1년여를 버텨낼 수 있었음은 당대를 살았던 사람들에게만이 아니라 우리 역사에도 소중한 것이다.

김개남은 민중을 향한 태도에서 진정성이 있었으며, 무엇보다 다가올 사회는 어떤 형태로 전개되어야 할지를 분명히 인식한 것으로 파악된다. 김개남이 남원지역을 중심으로 혁명군을 이끌고, 투쟁하는 과정에서 정치적, 군사적인 통솔 능력은 탁월했던 것으로 보이나, 수운(水雲)선생이나 해월(海月)선생의 종교적인 가치가 그에게 얼마나 영향을 미쳤는지는 알 수가 없으나 그럴 가능성은 희박해 보인다.

김개남은 대중을 설득하고, 현실 문제를 정확히 파악하는 능력이 있었다. 혁명을 시작했을 때 농민군과 함께 사회에서 가장 소외된 노비나 천민들을 혁명군에 우선적으로 동원했던 것을 보면, 당시 사회 구조에서 불만 세력이 누구였던가를 잘 파악했던 것으로 보인다. 또한 김개남이 관군에 대항해서 실패해도 잃을 것이 없는 하층민들을 혁명에 동원했던 것은, 혁명이야말로 그들이 형벌처럼 가지고 태어난 멍에를 벗어날 수 있는 절호의 기회라고 생각했기 때문이었을 것이다.

혁명군에 참여한 천민들은 조상으로부터 물려받은 귀속신분(歸屬身分)에서 벗어날 수 있는 절호의 기회라고 판단했기 때문에 열심히 싸웠고, 그것이 관군과의 싸움에서 승리할 수 있는 중요한 요인이었다고 판단된다. 조선조 후기 두번씩이나 외국과 전쟁을 치르는 과정에서 유교적 질서는 흔들릴 수밖에 없었을 것이고 새로운 사회로 변화되어야 함을 분명하게 인식한 사람들이 천민 집단에서도 속출했을 것이다. 일차적으로 노비, 백정 등 천민 집단이 그들의 멍에에서 벗어나야 한다는 의식이 강했겠지만, 역으로 혁명 주도자들은 천민 신분이라는 신분적 제약을 이용하여 혁명에 화력을 올리고 싶은 판단을 했을 것이다.

김개남은 왕과 왕실이 있는 북쪽보다 남쪽을 중심으로 자신의 소신을 펼치려고 했다. 본인의 역량이 미칠 수 있는 지역에서 세습적인 신분으로 인해 고통받고 현실에 불만을 강하게 가진 사람들을 통해 자신이 옳다고 생각하는 방향으로 혁명을 진행시켰다. 갑오년 초에 그는 북진을 강력히 주장하였으나 북접 측의 지도자들이 중의(衆意)에 따른다고 결론을 내렸을 때 상황을 파악했던 것으로 보인다. 김개남을 제외한 다른 접주들의 중의는 최시형(崔時亨)과 손병희(孫秉熙) 등을 찾아가서 조정(調停)에 들어가는 것이었는데, 이는 점점 자신의 생각과 멀어지는 것으로 판단했을 것이다. 김개남의 투지는 강했고, 현실에서 중도적인 노선은 성공 가능성이 없음을 확인했던 것으로 보인다. 따라서 혁명을 승리로 이끌기 위해서는 힘을 가지고 행동하는 것뿐임을 확인한 것이다. 김개남 혁명군이 외세를 등에 업고 추격하는 관군과 1년 정도의 긴 시간을 투쟁할 수 있었던 것은 강한 정신력과 신념 덕택이었을 것이다.

김개남은 동학 교주들의 주장을 완고한 파벌집단의 종교의식에서 비롯된 것으로 여겼을 것이다. 이는 그가 혁명가였지 종교 교리에 심취했던 인물은 아니었을 것으로 보이는 부분이다. 전봉준이 보국안민(輔國安民)의 정신과 동학 교리를 내세웠던 것과는 달랐다. 김개남에게는 부패와 망국으로 치닫는 조정에 대한 반감이 우선적으로 지배했다. 자신이 봉건 왕조를 타도하고 새로운 근대 정치의 형식을 꿈꾸었다고는 볼 수 없지만 왕실과 타협할 의사는 없었던 것으로 확인된다. 그는 또한 전봉준이 관원에게 장살(杖殺)을 당한 부친의 원통함을 망각하는 태도를 이해할 수 없어 한다. 전봉준을 비롯한 다른 지도자들도 그렇겠지만, 특히 김개남은 갑오년 11월이 끝날 무렵에도 백마 대장이라 불리며 투쟁했음을 보면 끝까지 전의를 상실하지 않았던 것을 알 수 있다. 김개남은 무장한 관군 수십 명에게 체포당하여 곧 전주에서 처형되었다.

김개남은 그의 혁명이 성공하리라고 믿었을까? 때에 따라서는 엄청난 숫자의 혁명군을 이끌고 일 년을 버틸 수 있었던 힘은 탁월한 지도력이 바탕이 되었을 것임이 분명하다. 혁명군의 대다수는 최하층의 신분을 벗어나려는 강한 욕망도 있었겠지만, 그들이 농사를 지어야 생계를 해결할 수 있었음에도 생업을 전폐하고 혁명에 전력투구할 수 있었던 것은 여러 이유가 있었을 것이다. 그들은 조상으로부터 물려받은 신분적 제약이 한이 되었을 것이고 오랜 세월 그들을 억압했던 신분에서 탈출하고 싶은 욕망이 매우 강했을 것이다. 그리고 무엇보다 김개남의 뛰어난 지도력은 혁명을 지속시키는 원천이 되었으며, 특히 그가 뛰어난 언변으로 혁명의 당위성을 강하게 주장했던 것이 큰 영향을 미쳤을 것이다. 과거에는 볼 수 없었던 새로운 양식의 정치력은 대중에게 설득력이 있었던 것으로 보인다. 전봉준은 혁명군 지도자로서 김개남과 같이 시간을 보냈던 지나간 시간을 생각하며 후회했다고 한다. 전봉준은 김개남이 고금에 없는 명장이며, 대 정치가이고 의기남아(義氣男兒)라고 했다. 본인은 벽촌 훈장에 불과함을 자인하고 김개남의 전략(戰略), 정략(政略), 민심 수검법(民心收斂法)에 대하여 만각(晩覺)했음을 고백했다.

김개남에 대한 전봉준의 이러한 찬사는 혁명 지도자로서 동지에 대한 예의적인 발언만은 아니었던 것으로 보인다. 전봉준과 김개남은 서로 성격이 판이하게 달랐음에도 불구하고, 성격 차로 인해 내부에서 서로 갈등하고,

그것이 혁명을 방해하는 요소로 작용하지는 않았던 것으로 보인다. 그보다는 긴 시간 동안 나라를 소용돌이로 몰아쳤던 동학농민혁명이 막바지로 접어들었을 때 현상금이 걸려있는 두 사람을 밀고한 사람이 생겨나 결국에는 처형당하는 예고된 수순으로 나아갔을 것이다. 악조건 속에서도 그들이 1년 동안이나 투쟁을 계속할 수 있었던 것은 불가사의한 일이 아닐 수 없다. 이는 지도자가 가진 정치력과 군사적 지휘 능력과 힘이 아니었다면 불가능했을 것이다. 불리한 여건 속에서도 민중을 오랫동안 자신이 옳다고 여기는 방향으로 끌고 나갈 수 있었음은 지도자로서의 능력이 탁월했음을 말해주는 것이 아닌가 한다.

우리가 기억하는 정치적인 연설은 1950년대 후반 두루마기 자락이 바람에 휘날리며 지사적인 손동작으로 민족과 독립을 강조했던 인물들이었던 듯하다. 기억에 남아 있는 장면 중에서는 아주 어렸을 때 전주에서 보았을지 모르는 민의원 선거 출마자 정도가 아니었을까 한다. 그들은 정치가이기보다는 연기를 잘 하는 배우 같았다. 그런 분이 하는 연설의 내용은 듣는 것 보다는 감상을 하는 것이 더 좋았다. 후일 서울 보라매공원이라는 곳에서 대통령에 출마하신 분들의 연설은 티브이 화면을 통해서 뉴스로 보았을 뿐이지만, 유세장에 모여든 어마어마한 인파에 놀라기도 했다.

새 밀레니엄에 들어 대통령이 되신 분이 우리 구에서 국회의원에 출마하셨을 때 골목에 나가 본 적이 있다. 경상도 사투리 억양이 있으셨지만 4차선 도로 저쪽에서 하는 유세는 듣기에도 진정성이 느껴졌다. 국회의원 선거라서 그랬나? 그분의 연설을 듣겠다고 모인 사람은 몇 명 되지 않았다. 참외로워 보였다. 광장도 없는 강북의 오래된 동네에서 구멍가게보다 조금 더 큰 마트에 물건을 사러 드나드는 사람들을 대상으로 정견 발표를 하고 있었지만 사람들은 별 관심을 보이지 않았다. 그런 외로움도 잘 참아낼 수 있어야 정치를 할 수 있을 것이라는 생각을 했다.

자국의 국민들을 향해 총을 쏘도록 명했다는 전직 대통령을 향해 분노하며 답변을 요구했던 그 분은 한동안 청문회 스타라고 불리기도 했다. 오랫동안 그 분에게 우리들이 열광했던 것은 우리가 묻고 싶었던 모든 것을 그분이 해주었기 때문이다. 국회의원은, 정치가는 그런 것이 아닌가? 국민이 할 말을 대신 해주고, 국민이 하고 싶은 일을 대신 해주는 것이라는 생각에서다. 조카 녀석 하나는 초등학교에 다닐 때 학교 운동장에서 있었던 유세에서 청중들이 버리고 간 깡통과 빈 병을 주워 얼음과자와 바꿔 먹었다고 해서 어른들을 아연실색하게 만들었던 적이 있다. 이제는 그런 재미도 찾아볼 수 없을 것이다. 확성기를 단 트럭이 후보자들의 정치적 소신을 녹음된 테이프로 계속 틀어대며 달리는 것으로 대신한다. 운동 경기에 등장하는 치어걸들을 내세워 노래와 춤으로 지나가는 사람들을 멈춰 세우려 안간힘을 쓰기도 하지만 이런 것은 정치 연설은 아니다. 후보자들의 정견 발표를 티브이 토론으로 해왔던 일도 꽤 길었는데 다음 선거는 어떤 형식으로 정견 발표를 할지 모르겠다. 모든 것이 유투브로 진행되는 상황이니 대통령이나 국회의원 선거도 그 힘을 빌려서 하지 않을까 하는 생각도 든다. 오이지나 장아찌 같은 익숙하지 않은 저장식품을 만들 때 소금이나, 간장 등의 비율을 알려주는 그 장치에는 수많은 정치 지망생들의 소견도 섞여 있다. 바야흐로 언제나 손바닥에서 떠나지 않는 그 작은 기기 속에 음식 만드는 법도, 이 나라의 정책도 다 들어있다. AI가 우리 사회를 어떻게 변화시킬 것인가 상상하기도 전에 핸드폰이라는 그 작은 기기와 함께 만들어 가는 우리 사회의 모습이 참으로 놀랍다.

김개남의 남원 통치 기간은 석 달이라는 짧은 시간이었지만, 그가 원했던 바는 농민군의 주체적인 힘으로 직접 반 농민층을 처단하고, 그 기세를 몰아 적극적인 무력투쟁을 벌이려 했던 것으로 보인다. 김개남은 탐학을 일삼거나, 악덕 지주 노릇을 한 수령, 아전, 양반, 토호 등을 직접 처단하고 각 고을의 폐정을 개혁하는데 주력하였다. 남원은 호남의 한 지역에 불과하지만 김개남의 정치적 역량을 펼치기에는 충분했던 것으로 보인다. 당시 남원의 지리적 중요성, 비판적이고 선진적인 주민들의 성향 등을 감안하면 그곳에서의 성공은 근대적인 정치 감각을 평가할 수 있는 기준으로는 충분해 보인다.

관군은 혁명군에게 집강소 운영 문제와 농민군의 무장 해제 등에 관한 제안을 했으며, 전봉준은 이 제안을 받아들여 전주로 올라갔으나 김개남은 이를 거부하고 독자적인 진로를 택했다. 김개남이 남원을 거점으로 삼았던 것은 전라도의 다른 어느 지역보다도 동학도인과 강경노선에 찬성하는 농민군 개별부대가 남원지역에 많았기 때문이며, 이 밖에도 물산이 풍부하고 교통이 편리한 지리적 이점이 있었기 때문이다. 김개남의 통문을 받은 전라도 각지의 농민군들은 남원으로 모여들었는데, 그 수가 7만 여명이나 되었다고 한다. 김개남이 8월 25일 임실에서 남원으로 들어갔을 때는 여러 농민군이 무장을 하고 나아가 맞이하였는데, 그 길이가 80여리나 이어질 정도였다는 것을 보면, 당시 김개남의 노선을 일반 농민군이 얼마나 지지했던가를 짐작할 수 있다.

김개남이 남원을 점거한 뒤 전면적으로 무력 봉기를 벌이려 한다는 소식을 전해 들은 전봉준과 손화중도 남원으로 달려왔다. 전봉준은 김개남에게 "지금 시세를 보건대 일본과 청나라가 전쟁 중인데 어느 쪽이 이기든지 반드시 군사를 우리에게 돌릴 것이다. 우리들은 비록 무리는 많지만 오합지졸이어서 쉽게 무너진다."고 충고했다. 그리고 전봉준은 이 무리로서는 끝내 뜻을 이룰 수가 없으니, 각 고을에 농민군 역량을 보존하면서 시세의 변이를 지켜보자며, 김개남이 세웠던 전면 봉기 계획을 미루도록 제안하였다. 손화중도 또한 비슷한 이유를 들어 김개남의 강경 노선을 비판했다. 이에 대해 김개남은 이 큰 무리가 한번 흩어지면 다시 합하기가 어렵다며, 전봉준과 손화중의 제의를 거부했다. 전봉준과 손화중은 시국의 흐름과 농민군의 부족한 힘을 이유로 전면 봉기가 불가하다는 온건 노선을 취했던 반면에, 김개남은 전략 전술상 전면 봉기가 필요하다는 강경노선이었다. 양쪽이 다 타당성이 있지만 승리를 목표로 투쟁하는 김개남으로서는 정규군이 아닌, 한 번도 훈련받지 않은 농민군을 이끌고 전투를 해야 하는 절박한 상황에서 강경노선을 취하지 않을 수 없었다.

날씨는 추워지고 곧 추수를 해야 하는 농민군이 한번 해산되면 다시 모인다는 것은 난감한 일이었다. 농민군의 문제는 그들이 처한 상황을 변화시켜야 한다는 절박함이 있었던 반면 나라에서는 이를 범죄행위로 치부했기 때문에 결코 시간을 오래 끌 수가 없었다. 농민군이 절박한 만큼 지도자로서 이를 제어하기가 힘들 수도 있었다. 이런 상황에서 결코 훈련되지 않고, 무기도 제대로 갖추지 못한 농민군이 흩어졌다가 다시 모여서 투쟁에 임한다는 것은 확신할 수 없는 일이었다. 농민군의 입장에서는 어떠한 고난이 있어도 투쟁을 중단할 수 없는 상황이었다. 김개남의 이러한 판단은 어쩔 수 없었을 것이며, 그에게 전봉준을 비롯한 다른 동지들의 주장은 혁명을 포기하는 것으로 여겨졌을 것이다. 따라서 혁명의 성공을 생각한다면 강경노선을 취할 수밖에 없었다. 온건한 방법으로는 투쟁에서 꼭 이길 수도 없었지만, 휴지 기간을 두었다가 다시 시작한다는 것은 완전한 패배를 의미하는 것이었다. 혁명군은 정규군도 아닐 뿐만 아니라, 외세까지 동원된 국가의 조직된 병력을 향해 흩어졌다 다시 모인다는 것은 항복이나 다름없다고 판단하였을 것이다.

갑오년 8월 25일 무렵의 이 나라 상황은 일본 군대가 청일전쟁에서 승기를 잡은 다음 머지않아 농민군을 토벌할 움직임을 보이고 있었고, 중앙정부는 농민군이 지지했던 대원군이 점점 실세에서 밀려나 친일 개화파가 정권을 장악해 가는 추세였다. 충청도와 경상도의 많은 지역에서 의병과 민란이 일어나고 농민군도 이곳저곳에서 다시 봉기하고 있었으며, 전라우도 곳곳에서도 농민군이 재봉기하여 관아의 무기고를 탈취하는 상황이었다. 이는 모두 전라도 지역에서 강하게 봉기한 동학농민혁명의 여파일 것이었다. 이에 중앙정부에서는 이들을 제압하지 않으면 혁명이 전국으로 확산될 것이라는 강한 불안감을 가지게 되었다. 친일 정권뿐만 아니라 일본군은 농민군을 압박하여 복종시키는 것이 민란을 잠재우고 확실하게 이 나라를 그들이 원하는 방향으로 끌고 갈 수 있다고 생각하기에 이르렀다. 민중들의 집단행동을 무엇으로 호칭하든 이 나라 백성들이 원하는 바는 동학 혁명군이 지향하는 바와 같았을 것이다. 그러나 갑오년에 있었던 혁명은 그해 가을로 접어들면서부터는 점차 혁명군의 움직임이 소강상태로 접어들 수밖에 없었던 것으로 보인다.

전봉준이 살생을 할 수밖에 없는 전투 참여를 주저했음은 4남매를 낳고 23세에 세상을 뜬 첫 번째 부인이 경허선사(鏡虛禪師, 1849-1912)의 여동생이었던 것과 연관이 있을 것으로 보인다. 전봉준이 군율의 첫 번째로 "사람을 죽이지 말고, 물건을 해치지 말 것"이라고 했음은 경허선사의 불살생 가르침을 따랐기 때문이라는 말이 타당성이 있어 보인다. 전봉준의 경우에 동학의 가르침만이 아니라 어렸을 적부터 삶의 지침으로 그를 지배했을 불살생(不殺生)에서 자유스러울 수는 없었을 것이다. 전봉준은 혁명군의 지도자가 되기 위해 동학 교리에 심취하기 전에 불교적인 환경 속에서 성장했다. 전봉준의 부친과 경허선사의 부친이 죽마고우였다는 것에서도 어렸을 적부터 불교적 세계에서 성장했을 것으로 추측해 볼 수 있다. 전주 도집강을 지낸 경허의 처족인 송희옥도 동학교도 이전에 불자였던 것을 보면 그들의 의식을 지배하는 것이 무엇이었는지를 짐작할 수 있다. 관군 및 일본군들과 치열하게 대결하고 있는 상황에서 살생을 허용하지 않는 불교적인 세계에서 성장한 지도자들의 행동이 제약을 받을 수밖에 없었을 것임은 당연하다.

전봉준이 총 대장이었으나 생장 환경에서부터 그의 의식을 지배했던 종교적 계율로 인해 투쟁 현장에 김개남이 나설 수밖에 없었을 것이라는 생각을 하게 된다. 혁명군 지도자들 내부에서는 전봉준의 불교와 동학 교리에 의해 다듬어진 인품과, 부친이 관에서 장살(杖殺)을 당한 치욕스러운 원한을 해소하는 것을 자극하여 최고 지도자로 내세울 수 있었을 것이다. 그러나 전봉준은 혁명이 본격적으로 진행되어 살생이 계속 일어나는 일을 감당하기 힘들었을 수도 있었을 것으로 여겨진다. 투쟁이 중반에 접어들며 전봉준은 김개남에게 백마를 주며 전쟁에 참여할 것을 지원했지만 본인은 국제 정세 등을 내세우며 투쟁을 계속할 것을 주저한다. 이에 비해 김개남은 전봉준 등의 충고를 뿌리치고 원래의 계획대로 남원을 거점으로 무력 기반을 넓혀 갔다. 그 과정에서 김개남은 남원성과 교룡산성을 수리 증축하였으며, 농민군 조직도 체계 있는 군사 조직으로 편제하여 오영을 설치하여, 전체 농민군을 이끌었다. 김개남 독단으로 남원 지역을 끌고 가다 보니 일사불란하게 하나의 목표를 향해서 갈 수 있었던 것이다. 이 시기 김개남은 관군을 향해 투쟁을 했을 뿐만 아니라 이 나라를 침략하는 일본을 향해 투쟁을 했다. 김개남군이야말로 일본군에게는 나라 전체를 상징하는 존재로 보였을 듯하다.

동학의 가르침이 불교의 가르침에서 먼 거리에 있을 수는 결코 없을 것이다. 그럼에도 누적된 현실의 모순을 극복해야 한다는 당위성이 그들을 지배했고 이를 극복하는 방법으로 혁명을 하지 않을 수 없었다. 전봉준을 비롯한 다른 접주들이 종교적 또는 인간의 도의적인 측면에 지배당했던 반면, 김개남은 혁명의 성공을 누구보다 우선시했다. 전봉준을 비롯한 모든 접주들이 의견이 일치되지 못한 상황에서, 김개남군은 여름이 막 지나고 미처 한 해 농사의 추수를 하지 못하여, 농민군을 먹일 쌀이 부족하였을 뿐만 아니라, 그 밖의 어떤 물자도 조달할 수 없었던 것으로 짐작된다. 김개남군은 각지의 부호들이 갖고 있던 곡식과 돈을 강제로 빼앗거나, 각 고을에서 수십 가마니씩 거두어들인 쌀을 군량미로 남원성과 교룡산성에 비축하였다. 이 밖에도 김개남 부대는 모든 조세를 자체 징수하여 군수물자로 삼는 동시에, 말먹이와 대나무, 짚신, 마군, 포 등을 거두어들였다. 거두어들인 군수물자의 일부는 남원성과 교룡산성, 일부는 구례 화엄사 등에 저장해 두었다.

김개남군의 이러한 행위는 보는 시각에 따라서는 의병에서 폭도로 전환하여 볼 수도 있을 것이다. 전쟁이 길어지면서 어디에서도 무기나 식량을 공급받을 수가 없는 상황이었음에도 혁명을 중단할 수 없다고 판단한 것은 혁명을 시작할 때부터 생각했던 그의 확고한 의지였을 것이다. 김개남은 자신이 살아 있는 한 목표했던 바는 반드시 이루어야겠다고 생각했지만, 그 목표는 나라에서 혁명군이 원하는 바를 받아주어야 가능한 것이었다. 그럼에도 나라는 혁명군의 요구를 들어줄 힘이 미약해져갔고, 오히려 혁명군에게는 그들이 상대해야 할 일본이라는 또 다른 대상이 나타났다

몇 달 사이에 혁명적 상황은 점차 바뀌어졌다. 이는 시간이 흐르는 중에 핵심 지도자들의 생각이 달라졌기 때문이기도 하다. 혁명이 남쪽 지역에 국한되는 것은 아니었으나, 남원 지역을 중심으로 투쟁하는 김개남이 전봉준, 손화중 등과 대립하면서도 중단 없이 투쟁을 하려는 것은 상황을 이해하

는 측면이, 다른 접주들과 달랐기 때문이다. 지도자들이 상황을 바라보는 시각이나 대처하는 방식은 각 인물의 인생관이나 세계관과도 연결될 것이다. 특별히 김개남에게는 당시 많은 사람들에게 읽혔던 《삼국지》 등에서 볼 수 있었던 영웅적인 인물들의 전략 같은 것이 영향을 미쳤을 것으로도 보인다. 그러한 작품들에서 수없이 나타나는 다양한 전투 상황에서 그 옛날 영웅들이 어떤 결정을 내리는지는 김개남을 비롯한 동학 혁명 접주들의 생각하는 방식에 각각 다르게 영향을 미쳤을 것으로 보인다. 당시 김개남 부대의 지도부에는 여러 접주들이 참여하고 있었는데, 김개남의 친인척 24명의 접주가 있었다고 하지만 어떤 친척이 혁명에 참여했는지는 전혀 알려지지 않았다.

아버지의 형제분들 중에서는 순창 숙부가 1960년대 후반에 상경하시어 서울에서 자식들을 교육시킨 뒤 노년에 숙모님과 함께 지금실에 낙향하시어 십 년 이상을 기거하시다가 돌아가셨다. 지금도 가끔은 숙부의 낙향이 궁금하다. 작은 서민 아파트였지만 강남 한 귀퉁이에서 이십 년 이상을 사셨던 분이 왜 지금실 산골짝으로 다시 가셨을까? 그 후로 내가 몇 번 연로하신 어머니와 함께 간장, 국수, 설탕가루, 세제 등 일상용품을 사들고 찾아뵀을 때 예전의 지금실과는 확연히 달라진 풍경에 고개가 끄덕여졌다. 숙부가 기거하시던 지금실 집은 조부가 살아계실 때 새로 지은 집이라고는 해도 오십 년은 족히 지났을 그때는 많이 낡았지만 그 시절 흔한 시멘트와 타일로 집안 여기저기를 손보고 숙모님과 두 분이 편안하게 지내고 계셨다. 다리가 불편하신 숙모님은 일주일에 한번 씩 정읍 시내에 있는 의원에 가서서 물리치료를 받고 오신다고 했다.

직장생활과 가정사에 정신없이 바빴던 시기에 순창 숙부와 숙모를 한가롭게 찾아뵌 것은 아니었고 연로하신 어머니를 위한 효도 여행이었다. 같은

270

집에 시집와서 보낸 세월이 길어서인지 동서지간, 시동생과 형수 사이가 친동기간보다도 더 가깝다고 생각할 정도였다. 그나마 일주일에 몇 번씩 학교와 집을 운전하고 다니며 연습을 한 실력으로 서울에서 지금실을 다닐 수 있었던 것은 감사한 일이었다.

숙부는 지금실 집과 조부모님 산소 사이에 있는 빈터에 정자를 지으셨는데, 여름날 정자 마루에 앉아 길 건너편에 있는 저수지의 넓은 물을 바라보기가 썩 좋았다. 어디가 저렇게 저수지가 되었을까를 아무리 생각해도 알 수가 없었다. 어렸을 때 가끔 들렀던 지금실 집에서 내가 돌아다닌 범위가 넓지 않았기 때문이었을 것이다. 집 앞으로 만들어진 차가 다니는 길은 날카로운 돌이 여기저기 박혀있던 집 앞 골목길일 텐데 전혀 가늠하기가 어려웠다. 예전 당신이 사시던 흔적이 있어서 귀향을 하셨는지 아니면 당신이 사시던 서울보다 그저 공기가 달라도 달랐을까? 숙부는 그렇게 서울에서 뿌리를 내리지 못하고 지금실로 내려가셨다.

주변을 돌아보니 우리 집안만 그런 것은 아니고 주위에 계시는 몇몇 분들이 조상이 사셨던 본가에 낙향하시어 지내기 시작하셨다. 내가 접할 수 있는 분들은 대학교수로 퇴직하신 분들이 대부분이다. 그분들이 나와 동일 업종에 계시던 분들이라 예사롭게 보이지 않았을 것이지만 다른 직업을 가지셨던 분들도 꽤 있다. 그분들은 오히려 더 다양한 방법으로 고향에서 지내시는 것으로 보인다. 꽃이나 나무를 전문적으로 키워서 외부에서 찾아가게 만드는 경우도 많고, 자신이 지닌 예술적 소양을 발전시켜 주변 사람들과 자신의 생활을 윤택하게 하시는 분들도 계셨다. 나로서는 사십 년 넘게 살아온 현재 살고 있는 이 집이 고향 같은 느낌이라 이 골목을 벗어나서 새로운 이웃을 만든다는 것은 어려울 것 같은 생각인데 그분들은 서울에 와서 지냈던 그 시간들이 언제나 타지 같은 느낌이었다고 하셨다. 서울이라는 타지에서 뿌리를 내리기가 그렇게 어려웠을까?

　숙부는 지금실로 내려가신 지 몇 해 후에 집 앞에 우리의 증조모, 당신의 조모 노옥숙 할머니의 추모비를 돌에 새겨 세워놓으셨다. 당신 부친으로부터 수없이 들었을 조모에 대한 칭송과 추모의 마음을 커다란 돌에 하나 가득 새겨놓으셨다. 자식들에게야 추모의 대상일 수 있겠지만 아무리 집성촌이라고 해도 한 대만 건너면 어떤 할머니인지 가물가물할 텐데… 참 부질없는 일을 하셨다는 생각은 지금도 변함이 없다. 하기는 나의 부친도 당신의 부친, 우리 조부가 돌아가신 뒤 무덤에 석물을 하시는 것을 노년의 과제로 알고 그 일을 하셨다. 지금실 집 바로 옆에 무덤을 만드시고 도래석(둘레석)까지 하신 뒤 까만 오석(烏石)으로 비석을 세우셨다. 충청도 어딘가로 돌을 구하러 다니시고 비석에 새길 글을 짓고 글씨를 쓰시기 위해 오랫동안 붓글씨를 연습하셨다. 참! 그 일이 그렇게 중요하셨을까? 아버지의 다음 대에서는 벌초에 신경이 쓰이는 산소일 뿐이다. 그다음 대에서는 선대의 모든 무덤을 정리하여 유골을 한 곳에 모시자고 하지나 않을지?

　낙향하여 지금실에서 노년을 보내시다 돌아가신 숙부는 뿌리를 찾아가신 것이었을까? 대도시가 특히 서울이라는 도시가 나이 들어 살기에 만만한 곳은 아니지만, 그래도 대학교부터 시작해도 3-40년은 족히 살았던 곳을 훌쩍 떠나 고향으로 돌아가는 귀소본능은 어디에서 기인하는지 귀향한 동료 교수들에게 알아보고 싶다. 내가 그럴 마음이 전혀 없어서 그런지도 모르겠다. 은퇴한 뒤 작은 땅에서 농사라고 짓다 보니 봄, 여름, 가을, 겨울 땅이 주는 편안함은 조선 팔도 어디가 되어도 별로 차이가 없을 것 같은 생각이다. 귀향을 하는 분들이 땅이 아닌 아파트라는 곳에서 지내기가 힘이 드셨을 것이라는 생각도 든다.

272

　농사를 지으면서 제일 감당하기 힘든 것이 화장실이다. 이제 밭 옆에 있는 주변 풍경이 익숙해져서 너무 편안하고 아름답게 느껴지지만, 아직도 거적대기로 가림막을 한 뒷간은 참으로 힘들다. 70년도 더 전의 지금실 화장실과 조금도 다르지 않다. 먹는 것과는 비교할 수 없을 만큼 중요한 것이 배설하는 것이다. 자연 속에 작은 협소주택을 지어 잠시씩이라도 머무르고 싶은 욕망을 누구나 가지지만 상수도와는 비교할 수 없이 중요하고, 설치에 문제가 되는 것이 정화조로 안다. 설치를 하는 것만이 아니라 청소를 해야하니 지자체에서 관리할 수 있는 지역 안에 있어야 하기 때문일 것이다. 한국에서 다른 나라에 비해 유난히 단시간 내에 아파트가 많이 들어선 것은 여러 이유가 있겠지만 화장실 문제도 큰 몫을 했을 것이라는 생각도 든다.

　전주에서 서울로 올라와 결혼하기 전까지 살았던 돈암동 집에서 재래식 화장실을 치울 때는 나무로 된 통에다 자루가 달린 바가지로 오물을 퍼 담고, 긴 막대 양쪽 끝에 매달아 어깨에 메고 가져갔다. 물론 한 지게에 얼마씩 돈을 내야 했다. 한집에 세를 사는 사람들이 있으면 식구 수대로 나누어서 돈을 받았던 기억이 난다. 연암 박지원의 예덕선생전(穢德先生傳)과 똑같다. 동네 넓은 곳에 차를 세워놓고 지게로 나른 오물을 모두 모아서 가져갔으니 그 냄새와 운반 과정에서 생기는 여러 문제가 있었지만 모두 그러려니 하고 받아들였다. 오물을 수거하는 분들도 예덕선생전의 엄행수만큼은 아니어도 그 일을 더럽게만 알지는 않았을 것이다. 국민학교부터 중학교까지는 일본식 건물 화장실과 비슷했지만 화장실 한 구석에 빗자루가 있어서 그랬는지 빗자루귀신, 달걀귀신 얘기를 많이 했다. 그리고 몇 년 후 내가 입학한 고등학교는 건물을 새로 지어 수세식 화장실을 사용하게 되었다. 학기가 시작되면 전교생들이 두루 말이 화장지를 한 통씩 사가지고 가야 했다. 교복을 입은 여학생들이 모두 화장실에서 사용하는 하얀 화장지

를 한 통씩 들고 학교 앞 골목길을 걸어가는 것은 우스웠지만 자랑스러워하
는 느낌도 있었던 듯하다. 현대식 화장실을 사용한다는 자부심이었을까?
우리가 들고 간 것은 무궁화 화장지였다. 그때는 상표에 무궁화라는 단어를
많이 사용했다. 교복을 맞추는 양장점 이름도 무궁화 양장점이었다.

순창 숙부

지금실에서 마지막 노년을 보내셨던 숙부는 당신 조모의 추모비와 정자 짓는 일만 한 것이 아니고 당신이 아는 범위에서 김개남에 대한 조사를 꼼꼼히 하셨다. 대부분이 족보를 펼쳐놓고 김개남과 관계되는 집안 어른들의 생몰연대 등을 조사하신 것이었는데 김개남 장군과 우리 직계 선조들의 연령이나 관계를 기록해두셔서 이해에 큰 도움이 되었다. 1917년생이신 우리 부친보다 여섯 살 아래이셨던 순창 숙부가 모두 도시로 떠나버린 지금실 할아버지 댁에 숙모님과 함께 가셨을 때 우리 모두 뜨악해 했지만 숙부님 스스로는 김개남 장군에 대한 관심이 상당했던 것으로는 보인다. 그렇다고 김개남 장군에 대해 알아보려고 일부러 낙향한 것으로는 결코 볼 수 없고, 지금실에서 지내시다 보니 점차 동학혁명에 관심을 가지기 시작했던 것으로 보인다.

숙부가 지금실에 거주하실 때쯤 동학 농민혁명과 개남장군에 대한 관심이 사회 여기저기에서 조금씩 생기기 시작했고, 동학과 개남장에 대해 친인척으로서 알고 있는 부분이 있을까 하여 답사 차원에서 숙부를 방문하셨던 분들이 있었던 것 같다. 숙부는 젊은 날 신교육을 시켜주시지 않은 부친에 대한 저항으로 지게를 도끼로 때려 부수고 만주 쪽으로 달아나셨다고 한다. 그 혈기로 개남 장군의 행적이 마음에 드셨던지 자신이 하실 수 있는 자료 수집에 열중하셨으나, 족보 등을 통한 친인척 관계, 생몰연대 등에서 발전하기는 어려우셨던 듯하다. 관에서 내란을 일으킨 반역 죄인이라 하여 개남장의 후손들을 삼족을 멸하지는 않았지만 그렇다고 활개를 치고 살지는 못했을 것임은 분명하다. 전봉준 대장과 달리 지역에서 개남장에 대한 평가는 공포의 대상이었던 것으로 보이며, 관에서는 체포한 뒤에도 서울까지 압송하지 않고 곧바로 지역에서 살해하여 효수했다.

이러한 모든 일들이 불안정한 국가적 상황 속에서 행해질 수 있던 일이었다. 고향 지금실을 떠나지 않고 살아온 개남장의 후손들이 일제 강점기를 거쳐 현재에 이르기까지 특별히 관으로부터 핍박을 받았는지는 모르겠으나 누추한 생활을 해온 것은 분명해 보인다. 개남장의 형이 동생이 처형당한 뒤 자결을 한 것도 멸문지화(滅門之禍)가 아니고 무엇인가? 같은 종친으로 같은 시대를 살면서도 전혀 가는 길이 달랐던 우리 증조부는 말할 것도 없고, 동학혁명이 나던 해에 태어나신 우리 조부도 개남장의 집안과 각별했는지는 잘 모르겠다. 우리 조부는 자라나는 손주들에게도 동학혁명에 대해서 특별히 말씀을 전하셨던 바는 없던 것 같고, 안주인들인 여자들이 제사나 명절 음식을 전하는 것으로, 농사일 품앗이를 하는 것으로, 혹은 한숨 쉬고 눈물지으며 서로의 마음을 전하고 위로했던 것으로 보인다. 순창 숙부도 혼인 뒤에 처가가 있는 순창으로 가시기 전 1940년대 초반까지 지금실에서 사셨으나 자연스럽게 동학혁명에 대해 들으신 바는 별로 없으셨던 것 같다. 역사에서도 동학란으로 치부했던 긴 세월 동안 개남장과 연루된 가족들은 죽은 듯이 조용히 살았던 것으로 보인다.

남원을 거점으로 무력을 강화하고 지역적 기반을 확대해 나가던 김개남은 10월 14일 남원을 출발, 전주로 향하였다. 김개남이 전봉준의 요청이 있었음에도 이때 떠난 이유 중의 하나는 49일을 머물러 있어야 한다는 참위설(讖緯說)을 따른 때문이었다. 이는 그때의 민중 정서를 바탕으로 한 힘의 집중 방식이기도 했다. 10월 14일은 남원에 진을 치고 머문 지 49일이 되는 데다, 남원과 그 인근지역의 물산이 모두 떨어져 더 이상 엄청난 숫자의 군대를 머무르게 할 수 없었기 때문에 이때 출발을 하게 된 것이다. 전주로 향하는 김개남 부대의 행군 대열은 총통을 멘 혁명군이 8천여 명이었고 그 길이도 백 여리나 걸쳐 있을 정도로 세력이 컸다고 한다. 10월 14일 남원을 출발한 김개남 부대는 10월 16일에 전주에 도착하였으며, 김개남은 그동안 농민군에 협조를 잘 안 했거나 농민군 탄압에 앞장 선 고부군수, 남원부사, 순천부사 등을 처단하였다.

이어서 김개남 부대는 10월 23일 금산을 점령한 다음 군수를 비롯한 반 농민군 세력을 철저히 궤멸시킨 후, 동학 교문의 제2인자 격인 차도주(次道主) 강시원(姜時元)과 더불어 청주를 거쳐 서울로 진격할 전략을 세우고, 11월 10일에는 진잠(鎭岑,유성)을 점령하였다. 이어 11일에는 회덕, 신탄진을 점령하였다. 강시원은 1863년경 최제우의 지도를 받았으며, 1864년 최제우 순도(殉道) 후에는 최시형을 도와 교세 신장에 애썼으며, 1872년 10월에는 교문의 제2인자 격인 차도주(次道主)에 임명되었던 인물이다.

김개남군은 11월 13일에는 청주를 공격했으나 일본군의 화력에 밀려 1백여 명의 전사자를 내고 후퇴하지 않을 수 없었다. 서울까지 치고 올라가 일본군과 썩어빠진 관리들을 몰아낸 뒤 새 세상을 세우려던 김개남의 희망과 노력에 짙은 먹구름이 드리우기 시작했다. 동학의 차도주 강시원은 청주 전투에서 사망한 것으로 되어 있다. 청주에서 패한 김개남 부대는 이후 진잠, 연산을 거쳐 남하하였다. 김개남 부대는 11월 17일에는 공주에서 패하고 후퇴하던 전봉준 부대와 연합, 강경에서 관군과 싸웠으나 또 패배하여 김개남 부대와 전봉준 부대는 다 같이 전주 방면으로 물러났다.

김개남의 무력 기반이었던 남원 사정도 좋지 않았다. 김개남은 남원을 떠나면서, 남원의 화산당 접주와 담양접주 이하 34명의 접주들에게 남원을 대신 지키도록 하였다. 남원에 남아있던 농민군은 운봉을 넘어 경남 서부지역으로 나가려고 시도하였으나, 민보군(民堡軍)을 만들어 이에 강력히 맞서는 운봉의 박봉양 세력에게 가로막히게 되었다. 지방의 양반, 향리, 지방 관리들이 중심이 된 보수 세력들이 조직한 민보군은 기존 지배 질서를 유지하고자 하는 보수 세력들이었다. 지방 양반, 관리들은 그들의 세계관에 따라 민보군이든 농민군이든 선택적으로 가담한 것으로 보인다. 동학혁명이 발발한 후 현실을 바라보는 국민들의 시각에 변화가 일어난 것으로 보인다. 향리나 양반 계층 중에서도 민보군에 가담하여 농민군을 공격하는 사람들도 있었지만, 농민군 측에서 활동하는 사람들도 상당 수 있었던 것으로 보인다. 이는 동학혁명군의 공적으로 볼 수 있을 것이며, 세상의 변화를 암시하는 부분이기도 하다. 혁명은 전투에서는 실패했어도 국민들에게는 만민 평등의 의식이 확산되는 계기가 되었다. 힘없는 민중이 그들이 간절히 원하는 바를 얻기 위해서는 어떻게 해야 하는가를 보여주는 사례일 수 있다. 세상의 변화를 얻기 위해서는 민중의 의중을 규합하여 집단으로 행동할 필요가 있음을 알게 되었으나 엄청난 희생이 따랐음은 어쩔 수 없었다.

남원 전투에서 혁명군이 여러 차례 패배했고, 마침내 박봉양이 이끄는 민보군에게 11월 28일 남원성을 빼앗기고 수많은 혁명군이 무참한 죽음을 당했다. 이어 12월 3일에는 일본군과 정부군이 남원에 들어왔다. 이로써 남원을 교두보로 하여 경상도 지역으로 진출하려는 농민군의 투쟁은 막을 내리게 되었다. 이에 따라 김개남 또한 무력 기반을 잃어버리고 태인 산내면 종송리로 숨어들어가 다음 기회를 엿보았으나 12월 1일 관군에게 체포되었다. 전봉준은 12월 2일 순창 피노리에서 체포되었다. 전라감사 이도재는 김개남을 전주로 압송한 뒤, 아직 농민군이 곳곳에 둔취해 있어 중도에 빼앗길 염려가 있다는 이유로 김개남을 즉결 처분하였다. 혁명이 진행되는 동안 김개남에게 당한 보수 기득권 세력의 거센 압력도 즉결 처분의 중요한 배경이었다. 김개남을 서울까지 호송하는 도중 갑작스러운 무력 행위를 할지도 모른다는 두려움이 그를 즉결 처분하는 명분이었으나 나라 전체의 분위기가 그래도 괜찮을 것으로 보였을 것이다.

이도재는 12월 3일 사람들을 전주 서교장에 대대적으로 모아놓고 김개남을 효수한 다음, 머리만 서울로 이송했다. 곧 20세기를 바라보는 이 나라에서는 그런 야만적인 행위가 자행되었다. 서울로 보내진 김개남의 머리는 서소문 밖에 3일간 효시된 뒤, 다시 전주로 보내져 재차 전시되었다. 김개남의 죽음에 대해 섣부른 행동을 할지도 모르는 민중들을 향한 엄포였을 것이다. 어떤 의도였든 몸과 분리되어 장대에 매달아 놓은 사람의 머리는 끔찍하다. 우리 선조들과 같은 마을에 살았다는 가까운 종친인 그 분과 그 집안의 멸문지화(滅門之禍) 과정이 너무나도 무섭다. 김개남 장군의 집안은 혁명이 끝난 뒤 형도 곧 자결을 했고, 온 집안은 풍비박산되었다가 세월이 흐른 뒤 고향으로 돌아온 듯하다. 현재는 지금실에 후손들이 누추하게 살고 있는 것으로 알고 있다.

이것이 봉건 지배 세력과 침략자 일본의 압제를 무너뜨리고 새로운 세상을 만들려는 김개남의 최후였다. 그가 효수되어 머리가 길거리에 걸렸을 때 수많은 사람들이 이를 지켜보았을 것이며, 어떤 사람은 눈물을, 어떤 사람은 손가락질을, 어떤 사람은 통쾌하게 생각하며 돌을 던졌으리라. 바로 백 년이 조금 넘는 가까운 시기에 사람을 죽여 머리를 길에 걸어놓다니? 그의 뜻이 어쨌든, 그의 행위가 어쨌든 그 비인간적인 처형 방법에 소름이 끼쳐진다. 동학농민혁명이 국가에 대한 반역 행위라고 하여 그랬을 것이나 많은 사람이 보이는 곳에 인간의 육신을 훼손시키고 두상을 효시하는 것은 극히 비인간적이고 비문명적인 행위임이 분명하다.

어찌된 일이었는지 모르지만 전주를 떠나기 한두 해 전이니 칠십 년도 더 전이었을 텐데 성인 남자가 나체로 창 같은 것을 한 손에 들고 경기전 앞을 걸어가는 것을 보고 충격을 받았던 일이 있다. 아주 오래 전이지만 전주라는 지방 작은 도시에서 나체로 대로를 걸어가던 남자도 느낌으로는 벌을 받는 것 같기도 했다. 희랍 조각의 나체 남성상에서는 아름다움을 느낀다지만 내가 어린 시절 보았던 나체의 남자는 흉하다는 느낌뿐이었다. 다만 창 같은 것을 들고 앞을 보고 당당하게 걸어가는 모습이 기이했다. 정신이 온전치 못한 사람이었나? 나체의 남자가 창을 들고 길을 걸어가는 것을 본 것은, 국민학교 2학년 쯤 되었던 듯한데 호기심은 전혀 없었고 무섭지도 않았다. 창을 들었지만 옷을 입지 않은 사람은 누구를 공격할 수 없을 것 같았다.

왜 그 사람이 옷을 입지 않고 길을 걸어갔느냐고 어른들께 물어보지 않았다. 아주 어렸을 때부터 궁금한 것을 누구에게 물어본 기억이 없었던 것 같다. 일곱 명의 형제 중에서 다섯째로 태어나 스스로 터득한 살아가는 방법이었던 듯하다. 혼자 생각하고, 알아내고, 그러다 보니 내 자신의 얘기를 누구에게 설명하고, 알리는 경우도 별로 없었던 듯하다. 스스로 알아가며 살았고, 인생은 그런 것이라고 생각했다. 가족 중에 누구도 내 비밀을 별로 물어보지도 않았고, 적당히 숨어서 아무 일 없는 듯이 그렇게 살았던 듯하다. 기둥에 묶어놓은 탄력 있는 고무줄처럼 마냥 나가보았지만 결국은 돌아왔다. 고무줄도 끊어지지 않았고 그냥 그대로 살아갔다. 자유스럽게 살았지만 삐뚤어진 길로는 가지 않았던 듯하다. 외부의 유혹이 없었던 것은 현재에 비해 단순한 시대였기 때문일 것이다.

국민학교 삼학년까지 전주 성당 앞에서 살면서 본 풍경 중에는 성당에 가기 위해 일요일마다 아버지가 하시는 쌀가게 앞을 지나가거나 한참씩문 앞에 서 있었던 서양 부인이 기억난다. 바로 옆에 예수병원이 있었으니 그 곳에서 일하는 사람이었을까? 내가 호기심 어린 눈빛으로 오랫동안 바라보았더니 들고 있던 파란 공을 던져주며 그 부인이 웃었던 기억이 난다. 군용 지프차를 타고 지나가며 흰 이빨을 드러내고 껌을 질겅질겅 씹었던 미군 병사, 양쪽 겨드랑이에 목발을 끼고 자주 가게에 들어와 바지를 올리고 인조 다리를 보여주던 상이군인도 있었다. 언제나 한 손을 바지 주머니에 넣고 물건을 집어주던 문방구 아저씨도 기억에 남는다. 어른들이 문방구 아저씨는 전쟁에 팔이 잘려 나갔다고 했다. 전쟁에서 잘려 나간 상이군인의 다리는 상아 빛 인조 다리이었다. 겨드랑이에 끼고 다니는 보조 기구로 인조 다리를 툭툭 치면서 협박을 할 때는 많이 무서웠다. 우리 집에서 아버지가 미곡상을 했기 때문에 쌀을 내놓으라는 것이었다. 그때마다 아직 나이 어린 작은오빠가 쌀자루를 어깨에 메고 그 상이군인의 집에 가져다주곤 했다. 그 후로도 집에서 체력이 필요한 대부분의 일은 작은오빠가 했다.

성당 수녀원에서도 아버지에게 쌀을 사갔다. 구호물자라며 이상한 모양의 옷들이 들어있는 커다란 보따리가 옆집 마루에 부려진 것을 보았다. 이상한 옷들은 전혀 입고 싶지 않았지만 레이션 상자에 담긴 통조림들은 정말 맛있었다. 아름다운 풍경도 있었다. 성당에서 예쁜 드레스를 입고 신식 결혼식을 올렸던 신부의 모습은 거의 천사와 같았다. 결혼식이었으니 신랑도 있었을 텐데 신랑의 모습은 전혀 기억이 나지 않는다. 땅을 끄는 긴 베일도 예뻤고, 머리에 쓴 화관과 고운 면사포도 예뻤다. 아버지가 나를 데리고 가신 전주 시내 극장에서 본 서양 영화의 마지막 장면처럼 그림 같은 풍경이었다. 영화의 한 장면도 결혼식 장면도 머릿속에 깊이깊이 남아서 내가 살아온 지나간 시간을 연결시켰다. 요즈음도 초등학교 저학년에 다닐 만한 여자애들이 열심히 그려대는 공주 그림을 볼 때마다 서양식 웨딩

드레스를 입고 결혼식을 하던 그 신부가 생각난다.

지금 지금실 입구에는 육신이 분리되어 장례도 제대로 지내지 못한 김개남의 빈 무덤이 동네 입구에 서 있다. 자리 잡히지 않은 무덤과 석물들이 어설프다. 후손들은 위로가 좀 되었을까? 놀라운 기세로 혁명군을 이끌고 1년 가까운 시간을 투쟁했던 그의 결기와 형형한 눈빛과는 대조되는 초라한 무덤의 모습이 걸린다. 웅장하고 화려한 모습을 보고 싶은 것이 아니고 그가 생각했던 민중의 모습을 볼 수 있었으면 좋겠다는 생각이다. 동판이든 석판이든 미술작품으로 그 시대의 뜻을 표현할 수 있지 않을까 하는 생각을 해보았다. 우리 고향 땅 지금실 입구에 있는 김개남의 무덤은 내 기억에서 별로 남기고 싶지 않은 풍경이었다.

혁명군이 천민 위주로만 형성되었다고 보기는 어렵지만 노비나 백정 등 특수한 업종에 종사했던 사람들의 개혁에 대한 열망이 일반 농민들보다 강했을 것이고, 특별히 김개남이 그들을 혁명에 동원하기 위해 노력했을 것이다. 혁명을 주도한 사람들은 그들이 평등한 대우를 받으며 사는 세상이 되어야 한다는 것을 절실하게 인식했을 수도 있지만, 혁명군의 입장에서는 혁명을 성공시키기 위해 그들의 도움이 필요했을 것이다. 백정을 비롯해서 특수한 업종에 종사했던 소위 천민 군단은 일반 농민에 비해 현금 보유 능력이 우월했고, 그 자금이 혁명의 추진을 위해 도움이 되었을 것임이 분명하다. 지방 여기저기를 돌아다니던 김개남 장군이 농업경제에서 상업경제로 바뀌어 가는 시대 상황을 인식할 수 있었을 것이다.

우리 가족이 전주를 떠나기 전 지금실이나 구이면 외가에서 봄부터 가을까지 기골이 장대한 젊은 머슴이 주인과 함께 기거하며 농사를 지어주는 것을 보았다. 농사가 끝나면 주인과 약정한 새경을 받아 가지고 집으로 돌아갔다가 그 이듬해 다시 와서 농사를 지어주었다. 머슴들은 물론 더 좋은 조건을 제시하는 집이 나서거나 하면 일 년 단위로 이동이 있었을 것이다. 일 년 농사가 끝난 뒤 새경은 대체로 쌀로 받았다. 결혼을 하여 일가를 이루고 있다면 일곱 여덟 가마 정도의 쌀이 결코 넉넉하지는 않았겠지만, 추수가 끝난 뒤 한목에 새경을 받았을 테니 목돈을 만질 수 있는 기회는 되었을 것이다. 모든 곳에서 노동력을 돈으로 환산하지는 않았지만, 머슴들의 일 년 노동의 대가를 가장 환금성이 있는 쌀로 지불하는 것은 점차로 돈을 중요시하는 사회로 변화함을 감지할 수 있는 부분이다.

동학농민혁명은 신분의 문제, 지배층과 피지배층의 분할이 확고했던 시대가 오랫동안 지속되면서 누적된 불만이 폭발한 것임을 알 수 있다. 상층과 하층을 분할하는 척도로 돈이 부상하는 시대로 나아가고 있음을 엿볼 수 있다. 시대는 빠른 속도로 변화하고 있었지만 조정을 비롯한 지배 계층은 민중의 상황을 알고 이해하려는 어떤 노력도 하지 않았다. 변화하는 세계적인 움직임을 혁명군 지도자들이 어느 정도 알고 이해했는지는 알 수 없으나, 나라의 지배계급은 전혀 알지 못했음이 분명하다. 변화에 대한 욕구는 지배계층보다 민중이 강렬했다. 자신들이 살았던 당대 사회 전체의 변화를 꿈꾸며 무섭게 움직였던 혁명의 시대는 엄청난 문제를 끌어안고 있었음이 분명하다. 외세의 침략으로 나라가 존속할 수 있는지 없는지의 문제를 비롯하여 국가 내부적으로 누적된 체제에 대한 불만이 결국에는 혁명으로까지 확산되었다.

노년에 지금실에 낙향하여 돌아가실 때까지 지내셨던 순창 숙부는 연구자들이 조사하여 발표한 내용과 자신이 들어온 혁명에 대한 사실들이 상당한 차이점이 있다고 하셨다. 숙부는 그나마 1940년에 출판된 일본어로 오지영(吳知泳)이 쓴 ≪東學史≫와 1960년도에 발간된 〈全羅北道誌〉를 가장 사실에 근접한 연구 자료로 꼽았다. 즉 2권의 책자가 숙부가 동학혁명을 직접 경험한 마을 사람들에게 들었던 사실과 가장 근접하다는 것이다. 오지 영은 동학농민전쟁에 직접 참여하여 동학의 지도자로 남·북접 간의 대립 관계를 조정하는 임무를 맡았다고 하니 어느 정도 신뢰할 만할 것이다. 1960년에 발간한 〈전라북도지〉는 관보(官報)이니 어느 정도는 사실에 근 거한 자료를 기록으로 남겼을 것이다. 사실 나의 숙부가 혁명에 참여하고 체험한 사람들로부터 들어왔다는 이야기들도 어디까지가 사실이고 얼마나 과장된 것인지는 알 수 없다. 본인이 본 것이 아니고 몇 십 년의 세월이 흐른 뒤 듣고 읽은 것이기 때문이다.

오지영이 자신이 쓴 글에 ≪역사소설 동학사 歷史小說 東學史≫라고 제 목을 단 것을 보면 식민지 치하에서 '역사'보다는 '소설'에 역점을 두어 나름 대로 위장하려는 의도가 있지 않았나 하는 생각도 하게 된다. 동학혁명의 역사적 사실을 증명하는 것은 연구자들의 몫일 것이다. 다만 내가 관심을 가지고 확인할 수 있는 부분은 개인적인 집안 가계에서 개남 장군이 바로 가까운 우리 선대에 연결되고 우리 조부, 증조부가 살았던 공간에서 출생하 고 성장하며, 그 높은 뜻을 펼치려 했다는 것이다.

동학군의 숭고한 뜻은 혁명으로 권력을 쟁취하려던 것이 아니라 민중의 고통을 비롯한 사회적 모순을 해결하려는 것이었다는 점이다. 비록 혁명이 실패했다 하여도 혁명군이 지향하였던 바를 통해서 근대사회의 방향성을 분명하게 제시한 것에 우선적인 의미를 두어야 할 것이다. 봉건시대 말기에 백성에게 부과한 과다한 세금 징수나, 관리들의 폭정에 대해 집단적으로 항의하는 일이 어찌 쉬웠을까마는 혁명군은 목표를 향해 전력투구했다. 혁 명이 궤도에 올랐을 때는 혁명 지도자들은 과다한 세금 징수를 시정해 줄 것을 명분으로 내세웠지만, 궁극적으로는 봉건사회의 누적된 악습과 체제의

284

철폐를 전면적으로 요구했다. 혁명 지도자들이 봉건사회 관원들의 서슬 퍼런 감시와 처벌에 맞서서 집단행동에 익숙하지 않았던 민중들을 이끌고 혁명을 하는 것이 얼마나 어려운 일이었을까는 결코 가늠하기 어렵지 않다.

동학 교주 최시형 등은 전봉준이 1892년 대원군의 식객 노릇 했음을 기화로 대원군과 가까이 지내는 것을 반대 했다. 같이 혁명을 도모했던 인물이라도 집권층과 가까이 지내다 보면 상황을 냉정하게 판단하기 어려워질 수도 있었을 것이다. 온유한 성격의 전봉준이 시대적인 상황을 감안하여 점잖게 행동했음에 비해, 김개남은 백정, 노비 등 천민과 더불어 행동하며 급진적이고 저돌적으로 행동한 것에서, 대비된다. 이는 혁명에서 김개남의 투쟁 과정을 엿볼 수 있는 측면이기도 하다. 동학혁명이 일어났던 당시 복잡하고 부패했던 우리 사회가 끌어안고 있는 문제들은 단지 체제를 바꾸고 대화로 이해를 구하는 것만으로는 결코 해결될 수 있는 것이 아니었다. 김개남 장군이 강하게 행동할 수밖에 없었던 것은 현실적인 한계에 도달했다고 판단했기 때문이었다. 혁명 진행 중에 김개남의 행동은 혁명가로서 그가 읽은 현실이었고, 해결 방법이라고 본 것이다. 김개남은 자신의 목숨을 걸고 혁명을 했다. 죽을 수밖에 없다는 것을 예감했을 터이지만 그 길을 선택했다.

오늘 날 우리 사회가 끌어안고 있는, 출산을 기피하는 젊은이들의 문제도 생명을 걸고 하는 투쟁으로 보인다. 현재 이 시대는 생명을 잉태하고 탄생시키는 아름답고 거룩한 단어들이 들어갈 자리가 보이지 않는다. 우리 현실은 동학혁명이 일어났던 그 현장보다 더 심한 것으로 보이기까지 한다. 우리 사회 전체가 문제의 심각성을 인식하고 고민을 하고 있지만 해결 방법이 안보이기 때문에 답답하다. 동학혁명이 일어났던 시기에도 문제가 복합적이었듯이 이 시대의 출산 기피 문제도 결코 단순하지 않다. 이 문제는 사회 전체적으로 깊이 관여된 것이기 때문에 해결 가능성이 쉽게 찾아지지 않는다. 어떤 문제이든 이슈가 하나로 모아지면 해결 방법이 있으려나? 왜 이렇게 되었을까? 자식을 낳지 않는다는 것은 생존 자체에 대한 부정인 것 같다. 자신들의 죽음으로 끝이 나면 그다음에 다가오는 시간에 대해서는 생각하지 않는 것처럼 보인다. 동물이 기본으로 가지고 있는 종족 보존 본능이 소멸된 것이다. 동물의 세계를 보여주는 영상을 보면 동물들이— 특히 맹수들이 종족 보존을 위해 치열하게 노력하는 것을 보게 된다. 이 나라의 젊은이들은 치열한 투쟁 속으로 들어가는 것을 포기하는 것으로 보인다.

부모들은 자식을 낳은 후, 장차 그들이 어떤 삶을 살지는 모르지만 혈연적인 연결고리를 이 세상에 남겨놓고 가는 것으로 의무를 다 했다고 생각한다. 우리 세대가 아직도 혈연으로 이어지는 선조적(線組的) 질서에 벗어나지 못하고 있음을 인정한다. 아무 생각 없이 인습적인 사고에 따라가며 달려왔던 우리 세대는 젊은 세대의 철저한 개인적인 사고를 쉽게 알아낼 수 없다. 그들도 알았을 것이다. 너무 잘 알기 때문에 그 세계에 들어가지 않겠다는 것이다. 그것도 혼자 결정하는 것이 아니라 부부가 같은 결론에 도달한다는 것이다. 놀라운 세상이다. 그렇게 많은 젊은이들이 결혼을 안 하겠다고 하고, 결혼은 해도 자식은 낳지 말자는 합의를 이루다니?

젊은이들도 결코 쉽게 하는 결정이 아님은 잘 안다. 그들의 생각은 현재의 사회 구조 속에서는 결혼을 하고, 자식을 낳고, 교육을 시킬 수 없다는 것이다. 앞의 세대에서 만들어 놓은 틀에서는 결코 살아갈 수 없다는 것으로 보인다. 이 모든 현재 상황은 우리 세대가 만든 것이라고 해도 과언은 아니다. 모든 것을 서열화하는 것에 익숙하도록 만들어 놓은 우리 사회에서 젊은이들에게 결혼을 하고 자식을 낳으라는 것은 얼토당토않은 이야기이다.

남들보다 앞에서 빨리 줄을 서지 않으면 아무 것도 할 수 없는 우리 사회에서 좀 느리고, 적응하기 힘들어하는 사람들은 조금만 늦으면 곧 도태되고 만다.

어린 자식들에게는 주변에 얼마나 많은 유혹이 도사리고 있는가? 젊은이들이 자기들의 직업을 구하기도 힘들고, 생계도 책임지기 어려운데 어떻게 자식을 낳고 많은 유혹에서 자식들을 보호하고 교육시킬 수 있겠는가? 이런 상황이 조금만 더 지속된다면 우리 사회가 어디로 갈지 심히 두렵다. 우리 세대는 아슬아슬하게 전쟁도 피하고 조금씩 노력하며 살아왔다고 생각해 왔는데 노년에 우리가 감당하기 어려울 만큼 커다란 해일이 밀려오는 것 같다. 우리 세대는 앞으로 다가올 미래가 특별히 희망을 가질 것이 없음에 낙담한다. 지금까지 살아오며 조금씩 긍정적인 방향으로 변화했던 모든 것들이 주저앉아 버릴 듯하다.

나이 때문인가 하는 생각을 하지만, 이 나이까지 살아오면서 죽음에 대한 생각을 안 하고 살아가는 사람들이 있을까? 자연의 순리에 대해서는 받아들일 생각들을 하지만 순리에서 벗어나는 일을 받아들이기는 어렵다. 젊은이들이 결혼을 안 하고, 자식을 안 낳아 기형적으로 인구가 줄어듦은 우리 세대의 사람들에게는 심히 당혹스럽다. 그렇지만 그렇게 받아들일 수 없는 것도 아닌 것으로 보인다. 꼭 결혼을 하지 않으면 어떤가? 자식을 낳지 않으면 어떤가? 새로운 세상을 만들어 볼 필요도 있을 것이다. 이 시대에는 진정으로 인문학적인 사고가 필요하다. 어떻게 살아야 할지, 왜 사는지 사춘기 때부터 해왔던 질문을 다시 해봐야 할 듯하다.

이십 년쯤 전부터 결혼을 하지만 자식을 낳지 않겠다는 젊은이들이 심심치 않게 보여서 독특하다는 생각을 했었는데 독특한 것이 아니라 똑똑한 친구들이었다. 동창회 같은 모임에서 확인해 보지 않아도 자식을 낳은 친구들과 낳지 않은 친구들의 생활은 하늘과 땅 차이다. 이것은 정부 기관이나 언론사 등 많은 통계기관에서 인구 변화에 대해 조사하고 알려주지 않아도 잘 안다. 아파트 평수로, 또는 위치로, 이것저것을 가늠하는 기준으로 삼더니 이제는 자식들을 모든 면에서 서열화하고 있다. 물론 제일 먼저 기준은 성적이다. 하기는 내가 국민학교를 다닐 때도 6학년이 되어서는 성적순으로 1분단에서 5분단까지 앉았다. 중학교부터 입학시험을 봐서 가야 했기 때문에 그 준비가 철저했던 것으로 기억한다. 날마다 시험을 보았다. 자신이 성적순으로 줄 세우는 사회에서 사는데 지쳤는데 자식까지 그런 속으로 몰아넣는 대열에 아무 생각 없이 합류해서 살아왔다.

자신의 노력으로 무엇인가를 이루어 내는 것이 불가능한 사회에서 자식을 낳아 그 줄 세우기에 몰아넣어야 한다. 젊은이들이 할 수 있는 저항은 자식을 낳지 않을 수 있다는 것이다. 결혼을 하지 않는 방법의 저항은 좀 다른 문제인 듯하다. 결혼은 하지 않아도 대체할 수 있는 방법을 찾아볼 수는 있겠지만 자식을 낳는 일은 그런 것이 아니다. 결혼을 하고 자식을 낳아야 되는 젊은이들은 우리 사회를 향하여 조용한 혁명을 한다. 우리는 이렇게 우리가 결정한 대로 행동하고 살아갈 테니 당신들은 당신들이 생각하는 대로 살다 가십시오, 하는 것으로 보인다.

이 시대의 젊은이들은 갑오년에 농민 혁명군이 그랬듯이 동지들을 모으고 어렵게 무기들을 들고 연대해서 나가는 것이 아니고 개별적으로 행동하지만 어떤 집단보다 강하다. 광화문이나 시청 앞 광장에 날짜와 시간을 정하고 모이지는 않지만 젊은이들의 집단행동은 어느 때보다 단호하다. 요즘 젊은이들이 연대해서 같이 행동하지는 않는 것으로 보이지만, 시시각각 나오는 수많은 매체들의 소식과 이야기를 통해 대다수 젊은이들의 삶의 양식을 들여다 볼 수가 있다. 그들은 한국 사회가 언제까지 존속할 수 있는

가에   대해 불안하게 만든다. 언제부터인지 세월호 사태나, 이태원 사고 등으로 많은 젊은이들이 사망하는 기사가 보도되면 안쓰럽고, 불쌍하고, 부모들이 얼마나 자진할까 하는 생각에서 '저 나이 될 때까지 얼마나 힘들었을까?'하는 안타까움이 더 보태진다. 요즈음은 무의식적으로 하나 더 보태서 '얼마나 소중한 아이들인데' 하는 생각까지 하게 된다. 출산율이 떨어지는 것에 대해 시시각각으로 통계까지 내놓지 않아도 우리 사회가 어떻게 변화할지에 대해서는 각각 자신이 속한 분야의 변화를 통해 예감하고 있다. 대학이 정원을 채울 수 없을 것에 대한 두려움이 시작된 지는 꽤 오래 되었다.

우리 세대는 선택의 여지없이 결혼은 꼭 해야 하고, 자식은 물론 아들 딸 구별하지 않고 둘을 낳아야 한다는 규격화된 사회에서 살았다. 우리 부모 세대는 자식을 안 낳는 방법이 없었기 때문에 계속해서 일곱, 여덟, 아홉을 낳았다. 내 주위에도 부모 대신 큰언니가 막내 동생을 키워주고, 부모님이 돌아가신 뒤에는 큰언니를 부모처럼 돌보며 살아가는 친구들이 심심치 않게 있다. 이런 변화들을 겪으며 살아 온 우리들은 경제적으로 풍요로웠던 것은 아니지만, 그렇다고 하여 경제가 우리 생활을 불편하게 했던 기억은 그다지 많지 않았던 듯하다. 우리 세대 부모들은 어떤 방법으로 든 자식들을 먹이는 것에는 혼신의 힘을 다 했고, 우리 스스로도 주어진 여건에서 먹고, 입는 생활에 익숙해서였나? 지금도 경제적인 문제는 그런대로 받아들일 것이다. 없으면 없는 대로 살아가는 것에 모두 익숙했으니까— 그러나 젊은 세대는 어림없는 소리라고 할지도 모른다. 그들이 지난 몇 십년간 살아온 생활양식을 충족시키며 수준을 지키지 못한다면 결코 받아들일 수 없다고 할지도 모른다. 지난 몇십 년간 갑자기 베풀어진 풍요로움이 그들을 그렇게 변모시킨 것이다. 그들에게는 수치로 표시되는 경제력이 사람을 평가하는 기준이 되었다. 성적을 비롯해서 사람을 평가하는 많은 것들이 있지만 결국은 경제력으로 귀결된다. 그것만 있으면 모든 것들이 해결되는 사회라고 믿기 때문이다.

현재 자식이 있는 대부분의 젊은이들은 아이들의 학원비를 포함한 교육비와, 아파트를 조금 넓은 곳으로, 교통이 좋은 곳으로, 가격이 상승할 수 있는 곳으로 옮겨야 하는 과제로 고군분투한다. 가족의 생계유지와 아이들 교육비를 벌기 위해 부부가 같이 직장에 다니며 일을 해야 하고, 하나 아니면 둘인 자식 교육에 온 가족이 사생결단하고 매달려야 하는 한국의 교육 상황에 대해서 공론화할 필요가 있다. 한 학급의 학생 수가 오륙십 년 전의 1/3 밖에 안 되는데 왜 아이들은 그 많은 학원엘 다녀야 하는지 모를 일이다. 모르지 않는다. 학교는 치열한 경쟁의 연속이고 개별 과목마다 시험을 본 후 서열이 정해져서 학생들 스스로의 위치를 각인시킨다. 숨이 막힐 노릇이다.

많은 가정에서 자식 교육이 집안에서 해결해야 할 첫 번째 과제가 아니었으면 하는 바램이 간절하다. 양가 할머니, 할아버지까지 모든 가족이 하나 아니면 둘인 어린 아이들의 교육에 매달리고 우울해한다. 이름이 알려진 대학 입학을 목표로 모든 가족이, 아니 모든 국민이 총력을 기울인다. 영어 교육을 위해 몇 달 아니면 일 년 이상을 외국에 사는 경험을 시키는 것도 다반사다. 가족이 떨어져 지내는 것은 감수해야 할 부분이다. 몇 군데 주민 센터의 문화강좌에서 스포츠를 가르치는 강사는 딸 둘을 캐나다에 유학 보낸 뒤 언제나 다음 강좌를 하기 위해 다른 주민 센터로 뛰어간다. 딸 둘은 캐나다에서 2년제 대학에 다니며, 아르바이트를 해서 학비를 보탠다고는 하지만 적은 액수의 주민 센터 강사료로 어떻게 감당을 하는지 안쓰러울 뿐이다. 그래도 한국보다는 자유스러운 캐나다라는 나라에서 딸 둘이 대학 교육을 받고 한 아이는 취업까지 되었다는 것에 만족하고 있었다. 무엇보다

2년제 대학을 졸업한 큰 딸아이가 자신의 생활에 자긍심을 갖는 것이 좋다고 했다. 이 나라에서는 자신이 노력하는 것에 대해 한 번도 만족하지 못하고 자긍심을 느껴보지 못했다는 아이가 그것으로 충분한 보상을 받았다는 느낌이 들었다.

  몇 년 사이에 우리나라에서는 조성진이나 임윤찬 피아니스트 같은 클래식 음악 연주자에 열광하며, 공연장을 찾는 팬들의 발걸음이 대단해졌다. 지난겨울 며느리가 이런저런 감사의 표시로 구해준 귀한 표를 한 장 받고 좋은 시간을 보낸 적이 있었다. 공연이 끝난 뒤 따끈한 열선이 깔린 버스 정거장 대기 의자에서 만난 몇 명의 여자들이 공연의 여운을 음미하며 버스를 기다리고 있었다. 한두 달 사이에 애기를 출산할 것 같은 젊은 임산부가 귀하게 보였다. 외손주를 키워주는 친정엄마에게 직장에 다니는 딸이 선물했다는 중년의 엄마도 칭찬해 주고 싶었다. 두 사람은 2층 맨 꼭대기 자리와 1층 맨 뒷자리여서 제대로 감상할 수 없었다고 했지만, 혼자 표 한 장을 들고 음악회를 찾는 모습이 아주 좋게 보였다. 그 두 사람은 머리가 하얀 할머니가 혼자 음악회를 찾은 것에 나를 마구 칭찬해 주었다. 추운 겨울날 버스 정거장에서 짧은 시간 주고받은 모르는 사람들의 대화는 따뜻했다. 몇 주일 전인가에는 서울에서 중학교를 졸업하고 미국에서 대학까지 졸업한 사십 대 피아니스트의 공연이 있었다. 대 공연장 옆의 작은 챔버 홀에서 열린 공연에는 빈자리가 많았지만, 작은 공연장에서 열린 피아노 연주는 모든 관객들의 마음을 빨아들일 만큼 좋았다. 관객들은 드문드문 비어있는 빈자리에 미안해하며 연주를 다 감상하고 앙코르곡 까지 잘 들으며 좋은 시간을 보냈지만 지난 겨울 공연의 관객들을 생각하면 좀 씁쓸했다. 티켓 값이 그 연주자의 값으로 보이는 듯 했다. 예술의 세계에서도 최고가 아니면 결코 평가받지 못한다는 것을 익히 알았지만 며칠 동안 두 연주자에 대한 생각이 머리에서 떠나지를 않는다.

이 나라에서 만족스럽게 학교생활, 직장생활을 하기 어려운 아이들이 외국으로 눈을 돌리는 것처럼 외국에서 이 나라에 들어오는 학생들의 숫자도 엄청나다. 하기는 동남아, 동유럽, 요즈음은 몽고에서까지 한국에 유학을 온 학생들이 많이 있으니 이제 교육도 세계가 하나가 되어 진행되는 것으로 보인다. 국민 공동체를 기반으로 하는 국민국가(nation state)나, 국민적 일체성을 공유하는 주권 국가 같은 개념이 이제 통할 것 같지는 않다는 생각이다. 대학마다 한국어학당을 만들어 유학생들에게 한국어를 기본으로 가르치고, 각 학과에서는 유학생들을 정원 외의 학생으로 받아들여 가르친다. 국문학과에서는 학교 당국으로부터 외국인 학생들의 언어 교육 등을 위해 특별히 교수를 뽑을 수 있는 티오를 배당받기도 한다.

한국 학생들로 채워지지 않는 인문대학의 많은 학과들이 외국 유학생들로 채워져 대학을 돌아가게 하는 것이 아닐까 하는 생각까지 하게 된다. 해외 유학생들이 한국에 대해 관심을 가지고 이 나라 대학에 들어오는 것은 고마운 일이지만 짧은 시간에 습득한 언어로 전공과목의 수업을 따라가기는 쉬운 일이 아니다. 솔직히 우리나라 학생과 유학생 사이에 주객이 전도되는 경우도 없지 않다. 인문학 쪽에서는 교수가 특별히 준비를 하지 않는다면 해외 유학생들로 인해서 기형적인 수업을 할 수도 있을 것이다. 어떤 이유로든 한동안 세계가 하나가 되어 맞물려 가면서 서로 외국에 나가 대학 교육을 받거나, 경제 행위를 하는 일이 지속될 것으로 보인다. 이는 문화, 예술 등만의 문제가 아닌 경제적인 이유에서 중요할 것이다.

상당한 기간 동안 이어진 외국인 노동자들의 유입은 이 나라의 부족한 노동력을 채워주는 역할을 해왔다. 유학생과 노동력 유입은 상대방 나라의 상황이나 우리나라의 경제적 위상 등의 변화로 조금씩 달라지지만 비슷하게 병행되는 것으로 보인다. 이것은 우리나라만의 문제가 아니라, 범세계적으로 서로 외국인들이 유입되어 함께 살아가는 생활방식을 받아들이며 살아갈 것이다. 겨울의 혹독한 추위에, 사시사철 뜨거운 나라에서 온 노동자들이 비닐하우스 안에서 추위에 떨며 숙식을 하고, 노동을 하며 돈을 번다. 60여 년 전까지만 해도 우리 농촌에서 머슴들이 했던 노동을 해외에서 온 노동자들이 해내고 있다. 농업만이 아니라 모든 산업 분야에서 해외 노동자들이 우리를 대신해서 노동을 하고 있다. 그들이 몇 년씩 살다가 한국인 결혼 상대를 만나 자식을 낳고 살면 한국인이 아니라고 누가 말할 수 있나? 이웃 나라들도 우리와 유사한 과정을 밟고 있는 듯 하다.

스페인 남부의 타베르나스 사막에는 5만 에이커나 되는 곳에 비닐하우스를 지어 유럽 전체 인구가 먹고 살 수 있는 과일과 야채를 재배하고 있다. 그 노동을 하려고 모록코를 비롯한 아프리카의 많은 젊은이들이 불법으로 그 나라에 들어가고, 바다를 헤엄쳐서 밀입국을 하다가 잡히고, 총에 맞아 죽어갔다. 그럼에도 입국에 성공하여 일을 할 수 있게 되면 그들이 받는 보수는 자기 나라에서 유사한 수준의 노동의 대가로 받는 임금과는 비교할 수 없이 높은 액수라고 했다. 그러나 그것은 그 뜨거운 사막의 비닐하우스 안에서 하는 노동의 대가로는 너무 볼품없는 액수였다. 그렇게 어렵게 입국한 뒤 그들이 거주하며 일을 하는 곳의 주거 환경은 어쩌면 그렇게 한국에서 일하는 해외 노동자의 숙소와 똑같은지 놀라웠다. 우리나라의 겨울 추위 못지않게 사막의 더위는 얼마나 견디기 힘들까?

200 평방 킬로미터가 넘는 어마어마한 사막에 비닐하우스를 짓고 농사를 짓겠다는 생각은 어떻게 할 수 있었을까? 1세기 전까지 미국 남부 목화밭에서 목화를 따던 흑인들이나, 하와이 사탕수수 밭에서 일하던 우리 조상들이 했던 일들과 별반 다르지 않을 것이다. 영국은 산업혁명 과정에서 무역이나

교통에 중요한 역할을 운하가 많이 해서인지 영국인 노부부가 인도의 운하를 따라가며 과거를 회상하는 프로그램을 BBC에서 방영하는 것을 보았는데 기분이 묘했다. 그 프로그램의 내용 중에는 타고르의 시구와 섹스피어 비극의 대사가 적당히 섞이는 것으로 지식인 남편의 품격을 표현했다. 동방에서 가져간 향신료 중에 후추가 검은 금으로 사용된 것까지… 아직도 인도가 자기네 식민지라는 생각을 하는 것이 아닌가 하는 느낌이 들었다. 유럽이나 북미 쪽에서는 운하를 통해 배를 타고 다니며 수출입을 활발하게 했던 듯하다. 이 시대에 동남아시아의 수상 가옥 사이를 작은 배를 타고 다니며 상행위를 하는 것과 유사한 것으로 보인다.

몇 달 사이에 학교나 교육에 대한 문제가 뉴스에 보도되는 것을 보면 이제는 정부에서는 학교 문제를 포기한 것이 아닌가 하는 생각이 들 정도이다. 부총리 겸 교육부 장관이라는 직급의 명칭을 보면 다른 조직에 비해 교육을 그만큼 상위에 두는 모양이고, 거기에 교육감까지 있지만 그 조직에서 하는 일들이 참으로 궁금하다. 아니 궁금하지 않다. 오래 전부터 관성으로 해온 일들을 조금씩 수정해 나가든가, 문제가 발생하거나 상부에서 지시 사항이 내려오면 조금씩 변화를 가하며 현상 유지를 하는 것이 아닌가? 입시 문제를 출제하는 위원회에서도 한 문항을 만들어 놓고 교수 몇 명이 붙잡고 문제점이 있나 없나를 계속 심의하다 보면 나중에는 두루뭉술한 문제 하나가 남듯이, 교육 정책도 그런 것이 아닐까 싶다. 정부에서는 의대 정원을 늘려야 하는 문제로 1년여에 걸쳐 의사 집단과 대결해 왔다. 내년 입시를 결정해야 하는 시간이 임박했음에도 아직도 타협점은 찾지 못한 것으로 보인다. 다른 문제는 그만두고라도 대학 정원을— 그것도 의대 정원을 그렇게 단시간에 늘린다는 것이 불가능함을 대학 구성원들은 모두 안다. 시설 문제, 입학 정원 증원에 따른 교수 요원 확충 등이 결코 쉬운 일이 아닌데 어떻게 결론이 날지 답답하다. 정부에서 의과 대학, 의사협회 등과 타협이나 조정을 하지 않고 발표를 한 것이었나 하는 의구심까지 갖게 된다.

동네 주민 센터를 비롯한 구청, 시청의 공무원들이 혁신적인 일을 한다고는 생각지 않는다. 하급 기관에서는 그저 현재 처해있는 상황을 주민들에게 알려주는 정도일 것이고, 상급 기관으로 갈수록 조금씩, 아주 천천히 기획하고, 개선하며 변화시킬 것이다. 그 위치에 있는 직원들에게 창의적으로 새로운 변화를 시도할 수 있는 권한을 주지 않는 것인가? 하급 관청에서 주로 해왔던 증명서 발급 따위의 일들은 이제는 인터넷 등의 보급으로 주민들이 직접 집에서 모든 증명서의 출력이 가능하게 되었다. 은행의 자동화 기능으로 은행 점포들이 줄어들 듯이 하급 관청들도 점점 문을 닫을지도 모른다는 생각이 든다. 어떤 직급이든지 그 자리에 있음으로써 꼭 해야 하는 일을 알고 했으면 하는 바람이다. 사회가 너무 빠른 속도로 변화하기 때문에 소멸되어 버릴 직종이 어느 것인지 빨리빨리 알고 대처해야 다가오는 시대에 살아남을 수 있을 것이다. 그렇다고 어느 정도나 현재의 사회 현상을 이해하고 준비해야 그나마 생계를 유지하며 살아갈 수 있을까 하는 생각을 하면 답답하다.

땅으로 다가가다

오래 전에 은퇴하고 농사라고 조금 짓고 있는 나는 은근히 대단한 기술이라도 습득한 듯이 내심으로 자부심이 대단하다. 사실은 체력이 딸려서 일하기가 점점 어려워지고 있는 터라 턱없이 자부심 운운하는 것임을 부정할 수 없다. 아무리 그래도 농사일이 무엇보다도 땅에서 하늘의 도움으로 해나갈 수 있는 일이라는 생각이 우선인 우리 부부의 생각은 틀림없이 구식이다. 하늘과 땅의 도움으로 얻어지는 것이지만 그것이 귀한 것은 노동의 결과로 생산된 것이기 때문일 것이다. 자식을 낳듯이, 논문 한 편을 완성하듯이, 밭에서 나오는 농산물이 장한 이유일 것이다. 땅에서 생산되는 모든 것은 귀하다.

농사에서 제일 요구되는 것이 체력임은 말할 필요도 없다. 올해도 겨울이 막 지나 20 킬로짜리 퇴비 40포대를 아들이 지게로 날라주었다. 김장을 거둘 때는 주변에서 다 같이 공동으로 사용하는 손수레에 배추와 무를 싣고 자동차까지 날라야 했다. 아들이 지게질을 하는 동영상을 이 사람 저 사람에게 보여주는 마음을 뭐라고 설명해야 할지 묘했다. 바쁜 중에도 부모가 하는 일을 지원해 주는 선한 아들임을 자랑하는 마음인가? 80세가 넘은 남편은 어렸을 때 시어머니의 텃밭 농사를 도왔던 경험으로 그나마 땅과 친하게 지낼 수 있고, 나는 친정어머니가 마당 이 구석 저 구석에 가꿔서 주셨던 채소를 귀하게 여겼던 생각이 농사를 짓게 된 것이 아닌가 하는 생각을 하게 된다. 아들이 농사일을 도와주는 것을 자랑하는 것은 아들도 땅과 친해졌으면 하는 생각이 있어서 일 지도 모른다. 아파트 17층에 사는 아들이 땅을 밟는 시간이 많았으면 하는 생각도 있을 것이다. 그럼에도 농사는 어떤 첨단 산업과도 비교할 수 없는 소중한 일이라고 생각하는 나는 옛날 사람이다.

올해도 주변 산에서 내려오는 고라니 떼와 투쟁하며 모종을 심었다. 몇 년 전부터 해동이 되면 내려오는 고라니들을 막기 위해 녹색 비닐 망으로 펜스를 치는 일부터 농사는 시작됐다. 고라니도 어미 애비들은 슬슬 사람들 눈치를 보지만 새끼들은 천방지축 사람들을 아랑곳 하지 않고 밭을 헤집고 다닌다. 옥수수는 알이 여물기 전에 종이컵을 덮어 새 떼로부터 보호하는 작업을 해야 한다. 모두가 노동이다. 해가 갈수록 노동이 무서워진다. 그렇다고 노동을 안 하고 남이 해주는 밥을 먹고 무료하게 시간을 보내면 행복할까? 앞으로 다가올 시간들은 체력과 시간을 조절해가며 생활을 해나가야 할 것이다. 어느 유명 공과대학의 교수가 은퇴 후에 복숭아 농사를 짓는다며 그 과수원에서 수확한 복숭아 한 상자를 택배로 보내주었다. 과수원은 노동량이 엄청 많다는 것을 대부분 아는데 어떻게 하는 것인지 알고 싶다.

지난여름은 날씨가 비정상적으로 더워서 그랬는지 총기를 자유롭게 소지하는 미국 같은 나라에서나 가끔 일어나는 사고들이 한두 달 사이에 우리나라에서도 몇 번씩이나 벌어졌다. 무작위로 불특정 다수를 향해서 저지르는 무서운 범죄는 언제 어디에서 일어날지 모르는 불안감에 많은 사람들을 공포의 도가니로 몰아넣는다. 연일 발생하는 무서운 사고를 접하며 막연하게 이런 일들이 이 나라의 교육과 무슨 관계가 있지 않을까 하는 생각을 하게 된다. 이는 물론 학교 교육이 근본적으로 잘못되었다는 것이라기 보다는, 일류 대학 합격을 목표로 초 중 고등학교 12년 동안 온갖 비정상적인 방법으로 자행되는 행위들에 순응하면서 지내온 아이들이 사회로 진출하여 여러 가지 난관에 부딪쳤을 때 도덕적 규범에 맞는 행동을 하지 못하는 때문이 아닌가 하는 생각을 막연하게 해본다. 구세대답게 이런 식으로 뜨뜻미지근하게 말하는 것이 얼마나 무책임한 것인지는 잘 알고 있다. 고등학교 2학년 때, 그러니 60년도 더 전에 이화여대의 김은우 교수님이 전교생이 모인 대강당에서 문제 학생의 책임이 학교인가? 부모인가? 하는 주제로 말씀을 하셨던 기억이 난다. 짧은 시간에 하신 말씀은 무슨 학교의 책임이며, 부모의 책임이냐? 학생 본인의 책임이라며 명쾌하게 결론 내리셨다. 어린 나이에도 그 말씀이 시원하게 들렸다. 시원하게 답할 수 없는 문제임에는 분명하지만, 그때 그 나이의 학생들은 요즈음 아이들보다 성숙한 면이 있었던 듯하다. 그때에도 그 말씀이 당연한 듯 느껴졌다.

자식 교육의 어려움이 우리 사회에 큰 문제가 된 것은 어제오늘의 일은 아니지만, 꽤 자주 폭력적인 사태까지 발생하면서 젊은 부모들을 공포 속으로 몰아넣는 것이 아닌가 한다. 기술적으로 탁월하고 선명한 화면을 통하여 같은 시간대에 세계에서 일어나는 온갖 일들이 이 나라에까지 전해지면서 유사한 범죄를 흉내 내거나 아니면 같은 공포감을 느끼는 것이 아닌가 하는 생각도 하게 된다. 세계가 시간과 공간을 공유하면서 세계에서 일어나는 끔찍한 행위들이 동시에 우리에게 전달되며 보통 사람들이 그렇게 해도 괜찮은 것이라는 생각을 무의식중에 하는 것이 아닌가? 단시간 내에 모든 면에서 팽창해 버린 이 나라에서 일어나는 기이한 행위들은 모두 비정상적인 초 중 고등학교의 교육으로부터 비롯되는 것으로 보인다. 물론 개인적인 편견일 수도 있지만 좋은 대학, 특별한 학과에 진학하는 것을 목표로 학생 자신과 부모, 조부모까지 동원되어 몇 년 동안 집중했을 때 그 후유증은 만만치 않을 것으로 보인다. 몇 해 전부터 시작된 의과대학을 향한 열풍은 언제까지 지속될 것인가? 의사가 된 뒤 의사가 부족한 지역에 봉사하러 가겠다거나, 경제적인 이유로 치료받을 수 없는 사람들을 위한 사명감으로 의사가 되겠다는 학생들이 몇 명이나 될까? 모두 고액을 받는 안정된 직장이라는 이유로 의대에 가겠다는 것이 아닌가?

비록 사회는 비정상적인 방향으로 내달린다고 해도, 개인 개인은 잠시 쉬었다가 가면 좋겠다는 생각을 해본다. 비정상적인 방향이 아니라고 해도 계속 달려서 도착한 이곳의 상황이 썩 바람직하지 않을 때에는 잠시 생각을 좀 해보고 가야 할 듯하다. 뒤처질까 불안해하기 전에 숲속에라도 들어가 우리가 어디에 있는지 생각을 해보고 갔으면 좋겠다. 행동하는 개인들보다 생각하는 개인들이 많아지면 이렇게 숨이 가쁘지는 않을 듯하다. 작은 땅이지만 농사를 짓기도 하고, 수목이 울창한 계절이 되어서 수목원에 가볼 기회가 자주 있었는데 역시 숲속에서 평온해지는 기분은 좋았다. 자연을 좋아할 나이가 되어서 그런가 하는 생각도 들었다. 세계 곳곳에서 큰불이 나는 소식을 볼 때마다 이러다가는 지구 전체가 다 타서 없어지는 게 아닌가 하는 불안감이 든다. 몇 날 며칠을 두고 타오르는 불길이 지구를 얼마나 뜨겁게 할 것인가? 이제 조용히 들어가 걸어볼 숲길도 하나 남지 않는 것이 아닐까? 나이가 들면 온갖 것이 걱정스럽다. 자식도 낳지 않아서 이 나라가 소멸해 버릴 것 같은 상황에서, 북미대륙에서 타오르는 불길은 그렇게 큰 문제가 아닌가? 하와이 어느 섬은 화재로 지역이 다 타버렸다 하고, 멀리 갈 것 없이 이웃 나라에서는 지진으로, 화산 폭발로 많은 사람이 죽고 집이 붕괴되고, 자연이 파손되었다.

이제 늙어서 생성할 수 있는 아무 능력도 없는 나이가 되니 소멸 되어 가는 것들에 대한 쓸쓸함이 유독 심하다. 무엇보다 자식을 낳지 않는 젊은이들을 향한 섭섭함이 이렇게 큰 것은 우리가 선배로서 큰 잘못을 저지른 듯하여 그럴 것이다. 누가 뭐라고 해도 자식은 낳고 싶은 사회로 변화했으면 한다. AI가 사람을 대신 할 수는 없을 텐데… 우리 세대가 이런 생각을 하는 사이에 AI가 사람을 대신하여 수많은 일을 하고 있다는 소식이 전해진다. 우리의 상상보다 훨씬 빠른 속도로 다가오는 그쪽 세계가 무섭다. 우리 세대는 이렇게 살다가 가겠지만 어린 아이들이 가짜인지 진짜인지도 모르고 그 세계에 빠져 살게 될까봐 불안하다. 이제 AI의 시대로 진입하는 것으로 보이는데 우리에게 남은 시간은 그 존재와 익숙해지며 살아가야 하는 것일까? 한 인간에게 다가가기도 어려운데 인간이 아닌 존재와 익숙해질 수 있을까?

19세기 말 이 나라가 근대사회로 변화하는 과정보다 130년이나 지난 지금, 그때보다 이 시대의 문제를 해결하기가 더 어려운가? 동학 혁명군은 힘없는 농민들이나 누대에 걸쳐 천대받고 살아온 백정, 노비 등으로 이루어진 오합지졸이었지만, 그들의 뜻은 높았고, 투지는 하늘을 뚫었다. 모든 혁명이 그렇겠지만 혁명이 실패하면 그들을 기다리는 것은 죽음밖에 없음을 알았기 때문일 것이다. 죽음을 무릅쓰고 참여할 만큼 동학농민혁명에서 강조하고 내세웠던 주장은 절실했고, 노력하면 성공할 가능성이 있었던 것으로 보였기 때문일 것이다. 지금이 그때보다 훨씬 나은 사회가 되었다고 말할 수 있을까? 생활이 좀 윤택해지고 좀 괜찮은 음식을 먹는 것처럼 보여도 여전히 무료 급식을 하는 곳에서는 날마다 긴 행렬이 늘어서 있다.

동학혁명을 이끌었던 대장들은 어떤 방법으로 혁명의 당위성을 피력했을까? 19세기 말 농민군의 의식을 지배했던 사회 문화적인 배경은 도처의 장바닥에서 구할 수 있었던 한글로 쓴 소설이나 《삼국지》 등 번역된 중국 소설이었을 것이다. 당시 서민들은 장터에서 적은 돈으로 구입할 수 있는 판각본 소설이나, 필사물들을 통해 사회의 새로운 변화를 인식하기 시작했을 것이다. 20세기 들어 보급되기 시작한 딱지본 소설처럼 상업적인 읽을거리들이 나오기 전 책자들은 조악하긴 했지만, 그 빈약한 인쇄물로 새로운 문자 행위가 가능했을 것이다. 농민군의 지도자들은 전국 여기저기를 돌아다니며 만날 수 있었던 식자 계층들을 통해 식견을 넓혔을 것이며, 세상의 변화를 일반 민중들보다는 좀 더 빨리 자각했을 것이다.

김개남은 당시 사십 대 초반의 장년으로서 이 모든 상황을 인식하고 혁명군을 조직하고 설득시키는 작업을 추진하기에 적합한 나이였던 것으로 보인다. 전봉준을 대장으로 추대한 것은 여러 이유가 있겠으나, 외부적으로는 전봉준이 부친의 장살 사건을 계기로 혁명을 일으키는 타당한 근거가 있을 것으로 보이며, 또한 동학 지도자들과의 관계에서 신뢰 관계를 형성했음도 중요하게 작용했을 것이다. 농민이 대부분인 동학 혁명군은 전투를 하면서도 생계를 위해 농사를 지어야 했을 것이다. 김개남 집안이 마흔다섯 마지기 농토가 있었다는 것을 보면 온 집안이 농사에 동원되었을 것이다. 혁명군들이 전투 도중에도 김개남 장군의 집에 들려 많은 쌀로 밥을 지어먹고 떠났다는 이야기도 후손들을 통해 전해진다. 농민군들이 쌀 뒤주를 거덜 내고 갔다는 후손들의 말에서 많은 인원이 지금실 김개남의 집에서도 식사를 하고 떠났음을 알 수 있다.

땅을 가진 사람이든, 소작인이든, 머슴이든 농사철이니 일을 해야 했을 것이지만 농민들은 혁명군을 따라다니며 전투에 참여해야 했다. 농사를 짓지 못하면 먹을 것이 없고, 먹을 것이 없으면 전투에 참여할 수가 없었던 상황이었다. 농민 혁명군들은 전투를 하는 사이사이 농사를 지었다. 반면 김개남을 비롯한 접주들은 전국을 돌아다니며 봉건 체제의 모순에 대한 인식, 이해, 극복 방법 등에 대해 토로하고, 그들을 따르는 혁명군들에게 사회변혁 운동에 대해 설명하며 어떤 방식으로든 행동하기를 강조했을 것이다. 그 과정에서 김개남은 특히 혁명의 당위성을 설명하는 연설에 유능했던 것으로 보인다. 이는 그가 대중 연설이라는 근대 정치의 역량이 탁월하기도 했겠지만, 혁명이 꼭 성공해야 한다는 그의 신념이 발현된 결과로 보인다.

민중들은 조선 중기부터 신분의 이동이나 변화, 외국의 문물 또는 생활 습속 등이 조금씩 알려지면서 세상의 변화를 감지했을 것이다. 지식인 계층뿐 아니라 일반 민중들도 양반들로부터 지배받는 생활을 지속할 수 없음을 자각하기 시작했을 것이고, 그들의 욕망을 자극하는 혁명군 지도자의 주장을 따르는 길이 자신들의 소망을 이룰 수 있는 길이라는 생각을 했음직하다. 농민 혁명군 지도자의 연설은 그들이 원하는 사회적 변화를 알려주는 신호탄이었을 것으로 보인다. 혁명군이 정부군과 대등한 관계는 아닐지라도 사회 변화의 가능성을 엿볼 수 있을 만큼 그 힘이 대단함을 느낄 수 있었을 것이다.

그 시대를 살았던 나의 증조부도 김개남 장군과 마찬가지로 이십대 즈음부터 조선 각처를 돌아다니며 사람을 만나고 세상의 흐름에 대해 알아보았던 것으로 전해진다. 그 시대에도 젊은이들이 외부와 연결되고 싶어하는 욕망은 지금실이라는 외딴 산골에서도 예외는 아니었으며, 그들은 모든 촉각을 밖으로 기울이고 있었던 것으로 보인다. 특별히 김개남 장군은 전국을 돌아다니며 혁명에 뜻을 같이했던 사람들과 만나고 이야기를 나누었던 것으로 전해진다. 농지를 좀 가지고 있어서 생계를 걱정하지 않아도 되는 집에서는 남자들이 서울과 같은 대도시로 드나들며 세상의 변화를 감지했을 것이다. 혁명이 일어나기 전 몇 해 동안은 추수가 끝나고 이듬해 농사가 시작될 때 까지 긴 시간 동안 농사에 더하여 혁명을 위한 준비를 할 수 있었을 것이다.

혁명군은 대단한 투지와 지도자의 뛰어난 지휘 통솔력이 있었지만, 결국 갑오년 12월에는 경군과 일본군에게 패배하고 말았다. 혁명군이 아무리 투지가 강하다고 하더라도, 무기나 식량 등 모든 면에서 열세인 상황에서 투쟁을 시작하여 긴 시간이 흐른 뒤 추위가 닥친 한겨울의 패배는 당연했을 것으로 보인다. 일 년 가까운 시간 동안 투쟁을 지속할 수 있었다는 것이 오히려 혁명군의 투지와 지도자의 통솔력이 뒷받침된 것이 아닌가 생각된다. 동학 혁명군이 패한 후 1894년 12월 이후 조선 남부 즉 호남, 경상, 충청에는 경군(京軍)과 일본군의 천지가 되고 말았다. 어느 촌락이든 살기(殺氣)가 충천하였고 유혈이 낭자했다. 일 년 가까운 시간 동안 관군과 혁명군의 대결 상태에서 조선의 내부 실정은 양분돼 있었음을 알 수 있으며, 이는 당시 변화하는 시대 상황을 반영하는 것으로 보인다. 혁명군은 모두 목숨을 걸고 하는 투쟁이었으나, 투쟁 시간이 길어지면서 막강한 관군이나 일본군의 전투력 앞에 그들의 심경에 변화가 생김은 당연한 것이다. 지극히 평범한 민중들은 생명이 위급한 상황 앞에서 흔들리지 않을 수 없었다. 관리, 양반, 부자, 유림, 말단 관리 등과 서양 학파 모두가 정당으로 변신하여 관군 및 일본군과 하나가 되어 수성군(守城軍) 또는 민포군(民包軍) 등의 명칭으로 조직되어 동학 혁명군 잔당을 탄압하였고, 이에 저항하는 남은 백성들은 동학 혁명군 측에 기착(寄着)하였다.

　동학 혁명군이 우세할 때 관리, 양반, 말단 관리들의 신분으로 혁명군에 가입 동조한 자들은 하루아침에 표변하여 역으로 동학 혁명군의 구적(仇敵)이 되었다. 동학 지도자, 군사 지휘자 우인(友人)의 　명칭을 팔아서 관직에 붙으려고 하는 자들은 애당초 동학 혁명군의 이름을 빌어 권력을 잡으려던 무리였다. 세상의 변화를 예의 주시하던 사람들은 정치적 혼란기에 어떤 관계라도 이용하여 신분의 변화든, 경제적 이권을 취하는 것이든, 새 세상이 열릴 수도 있을 것이라는 가능성을 보았을 것으로 여겨진다. 혁명에 패한 후 동학 혁명군이 관병, 일본군, 수성군(守城軍), 민포군(民包軍) 등에게 당했던 참상은 말로는 표현할 수가 없었다. 그중에서도 특히 가장 참혹한 행위를 당한 것은 호남이고 다음은 충청도이며, 경상, 강원, 경기, 황해 등지에서도 살해 행위는 상당히 많이 행해졌다. 김개남 집안에서도 개남장군의 바로 위의 형은 자결하였고, 가솔들은 뿔뿔이 흩어져 숨어 지내다가 몇 년 후에 돌아왔을 때는 땅과 집이 모두 다른 사람들에게 넘어가 버렸다.

1894년 12월 이후의 피해자를 세어보면 무려 30~40만 명에 달하였으며, 동학 혁명군의 재산은 모두가 관리들의 소유가 되었고 가옥 소진, 부녀자의 강탈, 능욕 등등의 참변은 끝이 없었다. 외세인 일본군의 무력을 동원한 관군의 비인간적인 행위는 결국 일본에게 국토와 민족을 넘겨준 결과가 되었다. 조정에서는 상하층 관리들의 부패가 만연한 반면, 새로운 시대를 꿈꾸며 국내에서 일어난 민중들의 혁명을 내란으로 치부했다. 이를 자국의 관군의 힘으로 평정한 것이 아니라 외세의 군사력을 동원하여 수습했음은 수치스러울 뿐만 아니라 침략의 빌미를 마련해주는 계기가 된 것이다. 동학군의 세력을 국내 관군의 힘으로 제압할 수 없었음은 시사하는 바가 크다. 전라도 땅 산골에서 발화된 민중들의 봉기를 중앙 관군의 힘으로 제압하지 못했다는 것에서 당시 국가의 상황이 가늠된다. 관리들의 비리에서 시작된 사회적 모순을 평정하려는 의병들의 분노를 폭도로 규정하고 외세의 힘을 빌려 제압하였으니, 그 수치스러움은 오랫동안 이 나라 사람들의 가슴에서 사라지지 않았다. 전라, 충청, 경상도의 모든 지역에서 혁명군의 피해가 극심했으나, 특히 태인, 정읍, 고창 등 전라도의 어느 지역도 무사했던 곳은 없었던 것으로 보인다.

황해도 이남 지역의 혁명군에 대한 처벌이 혹독했지만 특히 혁명군 봉기의 시발점이라고 판단한 전라도 지방에 대한 핍박은 극심했던 것으로 보인다. 지난날 행해졌던 호남 지역에 대한 차별과 폄하 등은 동학혁명 이후부터 시작된 것이 아니었나 생각하게 된다. 확실한 근거는 찾기가 어렵지만 우리 세대가 살아오는 동안 유난히 호남 지역에 대한 편견이 극심했던 것으로 보이며, 그 근거는 동학혁명 발상지라는 이유가 아니었나 싶다. 내가 10살 때 기차를 타고 서울로 상경했을 때부터 뼈저리게 느꼈던 전라도에 대한 편견은 이유가 무엇인지 몰라서 답답했고, 한두 사람만이 그런 것이 아니라서 더 심난했었다. 지역에 대한 편견만이 아니라 그 지역 사람들에 대한 편견인 듯해서 더 답답했다.

1960년 전후부터 경제적으로 어려워 고향을 떠나 서울로 올라온 남쪽 사람들 중에 호남 사람들이 특히 많았는데, 그분들이 나쁜 인상을 주었을까 하는 생각도 해본다. 왜 그랬을까? 그 지역에서 태어났다는 것만으로 백안 시당했다는 것은 어처구니없는 일이었다. 나를 중심으로 해서 위아래로 오륙 년 정도의 편차가 있는 형제들은 모두 그들이 당한 호남 지역에 대한 편견에 머리를 흔들었다. 학교에서 써오라는 가정 환경조사서에 원적을 써야 할 때는 어쩔 수 없었지만, 본적은 서울로 옮긴 뒤에는 서울시 성북구 돈암동 9번지로 고정시켜 버렸다. 어쩔 수 없었다. 많은 사람들이 가지고 있는 집단적인 편견이 얼마나 많은 호남 사람들에게 상처를 주었을지 그분들은 알고 있었을까? 전라도 사람들을 하와이라고 부르기도 했었는데 그것도 이해하기 어려웠다. 뭐 이해하려는 생각도 없었다. 근거 없이 부르는 말의 근원을 찾을 생각도 없었다. 그 시절에 남쪽에서 올라온 사람들이 식모나 공장 직공 등의 일을 하며 살아가는 경우가 많았는데 그런 사람들을 폄하해서 부르기도 했을 것이다.

지나간 세기는 근대인이 갖추어야 하는 심성으로 인간에 대한 예의를 어느 정도 요구하지 않았나 하는 생각을 해본다. 동학혁명에서 주장했던 인간 평등의 신념이 실현되는 과정이 지난 100년이 아니었나 하는 생각이다. 인간에 대한 또 다른 차별이 이 시대에도 지속되지만, 전라도 사람이라는 것으로 받았던 온당치 못한 시선은 개인으로서는 감당하기 어려웠다. 전주가 충남과 접하고 있어서 억양이 유사한 부분이 많이 있다. 우리 부모님들도 종종 충청도 분인 줄 알았다고 하는 사람들의 말을 듣고는 씁쓸해하셨다. 통일이 된다면 북한 사람들에 대해 가질 편견은 얼마나 엄청날까? 무섭다. 조선조 오백 년 역사를 통하여 지속 되어온 여성에 대한 편견은 매우 뿌리 깊은 것이지만, 이 편견에는 지역에 대한 한계가 없어서인지 이를 제거하는 데는 호남에 대한 편견처럼 가슴 쓰릴 것 같지는 않다.

얼마나 많은 여성들이 직장에서, 사회에서, 부당한 대우를 받는다고 분노하는지 잘 안다. 공기업에 근무하는 며느리가 씩씩해서 별문제 없이 직장 생활을 잘 하고 있는 줄 알았더니, 묘하게 웃으면서 몇 번씩이나 승진이나 포상의 기회에서 배제되어 자존감이 바닥에 떨어졌었다는 말을 하여 깜짝 놀랐었다. 50대 아래의 사람들은 여성/남성으로 분류하여 생각하는 것부터 용납하지 않는 것으로 보인다. 여성에 대해 편견을 가지는 경우는 개인에 따라 여러 요인이 있겠지만, 이는 교육과 대화 등으로 완화될 수가 있고, 이 시대에는 여성의 역할이 너무 지대해서 여성이 열등하다는 생각을 할 수 없게 만들기도 한다. 그럼에도 당장 집안 가족이 그렇게 심한 불만을 끌어안고 사회생활을 해왔다는 것에 대해 그 책임이 나에게도 있는 듯하여 잠시 답답했다. 현실에 그 정도로 무지했다는 것이 미안했다. 그럼에도 사회의 변화 속도가 개인의 편견을 앞질러서 곧 문제를 해결할 것이라는 확신을 갖고 있다.

지역적으로 어느 한 지역을 정한 뒤 집중적으로 공격하는 비인간적인 행위는 참으로 비겁하다. 이 작은 나라에서 지난 세기에 호남 지역에 대한 편견은 금세기에는 어느 정도 완화된 것 같기는 하다. 아직도 호남 지역을 다른 지역과 비교하여 정치적인 성향의 차이를 명시하기는 하지만, 이는 뿌리 깊은 기성세대의 사고를 드러내 보이는 것이다. 서울과 경기 지역에 집중된 인구 구조들을 보았을 때, 이제 상대적으로 적은 숫자인 호남 지역이 강하게 지역성을 띠며 특수한 존재로 남지 않기를 바란다. 이 시대 서울과 경기 지역에 밀집된 인구 분포는 지난 몇십 년 사이에 형성된 이 나라의 특수한 구조이지만, 결과적으로는 나라 전체 인구의 혼합된 형태를 만들었다고도 생각한다.

동학 농민 혁명이 진행되는 동안 전국적으로 관군과 일본군에 의해 희생된 사람들은 많은 숫자가 남자들이었던 것으로 전해진다. 이제는 청춘 남녀들이 출산을 워낙 기피해서 남자든 여자든 아이를 보기가 어려운 시대가 되었지만, 20세기 내내 남아 선호 사상은 우리 사회를 지배했다. 지금부터 2세대 쯤 전에 딸만 둘을 낳은 며느리에게 식민지 시대 일본에서 신교육을 받았다는 시어머니가 이제 우리 집안은 대가 끊겼다며 넋두리를 하였다는 말을 들었던 적이 있다. 그때 독자인 아드님은 "우리가 뭐 후사를 걱정해야 하는 왕족이라도 되느냐?"며 모친에게 대꾸했다고 한다. 독자인 아드님은 일본식 신교육을 받은 부모에게서 만주국 신경에서 태어나 럭비, 아코디온, 축음기 등 서구적인 문화의 혜택을 받고 살았으나, 직장 때문에 남쪽으로 내려오지 못한 부친과는 열두 살 어린 나이에 생 이별을 하였다고 한다. 부친의 부재 상태에서 일본식 신교육을 받으신 모친과 살아오시는 동안 아들로 이어지는 전통적인 가계 질서에 냉소적으로 된 것은 아닐까 하는 생각을 해본다.

그 분은 모친과 한국 전쟁을 겪은 뒤 결혼을 하여 지금은 구십세가 되셨지만, 아들이고 딸이고 당신의 사후를 누구에게 맡기고 제사를 어떻게 지내주기를 원하는 생각은 전혀 없으신 듯하다. 머지않아 이 세상을 떠나야 하는 나이가 되어 인간 실존에 대한 생각만 있는 듯 보인다. 이제 아내도 세상을 떠나고 자신들의 생활에 바빠 쉽게 만나기도 어려운 딸들에게서 무엇을 기대할 수 있을까? 우리 모두 혼자 왔다가 혼자 가는 이 세상에 내던져진 존재일 뿐이다. 당신이 살아오시는 동안 만주, 일본, 미국, 북한, 한국, 5개의 국가(國歌)를 부르며 살아야 했다는 말씀을 하실 때에는, 나라가 이렇게 명맥을 유지하기조차 어려운데 개인의 삶과 후손의 명맥을 유지함이 무슨 의미가 있을까 하시는 듯하다. 육십 세가 된 따님 한 분이 낳은 손주 하나가 그 집을 이어주는 유일한 핏줄이다. 구십 세의 할아버지는 대학원생이 된 손주를 바라보시며 당신이 유치원에 입학했을 때 당신 어머니가 쓰셨던 베일이 달린 프랑스식 여성용 모자가 생각나셨다고 했다. 그때 우리 어머니는 저 남쪽 호남 땅에서 머리에 가위를 한 번도 대지 않고 쪽을 찌셨다. 거의 백 년을 오고 가는 기억 속에 한 인간이 존재했다. 우리 문학에서 만주국 수도 신경은 이효석, 유진오 등의 작품에서 모던한 신세계로 그려진다. 1930년대 후반 여러 이유로 계획적으로 만들어진 선진적인 도시에서 많은 일들이 일어났다. 당시 지식인이나 작가들은 일본이 원하는 대로 협화(協和)하며 그렇게 그 시대를 살아갈 수밖에 없었을까?

우리 역사에서 갑오 농민 혁명에 희생된 수많은 민중— 특히 남자들은 외적의 침입으로 인한 전장에서가 아니라 정부 책임자의 지시에 의해 희생된 최대의 숫자가 아닐까 한다. 하기는 1960년 4 · 19 때도, 1980년 광주민주화운동 투쟁에서도 자국의 경찰력과 군사력에 의해 많은 사람들이 희생되었다. 자국민을 보호해야 할 국가의 총칼에 죽어간 사람이 그렇게 많았다는 것을 어떻게 해석해야 할까? 민중들이 그런 위험을 무릅쓰고, 목숨을 걸고 관군에 저항한 데에는 절실한 이유가 있었을 것이다. 동학 농민 혁명처럼 설득력 있는 지도자의 능력으로 시작된 것일 수도 있지만, 시대적인 모순이 극도에 달해 이를 극복해 보려는 민중들의 의욕이 충만했음이 첫 번째 원인이었을 것이다. 외세에 의존해 혁명군을 제압하려는 정부의 태도는 혁명군의 분노를 샀을 것이며, 혁명군의 강한 저항은 정부군에게 강력한 진압의 명분을 강화하는 계기가 되었을 것이다. 봉건시대에 최고 지도자인 왕이 국내의 혁명군을 진압하기 위하여 외국에 청원했음은 국권을 포기했던 것으로 보인다.

젊은 날의 나의 부친은 늘어가는 자식들을 양육하며 살아가야 하는 현재와 고착화 되어가는 식민지 상황에서, 거처를 이전해 보려는 미래에 대한 욕망으로 분주하셨던 것으로 보인다. 당신이 태어나신 지금실에서 혼인한 뒤 분가해서 사셨던 신촌 평사리에서 전주로, 그 다음 서울까지 이주하는 생각은 하셨지만, 당신이 태어나기 이십여 년 전에 당신 고향에서 일어난 엄청난 사건에 대해서는 생각하지 않으셨던 것으로 보인다. 그렇다고 우리라고 지나간 역사를 반추하며, 가슴을 여미며, 마음을 다잡고 살았을까? 아버지나 자식이나 시간이 흘러가는 대로 생계를 유지하기 급급해 하며 살았을 것이다. 날마다 조간, 석간으로 배달되는 동아일보를 계속 읽으시며, 커다란 진공관 라디오를 통해 나오는 남인수, 이난영 등의 유행가를 들으시며, 가끔 동네에 흘러드는 서커스를 보시고, 집 근처에 있는 극장에서 상영하는 영화를 어머니 몰래 슬금슬금 보시며 지내셨던 듯하다.

부친께서는 날마다 동아일보를 읽으신 뒤에는 반듯하게 접어서 차곡차곡 쌓아두셨다. 그것이 당신이 하실 수 있는 국가와 사회에 대한 의무라고 생각하셨을까? 아버지는 영화를 몹시 좋아하셨는데 1950년대 중반까지는 극장에서 한국 영화보다 외국 영화들이 많이 상영되었다. 당시에는 아직 이 나라에서 영화를 제작하기가 쉽지 않았기 때문이었을 것이다. 국민학교에 들어가기도 전에 아버지를 따라 극장에 가서 보았던 외국 영화의 한두 장면이 생각난다. 아버지는 어머니가 별로 탐탁치 않게 생각하시는 영화 보기를 합리화하기 위해 어린 자식 한 명쯤을 앞세우고 다니셨던 듯했다. 어머니는 아버지가 개미가 기어가는 것이라도 영화라면 가서 보실 것이라고 하셨다. 언제나 그렇듯 현실에서 살금살금 일탈하고 싶어 하셨던 아버지를 다잡으며 살림을 꾸려 나오셨던 어머니 덕택에 우리 형제들은 밥술이라도 먹고, 학교를 다녔나 하는 생각을 한다.

나도 어렸을 때 밤이 되어 경기전 마당에서 삑삑거리는 영사기를 돌려 전쟁에 대한 자료 화면을 보여주는 것을 본 적이 있다. 영사막에 계속 비가 내리듯 줄이 그어지는 흑백 화면이었으나, 야외의 축축한 풀밭에 앉아 끝날 때까지 보았던 기억이 난다. 이승만 대통령과 월남의 고딘디엠대통령이 악수를 하는 대한뉴스의 장면도 그때 보았다. 영상은 신기했다. 어렸을 때 보았던 화면의 몇 장면은 훼손되지 않고 지금도 머릿속에 남아 있다. 시청각 교육의 중요성을 백 퍼센트 인정한다. 티브이 채널을 돌리다 보니 1960년에 만들어진 '박서방'이라는 흑백 영화가 나와 기억이 새로웠다.

부모님은 농사를 지으실 때는 경진대회에서 커다란 고구마를 소출하여 상을 받으셨다고도 했다. 지금은 큰 고구마는 오히려 상품성이 떨어지는 것이 아닌가 하는 생각도 해보지만 그 때쯤 달랐던 모양이다. 요즈음 몇 년 우리 밭에서는 밤마다 고라니가 고구마 줄기를 다 뜯어 먹어 고구마 농사는 성공해 본 적이 없다. 그래도 감자 농사는 재미를 봐서 올해도 여기 저기 나누어주고 일 년 내내 먹을 수 있었다. 어떤 농산물을 오랜 시간 저장해 가며 먹다 보면 생활양식도 농촌 식으로 되고 생각도 옛날 사람들과 유사해지는 듯하다.

칠 남매의 맏이라 언제나 점잖은 줄 알았던 큰오빠는 서너 살 때 고추장 항아리에 고무신짝을 집어넣고 휘휘 저으며 놀 만큼 구잡스러웠다고도 하셨다. 열 살이나 넘게 차이가 나는 큰오빠가 그랬다는 것은 믿기지 않는다. 태어날 때부터 다 큰 사람이었을 것이라는 생각이 있었던 듯하다. 부모님들은 날마다 그렇게 소소한 일들에 일희일비하며 살아가셨을 것이다. 그래도 해방이 되었을 때 태극기를 흔들며 감동하셨던 순간은 몇 번이나 말씀하셨다. 해방을 위해 부모님과 같은 평범한 사람들은 무슨 노력을 하셨을까? 우리가 한 것이라고는 1960~70년에 나온 수많은 독립군 영화를 보았을 뿐이다. 집 근처 싸구려 동시상영 극장에서 한 번에 두편 씩 볼 수 있었던 영화들은 과장되고 미화된 것이었지만 언제나 손에 땀을 쥐고 보았다. 이예춘, 박노식, 장동휘, 허장강, 독고성, 이대엽, 황해, 신영균 등등 많은 남자 배우들이 국군과 북한 괴뢰군으로 분장하여 화면을 누볐다. 참으로 많은 영화들을 보며 어린 시절을 보냈다. 국극(國劇)이라는 것도 자주 볼 수 있었다. 동네 동시상영 극장은 중고등학생들도 갈 수 있을 만큼 저렴한 입장료 덕택에 자주 갈 수 있었다. 극장은 화장실 냄새도 심하게 났지만 우리의 문화공간이었다. 여성 단원들이 남성 역할까지 하는 국극을 좋아하는 친구들도 있었다. '왕자호동과 낙랑공주'라든가 '원술랑' 그와 유사한 제목들이었다. 요즈음은 두 세대 쯤 전에 우리를 감동시키고 흥분시켰던 영상이나 공연물들이 조금씩 세련된 포장을 하고 변형시키며 나온다. 모든 예술의 원형은 같은 것임을 증명한다.

증조모는 여자 혼자의 몸으로 연로하신 시아버지를 모시고 자손들과 함께 살아낸 것에 대한 칭송의 표현으로 일제 강점기에 활동한 유교 단체에서 표창장을 받으셨다지만, 그 시기에 그 단체의 활동에 대해 알고 있는 상황에서 조금도 자랑스러울 것이 없는 표창장이었음은 분명하다. 증조할머니는 우리 부모가 신촌 평사리에 제금나가(분가하다) 사실 때에 다니러 오셨다가 건강이 안 좋아지셔서 가마를 타고 지금실로 가신 뒤에 며칠 있다가 돌아가 셨다고 한다. 증조할머니가 가마를 타고 지금실로 돌아가실 때는 큰오빠가 다섯 살쯤 되었을 때였고 어른들은 큰오빠가 어린 나이에 그 일을 기억한다 고 대견해 하셨다. 혁명이 났을 때 39세이셨던 김개남 대장의 부인은 89세 에 돌아가셨다고 한다. 지금실로 시집을 와서 고부댁이라는 택호로 불렸던 전봉준 장군의 따님은 80세까지 살았던 것으로 추정된다.

혁명군과 관계되는 인물들에게 내려진 죄명은 역적죄나 역적 관련 죄 등이었다. 20세기에도 반역죄라는 죄목으로 재판도 제대로 행해지지도 않 은 채 하루 아침에 처형을 당하기도 했으니, 백 년도 더 전에 일어난 민중 봉기에 역적죄는 놀랍지도 않다. 봉건 왕조의 말년에 지방 관리의 포악한 행위로 발단된 것처럼 보였던 갑오 농민 혁명은 전국으로 확대되어 요원의 불길처럼 타올랐다. 그 과정에서 호남 지역을 중심으로 자생적으로 태어난 혁명군의 의식과 실천 의지는 놀라울 뿐이다. 궁벽진 산골 정읍이라는 곳에 서 중농 정도의 농사를 짓는 향반의 자식으로 태어난 김개남의 그러한 근대 의식이 어디에서 싹틀 수 있었는지에 대한 궁금증은 시대를 읽어낼 수 있는 단서가 될 것이다. 동학혁명에 대해서는 3.1운동이나, 4.19 혁명 등의 뿌리 를 찾아 올라가는 과정에서 혁명에 내포된 근대의식을 찾아볼 수 있을 것이 다. 혁명이 끝난 뒤 농민을 중심으로 한 노비, 백정 등 천민 집단에 비해 잠시 혁명군에 가담했던 토호(土豪), 하급 관리 등의 배신과 면종복배(面從腹 背) 행위는 끝이 없었던 것으로 보인다. 본인이 가담했던 혁명군 두령을 관에 밀고한 보상으로 벼슬을 하사받은 인물도 한둘이 아니었다. 어느 때나 지배층에 기대어 살아가는 인물들의 행태를 짐작할 수 있다. 토호, 하급 관리들은 세상이 바뀔지도 모른다는 생각에 상황이 바뀔 때는 어느 쪽으로 든 가담하려는 눈치를 보였을 것이다. 이는 혁명군이 토호나 하급 관리들에 게 그 정도의 빌미를 줄 수 있을 만큼 힘이 막강했음을 보여주는 것이기도 하고, 오백 년 가까이 지속돼 왔던 조선조 사회가 붕괴 조짐을 보이고 있음 을 시사하는 것이기도 하겠다.

지배층의 부당한 처사에도 저항하지 못하고 살아왔던 계층의 사람들에게 세상이 바뀔지도 모른다는 가능성까지 암시했던 동학혁명은 실패로 끝났지 만, 그 여파로 세상에는 엄청난 변화가 물밀듯이 밀려왔다. 외세의 침략과 지배는 혁명군이 의도한 바가 아니었지만, 봉건 왕조는 붕괴되고 과거의 질서는 사라져갔다. 그 과정에서 나라의 주권을 잃어버린 분노는 그 어떤 것으로도 보상될 수 없었다.

동학혁명이 실패로 끝난 후 볼품없이 남겨진 김개남 장군의 가족은 외세 의 침입과 끝없이 이어지는 정권의 붕괴와 새로운 정권이 수립되는 반복 속에서 내쳐지고 짓밟히며 살아온 것으로 보인다. 김개남의 가족들은 김개 남 본인이 처형당한 뒤 모두 흩어져 숨어 살다가 몇 년 후 모두 지금실로 돌아와 살았기 때문에 유리걸식 하지는 않았지만 죽은 듯이 살아온 것으로 보인다. 김개남의 형은 자결하고, 부인은 피신하여 몇 년이나 친가에서 지내 다 돌아왔다고 하는 것을 보면 역적의 자손으로 3족을 멸하는 상황으로까지 는 가지 않았던 듯하다. 당시에는 나라가 존속하지 못하는 상황에서 혁명군 지도자 당사자들의 처벌로 일단락 지을 수밖에 없었을 것이다. 나라를 빼앗 겨 모든 질서가 와해 되는 상황에서 종래의 형법에 따라 가족까지 추적하여 처벌할 수는 없었던 것으로 보인다. 봉건사회의 법에 따라 나라의 대역 죄인을 처벌하는 상황은 면했다는 것으로 시대의 변화를 감지할 수 있었다 할까? 그나마 혁명에서 주장하는 바가 일부나마 관철되었다고 볼 수 있을까? 서글픈 확인으로 보인다.

혁명이 끝난 뒤 지금실은 김개남과 비슷한 연배로 5촌 당숙질 간이었던 우리 증조부도 살해당했고, 더불어 활동할 수 있는 청장년들이 없는 상황에서 후손들은 그저 1년 전처럼 농사로 생계를 이어가며 살아가야 했다. 김개남 가족들이 피신했다가 돌아왔을 때에는 집도 땅도 관원들에게 넘어갔던 것으로 보인다. 김개남 장군이 어떤 연유로 혁명군에서 활동하면서 그가 주장했던 놀라운 근대사상과 인본주의적인 사고를 가질 수 있었는지에 대해서는 알려진 바가 별로 없듯이, 후손들에게도 자신의 투쟁에 대해 전혀 전할 수가 없었던 것으로 보인다. 그도 그럴 것이 혁명이 일어난 해에 슬하에는 열 살 난 아들이 하나 있었을 뿐이니 자신이 죽음을 무릅쓰고 항쟁하는 이유와 사상을 전해 주기에는 한계가 있었을 것이다.

김개남 장군이 혁명을 하겠다는 확고한 신념을 가지게 된 것은 장성한 후 많은 사람들과의 교류를 통해 형성된 사고였을 것으로 추정해 볼 뿐이다. 당시 호남 지방 등에 유배되어 저술 활동을 하고 있던 실학자들의 저술이나 가르침 등을 전해서 들을 수 있었을 것으로도 추정해 본다. 분명한 것은 후손들에게서 그의 행적에 대해 알아볼 수 있는 근거가 없었다는 것이다. 혁명군이 각 분야에서 엄청난 변화와 새로운 시대를 강하게 요구했던 정신은 1년 남짓 불타올랐지만 정작 가족들에게는 그 뜻이 전달되지 못했다. 결국은 위대한 정신적인 가치와, 실천 의지는 개인이 스스로 터득하는 것이 아닌가 하는 생각을 다시 한번 하게 된다. 살아가면서 정신적인 가치를 형성하는 데에는 많은 외부의 영향이 있을 것이나 이를 취사선택하고, 자신의 신념으로 만들고 실천하는 모든 과정은 개인 스스로 결정하는 것으로 생각된다.

김개남 장군에 비해 항렬은 아래이지만 우리 조부나 부친이 종손으로서 역사적인 사실에 대한 관심과 의식이 있었을 법했지만 후손들인 우리에게 전혀 전달되지 않은 것은 시대가 그만큼 엄혹했거나 별로 알려지기를 원하지 않았던 때문이 아닐까 싶다. 우리 조부는 당대에 일어났던 일이 아니라서 당신이 태어난 해에 일어난 혁명을 잘 몰랐을까? 조부는 고등학교 방학 때는 할아버지 댁을 방문하여 신문을 읽어드리기도 했던 손녀인 나에게도 전혀 그런 말씀을 하신 적이 없다. 부친에게서도 그런 얘기는 들어본 적이 없었던 것을 보면 혁명이 일어난 뒤 백 년이 훨씬 넘는 세월이 흐르는 동안 동학은 조용히 시간 속에 묻혀 있었던 것이 이상한 일은 아니었다. 우리 조부를 비롯하여 부친, 숙부들까지 모두 당대의 삶을 유지하고 자식들로 연결되는 미래의 삶을 영위해 나가는 데만 분주하셨을 것으로 보인다. 지속적으로 동아일보를 구독하는 것으로 당신이 해야 했던 본분을 다하셨다고 생각하셨나?

부친은 해방 이후 정치가들에 대한 관심은 많으셨지만 동아일보 사주인 김성수 집안에 대한 맹목적인 애정은 오랫동안 지속되었는데, 그것은 다만 같은 동향의 영웅형 인물에 대한 관심이 아니었을까 생각된다. 우리 가족이 서울로 온 뒤 막내 동생이 국민학교 4학년이 되었을 때 동아일보의 주필이었던 장덕수의 부인으로 경기여중고 교장이었던 박은혜 여사가 은퇴 후 최초의 사립학교인 은석국민학교를 세웠다. 내 부친은 일반 학교에 잘 다니고 있는 동생을 은석학교에 전학시키셨다. 은석학교는 부유한 집 아이들을 대상으로 한 특별 교육을 표방하고 있었는데 부친은 동생이 일반 학교에서 성적이 우수하다는 이유로 전학을 시키셨다. 우리 집이 경제적으로 여전히 어려웠던 그 시기에 김성수, 장덕수, 박은혜 등으로 연결되는 선진적인 인물들에 대한 부친의 맹목적인 지지는 당치않아 보였지만 당신이 받지 못한 신교육에 대한 열망으로 보이기도 했다. 우리 부친이 지향하는 바는 동아일보 등으로 연결되는 언론, 정치, 교육이었던 것으로 보인다. 부친의 생각과는 관계없이 막내 동생은 당대 최고의 부잣집 아이들만 다닌다는 이 나라 최초의 사립 국민학교에서 우울한 시간을 보냈다고 했다. 부친은 1번에서 4번까지의 자식 4명을 전주에서 사범부속국민학교에 한꺼번에 밀어 넣으셨고, 5번인 나와 6번인 내 여동생을 제외한 7번 막내를 또다시 특별한 학교에 집어넣으셨다. 부친은 아이들이 학교에 들어간 뒤에 어떻게든 살아남는 것은 아이들의 몫이라고 생각하셨던 듯하다. 그 시대 최고의 부유한 집안 아이들을 모아 선택된 교육을 하겠다는 분들의 교육철학에 동조하고 경제 형편이 결코 좋지 않았던 집에서 아이를 그런 특수학교에 전학 보내시는 아버지의 결정은 두고두고 답답했다.

동학혁명은 1980년대 중반 ≪한국 민중사≫ 같은 책들이 출판되고 사회 변화와 함께 역사에 대한 인식의 변화가 일어나며 조금씩 수면 위로 드러났던 것으로 보인다. 그 과정에서 출판사 대표가 받은 엄청난 형벌과 긴 고통의 시간은 이 나라 민주화의 초석이 되었음은 분명하다. 내가 중고등학교에 다니기 시작한 이후로는 우리나라에서도 출판이 왕성하게 이루어졌고, 우리는 대부분의 정보를 활자를 통해 얻었던 시기였다. 내가 중학교를 졸업하고 고등학교에 합격한 뒤 한 달 정도의 시간이 있을 때 정음사에서 출간한 한국문학 전집을 다 읽었던 기억이 난다. 돈암동 집에서 한국문학 전집이 있는 숭인동 친구 집까지 걸어가서 2권씩 빌려다 보고, 반납한 뒤 또 빌려오기를 반복했다. 소설을 읽는 것이 재미있어서 자발적으로 한 일이었다. 활자도 크지 않고 세로로 조판을 한 30권이 넘는 책을 끝까지 계속 읽었다. 그때에는 명문 출판사들이 좋은 작품들을 선별하여 전집을 발간하는 것이 관례였다.

대부분 부모님 세대에서 읽었던 신소설과 이광수 김동인 등의 작품들부터 시작된 한국 근대소설과 현대소설 중에서 선별된 작품들이었지만 모두 재미있어서 손에서 놓지 못하고 읽었던 기억이 난다. 그렇게 읽었던 소설책들이 바탕이 되어 국문학과에 진학하고 평생의 업으로 삼아 살아왔을 터이지만, 이 나라에 근대소설이 시작되고 백 년 남짓한 시간이 지나는 동안 소설의 인기는 점점 시들어 가는 듯하다. 아들은 고등학생인 손주에게 20세기 초에 발표된 단편소설을 선별하여 읽히는 데에도 많이 힘이 든다고 한다. 별로 길지 않은 세월이지만 언어와 문화적인 변화가 현격하여 100년 전의 소설들을 요즘 학생들이 이해하기 위해서는 인내심도 필요하고 사전도 있어야 할 것이다. 무엇보다 소설 읽기라는 문학 행위를 방해하는 것은 핸드폰에 깔려 있는 게임과, 웹툰들로 보인다. 소설 읽기보다 훨씬 자극적이고 달콤한 것들이 손바닥 안에 있기 때문에, 시간이 들고 품이 드는 소설 읽기는 외면받을 수밖에 없을 것이다. 모든 서사문학의 기본이 되는 소설이 이렇게 외면을 받고 있는 터에 지난 겨울 우리 작가의 작품이 노벨문학상을 받은 것은 큰 희망이었고, 소설만이 아닌 한국 문학계 전체에 엄청난 선물이었다. 한국 소설가의 노벨상 수상은 그 상의 무게만큼, 소설 문학만이 아니라 우리 사회 전체에 큰 영향을 미칠 것이다. 그 작가가 천착해 온 인간과 사회 전체에 대한 진지하고 따뜻한 관심이 오랫동안 우리를 지배할 것이다.

　내가 고등학생이 되었을 때에는 신구문화사에서 동시대에 활동하는 우리나라 작가들의 작품도 출판하였지만, 세계 유명 작가들의 작품도 엄선하여 세계 문학전집을 출판하였다. 대학을 졸업하고 취직을 한 큰오빠가 신구문화사에서 출판한 전집을 사주어서 동시대의 우리 작가들과, 외국 작가들에 대해서도 알 수 있게 되었다. 공대 출신이었지만 문학을 좋아했던 오빠나 오빠의 친구분들 덕택에 많은 책을 읽을 수 있었다. 음악이나 미술에 비해 손쉽게 접할 수 있는 활자 문화에 대한 관심은 대부분의 젊은이들, 특별히 대학에 다니는 학생들에게 지대했다. 그 시절 우리는 많은 형제들이 서로에게 알게 모르게 영향을 주고받으며 살아갔다. 나중에 지리학과 교수가 되셨던 오빠 친구는 참 많은 초판본 시집들을 가지고 계셨다. 대학생이라면 김소월, 한용운의 시를 줄줄 외우던 시절이었다. 그 때에는 출판이 활성화되기도 했지만 모두 책은 사서 보는 것으로 생각했다.

당시에도 대학생은 일반인에 비해 버스 요금에 약간의 할인이 있었다. 그래서 버스 차장에게 대학생임을 알려주는 표시로 몇 권의 책들은 꼭 끼고 다녔던 것으로 기억한다. 대학마다 뱃지가 있었지만 언제나 챙겨서 달지는 않았다. 책을 잔뜩 들고 만원 버스를 타고 다니느라고 힘들었던 시간을 생각하면 요즈음 초등학생도 메고 다니는 백팩이라는 것이 있었다면 참 좋았겠다는 생각을 하게 된다.

나보다 3살 위의 작은오빠는 상급학교의 원서를 쓰거나, 담임 선생님을 만나야 하는 경우에 부모 대신 참석해서 나의 보호자 역할을 충실히 해냈다. 나는 고등학생도 아니고 중학생 오빠가 학부형 자격으로 학교에 오는 것이 많이 창피했지만, 그 사이에 까까머리 남자 중학생인 작은오빠를 눈여겨보았던 친구도 있었다. 나는 오빠가 그랬듯이 내 바로 아랫 동생의 보호자 역할을 했다. 동생은 중학교 입시에서 체력장 시험을 볼 때는 한 종목이 끝날 때마다 나한테 달려와서 만점을 받았다고 웃으며 전하고 갔다. 동생은 내가 6학년이었을 때 학교가 늦어 몇 번이나 도시락을 가져가지 못했을 때는 조금 늦게 우리 교실 앞문을 살그머니 열고 도시락을 밀어 넣어주고 갔다. 상급반은 수업이 많아서 일찍 등교해야 했고, 동생은 하급반이라 늦게 등교할 때였다.

부모님의 세대에서 많은 분들이 신문을 읽었다고 해도 식민지 상황에서 신문이 대단한 비판적 역할을 했을 것이라고는 기대할 수 없다. 신문은 다만 사회, 문화적인 전신자(傳信者)의 역할에 만족해야 했을 것이다. 더구나 모든 정보가 차단된 상황에서 당신들이 태어나기 한 세대 전의 일에 대해서는 전혀 관심을 가지지는 못했던 것으로 보인다. 동학혁명은 역사로 기록되지 못하고 구전으로 전해지는 이야기의 한계가 어떤 것인지 보여주는 사례일 수도 있다. 우리 부친을 비롯한 조상이 태어나고 살아오신 전라도 땅 작은 마을 지금실에서 동학혁명이 일어난 그 해에 40대의 장년이 두 명이나 험하게 돌아가셨다. 그로부터 두 세대를 지나 우리 부모님이 40대 중반의 장년이 되었을 때는 가까운 과거 친족의 험악한 죽음보다는 당대의 삶을 영위하는 것에 급급했었다. 그 분들이 동학혁명의 실패가 곧바로 식민지 상황으로 연결되는 것에 대한 인식이 어느 정도 가능했는지를 가늠하기는 어려워 보인다.

우리 부친의 형제분들은 혁명이 끝나고 반복되는 일상으로 돌아온 뒤로도, 갑오년 그 해에 태어난 당신들의 부친이 백일이 겨우 될까 말까 했을 때 그 분의 부친이자, 당신들의 조부인 어른이 객사했다는 사실만을 머리에 입력하고 살지 않았을까? 갑오년에 태어난 우리 조부는 홀어머니를 모시고 딸 하나와 아들 다섯을 낳고 기르며 종손으로서의 역할을 하는 일에 매진했던 것으로 보인다. 조부는 태어난 뒤 백일도 안 되어 돌아가신 부친의 얼굴도 기억하지 못한 채 독자로 자라, 성혼하여 많은 자식들을 낳은 뒤 혼인시키는 것도 힘에 부치는 일이었을 것이다. 당신이 보지도 못한 어두웠던 사건에 대해 어른들에게 캐물으며 확인할 수는 없었을 것이다. 혼자되신 당신 모친을 가슴 아프게 하는 일이라고 생각되어 혁명이 났던 그 해에 일어난 일에 대해서는 입도 뻥긋하지 못했을 지도 모른다. 내가 중학교 1학년 때 겪었던 4·19혁명에 대해 오랫동안 학교에 가지 않아도 되었던 날들로만 기억하는 것과 같을지도 모른다. 파출소가 불타고 트럭 위에 올라

탄 대학생들이 깃발을 흔들며 미아리고개를 넘어 북쪽으로 가는 것을 오랫동안 보았음에도 특별한 생각을 하지 못했던 것과 같았을 것이다. 결국 역사는 해석할 수 있는 능력이 있었을 때 의미가 있는 것으로 보인다.

중앙 정부에서 임명받아 지방에 내려온 관리들이 동학 혁명군에 가한 인명 살해, 재산 약탈 등의 포악한 행위는 끝이 없었던 것으로 보인다. 지방 관리들도 모두 그들의 권한과 역량이 시키는 한 최대한의 악행을 자행하였으며, 그 결과 중앙 정부로부터 받은 포상과 승진, 영전 등은 엄청났을 것으로 보인다. 관리들은 무엇보다 경제적인 약탈을 심하게 자행했으며, 혁명군의 가족을 모두 처형하지는 않았다 해도 그들이 생존할 수 있는 근거를 모두 빼앗아 버렸으니 실패한 혁명의 뒤끝은 잔인했다. 그렇게 많은 숫자의 지지자들이 혁명에 동참했음에도 절대 권력을 가진 상층의 막강함을 무너뜨릴 수는 없었다. 외세까지 빌려서 혁명군을 제어하겠다는 정부 측의 의도는 너무나 치욕스러운 것이었지만 현실은 그랬다. 조정에서는 동학혁명을 진압하기 위하여 일본 측에 군사적인 청원만 한 것이 아니고 재판권까지 일본군이 장악하도록 했다. 김개남은 친구가 밀고해서 처형당했고, 전봉준은 심복 부하 김경천(金敬天)의 밀고로, 손화중도 자기 부하의 밀고로 타계했다.

그 밖에 많은 인물들이 보신책으로 동학에 입교했다가, 배신하기도 했으며, 자기의 두령을 관군에 밀고하고 포상을 받은 사람들이 한 둘이 아니었다. 한학자로서 명성을 떨친 인물도 동학당을 체포하라는 밀지를 발표하고 재산 약탈을 했다. 동학당을 수다하게 살해한 공로로 홍주 목사에서 전라 관찰사로 영전하고 세간의 평판이 살인귀라 불리기도 한 인물도 있었다. 그 밖에도 수 많은 인물들이 동학당을 토벌한 공으로 관군의 고급 장교가 되었다. 동학혁명이 번성할 때는 동학 혁명군이라 칭한 자들이 동학혁명군이 패한 후에는 곧 수성군으로 변하고 말았다. 이처럼 변신하는 인물들은 무식한 농민이나 하층 계급에서 나오지 않고 문자 및 문장력이 있는 자들에서 많이 나왔다. 소위 문자를 해독할 수 있는 지식인 계층에서 자신들이 가진 능력을 좋지 않은 쪽으로 사용했음을 알 수 있다. 이 나라에서 관리, 양반, 부호, 유림, 하급 관리들에 이르기까지 놀고먹고 사는 자들은 태반이 동학당을 적대시했다. 반면 상민, 노비, 서자 등은 오랫동안 누적된 다양한 불만을 동학혁명군의 힘을 빌려 일시적이나마 잠재력을 폭발시킨 것으로 만족해야 했다.

동학 혁명군의 뜻은 대다수 농민을 비롯한 피지배 계층에게 희망의 불빛으로 보여 맹렬하게 투쟁하였으나 결과는 참담했다. 일 년이 못되어 대장들은 처형당하고 가담했던 민중들은 색출 당하여 처벌받는 것으로 혁명군의 꿈은 스러졌다. 비록 대다수 민중의 꿈이 스러졌다 해도 민중 전체가 하나로 되어 일어설 수 있는 가능성을 보여주고 확인시킨 것은 큰 소득이었다. 혁명군에 참여한 사람들은 모두 누적된 원한과 분노에 쌓여있었지만 개인의 힘으로는 어쩔 수 없고, 집단으로 활동해야 힘을 발할 수 있음을 혁명을 통해 알았을 것이다. 이러한 경험은 동학농민혁명이 이 나라가 근대로 나아가는 조짐을 보여주는 선례로 의미가 있었을 것이다. 세상이 변화하고 있음을 보여준 것이다. 왕권은 쇠퇴했고 식민지 상황이었지만 민중들은 국난을 극복할 수 있는 것도 그들 스스로의 힘으로만이 가능함을 알았을 것이다. 또한 민중을 지배해 왔던 절대 권력은 믿을 수 없는 존재임을 새삼 확인했을 것이다. 역사에서 대부분의 혁명은 실패했다. 실패할 것을 알면서 시작한 동학혁명에 가담한 인원이 그렇듯 많았던 것은 농민을 중심으로 한 혁명군들이 지도부의 강한 의지와 추진력, 방법 등에 동조했음과 동시에, 그들에게서 희망을 보았기 때문일 것이다. 그러나 무엇보다 혁명의 주동 세력이 민중들에게 내세우는 정의로운 세계의 실현에 대한 간절한 욕망이 있었을 것이다. 또한 봉건적 질서에서 벗어나고 싶은 일반 민중들이 오랜 세월 누적된 당치않은 차별에 분노하고 있었음을 알 수 있다. 나라 안에서는 봉건 지배 질서가 와해 될 요소가 충분했고, 밖에서는 그 기회를 틈타 제국주의 세력들이 밀려 들어오고 있었다.

혁명을 시작한 지도자들을 움직였던 많은 요소 중에서 개화파 엘리트들이 전달하는 평등 의식도 한몫했을 것이며, 호남 지역의 바닷가를 따라 지방 곳곳을 침투해서 밀물처럼 밀려오는 기독교의 영향도 무시할 수는 없었을 것이다. 1950년대 중반까지도 전쟁 후 전주에 남아 찦차를 타고 다니던 미군을 외계인처럼 생각하셨던 우리 할머니 같은 분을 생각해 볼 때, 외래 종교에 대한 흡수가 일반인들에게 쉽지는 않았을 것이지만, 서양인들의 선교활동은 19세기 말부터 시작되어 20세기 초반에는 그 범위가 넓게 확산되었던 것으로 나타난다. 세계의 변화를 일찍 깨우친 사람들은 다른 사람들이, 다른 사고를 가지고, 다른 질서 속에서 살아가고 있음을 알았을 것이다.

19세기 말 1886년 전남 함평에서 출생한 해외 독립 운동가 김철 같은 인물이 상해 임시정부에 가담하고 활동을 했으며, 1901년 전남 보성에서 출생한 음악가 채동선은 일본 유학 후 다시 독일로 유학하여 서양음악 이론을 공부하고 많은 작품을 작곡했다. 두 인물 모두 집안이 경제적인 뒷받침이 되지 않으면 가능하지 않았을 일이었다. 아직 주류 산업이 농업에서 벗어나지 못하고 있을 때 수 많은 소작인들을 두고 광작의 농업을 하는 호남지역에서나 가능한 일이었을 것이다. 넓은 땅을 소유하여 소출이 대단하고, 바다를 통해 외부에서 들어온 신문물의 영향이 젊은이들의 의식을 변화시켰을 것이다.

넓은 농토에서 수확한 쌀이 군산이나 목포 등 서해안의 항구 등을 통해 일본으로 실려 나가는 비극적인 일도 있었지만 지방 토호(土豪)들을 중심으로 발전적인 소비를 할 수 있는 밑천이 되기도 했던 것으로 보인다. 근대 문화, 예술 쪽으로 관심을 가지는 사람들도 늘어났지만, 나라가 식민지 상황으로 진입하며 독립을 위한 정치적인 관심을 가지고 실천하는 사람들도 늘어났다. 동학혁명의 지도자들, 특별히 김개남 같은 인물이 가졌던 추진력이 혁명이 끝난 후에도 호남 인근의 주민들에게 큰 영향을 주었을 것이다. 동학 지도자로서 김개남이 가졌던 변화에 대한 분명한 의식과 혁명군들에게 인식시키고 추진하려고 했던 생각은 변화의 핵심이 되어 호남 인근의 젊은 이들에게도 전해지지 않았을까 생각해 본다.

동학농민혁명이 일회성으로 끝나는 것으로 보이는 여러 이유가 있겠지만, 일차적으로는 지도자들이 체포된 뒤 항변할 기회도 없이 관에 의해 처형당한 때문일 것이다. 어린 자식을 포함한 가족들에게도 그들의 정신을 전할 만한 시간은 없었을지라도 그들의 정신은 개혁, 평등, 인본주의의 원형으로 이 나라 사람들에게 전달되었다고 본다. 한 사람, 한 사람 뿌리를 찾아서 내려간 동료들에게서 애써 혁명의 의미를 부여해 본다. 나의 조부는 갑오년 내 생일과 같은 음력 2월 21일 날 태어나셨다. 조부의 집은 같은 도강 김가로서 위아래 마을에 거주했던 김개남 장군의 집과는 아주 가까웠다. 김개남의 아들이 백술(伯述)이고, 익술(益述)이라는 함자를 쓰는 나의 증조부와 같은 항렬이다.

우리 역사에서 동학혁명군의 의식은 이 나라에서 살아가는 모든 사람들에게 스며들어 정신으로 이어져왔지만 우리 증조부를 비롯한 조부, 부친의 형제들로 연결되는 개별적인 기억과 개남장군에 대한 이야기는 우리에게는 풍문으로도 전해오는 바가 없었다. 두 분에 대한 이야기는 갑오년 혁명과 함께 스러졌다. 혼란스러웠던 시기임이 분명하다. 불빛도 없는 칠흑 같은 어둠 속에서 횃불을 들고 어둠을 밝히려는 분들이 지금실 산골 마을에서 일어나셨지만 우리에게 구체적으로 전해지는 바가 없다.

조명이 없는 사회는 우리가 상상할 수 없는 불편함이 따른다. 촛불에서 램프불로, 다시 일반 알전구로 다시 형광등으로 변화하는 과정은 내가 숙제 할 때 겪었던 불편함으로 오래 기억된다. 아버지는 옆에서 일을 하시고 나는 숙제를 하거나 공부를 해야 했다. 돈암동 집에서 아버지가 하시는 일은 이웃 주민들에게 삯을 주고 붙여온 종이봉투를 반듯하게 100장 씩 세고 묶어서 정리하는 일이었다. 그때도 아버지가 참으로 깔끔하게 일을 잘하신다는 생각을 했다. 아버지가 하셨던 일이 작은 촛불이나 램프 불에 의지해서 하기에는 쉬운 일은 아니었겠지만 종이를 만지는 일이었기 때문에 촛불 옆에서는 위험하기도 했을 것이다.

촛불 시절이 지나고 한동안 램프 불을 사용했다. 벽에 걸어놓고 사용하는 램프 불이 많이 불편했을 텐데 특별히 심하게 어려웠던 기억은 나지 않는다. 촛불보다는 밝아서 그랬을까? 아버지 옆에서 불 하나에 의지해서 공부했던 시간들이 지금도 기억에 남는다. 한석봉 모자는 아니었지만 우리 부녀는 아주 당연한 듯이 그 시간을 잘 보냈다. 램프 불은 특별히 분위기가 있지도 않았고 밝지도 않았다. 좀 더 밝은 빛이 필요해서 심지를 돋우면 곧 호야가 까맣게 되는 그을음이 생겼다. 그럴 때마다 호야 안으로 김을 불어넣어서 부드러운 천으로 닦아내는 일을 해야 했다. 낮에는 벽에 걸어놓은 램프는 저녁에는 조명기구로 상당 기간 동안 사용되었다. 그래도 전주에서는 전기 불이 있었던 것으로 기억하는데 서울 돈암동 9번지 초가집에서는 램프를 사용한 시간이 길었다. 그래도 등잔불은 사용하지 않았다. 내가 고등학교 2학년이 되어 새로 지은 집에는 물론 전기가 있었다. 돈암동 초가집에 대한 기억은 남자 담임 선생님이 가정방문을 오셨을 때 창피했던 기억으로 오랫동안 남아 있다. 처음 교사로 임명받으신 듯 의욕이 충만하셨던 물리 선생님이셨다. 당신의 열정이 한 여학생을 몹시 곤욕스럽게 했을 것이라는 생각을 하셨을까? 과한 의욕은 약간의 부작용을 수반할 수 있음을 확인했다고나 할까? 자신의 의견을 표출할 수 없는 학생의 신분에서는 그 정도의 불편은 당연했을 것이다.

조명이 촛불과 램프 불을 켜야 할 정도로 빈약했으니 당연히 텔레비전은 없었다. 라디오는 밧데리가 트랜지스터 라디오만큼 큰 것을 고무줄로 꽁꽁 묶어서 들었다. 그래도 그 라디오로 뉴스도, 유행가도, 시사 프로그램도 다 들을 수 있었다. 동아방송에서 '유쾌한 응접실'이라는 대담 프로그램이 있었다. 사회를 보는 아나운서도 능숙하게 진행을 잘 했고, 출연자분들도 유익하고 재미있게 말을 했던 기억이 난다. 그때 사회를 봤던 아나운서는 나중에 수원에 있는 대학교 국문과에서 교수로 근무했다. 우리 집은 얼마 후에 전기를 설치할 수 있었고 알전구이지만 전기로 조명을 할 수 있었다.

중학교에 다니기 시작한 뒤로는 여름 교복을 다리는 일이 어려웠다. 전주에서는 어른들이 긴 손잡이가 달린 재래식 다리미에 숯을 피워 담고 긴 한복 치마를 다릴 때 마주 앉아서 보조 역할을 몇 번 해본 적이 있었다. 중학생이 되고 전기가 들어온 후에 큰오빠가 중고 미제 전기다리미를 사다 주어서 여름 교복을 다릴 수 있었다. 풀 먹인 여름옷은 다림질을 하지 않으면 입기가 어려웠다. 전기다리미를 사용할 때 휴즈가 끊어져서 전기불이 나가는 경우가 자주 있었다. 전기다리미를 사용할 만큼 전기 용량이 충분하지 않았기 때문이었다. 만원 버스와 다림질까지 합해져서 여름 교복을 입는 일은 너무 힘들었다.

어렸을 때나 젊었을 때에도 조상에 대한 관심은 없었다. 10대 종손이라는 남편과 결혼한 뒤에 어머님이 조상에 대한 얘기를 너무 많이 강조하셔서 솔직히 멀미가 날 지경이었다. 강의와 집안 일로 하루하루 살아가기도 만만 치 않은데 머나먼 조상에 대한 얘기는 현실감도 없었고, 부담스러웠다. 어머 님은 종손인 맏며느리에게 많은 것을 입력하고 싶어 하셨지만 나는 불확실 한 미래를 가늠하며 현재를 살아가기도 버거웠다. 며느리는 언제나 정신없 이 바쁘고, 어머님은 누적된 시간만큼 쌓인 얘기를 모두 전달하고 싶었던 듯 했다. 무엇보다 말씀이 유장하신 어머님의 얘기를 다 들어드리는 데에는 시간이 많이 필요했다.

나이 들어 지나간 시간과 조상들에 대해 관심을 가지기 시작하는 것은 이제 이승을 떠난다 해도 많이 아쉽지 않을 나이가 되어서인지는 모르겠다. 언감생심 손주들에게는 말할 것도 없고 자식들에게도 조상에 대해서는 물 론 우리 스스로에 대해서도 알려줄 기회를 마련하기는 어려울 것이라는 생각이다. 이런 글을 써보려고 하는 것도 말로 전할 수 없을 것이 확실하기 때문에 그럴 것이다. 그러다 보니 남편의 집안에 대해서 많은 말씀을 하고 싶으셨을 어머님의 말씀을 들어드리지 못한 것이 많이 죄송스럽지만 인생 이 다 그럴 것이라는 생각으로 도피한다. 하기는 이런 나이가 아니어도 삶과 죽음에 대해 생각을 안 하는 사람은 없을 것이다. 고등학교 이 학년 때인지 국어 시간에 선생님이 수필을 쓰라고 하셔서 삶과 죽음에 대해 썼던 기억이 난다. 학생들의 책상 사이를 연두빛 꽃무늬가 화려한 원피스 자락을 살랑살랑 흔들며 다니시던 신혼의 여선생님이 내가 쓴 글에 무척 화를 내셨던 기억이 난다. 당시 많은 학생들이 관심을 가졌던 쇼펜하우어를 들먹이며 자살에 대한 얘기도 썼던 것 같은데 그 부분이 마음에 들지 않으셨던 모양이었다. 청춘의 무지개 빛깔 시간에 죽음은 생각할 수 없으셨던 모양이다. 그 신혼의 선생님도 지금은 죽음에 가까이 다가서셨을 것이다. 우리 모두 언어로 표현을 안 해서 그렇지 시시각각 삶과 죽음이 공존하는 것은 어쩔 수 없을 것이다.

저쪽에 계시는 분들

양가의 네 분 부모님이 돌아가시고 많은 세월이 흘러갔음일까? 자연스럽게 죽음을 생각하고 내 앞에서 살아오셨던 조상들에 대한 생각을 하게 되는 듯하다. 부모님들만이 아니어도 전라도 땅 지금실에서 태어난 이후로 머리에는 가위 한번 안대고, 흰 옷 입고 살다가 돌아가신 조상들이 궁금하다. 지난 봄에는 남편 집안의 소종에서 남편 집안으로 시집을 온 며느리들과 딸들이 관광버스를 대절해서 조상들의 묘역을 찾아보는 일에 참례하기도 했다. 10대조가 되시는 소종의 중시조부터 윗대의 묘역을 돌아보는 일이었다.

새삼스럽게 결혼하여 50년이 넘어서야 집안 조상의 묘역을 돌아보는 일에 동참한 것은 내 자식들로 연결되는 집안의 뿌리를 확인할 수 있는 기회라고 생각했기 때문이었다. 결혼 초부터 오랜 동안 어머님이 나에게 입력시키려고 애쓰셨던 과거 조상들을 찾아가는 여정이었다. 길을 떠나면서도 돌아가신 시부모님 두 분이 칭찬하실 것이라는 철딱서니 없는 생각을 했다. 나도 틀림없이 시부모님이 나에게 하셨듯이 기회가 되면 자식과 손주들에게 조상의 뿌리에 대해 알려주고 싶어 할 것이 분명하다.

아버님이 시제 상에 올렸다가 나누어 받아오신 목침만큼 큰 손두부와 고기, 떡 등으로 기억되는 음식들은 우리가 관광차를 타고 답사를 할 때에는 현지에 있는 이름 있는 식당 음식으로 대체되었지만 의미 있는 나들이였다. 조상들의 묘역은 의외로 전국 각지에 흩어져 있었다. 남편 집안으로 시집을 왔다는 인연으로 같은 버스에 타고, 같은 숙소에 머무르며 별 거부감 없이 지내다가 헤어졌지만 그동안 전혀 내왕이 없이 지냈다는 것이 놀라웠다. 족보를 놓고 따져보지 않아도 그렇게 먼 사이들은 아닌 듯 했지만 귀가한 뒤에는 전혀 연락 없이 지내고 있다. 현대인의 생활이라는 것이 그런 것이다.

시대가 변하면서 그렇기도 하겠지만 종친회에서 결혼을 안 하고 사는 딸들에 대해서도 똑같이 대우를 하는 것은 마음에 들었다. 예전부터 남편 집안에서는 여성들이 무릎을 꿇고 하는 전통적인 절은 하지 않았다. 어렸을 때 어른을 뵙고 무릎 꿇고 하는 절이 어려웠는데 남편 집안에서는 강요하지 않는 듯해서 그것도 다행스러웠다. 제사를 지낼 때나 설, 추석 명절 때는 남자와 여자가 똑같은 양식의 절을 했는데 남자는 두 번을 하고 여자는 네 번을 해왔던 듯했다. 어느 때부터인지 내가 여자도 남자와 똑같이 두 번으로 하자고 했고, 어머님도 내 제안을 별 말씀 없이 받아들이셨다. 제사를 우리 집에서 모시기 시작한 뒤에 그렇게 했다. 솥뚜껑을 쥔 며느리의 생각에 이의를 제기하는 것이 무의미하다고 생각하셨을지도 모른다. 제사 자랑은 하는 것이 아니라는 말도 있지만 집집마다 격식이 조금씩 다른 것은 어쩔 수 없을 것이다. 우리 집은 어느 때부터인지 4대 봉사에서 2대 봉사로 줄어들었지만 아직도 팔십이 훌쩍 넘은 남편이 여섯 살 때인지 돌아가셨다는 조부모의 제사를 지내야 한다는 생각은 답답하다. 오히려 집안 조상들의 산소에 가서 작은 비석에 새겨진 그 분들의 생몰연대, 간단한 생애 등을 보면 오히려 현실감이 있다고 할까?

40년 쯤 전에 남편 집안의 소종에서는 여주에 산을 하나 매입한 뒤 여기저기 흩어져 있는 조상의 산소들을 모아서 한군데에 모셨다. 각 집안의 자손들이 이삼 백 년이나 된 산소의 유골을 모아서 거대한 묘역을 형성하는 것이 별로 마음에 들지 않았지만, 종친회라는 곳에서 당연히 그렇게 결정을 하고 실시했다. 몇 번 생각해도 납골당을 만들고 모두 화장을 해서 모셨으면 좋았을 것이다. 우리 집안의 종손인 아들은 요즈음 봉분이 있는 산소에 가서 벌초를 하는 집은 자기 주변에는 자기 밖에 없다고 하면서 부친에게 압력을 가하지만 정작 그 분은 별 반응을 보이지 않으신다. 지난 번 벌초 때도 소종의 종친회에서 일을 하는 분들에게 윗대의 산소들을 정리한 뒤 납골당에 안치시키고 산소가 있던 자리는 공원화 하면 좋겠다고 했지만 별로 반응이 없었다. 세어보지는 않았지만 50명 정도 되는 기골이 장대한 후손들이 예초기, 낫, 괭이, 호미 등 연장을 들고 와서 봉분과 주변을 정리하는 것이 흐뭇했던 모양이었다.

선대의 무덤들을 이장하는 과정에서 4대조 할아버지의 무덤에서 자그마한 크기의 지석(誌石)이 하나 나왔는데 썩 마음에 들었다. 백자에 남색으로 돌아가신 분의 인적 사항과 행적을 한문으로 써서 구운 것이었다. 내가 특별히 돌이나 나무 등을 좋아하기도 하지만, 그 지석이 무덤에서 나왔을 때 오랜 세월을 뛰어넘어 후손인 우리에게 전해지기를 바라는 마음으로 보여서 새삼스러웠다. 내가 남편보다 조금 늦게 세상을 떠난다면 남편의 행적과 그가 살아온 날에 대해 지석 하나를 마련하여 뒤에 오는 자손들에게 전하고 싶다. 아주 간단하게 후손들이 지켜주었으면 하는 가치관을 남기고 싶은 생각이 생뚱맞은 것인가? 살아가면서 자식들에게 몇 마디 말로 남기는 것이 미진하다고 생각되어 자기에 써서 구워 전하려는 것일까? 누구든지 이 세상에 왔다가는 사람으로서 사방 한 자도 안 되는 자기에 자신의 삶을 써놓겠다는 것이 부질없다고는 말하고 싶지 않다. 곧 흙이 되어 없어질 육신이니 이런 소망 하나쯤은 가진다고 염치없다고 하지 않았으면 한다.

상당히 오래 전부터 서울 외곽 염곡동이나 광릉 근처에서 사셨던 남편의 집안이 지석을 남기실 수 있었던 것은 여주, 이천 등 도자기 가마가 있던 곳이 가까워서 가능했던 것이 아닌가 싶기도 하다. 도자기라고는 하지만, 조선 백자처럼 곱고 우아한 자태를 지닌 것이 아니고 두께 일 센티, 가로 세로 이십 센티 정도 크기의 평평한 자기에 글씨를 써서 구운 극히 실용적인 판이었다. 박물관에 가면 지석만을 모은 방이 있던데, 그것도 조상의 무덤을 이장하거나 정리하는 과정에서 나왔을 것이다. 그에 비하면 호남 지역의 옹기는 부엌 용기에 다양하게 사용된 것으로 보인다. 간장, 고추장 등 염장을 보관하는 용기들을 비롯하여 크고 작은 항아리들이 부엌과 장독대에 즐비했던 기억이 있다. 나는 나이가 들어서도 별로 소용에 닿지 않는 큰 항아리들을 구해서 집 한쪽에 놓아두고 오며 가며 보면서 흐뭇해한다. 눈이 온 뒤 항아리 뚜껑이며 불쑥 나온 항아리 배 언저리에 수북하게 쌓인 눈은 다 녹을 때까지 기분을 푸근하게 한다. 지난겨울에는 일없이 마당에 나가 눈 덮인 항아리를 바라보다 들어오기를 몇 번이나 했다. 배가 부른 남도 항아리에 겨울에는 말린 나물이며 북어, 미역 등을 넣어두고 사용한다. 앞으로도 내가 그 큰 항아리에 간장을 담글 일은 없을 테니 마른 것들을 넣고 보관하며 사용할 것이다. 좀 작은 것은 소금항아리로도 사용하며..

교통이 원활하지 못했던 지금실에서 서울 왕래가 잦았다는 한학자였던 증조부의 삶에 대해 후손인 우리가 아는 바가 별로 없다는 것이 조금도 이상하지 않다. 외람되지만 기껏해야 서당에서 동네 아이들에게 천자문이나 동몽선습, 명심보감 정도의 기초 한문을 가르치셨을 분들에게 한학자라고 명명하는 것은 요즘 상황에서는 상당히 부풀려진 것으로 들리기도 한다. 증조부는 40마지기 정도의 농사를 짓는 중농 집안의 어른으로서 서당 훈장 노릇을 하며 훈도들로부터 생활에 도움이 되는 정도의 쌀이나 돈을 받았을 것으로 보인다. 그 분의 손주이신 우리의 부친이나 숙부들이 어른들로부터 전해 들은 바에 의하면 증조부는 벼슬길을 찾아 서울 나들이가 잦았다니 어떤 어른이셨을지 감이 잡힌다.

증조부는 외부와의 교류는 좀 있었던 것으로 생각되지만 사회 변화에는 별 관심이 없으셨던 것 같다. 오로지 촉각은 서울을 향해 있었던 것으로 보이며, 그분은 봉건 왕조가 지속될 것을 믿어 의심치 않았던 것 같다. 위로 따님을 세 분이나 낳으신 뒤에도 그 연세에 아드님을 낳으시려고 애쓰셨고, 드디어 득남에 성공하신 뒤 다시 서울 출입을 하신 것은 조선 왕조처럼 당신의 집안도 대가 끊기지 않은 것에 자족하신 것일까 하는 생각을 해본다. 당신의 조상 김회련(金懷鍊)이 이성계의 조선왕조 개국에 공을 세워 공신녹권(功臣錄券)을 받았으나 내부 분쟁에 휘말려 죽임을 당하고 부인이 아들 하나와 몸종을 데리고 남쪽 정읍까지 내려와 자리를 잡고 살게 되었다니 한양에 대한 생각이 있으셨나? 그러나 증조부가 유교적인 질서에 매어 있었던 것은 분명해 보인다.

바로 같은 동네에서 지척에 살던 김개남 장군이 엄청난 생각을 품고 있었지만 우리 증조부는 전혀 다른 생각을 하고 지내셨던 것 같다. 우리 증조부나 김개남 장군이나 같은 도강 김가 김회련의 후손이다. 증조부가 늦은 나이에 어렵게 낳으셨던 나의 조부도 풍채가 좋으시고 한학을 하시고, 종손으로서 위상도 확고했던 것으로 보였지만 현실에 대한 깊이 있는 사고를 하지는 못하셨던 듯하다. 정감록 신앙에 관심을 가지셨던 것으로 전해지지만 민간신앙으로서 유포되었던 부분에 경도되었던 정도가 아니었을까 생각된다. 주변 어른들에게 전해 들은 바 당신의 부친이 절대 왕조에 의해 희생당했을 지도 모른다는 생각이 지배했을 것이며 역성혁명(易姓革命)에 대한 막연한 기대 같은 것에서 정감록 신앙에 관심을 갖지 않으셨을까도 싶다.

나는 조부님과는 함께 생활하지 않았기 때문에 할아버지에 대해 아는 바가 별로 없으나, 고등학생 때 내가 어버이날 부모님께 쓴 편지에 대해 할아버지께서 과한 칭찬을 해주셨던 기억이 난다. 우리 집안에서 어렸을 때부터 할아버지의 위상은 절대적이어서 어린 시절 글을 잘 쓴다고 한 말씀 해주신 것이 나에게는 두고두고 힘이 되었을지도 모른다. 손주들과 같이 살지 않는 조부모의 추억은 칭찬으로 기억되면 좋을 것이다. 그래도 할아버지의 칭찬 한 마디보다 담당 선생님의 칭찬이 절대적인 힘을 발했음은 물론이다.

내가 시댁 조상의 무덤에서 나온 지석 하나에 대해 의미를 부여하고 호기심을 보인다고 해서 일 년에도 몇 번씩 찾아오는 제사를 즐겨하는 것은 결코 아니다. 10대 종손인 남편의 본분으로 생각하며 기제사와 설날과 추석에 이십 명 이상의 형제와 조카들이 모이는 북새통을 화목한 가정의 전형으로 위장하고 싶지는 않았다. 오히려 세계적인 역병인 코로나가 3년간이나 우리 주위를 맴돌아 부엌에서 나를 구원해 준 것에 감사한다. 며느리의 친정어머니인 안사돈은 나와 같은 연배인데 "우리도 나이 들어 힘들다."며 나의 시어머니와 시아버지 두 분의 제사를 딸에게 지내라고 강권하셨고, 며느리도 강하게 그렇게 하겠다고 했다. 맞벌이를 하는 며느리에게 결코 그러고 싶지는 않았지만 며느리가 "음식 준비하는데 3시간이면 충분하다"고 해서 받아들이기로 했다. 만들어 놓은 음식들을 사기도 하고, 부부가 하루 또는 반나절 휴가를 내어서 같이 제물을 준비하는 모양이었지만, 제사 음식 준비에 3시간이면 충분하다는 며느리의 말은 지금도 여전히 놀랍기는 하다. 솔직히 이 나이에 좀 놀래는 게 낫지 허리를 두드려가며 제사 음식 만드느라고 부엌에서 종종걸음을 치는 것은 면하고 싶다. 시부모님의 제사에는 중학생 손주와 초등학생 손녀가 번갈아 가며 현대문으로 고쳐 쓴 축문을 읽고, 몇 번의 절을 하고 다같이 식사를 한 뒤 헤어진다. 남편이 흡족해 하고,

나머지 자손들이 만족해하는 것으로 조상에 대한 예의는 다 했다고 확인하며.

1998년 경북 안동에서 택지조성을 하다가 발견된 무덤에서 1586년에 이응태의 부인 원이엄마가 써서 남편 무덤에 같이 장사 지낸 한글로 쓴 편지를 보고 놀란 적이 있다. 가로 58.5센티 세로 34센티의 작은 한지에 빼곡하게 쓴 편지에는 남편을 향한 지극한 사랑이 드러나 있다. 짧은 글이지만 남편의 장례를 앞두고 글을 써넣어 같이 보내려는 생각을 어떻게 했을까? 무덤 속에는 머리카락을 사이사이에 끼워서 같이 짠 미투리도 있었고, 복식사에 중요한 자료가 될 수 있는 의복도 여러 점 같이 발굴되었다고 한다. 참으로 놀라운 부인이다. 서른 한 살 나이에 유복자가 뱃속에 있는 상태에서 자신이 할 노릇을 저리도 꼼꼼히 챙길 수가 있다니? 남편에게 당신이란 말 대신에 '자내'라고 쓴 것도 특별하다. 안동 지역에서 언제까지 그렇게 표현을 했는지 모르지만 호남지역에서도 그렇게 부르는 것을 들어본 듯해서 관심이 갔다.

미투리를 만들 때 자신의 머리카락을 사이사이에 끼워서 만들었다는 것은 별로 특별하게 보이지는 않았다. 우리 어머니 대에서도 머리카락은 집 밖으로 그냥 버리질 않으셨으니 400년 전에는 당연했을 것이다. 다리가 불편하셔서 앉아서 하시는 침선을 즐겨 하셨던 시어머님은 한쪽은 붉은 비단에 목단을 수를 놓고, 반대편 한쪽은 바늘을 꽂기 쉬운 삼베로 바늘꽂이를 만드실 때 안에는 머리카락으로 채우셨다. 어른이 하시는 일이라 보고만 있었지만 마땅치는 않았다. 미장원 바닥에서 잘려 나간 머리카락을 볼 때처럼 불결하다는 생각이 앞섰다. 그러나저러나 시간 날 때마다 어머님이 만들어 놓으신 삼십 개도 넘는 골무를 어떻게 하나? 50년도 더 전에 혼수로 가져온 얌전하게 볼을 박아서 만든 버선도 한 죽이 넘는데 어떻게 처리해야 할지 난감하다.

　중학교 때 쯤 지금실에 갔을 때 할아버지는 같이 사시는 사촌오빠에게 서당에서 배운 천자문을 담뱃대로 한 자 한 자 짚어가며 물어보시던 기억이 난다. 물론 아래 지금실을 지나 신작로를 따라 조금 걷다 보면 신촌 평사리 어디인가에 있는 국민학교에 다니던 사촌오빠가 서당에서 한문을 배우던 것은 과외 공부 수준이었다. 당시 부모들은 한문을 좀 아는 외지에서 온 어른에게 동네 아이들을 모아 기초 한문을 가르치게 하셨던 것으로 기억한다. 외지에서 왔지만 상당 기간 동네에서 머무르는 훈장에게 어느 집에서도 공짜 밥과 잠자리를 제공하기는 어려웠을 것이다. 알음알음으로 외지에서 들어온 남자 어른이 글줄이나 읽고 쓸 수 있다면, 서당 훈장 삼아 동네 어른의 집 행랑채에 기거하게 했다. 훈장은 아이들에게 기초 한문이나 좀 가르치고, 힘깨나 쓸 수 있으면 머슴과 함께 집안 농사일을 돕기도 했다.

　그 때에도 공부에는 별 흥미를 느끼지 못했던 사촌 오빠는 천자문을 줄줄이 외우기는 했지만, 할아버지가 중간에 있는 글자를 하나하나 짚고 물어보시면, 하나도 대답하지 못했다. 암기력이 제일 뛰어났던 시기에 가락을 넣어 4자씩 이어지는 천자문을 줄줄이 외우는 것은 쉬웠지만, 개별 글자에 대한 이해는 전혀 하지 못했던 것이다. 내가 시골 서당 훈장에 대한 존경심을 가지지 못하는 것은 어렸을 때 보았던 사촌 오라버니의 한문 습득 능력이 보잘 것 없었던 것에서 비롯된 것일지도 모른다. 그때에도 다만 기계적으로 천자문을 외우게 하는 것이 무슨 의미가 있을까 싶었다. 무명 보자기에 책 몇 권과 필기도구 등을 싸서 어깨에서 허리춤까지 사선으로 묶은 뒤 두 손은 바지 호주머니에 넣고 학교로 뛰어가던 사촌오빠도 이제는 많이 늙었다.

　신학문은 말할 것도 없고 새로운 교육제도로 학교 교육이 한참 진행되던 때에도 지금실에는 서당 훈장이 존재했다. 지금실 같은 산골에서는 서당 훈장은 그저 삶의 양식이었던 것으로 보인다. 서당 훈장은 이 마을 저 마을 돌아다니며 구리무나 바늘, 실 같은 여성들이 사용하는 잡화용품을 팔고 다니는 방물장수와 유사한 역할을 했던 것으로 보인다. 서당 훈장은 가을 농사가 끝난 뒤 마을에 들어와 한겨울을 지내고 가는 것으로 보였는데 그들이 외부 소식을 물어오는 역할도 하지 않았을까 싶다. 방물장수가 여자들의 이야기를 물어왔다면 서당 훈장은 남자들의 이야기, 세상 돌아가는 이야기를 가져왔을 것이다. 내가 어렸을 때도 지금실에 가보면 아주머니들이 머리에 팔 물건을 보따리에 이고 와서 남자 어른들 모르게 집 뒤 툇마루 한 귀퉁이에서 옹색하게 앉아 물건을 사고팔았다. 닷새에 한번 씩 장마당에서 장이 섰지만 여자들은 쌀이나 보리쌀 한두 되를 퍼주고 소용에 닿는 물건들을 비밀스럽게 샀다. 쌀 대신에 깨나 콩도 퍼주었다.

작은어머니는 물건을 팔러 온 아주머니에게서 물건을 사지 않고 곡식 값을 돈으로 받기도 했다. 원시적인 상행위의 시작이었다. 자식들은 많고 끊임없이 손을 벌리는 아이들에게 어머니들은 몇 푼씩이라도 쥐어 주기 위해서는 끝없이 돈이 필요했을 것이다. 지난 가을 남녘에 내려갔을 때에는 그 지역에서 생산하는 농산물로 만든 음식을 파는 식당 한쪽에 다양한 곡식들이 옛날식 둥구미에 담겨 쌓여 있었다. 아주 오래 전 아버지가 전주 성당 앞에서 쌀과 곡식 등을 팔 때의 모습과 같았다. 여러 개의 둥구미에 콩이며, 팥 등이 작은 산 모양으로 쌓여 있었다. 마트에서 파는 비닐에 포장된 곡식이 아닌 것만 해도 정이 갔다. 그래도 살 수가 없었다. 먹지도 못하고 더운 날씨에 바구미가 생길 것이 두려웠다. 하기는 냉장고에 곡식을 보관하기 시작한 지도 오래 되었다.

서당 훈장은 대부분 어느 마을에 들어오면 한 겨울을 지내고 가야했기 때문에, 마을에 여분의 방이 있는 집에 기숙하거나, 서당에 다닐 수 있는 또래의 아이들이 두서넛 되는 집에서 기식을 하며 지냈다. 서당 훈장들은 외부에서 들어오기 때문에 나름 바깥 세계의 이야기를 전달하는 통로였을 것으로 보인다. 그래보았자 동네 어른들과의 알음알음으로 연결되어 들어오는 분들이니, 그 지역에서 많이 벗어나는 타지에서 오는 경우는 드물었을 것이다. 그럼에도 바깥 세상에서 외진 마을로 들어오는 서당 훈장들이 변화하는 세상에 대해 가져오는 때 지난 소식들도 성인이 된 남자들에게 자극이 되었을 것이다. 지금실에 살던 김개남을 비롯한 남자들이 외부에 촉각을 곤두세우고 들으려고 했던 것은 세상 돌아가는 소식이었을 것이다. 답답한 상황에서 확인하고 싶은 이야기는 자신들이 직접 나섰겠지만, 서당 훈장이 가져오는 자잘한 소식들은 확대되고, 축소되며 그들의 삶에 파고들었을 것이다.

동학에 관심을 가지셨던 순창 숙부의 말씀으로는, 전봉준 장군은 전주에서 태어나 완주군, 정읍군 등지로 주거지를 옮기면서 서당 훈장을 했다고 한다. 순창 숙부가 당신이 태어나기 30년 쯤 전에 일어났던 혁명에 대한 관심이 특별했음은 그 분의 성향 탓이기도 하지만, 노년이 되어 지금실에 기거하기 시작하신 것이 원인이었을 것이다. 이제 지금실에 낙향하여 김개남 장군에 관심을 가지셨던 숙부의 연배가 된 내가 직계 증조부와 김개남 장군의 관계에 관심을 가지는 것은 동시대를 살았던 두 인물에 대한 관심이 우선할 것이다. 지금실이라는 그 작은 마을에서 48세와 42세, 장년의 두 남자가 전혀 다른 길을 선택했던 것은 두고두고 놀라웠다. 5촌 당숙 질 간인 두 남자는 가장 가까운 사이이었음에도 전혀 다른 선택을 하였다. 가까운 종친이었음에도 집안에서 그 분들이 처했던 상황이 달랐고, 무엇보다도 세계관의 차이가 있었을 것이다.

혁명가 김개남은 우리 증조부 대신에, 인근에 있는 지역을 가족과 함께 옮겨 다니며 서당 훈장을 하던 전봉준과 의기투합하며 교감하고 거사를 도모했다. 전봉준의 첫째 따님은 그의 부친과 남은 형제들이 고부에 있을 때, 결혼을 한 뒤 지금실로 와서 살았다고 한다. 거의 일 년 가까운 시간 동안 지속되었던 혁명이 실패로 끝난 뒤에 전봉준 장군의 일족은 몰살당할 위기에 처하게 되자, 혼인한 둘째 딸과, 아들 둘이 지금실에서 사는 큰딸 고부댁에게 와서 살게 되었다고 한다. 혁명 실패 후 결혼한 누나의 집에 와서 3남매가 같이 기거했지만, 상황이 심각해지자 딸은 행방불명되고, 아들 둘은 병사한 것으로 전해진다. 전봉준의 가족이 풍비박산되었음을 알려주는 이야기이다. 아무리 호남지역이 타 지역에 비해 논농사가 풍족하다 해도 나이 든 친정 동생들이 셋이나 결혼한 누나의 집에 얹혀 지낸다는 것은 쉬운 일은 아니었을 것이다. 특히 혁명이 진행되는 동안 집집마다 혁명군이 휩쓸고 지나간 뒤에는 곡식이 바닥이 났던 것으로 전해진다. 혁명이 끝난 뒤 전봉준 장군 일가는 큰 딸인 고부댁의 딸만 남았을 뿐이었다. 전봉준 큰딸의 세 딸 이름은 금례, 연례, 꽃례이었지만, 외조부의 험한 죽음은 살아있는 내내 그들의 가슴에서 떠나지 않았을 것이다. 외조부의 죽음이 손녀들에게는 너무 어린 나이였거나 또는 태어나기 전의 일이라 그저 가슴에 와 닿지 않는 풍문으로 떠돌아다니는 과거의 일이었을까? 그랬을지도 모른다. 어렸을 때나 또는 본인이 태어나기 전에 돌아가신 조상을, 현재 자신의 삶 속에서 실존 인물로 받아들이기는 어려웠을 것이다.

그에 비하면 김개남 장군의 집안은 자손이 대부분 살아남았다. 경제적으로는 힘이 들었어도, 형님이 자결을 한 이외에는 후손들의 명맥이 유지되고 있으니 다행이라고 보겠다. 역적질을 하면 삼족을 멸한다는 옛말이 다행히 김개남의 집안에서는 조금은 피해간 듯해서 그나마 다행이라 하겠다. 그것은 시대적으로 혁명 발생이 근대에 가까워서 그럴 수도 있고, 외세의 침략으로 나라가 극도의 혼란 속으로 진입했기 때문일 수도 있다. 이처럼 나라가 혼란스러운 상황이어서 그랬는지 시대가 근대에 가까워서 그랬는지 알 수 없지만, 전통적인 방법으로 온 가족에게 형벌이 가해지지 않은 것은 그나마 다행이었다.

갑오년 당시 지금실에 사셨던 장년의 한 남자분이 아들로 면면히 이어져 내려온 집안을 이어 나가야 한다는 지극히 사적인 사명감에 매달리고 있었을 때, 다른 한 분은 당대 사회의 변화를 추구하는 일에 목숨을 걸었다. 그러나 두 분은 모두 같은 해에 돌아가셨다. 공통점이 있다면 두 분 다 험하게 돌아가셨다는 것이다. 우리 증조부는 전혀 예상치 못했다가 당한 죽음이었으니 그 놀라움은 말할 수 없었을 것이다. 그에 비하면 김개남 장군은 활동하는 내내 언제나 죽음을 예감하고 있었을 것이다. 김개남 장군은 죽을 수도 있지만 혁명을 꼭 해야 한다고 생각했을 것이다. 그가 바라는 사회 변화에 대한 열망은 지금실이라는 작은 산골 마을과는 전혀 어울리지 않는 꿈이었을지도 모른다. 산으로 둘러싸인 그 작은 마을에서 대화가 통하는 동년배의 사람들도 많지 않았을 곳에서 그가 한 생각과 행동은 혁명의 원형이었다. 자생적으로 태어나고 실천한 그의 혁명 의지는 외부의 영향을 받았겠지만 판단은 독자적으로 스스로 했을 것으로 보인다. 극히 폐쇄적이고 외부의 영향도 받기 힘든 제한적인 상황에서 외롭고 힘든 투쟁을 어떻게 지속시켰을까? 죽을 수도 있다는 공포감이 얼마나 시시각각 그를 압박했을까? 그는 그 공포와 직면하며 혁명을 진행시켰다.

그러한 혁명 의지가 형성될 수 있는 근거는 주변 환경을 비롯한 여러 요인이 있었겠으나, 봉기를 하게 된 궁극적 이유는 독자적인 결단으로 보인다. 당대는 걷거나 말을 타는 정도의 기동성이 있었을 뿐인 상황이었다.

그럼에도 마흔 두 살이 될 때까지 봄부터 가을까지 들에 나가 일을 해야 부모를 봉양하고, 자식들을 기를 수 있는 농부가 어떻게 그 많은 일을 조직하고 사람들을 설득하는 일을 할 수 있었을까? 그는 열심히 노력하고 실행하면 자신의 목표를 실현하고 원대한 꿈을 이룰 수 있다고 생각했을까? 얼마나 외로웠을까? 성공의 가능성보다 패배의 조짐이 여기저기에서 감지되었을 텐데도 그는 포기하지 않았다. 아니 포기할 수 없었을 것이다.

내가 그 나이이었을 때에 대학교수가 되겠다는 오로지 그 일만을 생각하며 살다가 나이 제한이라는 절벽에 부딪혔을 때 느꼈던 그 절망감을 잊을 수가 없다. 김개남 장군의 원대한 꿈과 나의 사적인 욕망과는 감히 비교할 수 없는 것이지만, 좌절되었을 때의 죽음 같은 절망감은 유사할 듯싶다. 농사를 짓는 과정에는 협업이 당연히 요구된다. 개인 소유의 땅에서 소출도 개인의 것으로 이어지는 농사를 조상 때부터 평생 해왔을 테니 익숙한 일이었겠지만 많은 인원을 집단으로 동원하고 지휘하며 혁명을 이끌어 나가는 일은 비교할 수 없다. 그러나 농사를 포함한 집안일에서 김개남 장군의 경우는 장자인 형님이 있었으니 우리 증조부만큼 압박감이 심하지는 않았을 것이다. 그럼에도 혁명군을 모으고 앞에서 지휘를 해야 하는 그 일은 그 나이가 될 때까지 해보지 않던 일이었고, 더구나 지도자가 되어 투쟁에서 승리해야 하는 과업은 과중한 일이었음은 분명하다.

태생이 농부였던 인물이 전혀 훈련되지 않은 대원들을 이끌고 부분적으로라도 투쟁을 성공시킬 수 있었던 것은 본인의 높은 뜻과 대원들의 간절한 소망이 있었기 때문일 것이다. 대장으로서 김개남이 한 일은 그들의 욕구를 자극하여 전력투구하도록 유도하는 것이었을 것이다. 이는 그의 지휘관으로서의 능력이고 정치력이다. 농민들이 힘을 합해 투쟁하는 것은 온 땅이 들고 일어나는 것이다. 이 추운 겨울에 트랙터를 몰고 저 남쪽에서부터 남태령을 넘어 올라온 전봉준 투쟁단의 모습은 장엄하다. 130년 만에 다시 움직이는 동학 혁명단의 모습을 보아야 하는 현실이 씁쓸하다.

같은 마을에서 장년의 한 남자가 그 시대의 숭고한 뜻을 실천하기 위해 전력투구하는 동안 다른 한 남자는 집안의 명맥을 유지한다는 명분을 달성하기 위해 아들을 낳은 뒤 한양을 드나들었다. 그때 태어나 백일이 안 되었던 우리 조부가 우리에게 남겨주신 것은 우리가 이 세상에 존재하게 한 것이 아닌지 모르겠다. 나는 백일이 안 되어 부친이 비명횡사한 어린아이, 곧 우리 조부의 스물여덟 명 되는 손주들 중에 한 명이다. 나는 신문을 읽어보라고 일방적으로 지시하셨던 할아버지 옆에서 몇 번인가 신문을 읽어드렸던 기억과 어버이날 학교에서 내준 부모님께 쓴 감사 편지를 들어보시고 칭찬해 주셨던 기억이 있을 뿐이다. 조부는 그 시절 우리 신문이 한자가 섞여있어서 그것을 시험하셨을 지도 모른다.

존재 자체로 지엄하신 할아버지와 열대여섯 살의 손녀는 상호 이야기를 주고받을 수 있는 대상은 아니었다. 지금실에서 할아버지는 거의 엉덩이까지 흘러내리는 한복 바지를 입으시고 나막신을 딸각거리시며 마당을 걸어 다니시던 모습이 기억에 남았을 정도이다. 한번은 할아버지 몰래 나막신을 신어보았지만 무척 불편했다. 할아버지가 나막신은 신으셨지만 짚신을 신으신 것을 본 적은 없다. 우리에게 할아버지의 말씀이라고 전해지는 것은 보증을 서지 말라는 정도였다. 당신 평생에 보증으로 낭패를 보신 경험이 있으셨는지 모를 일이었다. 지금 생각해도 당당하시고 수려한 외모와는 달리 특별한 가르침을 주셨던 기억은 없다. 정신적인 가치를 추구하는 어떤 말씀은 없으셨을까 하는 생각을 해보았지만 그것은 내 희망으로 끝났다. 조부님이 보증을 서지 말라는 말씀을 인생의 좌표로 남기신 것은 '전원일기'의 회장님 댁 마루인가에 걸려있던 가화만사성(家和萬事成)처럼 우스웠다.

나한테 전원일기의 회장님 가족의 분위기는 '가화만사성'보다는 훨씬 품격이 있어 보였기 때문이다.

우리 부친은 조부님보다 좀 더 구체적으로 "친한 사람들과의 돈거래는 돌려받지 않아도 되는 만큼만 하는 것이 옳다"는 말씀을 하셨던 듯하다. 시대가 점점 상업 경제로 변화해 가는 시대에 사셨으니 그랬을 것이라는 생각을 해 본다. 그래도 자식의 입장에서 생각하는 정신적인 가치와는 거리가 있었다. 훗날 아버지가 밥상머리에서 해주셨던 말씀은 대부분 이광수, 김동인의 소설에서 나오는 고사가 대부분이셨다. 그 소설들을 얼마나 감명 깊게 읽으셨는지 짐작할 수 있었다. 내가 험난한 시대를 살아오셨던 부친을 포함한 조부, 증조부에게서 좀 더 괜찮은 모습을 찾아내려고 하는 것은 후손으로서 기대하는 바람일 것이다. 그분들이 살아오셨던 시절이라는 것이 남루하고 상투적인 그런 삶을 요구했던 것은 아닐까 하는 생각을 해본다. 그 시대에 천편일률적인 가훈 '가화만사성'처럼 동네 이발소마다 걸려있던 밀레의 그림 '만종'이 강요하는 분위기가 있다. 생활 방식은 농사에서 점점 멀어져 가는데 그 그림은 뜬금없었다.

정년퇴직 후 지난 몇 년간 작은 땅에서 농사라고 짓다 보니 늦은 가을 김장 배추까지 뽑고 텅 빈 밭을 바라볼 때 저절로 고개가 숙여지고 기도하는 자세가 되는 것을 알게 되었다. 강요된 감사가 아니고 마음에서 우러나는 감사였다. 우리 조상들도 그 시대를 살아내셨다는 것만으로도 고개 숙여지는 것은 아닌가 하는 생각이 든다. 하기는 우리 부부도 자식들에게 정신적인 가치가 충만한 어떤 말도 해본 적이 없다. 앞으로도 없을 것으로 보인다. 그저 우리들의 살아가는 모습으로 보여줄 것이다. 삶이란 그런 것이 아닐까 하는 생각이다.

우리 부모님은 1916년과 1917년에 출생하셔 14-5세에 혼인을 하시고 곧 지금실에서 걸어서 2~30분이면 가실 수 있는 신촌 평사리로 제금을 나셨다고 한다. 분가를 하신 것이다. 평사리 집에서 자식 다섯을 낳은 뒤 식솔을 끌고 전주로 가셨고, 전동성당 앞에서 딸과 아들 하나씩을 더 낳고, 또 몇 년 뒤에 두 분의 나이 40세, 41세가 되어 서울로 이사하여 부친은 45년, 모친은 그보다 12년을 더 사시다가 돌아가셨다. 평사리에서 전주로 이사를 가실 때는 다섯 번째인 내가 돌도 되기 전이었다고 한다. 96세에 돌아가신 친정어머니를 제외하고는 시부모님 두 분과 친정아버지까지 세 분이 모두 84세에 돌아가셔서 그 나이가 웬만한 수를 누리시는 한계인가 하는 생각을 해왔다. 지난 20세기에는 우리 부모님처럼 태어나신 고향에서 결혼을 하신 뒤에 단계적으로 조금씩 넓은 곳으로 이동하시는 과정은 다른 가족들도 유사했던 것으로 보인다. 우리 가족은 전주 전동성당 앞에서 8년 정도를 살았고, 그 집에서 내 밑으로 2명의 동생이 더 태어났다.

부모님이 1950년대 중반 일곱 명의 자식을 데리고 서울로 오신 것은 대단한 대이동이었다. 3남4녀의 형제들과 부모님을 합해서 9명이 우리 가족 이었다. 내 위로 오빠와 언니들이 결혼을 한 뒤에도 우리 모두는 언제나 9명이 우리 가족이라고 생각했다. 그 고집스러운 사고는 같이 고생하며 살아온 혈맹이라고 생각해서였을까? 분명한 혈맹이었다. 우리 가족의 이주 역사는 20세기 중반, 전쟁이 끝난 뒤 이 나라 남쪽 지방에서 살던 사람들이 서울을 향해 옮겨가는 전형적인 단계를 그대로 보여주는 것이었다. 78년 전 내가 태어나자마자 신촌 평사리를 떠나 전주 전동성당 앞으로 올 때부터 우리 가족의 생업은 농업에서 상업으로 바뀌었다. 내가 태어난 이후 우리 부모는 농사를 작파하고, 상업으로 생계를 꾸리셨다.

아버지는 서울로 올라오신 뒤 서울 사람들이 모두 땅을 차지해서 지방에서 올라온 사람들은 너무 불리하다는 말씀을 하셨던 기억이 난다. 마치 불공정 게임을 하게 된 것은 서울 사람들이 모두 땅을 차지하고 있어서 그런 것으로 생각하시는 것으로 보였다. 그러나 이 말씀은 누대에 걸쳐 물려받은 땅의 소출로 생활하던 농경사회에서 떨어져 나와 갑자기 산업사회로 뛰어든 가족이 숙식을 할 수 있는 집을 확보하기가 너무나 어려웠음을 고백하신 것으로 보인다.

젊으셨을 적부터 서울과 경기도 경계 지역에서 국민학교 교장선생님으로 근무하셨던 시아버지는 1930년대에 양재역 인근의 학교에 실습지로 사용하라고 조상부터 내려온 땅을 기부하셨다. 동아일보 한 귀퉁이에 아버님 사진과 함께 실린 작은 기사를 보았지만 그 땅이 있었더라면 자식들이 셋방을 그렇게 오랫동안 전전하지는 않았을 것이라는 생각은 해본 적은 없다. 근 100년 전의 일은 그저 아득한 과거일 뿐이었다. 평생을 교직에 몸담고 계셨던 아버님이 그때는 그 땅이 그렇게 사용되는 것이 좋겠다는 생각을 하셨을 것이다. 고마운 일이 아닐 수 없다. 친정 부모든 시부모든 그 분들의 세대에서는 땅이 생활의 기본이었다. 이십 대 중반에서 삼십 대 초반에 결혼을 한 우리 세대에서는 잠실 같은 곳에 새로 짓기 시작하는 연탄 아파트가 삶의 터전이었다. 우리 부부는 강북에 있는 학교에 출 퇴근을 해야 해서 강북에서 전세방을 구해서 살았다.

국민학교 저학년까지 전주에서 살던 시절 나에게 서울은 현실의 공간이 아니었다. 어른들은 손바닥으로 아이들의 귀와 뺨을 꼭 잡은 뒤 높이 올려서 서울을 보여주었다. 눈으로 보이지 않는 머나먼 어느 곳인가에 서울이 있다고 생각하고 믿었다. 그 서울을 향해 자식을 일곱이나 끌고 자전거 한 대 값 정도의 돈을 들고 서울을 향하셨다니 우리 부모님의 결단도 동학 혁명군에 못지않았다. 아버지는 전주에서 다섯 살도 안 된 여동생을 잃었다가 일주일 만에 찾으셨을 때도 자전거 뒤에 동생을 태우고 의기양양하게 돌아오셨고, 서울에서도 자전거에 물건을 잔뜩 싣고 미아리고개를 넘어 종로까지 다니셨다. 지금처럼 차가 그렇게 많지는 않았지만 꽤 먼 거리를 날마다 자전거로 종이봉투를 싣고 다니셨으니 대단하셨다. 아버지는 더 나이가 드신 후에 진작 자동차 운전을 배우지 못한 것을 애석해 하셨던 것을 보면 속도감이 있는 탈 것들에 대해 관심이 많으셨던 듯하다. 아버지는 그렇게 열심히 일을 하셔서 식구들을 먹여 살리셨다.

어머니도 그 작은 체구로 백 장씩 묶은 무거운 종이봉투를 머리에 이고 미아리고개를 넘어 다니셨다. 나도 중학교에 들어가기 전 상당히 오랫동안 어머니를 따라서 작은 보따리를 머리에 이고 다니며 도왔다. 다양한 크기의 봉투는 값이 모두 달랐지만, 암산으로 어머니를 도와드리는 일을 잘 할 수 있었다. 시장 상인들의 칭찬을 들으며, 장바닥에서 시커먼 기름에 튀겨서 파는 다시마튀각이며 어묵을 얻어먹는 것을 좋아했다. 나중에 대학생이 되어 여름 강화도인가로 캠프를 간 적이 있었을 때 22킬로짜리 밀가루 포대를 머리에 이고 운반했던 적이 있다. 인솔자로 가신 젊은 신부님이 놀라시는 표정으로 바라보던 모습이 기억난다. 나보다 10년 먼저 태어난 세대라면 대부분 피난 보따리를 머리에 이고 걸어야 했다. 너무 무거운 물건을 많이 이어서 어머니의 목이 줄어들 거라며 걱정을 했지만 들은 척도 하지 않으셨다. 어머니는 자식들에게 좀 괜찮은, 음식을 먹이겠다는 일념으로 모든 힘든 일을 마다하지 않으셨던 듯하다. 훗날 생각해도 시장에서 엄마를 따라다니며 도와드리는 것이 별로 부끄럽거나 창피하지 않았다는 것은 참 다행이었다. 빠른 암산 실력으로 엄마를 도와드릴 수 있었다는 것이 좋았다.

결혼 후에 남편의 얘기를 들어보니 본인이 다녔던 중고등 학교에는 북쪽에서 내려온 친구들이 반 이상이 되었다고 했다. 이제 80세가 훨씬 넘은 그 친구들은 해마다 고향 사람들이 모이는 향우회에 출석한다. 우리 동네에 있는 이북5도청은 모두 그런 분들을 위한 모임들을 하는 것으로 보인다. 그뿐인가? 20세기 초부터 미국, 남미 등으로 이민을 간 사람들은 얼마나 많은지? 20세기 중반에 좀 더 수준이 있는 교육을 목적으로 미국과 유럽으로 자식들을 보낸 경우가 있었지만 그 이전에는 생계를 위한 노동 이주가 대부분이었을 것으로 보인다. 그래도 1950년대 초 한국전쟁의 와중에 미국에 가신 분들을 보았을 때는 마음이 좀 복잡했다. 한국전쟁이 발발했을 때 유엔군이라는 이름으로 이 나라에 참전한 외국 젊은이들이 많았는데 어떻게 자신들의 나라에서 일어난 전쟁을 피해서 미국으로 갈 생각을 했을까? 우리 부모님의 용기는 서울까지였다.

전쟁이 막 끝난 서울에서 중년의 나이에 일곱 명의 자식들과 함께 살아내신 부모에 대한 감사의 마음은 자식들의 가슴에 언제나 맑은 시냇물처럼 흘렀다. 어떤 때는 내 자식들이 우리가 떠난 뒤, 나를 포함한 우리 형제들이 부모를 생각하는 마음의 일부분 만큼이라도 느껴주었으면 하는 생각을 해본다. 운전을 하고 어디를 가다가, 좋은 풍경을 바라보다가, 문득문득 부모를 생각해 준다면 좋겠다는 생각을 한다. 아들이 결혼을 하고 아이 둘을 낳은 뒤에 초등학교에 들어간 손주가 자기 가족이 네 명이라고 해서 서운했던 기억이 오래 가기도 했다. 할머니, 할아버지를 가족으로 포함해서 생각하지 않는 것이 얼마나 단단하게 머리에 박혀 있는지 수정 불가하다는 것을 곧 알았다. 우리 부부는 결혼해서 전세방에 중학교와 고등학교에 다니는 시동생 둘을 데리고 있어야 했지만 시동생 둘을 가족이라고 생각을 안 해본 적이 없었다. 시동생들을 많이 사랑해서가 아니라 밥을 같이 먹는 식구라고 생각해서였던 듯하다. 꼬박꼬박 한 달에 쌀 반 가마, 40킬로그램을 사야 했던 것이 너무 힘들어서였을 것이다. 이제는 쌀 4킬로그램만 있으면 잡곡

346

을 섞어서 한 달을 지내는 듯하다. 이십 대 중반에서 시작된 내 청춘은 쌀을 사고 익히고, 반찬을 만드는 중대한 과제를 수행하는 시간이었다.

우리 어머님은 큰 아들인 내 남편은 집안 가장이고 모든 동생들은 큰 아들인 우리의 책임이라고 생각하셨다. 어머님이 돌아가시고도 한참 후에 남편이 전하는 말을 듣고 놀랐었다. 어머님은 우리가 결혼하자마자부터 월급봉투를 당신에게 가져올 것을 요구하셨다고 했다. 나는 한 번도 그럴 마음이 없었기 때문에 어머님의 요구를 그때 들었다면 우리의 결혼 생활은 더 힘들었을 것이다. 결혼 후 일 년 동안은 남편의 조교 월급과 내 시간 강사료로 살아야 했다. 어느 때인가는 시간강사 내역이 찍혀있는 봉투를 쓰레기통에 버린 적이 있었는데 그때 어머님이 그 봉투를 보시고는 "얘는 이 돈을 받으려고 그렇게 새벽에 다닌단 말이냐"며 비웃으셨다는 말을 듣고 오랫동안 분했던 기억이 있다. 강사료가 많지도 않았지만 두세 곳을 돌아다니며 강사 노릇을 하는 고단함이 가족에게서 부정당했을 때 참 힘들었던 기억이 난다. 하기는 지방 어느 국립대에서는 강사료를 천원 짜리로 예전 편지 봉투에 가득 넣어서 준 적도 있었다. 빈약한 액수가 미안해서 그랬나 하는 생각도 든다.

그래도 해마다 시부모님의 산소에 가면 손주들에게 정성껏 설명한다. "이 산소의 할머니는 네 아빠를 정말 사랑하셨단다." 아이들이 얼마나 기억할지는 모르지만 해마다 산소에 가면 반복하게 된다. 사실 어머님은 장손인 내 아들을 많이 사랑하셨다. 시부모님의 산소에 갈 때마다 내가 반복해서 그랬는지 올해는 손주가 가운데 자리에서 할머니에게 절을 하겠다고 했다. 부탁할 말씀이 있다고도 했다. 내년 봄에 산소에 가면 또 반복할 것이다. 사실이기 때문이다. 며칠 전에는 아들 집에 아들과 손주가 좋아할 것 같은 음식을 보냈더니 며느리가 "어머님께서 이 세상에서 제일 사랑하시는 두 아들이 보내주신 음식을 맛있게 먹었습니다." 하는 문자와 함께 사진을 보내 주었다. 며느리가 나이가 들어가며 시어머니의 마음을 이해하는 것으로 보였고 문자로라도 전해드려야겠다고 생각하는 것으로 보였다. 우리 아버지는 서울에서 집이 없이 사시는 것이 얼마나 힘드셨는지 자식들이 결혼한 뒤에는 꼭 집을 사도록 하셨다. "날아다니는 새들도 밤이 되면 돌아갈 집이 있단다." 같은 말씀을 하시면서 집을 사야 하는 것을 강조하셨다. 사실 나의 아버지만이 아니라 이 나라 모든 부모들의 생각이 다 그런 시대였던 듯하다. 1970년대 초반 결혼을 한 대부분의 사람들은 집을 사는 것에 총력을 기울였다. 그 시대를 살았던 사람들은 집을 사기 위해 뜨거운 중동이나 동남아시아 건축 현장에 가서 몇 년씩 일을 하는 것은 보통이었다. 우리도 몇 년간 전세방과 전셋집을 전전하다가 은행에서 융자를 받고 새로 산 집의 일부를 세를 주고 하는 방법으로 집을 샀다.

부모님이 자식들을 끌고 서울에 올라온 뒤 상당히 긴 시간 동안 우리 4자매는 한 방에서 큰 이불 하나를 덮고 지냈다. 가운데 있는 방에서는 부모님이 막내 남동생을 데리고 주무시고, 구석에 있는 방 하나에서는 오빠들과 서울에 와서 대학엘 다니는 큰오빠의 친구도 끼어서 잤다. 딸 넷이 한방에서 잤던 기억만 확실하지 다른 방에서 어떻게 자고 있었는지는 잘 생각이 나지 않았다. 얼마 전에 대구에서 올라와 대학을 졸업한 어떤 후배가 방 2개인 집에서 남자의 방과 여자의 방으로 나누어 살았다고 해서 너무 반가웠다. 동지 같은 느낌이 들었고, 같은 시대를 살았다는 생각에 정이 갔다.

결혼 초에는 주인집 2층으로 올라가는 계단 밑 연탄아궁이에서 밥을 해먹으며 강의를 다니기도 했다. 일어설 수 없어서 앉은 자세로 조금씩 움직이며 상을 차리고 설거지를 했지만 당연한 듯이 그렇게 살았다. 친구들의 경우

남편들이 외국에 나가서 거액의 돈을 벌어온 경우에는 얼마 안가서 회사를 그만두는 것으로 보였다. 모은 돈을 이리저리 움직여서 작은 사업들을 했지만 성공한 집들은 많이 보지 못했다. 우리 세대는 이 세상에 나온 목적이 집을 사는 일인 듯 모두 그 일만을 위해서 살았다. 하기는 요즘 젊은 세대는 어떤가? 조금도 낫지 않은 것 같다.

내가 졸업을 하고 강의를 해야 하는 학교가 강북에 있어서도 그랬지만 강남 아파트에 진입하는 것이 두렵기도 해서 강북에 있는 주택에서만 살았고, 현재 살고 있는 집은 사십 년도 넘게 살고 있다. 어떤 친구는 강남과 분당을 오고 가며 우르르 몰려다니는 아파트 부녀자들을 쫓아 참 정신없이도 다녔다는 말을 솔직하게 해서 웃었던 기억이 난다. 이 나라 70대 할머니들의 집을 향한 추적으로 보여서 씁쓸했다. 우리 부부가 딸과 아들이 초등학교 저학년부터 살았던 이 집을 손주들이 고향처럼 생각하고 지켜주기를 바라는 것은 무슨 마음일까? 몇 번의 이사로 고향이 없는 아이들에게 고향을 만들어 주고 싶은 마음인가? 하기는 3년이 넘게 지속된 코로나 역병으로 음식점도 술집 출입도 어려웠던 시절에 아들은 친구들과 함께 우리 집 2층 구석방을 차지하고 몇 번이나 술을 마시다 갔다. 초등학교 때부터 드나들던 한적한 주택가의 옛집이 아들과 친구들에게는 고향처럼 느껴졌을 것이다. 어떤 이유로든 50대를 바라보는 자식과 친구들이 부모의 집을 찾아오는 것은 감격스러운 일이다.

나의 증조부와 김개남 장군도 현재의 우리 아들과 비슷한 나이였다. 같은 마을 바로 위 아랫집에 살면서 그 분들이 얼마나 서로 현실의 모순에 대한 이야기를 나누었을지는 알 수 없다. 곧 50살을 바라보는 아들과 친구들은 부모님 집 2층 한구석에서 술을 마시며 무슨 얘기를 나누었을까? 나라의 장래를 걱정하지는 않았을 것이다. 자신들의 장래가 더 불확실한 시대이고,

자식들의 학교생활이 더 걱정스러웠을 것이다. 자식들을 낳지 않아서 학생 수도 많이 줄었다는데 우리 자식들은 아이들의 교육이 인생 최대의 목표인 듯 정신이 없다. 저렇게 대단한 노력을 기울여야 대학이라는 곳을 보낼 수 있다면 어떻게 자식을 낳으라고 쉽게 얘기할 수 있겠는가? 취업해서 가족을 부양하는 노력과, 집을 장만하는 데 들이는 노력과, 아이를 대학에 보내는 노력을 모두 합하면 이 세상에서 못할 일이 뭐가 있을까 하는 생각도 든다. 남북통일도 가능할 것이라는 생각을 해본다. 인생에서 가장 중요한 시기에 나이 든 자식들이 매진하는 일은 다분히 소모적이다. 우리나라만이 아니고 세계의 많은 나라들의 삶의 양식이 많이 유사한 것 같지만 우리나라 는 좀 더 심한 듯하다.

현재 초등학교부터 대학교까지 기본으로 학생들에게 요구하는 것이 영어 구사 능력이다. 방학을 이용해서 아이들을 영어를 사용하는 나라들에 한두 달씩 영어 캠프를 보내는 것이 다반사로 되었다. 요즘은 말레이시아에 영어 캠프를 갔다는 말을 자주 듣는다. 중국인, 인도인, 말레이인이 같이 살아가 는 다민족 국가에서 편의에 의해 사용되는 그 나라 영어가 이상하게 변질되 었다는 것은 대부분 알 것이다. 그럼에도 말레이시아에서 그런 프로그램을 지속적으로 하고 있는 것은 우리와 유사한 조건에 있는 나라에서 영어에 대한 수요가 있는 것을 아니까 그런 프로그램을 만들었을 것이다. 한국과 유사한 나라는 뭐니 뭐니 해도 중국으로 보인다. 영어 캠프에서는 3주 정도 어린 학생들을 기숙사에서 생활하게 하면서 집중적으로 영어를 훈련시킨다 고 한다. 귀국한 뒤에는 영어로 교육하는 특수학교에서 중고등학교 과정을 이수한다고도 들었다. 빠른 속도로 변화하는 한국 교육의 현실이다.

1980년대에 말레이시아에서 '동방정책'(Look East Policy)이라는 용어를 사용하며 중국, 일본, 한국의 산업화 과정의 성공 사례를 배우려고 이런 나라들에 젊은 공무원들을 파견하여 언어를 먼저 배우고, 산업 현장에 가서 몇 달씩 연수를 받게 하였다. 이제는 역으로 말레이시아의 세 민족이 소통을 위해 공용어로 사용하는 영어를 우리 아이들에게 가르치면서 수익을 얻는 것으로 보인다. 역사적인 관계 등으로 해서 말레이시아는 뉴질랜드, 호주, 캐나다, 영국 등으로 쉽게 연결되고 유학을 가는 것으로 안다. 요즘 한국에서는 방학 동안의 캠프가 아니어도 가족이 떨어져 있으면서 아이들을 말레이시아에서 교육시키는 가정도 꽤 있다. 이 시대 결혼을 하고 자식을 가진 부모라면 영어와 대학을 향해서 뛰어다녀야 한다.

호남평야에서 농사를 짓고 생계를 해결하며 살아왔던 사람들 속에도 체제에 대해 불만을 가질 수밖에 없었던 당사자들인 소작 농민과 노비, 백정을 비롯한 천민들은 체제 타파의 소망이 절실했다. 그런 집단을 혁명군의 주동 세력으로 동원한 것은 김개남의 뜻이었다. 근대화 과정에서 민중의 시대를 염원하는 외침이 세계 곳곳에서 일어나고 있었지만, 이 땅에서 외부의 영향, 특히 외국의 정치적 영향을 받아서 그들의 뜻을 실현하려는 움직임이 있었다는 것은 상상하기가 어렵다. 그들이 행동할 수 있었던 근거는, 1894년에 태어나신 우리 할아버지 대에 이르러서도 여전히 사랑방의 선반 위에 오랫동안 쌓였던 한문 서적이 전부였을 것으로 보인다. 동시대의 인물들이 쓴 책이라면, 강진에 유배되었던 다산 정약용을 비롯한 실학자들의 글을 읽었을 가능성은 짐작해 볼 수 있다. 그밖에 최제우가 쓴 〈용담유사〉(龍潭遺詞)를 최시형이 일반 서민들이 읽을 수 있도록 한글 가사체의 글이나 우리 식 언어 표현에 맞춘 의사 한문(疑以漢文)체의 글을 통해 시대의 흐름을 숙지했을 것이라는 생각도 해볼 수 있다.

우리 집안이 도강 김가이면서 강진 김가이었으니 오랫동안 다산 정약용의 유배지였던 강진과의 인연은 생각해 볼 수 있지 않을까 한다. 그 시대를 살았던 의식 있는 젊은이들이라면 19세기 초부터 정약용을 비롯한 실학자들이 주장한 봉건적 모순 극복의 필요성이나 시대적 변화 양상 등을 가늠할 수 있었을 것이다. 이 나라의 남쪽 끝에서 귀양살이를 했던 지식인들의 책에서 동시대에 소외된 사람들로서 공감하는 부분들이 있었을 것이다. 나도 어렸을 때에는 내 이름의 '용(鏞)'자를 한 자로 어떻게 쓰느냐고 물으면 정약용의 용과 같은 한자를 쓴다고 말하곤 했다. 무의식중에 흠모하는 마음의 표현이었는지 모른다. 특별히 한양에서 멀리 떨어진 강진에서 귀양살이를 한 다산의 경우 개혁의 대상으로서 집권 세력을 생각한 듯하며, 민중을 어떻게 통치하고 보호해야 할 것인가에 특별한 의식을 가졌던 것으로 보인다. 이론적인 실학자들이 19세기 초부터 시대의 문제점을 지적하고, 이를 해결하기 위해 저술 활동을 했을 것이다. 실학자들이 당대의 문제점을 밝혀 내는 일에 앞장섰다면, 훗날 전봉준, 김개남을 비롯한 혁명군들이 그들의 이념을 실천해 보려고 나섰던 것으로 생각해 볼 수도 있을 것이다.

이론적으로 약한 혁명군이 자생적으로 꿈틀거리는 힘을 표출한 것은 그들이 가진 것이 없었기 때문에 우선 힘으로 일어서야겠다고 생각했을 것이다. 그들은 관으로부터 처벌받을 때 빼앗길 아무것도 가진 것은 없었지만 그들이 가진 유일한 것 생명을 걸어야 했다. 혁명군은 목숨을 걸고 싸웠다. 혁명군이 1년 가까운 시간 동안 투쟁하는 장소를 이동하며 저항할 수 있었던 힘은 그들의 목표를 꼭 이루어 내어야겠다는 투지가 있었기 때문이었다. 혁명의 목표 달성은 전봉준보다 김개남이 더 절실하게 생각했던 것으로 보이며, 이를 아는 혁명군의 다른 지도자들이 그가 백마를 타게 하는 것을 전적으로 지원했을 것으로 보인다. 그럼에도 근 일년여에 걸쳐 엄청난 희생을 치르면서 진행되었던 혁명은 허무하게 끝났다. 혁명은 역사의 전환을 이끌어 낼 수도 있는 중요한 사건이었으나, 농사를 짓고 가족과 집안 살림을 돌보며 생계를 책임져야 할 가장들에게는 과중한 부담이었음은 말할 것도 없을 것이다.

혁명이 끝나고 개남장군이 처형당한 뒤 그의 유일한 형님이 자살로서 생을 마감했고, 부인은 지금실에서 멀리 떨어진 친정에 숨어 지낸 것으로 전해진다. 개남장군이 처형당하고 한참 후에 남은 가족은 도강 김가 집성촌인 정읍 지금실에서 종친들의 도움으로 끼니를 이을 수 있었다. 남자도 없는 집에서 혁명이 진행된 꼬박 일 년여 동안 논농사, 밭농사를 누가 지었을 것인가? 중농 정도는 된다고 해도 호남평야 너른 들판에서 해를 건너 먹을 만큼 곡식의 비축량이 있었다고 보기는 어렵다. 혁명의 와중에 개남장군은 혁명군을 이끌고 지금실 본가에 들러 집안의 곡식을 다 소진시키고, 김칫독을 다 비우고 갔다고도 한다. 당연한 일이었을 것이다. 그 많은 혁명군을 먹이기 위해서는 어느 집이든 쌀과 김치가 있는 곳이면 가야 했을 것이다.

지금실 우리 할머니 김치는 언제나 칼칼했다. 눈썹이 초승달 같았던 할머니 권안열 여사는 제사 지낼 때 올리는 제편과 김치를 아주 잘 만드셨다. 제편은 거칠게 빻은 콩가루나, 깨, 붉지 않은 팥 등을 켜켜이 뿌려 얌전히 만드셔서 반듯하게 칼로 자르면 허투루 버리는 것이 하나도 없었다. 김치도 아주 잘 담으셔서 길쭉길쭉한 조선 배추로 담은 김치는 국물이 별로 없이 썰어서 그릇에 담으면 맛이 좋았다. 신건지라고 불렀던 동치미는 무와 무청에 양념과 간을 한 뒤 물을 붓고 남녘에 흔한 대나무 잎과 줄기를 맨 위에 덮어서 다 먹을 때까지 시원한 맛을 맛볼 수 있었다. 물컹한 찐 고구마와 같이 먹기에는 둘 다 최고였다. 어렸을 때 몇 번 먹었을 뿐인 할머니 댁의 김치와 떡의 모양과 맛이 정확하게 기억에 남는 것을 보면 미각과 시각이 오래도록 기억에 남는 모양이다.

우리 할머니 댁과 유사한 음식을 먹으며 평생을 살았을 개남장군의 가족들은 그분이 처형당한 뒤 오랫동안 그 평범함을 유지하며 살아내기도 힘들었다. 가족과 아울러 동참했던 모든 혁명군이 희생한 결과로 혁명을 이끌 수 있었지만 백 년이 넘는 세월이 흐른 뒤에도 그들에게 영광스러운 날은 없었다. 갑오년 그해 이후로 김개남의 집안도 벌써 몇 대의 후손들이 이어졌지만 그들의 남루한 생활은 조금도 나아진 것 같지 않았다. 그 후손들이 힘든 생활 속에서도 우리 사회에 자긍심을 가질만한 역사 인식의 변화가 있었는지도 모르겠다. 지난 50여 년간 민주화 과정에서 한국 민중사에 대한 생각들이 여러 차례 피력되었지만 이는 인간 개개인에 대한 가치를 중요시하는 근대적 사고와 더 연결될 것이다. 우리 사회에서 민중은 사회 구성원 거의 대부분을 차지한다. 봉건왕조의 끝자락에서 동학 혁명이 일어난 그 시간은, 민중이 처한 사회적 여건은 절망적이었으며, 세계사적인 흐름에서 나타나는 변화의 조짐이 천주교 등의 유입과 지식인, 혁명가 등에 의해 자생적으로 일어났던 것으로 보인다.

동학이 어디에서 근거한 혁명이었는지는 한마디로 단정 짓기는 어렵다. 또 그들의 인도주의적인 태도와 죽음을 무릅쓰고 싸워온 투쟁에 대한 평가가 일반인들에게 객관적이고 우호적이었는지도 확신하기가 어렵다. 근대사에 있어서도 호남지역에 대한 폄하와 편견의 근거가 동학혁명과 무관한 것이라고 말할 수 있는지도 확신하기 어렵다. 형식적으로 해마다 정읍에서 치러지는 갑오동학제 마저 대다수 민중들은 배제된 채 관 주도하에 연례행사처럼 열리고 있는 것으로 보인다. 도강 김가 종친을 비롯한 정읍 인근의 주민들도 오랜 세월 동안 숨죽이며 관에서 처형당한 친척으로 살아온 것은 아니었을까? 어렸을 때부터 아무 생각 없이 "새야 새야 파랑새야" 라는 노래는 청승스러운 목소리로 따라 불렀음에도 김개남 장군이 가까운 종친임을 알려준 집안 어른들은 안 계셨으므로, 그분을 특별하게 생각한 적은 없었다. 어른들은 그저 시절이 흘러가고 그 일이 잊혀지기를 바랐던 것이 아니었을까? 후손들에게조차 그분을 혁명군 장군이 아니라 쉬쉬하며 감춰야 하는 대역 죄인으로 본 것이 아니었을까 궁금하다. 그래서 어느 누구도 그분에 대한 개별적인 이야기를 자손들에게 전하지 않았던 것일까?

그들이 혁명 과정에서 칼과 총으로 관군을 비롯한 적군을 죽일 수밖에 없었던 것을 단순한 살인 행위로 보았을까? 대의명분이 아무리 훌륭했어도 살인을 통해서 이루어질 수밖에 없었다면 온당치 못하다고 생각했을까? 혁명과는 관계없이 이러한 사고가 가족과 친인척들을 지배했을지도 모른다. 성공하지 못한 혁명, 그 혁명으로 인한 역사의 변혁을 확인할 수도 없었다. 아주 오랜 세월이 흐른 후 국가에서 동학에 대한 역사적 사실을 인정하게 된 다음에야 종친으로서 그분의 존재를 인정하게 되었던 것으로 보인다. 지금실에는 시신도 없는 무덤과 기념 공간이 마련되었지만 쓸쓸하다. 기념이 아니라 확인하고 확산되어야 하는 것이 아닌가 하는 소망을 가져본다.

혁명의 씨앗이 움튼 그 작은 땅, 지금실을 생각해 본다. 지자체가 활성화되는 시점에서 지금실은 다만 몇 개의 석주와 볼품없는 가묘로 과거의 행적을 상기시키는 공간이 아니라 민중의 시대가 열리는 원형적인 공간이었음을 알려야 하지 않을까 생각해 본다. 농업 생산이 전 국민의 생계를 책임지는 전통적인 농경사회에서 농민이 들고 일어났다는 것은 전 국민이 일어난 것과 같은 것으로 해석된다. 동학혁명에는 사농공상의 신분 서열에서 나라에서 녹을 먹는 사람들을 제외한 모든 계층이 참여한 것이다. 동학농민혁명은 식자 계층인 선비들이 이론을 내세워 주도적으로 끌고 나간 혁명이 아니었다. 전봉준을 비롯한 접주들은 향반 출신이었다. 특별히 김개남은 전라도 향반으로서 혁명의 당위성을 주장한 연설 내용에서 그가 지극히 논리적이고 정치적인 인물이었음을 알 수 있다. 신교육을 받지는 않았지만 혁명 지도자의 한 사람으로서 그가 주장한 바는 혁명군을 비롯한 같은 지도자들 사이에서도 충분히 설득력이 있었다.

동학혁명군의 지도자들은 농민 항쟁을 통해 봉건사회의 모순을 드러내고 변혁을 추진하려고 했다. 혁명군은 신분 문제는 말할 것도 없고, 조세 문제부터 토지 문제에 이르는 봉건사회의 누적된 문제 해결을 지향하고 있었다. 동학혁명은 외적으로는 제국주의의 경제적 침탈에 대항하는 반제운동이었다. 그들이 추진하고자 했던 사회의 모습은 구체적으로 어떤 형태였을까? 지도자급의 인물들이 처형당한 뒤 전개된 우리 사회의 모습에 그들의 피가 어떻게 작용했을까? 김개남 장군이 관할했던 지역의 특성은 여러 가지이겠지만 황제가 있는 중앙에서 멀고, 비교적 광작의 땅에서 소출이 타 지역에 비해 풍족하여 대장이 적극적이고 추진력이 있는 작전을 실시하는데 크게 도움이 되었을 것으로 판단된다. 혁명이 성공적으로 결론지어지지 못한 것이 큰 원인일 수도 있겠으나 전봉준과 김개남 대 접주 두 사람이 각각 처한 상황 등을 생각하면 그들이 나라에 미친 영향은 전체 백성들에게 시대를 인식시킨 것으로 충분하지 않을까 하는 생각이다. 결과론적으로 보면 동학혁명은 근대사회로 전환할 수 있는 가능성을 보여준 것이며 혁명으로 인해 백성들의 의식의 전환이 어느 정도 이루어진 것만으로도 큰 소득이라고 볼 수 있을 것이다.

전봉준, 김개남, 손화중을 비롯한 대 접주들은 진서로 된 고전이든 한글 책자든 책을 읽을 수 있었고, 시대의 변화를 예감할 수 있었다. 무엇보다 훈련되지 못한 많은 혁명군을 이끌고 일 년 가까운 시간 동안 투쟁할 수 있었던 그들의 행위는 숭고하다. 특히 김개남 장군이 결정적인 순간에 뜻을 굽히지 않고 행동하고, 의연하게 죽음을 맞이한 태도는 후에 오는 사람들을 숙연하게 만든다. 물론 스스로 자결을 한 것은 아니지만 그의 행동 뒤에 어떤 형식의 죽음이 기다리고 있을지에 대해서 알 수 있었음에도 그는 행동을 멈추지 않았다. 동학혁명이 혁명군이 원했던 소기의 목적을 달성하지는 못했다 하더라도 그들이 살아가는 사회가 문제가 있음을 노출시킨 것만으로도 충분히 의의가 있다. 동학 혁명은 그 후로 일어난 3·1 운동, 4·19 학생의거, 5·18 민주화 운동으로 이어지는 이 나라 민주화 운동의 근간을 이루었음이 분명하기 때문이다.

동학혁명이 일어난 그때로부터 100년이 더 지난 2010년에 순창에 사는 어떤 할머니의 이야기가 방송된 적이 있다. 그 할머니는 순창에서 100세까지 사시는 동안 놀랍게도 한 번도 서울엘 가보지 않으셨다고 했다. 시골에서 사는 분이 서울을 다녀오시는 데 특별히 여권이 있어야 하는 것도 아닌데 왜 서울엘 한 번도 와보지 못하셨을까? 갑자기 그 할머니의 일생이 궁금해졌다. 5회에 걸쳐 방영되는 텔레비전의 '인간극장'이라는 프로에 나오신 것이니 인내심을 가지고 이리저리 뒤져보면 알 수도 있었겠지만 하지 못했다. 100세의 친정어머니와 같이 사는 70대 중반의 따님은 감자밭에 가서 하루 종일 열 시간 넘게 일을 하면서 벌어온 돈의 액수를 날마다 치부책에 적어 넣었다. 그리고는 지난 일 년 동안 자기가 얼마를 벌었는가를 자랑스럽게 친정어머니에게 말씀드렸다. 두 모녀에게 돈은 상당히 중요한 화제였다. 백세의 친정어머니는 팔십 세를 바라보는 따님이 밭에 가서 일을 하고 늦게 들어오는 날은 말린 콩 다발을 두 단이나 땠으니 가마솥의 물도 따뜻해졌을 것이고 온돌방의 아랫목도 따뜻할 것이니 씻고 자라고 했다. 100세와 73세 모녀의 생활은 극히 현실적이었다. 따님의 남편은 딸 여섯을 낳고 돌아가셨지만 결혼을 하면서부터 장모를 모셨다. 친정어머니는 따님이 생계를 위해 바깥일을 하는 동안 내내 여섯 명의 외손녀들을 길러주셨다. 100세의 친정

어머니는 평생 홀로 되신 시아버지를 지성으로 모셔서 효부상을 받았고, 따님은 그런 친정어머니를 잘 모셔서 효녀상을 받았다고 한다. 아무리 효녀상을 받았어도 70살이 넘은 따님은 친정어머니 때문에 동네에서 모두 가는 단풍놀이 한번 가지 못한다고 푸념을 했다. 그게 사람의 마음일 것이다.

며칠 전에는 아이를 여섯을 낳은 카이스트의 석사 부부가 순창에서 홈스쿨 링을 하면서 아이들을 기르는 이야기가 방송되었다. 한 두 장면만 보아도 그들이 어떻게 생활하는지 얼마나 대단한 젊은이들인지 감을 잡을 수 있었지만 곧 생계는 어떤 방법으로 해결하는지가 몹시 궁금했다. 학원비를 포함한 교육비는 들어가지 않는다고 해도 먹고, 입고, 살기 위해 필요한 최소 비용은 어떤 방법으로 조달하는지 궁금했다. 이 시대에 여섯 명의 아이를 어떻게 낳았을까? 그리고 그만큼 예쁘게 키울 수 있었을까? 아이들 얼굴이 온통 밝으니까 거의 천사처럼 보였다. 아니, 학원이나 성적 걱정을 안 해서 그렇게 예쁘게 보였을까? 여섯 명의 아이들 얼굴에서는 모두 빛이 났다.

그 가족이 성공적으로 그 생활을 10년 20년 이어나갈 수 있다면 한국 교육의 모범으로 좋은 사례가 될 것으로 보였다. 유럽이나 미국 등에서 교육에 대한 특별한 철학을 가진 부모들이 해오고 있는 홈스쿨링 방법이 어떻게 이 나라에서도 성공적인 사례로 안착할 수 있을지 알고 싶었다. 아니, 꼭 성공했으면 하는 마음이 간절하다. 16살 큰 딸 아이가 전남대학교 심리학과에 입학한 것도 좋은 징조로 보였다. 우선 45세의 부부가 가진 강점은 절대적으로 긍정적이고 착한 심성이었다. 인간이 지닌 이런 성향은 인생에서 다른 사람이 가지 않는 그런 특별한 선택을 할 때 기본적으로 갖춰야 할 요소로 생각되기 때문이다. 그 부부는 결혼하고 얼마 안 되어 몽고와 인도네시아에서 선교활동을 한 경험이 있다고 했는데 그때 영어를 습득할 수 있는 기회가 있었을까? 중학교와 고등 학교에 다니는 손주 둘이 있는 나의 관심은 온통 한국의 교육 문제이다. 솔직히 말하면 관심이 아니라 나를 짓누르고 있는 문제이다. 하루 종일, 일주일 내내 직장생활에 힘든 아들 내외가 두 아이를 기르는 일에 전력투구하는 이야기를 들으면 어떻게 도와줘야 하는지 답답해진다. 아무 것도 해줄 수 없기 때문에 더 그렇다. 아들 내외도 그렇겠지만 조부모까지, 할아버지는 모르겠지만 적어도 할머니는 아들 가족을 생각하면 한국의 교육에 화가 치민다.

지난 몇 십년간 나라는 경제적으로는 엄청나게 잘 살게 되었다는데 전체 국민들은 행복하지 않다는 것은 문제이다. 행복하지 않은 것에는 개인에 따라 다르겠지만 많은 가정에서는 아이들의 교육이 문제일 것으로 판단된다. 가정마다 아이들은 집안의 미래인 동시에 희망으로 생각하기 때문일 것이다. 젊은 부부들은 괜찮은 미래를 생각하며 아이들을 낳고 그 아이들에게 온 가족이 전력투구할 것이다. 왜 특별히 아이들의 교육이 한 집안 구성원 전체가 매달릴 만큼 중요한 일이 되었을까? 그것도 다만 대학엘 입학하기 위해서 해야 하는 기능적인 공부를 위해서 부모 자식은 물론이고 대책도 없는 조부모까지 촉각을 곤두세워야 하나? 이제 충분히 그럴 나이가 되었으니 점잖게 인생을 관조하며 보내고 싶은 할머니는 손주 둘을 바라보며 가슴이 답답해진다. 아이들 교육을 자기 스스로 독립적으로 살아가도록 키우겠다는 며느리의 교육철학도 실천 의지도 마음에 드는데 현실이 그렇지 못한 듯해서 많이 답답하다. 컴퓨터게임을 비롯한 전자기기를 통해 이루어지는 모든 행위가 손주를 붙잡고 놓아주지 않는다. 아이의 부모는 시간제한을 두기도 하고, 아빠의 회사에서도 아들아이가 컴퓨터를 열 수 없도록 하는 등 여러 가지 방법으로 규제를 해보려고 하지만, 온 촉각이 한쪽으로만 쏠리고 있는 아이를 이길 수는 없다. 어려운 시대이다.

15년 쯤 전에 결혼을 한 아들의 친구들 중에 결혼은 하지만 아이를 안

낳겠다고 선언한 친구가 둘이나 있었다. 그리고 지금까지 자식을 낳지 않고 살고 있다. 나는 이삼 년에 한 번쯤 아들에게 그 친구들에 대해 물었던 것 같다. "엄마는 걔네들이 헤어졌다는 소식을 기대하는 거야?" 그때 기분이 나빴었는지 아들은 퉁명스럽게 대꾸했다. 나이 든 어머니는 아들의 대답에 잠시 민망해지고 머쓱해졌다. 나는 그 사이 마음이 변해 아이를 낳았는지 궁금해서 물었던 것이다. 어떻게 그렇게 단호하게 그런 선언을 하고 결혼을 할 수 있었을까? 나의 대학교 동창도 아들과 딸이 적당한 나이에 둘 다 결혼을 해서 부러워했는데 자식을 낳지 않는다. 요즘은 인공수정이니 뭐니 해서 간절히 원하면 아이를 낳던데 본인들이 원하지 않는 것으로 보였다. 결혼을 하지 않고 마흔 살이 훌쩍 넘어 쉰 살 가까이 되는 자식들이 하나 둘이 아니다. 우리가 결혼했을 때 즈음해서 그러니까 오십년 쯤 전에 결혼을 하지 않고 정년퇴직을 하는 남자 교수님이 계셔서 참 특별한 분이라는 생각 을 했는데 요즘에는 그런 분이 한두 분이 아니다. 오래전에 혼자 살다 정년 을 하신 교수님은 자신의 모든 재산을 근무하던 대학교에 기증하시고 돌아 가셨다. 자식이 없으면 저렇게 우아하게 삶을 정리하실 수 있구나 하는 엉뚱한 생각까지 했었다.

생명을 낳는 것이 쉽게 결정할 일은 아니지만 우리 세대에는 결혼은 곧 출산으로 이어졌다. 예외 없이 결혼을 하면 아이를 낳는 거라는 생각을 했는데… 자식을 못 낳는 것이 칠거지악에 속하는 시대는 아니었지만 결혼 하고 아이를 낳는 일은 사계절이 순환하듯 당연한 일이라고 생각했는데, 한 세대 후의 자식들의 세대에서는 선택을 할 수 있는 일이 되었다. '바보 같은 놈들이나 자식을 낳지. 똑똑한 애들이 왜 그런 선택을 하겠냐?' 이런 소리들을 하는 걸 들으면 좀 불안하다. '웬만하면 혼자 살지' 마흔 살을 조금 앞둔 사촌 여동생의 결혼식에 참석하기 위해 모처럼 양복을 입으며 내뱉는 아들의 말도 신경에 거슬렸다. 뭐가 저렇게 힘들까? 솔직히 어머니가 그 이유를 모르지는 않는다. 모르지 않아서 답답하다. 이과 전공자였던 아들 동창의 단톡방에서는 가끔 자식들이 해결하지 못하는 수학 문제를 올려서 같이 풀어본다고 했다. 며느리는 너무 바람직한 일이라며 좋아했지만 오랜만에 한두 번 나타나는 일일 뿐이었고 대부분의 시간은 역시 공부를 싫어하는 자식들의 진면목을 확인해야 하는 과정이었던 모양이다. 결혼에 대한 아들의 부정적인 시각, 아들 가족을 만나기가 점점 어려워지는 것은 고등학생인 손주 녀석 때문이다. 왜 이렇게 되었는지 모르겠다. 상위 몇 프로에 속하지 않는 대부분의 아이들이 이런 문제를 끌어안고 있는 모양이다. 경쟁사회의 최첨단에 아이들을 몰아넣고 거기에서 도태되면 그 아이만 불행한 것이 아니라 그 가족 전체가 슬프고 우울해지는 것은 도무지 참기가 어렵다.

학생들에 대한 모든 평가는 시험으로 이루어지며, 아이들은 반복되는 시험으로 평가받는다. 우리도 그런 과정을 겪어왔고, 30년을 뛰어넘어 다음 세대인 우리의 자식들도 그 과정을 겪어왔는데, 그 다음 세대인 손주의 세대에서는 극단적인 상황으로 내몰렸다. 학령인구는 대폭 줄어들었는데 경쟁은 역으로 비교할 수 없이 심해졌다. 할머니가 초등학교에 다니던 1950년대 후반에는 한 반은 85명 정도였고, 4학년까지는 오전반 오후반으로 나누어 공부했다. 아들의 세대에서는 한 반이 50명 정도가 되더니 손주 대에서는 한 반이 25명 정도라고 한다. 지방 읍, 면, 단위의 인구가 줄어드는 지역에서는 폐교가 비일비재하다. 남쪽 농어촌 지역에 답사를 가거나 여행을 하다 보면 역사적으로도 유서 깊은 학교들이 폐교가 되는 경우가 허다하다. 농어촌에 다문화 가정이 많고 어린이집에 다니는 원생들의 반 이상이 다문화 가정 아이들이라는 것은 또 다른 문제이다.

외국에서는 우리나라가 꽤 괜찮은 나라로 평가받는 모양인데 정작 이 시대를 살아가는 우리는 만족감이 형편없이 떨어진다. 국가가 아이들을 양육할 수 있는 여건을 만들어 주는가에 대한 평가에서 한국은 소위 말하는 다른 선진국에 비하면 아주 낮은 점수를 받고 있다고 한다. 아이의 양육을 어디까지를 말하는 것인지 모르겠으나 아이가 학교에 들어가면서부터 시작되는 치열한 경쟁도 양육에 속한다면 부모의 부담은 무한대로 보인다. 학생이 부모와 협업으로, 아니면 자력으로 대학까지 졸업하고 원하는 직장에 취업을 하고 결혼과 출산까지 이어질 수 있는 것은 모든 가족 구성원이 원하는 바일 것이다. 이러한 어른들의 욕망은 20세기에나 가능했을지 모르겠다는 생각이 든다. 21세기에는 꿈도 꾸기 어려운 일일지도 모른다. 운 좋게 전쟁도 피해 왔고, 자력으로 많은 것을 이루고 집도 사고 아이들 교육도 시키고 괜찮은 삶을 살아왔다고 만족스러워 했던 우리 세대의 많은 사람들이 절망하는 것은 자식과 손주들의 미래가 불확실해서인 듯하다. 어려운 상황에서도 희망을 가질 수 있었던 것은 노력하면 발전하는 모습을 가늠할 수 있었기 때문이었을 것이다. 자식들의 세대에서는 결코 그런 낙관적인 전망을 할 수 없기 때문으로 보인다.

불확실한 미래에 대해 좀 더 일찍 감지한 젊은이들이 결혼이나 출산을 피하는 것이 아닌가 한다. 우리나라처럼 출산율이 그렇게 급격한 속도로 떨어지는 일은 세계에서 유례가 없다고 한다. 가까운 시기에 한국전쟁 같은 무서운 전쟁을 치르고, 시시각각 동일 시간대에 전해지는 무서운 세계 뉴스 속에서 어떻게 평화스러운 미래를 기대할 수 있을까? 세계의 무시무시한 상황이 압축된 모습이 이 나라가 아닐까 생각해본다. 그 속에서 살아남기 위해서는 경쟁을 해서 최고가 아니면 안 되는 것으로 판단하는 것으로 보인다. 잘하는 사람들, 열심히 하는 사람들 중에서 한 사람이 되는 것은 노력해서 해 볼 수 있지만 최고가 되어야 한다는 것은 무리한 요구이다. 일찌감치 그 경쟁을 포기해 버리는 아이와 어른들이 너무 많은 듯하다. 노동을 할 사람이 없고, 소비할 사람도 없는 그런 사회로 우리가 만드는 것이 아닌가 생각한다. 이러다가 나라가 소멸되지 않을까 하는 걱정을 하는 사람들도 있는 모양이다.

살아남은 자들의 과제

3년 째 진행되는 코로나 상황 동안 몇 개의 상업 방송국에서 경쟁적으로 실시한 노래 경연대회는 전 국민에게 대단한 위로가 되었다. 수 많은 경쟁자들이 예선을 통과하는 과정도 무척 힘이 들었겠지만 모든 경쟁자들이 몇 번의 다양한 경쟁 과정을 거쳐서 최종 우승자로 뽑히는 과정은 지난했다. 많은 지원자들이 좁혀지는 피라미드의 꼭짓점을 향하여 올라가는 과정은 노래라는 미적 행위를 통해서 이어졌지만 너무너무 치열했다. 한 곡의 노래를 통해서 자신이 최고임을 표현해야 하는 과정은 노래의 아름다움과 감동을 관객이나 시청자들에게 전달하기 보다는 자신의 상품성을 최대한으로 보여주어야 하는 것으로 거의 전쟁 수준이었다.

경연의 진행 과정은 심사위원들 만이 아니라 청중들도 심사에 참여하는 구조였다. 경연자들이 심사를 통과하는 것을 보고 있으면 사는 게 저런 과정인가 하고 생각하게 된다. 노래만이 아니라 많은 분야가 그런 과정을 거쳐서 살아남는 것으로 보인다. '무슨 배틀'이라는 제목이 붙은 춤도 경쟁이 치열하다. 그런 것이 한국 젊은이들이 세계 최고라는 찬사를 받는 퍼포먼스인 듯하다. 사지 육신을 저렇게 자유자재로 움직일 수 있다니 놀랍다. 더 놀라운 것은 그들의 진지한 태도였다. 올림픽 종목에 B-boy 배틀이 포함되어 있는지 궁금했다. 많은 사람들이 집단으로 모이는 것이 금지되었던 팬데믹 기간 동안에 우리는 텔레비전의 수많은 경쟁 프로그램들이 있어서 심심치 않았지만 참가하는 당사자들의 긴장감과 노력을 생각하면 너무나 힘들겠다는 생각뿐이다. 맨 꼭대기, 최고의 자리에 올라가지 않으면 대단한 의미가 없는 그 경쟁이 무서워 보인다.

예능이나 체육 중에서 그 어떤 것에도 재능이 없는 아이들은 공부로 승부를 걸 수밖에 없는 것으로 보인다. 어느 분야에서든 최고가 되지 않으면 의미가 없다는 것이 문제이다. 몇 년 전부터는 전국 의과대학 지원자를 대학 지원자 상위에서 석차대로 자른 다음 다른 학과들에 지원케 하는 분위기로 바뀌었다. 이런 기현상을 어떻게 받아들여야 할지? 앞으로는 계속해서 배출되는 훌륭한 의사들이 모든 국민들의 불치병까지 모두 치료하여 영생불사하는 상황이 될 것인가?

많은 청년들이 직장을 구하지 못하고, 기거할 집을 구하지 못하고, 한 끼 식사비가 부담스러워 편의점이나 길거리 노점에서 해결하는 경우가 많다는 기사 바로 옆에는 어떤 연예인이 강남에 있는 건물을 샀다가 몇 년 만에 팔아서 시세차익을 몇십억을 거두었다는 기사가 아무렇지도 않게 올라와 있다. 그런가 하면 전기차를 개발해서 2년 만에 조 단위의 수익을 냈다는 중년의 남자 분도 있었다. 그분은 전직 방송국 피디였다니 그 정도이면 하늘에서 내려온 사람이 아닌지 모르겠다. 그런 특별한 분과 보통 사람들이 같이 살아가는 곳이 현 사회이다. 현대는 그 모든 경쟁과 개인의 능력들이 모두 노출되고, 정보가 넘쳐나니, 그러한 정보의 홍수 속에서 불안한 자식들의 미래를 생각해서 나온 결론은 취업에 확실성이 있는 극히 제한된 분야로 몰릴 수밖에 없다. 취업을 중심으로 생각한다면 기능적인 몇 개의 학과만이 대학으로서 의미를 지니는 것으로 보인다.

이렇게 복잡하고 혼란스러운 세상에서 현재 우리의 위치를 한번 생각해 보고, 이 시대를 미래에 대한 성찰이 필요한 시점으로 판단하는 것은 인문학을 하는 사람들의 한가로운 주장일 뿐인가? 세상의 변화가 우리를 극단적인 상황으로 몰아가고 있는데, 아무 생각 없이 시냇물에 떠서 흘러가는 나뭇잎 위의 개미처럼 모든 것을 받아들이고 흘러가야 할까? 격랑에 휩쓸리며 작은 나뭇잎에 올라탄 개미의 꼴보다 조금도 낫지 않은 것이 우리의 모습으로 보인다. 어느 분야든지 현재 우리는 극단적인 상황으로 몰려있다. 새로운 전환이 필요한 시기에 도달했음을 부정할 수는 없을 것이다.

외부와의 접촉을 차단하고 집 안에, 자신의 방 안에 은둔하지 않는다고 해도 자연 속에 들어가서 생활하는 사람들이 꽤 많은 것으로 보인다. 정신적 이고 종교적인 생활을 의도하는 경우가 아니라, 모든 경쟁 속에서 생활하는 것에 피로감을 느끼는 사람들이 많은 것으로 보인다. 그들은 극히 제한된 공간에서 제한된 사람들과의 관계를 유지하며 지내는 것으로 보인다. 나이 들어가며 자연스럽게 그렇게 되지만 젊은 나이에 외부와의 관계를 의도적으 로 차단하는 것은 어느 쪽이든지 문제가 있다. 그럼에도 상당히 많은 사람들 이 꽤 긴 시간을 외부와 차단된 채 지낸다. 자연 속에서 지낸다는 것은 명분이고 사람들과 같이 지내는 것을 싫어하는 것으로 보인다. 다른 사람들 로부터 받은 상처가 쌓여서 높은 담이 되어버린 것이다.

우리 나이는 인생을 마무리할 단계에 다가가고 있으니 놀라운 재능을 가진 분들이 만들어 낸 엄청난 결과에 충격을 받지는 않지만 많은 시간을 별로 되는 일 없이 살아왔던 젊은이들이, 그런 분들이 나와서 하는 얘기를 들으면 기분이 어떨까 싶다. 동일 선상에서 평가할 수 없는 모든 가치를 한 번에 올려놓았을 때 그런 질서에 익숙하지 않은 사람들은 혼란스럽다. 혼란이 반복되다가는 관계가 차단되고 도태될 것이다.

요즈음 복권을 사는 사람들이 많은 모양이다. 우리 동네 횡단보도 앞에도 부동산을 하던 자리에 복권을 파는 점포가 들어섰다. 복권만을 팔아서 월세를 낼 수 있나? 나이가 들면 쓸데없는 걱정을 하게 된다. 오지랖이라는 소리를 듣기에 딱 알맞다. 복권은 구멍가게에서 담배와 함께 한쪽 구석에서 팔던 것으로 기억하는데 저렇게 큰 간판을 걸고 도로 전면에 나섰다. 요즈음은 마흔이 넘은 유명 방송국 아나운서가 티브이 예능 프로에서 자신의 일상을 까발려서 재미있게 보는 친구들이 많다. 우리 동네에서 멀지 않은 곳에 있는 홍은동 오래된 주택에 살면서 보여주는 일상의 모습이 재미있었다. 아나운서이기 때문에 카메라에 대해 잘 알 것이었을 텐데 어느 각도에서 보아도 아주 오래되고 낡은 집이었다.

젊은이가 무슨 생각으로 그렇게 오래되고 옹색한 집에서 사는지 궁금했다. 문 밖에만 나가면 수많은 아파트들이 있는데 그 아나운서는 100살이 되신 순창 할머니가 살 것 같은, 자기 나이보다 더 오래 전에 지은 것으로 보이는 집에서 살았다. 그 집을 자신이 번 돈으로 샀다고 했다. 그래서 애지중지하며 자신이 직접 고치고 닦으며 산다고 했다. 그 젊은이는 결혼하지 않았고, 집 주변에 있는 인왕산과 홍제천 변 등 모든 주변 환경을 무척 좋아하고, 달리며, 운동하고, 살아가고 있었다.

나도 돈암동에서 국민학교에 다닐 때는 그와 유사한 형태의 집에서 살았지만 그건 70년도 더 전이었다. 그리고 50년 쯤 전에 시외삼촌이 꼭 그만한 집에서 사셨다. 인왕산 비탈길에 지은 집은 몇 개의 돌계단을 올라가서 집이 있었고, 바위를 좀 깎아내서 벽으로 사용하셨던 기억이 난다. 여름에는 바위에 스며있던 물이 조금씩 흐르는 것이 시원했다. 여름날 외숙모님 댁에 갔을 때는 물이 흐르는 바위에 손바닥을 대고 그 냉기를 즐겼었다. 젊은 아나운서는 우리가 그 옛날 그랬듯이 자연이 주는 구질구질함과 불편함을 즐기고 있었다. 동네에 있는 작은 구멍가게나 동네 시장도 능숙하게 이용하며 잘 지내고 있었다. 참 특별한 젊은이였다,

그 젊은이가 정성스러운 마음으로 복권을 샀다. 한 번만 장난삼아 사는 것이 아니라 정기적으로 정성스러운 마음으로 사는 듯이 보였다. 아나운서처럼 안정된 직업을 가지고 있는 젊은이가 반복적으로 복권을 사는 것이 특별하게 보였으나, 요행처럼 큰돈이 생겨서 넓은 바다 위에서 멋있는 요트를 타면서 지내고 싶은 꿈이 있음을 알 수 있었다. 그렇게 작고 옹색한 집에서 인내하며 지내는 것은 먼 훗날 맞이하고 싶은 화려한 시간을 꿈꾸며 기다리는 것으로 보였다. 현재의 답답한 현실에서 꿈꾸는 미래의 모습은 탁 트인 바다와 요트로 대비되었다. 안정된 직업을 가진 젊은이가 가진 꿈을 실현할 수 있는 방법은 복권 정도가 아니면 안 되는 것으로 판단한 듯했다. 푸른 바다에서 요트를 타고 싶다는 것은 우리 현실에서는 평범한 월급쟁이 젊은이가 가지기에는 많이 과한 것으로 보이지만 꿈을 꿀 수 있다는 것은 좋게 보였다. 그래도 복권으로 꿈을 실현해 보려는 것이 건실한 그 젊은이만의 생각이 아니라 국민의 많은 숫자가 그런 생각을 가진 듯이 보이는 것은 불안스러워 보였다. 부동산, 주식 다음으로 복권이 많은 사람들의 꿈을 이룰 수 있는 기제로 나타난 듯하다. 복권이 우리의 현실을, 특별히 젊은이들의 현실을 구체적으로 보여주는 듯했다.

동학혁명이 일어난 지 130년쯤 지났다. 그들이 피를 흘리고 죽어가면서 변화되기를 원했던 사회의 모습이 이런 것이었을까? 그들이 추구하던 가치와는 전혀 관계없는 것이라고는 말할 수 없을 것이다. 모든 사람이 평등하게 같은 조건에서 경쟁하도록 하였으니 문제가 없다고 할 수 있나? 모든 사람에게 평등하게 부여한 기회를 따라가지 못하고 도태되는 다수의 사람들로 형성된 계층에 대해서는 어떻게 해야 할까?

최제우와 최시형에 의해 전달된 동학의 경전과 가르침이 동학혁명의 동기가 되었을 것임은 분명하다. 그렇다고 동학의 가르침은 그 시대에만 한정되는 것으로는 볼 수 없을 것이다. 동학의 가르침 속에는 노비 해방이나 천민의 신분 질서를 무너뜨리는 혁명적 사고가 내포되어 있지만, 그것은 결국은 그 시대가 가진 모순을 해결해 보려는 의지에서 비롯됐을 것이다. 무엇보다 정신적인 가치로서의 동학의 가르침은 한 시대에만 의미를 가지는 것일 수는 없다. 시대를 뛰어넘어 보편성을 추구하는 가치임이 분명하다. 당시에도 피지배층보다 선진적인 학식과 판단력으로 혁명의 당위성을 지도한 계층이 있었으나, 무엇보다 옳다고 생각하는 일을 죽음을 무릅쓰고 실천한 혁명군을 우선적으로 생각할 수밖에 없다. 무엇보다 그들이 목숨을 걸고 한 투쟁은 개인의 영달을 위해서가 아니고 대의를 위해서 한 행동이었다. 그것도 아직 봉건의 잔재가 사회를 지배하는 그 시대에 그렇게 한 것이다.

젊은이들이 결혼도 안하고 결혼을 해도 자식도 안 낳는 것은 이 시대, 이 사회를 향한 분명한 표현이다. 130년 전에 목숨을 걸고 혁명을 했듯이 이 시대 젊은이들은 결혼을 안 하겠다는 것으로, 자식을 낳지 않겠다는 것으로 자신을 표현한다. 수많은 통계에서 이 나라의 인구가 앞으로 20년 30년 후에는 얼마나 줄어들지 보여주지 않아도 우리는 잘 안다. 지방에 있는 초등학교가 진작부터 폐교를 시작했고 대학이 계속 정원을 채우지 못해 문을 닫는 것을 잘 알기 때문이다. 그때나 이때나 목숨을 걸고 저항을 하겠다는 의지에는 변함이 없다. 130년 전 피를 흘리며 투쟁했던 분들의 소망이 무엇인지 분명했다면, 이 시대에는 소망하는 바가 이루어질 수 없음이 너무나 분명해서 현실을 절망적인 상태로 인식하는 것이다. 젊은이들은 기성세대가 만들어 놓은 왜곡된 사회 구조가 너무 견고해서 어디에도 비집고 들어갈 틈새가 없음을 잘 안다. 지난 2~30년 사이에 우리가 만들어 놓은 틀 안에서는 젊은이들은 결혼을 할 수도 없고 아이를 낳을 수도 없다는 것이다. 현재 우리 사회의 견고한 틀을 만드는데 일조한 것이 IMF와 코로나 팬데믹 등이 있었던 것으로 보인다.

젊은이들은 이러한 절대적인 위기 상황에서 스스로를 지켜낼 수 있는 방안을 찾아낸 것으로 보인다. 스스로가 책임져야 하는 어떤 상대도 만들지 않겠다는 생각인 것이다. 남자든 여자든 법적으로든, 감정적으로든 책임져야 하는 대상을 만들고 싶지 않은 것이다. 우리 사회를 유지할 수 있는 최소 조건인 인구를 확보할 수 없다면 무엇을 논의하고 무엇을 기약할 수 있을까? 이 시대의 젊은이들은 자신들의 문제를 집단으로 광화문광장에 모여 그들의 주장을 펼치지 않는다. 자신들의 주장을 조용히 행동할 뿐이다. 행동하지 않는 것 이상으로 강한 행동이 있을까? 결혼과 출산이 집단으로 주장하기에는 너무 개인적인 문제라고 생각할 수도 있다. 그럼에도 개별적으로 주장하고 행동하는 젊은이들의 숫자는 엄청나서 거대한 물결이 되어 우리 사회를 흔든다. 나라 전체에서 확산되는 소리 없는 아우성은 동학혁명 못지않은 파괴력으로 우리를 압박한다. 그들은 이 시대의 양식으로 저항하는 것이다. 기성세대는 젊은 세대들이 안고 있는 이 문제를 해결하지 않는다면 이 나라는 소멸될 지도 모른다는 불안감을 떨쳐버릴 수가 없다.

현재 우리 사회가 안고 있는 시급한 문제 중 하나는 국가와 사회가 청년들에게 주거 문제를 해결해 줘야 한다는 것이다. 20세기부터 시작된 도시의 생활 양식이 그렇지만, 극도의 빈곤과 최고의 풍요로움이 공존하는 사회에서 부의 편중 현상은 이 시대를 살아가는 구성원 전체를 혼란스럽게 한다. 정보의 홍수 속에서 적당히 외면하고 살아가고 싶은 사람들에게는 너무 많은 것들을 알아야 해서 피곤하다. 그들은 그들 방식으로 살아가고, 이들은 이들 방식으로 살아갔으면 싶지만 그것은 불가능해 보인다. 서울 같은 공룡 도시에서 누구든지 자기들 방식으로 조용히 사는 것은 할 수 없는 일이다.

서울이 아니어도 이 나라 어디에서건, 세계 어디에서건, 삶의 양식은 노출되기 마련이다. 엄청난 정보 홍수 속에서 도시인들은 모두 익명으로 도시 속에 파묻혀 살지만, 이름 모르는 그들이 살아내는 삶은 땅 속에서 꿈틀거리며 지진을 일으키듯이 지층을 흔들어 댄다. 특히 공룡 같은 도시 서울과 주변 경기도에 몰려 사는 많은 사람들의 삶이 불안해 보인다.

대형 인명사고가 빈번하게 일어날 때마다 폭발 직전의 우리 사회를 예시하는 듯해서 매우 불안하다. 사고가 날 때마다 그 자리에 있었던 사람들이 우리 사회를 분할하는 것으로 보이기도 한다. 우리 사회는 그렇게 이들과, 그들로 나누어진 것으로 보인다. 나라의 각 기관에서 하는 수많은 통계에 의해 모든 것을 서열화해서 내가 어디에 있는지 가늠하도록 해준다. 어른들의 세계에서는 경제력으로, 청소년기의 학생들의 세계에서는 성적으로 서열화해서 어느 대학에 들어갈 수 있을 지를 일찍부터 가늠하는 것처럼 보인다. 소위 말하는 스펙이라는 것까지 모두 동원하여 슈퍼컴퓨터에 돌려보지 않아도 답이 나오는 모양이다. 시대의 조류에 편승한 대학은 완전히 비정상적으로 전공을 통폐합 해버려서 대학을 졸업한 뒤 취업을 위해 입사원서를 제출할 때는 그럴싸한 이름으로 보이도록 변형시켰다.

현재 이 나라의 대학은, 20세기 초 대학 교육이 처음 시작되었을 때는 말할 것도 없고 지난 세기 말의 대학 상황에 비해서도 너무 변모되었다. 요즈음 대학은 직업학교와 별반 차이가 없다. 순수 학문인 인문대는 거의 폐과 수준이다. 우리가 대학에 다니고 학생들을 가르칠 때에는 진정한 의미의 대학은 인문대라고 생각해왔지만 이제는 대학에서 인문대는 존속할 필요가 없는 것으로 보인다. 현재 우리 사회에 소속된 구성원들이 짧은 시간에 만들어 놓은 새로운 질서이다. 자신이 가진 경제력은 우리 사회에서 서열 몇 위이고, 자식이 가진 학습 능력은 서열 몇 위인지까지가 중요한 사회에서 인문학이 무슨 의미가 있을까?

하루에 걸쳐서 시행되는 수능이라는 객관식 시험이 정확한 변별력이 있느냐는 질문에 대해 오랫동안 그 일에 참여해 온 교수는 자신 있게 그렇다고 했다. 반평생을 대학에 있었던 본인도 쉽게 수긍하기는 어려웠지만 전문가의 말이니 믿어야 했다. 어떤 정치가는 사석이었지만 대통령도 시험을 봐서 뽑아야 한다고 말하는 것을 들었다. 그분이 학교며 직장에서 성적이 우수했고 한 번도 시험에 실패하지 않은 것을 알고 있었음에도, 그 우월감이 유머로서는 재미있었지만 우호적으로 들리지는 않았다. 수능이라는 시험 결과에 순응하며 지극히 무미건조한 생활에 노동력과 시간을 바치며 살아가야 하는 젊은이들의 미래가 겹쳐졌다. 학습 능력이 뛰어나지도 못하고, 예체능의 어느 분야에서도 재능을 가지지 못한 보통 아이들은 그저 반복적으로, 무미건조한 생활을 할 수 밖에 없다.

특별한 재능도 없이 그저 지극히 평범한 아이가 우리 사회에서 살아가기에는 현 사회 구조는 너무 견고하다. 지극히 이질적인 사람들이 동 시대를 같이 살아가기가 어렵다는 것을 확인시켜 주기라도 하듯 1인 가구는 빠른 속도로 늘어난다. 중고등학교에서는 반 친구들끼리도 거의 대화를 하지 않는다고 한다. 각자 핸드폰을 펼치고 게임을 하거나, 무엇인가를 보거나, 읽고 있기 때문에 친구들과의 대화는 필요하지 않은 것이다. 중고등학교 교사로 근무하는 제자들의 걱정을 통해 세태를 짐작할 수 있다.

우리 자매들은 4명이 한 이불을 덮고 살아온 세월이 무척 길었는데, 요즈음은 한 집에서 부모와 자식이 같이 사는 것도 받아들이지 않는다. 누구하고든 같이 사는 것은 상상도 못한다. 얼마 전까지는 친구끼리 2명 정도는 같은 공간에서 살아가는 것을 허용하는 것으로 보이더니 요즈음은 그런 경우는 거의 없다. 젊은이들이 혼자 사는 원룸이라는 곳을 보면 그 작은 공간에서 살아갈 수 있다는 것에 놀랄 뿐이다. 그래도 그들은 문을 닫으면 혼자일 수 있는 독립된 공간을 원하는 것이다. 그 비용이 만만치 않음에도 그곳에서 살아간다. 혼자 지내고 싶어 하는 도시의 생활 스타일이다. 독립이든, 고립이든, 타인과 같이 지내는 것을 받아들일 수 없다면, 우리 사회의 주거 문제는 결코 해결될 수 없을 것이다. 젊은이들만 그런 것이 아니라 점점 노동이 부담스러운 나이가 된 우리 부부의 경우에도 다른 누구와 같이 사는 것은 상상하기 어렵다.

평범한 많은 젊은이들이 어렵게 취직을 한 뒤에는 출퇴근부터 지옥이다. 은퇴한 뒤 출퇴근 시간에 지하철도, 버스도 탈 일이 없어진 할머니는 오래 전에 아침저녁으로 시달렸던 만원 버스를 까맣게 잊고 있었다. 며칠 전인가 퇴근 시간에 볼 일이 있어서 버스와 지하철을 탔다가 놀란 적이 있다. 내가 그 속에 끼어들어서 살지 않으니 출퇴근 시간의 교통지옥을 전혀 의식하지 않았던 것이다. 은퇴한 지 몇 년 되었다고 새벽에 일어나자마자 학교로 달려가던 시간을 까맣게 잊어버리고 있었다. 우리가 그랬듯이 이 시대 젊은 이들도 똑같이 힘들게 살아간다는 것을 오래간만에 퇴근 시간 만원 버스에서 확인했다. 서울 외곽을 막 벗어나 경기도에서 서울로 출퇴근하는 젊은이들이 서울로 진입하는 게 꿈이라는데. 그 꿈을 이루고 그 직장에서 정년퇴직할 때까지 다닐 수 있을까? 공룡 도시 서울로 진입하고 서울에서 살아남는 것이 이 시대 젊은이들의 목표임을 확인하는 데는 시간이 많이 걸리지 않았다.

우리 시대에는 모두 암묵적으로 정해진 틀에 맞춰서 그렇게 살았다. 아들 딸 구별 말고 둘만 낳아 잘 기르자는 정부 시책을 잘 따르며 살았다. 자식을 낳는 일까지, 정부 시책을 따르며 별 거부감 없이 살아왔다. 정부 시책이 너무 강했나? 세뇌가 되었었나? 특별한 방법이 없었다. 정부의 시책이 아니어도 우리 스스로도 그렇게 해야 된다고 생각했다. 우리 세대는 대부분 대여섯 명 이상의 형제들 속에서 부대끼며 궁핍하게 살았기 때문에 둘 이상을 낳는다는 것에 대해서는 생각하지 못했다. 무엇보다 우리 부모 세대에서는 자식을 안 낳는 의료적인 행위가 일반화 되지 못했기 때문에 많은 숫자의 아이들을 낳을 수밖에 없었을 것이다. 우리 세대에서는 정책적으로 산아제한이 실시되었고 강요되었다. 그런 속에서도 각자가 가진 이유로 셋이나 넷을 낳는 친구들이 있었는데 그때마다 고개를 갸우뚱거렸을 뿐 깊이 생각하지 않았다. 하루 세끼 밥을 먹듯이 두 명의 아이를 낳는 것이 우리의 과제라고 생각했다. 대학원에 입학하고 졸업 논문을 쓰듯이 그 과제를 해치웠다. 나이가 되면 무조건 결혼하고 자식을 낳고, 살아내야 했다. 혼식과 분식을 실천하듯이 암묵적으로 정해진 출산 숫자를 이행하며 대부분의 사람들은 그렇게 살았다. 하던 일이 잘못되어 끼니 걱정을 하게 되어도 밥을 먹여주는 부모도 없었고 게으름을 부릴 수도 없었다. 이런 생각을 한가롭게 하는 것은 은퇴하고 나서 얽매이는 일이 좀 줄어드니 지나간 시간이 새삼스럽게 다가왔나?

과거에 비해 경제적으로 여유가 좀 생긴 것이 요즈음 아이들과 아이들 부모의 생활을 무기력하게 만드는 것일까? 자식들도 그렇다는 생각을 해서인지 손주들에게 의도적으로 결핍에 대한 인식을 심어주려고 애쓰는 모습을 자주 보게 된다. 스스로 노력해서 얻는 것만이 자신의 것이라는 생각을 강조하는 것에 많이 공감하지만 아이들이 얼마나 공감하고 실천할 지는 확신이 없다. 아들 부부의 말로는 끊임없이 많이 노력을 해도 학교나 학원이라는 공동체에 들어가면 기본적으로 그들이 누리는 경제적 풍요로움이 벌써 차고 넘친다는 것이다. 아이들이 노력하지 않았어도 공기처럼 누릴 수 있는 그 많은 혜택이 아이들을 무기력하게 만드는데 일조하는 지도 모른다는 생각도 든다. 아들 부부는 불확실한 시대에 결혼을 하고 자식을 낳았지만 손주들의 시대에 현재 누리고 있는 정도라도 누리려면 많은 노력이 필요함을 알려주어야 한다고 생각하는 것으로 보였다.

스스로 노력해서 무엇인가를 성취해 보지 못하고 무기력하게 살아온 젊은이들이 결혼을 하고 출산을 하고 싶을까? 결혼과 출산이라는 커다란 결정을 관습적으로 해버리기에는 이 시대는 너무 많은 정보와 미래에 대한 불확실성이 젊은이들을 옥죄는 것으로 보인다. 이 시대를 살아가기 위해 온갖 노력으로 의, 식, 주 문제를 해결하고, 대단한 노력과 특별한 재능으로 정년이 보장되는 직업을 갖게 되어 은퇴 후에 연금을 충분히 받을 수 있다는 보장이 된다면 결혼도 하고 출산도 할 수 있을까?

어떤 마음으로 결혼을 하고 출산을 했든 젊은 부부들 앞에는 출산한 아이들을 건강하게 양육하고, 우수하게 교육시켜야 하는 과제가 놓여있다는 것을 잘 안다. 젊은이들은 바로 옆에서 결혼과 출산, 양육으로 비명을 지르며 살아가는 가까운 이웃들이 넘쳐나기 때문에 그런 결정을 결코 쉽게 내릴 수가 없다. 어떤 방법으로든 젊은이들이 생활할 수 있는 주거 공간이 확보되고, 아이들 교육과 입시, 취업에서 자유로울 수만 있다면 결혼과 출산율이 이렇게 떨어지지는 않을 것이다. 이런 소망은 현실을 모르는 은퇴한 노인의 헛소리일 수 있다. 가치관의 변화가 혁신적인 수준으로 일어나지 않는다면 현재 우리가 안고 있는 문제들을 해결하기는 어려워 보인다.

130여 년 전 동학혁명 이후 몇 번의 혁명이 있었지만 대부분이 민주화를 요구하는 정치적인 이슈였다. 정권이 보수에서 진보로 바뀌면 사회를 크게 변화시킬 것으로 기대했지만 보수와 진보 사이를 몇 번씩 오갔어도 근본적인 변화를 이루어 내지는 못했다. 동학혁명이 성공하지는 못했다고 해도 그들이 추구했던 바는 분명했다. 그것은 체제 자체를 전환시키자는 것이었지 지엽적인 문제를 변형시키자는 것이 아니었다. 당시에 봉건시대 사고의 틀을 전환시켜야 한다는 발상은 지금 이 시대가 직면한 위기와 같은 급이 아닌가 하는 생각이 든다. 젊은이들이 결혼을 할 수 없고, 자식을 낳을 수 없다는 판단과 실행은 국가가 존속할 수 없는 상황에서 비롯되기 때문이다.

이 문제가 우리나라만의 문제는 아니라고 해도, 극단적으로 나타난 사례가 이 나라임을 부정할 수는 없을 것이다. 지방에서부터 시작된 초등학교의 폐교와 대학의 정원 미달 사태, 인문학부의 소멸 과정은 처참하다. 폐과 위기에 처해 있는 인문대학 교수들은 그들의 전공을 확대해서 교양과목을 만들기도 하고, 다른 단과대학과 협의하여 유사 과목을 창출하기도 한다. 다양한 방법을 사용하여 정년이 남아있는 교수들이 책임 시간 수를 채우기 위한 작업을 하는 것은 그들의 과제이다. 물론 인문학 교수들의 신규 채용은 특별한 경우가 아니면 정지된 것으로 보인다. 지난 30~40년 동안 신흥 자산가들이 신설한 지방의 대학들이나, 입학 정원을 대폭 증원한 기존의 군소 대학들은 사이즈를 대폭 줄여나가거나 폐교 수순을 밟아야 할 것이다.

고등교육을 끝내고 사회에 나온 젊은이들은 그들이 공기처럼 누렸던 많은 혜택들이 노력 없이 공짜로 주어지는 것이 아니라는 것을 곧 알게 된다. 취업은 어렵고 취업이 되어도 노동 강도는 견디기 어려울 만큼 세다. 주변 여건에 밀려 어렵게 늦은 나이에 결혼을 한 젊은이들은 출산까지 한 뒤에는 악몽 같은 시간을 보내는 것으로 보인다. 훌륭한 시설의 산후 조리원이 있고, 동네마다 어린이집이 있으며, 도우미 아주머니도 쉽게 구할 수 있다는데 현실은 여전히 지옥이다. 그러한 혜택을 누리기 위해 지불해야 하는 비용이 너무 엄청나기 때문이다.

젊은이들은 그 고통을 피하고 싶어 한다. 요즈음 젊은 부부들은 몇십 년 전 그들의 부모 세대처럼 여자의 일과 남자의 일을 구별해서 생활하지도 않는다. 시간이 되는대로 역할을 분담해서 아무리 열심히 일을 해도 가사 노동은 용량이 넘치는 것으로 보인다. 우리 세대까지는 힘이 들어도 어떻게든 해왔던 일들이 현재의 젊은이들에게는 어려워 보인다. 냉장고, 세탁기뿐만 아니라 셀 수 없이 많은 전자제품들이 넘쳐나는데도 노동은 과중하다. 자동차와 함께 그 모든 전자제품을 사는 데는 돈이 필요하고, 그 물건들을 집어넣을 공간인 집을 사기 위해서 그들은 끝없는 노동을 해야 한다. 아무리 서로 사랑하는 젊은 남녀라도 이런 수레바퀴 속으로 섣불리 들어갈 엄두가 나겠는가? 어디에도 빈틈이 없어 보이는 현대 젊은이들의 생활은 참으로 답답하다.

좀 더 일찍 이런 생활을 예측하고 결혼을 주저했던 친구들이나, 자식을 낳지 않기로 했던 친구들은 자신들의 판단이 옳았다고 환호성을 지를까? 결코 그렇지는 못할 것이다. 자신들이 하고 싶었던 일들을 좀 더 자유롭게 할 수 있었고, 자식들의 육아나 교육에 써야 하는 비용이 절약되어 경제적인 여유는 있었을지 몰라도 뭔지 모를 결핍감에서 해방되기는 쉽지 않을 것이다. 젊었을 때부터 어떠한 인간 존재에 대한 기대도 없었고, 결혼, 출산 등의 기존의 생활 양식에 흥미를 못 느끼는 사람이라면 물론 다를 것이다.

우리 세대는 무조건 결혼하고 두 명 정도의 아이를 무조건 출산했으나, 다음 세대는 결혼도, 출산도 선택이다. 무조건 해야 했던 결혼이나 출산이 본인들의 선택에 의해 결정될 수 있다는 것은 그나마 다행이지만, 그 결정이 사회 여건에 의해 결핍 쪽으로 결정이 나는 것은 서글픈 일이고 국가적으로는 국력의 약화로까지 확대된다는 것은 생각해 볼 일이다. 결혼과 출산이 선택이 아니고 필수였을 때에는, 대부분 거의 비슷한 나이에 결혼을 하고, 아들이든 딸이든 2명 정도의 아이를 출산했다. 내 주변에도 딸을 둘을 출산하였다가 세 번째에 아들을 낳은 친구가 두어 명이 있었다. 세 번째까지 딸을 낳은 친구들도 심심치 않게 있었다.

요즈음은 결혼을 해도 임신이 잘 안되는 경우가 많다고 한다. 결혼이 늦어지고, 다양한 환경 요인으로 인해 자연적인 임신과 출산에 문제가 많은 모양이다. 산부인과를 찾아다니면서 몇 번씩 인공수정이라는 방법으로 임신을 하는 경우를 자주 보았다. 50여 년 전 가임기의 여성들은 너무 임신이 잘 되어서 전전긍긍했다. 둘만 낳아 잘 기르자는 정부 시책이 아니어도 육아와 경제적인 문제 등으로 둘 이상의 출산은 어려웠음에도 임신을 피하는 방법이 어려웠다. 피임이라는 단어를 자주 들어야 했고, 우리 세대의 여자들은 보건소나 산부인과 병원엘 가서 복강경 수술로 예기치 않은 임신에서 자유로울 수 있었다. 그런 인위적인 방법에 거부감을 느꼈던 어떤 친구는 스스로 조절을 하다가 몇 번 씩이나 산부인과 병원에서 중절 수술, 낙태라는 것을 해야 했다. 원하지 않는 임신으로 낙태를 여러 번 해야 했던 어떤 천주교인은 나이가 든 요즈음 어린 나이에 임신을 했지만 낙태를 하지 못하게 도와주는 단체에 꾸준히 기부를 하고 있다. 젊은 날 자신이 저질렀던 죄를 용서받기 위해서라고 했다.

국가나 사회가 개인이 결혼을 하고 안 하고를 간섭하는 데에는 한계가 있겠지만, 자식을 낳고 교육시키는 일에는 국민 모두가 나서서 협력해야 할 것으로 보인다. 한 세대나 두 세대 전처럼, 부모와 자식 간에 전통적인 질서에 따라 효도와 부모 봉양의 책임이 주어지고 본분을 다 하는 것도 아닌 시대인데 과거의 양육 방법만을 고수할 필요는 없는 것으로 보인다. 부모와 자식이라는 전통적인 사고로 얽매이지 않는다면 육아의 폭도 넓어지고 노동의 양도 많이 줄어들 수 있을 것 같은 생각이다.

한 사람이 태어나 살아가는 동안 이 세상 가치관의 변화가 너무 심하여 웬만큼 정신을 차리고 생각하며 살아가지 않는다면 혼란스러움을 감당하기 어렵다. 자기 아이를 가르치는 담임 선생님이 아이에게 불공정한 행위를 했다고 하여 교육청에 민원을 넣고, 선생님에게 반복적인 비난과 불평으로 견딜 수 없게 하여 선생님이 스스로 목숨을 끊었다. 그런 선생님이 한둘이 아니어서 사람들을 불안하게 한다. 많은 선생님들이 목숨을 끊지는 않아도 유사한 정도로 힘이 들어서 검은 옷을 입고 시위 현장에 나와서 그들의 고통을 호소한다. 동학혁명 때처럼 이 시대에도 자신들의 고통을 호소하는 사람들은 모두 목숨을 걸고 하고 있다. 목숨을 걸지 않으면 자신들의 목소리가 모든 사람들에게 들리지 않을 것이라고 생각하는 것이다.

그들도 시위 현장에 나오기 전에는 자기들의 주장을 외쳤을 것이다. 그럼에도 전혀 응답이 없어서 마지막 방법을 쓸 수밖에 없게 된 것이다. 생명을 걸고 싸움을 하는 것은 개인적으로는 패배를 자인하는 것이지만 자신들의 문제를 공론화하는 데에는 성공했다고 보겠다. 아직은 자신들의 문제를 표면화하기 위해 스스로 목숨을 끊는 사람들의 죽음을 무시할 만큼 이 사회가 무신경하지는 않기 때문인가? 교사들의 자살이 학내 문제를 공론화하기는 했지만, 이미 한 생명이 죽었음에도 그를 죽게 만든 대상에 대한 수사는 미진해 보인다. 교사들의 죽음을 흐지부지하게 만들 만큼 특별한 위치에 있는 분들은 그 책임에서 교묘하게 피해 가는 것으로 보인다. 사회 전체가 몇 분의 교사들을 죽게 만든 그 원인은 밝힐 필요가 있다. 젊은이 한 사람, 한 사람을 꽃다운 나이에 죽게 만든 그 사람들의 행위는 용서할 수 없는 폭력이기 때문이다.

젊은이들이 결혼을 주저하고, 출산을 하지 않으려는 이유는 주거가 불확실한 것 이상으로 아이들의 교육 문제가 어렵기 때문이다. 가정이든 학교든 우리의 교육 방향은 아이들이 좋은 인성을 지니고 원만하게 성장시키는 문제가 아니라 아이의 대학 입학이다. 자녀들이 좋은 대학 입학을 위해 온 가족이 매달리고, 경제적인 비용을 부담해야 하는 현실적인 문제에서 해방되지 않는다면 젊은 부부들은 결코 자식을 낳을 수 없다. 젊은 부부들이 주거 공간 확보의 문제보다 자식들이 학교 교육으로 대학에 진학할 수만 있다면 그렇게 출산을 두려워하지는 않을 것이라는 생각이다. 주거 공간과 아이들의 교육 문제가 우선적으로 해결된다면 젊은이들의 결혼, 인구 문제까지 해결 가능성이 열릴 것 같은 생각이다. 현재 우리 사회는 웬만한 사회 여건은 구비되어있다고 할 것이다. 교육 문제만 해도 초 중고등학교부터 대학까지 형식적으로는 체제가 갖춰져 있지만 기존의 체제를 운용하는 과정에서 한계에 도달한 듯하다.

이 시대에는 모두 각 분야에서 최고가 되어야 한다는 생각이 문제 발단의 시작으로 보인다. 최고에서 시작한 서열화는 상층의 극히 적은 숫자만을 인정하고 대부분의 남은 학생들은 경쟁에서 차단시킨다. 본인 스스로가 최고가 되기보다 아직 성숙하지 않은 자식을 최고로 만들어야 한다는 것은 얼마나 어려운 일인가? 자식을 행복하게 만드는 것이 아니라 최고로 — 특별히 학업 성적으로 최고로 만들어야 한다는 것은 지난한 일이다. 이 나라 대부분의 부모가 그 최고를 원하기 때문이다. 요즈음 대학 입시에서는 의대 입학이 최고의 목표인 것으로 보인다. 그것도 서울에 있는 의과대학에 합격한다는 보장만 있다면 5년 6년이 걸려서라도 가겠다니, 이건 거의 정신병 수준으로 보인다. 대통령이 아홉 번 만에 사법고시에 합격했다고 들었는데 그래서 그런가? 몇 년 사이에 시작된 의대 열풍은 별 관심 없이 방관적인 자세로 지내던 일반인들까지 놀라게 만들었다. 나에게 의사 선생님은 이광수의 '사랑'이라는 소설에 나오는 안빈박사나 아프리카 수단에서 봉사하다 돌아가신 이태석 신부로 밖에는 생각할 수 없다. 대부분의 의사는 직업인일 뿐이다.

학교에 가기 전에는 그렇게 예쁘고 천사 같던 아이들이 학교에 간 뒤에는 전혀 다른 아이들이 된다. 그런 아이들을 부모도 학교도 예의니 인간의 도리니 하는 인성교육에 대해서는 꿈도 꾸지 못한다. 학부모와 학생들이 공부, 학업 성적에 대해서 매진하다 보니 다른 잘못이나 웬만한 예의 없음 등에 대해서는 대체로 용서해 준다. 말도 안 되는 소리인 줄 알지만, 그렇게 많은 사람들이 가고 싶어 하고, 보내고 싶어 하고, 의사 수도 모자라서 제대로 진료를 못 받는 환자들이 많다니, 우선 의대 정원을 대폭 늘리면 좋겠다는 생각이 들기도 한다. 그러나 이것은 결코 말이 안 된다는 것을 알기 때문에 어깃장을 부려보는 것이다. 솔직히 대부분의 사람들은 배가 아프거나 감기에 걸렸을 때 동네 의원에 가서 약 처방을 좀 받거나 주사 한 대 정도 맞으면서 나이 들어가는 것이 아닌가 싶다. 이 나이까지 개인적으로 그럭저럭 건강을 유지하고 있음은, 뭐 운이 좋아서 일수도 있고, 겁이 좀 많아서 조심조심 살아가는 것도 원인일 수 있겠다. 그럼에도 죽을 수밖에 없는 사람을 의사가 살려낼 수 있다고는 생각하지 않는다. 우리가 잘 모르는 분야에 대해서 함부로 말할 수는 없지만 비정상적인 사회 현상에 대해 비정상적인 생각을 해보는 사람도 있을 것이라는 생각으로 변명한다.

아무튼 의과대학에 가고 싶고, 의사가 되고 싶다는 수험생과 학부모의 욕망은 거의 병적인 것으로 보인다. 다양한 의료 장비의 도움으로 사람의 몸속을 들여다보고 치료해서 낫게 하는 의사는 특별한 직업이고, 특별한 사람이 선택할 수 있는 직업인 것은 분명하다. 이 나이가 되어서도 피도, 칼도, 주사도 무서워하는 사람들은 결코 다가갈 수 없는 세계이다. 그래도 어린 학생들이 그런 학과에 가서 공부하겠다는 것도 놀랍고, 자식에게 그런 일을 선택하게 하겠다는 부모도 대단하다. 어떤 경우에도 의사에게 기본적으로 요구되는 사명감이라는 단어를 사용하는 경우는 보지 못했다. 인물이나 풍경의 외형을 찍는 카메라에 비해 의학에서도 인간의 내부 기관을 사진 찍고 문제를 파악하고 해결하는 고도의 의학 기술은 이 시대가 최고의 수준에 도달했을 것이다. 문학에서도 인간 내면의 세계를 깊이 추적하고 해석하는 과정은 고도의 미학적이고 철학적인 성찰이 없이는 불가능하다. 모든 의사 지망생들도 자신들이 하는 의료행위에 대해 최고 수준의 의학 발전을 위해 헌신하겠다는 자부심을 가지고 그 일을 수행했으면 한다.

이 세상에서 살아온 세월이 길어 뒤돌아볼 시간이 많아지다 보니 이승을 떠난 다음에 대한 생각을 하게 된다. 형제들과 함께 부모님의 기일에 산소를 참배하는 것도 언제까지 할 수 있을지 모르겠지만 우리도 부모와 자식으로 이어지는 선조적(線祖的)인 질서에서 완전히 자유스럽지는 않다. 성인이 되어 결혼하여 손주와 손녀를 한명 씩 낳아 준 아들과 며느리에게 새삼스럽게 고맙다는 생각을 하게 되는 것은 숙제를 끝내주었다는 생각을 해서 일 것이다. 대부분 우리 세대의 사고가 그럴 것으로 보이는데 아들과 딸에 대한 편견은 없어 보인다. 생각해 보면 우스울 수도 있지만 딸이든 아들이든 유전자가 이어지는 후손이면 된다는 사고일 것이다.

남편의 집안은 10대 정도 올라가서 시작되는 소 문중의 후손들이 여주에 공동 묘역을 만들어서 사용한다. 몇 년 전에는 같은 집안의 무의탁 여손인 할머니가 한 분 돌아가셨는데 그 묘역에 모셨다. 요즈음은 결혼하지 않은 후손들이 많아져서인지 아들도 딸도 그 묘역을 사용할 수 있다고 한다. 점점 화장을 하는 추세이니 앞으로는 새로 건축 중인 납골당에 가족 단위로 모셔질 것이 분명해 보인다. 시집의 묘역 분위기와는 관계없이 나는 죽은 다음에는 화장을 하여 반쯤은 친정 부모 옆에 묻히고 싶다. 엽기적으로 들릴 수도 있는 얘기이지만 부모 옆으로 가고 싶은 마음은 어쩔 수 없다.

더 나이가 들어 세상을 떠날 때는 어떻게 바뀔지 모르지만 지금은 그렇다. 어린 시절부터 지내왔던 형제들이 양지바른 친정 부모 무덤 옆에 한 줌의 재가 되어 묻혀 있다가 세월이 흐르면 흙이 될 것을 생각해 본다. 물론 가능하지 않은 이야기일 것을 잘 알지만 살아있는 형제들끼리 돌아가신 부모님에 대한 그리움을 이야기하는 시간이 점점 많아지는 것을 보면 다른 형제들도 생각이 비슷한 것을 알게 된다.

올해는 어떻게 하다 보니 친정 부모 묘역의 벌초를 내가 주선하여 산소 일을 해주실 분을 찾고, 일을 부탁하고 결과에 대해 치하하고, 일을 끝냈다. 그 분이 일을 해놓으신 뒤 형제들이 부모님을 찾아뵙고 인사하고, 돌아오는 길에 풍광이 좋은 곳에 숙소를 잡고 하룻밤을 같이 지내고 돌아왔다. 그 일을 하는 과정에서 핸드폰이 모든 일을 다 했음은 말할 것도 없다. 일을 해주신 분은 벌초가 끝난 뒤 여러 각도에서 찍은 사진을 나에게 보내주었고 나는 곧 형제들과 공유했다. 일이 다 끝난 뒤 앞으로도 그 일을 부탁하면서 서로의 인적 사항을 간단하게 교환했다. 그 분은 은퇴를 앞두고 우리 부모님 산소 아래에서 집을 짓고 살려는 50대 후반의 부부였다. 부모님이 산소로 쓴 산이 산 사람과 죽은 사람의 경계가 모호한 곳이라는 생각을 잠시 했다. 핸드폰에 올라 있는 몇 장의 사진 속에는 그 분이 패러글라이딩을 하는 모습도 있었다. 그 분의 목소리와 하늘을 나는 모습에서 그 분이 희망하는 미래가 어떤 모습일지 짐작해 본다.

인생을 정리할 나이가 가까워지면 젊은 날에 폭풍처럼 몰아쳤던 그 모든 욕망들이 얼마나 덧없는 것인지 알게 될 것이다. 티브이 화면이나 핸드폰을 통해서 하루에도 수많은 사람의 살아온 인생과 생활이 보인다. 지극히 평범한 사람들의 다양한 삶에서 우리 모두가 조금도 쉬지 않고 달려온 지난 시간들이 주마등처럼 스쳐간다. 우리 사회는 한계에 도달한 것으로 보이는

데 모두들 계속 정신없이 달려가고 있다. 우리 세대는 이미 은퇴하여 더 이상 달리지 않아도 되겠지만, 자식과 손주들에게 똑같은 방법으로 살아가길 요구하고 싶지는 않다. 이제껏 국민 모두가 노력한 결과 세계에서도 손꼽을 만큼 산업화와 민주화를 이루어 냈다고는 하지만, 집단의 성공을 달성하기 위해 개인의 희생이 엄청나지 않았나 하는 생각을 해본다. 모든 부모들이 열망하는 법조인과 의사라는 직업이 개인의 영광을 떠나 우리 사회를 위해서 어떠한 기여를 했는가도 생각해 본다. 경제적으로 취업이 불확실한 시대에 가장 안정된 직업이라는 의미 이외에 그들이 우리 사회에서 어떤 역할을 했을까?

학교 안에서 일어나는 문제들에 영향을 미칠 수 있는 위치는 아니지만 그래도 많이 생각해 보았으면 한다. 우리가 젊었을 때에도 어떤 문제가 있을 때마다 내놓는 어른들의 해결 방법이 터무니없이 들렸지만, 그래도 그 방향으로 가야 하나 보다 하는 생각은 했는데, 지금은 문제에 대한 대처법이 본질 해결에 너무 많이 어긋나고 있다는 생각이다. 이렇게 극단까지 온 다음에는 새로운 가치관이 필요하다. 현재는 조금씩 변형시키는 것으로 현실을 타개해 나갈 수는 없는 것으로 보인다. 강한 사회적 압력이 현실에서 활동하며 살아가야 할 이 나라의 어린아이들부터 젊은이들까지 대부분의 사람들을 힘들게 한다. 힘든 압력의 강도가 너무 높아서 우리 사회 전체가 우울해 보인다. 은퇴한 우리 세대는 손주들의 교육과, 직장생활로 과부하가 걸려 우울한 자식들의 눈치를 보며 어떻게 하면 저 우울함을 좀 줄여줄 수 있을까를 생각한다. 적어도 부모 때문에— 특별히 부모의 건강 때문에 신경을 안 쓰게 해보려고 노력한다. 그렇다고 뜻대로 되는 것은 아니겠지만. 그래도 희망을 가져본다. 인간의 수명까지 길어져서 세대의 간극을 느끼기에 충분한 다양한 연령대의 사람들이 같은 공간에서 살아간다. 더구나 많은 인구가 수도권에 집중돼 생활하고 있는 우리 현실에서는 살아가는 동안 발생하는 문제들을 최소화할 수 있는 장치가 필요해 보인다.

현재는 각 계층들이 자기들이 속한 집단에서만 소통하는 분위기이며, 그렇다고 느낄 때마다 조금씩 현실이 두려워진다. 19세기 말 갑오년에도 그래서 혁명이 일어나지 않았던가 하는 생각이 든다. 그때 문제와는 다르다고 해도 현재도 선택되지 못한 대부분의 사람들이 결혼, 출산 등을 거부하는 행위는 혁명 수준이다. 인구가 심하게 줄어든다면 어떻게 될지? 소멸이라는 단어를 쓰고 싶지는 않지만 이런 상황이 지속된다면 그 두려움을 무시할 수만은 없을 것이다. 이런 때 우리 세대가 해 줄 수 있는 조언이나 방향 제시가 조금이라도 도움이 되었으면 하는 생각이지만 어설픈 언어로 그들의 결정을 변경시킬 수는 없을 것이다. 극단적인 자본주의가 지배하고 있는 사회답게 자본만이 그들의 문제를 해결해 줄 수 있을 지도 모른다. 경제학, 사회학을 비롯한 순수 이론을 연구하는 학자들이 많은 이 나라에서 그 분들이 선거 때만 정책을 제시할 것이 아니라 좋은 정책이 실시되는 사회로 바꿀 수는 없는지 답답하기만 하다. 우리가 할 수 있는 말은 인생을 살아보면 학교의 성적이나 출신학교 등이 얼마나 허무한 외피인지 알 수 있다는 말도 해주고 싶지만, 그것도 수치로 분명하게 제시할 수 있는 것이 아니니 선뜻 말하기가 어렵다. 다만 인생은 변화의 기회가 수없이 다가올 것이라는 막연한 말은 해줄 수 있을까? 한가지 분명한 것은 요즘 대학이나 사회에서 매우 천대받는 인문학적인 사고를 통해 우리 현실 문제를 객관화 시켜 성찰해 볼 수 있지 않을까 생각해 본다. 모두 뒤도 돌아보지 않고 내동댕이친 인문학이 아니라면 이 어수선하고 복잡한 현실의 문제를 어떻게 정리해 볼 수 있을까? 이제 자연을 깊이 접해보고, 나 자신을 이 시간과 공간 속에서 객관적으로 성찰해 보며, 어떻게 살아가야 할지를 좀 생각해

본다면 가닥이 좀 잡힐 것 같다. 우리가 살아온 시간은 워낙 힘든 시기이기도 했지만 살아오면서 끊임없이 생각하고, 읽고, 토론하면서 지낸 시간이 길었던 듯하다. 그것이 살아있는 증명이라고 생각했다. 시대적인 특징일 수도 있겠지만 현재는 책이 있어야 하는 자리에 핸드폰을 비롯한 전자기기가 있고 그 위력이 상상할 수 없을 정도로 대단하다. 물론 그 작은 기기를 통해 수많은 정보와 지식을 얻을 수 있지만, 선한 용도만으로 사용되지는 못하기 때문에 부모들은 불안해 한다. 이것들을 극단적인 방법으로 학생들에게서 분리시킨 뒤 자기 자신과 대면하게 할 수 있을까? 그런 실험도 해보았다는 이야기도 읽은 듯 하다. 청소년기에 있는 학생들은 현재 우리 사회가 처한 아주 특별한 상황을 이해할 필요가 있다. 이렇게 빠른 속도로 변화하는 상황을 멈춰 서서 잠시 생각해 보지도 않고 그들이 가진 기기의 매뉴얼만 숙지한 다음에 계속 가속 페달을 밟기만 하면 되는 것인가? 컴퓨터라는 것은 우리 시대에 고등학교 재봉 시간에 재봉틀 작동하는 법을 처음 배웠던 것과는 매우 다르다.

이런 시대에 고만고만한 아이들 여섯과 전북 순창에서 뿌리를 내리고 살아가려는 젊은 지식인 부부가 성공적인 삶을 이어가기를 바라는 마음 간절하다. 그런 전향적인 마음으로 엄청난 결과를 기대하지 않고 홈스쿨링 교재를 만들고 텃밭을 가꾸고 전자 메일로 외부와 소통하기도 하고, 홈스쿨링이라는 같은 뜻을 가진 사람들과 교류하며 예쁘게 사는 것으로 보였다. 그 가족은 미친 듯이 돌아가는 도시의 생활방식과는 관계없이 한 달에 쌀 60킬로그램을 익혀서 8명의 가족이 같이 먹으며 살아가는 꽤 규모가 큰 공동체를 운영하고 있었다. 멀지 않은 곳에 조부모 가족이 있고, 양가는 서로 자주 방문하며 사랑을 듬뿍 느끼며 살아가는 것으로 보였다. 그 가족이 행복하게 전라도 땅 시골 순창에서 잘 살아낼 수 있기를 간절히 바라면서 그들이 우선 집 앞에 있는 작은 텃밭 농사를 잘 짓기를 바라는 마음이다.

그 가족이 자급자족하는 경제 행위를 성공적으로 해내고, 대학을 가고 싶어 하는 아이들이 뜻을 이루고, 졸업 후에 독자적으로 생계를 책임질 수 있을 때 성공했다고 할 수 있을 것이다. 우선 젊은 부부가 홈스쿨링 교재를 만들고 판매해서 그들의 교육 방침에 호응하는 사람들이 늘어나기를 바래본다. 홈스쿨링에 익숙한 정도로 감자 심기에도 익숙해졌으면 하는 마음이다. 종자만 잘 선택한다면 농사 중에 제일 접근하기 쉬운 것이 감자 농사라, 한두 해 반복하다 보면 쌀 소비를 조금 줄일 수 있기도 하고 영양의 균형을 맞출 수 있을 것이라는 생각을 해본다. 감자는 심어만 놓으면 웬만한 날씨에도 잘 견디며 소출이 어느 정도 되어서 노력한 보람을 느낄 수 있다. 그 가족의 이웃이 감자를 심어보도록 추천한 것이 신뢰할 만해 보였다. 감자 농사는 초보 농사꾼도 실패하지 않고 노력한 보람을 느낄 수 있을 것이다. 장마가 오기 전에 캐서 마른 곳에 잘 보관하면 가을이 올 때까지 몇 달을 잘 먹을 수 있다. 농산물을 수확한 다음에 제일 중요한 문제는 그것을 어떻게 하면 썩히지 않고 잘 보관하느냐 하는 것이다.

우리 부부가 은퇴한 후에 농사를 지을 수 있었던 것은 남편이 어렸을 때 어머님을 도와 텃밭 농사를 해보았기 때문이다. 한두 해 습기로 감자가 썩은 일이 있어서 올해도 저장에 문제가 있을까봐 걱정을 했지만 감자가 거의 다 소진될 때까지 하나도 썩지 않았다. 올해에도 뜨거운 날씨와 잦은 비로 농산물의 수확이 신통치 않은 집이 많았던 것에 비하면 우리 집은 선전한 셈이다. 땅에서 나온 것들을 버리지 않고 야무지게 먹고 나면 흐뭇하다. 직접 농사지은 것이라고 귀하게 받아주시는 분들은 정말 고맙다. 인생관이 같은 사람을 만났을 때의 반가움이랄까? 유럽에서 농부들이 집단으로 저항을 하는 소식이 들려오는데 세계 곳곳에서 생산되는 농산물을 잘 분배하여 전 지구인이 굶주리지 않고 먹고 살 수 있게 하는 것이 세계 평화로 가는 것이 아닌가 하는 어설픈 생각을 해본다.

순창에 사는 젊은 부부가 토마토, 옥수수, 호박, 고추 등을 심는다면 식비도 덜고, 가족이 다양한 식품을 섭취하는 효과가 있겠지만, 농업이 상당한 노동을 요구하는 작업이라 소득과 노동 사이에서 갈등을 느낄 것이다. 농경 사회에서도 농사는 소득과 노동 사이에서 결코 만족스럽지는 못했을 것이다. 다행스러운 것은 이 가족이 살아가는 방식은 그들이 투자한 노력과 결과물 사이에서 자본주의적 사고를 하는 것으로는 보이지 않는다. 그들이 들인 노동의 결과물이 만족스럽지 못해도 가치 있다고 생각하면 받아들이는 것으로 보였다. 그 가족이 선택한 생활 방식은 수많은 시행착오를 저지를 것임에도 가치 있는 일임에 분명하다.

우선 그 가족은 홈스쿨링 교재를 만드는 일 등 해야 할 일이 많을 것으로 보인다. 8명의 가족이 살아내기 위한 일차적인 소득원으로 홈스쿨링 교재를 잘 만들어서 경제적인 이익을 취해야 할 것이다. 그 다음 농사를 통해서 얻는 소득은 경제적인 이익으로만 계산할 수 없지만 그 가족이 투자한 시간과 노력만이 아니라 삶의 방식에 많은 도움을 줄 수 있을 것이다. 농사 일은 인생을 대하는 삶의 자세가 긍정적으로 되는데 큰 도움이 될 것이다.

농사를 오래 해 본 것은 아니지만 땅에서 하는 농사는 소득과 노동 사이에서 갈등을 느끼면 안 될 것이다. 농사는 그냥 하는 것이고 하늘이 주신만큼, 땅이 주신만큼 받는 것이라는 생각이 우선이다. 나이 들어 작은 농사 경험을 통해 하늘과 땅에 감사하는 마음을 갖게 된 것은 다행이다. 올해는 상추가 종자도 좋고 날씨도 잘 받쳐주어서 몇 차례나 여러 집이 잘 나누어 먹었다. 야채 값이 비쌀 때라서 그랬는지 싱싱한 상추를 모두 고마워했다. 그렇다고 올 농사가 다 재미를 보았던 것은 아니다. 호박은 꽃이 피고 벌들이 날아다니며 수정을 해야 할 때에 비가 계속 내려서 열매조차 맺지 못했다. 늦은 가을이 되어서야 꽃이 조금 피고 호박이 몇 개 달렸는데 결실이 있을지 모르겠다. 자식은 말할 것도 없고, 손주들까지 우리의 관심 밖으로 달아나려고 하는데 땅에서 나오는 농산물은 은퇴한 노인에게 기쁨을 주기에 충분했다. 그 기쁨이 인생의 극히 일부분을 차지할 뿐이지만 흡족하다. 식생활의 극히 일부분을 도와 줄 뿐인 땅에서 나온 소출이 우리 생활을 해결해 주려면 현재 하는 농사의 열 배 이상을 해도 부족할 것이다. 농산물로 우리 생활을 해결하려면 농지가 더 많이 필요한 것은 말할 것도 없고, 저장을 할 수 있는 대형 창고가 있어야 하고 판매를 책임지는 판로를 확보해야 하는 등의 여건이 되어야 할 것이다. 물론 온 가족이 매달려야 하는 노동력이 필요할 것이다. 얼마나 넓은 땅에서 농사를 지어야 우리 부부가 경제적으로 자립할 수 있을까? 상상도 할 수 없다. 그래도 지난 주일에는 같이 농사를 짓는 여섯 집에서 모여 오리 한 마리를 탕으로 끓여 먹으며 기분 좋은 시간을 보냈다. 평상 위에 펼쳐놓은 음식 냄비에 옆에서 뽑아다 넣은 싱싱한 채소들이 한층 맛을 내주었다.

농사에 들이는 노동과 소출 사이의 관계는 결코 금전으로 환산할 수 없다. 우리 부부의 경우에는 우선 연로해서 노동력에 한계가 있고, 아직은 평생 했던 일에 매달려 있어서 시간을 제대로 쓰지 못하기 때문이기도 하다. 농사가 취미로 할 수 있는 일은 아니다. 농업을 생업으로 알고 농사를 짓는다고 해도 그것은 세계 어디에서도 이익을 볼 수 있는 업종이 아니다. 대형 트랙터로 몇 에이커가 되는 드넓은 밭에서 옥수수나 콩 농사를 짓고 돼지와 소, 닭을 기르는 미국 농부가 1년에 벌어들이는 수입이 5만 불이 안 된다는데 어떻게 계속 농사를 짓겠는가? 로버트 라이시(Robert Reich)의 "자본주의를 구하라"(Saving the Capitalism)라는 다큐 프로그램에서 보았던 미국 농부의 지친 얼굴이 아직도 생생하다. 100년 쯤 전, 모든 것을 땅에서 나오는 것으로 해결했던 시대에나 가능했을까? 추석이 다가오는데 이 나라 남쪽에서는 너무 뜨거운 날씨와 엄청난 비로 흉년이라고 울상이다. 농업으로 사는 인구가 상대적으로 많지 않기 때문에 절실함이 덜할지 모르지만 농산물은 이 나라 전 국민이 먹어야 하는 양식이다. 요즘은 많은 농산물을 수입에 의존하지만 장거리 이동에 소요되는 연료 등을 생각하면 결코 바람직한 방법도 아니고 환경 문제 등이 우리를 압박하는 이 시대에 무신경하게 그대로 살아 나갈 수는 없을 것이며, 그래도 안 될 것이다.

순창 젊은 부부의 농사는 아이들이 우선 땅에서 나오는 것을 감사할 수 있는 수준만 되어도 대단한 성공이라고 생각한다. 농사에 아이들이 노동력을 보탤 수 있을 만큼 성장한다면 큰 도움이 될 것이다. 아이들의 노동력을 집안 살림에, 특별히 농사에 보태게 하는 것은 가장 중요한 문제이고 실현될 수 있다면 최고의 행위가 되겠지만 도시 아이들에게는 꿈도 꾸기 어려운 일로 보인다. 우리 집에서 2년 전에는 중학교 2학년인 손주에게 봄 농사를 위해 할아버지, 아버지와 함께 20 킬로그램짜리 퇴비 40포를 100미터 정도의 거리에 옮기는 일에 동참하도록 했다. 몇 년 사이에 키도 많이 자라고 체격도 다부져져서 가능한 일이었지만, 녀석의 표정에는 게임을 중단시키고 일을 하도록 했다는 것으로 불만스러운 표정이 역력했다.

조부모의 과도한 칭찬으로 일은 끝낼 수 있었지만 마음에 들지는 않았다. 노동의 신성함이나, 가장 체력이 좋은 때에 집안을 위해서 그 정도의 일을 해야 한다고 했지만 그것은 나만의 생각이었던 듯 했다. 올 봄에는 사십대 후반의 아들이 옆집에서 지게를 빌려 퇴비 40포를 운반했고, 나는 그 모습을 동영상으로 남겼다. 남편에게 내년에는 인건비를 주고 다른 사람에게 부탁하자는 얘기를 해보았지만, 남편은 일 년에 한 번 하는 그 일조차 안 하면 어떻게 하느냐며 화를 냈다. 맞는 말이다. 그래도 100킬로는 족히 되는 감자를 손수레에 싣고 차가 주차되어 있는 200미터 정도의 거리를 운반하는 것도 만만치 않은데, 가을에 다시 한 차례 있을 김장 배추와 무우를 운반해야 할 일이 벌써 부터 걱정된다.

　홈스쿨링을 하며 순창에 사는 아이들이 반항하지 않고 집안일에 협동하며 바람직한 모습으로 살아갈 수 있는 특별한 해법은 무엇일까? 그것은 아이들을 일반 학교에 다니는 아이들과 차단시키는 것이 문제의 해법이 아니었을까 하는 생각이 들었다. 일반 학교에 다니는 아이들의 중요한 일과가 되어버린 게임이나, 학원 등에서 격리시키는 것이 많은 시간을 자유스럽게 보낼 수 있었던 것이 아니었을까? 일반 학교에 다니면서 좋은 것도 나쁜 것도 같이 어울리며 주고받는 그 모든 것을 차단하다시피 하면 오염되지는 않겠지만 가능한 일일까? 물론 그 부모들도 제도권 교육을 시키지 않을 경우에 발생하는 많은 문제들을 생각했을 것이다. 많은 나라에서 상당히 오래 전부터 해온 홈스쿨링은 젊은 부부가 오랜 숙고 끝에 선택한 방법이었을 것이다. 하기는 순창 그 가족은 아이가 6명이나 되어 웬만한 크기의 공동체가 되니 서로 영향을 주고받고 자기주장을 하며 성장할 것이다. 몽고와 인도네시아에서 10년 가깝게 살아오는 동안 축적된 경험들이 그 가족 나름대로 확실할 것으로 보인다. 몽고와 인도네시아는 한국처럼 급속한 발전에서 오는 혼란은 조금 늦게 올 듯하고 그런 자연적인 환경에 대한 동경이 부부가 아이들 교육을 홈스쿨링으로 결정하지 않았을까 싶다.

　이런저런 시행착오가 있다고 해도 그 집 아이들이 너무 예쁘고 건강해 보여서 희망이 있어 보였다. 집에는 텔레비전이 없다고 했다. 물론 핸드폰도 없는 듯했다. 텔레비전, 핸드폰, 학원이 없는 산골 순창에서 살아가는 그 가족의 모습은 너무 해맑고 순수해 보여서 이 세상의 어느 것으로부터도 오염되지 않은 것으로 보인다. 저런 상태가 인간의 가장 본원적인 모습이 아닐까 하는 생각을 하게 되었다. 저 단계에서 다음으로는 어떤 상태로 변화할 지가 몹시 궁금했지만 간절한 소망은 여섯 아이들의 엄마 아빠가 지치지 않고 모든 가족이 소망했던 삶을 이루기를 바랄 뿐이다. 그런 소망은 그 가족이 실망하지 않기를 바라기 때문만이 아니고, 도시에서 아이들 학교 교육으로 지친 젊은 부모들에게 새로운 희망으로 되어주기를 바라기 때문이다. 이처럼 일반적인 아이들의 세계에서 분리되어 살아가는 것이 최선은 아니지만, 홈스쿨링이 다양한 선택의 하나로 존속하기를 바란다. 몇 년 후에 그 가족의 생활이 밝고 희망찬 모습으로 보도되기를 바라는 마음 간절하다.

1894년 갑오년 역사의 소용돌이가 몰아쳤던 순창은 100년 남짓 세월이 흐른 뒤에 이런 다양한 사람들로 이루어진 공간이 되었다. 순창에서 현지 주민들과, 이주 여성들과 함께 영화를 만드는 젊은 영화인들도 있는 것으로 안다. 순창에서는 다른 지방 도시처럼 다양한 인연으로 모인 사람들이 새로운 삶의 양식을 펼치고 있다. 지난 백여 년의 역사에서 무서운 공간으로 언급되었던 순창은 벚꽃 길과, 순창고추장으로 더 자주 이야기 된다. 한국전쟁의 외중에 처가가 있는 순창 쌍치면에서 약방을 하며 사셨던 숙부는 회문산(回文山)이라는 지명을 입 밖에 내는 것도 조심스러워 하셨다. 근 천명에 가까운 빨치산들이 그 산속에 숨어 지냈다고 하셨다. 훗날 숙부는 회문산 자락에 숨어들어간 자식, 형제들을 위해 밤이면 곡식과 음식들을 날랐던 누이와 어머니들에 대해 얘기했다. 동학 혁명 때부터 피로 물들었던 회문산은 반세기도 더 지나 한국전쟁 때는 다시 이념 대립으로 피를 흘리는 현장이 되었다.

피를 먹고 자란 나무들이 우거진 그곳은 이제 자연휴양림이 되어 많은 사람들이 찾는 공간이 되었다. 그 곳에서 백 년이 넘게 뿌리를 내리고 사는 할머니 가족들과, 자식 여섯을 데리고 보통 사람들과는 전혀 다른 생활 방식으로 살아가려는 부부도 다 함께 살아간다. 강원도 횡성 어느 골짜기에서도 동학혁명군이 숨어 지낸 시간이 길었고, 한국전쟁으로 이어지며 총격과 폭격으로 이름 없이 죽어간 사람들의 숫자가 엄청났었다고 한다. 130년이 조금 더 되는 지난 시간 동안 역사의 소용돌이 속에서 피를 흘렸던 공간은 이제 아무 일 없었다는 듯 친환경과 자연을 내세우며 봄이면 섬진강을 따라 벚꽃이 지천으로 피어나 관광객이 구름처럼 몰려온다고 한다. 그 곳에서 많은 사람들이 흘렸던 피는 땅 속으로 스며들어 흔적도 없이 사라졌을까? 봄마다 피어나는 벚꽃의 고운 색으로 물들었을까?

하기는 자식 여섯과 홈스쿨링을 하며 살아가는 젊은 부부의 가족도, 아궁이에 목욕물을 데워가며 살아가는 백 살이 되신 할머니와 칠십이 넘은 따님이 살아가는 공간도 이제 꼭 순창이 아니어도 괜찮았다. 현재 그 분들의 생활은 갑오년의 동학 혁명과 무슨 관계가 있을까? 우리는 우리와 겹쳐지기도 하고 스쳐 지나기도 하셨던 부모님 세대의 친인척, 형제분들에 대해 얼마나 알고 있을까? 친인척, 형제가 아니어도 내가 아닌 타인들에 대해 얼마나 아는 것일까? 그 분들에 대해 전해져 오는, 또는 내가 보고 확인했던 편린들을 수합해서 한 인간을 이해하고 평가할지도 모른다. 더구나 우리 증조부의 세대, 김개남 장군에 대한 파편들을 모아서 붙여보는 작업은 지금 실이라는 땅을 통해서 이어지는 것들이다. 족보에 기록되고 후손들과 연결된 친족들의 연결고리를 통해 도강 김가 금파공파의 한 줄기를 추적해 보려는 것이었을까? 이는 어느 한 집안의 표본 조사 같은 것일 수도 있다. 지극히 평범한 한 집안의 가계도를 통해 현재 우리 사회를 형성하는 한 조각을 제시할 수 있었다면 그나마 다행일 것이다.

19세기 말 우리 역사의 큰 줄기를 이루었던 동학농민혁명의 봉기에 큰 역할을 했던 김개남 장군과의 연결고리를 중심으로 살펴보고 싶었지만 역사적 사실은 내 능력 밖이었음을 확인했을 뿐이었다. 지금실 입구에는 시신도 없는 김개남 장군의 묘역과 폐허가 되어버린 고택이 있던 자리임을 알려주는 팻말이 박혀 있을 뿐이다. 최근에는 인근에 있는 채석장에서 저수지 쪽으로 유해 물질이 흘러들어 주민들의 원성이 높다는 뉴스가 그 마을의 상황을 전해주는 정도였다. 수많은 후손들이 낳고, 살았던 땅 지금실은 이제 돌아가신 분들의 유택이 있을 뿐인 평범한 지방의 소도시이다. 우리 집안은 이십여 년 전 순창 숙부가 지금실 집을 떠나신 뒤, 폐가가 된 집은 철거했고, 오래된 조상의 산소들은 아직 고향을 지키는 도강 김가의 후손들에게 관리를 부탁하고 있다. 살아있는 사람들의 공간은 모두 사라지고 돌아가신 분들만이 지금실 근처 여기저기에서 땅을 지키고 계신다.

요즈음은 살아온 세월을 되돌아보는 시간이 많아진다. 참으로 오랜 시간을 살아왔고, 앞으로 살아갈 날은 그리 오래 될 것 같지 않으니, 그래도 뭔가 기억할 수 있는 것들을 연결시켜 보려는 것인지 모른다. 특별한 삶을 살았다고 생각하는 부분은 전혀 없지만, 이러한 보통 사람들의 삶이 합해져서 역사를 이룰 것이라는 생각에 용기를 내보았다. 내가 살아온 80년 가까운 세월에 역점을 두려는 것이 아니라 내가 기억하는 부모와 조부모, 존재 자체로만 전해지는 증조부모와 자식과 손주들에 대해 생각해 보고 싶었다. 그러면서도 나 개인을 중심으로 도강 김가라는 선조적 질서 속에서 과거와 현재, 미래로 연결되는 인물들이 어떤 삶을 살았을까를 확인해 보는 것이 어떤 의미를 지니는가를 생각해 본다. 19세기 말에서 시작하여 21세기도 벌써 상당히 진행되고 있는 시점에서 지극히 평범한 한 집안의 구성원들이 어떻게 세상과 부딪치며 살아왔는가를 들여다보고 싶었다. 혈연으로 연결되는 한 가정의 인물들이 이 나라 전체 역사의 흐름 속에서 어떤 선택을 하고,

살아왔는가를 엿보고 싶었을까? 어떤 의미에서는 인구조사에서 볼 수 있는 표본 조사 같은 것일 수도 있을 것이다. 그럼에도 그 조사가 일차적으로 나 개인의 시선으로 굴절되는 것을 인정할 수밖에 없다.

개인적으로 보아도 내가 살아온 지나간 시간의 1/3이 부모의 자식으로서 보낸 시간이었음에 비해 나머지 2/3는 남편의 집과 연결된 시간이었다. 그럼에도 내 존재의 근원은 부모님과 형제, 그 위의 조상들과 연결되는 것임은 분명한 사실이다. 많은 분들이 이런저런 방법으로 지나간 시간을 이야기하는 것은 유사한 이유 때문일 것이다. 자식과 손주들을 앞에 앉히고 할머니 할아버지가 살아온 세월에 대해 얘기할 수 있는 시대가 아니라서 그럴지도 모른다. 많은 시간이 걸릴 이야기도 아니지만 그런 이야기를 하는 것 자체가 불가능한 시대임은 인정해야 할 것이다. 내가 자식들을 잘못 교육해서 그런 것이라면 그것도 받아들여야 할 것이다. 분명한 것은 현재는 그렇게 부모님들이 살아온 긴 이야기를 자식들이 들어주는 시대가 아니라는 것이다.

내 남편은 어머님이 살아계실 때 몇 번에 걸쳐서 어머님의 기억을 소환하여 녹음기에 녹취를 하던 것을 보았다. 남편도 장남으로서 어머님과 공유하는 기억이 많기 때문일 것이다. 무엇보다 우리 어머님이 이야기꾼으로서 탁월한 재능을 가진 것을 인정한다. 유장하게 이야기를 엮으시는 솜씨가 탁월하셨지만 언제나 바쁘고 정신없이 살았던 며느리는 그 이야기를 듣고 있을 수가 없었다. 나는 언제나 결론만을 듣기 원했다. 어머님은 모든 일에서 결론보다 과정이 훨씬 중요하셨다. 나와 우리 자식들과의 대화도 같을 것이다. 아이들과 마주 앉아서 이야기가 오고 간 경우는 그다지 많지 않았던 듯하다. 거의 대부분이 용건을 전달하고 받는 사무적인 수준의 대화였다. 나 스스로도 젊은 날 어머님과의 유장한 대화에서 탈출하고 싶었던 시간만이 기억나는 것은 어쩔 수 없다. 그럼에도 이 누추하고 보잘 것 없는 사람들의 이야기를 이렇듯 붙잡고 매달리는 것은, 한 집안을 연결시키며 면면히 이어져 온 이런 이야기가 많은 사람들에 의해 연결된다면 굵은 밧줄이 될 수 있지 않을까 하는 생각 때문이라고 변명하고 싶다. 지금실에서 시작된 우리 집안의 이야기를 더듬어 보며, 증조부와 같은 시대에 같은 마을에서 살았던 김개남이라는 역사적 인물과 관계되는 도강 김가 집안의 삶의 궤적을 훑어보고자 했으나 극히 한계가 있었음은 어쩔 수가 없다. 이런 한계를 자각하며 더욱 이런 글의 필요성을 자각했다고도 할 수 있다. 우리의 시간이 시작된 원형적 공간인 지금실이 세속적인 공간으로 변모하는 과정이 우리가 살아온 시간일 것이다.

70여년 전에 열 살이 안 되었던 내가 보냈던 전주라는 공간과 사람들에 대한 기억은 극히 단편적일 수밖에 없다. 양 갈래로 땋은 머리에 예쁜 분홍색 스웨터를 입었던 반 아이, 비오는 날 장화를 신고 오셔서 학교 화단을 정리하셨던 남자 선생님, 칠판에 커다란 시계를 정말 시계처럼 똑같이 그리셨던 선생님, 지금 여의도공항에서 비행기를 타고 피아니스트 한동일군이 미국으로 출발한다는 이야기를 전해주셨던 선생님들이 내가 기억하는 전주중앙국민학교에 대한 단편적인 풍경이다. 위쌍숙이라는 흔치 않은 이름을 가진 탁구선수에 대해서도 전주에서 들었다. 인터넷을 뒤져 위쌍숙선수는 나보다 10년 먼저 태어났고 당시 싱가폴에서 열린 아시아 선수권대회에서 남녀 혼합 복식에서 은메달을 땄다는 것을 확인했다.

지나간 70여년의 시간 동안은 나라 전체가 너무 빠른 속도로 변화했기 때문이기도 하지만, 나 개인적으로도 학교를 졸업하고 직장 생활을 하며 결혼과 출산, 자식들의 교육, 혼인 등 반복되는 일상에 부대끼며 살아내느라고 지나간 시간을 돌아볼 여유가 없었다. 사람이 한평생을 살아가며 통과의 레처럼 겪어야 되는 그런 일 때문이 아니라 먹고 사느라고 많이 바빴다. 그래도 열 살 무렵까지 지금실과 전주로 연결되는 내 어렸을 적 시간과 공간은 내 삶의 원형이다. 내가 살아가는 동안 사고하고 행동하는 모든 근간은 그때, 그곳에서 시작됐음은 분명하다.

그렇다고 그곳에서 대단한 체험을 했던 것도 아니지만, 어린 시절이라는 것이 그렇게 평생 동안 한 사람을 형성하는 것이라는 생각을 하게 된다. 어렸을 때의 많은 기억들이 희석되었듯이, 김개남 장군이 말을 타고 달리던 그 길, 그 많은 농민군이 흰옷을 입고 죽창을 들고 달려가던 그 길도 이제는 편도 일차로이긴 하지만 차도가 되었다. 그 날의 함성은 어디에서도 찾을 수 없고 장날이 아니라서 그런지 다른 농촌들이 다 그렇듯이 지나다니는 사람도 별로 없었다. 뜬금없이 지금실이 우시장과 소고기가 지역 특산물로 자리 잡은 것이 낯설었지만 변화 많은 세상임을 받아들여야 했다. 갑오년 혁명이 난 뒤 세상이 몇 번이나 바뀌었으니 무엇이 특산물이 된들 이상할 것이 없었다. 쓸쓸하다. 그 우시장을 찾아온 관광객들이 지나가는 길에라도 개남장군의 볼품없는 묘역을 봐주기나 하려는지.

우리 부부는 1972년을 이틀 남겨두고 추운 겨울에 결혼을 한 뒤, 산동네 방 2칸짜리 전세방을 비롯하여 몇 곳을 전전하다가 마침내 우리 소유의 집을 살 때까지는 정신 없이 하루하루를 뛰어야 했다. 나로서는 석사학위 논문을 제출하고 다음 학기까지 두 달쯤 쉬는 동안에 결혼식을 해치우겠다 는 생각에 그리 결정했지만, 조교 신분이었던 남편이 학과 신년 하례식에 다과를 준비해야 한다며 설악산 신혼여행에서 부랴부랴 올라왔던 기억만 있다. 신혼여행 중에도 가난한 조교에게 돈을 낭비하지 말라며 알뜰한 선배 님이 알려준 중국집에서 짜장면을 먹었다. 나는 지금 살고 있는 집을 살 때 모자랐던 돈을 좀 빨리 갚을 기회라고 생각해서 말레이시아에 6개월

동안 일을 하러 가기도 했다. 말레이시아의 수도 쿠알라룸푸르에서 인도 가족이 집 전체를 빌려서 사는 집에서 방 한 칸과 화장실 한 칸을 빌려서 살았다. 인도인 부인은 보험회사에 근무했는데 비슷비슷한 사리를 몇 십 장 예전 동대문시장 포목전처럼 쌓아놓은 뒤 매일 갈아입고 다녔다. 그때에도 나는 언제나 더운 날씨에 옷 걱정은 하지 않아도 좋겠다는 생각을 했다. 한낮에 한 번씩 내리는 강한 스콜이 집채 만 한 커다란 나무를 흔들어 대고, 도마뱀이 벽에 붙어 이리저리 뛰어다닐 때는 내가 열대지방에 있음을 실감했다. 입시학원에서 생물 과목을 강의하는 인도인 남편은 집에 오자마자 작은 수첩에 그날 몇 시간 강의를 했는지를 날마다 기록했다. 카스트의 브라만 계급인 부부의 종교 생활은 출근하기 전에는 제단 앞에서 꼭 의식을 행하는 것으로 시작했다. 학원 시간 강사 아버지와 보험회사 직원 엄마 사이에 고등학교에 다니는 아들과 딸이 하나씩 있었다. 온 가족이 노력해서 아들은 인도에 있는 의과대학에 입학했다. 어디에서 본 듯한 모습이었다. 내가 여섯 달 동안 참여한 일은 그 나라의 공무원들에게 한국 산업화의 현장을 견학하고 기술을 습득하게 하겠다는 프로그램에서 한국인들과의 원활한 소통을 위해 한국어를 가르치는 일이었다. 나는 여섯 달 동안 하루의 반은 학교에 가서 학생들을 가르치고 숙소로 돌아온 뒤 나머지 시간에는 박사과정의 종합시험 준비를 해야 했다.

우리 가족은 내가 말레이시아로 떠나기 바로 며칠 전에 현재 살고 있는 집으로 초등학교 4학년 딸과 2학년 아들을 전학시켜 놓은 뒤 곧 떠나야 했다. 아들아이는 엄마와 6달이나 떨어져 살아야 하는 사실을 제대로 실감하지 못했는지 엄마는 바나나 많은 나라에 갈 수 있어서 좋겠다고 했다. 4학년인 딸아이는 일기에 '먼 데 하늘을 보면 엄마 생각에 눈물이 난다'라고 써놓았었다.

일 년 전 지난 가을에는 40년 넘게 살아 온 우리 집 옆 골목에서 고려시대의 집터가 발견되었다고 해서 뉴스가 되었다. 처음에는 우리가 살아오는 오랫동안 아무도 몰랐던 주택가의 땅 밑에 800년 전에 지어졌던 집터가 있었다는 사실에 많은 사람들이 놀랐지만, 곧 그 땅에 건축을 하려고 사들인 시행사의 난감한 처지를 듣고 답답해 하게 되었다. 일반 건축물을 짓기에는 많은 제약이 따를 수밖에 없을 정도로 고려 시대의 집터는 넓게 자리 잡고 있었다. 어떻게 1,000년 가까운 세월을 견디면서 유적들은 그렇게 땅 속에 얌전하게 파묻혀 있었을까? 오래 전 집터임을 알 수 있는 돌과 그 시대 그릇 조각들이 지표면에서 1미터 정도나 될까 말까 하는 깊이에 파묻혀 있었다. 반듯하게 구획 지어진 옛날 집터를 길 위에서 내려다보았을 때는 흥분되어 가슴이 떨리기도 했다. 아주 옛날 우리 동네에서 살았고, 그 집터에서 생활했던 분들과 같은 공간에서 교감하는 것 같은 묘한 기분이 들었다. 그 땅을 한 걸음 뒤에서 바라보았을 때는 꿈꾸듯이 천년 가까운 세월을 거슬러 올라갈 수 있지만, 현재는 한 건축업자가 자신이 걸었던 모든 금전과 노력이 아무 보상 없이 흩어지는 것을 봐야 하는 고통스러운 공간이었다. 서울시, 특별히 문화재청에서 판단하는 역사적 중요성 때문에 그 땅 위에서 어떤 건축도 할 수 없지만, 그 땅 위에서 경제 행위를 의도했던 한 개인은 거의 죽음에 이를 것이라고 주변 사람들은 입을 모았다. 땅 속 1-2미터 아래에 파묻힌 역사가 현재 살아있는 사람의 생존을 위협하는 것이다. 발굴 작업에 관계했던 연구자들은 고려 시대의 왕족이나 귀족이 북한산 자락에 있는 절에 가기 전에 잠시 머물렀을 여각(旅閣) 같은 곳으로 추정했다. 우리 동네는 고려시대 유적지가 아니어도 조선조 오백 년의 왕실이 있었던 주변 인지라 많은 곳들이 유적과 관련이 있다. 백 년이 조금 넘는 시간을 거슬러 올라가며 생각해 보았던 한 집안의 이야기에 빠져있는 사이에, 천년 가까운 시간을 뛰어넘는 역사의 파편들이 흙 속에서 드러났다.

시간을 뛰어넘어 같은 공간에서 수많은 인물들이 교차한다. 비전공자로서 섣불리 말할 수 없어도 바로 인근에 있는 당간지주, 신라시대 지어진 승가사 등의 존재로 미루어 보아도 예사로운 공간은 아닌 것으로 보인다. 애기 태(胎)를 보관하는 항아리도 몇 개가 있었다고도 한다. 지상에서 1미터 정도 아래에 800년 전의 집터와 사람이 살았던 흔적이 흙으로 덮여있었다니. 800년의 긴 세월은 사람의 한평생을 생각하면 몇 번을 반복해야 그 세월이 되나 하는 생각을 잠시 했다. 팔십 년 가까이 살다 보니 팔백 년도 우습게 보이는 것인가 하는 생각에 웃음이 나왔다.

우리 집에는 어머님이 사용하시던 부엌 용기 중에서 청색의 모란이 빼곡하게 그려진 백색 자기로 된 합이 두 개 있다. 청화백자(靑華白磁)라는 우아한 말을 붙이기에는 좀 부끄럽지만 박물관에 있는 자기들과 유사하다. 그릇은 상당히 커서 밥을 담기로 하면 20인분은 족히 들어갈 것이다. 도공의 기술이 좀 미진했는지 쌍으로 된 두 개 중에 하나는 한쪽이 좀 주저앉았다. 그릇이 너무 커서 만들거나 가마에서 굽는 과정에 그리 되었을 것으로 보인다. 나는 솔직히 모양이 그렇게 어긋난 것이 웃음도 나고, 더 정이 갔다. 내가 그렇게 크고 작은 실수를 잘하는 사람이라 그럴지도 모른다. 테두리에 홈이 파져 있는 것을 보면 뚜껑이 있었을 텐데 어머님은 뚜껑까지는 보관을 못하신 듯하다. 하기는 한국전쟁 때 피난을 가시기 전에 마당 한쪽 땅을 파고 묻어놓고 가셨다고 했으니 어머님이 피난길에서 돌아오지 못하셨다면 그 합(盒)도 몇 백년 후에 우리 집 옆 골목의 땅 속에 묻혔던 고려청자의 신세가 되었을 것이다. 일곱 자식 중에서 장자인 남편에게 주신 것이지만 우리 내외는 나이 들며 살림을 정리하는 과정에서 대학 박물관에라도 보내야 하나 하는 생각까지 하고 있다.

아버지가 신문이나 소설책을 읽고 유행가를 듣고, 영화를 보시던 그 모든 시간에 엄마는 노동과 출산에서 헤어나지 못하셨던 것으로 보인다. 엄마는 사산을 한 2명의 자식까지 합하면 9명의 자식을 낳고 기르느라 누워계셨던 시간도 많았던 듯하다. 그 시대에는 여성들이 자신에게 부과된 노동과 출산에서 헤어나지 못하고 살아야 했다면 남자들은 노동에서 벗어나는 사이사이에 주어진 시간을 그들의 방식으로 마음대로 향유하며 분방하게 살아냈던 것으로 보인다. 우리 어머니가 힘들었던 와중에도 아버지가 한눈팔고 다니셨던 그 많은 시간에 다른 세계에 눈을 돌리지 않고 사셨던 것은 당신마저 그렇게 살면 안 된다는 사명감이셨을 것이다. 그렇다고 아버지가 언제나 자식들을 기르고 생활을 영위해 가시는 것에 결코 태만하신 적은 없으셨지만 노동을 하는 사이사이에 일탈을 꿈꾸셨던 것으로는 보였다.

엄마의 문화생활이라고 할 수 있는 것은 60세가 넘어 막내 동생이 결혼하고 다니기 시작하신 성당과, 최인호, 박완서의 모든 소설 읽기와 '조선 왕비 열전'같은 티브이 프로그램이었을 것이다. 막내 동생이 결혼을 한 뒤에 성당을 다니시겠다고 하신 것은 참으로 현명한 선택이셨다. 자식들이 권유하지도 않았는데 스스로 결정하시고 몇 정거장인가를 버스를 타고 다니시면서 세례를 받고 지극 정성으로 미사에 참례하셨다. 그렇다고 어머니가 천주교의 교리를 믿고, 돈독한 신앙심으로 성당엘 다니셨다고 믿기는 어렵다. 학교에 다니듯이 가실 곳이 있어야 한다는 생각으로 다니셨을 것으로 보인다. 그래도 자식들에게는 어머니의 그 태도가 어떤 신앙심보다 고귀해 보였다. 스스로 교리를 배워보려고 하시고 주님께 가까이 다가가려고 노력하시는 것을 느낄 수 있었다.

어머니가 돌아가실 때까지 이십여 년은 친정 근처에 새로운 성당이 들어와서 좀 더 쉽게 다니실 수 있었다. 걷기가 좀 불편하셨지만 끝까지 지팡이

짚는 것을 거부하시고 급할 때는 담벼락에 의지해 가며 다니셨다. 성당은 어머니의 노년을 편안하고, 행복하게 해드렸다. 한 살 차이인 아버지가 84세로 돌아가신 뒤 96세로 돌아가실 때까지 10년 남짓한 시간이 어머니에게는 방학이었을 것이다. 어머니는 우리가 가져다 드린 모든 활자들을 닭이 콕콕 모이를 쪼아 먹듯이 읽으셨다. 일곱 남매나 되는 아들이며, 딸들이 나들이를 가시자면 거절하지 않고 따라나섰다. 어머니가 아버지보다 12년을 더 사시다가 돌아가신 것은 그나마 약간의 보상을 받으신 듯해서 다행이라는 생각이었다. 지난 가을에는 작은언니가 어머니가 돌아가신 뒤 어머니 집을 치우다가 가져왔다며 성당 노인대학 야유회에 가서 찍은 사진 2장을 단톡방에 올려주어서 오랫동안 가슴이 저려왔다. 아흔 살이 훨씬 넘은 어머니가 몇 명의 할머니들과 노란 조끼를 똑같이 입고 말 잘 듣는 유치원생처럼 앉아계셨다. 성당에서 하는 행사에는 빠지지 않아야 한다고 생각하셔서 따라나서셨을 것이다.

아버지가 지금의 내 나이쯤 되어 지나간 시간을 반추해 보시려고 했을 때는 치매로 정신이 드나들기 시작하셨을 때였던 것으로 기억한다. 반복적으로 하루에 서너 시간씩 붓글씨를 쓰셨고, 더 많이 연습해서 병풍을 만들어 주시겠다고 했지만 제일 마지막에 쓰신 글씨가 제일 떨어졌던 기억이 난다. 형제들은 오랫동안 연습하신 화선지 묶음에서 아버지의 글씨 한두 장 씩을 꺼내서 가져갔지만 아버지를 생각하며 간직할 것이 얇은 종이 한 장이라는 것에 감사할 정도였다. 이제 우리도 가지고 있던 것들을 버리면서 살아야 하는 나이가 되었으나—. 아버지는 치매가 심해지셨을 때는 시도 때도 없이 집 밖으로 나가 헤매고 다니시다 길을 잃는 날이 많았다. 날씨가 궂은 날엔 나가시지 못하게 하면 간절히 당신 집으로 가서야 한다고 하셔서 우리들의 애를 태우셨다. 눈이 오는 날 모시고 나가 이 골목 저 골목을 돌아서 다시 집으로 돌아와서 아버지 집에 오셨다고 하면 한동안 얌전히 계셨다. 가을에는 창밖으로 노란 단풍이 든 은행나무를 하염없이 바라보고 계실 때는 가슴이 저렸다. 현실의 공간이 아닌 어딘가를 찾아가시나 하는 생각이 들었다.

훗날 생각해 보면 아버지는 이백이나 두보를 위시해서 옛 분들의 글에 빠져서 붓 장난을 하셨을 것이라는 생각이 더 많이 들었다. 그러다가 마지막 몇 년 동안에는 치매가 심하게 오셨음에도 화선지에 글씨를 쓰셨다. 우리는 모두 정신이 오락가락하셨음에도 그 시간만은 가족들을 힘들게 하지 않으시니 다행이라고 생각할 정도였다. 젊으셨을 때부터 펜촉으로 잉크를 찍어서 쓰시는 아버지의 필체가 좋다는 생각은 해왔지만 붓글씨가 특별하다는 생각은 별로 없었다. 노년에 당신 집 근처에 사는 자식들의 집 마당에 있는 나무 손질과 산책 외에 또 하나의 소일거리로 붓글씨를 시작하신 정도였다. 당신 스스로 해볼만 하다고 생각하셨겠지만 글씨보다는 옛 성현들의 글을 읽으시며 음미하시는게 더 좋아 보였다. 아버지가 돌아가신 뒤 자식들은 모두 말은 안했지만 아버지 글씨로 병풍을 만들지 않아도 되어서 다행이라는 생각을 했을 것이다. 있는 병풍도 없애야 할 판에 새로운 병풍이라니. 내가 가진 오래된 것들을 받아주겠다는 대학 박물관이 있어서 감사했을 정도였다.

돌아가시기 전 치매로 오락가락하시던 시간이 꽤 길었음에도, 아버지가 돌아가신 뒤에 생전에 오랫동안 입으시던 코트 안주머니 속에서 오래 된 여자 분의 사진 한 장을 발견했다. 그 여자 사진은 예전에 사진을 현상한 뒤 사용하던 반투명 봉투 속에 넣어졌고, 흰 종이로 다시 곱게 싸 있었다. 창경원 같은 곳에서 1950년대 스타일의 파마를 하고 한복을 입은 여자 분이 파라솔을 들고 다소곳하게 서서 찍은 사진이었다. 엄마도 누구인지 모른다고 하셨는데 그렇다고 화를 내시지도 않았다. 늙어가는 자식들 앞에서 당신의 마음을 표현하는 것을 꺼리셨을까? 돌아가신 분에 대한 예의였나? 옛날 노인네의 부덕이었는지도 모르겠다. 치매가 오시기 전부터 주머니 속 깊은 곳에 넣어두셨을 것 같은 사진의 주인공이 궁금했지만 알 길이 없었다. 그 사진을 본 뒤로 아버지는 한동안 전혀 모르는 객체로 느껴졌다. 우리가 몰랐던 삶을 사셨던 어떤 남자 분으로 생각되었다. 우리가 모르는 여자분의 사진이 아니었어도 치매로 지내셨던 꽤 긴 시간 동안 아버지는 우리가 모르는 세계를 사셨을 것이다. 두 분 중의 한 분의 생신이나 조상의 제사 등으로 자식들이 당신 집에 찾아갔을 때도 아버지는 조용한 방 창문 밖으로 노란 은행 나뭇잎이 떨어지는 것을 하염없이 바라보고 계셨다. 그럴 때 어머니는 당신을 힘들게 하지 않는 아버지에게 안도하는 듯 보였다. 당신의 시야에 조용히 계시는 아버지가 계시는 것으로 안심하시는 듯했다. 모두 자식들이었지만 치매가 심해진 상황에서 아버지에게 우리는 당신의 머리를 어지럽히는 소란스러움 이상 아무 것도 아니었던 것은 아니었을지 모르겠다.

이 나라 불문학 1 세대이신 멋쟁이 불문학 교수님도 수첩 속에 반명함판 여자 사진을 들고 다니셨다. 어떤 친구의 말로는 충무로 어느 양장점에 가셔서 안주인이 당신의 첫사랑과 닮았는지 확인도 하셨다고 한다. 당신의 흘러간 연인과 그 양장점의 주인이 닮지 않았을까 하는 생각에서 가보셨던 듯했다. 우리보다 한 세대 윗분들의 행적은 너무 고전적이어서 애잔하기까지 하다. 코트 주머니 속에, 수첩 속에 오래오래 보관한 사진 한 장이 그분들의 고달프거나 쓸쓸한 삶에 위로가 되었을까? 위로가 되었다면 용서해 드려도 괜찮지 않을까 하는 생각이 든다. 불문학 선생님께서는 우리가 대학원에 다니던 그때쯤 제자 몇 분과 영월에 다녀오셨다고 했다. 선생님은 단종에 대해 애틋한 마음을 가지셨다고 한다. 아무리 어린 단종에 대한 안쓰러움이 지극하셨어도 그렇지 강원도 교통이 말할 수 없이 불편했던 그 시절에 영월을 가실 생각을 하시다니?

세월을 많이 뛰어넘어 단종의 유배지 영월에서 불문학 교수님이 느끼셨을 회한이 어떤 것이었을까 생각해 본다. 한참 활동하시던 시절에는 해외문학파의 문인으로서 '플로베르론'등을 오랫동안 신문에 연재하시기도 하셨는데, 그런 분이 비극적인 역사적 인물에 느끼셨을 애틋함은 어디에서 기인하는지 좀 궁금했다. 선생님보다 연배가 한 10년 후이신 나의 부친에게서도 유사한 체험을 하면서 놀라웠던 경험이 있었다. 노년에 치매로 어머니를 힘들게 하신 아버지를 모시고 여기저기 다니던 중에 근무하던 학교 근처에 있는 융건릉에 간 적이 있었다. 아버지는 사도세자의 능 앞에서 극히 공손한 자세로 두 손을 모으시고 한참 동안 예를 갖추셔서 우선 놀랐다. "가끔 시간 나면 찾아보아라. 너무 가엾은 분이다." 아버지와 딸은 능 주변을 한참 산책하다 밖으로 나올 때까지 정조와 사도세자의 시간에 있었다.

20세기 초엽에 태어나셔서 80세 까지 힘들게 살아오셨던 그 옛날 대학교 때의 스승이 생각하는 단종에 대한 애틋함도, 나의 부친이 애달파하신 사도세자의 죽음도 이광수나 김동인의 소설을 통해서 머리와 가슴 속에 남으신 것이 아닐까 하는 생각을 한다. 바야흐로 20세기 초 소설의 시대에 낙양의 지가를 올린 역사 장편소설들이 독자들을 얼마나 매료시켰을지 생각해 본다. 한글만 알면 해독 가능했을 신문 연재 소설들에 나오는 사랑의 서사는 계몽과 같은 언론이나 작가의 의도와는 관계없이 얼마나 독자들의 심금을 울렸을까? 아주 오래 전 그 분들의 기억 속에 남았을 이야기의 원형이, 나이가 들어 애틋함으로, 애달픔으로 발현된 것이 아닌가 하는 생각을 해본다. 지금 이 나이에 우리 친구들이 불쑥불쑥 꺼내는 그 옛날 영화의 한 장면, 티브이 드라마와 함께. 나보다 여섯 살, 여덟 살 연상인 두 언니들도 이광수, 김동인의 장편소설부터 시작하여 채만식, 심훈, 현진건, 염상섭 등으로 이어지는 작가들의 작품 읽기에 탐닉했던 시간이 꽤 길었던 것으로 기억한다. 언니 오빠들은 홍명희의 임꺽정을 책 표지가 닳아서 너덜너덜해질 때까지 읽기도 했다. 우리는 다자이 오사무의 탐미주의적인 색채에 빠지기도 하고, 미시마 유끼오를 비롯한 일본 전후 소설 작가들의 작품도 꽤 읽었다.

활자로 된 모든 것을 읽어대는 것에 익숙한 세대이지만 우리는 지금 종이로 된 신문을 읽지 않은 지 꽤 되었다. 농산물을 저장하기 위해서 습기를 빨아들이는 종이로서만 신문지가 필요하다. 컴퓨터 화면을 통해 몇 개의 신문을 보지만 종이로 된 신문을 볼 때처럼 꼼꼼하게 읽지는 않는다. 물론 필요한 기사는 꼼꼼하게 읽겠지만 컴퓨터나 핸드폰 화면을 통해 기사를 볼 때는 '읽다'가 아니고 '보다'라는 표현이 더 적합할 것이다.

이번에 노벨문학상을 받은 한강 작가의 책을 읽었거나, 그 책을 가지고 있는 몇 사람들의 공통점은 핸드폰과 별로 친하지 않은 사람들이었음을 확인하고 놀랐다. 물론 핸드폰으로 전화나 기본 기능은 사용하지만 끝없이 많은 다양한 기능들은 사용하지 않는 분들이 상당히 오래 전부터 서점을 드나들고 책을 사서 읽고, 선물하고 있었다. 아직도 종이로 된 책을 읽는 세대는 기성세대의 나이 드신 분들이 많지만 중고등학교 학생들이 문학작품을 사서 읽는 것을 보면 너무 기특하고, 대견하다는 생각이다. 이젠 나도 시력이 많이 나빠져서 핸드폰은 말할 것도 없고 티브이나 컴퓨터 화면이 눈을 더 피로하게 하는 것을 절실하게 느끼니 앞으로는 종이책을 더 가까이 해야 할 모양이다. 일 년에 한 번 정도 하는 안과 정밀검사에서도 눈이 피로해지면 쉬었다가 다시 보기를 반복하라는 의사의 소견이 마음에 든다. 수술을 하라고 하지 않아서 좋은 것이다.

아버지의 코트 주머니 속에 있었던 파라솔을 든 여자에 대해서는 어머니는 더 이상 말씀을 하시지는 않았다. 하기는 뭐 규모가 꽤 큰 사업을 완전 거덜 내고 빈손으로 서울로 올라오실 때도 집에서는 큰소리가 난 적이 없으셨다. 뭐 그렇다고 어머니가 부덕을 내세우며 현모양처를 강조하는 분은 결코 아니었다. 강한 생활력으로 7명의 자식을 기르는 것에 모든 힘을 기울이셨던 어머니는 당신과 부친 사이에 관계되는 일들을 문제 삼아 자식들 앞에서 부부싸움 같은 것을 하신 적이 없었던 것으로 기억한다. 수 많은 맹수들이 있는 아프리카초원에서 암사자가 새끼들을 끼고 보호하는 장면이 떠올랐다. 먼 거리에서 힘들게 먹이를 잡아다가 새끼들을 먹이고 살리는 것은 암사자의 몫이었다. 숫사자가 수놈끼리의 투쟁에서 우위를 점하기 위해서 치열하게 싸우는 동안 먹이를 구해서 새끼 사자를 양육하는 것은 암사자의 몫이듯이 우리 집에서도 자식 기르기를 포함한 살림살이는 엄마의 몫이었던 듯하다. 맹수의 세계에서 사자만이 아니라 다른 맹수들도 새끼가 혼자 먹이를 구할 수 있을 때까지 암컷이 새끼들을 온 힘을 기울여서 돌보는 것은 예사롭게 보이지 않는다. 아버지가 한눈을 파는 사이에도 어머니는 일곱 명의 새끼들을 품고 길러내셨다. 우리들이 어렸을 때는 부모들의 세계에 큰 관심이 없었을 때라서 몰랐나? 내 주변의 몇몇 친구들도 부친이 그런 일탈을 하셨던 경우가 많았다.

　이러저러한 이유로 신산한 삶을 같이 살아온 우리 형제들의 부모에 대한, 특별히 어머니에 대한 사랑과 그리움은 절대적이다. 어머니는 당신 부모에 대해서 신교육을 안 시켜 주신 것에 대해서는 못내 원망하셨지만 아버지의 문제 등에 대해서는 당신 선에서 해결하셨다. 오랜 기간 치매에 걸리셨던 부친의 뒷바라지도 완전히 어머니가 도맡아 하셨다. 자식들은 가끔씩 드나들며 어머니를 도와드리는 흉내만 내었다. 내가 운전을 할 수 있어서 고마웠던 일 중의 하나는 말년에 아버지를 차에 모시고 여기저기를 돌아다녔던 것이다. 아버지는 좁은 공간에 둘만 있을 때는 어린아이처럼 불안해하셨고, 의존적이 되셨다. 우리 집 현관 앞에 있는 큰 거울에 비친 당신 모습을 보시곤 "안녕하세요. 김진이라고 합니다." 하며 정중하게 인사를 하시는 것으로 시작된 부친의 치매 증세는 시간이 흐르면서 점점 심해지셨다. 내가 운전하는 차에서 운전석 옆에 앉아 한강 옆을 지나가실 때는 "우리가 지금 물 위로 가는 것이지요?"라며 불안해 하셨다. 아버지의 치매가 깊어지시면서 자식들이 아버지와 시간을 보내는 것은 모두 어머니를 잠시라도 쉬게 해드리려는 것이었다.

그렇게 정신없으셨던 아버지의 코트 주머니에서 나온 모르는 여자의 사진은 어머니에게는 전혀 관심의 대상이 아니었던 것으로 보인다. 과년하다 못해 어머니와 같이 늙어가는 자식들 앞에서 사진의 여자에 대해 언급하는 것이 부질없다 생각하셨는지도 모르겠다. 그렇게 아버지는 가셨고, 어머니는 치매가 깊어진 아버지의 시달림에서 해방되셨다. 12년의 시차를 두고 어머니도 아버지가 가신 길로 가셨다. 돌아가신 날이 3일의 차이가 있었지만 자식들은 그 즈음하여 하루 다 같이 부모님 산소를 찾아뵙고 인근에 있는 산정호수에서 하루 밤을 같이 지낸 뒤 돌아온다. 올해는 벌초가 끝난 뒤 먼 곳에서 손녀가 와서 가을에도 하룻밤을 같이 지내며 좋은 시간을 가졌다. 작년에는 좀 여유 있게 시간을 내서 전주를 방문하기도 했다.

흘러간 과거 이야기 중에서 본인이 관심이 있는 부분만이 기억에 남을 것이라는 생각은 우리 부모를 통해서 확인되는 듯하다. 동네 아주머니들에게 야학에서 한글을 가르치고 촌극을 하는 것을 즐기시고, 소설을 읽고, 새로 나오기 시작한 유행가 듣기를 좋아하셨던 우리 부친에게 동학농민혁명은 과거의 흘러간 일일 뿐일 수도 있었을 것이라는 생각이 든다. 숙부가 지금실에 기거하시면서 동학에 관심을 가지셨던 것도 노년이었기 때문일 것이다. 내가 노년이 되어 내 지나간 시간을 더듬어 보려는 것과 유사할 것이다. 먼 과거는 아니었어도 우리 조상이 살아왔고, 내가 태어난 공간에 대한 관심은 뿌리를 추적해 보려는 자연적인 본능일지도 모른다. 남루하고 내세울 것은 없어도 우리가 살아온 시대를 자식들에게 연결시켜주고 싶어서 일 것이다. 전라도 땅 한 쪽 구석 정읍, 지금실 옆 평사리에서 태어나 전주를 거쳐 서울로 올라와 스물여섯 살에 한 남자와 결혼을 하여 두 아이를 낳고, 아들 내외가 손주 둘을 낳고 살아온 개인사가 어떻게 이 나라 역사 속에서 실핏줄처럼 연결되었는지 찾아보고 싶었을까? 감히 평범한 사람들의 개인 사가 모여 역사를 형성할 것이라는 생각을 다시 해본다.

작년 추석에는 우리 내외와 아들 내외, 딸, 손주 둘까지 일곱 명이 보름 동안의 해외여행을 다녀왔다. 아들 내외가 근 일 년 전부터 시작한 비행기와 숙소 잡기가 만만치는 않았다고 한다. 집집 마다 합당한 이유가 있었겠지만 우리는 남편이 팔순이 되었다는 핑계만이 아니라 우리 부부에서 비롯된 일곱 명이 같이 생활해 보며 가족의 의미를 확인하고 싶었다. 전에도 같은 인원이 몇 번인가 짧은 여행을 다녀온 경험은 있었지만 보름씩이나 다녀온 적은 없었다. 다 같이 한번은 그렇게 해야 될 것 같았다. 열심히 각자의 일정에 맞춰서 일곱 명이 추석 전날 출발하는 비행기 표를 예약했는데 떠나 는 날까지 중간고사를 보는 중3 손주 녀석 때문에 아이 엄마와 손주는 새로 운 비행기 표를 구해서 따로 와야 했다. 아들과 며느리는 설마 추석 전날까 지 시험을 보리라고는 생각을 못했다고 했다. 그럼에도 일곱 명이 한 가족임 을 끊임없이 확인하는 여행은 매우 만족스러웠다. 아들 내외는 무사히 여행 을 끝내고 돌아와야 한다는 압박감이 좀 있었던 모양이지만 우리 부부의 입장에서는 구성원 각자가 한 가족임을 시시각각 확인해 주기를 바랐던 듯하다. 무엇보다 결혼을 하지 않고 혼자 지내는 딸을 아들 내외를 비롯한 손주들에게 가족임을 확인시키고 싶은 마음이 있었음을 부정할 수 없다. 우리 부부가 이 세상을 떠난 뒤 남은 인원이 서로 가족임을 다짐시키고 싶은 마음이 있었을 것이다. 결혼을 하지 않고, 자식을 낳지 않은 과년한 딸에게 엄마로써 해야 할 일이라고 생각하는 전근대적인 사고는 무엇인지. 너무 절실해서 웃을 수만은 없는 생각이었다. 인위적으로라도 그렇게 해야 겠다는 생각이 들었다. 주변에 동병상련으로 공감해 주는 친구들이 하나 둘이 아니어서 위로가 되었다고나 할까? 우리 가족 일곱 명이 오랫동안 별러왔던 여행을 하는 동안 정작 종손으로서 조상에 대한 추석 차례는 시동생이 지내고 그 집에서는 그 과정을 사진을 찍어 핸드폰에 올려주었다. 일찌감치 벌초도 하고 성묘도 다녀왔으니 용서해 주실 거라는 생각을 했지만 오십 년 넘게 해온 차례를 거르는 것은 송구스러웠다.

우리 부부에게서 비롯된 일곱 명에 대해 강조하고 아들 며느리와 손주들에게 각인시키려고 노력하는 것이 얼마나 쓸데없는 것인가를 잘 알면서도 그만두지 못한다. 우리 어머님이 나한테 강조하셨던 종부로서의 의무 사항처럼 실현 가능성이 없어 보이지만 적어도 우리의 마음을 외면하지는 말아 주었으면 좋겠다는 마음에서일 것이다. 우리가 살아왔던 어느 때보다 극단적인 개인 중심의 사회로 변모하는 상황에서 새삼스럽게 전근대적인 혈연 중심의 가족을 강조하는 것이 무엇인지 스스로도 답답하다. 지나온 세월을 뒤돌아보아도 혈연 중심의 가족 관계에서 벗어나고 싶었던 시간이 대부분이었는데 이제 나이 들어 후손들에게 보이지 않는 압력을 가하는 듯해서 씁쓸하다.